文艺研究

与我的学术写作

金宁 主编

文化艺术出版社
Culture and Art Publishing House

图书在版编目（CIP）数据

《文艺研究》与我的学术写作 / 金宁主编 .—北京：
文化艺术出版社，2019.11

ISBN 978-7-5039-6787-0

Ⅰ.①文… Ⅱ.①金… Ⅲ.①文艺理论－文集 Ⅳ.
①I0-53

中国版本图书馆CIP数据核字（2019）第202246号

《文艺研究》与我的学术写作

主　　编　金　宁
图书统筹　王　红
责任编辑　董良敏　韩　潇
书籍设计　顾　紫
出版发行　文化艺术出版社
地　　址　北京市东城区东四八条52号　（100700）
网　　址　www.caaph.com
电子邮箱　s@caaph.com
电　　话　（010）84057666（总编室）　84057667（办公室）
　　　　　　　　84057696—84057699（发行部）
传　　真　（010）84057660（总编室）　84057670（办公室）
　　　　　　　　84057690（发行部）
经　　销　新华书店
印　　刷　北京雅昌艺术印刷有限公司
版　　次　2019 年 11 月第 1 版
印　　次　2019 年 11 月第 1 次印刷
印　　张　31.75
字　　数　600千字
开　　本　880毫米 x 1230毫米　1/16
书　　号　ISBN 978-7-5039-6787-0
定　　价　108.00元

温故开新

——写在《文艺研究》创刊四十周年之际

金　宁

《文艺研究》，在思想解放中诞生，在改革开放中成长，沐时代新风，得实践机遇，承创新引领，蒙学界厚爱，四十年，到今天。

习近平总书记指出："历史表明，社会大变革的时代，一定是哲学社会科学大发展的时代。"他接着告诉我们："这是一个需要理论而且一定能够产生理论的时代，这是一个需要思想而且一定能够产生思想的时代。"作为时代亲历者、见证者和参与者，作为文学艺术研究领域思想和理论最重要的展示平台之一，《文艺研究》何其幸焉。

《文艺研究》是文化和旅游部主管、中国艺术研究院主办的大型综合性文艺理论月刊，内容涵盖文学艺术及美学的相关研究与批评领域。不能说我们发表的所有文字都经得起历史检验，有些烙印着某一时期特定的思想、理论乃至学术深度与规范的局限；肯定可以说，我们集中的相关领域最优秀的研究成果，链接在学术进程中，新时期以来很多重要的文艺理论领域的讨论从我们这里发轫，成为继续深化的起点和热点，成为后续研究无法绕过的文献，也使刊物自身成为学术史的一部分。于学术，于刊物，需要回顾，值得反思。从中检索过往，以开新篇；对作者、对读者，也是温故的良机。

这套书，用意即在温故开新。我作为《文艺研究》工作时间最长的老编辑并担负领导责任，有必要在这里说说刊物的一些事，还有感受。

一

《文艺研究》创刊四十年，杂志社按说应该做点什么。去年，时任社长兼主编方宁、时任副主编陈剑澜和我一起议过此事。他们相继退休、离任，我感到压力。其间多种事情缠身，“刊庆”之事也便一直拖延下来。在和诸位同事会商后，我们初步定下大体格局：一场专题研讨会、一套书。再探问几位遇到的新老作者，都认为是好事一桩，我们受到鼓舞。但响动渐渐弄大后，坦率地说，已多少有违我们的初衷。

2019 年春末夏初，在中国艺术研究院领导和相关职能部门的亲切关怀、鼎力支持下，杂志社正式启动相关谋划和筹备。然《文艺研究》每月出版一期，“悠悠万事，唯此为大”，生日其实可以不过，但正常出刊必须确保选题和编校质量，这一中心任务，容不得丝毫松懈。

成倍加重的工作量使我们疲惫异常，而最感到艰难甚至痛苦的事，还是“文选”之“选择”，这情形，想必局内、局外人应该都不难理解。四十年间，先是双月刊（1979—2004），后是月刊（2005— ），截至 2018 年年底共 322 期，一共多少篇文字，这套书中附有“论文目录”，细数起来很费时间。再者，《文艺研究》涉及理论领域广，要兼顾各学科门类，“选”要体现整体面貌，不可偏废。“大目录”出来后，我始终犹豫不决、左右为难。坚定的副主编张颖博士适时果断决策，定下若干基本原则，其一即按年龄设一条硬杠杠，文选是某种历史化行为，相对年轻一些的作者应该进入《文艺研究》下一阶段的历史总结中。大家觉得有道理，就这么做了。至此，要向年轻作者致歉，这是我们现今主力作者群，是当下学术界重要的生产力。《文艺研究》收获的良好口碑之一，就是致力发掘、培养年轻作者。反过来说，他们是《文艺研究》的支柱性力量，使刊物得以持续具有活力和锐气，面对知识更新、学术增长和观点交锋。

如此看来，文选中出现的作者就都是师长一辈的学者了。但即便如此，我们也为进一步选择用去不少时间讨论，亲密融洽的团队开始有了“纷争”。各编辑室主事者先以理服人，再以情动人，理由都有道理，道理五花八门，并拿出了长长的令人骄傲的文章目录。确实，稍一回望，名家云集、佳篇簇拥，选择何其艰难。而且，这还是在我们两个非常重要的栏目——“访谈与对话”“书评”（“书与批评”）被整体拿掉的情况下。最终，严重“超载”的选目摆到了我的面前。一天下午，张颖和我认真坐下来“唱票”，然后再有几次反复，定下了目前这 210 篇。

实话实说，我们选择的理由只能是关起门来自圆其说，所有考量都未必可以再做细究。这里要向没有收入此次文选的文章的作者致歉，众多研究成果在《文艺研究》首发，是刊物欣喜的收获，我们也相互成就了各自的历史，虽未能再集中重现，但真正的评价已被学术共同体判定，铭刻在新时期学术史册上。

而在选择之艰难外，更有一份不易，那就是对过去文章的技术性修补。按我们现行的编辑标准，同时还有出版社方面的规范要求，我们以往发表的文章，不同程度上存在各种各样的问题。比如注释信息，特别是在早期，均发现不少缺项甚至错误；还有文字细节也有失察之处，有的甚而到了令我们“一惊一乍”的地步。故此次编选，我也视其为一次“体检”。出版社编辑高度负责，每每划出问题、打上问号，一批又一批待核查信息发过来，我们便要小心翼翼加以解决。这项非常辛苦的工作进行了很长时间，还怕替作者进行的加工和补充出现新的差错，也有文字由于种种原因无法核实，更因工期紧迫，某些内容没有再进一步细读，只能遗憾收尾。或可以推诿于早期标准不统一、技术手段落后、文献查找不易，上一辈学者也常有凭印象著述的习惯，但必须承认我们过去时有大意。我自觉这些问题与我等老同事难逃干系，所以在编辑会议上向现在的同事和出版社同人表达了歉意。“伯玉知非”，当时的疏漏乃至过失当引以为戒，但现在要进行补救，工作量之大，难以想象。所幸“实迷途其未远，觉今是而昨非”，此类情况在后来的刊物运行中得到了根本性的改变。

还要补充说明几点。首先，“访谈与对话”栏目的文章，有史料性，更有治学路径和方法上的启迪，也包括观点的面对面交流。该栏目至今收获不断，值得重视。我们在创刊三十年时编选过 3 本文选，总题为“阐释与创造：文艺研究书系”，其中有一本《学者之镜》（方宁主编，人民出版社、西南师范大学出版社 2009 年版），选收了 2002—2009 年的这部分内容。其次，“书评”（“书与批评”）栏目内容涉及我们对“书评”的定位，即区别于“表扬与自我表扬”的推介类书评，强调要以建设性的态度直面问题，展开学术探讨和学理批评，也包括有理有据的反批评；思想必须敏锐，观点必须鲜明，以犀利的文风清理问题、开展对话，也针对批评自身存在的问题。这和我们从创刊起就一直倡导的学术争鸣一脉相承。上述“书系”中有一本《批评的力量》，就是那一阶段相关内容的体现。虽然就办刊方针和理念而言，我们继续提倡批评写作，但这次我们没有考虑直接争鸣性的文章，因为从公平角度讲，“对垒”双方理当“成对”出现，不能只选择一方，这势必会使篇幅更加难以容纳。最后，该“书系”中还有一本《理论的声音》，是上述时段的论文选编。自然，我们也尽量不去重复上面的内容。

二

中国艺术研究院韩子勇院长在谈到编写院史时多次讲，修史的意义就在于明白我们是怎么来的，要发展，首先要搞清楚自己的历史并加以总结。（大意）我们深以为然，这也是我们目前这项工作的出发点。

众所周知，《文艺研究》创刊四十年，是以 1979 年 5 月 15 日第 1 期（总第 1 期）出版为起点的。但大家或有不知，实际上，《文艺研究》还有一段“前史”。

1987 年我刚到编辑部工作时，听老同事们说：《文艺研究》曾经有过两期“试刊”。但语焉不详，也没拿出过实物，之后更没人再去提及。但此事一直存于我心。恰四十年刊庆，文学编辑室陈斐博士在前编辑部主任、副社长李香云历年认真记述的基础上，精心补充修订出我们的“编年纪事”，我审阅初稿时再次觉得，传说中的“试刊”不能就这样杳无踪迹，不了了之。于是，请副社长王伟博士对此搜索详考。几天后，两期纸张泛黄的《文艺研究》放在了我的办公桌上。

这两期上都写有“出版日期”：一本是 1976 年 4 月，封面有“1976・1”字样；一本是 1976 年 12 月，封面有“1976・2”字样。两本均注明为“内部刊物”。第 1 期“编辑者”是“文学艺术研究所《文艺研究》编辑组”，第 2 期“编辑者”是“文化部文学艺术研究所《文艺研究》编辑组”。刊物地址在“北京前海西街十七号”，老同事都熟悉，那里是恭王府，2002 年夏天之前，整个中国艺术研究院除音乐研究所外都在此地办公（文化艺术出版社也曾长期位居恭王府后花园）。这个地址，我们不少作者也都不陌生。

先看第 1 期。“编后记”明确，“《文艺研究》是我所学报性的刊物”（详见《〈文艺研究〉编年纪事》），还有一篇署名“本刊编辑组”的文章：《坚持走“开门研究”的道路》。通览全本，无须详述，有鲜明的“大批判”色彩。值得考证的是印刷时间：4 月出版，但不会是在月底，因为一份关于当年 4 月初事件的官方文字是以活页形式插入的；也不会是在月初，因为该期唯一一篇真正的学术文章即《曹雪芹家世史料的新发现》，严谨的作者、红学家冯其庸在文后注明，论文“1976，4，10，改定”。

再看第 2 期。本期扩充了半个印张，由 136 页增至 144 页。封面刊名“文艺研究”由前一期的红色印刷字体，改为同样红色的毛笔手书（繁体字）。经文学编辑室李松睿博士确认，是鲁迅字迹。当期内容亦无须详述，同样有着鲜明的“大批判”色彩，矛头转向“四人帮”。

提到鲁迅，不妨让我先再往远了说。熟悉中国现代文学史料的人知道，鲁迅在1930年也曾编辑过《文艺研究》。遗憾的是，这份“文艺季刊”只出版了一期，而具体面世时间，有学者考证也在5月初（虽然杂志上写明“2月15日初版”）。引起我注意的是，在其扉页后专辟两页，载鲁迅执笔之“《文艺研究》例言”，共8条。第一条开宗明义：“‘文艺研究’专载关于研究文学，艺术的文字……延及文艺作品及作者的绍介和批评。”并且要求，“凡泛论空谈及启蒙之文，倘是陈言，俱不选入”；“‘文艺研究’的倾向，在究明文艺与社会之关系，所以凡社会科学上的论文，倘其中有若干部分涉及文艺者，有时亦仍在绍介之列”；还计划刊登对“新出之关于文艺及社会科学书籍”的“批评”；此外，还有“在可能范围内，多载塑绘及雕刻之作”云云。

我丝毫也没有将这份刊物及鲁迅的相关工作一并视为我们“前史”的想法，只是惊讶其办刊意图与宗旨，竟与距它四十多年后我们所设定的编辑方针颇为贴近，更和再后四十年中我们的实践如出一辙。其间的精神承继和文脉延续，令人心生感慨，思绪绵绵。

话说回来，上述1976年的那两期“试刊”，的确属于我们的“前史”。《文艺研究》的上级主管部门曾致函当时的国家出版事业局，其中明确写道：“我部（按：文化部）文学艺术研究所主办出版的《文艺研究》……原为学报性质的内部刊物……拟从今年开始扩大发行……公开出版。”

请注意，那两期“试刊”虽然是在一年之内（1976年年中和年末）编辑、印制的，但却恰恰处在了重要的历史分水岭的两边。上面的文字，鲜明的时代印记，表征了两个时期文艺领域的特殊面貌。从中更可以看出，史称“艰难的转折”已经开始。就现有材料看，1977年至1978年冬天以前，“《文艺研究》编辑组”停止了工作。

毫无疑问，实体存在的这两期《文艺研究》，在中国期刊史上有其珍贵的见证、保留价值。但我必须要着重强调的是：它和后来被学界所认识的《文艺研究》完全不同。也正是在这个意义上，更应该说，《文艺研究》是改革开放的产物，是新时期文艺和学术春天的产物。它的真正诞生和成长，完全有赖新的历史时期“百花齐放，百家争鸣”局面的欣然降临，有赖国家高等教育和科研体系的恢复发展，有赖文学艺术家蓬蓬勃勃的创作实践，有赖学界中人孜孜矻矻的理论探索。

回顾历史，《文艺研究》与时代同行，伴随国家日益强盛的进程，受惠于这个开明的时代，也必定要感恩这个开明的时代，编辑部几代人勤勉工作，也正是为不辜负这时代的赋予。刊物的定位，决定了它应负的使命，有使命就要有担当。坚定正确的政治方向，展现最优秀的文艺研究学术成果，参与相关学科知识生产和在马克思主义指导下的中国特色学科体系、学术体系、话语体系建构，推动“以人民为中心”的文艺批评实践，就是我们担当的使命。

三

毕竟四十年，虽平稳，也艰难。作为面向全国人文学界的开放的学术平台，外界对《文艺研究》的描述和评价自然很多，“名刊”也好，“大刊”也罢，到底几斤几两，我们的读者、作者会有各自的评判。坦率地讲，我们自己对杂志上历年刊登过的文字也有理性的分析。有些看法，局外人或不好同我们讲，局内人或不便对外界说。当然，若将《文艺研究》整体视为一个有价值的学术文本加以认识，有几篇文章和围绕文章的我们的人与事，值得细说。

我不记得《文艺研究》在1989年创刊十周年时搞过“活动”。当年第3期（双月刊时是单月出刊，这一期出版日期是5月21日）一如平时：正常发稿，选题重要，看点不少，却唯独不见“庆贺”的内容。到第4期（7月21日出版）才有了点隆重的味道。当期增加3个印张，由176页扩至224页。封面固定刊登美术作品的位置放了一方篆刻家王镛的篆刻：“文艺研究创刊十周年纪念专刊”（封面作品一般服务内文选题，是我们长期坚持的传统）。但“专刊”或名不符实，仅有5篇与此相关：除署名“本刊编辑部”的《纪念创刊十周年寄语》外，还有冯牧《一个理论刊物应有的品格》、荒煤《对〈文艺研究〉的祝贺与希望》、张庚《怀念林元同志》和李希凡《贺〈文艺研究〉创刊十周年》。

“本刊编辑部”的文章，感谢作者，总结成绩（“尽可能地反映了我国文艺理论十年间发展的轨迹”），明确提出今后办刊要努力的三个方向——要重视加强基础理论研究；要批判继承文化遗产，“反对民族虚无主义的学术主张”，反对无批判吸收与无选择引进域外理论；要营造健康、和谐、融洽的学术氛围，坚持真理、修正错误。同时强调，“本刊将坚持科学精神，强化建设意识，把建设有中国民族特色的文艺科学（包括中国化的马克思主义文艺理论）作为中心课题”。冯牧的这一篇，在后来许多分析、评价我们的文章中常被引用。他是《文艺研究》的创始者之一，“编年纪事”中有相关记载。他文中提到的人、事，是早期刊史的珍贵记录；他对我们评价中肯，希望实在。陈荒煤是作者，也是关心我们的文艺界老领导，他表示祝贺，更阐发了对文艺现状的独到见解。张庚是《文艺研究》创刊主编，心系这份刊物。作为戏剧理论大家，其晚年力作也大多发表在这里。而他在这篇文章中，深情追忆的则是另一位为《文艺研究》立下汗马功劳并实际上倒在工作中的老人——林元。林元病重期间，我那时年轻，晚间便在医院陪护，为打发时间带上的一份清样，他醒来还想要过来看看。我和编辑部年轻人谈他的那本《碎布集》，他的说法是：一辈子为他人作嫁衣，自己剩下点碎布头。四十年间，多位我们的老同事故去（长期主持理论编辑室的张潇华副主编也是在工作岗位上去世的）。我们前行的每一站，都不能忘记前辈的功劳、苦劳。红学家李希凡是中国艺术研究院的老领导，时任常务副院长，他一直支持编辑部的工作，将《文艺研究》视为“全国艺术科学工作者共有的阵地”，勉励我们为树立良好学风、推进学术争鸣多有作为。事实上，历届中国艺术研究院的领导都关心《文艺研究》的健康发展，宏观明确方向，具体帮扶指导。作为“大院”中的小集体，我们有所依靠。

除上述5篇外，本期最后还有3篇，分别是对新时期十年文艺理论研究的回顾、对十年美学研究的反思，以及对这一时期美学论争的分析，均指向特定问题域，而非仅仅围绕一份刊物。

这一期分量最重的是中间的22篇，我按作者年龄排列，他们包括伍蠡甫、王季思、蔡仪、王朝闻、洪毅然、袁可嘉、黄翔鹏、邵大箴、叶廷芳、赵园、鲁枢元、周宪、王宁等诸位学者。从年逾杖朝的弥坚老者，到三十出头的年轻新锐，一期之内，集老中青三代，薪火相传的气象，也看出那时期学界特有的“场面”。重要的是他们的文章，从中更显现了我们一以贯之的面貌，那就是兼跨文学和艺术，重视基础理论建设，亦重视文艺前沿实践；提倡深入旧学义理，更提倡关注新知探索。对作者，我们强调“五湖四海”；对文章，我们讲究“兼容并包”。这八个字被时任主编王波云不断强调（我至今仍清晰记得他在编前会上一再讲述这“八字箴言”时的鲁西南口音）。他对此自觉践行，遇个人不能认同的观点，只要作者是学术的表达且论证理据兼备、圆熟自洽，他既尊重作者也尊重编辑，予以终审签字。我多次听吴方副主编感慨道：“老王是个真明白人！”王波云有着敏锐的学术眼光，有对问题的成熟判断，作风民主、持重、老派。犹记得他指着一篇已签发的稿子说：“看吧，肯定会有人发表不同看法的。”他重视学术争鸣，也参与奠定了《文艺研究》这方面的良好开局。有必要再强调的是，开展学术争鸣，是我们自创刊伊始就尽力加以维护的。

1999年《文艺研究》创刊二十周年，我们举办了学术研讨活动。老领导贺敬之与时任文化部部长孙家正莅临祝贺；从钟敬文、张庚、季羡林、启功、郭汉城等学界耋老到青年学者约百人与会。两天半时间，会议分文艺学美学、艺术各专门理论、文学等多个议题展开分组讨论。看群贤毕至，谋刊物发展殚精竭虑的时任主编柏柳迎来了人生中倍感欣慰的时刻。当年第 3 期（5 月 15 日出版）上，柏柳深情撰写了题为“学术会通时代，平实方见精神”的文章，作为“创刊二十周年特刊编后感”；之后，他又在第 4 期（7 月 15 日出版）上撰写《总结经验　迎接挑战　不断进取》，表达了对刊物的理性认识和更清晰的前景预判。作为从年轻时代即见证文艺发展坎坷历程的过来人，他深悟理论探索之重要，也深知思想对实践之引领。整个 90 年代，在他主持《文艺研究》工作时，正是学界转型深化、所谓“学问家凸显”的时期，更是我们紧密团结学术生力军，日益拓展研究领域的时期。也是在这个时期，《文艺研究》在数量日益增长的学刊方阵中不断收获赞誉、嘉奖（十年内获得国家级奖励 4 次，包括首届国家期刊奖）。记得有一日，费孝通教授来院讲座，中间休息的时候，孙家正部长告诉柏柳，部里决定通报表彰《文艺研究》并颁发奖金 5 万元。我在旁边注意到，已是高龄的老主编双眼湿润，身体有些摇晃。那天中午，他独自在办公室饮下一杯镇江家乡的老酒，我能体会他的激动还有五味杂陈的心情，他的辛苦得到了认可。

仍然是历史机遇成就了《文艺研究》，但在这一过程中，柏柳功不可没。他和先后担任副主编的姚振仁、张潇华、袁振保、马肇元、廉静、方宁一起，塑造了《文艺研究》今天被学界所认知的模样。

如所周知，进入 21 世纪的十年，人文社科领域面临着全新的生态。一方面，高速增长的学科建设和跨学科融合，理论翻新、话语重构、范式转换，论文、论著数量与日俱增，各种评价标准乃至量化指标纷纷出台；另一方面，随着市场化的全面到来，教育产业飞速跃进，浮躁与焦虑开始显露，所谓“泡沫化”倾向出现，学术纯度下降，学术期刊也面临愈加严峻的生存困境，等等。2009 年，《文艺研究》迎来创刊三十周年，再开专题学术研讨会，时任文化部副部长、中国艺术研究院院长王文章到场热情致辞。会议规模虽略有缩小，却依旧有众多学界老友新朋到场。在这一年第 5 期，时任主编方宁发表题为“《文艺研究》与当代中国文艺学术史”的长篇论文，全面阐述杂志的历史、品格及与时代语境的互动关系。文章分四部分，分别以“冲突：历史境遇中的偶然与必然”“《文艺研究》与当代学术思想的转型”“裂变中的整合：选择与批判”和“《文艺研究》与学术市场化博弈”为题，正面回应了当时所遇到的各种问题。尽管十年后再看，一些提法因环境变化和刊物自身发展而与今天的实际存有差异，但仍是我们迄今较全面、深入的自我反思与总结，也是第一次从一份具体刊物的角度和立场出发，观照1979年以来文艺学术史的三十年历程。方宁是《文艺研究》任职时间最长的主编，身体力行、率先垂范，以其学术眼光和办刊理念，为刊物的长足发展开拓新路并引领编辑实践。他提倡研究与批评并重，致力维护良好学风；同时对内部建设，从审稿到编校，制定规则和制度，使刊物在这十多年里保持了最佳质量。他承前启后确立的高标准，仍被我们严格视为圭臬。

《文艺研究》发展至今，坚持办刊宗旨，坚持正确舆论导向，贯彻“双百”方针，奉行学术平等原则。近年来，更以习近平总书记关于文化、文艺和社会科学研究的系列讲话为指导，在对文学艺术各门类现状与历史的研究中，注重分析与解决发展中出现的新情况、新问题。在稿件遴选、选题策划、栏目设置等方面，坚持政治标准与学术标准相统一，力争展现中国文艺研究的最高水平，参与建设文学艺术健康发展的良好氛围，为社会主义文艺事业做出了应有的贡献，在理论界享有盛誉，受到尊重。四十年来，《文艺研究》作为重要学术刊物的地位及学术凝聚力、影响力稳步提升，保持着一以贯之的纯正严谨学风和学术公器原则。同时，在维护良好形象的前提下，也谨慎地对自身发展进行了符合学术期刊规律的探索。

所有这些，与历任主编、副主编，特别是方宁的努力分不开。毫不过分地说，他为《文艺研究》奉献了最好年华的全部精力，牺牲“小我”，成就“大我”。他在任的这些年里，和长期担任杂志社领导职务的创刊元老李香云、多年担任副主编的陈剑澜一道，把大家凝聚成一个专业、敬业的集体，凝神聚力，尽心尽责。剑澜是《文艺研究》的功臣之一。作为学者，钻研精深、持论严谨；作为编辑，密切联系作者，掌握学术动态，尤其对文艺学美学理论栏目的建设与拓展发挥了巨大作用。毋庸讳言，我们这样的“大刊”自然摆脱不了各种关系交往，我个人印象深刻的是，剑澜和学者打交道自有一套聪明的办法，原则性极强，坚持审稿标准从不妥协，但奇怪的是他好像并不得罪人，举重若轻间就能化解矛盾和尴尬。后来他工作调动去了高校，也算成就个人的教书心愿，但对刊物是一大损失。作为知交，二十多年的工作伙伴，于公于私均有不舍，但我尊重他的选择。

四

我前面说过，四十年刊庆活动，动静“多少有违我们的初衷”，原因有三。其一，我们人手少，日常编辑工作相当繁重，手边的稿子和清样，接龙般从未间断；虽说活动延续了某种惯例，但实际上我们历来不想在每期刊物之外有什么大的举动，也缺少运作经验。其二，了解的人知道，《文艺研究》历来不够“热闹”，只把这里视为成果发表的平台，引人注目的是刊登的论文，一切体现在期期纸面上，我们的心思就在各个选题中。有些情况索性在这里多说几句。我们兼跨两大学科门类，按现行评价体系，我们或在“艺术学”，或在“文学”，位列“权威”“核心”“索引”“A+”等，更是首批国家社科基金资助期刊（考核优秀），学术影响力位居国内相关专业领域前列。在国内具有重要影响力的三大报刊文摘《新华文摘》《中国社会科学文摘》《中国人民大学复印报刊资料》的年度统计中，《文艺研究》的转载率均名列前茅。在2019年由中国人民大学人文社会科学学术成果评价研究中心、中国人民大学书报资料中心发布的《复印报刊资料转载指数排名研究报告》中，《文艺研究》在艺术学学科期刊中，转载量、转载率及综合指数均位列第一（相关统计按学科门类分开，不是综合计算）。此外，还有“影响力指数”“影响因子”和各类“计量指标”，在“艺术”类居首，“文学”类第二（据《中国学术期刊影响因子年报（人文社会科学）》· 2018）。特别感恩方方面面对我们的高度认可，但老实说，至少我是真看不懂这些统计“数学题”，不明就里。居高惶恐，要保持觉得压力很大，且不知如何着手。我们唯有相信，只要敬重学问，爱惜作者，认真做事，大体不会有错。其三，了解的人还知道，我们的编辑也足够低调，虽不言“安穷乐志”，却也“无风尘之慕”。尽管大家多是学者和专门家，有各自的研究方向，著述频出，但都懂得先做编辑再插空立说，轻重、界限分明；与外界打交道更是简单，能省则省且慎之又慎，也是为决定选题、审读稿件讨得清静。

而我们的“初衷”，只是想编选眼下这套书，希望是梳理，也有留观的价值。或可“以选见史”，看这四十年“旧学”如何“加邃密”，“新知”怎样“转深沉”。

一至六卷是《文艺研究》四十年（1979—2018）“文选”。“选择”之事前面说过，不再多言。事实上，用我们目前最年长者、综合艺术编辑室戴阿宝博士（容明）的话说：哪篇都可上，哪篇都可下。话虽极端，也确属无奈使然。

当然，对这六卷，我还有接续前文、再做些补充的地方。回首四十年历史，《文艺研究》其实有个渐变的过程。早期因为现实需要，我们多少有些像文艺时评类的刊物，在思想文化界拨乱反正中发挥主流媒体的作用（前述方宁的文章对这一时期的刊物定位有详细分析）；也因应清理“旧案”，有资料整理类的内容；又得开放之初风气之先，大量思潮引入，有译介和评述性的文字。一方面，我们的作者中包括不少领导同志及众多著名作家、艺术家，前者以讲话论述方向，后者用随笔言说经验，并结合创作实践杂谈议论。这些文艺史上的大家、名家，他们宝贵的切身感悟，文字无论长篇抑或短论，都应该引起研究者重视，更可以成为相关学术写作的重要参考。但出于篇幅考虑，也因和我们后来的“基本面”有些出入，所以这类文章我们大多没有选入。另一方面，某些论文，特别是早期的部分篇章，若按现在的学术标准，显得不够“专业”，偏重介绍、荒于深入，材料引用也不甚讲究和规范。这些都可以理解，也符合当时学术生产恢复期的大致面貌。但其中所面对的真问题、提出的新观点，我们以为值得重新研读。如果说创刊后相当一段时期内，我们的不少文章具有“惊雷”般的效果，那也是在理论的春天到来时对以往文艺禁区和僵化思想的突破使然。大致是在 20 世纪 90 年代以后，我们具有了较为纯粹的“学院化”特点，更注重史论结合的学理探讨，这也和高校与科研机构的发展及当代文论向深度和广度推进相适应，互为表里。

还有关于文章的编排，我们也进行了讨论。最终选择以原发表年份、刊期为先后，正是因为定位在对四十年文学艺术理论的大致轮廓有一个顺时序的描画。如前所述，可以将《文艺研究》整体视为一个学术文本，我们力图从一个特定视角呈现一种多元格局，以期于梳理中发现一个共在的文论场域，在问题、方法及研究范式等方面的协同演进。之所以没有按传统学科加以分类，一是考虑就现今文献检索技术，以专题论域查找专业论文已经非常方便，二是某些文章因早期学科界限并不分明、后期也存在大量交叉融合的现象，分类的价值因此并不显著。

还有一卷，主题是“《文艺研究》与我的学术写作”，我们约请了部分作者撰写，他们大体上具备两个条件，一是在我们这里发文时间长，二是发文篇数较多。当然，前提是他们有时间、有意愿，谈谈我们、聊聊自己。其中有四位，是曾经在编辑部工作过的老同事。一位是萧立军，他是创刊时期的元老之一，几年后去了中国作家协会，曾任《中国作家》副主编，如今显赫的大作家不少是被他发现并扶上文坛的。我常说自己在杂志工作三十多年，却没和他一起共事过，可见他有多“老”。但我们一直是好朋友，他以丰富的办刊经验对我多有指点。一位是李洁非，我们也未曾共事，他在杂志工作时间同样不长，在我来的那一年他去了中国社会科学院文学研究所，是研究文学史的知名学者。一位是傅谨，我们和廉静副主编曾同在一个编辑室多年，交往中我获益不少。他后来也去了高校，是研究戏剧史及戏剧理论的名家。再一位是赵伯陶，我们共事时间更长，他退休后因工作需要又返聘几年。伯陶是典型的学者型编辑，学养丰厚，著述甚丰，更是我们信赖的“活字典”。编辑部同事常笑谈他两点，一是懂得太多，二是离职太晚。后一句的意思是说，他若能早点摆脱编辑事务，个人成果会更加丰富。

我断续用了半个多月时间，集中细细阅读了这一卷文字，且读且思，颇多感慨。

文章大致是随笔性质的写作，有理论反思的内容，也谈及这本刊物和自己学术成长之间的密切关联。许多如今重量级的学者，他们在《文艺研究》最早登场时，正当年轻。不少人起步阶段的论文即被我们选用，这对尚显稚嫩的刚入行者是鼓舞，由此坚定了对所选道路的信心——这关乎个人志业的选择；不少人将不同学术阶段的重要论文均放在我们这里发表，这对逐渐成熟的钻研者是促动，乃至由此铸就其理论步步递进、层层深入——这关乎学术生命的绵延。

由于学术发展的不平衡，在那些人多拥挤的“显学”之外尚存不少乏人关注的领域，还有某些“小学科”和一些“跨界交叉”研究在不同时期缺少呈现的园地。对这些，《文艺研究》给予了足够的支持；而对一些或引争议、或尚属初创的新领域的成果，《文艺研究》也给予了及时的接纳。回过头来看，我们会发现其中的意义，但在当时确实需要点勇气。一些文章中对我们的这种勇气表示了赞赏。

有些作者忆及和编辑的点滴交往，钩沉往事，不少论文正是在相互启发、不断互动交流乃至督促下写作完成，也在反复推敲修改的双向“折磨”中慢慢成就了彼此真挚的友情。这也帮助了我们的回忆，许多情景在亲历者读来，仿佛真切地再现。

令我们感佩的是，几位作者下功夫翻阅了我们多年（甚至全部）的杂志，从问题的角度加以分析和总结，这和那些自我梳理和反思的文章一样，都可以视为一种学术史写作。历史是一条长长的水脉，每一期杂志都可以是定期的取样。对作者来说，每一篇论文是一个研究阶段的小结；对刊物来说，每一期杂志是若干领域的一个切片。连缀起来，可以清晰展现学术在不同时期的气象及其进程。我一直以为，学术刊物可以被看作一种标本，是关于学术史的写作现场。

我最初提出的明确要求是，这些文章要“见人、见事、见刊物、见学科”，现在看来，读者的确是可以从中见到这些的。

再有一卷是《文艺研究》四十年的“编年纪事”。基础是我们历年记录的“大事记”，四十年来承担这项工作的就是李香云。她 2019 年年初才离开返聘岗位颐养天年，是我们这里工作年限最长者，也是杂志社的领导和管家，四十年如一日，勤勤恳恳、默默做事、踏实工作。她的这份记录，何止关乎一个刊物，实际上也是在为改革开放以来的文学艺术研究史存一份档案，功莫大焉。此卷若通读下来不难发现，新时期对文学艺术理论诸多重大问题的讨论和批评实践，我们几乎都有在场。在场就是参与，就是介入，或有距离，但绝非隔岸观火。这是一个学术期刊与作者共同构建的学术现场。需要说明的是，首先，我们对“大事记”中一些纯属内部事务的记录进行了选择性删节（本卷也有关于编辑部人员变动情况的记述，我们的作者可以从中找到许多熟悉的名字），充实了大量涉及刊物和编辑参与学术活动的事项；其次，因为种种可以理解的原因，有些事情的记载未必准确和全面，遗漏和错误或难避免，我们当然希望各方亲历者有更翔实的材料提供，使这一有价值的记忆文本可以再补充完善。

本卷由在《文艺研究》工作时间最长的老同事和正式入职不久、目前最年轻的编辑合作完成。我要强调这点，正是将其视为一种传承的象征，体现一种接续的力量，意味深长。

要特别说明的是，这套书以如此规模面世，也是当初没有预计到的。这得益于文化艺术出版社的大力支持、无私协助与编校人员极佳的专业素养，我们才有了如此操作的勇气。杨斌社长非常重视，以极高的学术站位，方方面面加以统筹规划，事无巨细和我交流探讨，并委派最得力的干将参与工作。双方通力协作，和谐共建。因为频繁的编校往来，我们的编辑几乎每天都和王红编审联络，通过她，我们对出版社的编辑水平、敏锐的判断力和工作效率倍加钦佩。在弥补文字旧痕、修正早期疏漏的过程中，我们强化政治意识，以对学术历史高度负责的态度，一起加班加点，全力投入。据我所知，他们手上还积压着不少有相当难度的专业书稿，却依然不惧诸多或大或小的麻烦，为我们这套书付出了包括假期在内的大量时间和精力。我代表文艺研究杂志社和编辑部，诚心感谢这家同样隶属中国艺术研究院的高水平的学术出版机构。

五

前面我说，检索过往，以开新篇。其间之因果，我们近来感受颇深。

如果说《文艺研究》在学术期刊中或为翘楚，也是慢慢累积的声望。我们日常阅读许多优秀的同行杂志和荟萃专业成果的文摘刊物，从中既有学术新见和信息的收获，更有办刊经验的启示。我们必须在不断学习中发现自身的短板，以全新的作为，寻找层楼更上的阶梯。同时，我们正处在新老交替的关键节点上，我个人也已预感到我们今后的工作方式会有某些变化，但无论如何，《文艺研究》仍然要以其既定的面貌和品格服务学界，服务中国文论建设，服务文学艺术事业发展的新局面。在众声喧哗中保持淡定，在日新月异中持守传统，不改初心，不忘来路，方得始终。

我在不同场合提到老一代学者潘光旦在其《学问与潮流》中的看法。他说，假如你观察“山涧里一派激流的水”，感叹“逝者如斯夫”，但更可以看到“涧内种种东西应付水流的办法，是很不一致的”。第一种如树叶、水草或落花，完全跟着水流走；第二种如石块、大树的老根，任水流湍急却故自纹丝不动；第三种是“涧床深处，有许多鱼，头部一律向着上流顶着，鱼身的方向恰恰和水流的方向相反，好像争着往上流游去”。第一种是随潮流而动，缺少定力和坚守；第二种虽扎实稳定却缺少与时俱进，守成有余而进取不足；第三种是因应潮流却保持着既定的方向与格局，有前行进取的锐气与活力。潘教授显然推崇后者。我想，至少从学术的立场上说，这也是我们理应具有的姿态。我无意在此评价学界生态，更无意点评学人面貌。实话实说，以我们平时审读的大量来稿所获得的认知，我们对当今学界、学人自然会有不一而足的评价。如同互为镜像，亦如同“我看人人看我”的自省，我更愿在建设的意义上强调《文艺研究》的定位与作为。一个时段或有一个时段的问题，一代人或只能解决一代人的问题。在此，我知道《文艺研究》不曾缺席，也将继续在场。

四十年的历史表明，《文艺研究》顺应了社会的发展，呼应了理论的进程，一直坚定正确的政治方向，恪守严谨的学术立场，强调鲜明的问题意识，保持锐利的批评锋芒，并致力引导、促进相关专业研究向更深层次推进。这是我们在温故中所深刻体认的，也是我们在开新中所要全力维护的，更是我们在伟大的新时代继续坚持努力的方向。

无疑，面对新的形势和要求，编辑队伍建设对我们来说是重中之重。近年来，杂志社曾持续减员，且新老断层。可喜的是，在院领导和院内各单位的大力支持下，情况有所转好，编辑人员数量从渐渐走低开始渐渐回升。从老同事戴阿宝研究员、陈诗红副编审，到刚从院文化发展战略研究中心调入我们理论编辑室的孙伊副研究员，从长期默默奉献的办公室老主任宋林静、保持刊物内文版面素朴和谐的林亚茹，到刚刚来主持办公室工作的李瑶，还有负责微信公众号运作的逾白，我看到了刊物可持续发展的前景。我视人才梯队建设是必须加速推进的工作，努力已初见成效，一个全新的年轻化的学者型编辑团队正在形成中。我感谢我的这些同事，珍惜和他们一起工作的时间！说句心里话，大家明白，点到即止：如今的学术才俊，要留在编辑岗位上，他们真的是要抵御太多、太大的诱惑！

在此还要特别强调的是，《文艺研究》的工作团队包括了长期为刊物学术把关的来自不同学科的外审专家们。他们从各自繁忙的教学和科研中抽出时间，认真细读送审论文，提供专业研判，更对不少具备潜力的写作详尽指出修改提高的路径，严格、严谨，从不敷衍，常见不少审读意见，字数多达三四千字。他们“双向匿名”，但绝对为我们所倚重，同样是我们重要的不可或缺的编辑力量。

为适应新的媒介传播趋势，我们近年来加强了微信公众号建设，大致以每周两篇的频率推送。就学术关注面而言，围观者数万且与日俱增，阅读者稳定在相当高的数量。作为“数字影响力百强”刊物，《文艺研究》的“朋友圈”也由此更加壮大。

我以这篇文字作为我们这套书的开场，并不是要对《文艺研究》四十年历程进行全面总结，但所表达的，又确实是在总结过程中我的真切感受及想要实实在在陈述的看法。想到中国社会科学院新闻传播研究所一位研究传媒的专家，化用《陋室铭》说了一句妙言：山不在高有仙则名，刊不在大有学则灵。学，即真问题。对《文艺研究》，诚如斯言，更当自勉。

最后，我想表达的是：衷心感谢所有的作者、读者；感谢所有对我们的肯定和认可，感谢所有我们直接听到的或更多“道听途说”得到的对我们的批评；《文艺研究》的四十年是大家共同的四十年，一同经历，所以值得一同回顾、一同反思，也一同开启新篇。就我个人而言，编辑生涯已在倒计时中，但《文艺研究》正在进行时，仍是青春好时光，仍将继续其学术建设的旅程。唯愿它理论之树常青。未来，我若有可能，再从旁注视这本刊物迈入五十年、六十年乃至更长，将是我最大的荣幸。

2019 年 9 月 19 日　初稿

2019 年 10 月 25 日　改定

目录

曹顺庆 我与《文艺研究》的四十载情缘 / 1

陈池瑜 《文艺研究》对我在学术上的影响 / 12

陈　平 我的学术翻译与写作：对《文艺研究》上几篇拙文的回顾 / 20

陈世雄 良师益友《文艺研究》 / 25

陈文新 《文艺研究》与我的学术写作 / 37

陈晓明 标举学术，守望前沿 / 43

陈旭光 规格、尺度与个体学术研究的运行轨迹和精神“症候”——我与《文艺研究》的学术交集 / 47

陈振濂 《文艺研究》四十年与我的学术道路 / 50

程光炜 我与《文艺研究》 / 55

丁　宁 我与《文艺研究》有缘 / 57

丁亚平 不同的高度——《文艺研究》和我的文字生涯 / 59

杜　卫 《文艺研究》创刊四十周年感言 / 62

方维规 写作的自律 / 66

冯黎明 阴虚火旺的“关键词” / 72

傅　谨 我和《文艺研究》的三重关联 / 77

高名潞 我的马拉松——为《文艺研究》创刊四十年而作 / 81

耿幼壮 《文艺研究》与我的学术写作 / 93

关爱和 “亦狂亦侠亦温文”——《文艺研究》四十年与中国近代文学研究 / 95
杭 间 八篇文章背后的中国现代设计 / 107
黄应全 《文艺研究》与我的学术写作 / 113
纪德君 《文艺研究》激励我前行 / 121
蒋述卓 我与《文艺研究》的学术缘 / 124
蒋 寅 我与《文艺研究》十九年的学术因缘 / 127
康保成 《文艺研究》与我的中国戏剧史研究 / 131
李道新 一墙之隔的缘分——《文艺研究》与我的学术写作 / 140
李凤亮 持重又灵动的良师益友——《文艺研究》与我的学术写作 / 145
李建军 《文艺研究》的初志与风标 / 149
李洁非 文学组忆往 / 158
李伟铭 实践与心得——我与《文艺研究》 / 162
李心峰 《文艺研究》与我的学术写作 / 167
刘成纪 我与《文艺研究》 / 179
陆 扬 虚怀若谷的《文艺研究》 / 182
吕 澎 消失的温馨时光——从艺术史向历史写作的转向 / 184
吕品田 挺立于历史奔涌的潮头——写在《文艺研究》创刊四十周年之际 / 193
马大康 珍藏的记忆——《文艺研究》与我的学术写作 / 198
孟繁华 一本杂志与一个学术时代——我所知道的《文艺研究》 / 203
南 帆 学术写作：聚焦与博大 / 208
聂欣如 我和《文艺研究》三十五年 / 215
牛宏宝 《文艺研究》与我的一段阅读史 / 218
彭 锋 美学与艺术学——《文艺研究》与我的学术趣向 / 221
邵大箴 《文艺研究》与我的学术研究历程 / 224
水天中 旧雨新知的聚集 / 227
孙 郁 《文艺研究》小记 / 230
谭学纯 《文艺研究》和我的跨界学术读写 / 234

陶东风 《文艺研究》见证了我走过的学术之路 / 242

汪民安 一本杂志，一份友谊 / 257

王德胜 《文艺研究》引我走上学术之路 / 260

王 林 《文艺研究》和我的美术批评 / 263

王 尧 跟随《文艺研究》成长 / 266

王一川 《文艺研究》与我的三段学术旅行 / 269

王兆鹏 “好雨知时节”——感念《文艺研究》对我的文学计量研究的支持 / 272

吴 琼 《文艺研究》与学术守护 / 277

吴文科 编辑的眼光与刊物的气象——兼怀王波云先生 / 280

吴兴明 《文艺研究》与我的学术写作 / 289

肖 鹰 我与《文艺研究》 / 297

萧立军 不敢忘却的记忆——纪念《文艺研究》创刊四十周年 / 299

徐 岱 结缘三十八年：我与《文艺研究》 / 308

徐 亮 《文艺研究》与我的学术探索——兼对我国西方文论研究发展的建言 / 315

徐 楠 《文艺研究》与我的学术之路 / 323

薛富兴 我与《文艺研究》 / 326

薛龙春 关于艺术史研究的实践与思考 / 330

延保全 崇尚学理探寻　引领学术前沿——我与《文艺研究》的不解之缘 / 333

颜纯钧 《文艺研究》和我的学术道路 / 336

杨小彦 思考摄影：从历史与社会的角度——《文艺研究》与我的摄影文化研究 / 341

姚小鸥 出土文献——我与《文艺研究》的学术因缘 / 349

殷双喜 艺术史研究中的中国文化认知与重建

——我与《文艺研究》，兼谈对中国美术史研究的一点认识 / 357

尤西林 《文艺研究》学术定位三题议 / 366

于文秀 我眼中的《文艺研究》 / 370

张 法 我与《文艺研究》的学术缘分 / 373

张福贵 历史逻辑的运行与学术流脉的转换

——从《文艺研究》四十年重大论题看中国当代思想文化的演化 / 377

张　坚 风格与历史：西方现代艺术史学中的表现主义——《文艺研究》与我的学术写作 / 391

张清华 我与《文艺研究》 / 397

张哲俊 再思学者的何为与焦虑 / 402

赵伯陶 编学相济：三十一载编辑路——写在《文艺研究》年届“不惑”之际 / 407

赵宪章 《文艺研究》与我的文艺研究 / 419

赵炎秋 以文会友　谊在文外——与《文艺研究》编辑部同人交往杂记 / 422

赵义山 我与《文艺研究》 / 427

赵毅衡 遇见《文艺研究》的岁月 / 431

赵　勇 我与《文艺研究》的学术交往 / 435

周　宪 一个学者与一家杂志 / 455

朱国华 《文艺研究》与我 / 458

朱立元 《文艺研究》与我的学术写作 / 462

朱万曙 我与《文艺研究》的往事和近事 / 469

邹元江 《文艺研究》对我的学术研究的重要影响 / 472

左东岭 君子相交淡如水——我与《文艺研究》的文字因缘 / 480

我与《文艺研究》的四十载情缘

曹顺庆

1983年，我在《文艺研究》杂志上发表了《“物感说”与“摹仿说”——中西美学思想研究札记》一文，在比较诗学研究道路上从此与这份学术刊物结下了不解之缘。《文艺研究》给予青年时代渴望知识、热爱学术的我莫大的鼓励。36年来，我能够保持旺盛的学术热情，就因为当初那一份“执子之手，与子偕老”的初心。《文艺研究》杂志扶持、促进和见证了我的学术成长、学术探索之路，与我相伴相知，从青葱岁月到花甲之年。

一、陶淑学苑　执子之手

1979年，正是党的十一届三中全会春雷响彻神州大地的伟大历史时期，25岁的我正在复旦大学中文系文学评论专业学习。这年5月，《文艺研究》杂志创刊。这份学术杂志是中国文艺学、美学研究的一块崭新沃土，为中国学术界“解放思想，实事求是”提供了一个良好的推介、交流平台。她的创刊，令如饥似渴地在复旦大学汲取知识养分的我和我的同学们无比欣喜，我们期盼着能与这个创刊于新时期、和我们一样朝气蓬勃的新刊相遇。1980年3月，我从复旦大学中文系毕业；9月，考取了四川大学中国文学批评史专业的硕士研究生，师从“龙学”泰斗杨明照先生。自此，我从事中国古代文学批评研究的道路全面铺开。恩师杨先生以其学术涵养和人格魅力陶润了我的心性，使我在“明月松间照，清泉石上流”的平和、澄明心境中为自己热爱的学术潜心耕耘。我在深入系统钻研中国古代文论时意识到，要想阐明中国古代文论的民族特色和世界胸襟，必然要有一个参照系，这个参照系应当是与中国古代文论存在差异、但又具有共同的诗心与文心的西方文论。刘勰所谓“根干丽土而同性，臭味晞阳而异品矣”（《文心雕龙·通变》）正指此意。因此，比较诗学成为我必然的研究路径选择。我深知，中西诗学的比较不是高下、优劣之比，而是差异之比；差异构成了人类文化的多样性，也是世界的本质所在；比较与对话则是沟通差异的重要方式。钱锺书化用《陆九渊集》卷三十六《年谱》中的语句，提出“东海西海，心理攸同，南学北学，道术未裂”（钱锺书:《谈艺录》“序”，生活·读书·新知三联书店2007年版，第1页）的初衷也正在于此。

1980年，我以硕士研究生身份在《江汉论坛》当年度第6期上发表了我在中西比较诗学研究方面的第一篇论文《亚里士多德的“Katharsis”与孔子的“发和说”》，该文很快被《新华文摘》选登。这一成果的成功发表使我对比较诗学的研究热情一发不可收拾。1982年，我的两篇中西诗学比较研究的论文《“风骨”与“崇高”》《“移情说”、“距离说”与“出入说”》分别在《江汉论坛》该年度第5期、第11期上刊出。在从事比较诗学研究之初，这三篇学术论文的成功发表，给予学生时代的我莫大的信心和勇气。

1983年，我的比较诗学系列研究论文之一《“物感说”与“摹仿说”——中西美学思想研究札记》在《文艺研究》该年度第4期上刊出，这是我投身比较诗学研究后，在学术领域辛勤垦拓的过程中与《文艺研究》杂志的初次邂逅，这次邂逅使我与这份致力于美学、文艺学研究，支持青年学者发表创新观点的年轻刊物结下了不解情缘，也正是这篇探讨中西文学艺术发生说的论文，使我更加坚信世界美学宝库中的差异性正是其生命力的根源所在。同年1月，我的硕士论文《〈文心雕龙〉中的灵感论》刊发后，受到科学家钱学森的来信肯定，这一切更激发了我的研究热情。也是在这一年，我硕士毕业后留校任教，随后开始攻读四川大学中国文学批评史专业博士学位，并有幸成为四川大学中文系的第一个博士生。

1986年，我在《文艺研究》当年度第4期上发表了《和谐说与文采论》一文。这是继1983年与《文艺研究》初次邂逅后的再度相逢。《文艺研究》杂志为我这样成长中的青年学者提供了学术阵地，使我在中西诗学比较研究方面的成果能够及时推出，并与国内前辈、同行学者切磋交流，在讨论与对话中取得进步，为推进中西比较诗学研究的发展、使中国文论价值挖掘滞后的现状得以改观贡献一己之力。在这篇论文中，我从中西诗学共同的发心，即“美是对立中的和谐”这一类同性出发，以西方早有定论的和谐说为参照，首次系统阐释了和谐说与文采论的差异：浓与淡、内与外、道与艺。通过对二者的平行比较，我进一步厘清了文采说的独特内涵，彰显了中国传统文论的潜在价值。我在比较诗学方面的研究成果第二次得到《文艺研究》杂志的认可与推介，使我信心倍增。我坚信，自己的研究方向大有可为，诗学研究不仅符合《文艺研究》杂志的办刊宗旨，同时也与中国文艺理论界的前沿问题密切相关，并且有利于中国文艺理论研究突破自身瓶颈，获得当代意识。

1987 年，全身心地投入比较诗学研究中的我，尝试通过对中西诗学理论差异性问题的关注寻求学术创新点，从而深入开掘中国传统文论中的潜藏宝藏。我继续中西美学理论研究札记、中西文艺理论比较研究札记、中西比较诗学研究札记、中西文论比较研究札记的撰写，连续发表了关于迷狂说与妙悟说、意境说与典型论、含蓄与朦胧、和谐说与文采论、文道论与理念论、沉思与想象、质朴平淡与浓烈奇特、滋味说与美感论等中西比较诗学方面的论文。这一年我的博士学位论文《中西比较诗学》也顺利完成，这意味着我的中西诗学比较研究体系的基本形成。1987 年我博士学位论文外审通过，评审专家有季羡林、杨公骥、钱仲联、杨周翰、周来祥等著名学者，10 月进行博士学位论文答辩，答辩由杨师明照先生亲自主持，答辩委员有徐中玉、王运熙、张文勋、张永言、项楚等名家，答辩顺利通过，年底我正式获得学位，成为全国第一个中国文学批评史专业博士，即学界所说“学科大师兄”，我感到非常荣幸。1988 年，这部博士学位论文由北京出版社出版，被公认为我国第一部中西比较诗学专著，是中西文论比较领域“开风气之先”和“填补空白”的著作，《中国比较文学研究二十年》一书指出：“比较诗学是近二十年来我国比较文学研究的一个最大热点，曹顺庆的《中西比较诗学》和黄药眠、童庆炳主编的《中西比较诗学体系》，钱念孙的《文学横向发展论》等是公认的学术精品……《中西比较诗学》是我国第一部中西诗学比较研究的专门著作……可以说是开辟了中西比较诗学的一个新阶段。”（王向远：《中国比较文学研究二十年》，江西教育出版社 2003 年版，第 248—251 页）我的这一阶段性成果得到了国内知名专家的肯定与认同。我想，其中除了我自身奉行博学、笃行、慎思、明辨的古训之外，还包含了《文艺研究》等一系列学术刊物的支持与认可。正是《文艺研究》等学术刊物积极奉行“解放思想，实事求是”的精神，打破了学术藩篱，为青年学者提供了学术辨章和争鸣对话的平台，使创新性的观点与见解在拨乱反正后的新时期能够获得涵容与肯定。如果说青年时代的我怀揣梦想，孜孜以求，浸心学术，那么《文艺研究》等刊物则是助我舟行学海的强劲东风，助力我在比较诗学研究中不断深入、突破自我，实现学术研究道路上“通”与“变”的平衡。

二、华润厚泽　檀栾飘举

20世纪80年代，我在从事比较诗学研究的过程中，深深地意识到中国当代文学理论界存在着一种“丰富与贫乏的二律背反态势，即别人的丰富，自己的贫乏”（曹顺庆：《中国文学理论的断裂与延续》，《当代文坛》1988年第6期）。文坛上盛行的都是“拿来”的理论，这一情形正如徐复观在《中国艺术精神》一书的《自序》中所云：“尤其是现在的中国知识分子，偶尔着手到自己的文化时，常不敢堂堂正正地面对自己所处理的对象，深入到自己所处理的对象；而总是想先在西方文化的屋檐下找一膝容身之地。对西方文化的动态又常陷于过分的消息不灵。当西方绘画早由写实主义、古典主义、前后印象主义、立体主义，而进入到‘现代艺术’时，许多人认为西方的绘画还是写实主义；……当西方的抽象主义，以二十世纪的五十年代发展到高峰，六十年代已走向没落时，又有些人大声叫嚷，说中国的绘画乃至书法正是抽象主义。”（徐复观：《中国艺术精神》，商务印书馆2010年版，第4页）这正是当时中国文艺理论界缺乏文化自信与理论自信的表现。

中国传统文艺理论体现的东方神韵、大国气象曾令汉学家们叹为观止，《文心雕龙》《文赋》《古画品录》《历代名画记》……几乎不胜枚举，为何现当代中国文论与古代文论之间会产生如此明显的裂痕，以至于当代文坛中“舶来品”充斥，本土学术资源和范式被严重遮蔽？我思考出的结论有两点：第一，五四新文化运动对传统文化的巨大冲击；第二，中国文学艺术本身发展的必然与社会前进的必然。在合力的作用下，中国现当代文论与古代文论间出现了裂痕，这一断裂仅是“形”的断裂，中国传统文艺理论的“神”仍然得以存续。因此，我提出了走向“一般文学理论”（general literary theory），即吸收、融合了各民族文学理论精华的一种更科学、更系统的文学理论，使中国文学理论兼容并包，允执厥中。同时，美籍华裔学者刘若愚的著作《中国文学理论》更让我看到了断裂的中国古代文论被世界重新发现和认识的可能。

1987年10月6日至12日，中国古代文论年会第五次会议在成都召开。此次会议的主题为“古代文论研究与当代意识”，当时对“当代意识”的界定是“特定历史条件下基于现实而产生的政治思想、价值观、文化心理、审美风尚的总和，是时代精神的折光。从纵向看，它与民族传统相交叉；从横向看，又与时代精神相交叉。八十年代的社会主义中国，其当代意识的具体构成是主体意识、革新意识、综合意识、比较意识等”（曹顺庆：《古代文论研究与当代意识》，《学术月刊》1988年第1期）。这次会议提出了中国古代文论研究的接受与创新问题，也是我形成“中国古代文论现代化，西方文论民族化”思想的重要触媒。

1989 年，我在《文艺研究》当年度第 3 期发表《大美无言——老庄的雄浑观》一文。在文中，我针对部分学者将“雄浑”这一中国特有的美学范畴简单等同于西方的“崇高”或现代意义上的“壮美”的浅层比附现象，比较了老庄雄浑观与儒家雄浑观之间的差异，探究儒道文论对与“雄浑”相应的“大美”的不同阐释视角，突出老庄在此美学范畴界定中对时空无限与物我合一境界的强调。在这篇论文中，我已不再受比较诗学研究中 X+Y 式浅层比附模式的束缚。主体在我，言说在我，坚定自信地发掘中国传统文论的潜在价值，使之受到国内外学界的重视，从蛰伏走向复苏，这正是我多年潜心从事比较诗学研究的初衷。这一次《文艺研究》杂志适时地为我提供了发表机会，使我能够在学术交流的平台上为中国古代文论价值的挖潜发声。这篇论文发表后，我的学术信心大增。由于我在多年的比较诗学研究中已经系统清理了中外文学史，我成功地拟定了《比较文学史》一书的大纲，尝试从文学艺术的本质规律这一基点去认识世界文论，也就是以总体文学的方法整合世界文学，使其“和而不同”，从而推动比较文学研究的深入发展，促进东西方文学、文论的交流对话，使中国文学、文论不断吸收外来营养，产生文化新质，并被国外学术界认识、理解。这种总体文学观念具有中国传统山水画法中“以大观小”的意味。我的这一写作计划得到了学术界的积极响应，全国二十多所高校和研究机构的同行学者参与了编撰，1991 年该作付梓。

1992 年春至 1994 年春，我先后赴美国康奈尔大学、哈佛大学做访问学者，在哈佛大学师从宇文所安（Stephen Owen）教授，与美国著名文论家艾布拉姆斯（M. H. Abrams）、华裔学者夏志清均有宝贵的学术交谊，受益匪浅。在结束访学活动回国后，我以国外的学术阅历为参照，反思国内比较文学和诗学研究现状，更深入思考中国文论话语重建的问题。

1996 年，我与李思屈在《文艺研究》当年度第 2 期上发表《重建中国文论话语的基本路径及其方法》一文，正式提出“重建中国文论话语体系”这一中国文艺理论研究中任重而道远的议题。如果说，此前我在《文艺研究》上刊发的《大美无言——老庄的雄浑观》一文是我学术研究中文化自信与学术自信的一面旗帜，老庄的雄浑观是中国文艺理论特有的范畴，在哲学和审美价值上不逊色于任何东西方诗学理论；那么，《重建中国文论话语的基本路径及其方法》一文则是对建立“主体在我”的文论阐释模式的实践性探索。我们探索重建中国文论话语的目的不是机械切换或主观拼凑、修补，“而是要立足于中国人当代的现实生存样态，潜沉于中国5000年生生不息的文化内蕴，复兴中华民族精神，在坚实的民族文化地基上，吸纳古今中外人类文明的成果，融汇中西，自铸伟辞，从而建立起真正能够成为当代中国人生存状态和文学艺术现象的学术表达并能对其产生影响的、能有效运作的文学理论话语体系”。我们提出了传统话语的发掘整理、中西诗学对话中的凸现与复苏、在广收博取中重建、在批评实践中检验其有效性与可操作性四条路径。这四条路径实为中国文艺理论研究中确立文化自信与学术自信的四个循序渐进的步骤。至此，我以比较诗学为基础，在宏观上探究中国文化与重建的研究体系已基本形成。1996年，《文艺争鸣》杂志在当年度第4期上组织了一次“中国古代诗学研究方法”笔谈，我深受启发。1997年，我与李思屈又在《文学评论》当年度第4期发表《再论重建中国文论话语》，对重建中国文论话语的四个子问题做了进一步探讨。1998年，我在《文艺争鸣》当年度第3期发表《“话语转换”的继续与重建中国文论话语》一文，重申了前两次撰文的观点，并针对李春青提出的中国古代诗学研究的“方法论迷误”进行分析，主张从元语言的层面（话语表述和意义的生成方式）入手，在中西对话中激活传统文论的话语体系，使其实现现代转型，从而达到重建中国当代文论话语的目的。同年，《文艺争鸣》杂志社又组织了一次“重建中国文论话语”笔谈，参与者有我及我的博士生李清良、李思屈、傅勇林、代迅和王晓路。可见，“重建中国文论话语体系”这一议题自1996年我和李思屈在《文艺研究》上提出后，已经引起了学术界的普遍反响。

在深入研究中国文论话语重建路径和方法的同时，我对一个问题产生了浓厚的兴趣。“道”与“逻各斯”是中西文化与文论话语的原生点之一，或者说是中西话语的元语言之一，二者存在着许多表面相似之处，但为什么中西文化从这一相似的生发点上衍生出了不同的学术规则、学术话语和意义生产方式？至此，我已经触及了中国文论话语重建的深层问题。这种文化探源性的研究具有极大的挑战性，又有不可抗拒的吸引力。我想，要解决中国传统文论话语的现实困境，建立文化自信与学术自信，用中国人自己的方式言说“气韵生动”的“中国故事”，就必须要探寻出一种“活的”文化运作机制，不仅解决“是什么”和“为什么”的问题，还要为“怎么办”提供可行的解决思路。我们与西方文论作比一定不是为了追求二者的同质化，而是要在“主体在我”“言说在我”的基础上采他山之石、攻我昆仑之玉，真正建立起跨文化比较研究中的对话与互补机制，使中华文化几千年来不断吸收外来文明并使之本土化的强大功能再次焕发光彩。我的这一成果得到了《文艺研究》杂志的认可。1997年，我的论文《道与逻各斯：

中西文化与文论分道扬镳的起点》在《文艺研究》当年度第6期上刊出。此文是我对中西文化机制深层探索的标志性成果，也是我以比较诗学研究为基础，探索中国文论话语重建的重要的阶段性成果。正是对文化发生机制的探索，让我抓住了中国文论话语重建的关捩。

自20世纪80年代初，当我以文化自信为基础倡导学术自信，力求重建中国文论话语，让世界重新发现和认识中国文论时，我的学术主张得到了《江汉论坛》《学术研究》《文艺研究》等学术刊物的大力支持。《文艺研究》杂志在1989年、1996年、1997年三次刊出了我的研究成果，见证了我在学术研究道路上的垦拓。我从研究中国古代文学批评开始走向比较诗学研究，又由比较研究回到重建中国文论话语，这应该就是我在学术研究中的"回返"路径吧。从"我"出发，再次反归到"我"，建设"主体在我""言说在我"的中国文论话语，既使传统精神文化财富继而不绝、发扬光大，又借西方这面"他者之镜"反观自我。看到优点，确立自信；看到不足，虚心借鉴，在平等基础上开展学术交流与对话，这才是"他山之石，可以攻玉"的真正含义。在这一长期的探索历程中，《文艺研究》如同知音与我琴瑟相和，陪伴、支持我走过了学术研究的漫漫征途，与我共同守候着文化自信的初心。

三、尺水兴波　一川风动

20世纪90年代，季羡林先生在为"东方文化集成"丛书所作的总序中，对东方文化及东西方文化的关系进行了充分讨论，他不反对"拿来主义"，但主张在"拿来"的同时也要"送去"，让世界听到中国的声音。他认为，在当今世界，东西方均要打破自我中心主义的立场和企图，促进全人类的了解与合作。在季先生"河东河西论"的影响下，1996年，我在《文艺争鸣》第2期上发表《文论失语症与文化病态》一文，提出当今文艺理论研究面临的最严峻问题是"文论失语症"，这种文化病态是缺乏文化知识的突出表现，是用"两只眼睛"看西方却无暇自顾的文化偏激心态、文化虚无主义及扭曲的文化价值判断作祟的结果。这种文化病态已严重违背了中国现代化进程中传统出新、中西结合和以西润中的初衷，以致舍本逐末，使西方的"器"替换了中国的"道"。我提出的"文论失语症"引起了学术界的激烈反响，一时间不同声音迭出。从1996年此文刊发截至目前，征引量达492次之多。"文论失语症"已成为一个具有重要学术原创性并且在学术界引起深入、持久反响的重大学术议题。学者们的激烈争鸣与思想交锋推动了我对这一问题的深入思考。我正是在中国文论失语和当代文论建设陷入“研究方法迷误”的背景中提出“重建中国文论话语”的主张的，而“文论失语症”是文艺理论界当下必须正视的现实。

1999 年，《文艺研究》当年度第 4 期刊登了我的论文《从“失语症”“话语重建”到“异质性”》，将我在提出“文论失语症”议题后三年来的研究成果适时推介到学术界。此文标志着我在学术研究道路上从对话语重建的思考深入对中国传统诗学作为一种异质性知识形态的探索。我认识到，如果“异质性”的问题没有解决，话语重建就是无根之木、无源之水。现代西方知识谱系全面替换了中国传统知识谱系，我们不能既释名彰义，又断根索源。我借《文艺研究》这一平台明确界定了“异质性”的含义：“所谓‘异质性’，始终只是在知识形态的意义上讲的，它的含义是说中国传统诗学有不同于西方诗学的异质的知识谱系背景和质地、形态均不相同的知识质态。”我深入异质性问题的研究，就是为古代文论的现代转换和重建中国文论话语提供可操作的路径，避免机械复古与盲目照搬造成的负面效应，使中国古代诗学与现代诗学两种知识形态融合互补、有效衔接。其中，对中国传统诗学所代表的本土范式的价值认定则是当务之急。而在比较诗学的研究中，与类同性相比，差异性更能在诗学对话中证实中国本土范式不逊于外来范式的特点，从而坚定文化自信，扭转长久以来形成的病态文化心理。因此，我主张首先从两个层面对传统诗学的异质性问题进行研究：第一，清理传统诗学知识谱系的基本构型；第二，确认传统诗学的知识质态。“异质性”不仅成为重建中国文论话语的重要议题，也成为比较文学中国学派的重要特征，更是中国人文学术的创新生发点。《文艺研究》杂志再次为处于学术探索期的我提出两个重要的学术原创性议题——“文论失语症”与“异质性”提供了重要支持，并助力于后来与此议题相关的一系列学术活动的开展与学术成果的推介。

在激烈的学术交锋中，我不断反思比较诗学研究中的问题，结合学科前沿，动态修正自己的学术思路。从 90 年代起，为了应对比较诗学研究中对比研究不对称、学理基础薄弱、直接参考文献不足的问题，我就已经开始着手编写《中外文论史》。这部著作构架宏大，纵横穿插，拟定撰写四卷八篇，约 260 万字。直至 2012 年，该书付梓，前后耗时达 22 年之久。在编写过程中我意识到，要想在总体文学观念统摄下展开共时（横向）与历时（纵向）的研究，必须要深入了解比较文学学科理论，如果不深研，诗学的许多问题都无法深入展开，我憧憬的平等对话与交流的理想学术生态便无从谈起。

同样是为了推进比较诗学的研究，我开始深入比较文学学科理论的研究中，并在批判地继承中外前贤理论的基础上，提出了“跨文明比较研究”的思路，确立了中国学派在全球比较文学学科理论建设方面的重要地位，让国际学术同侪听到了中国学者的声音。从某种程度上讲，这是中国文论话语重建的先行成果，是中国学者的理论创新与学术创新。2005 年，我成为长江学者、特聘教授，倍感荣幸。2006 年，我将自己在比较文学学科理论研究中的创新成果——比较文学变异学理论介绍到国内学术界，《复旦大学学报》在当年度第 2 期刊发了我的论文《比较文学学科中的文学变异学研究》。同年，《江汉论坛》《中国比较文学》《世界文学评论》也刊载了我有关比较文学变异学理论的多篇论文。其后，《外国文学研究》《学术月刊》《中山大学学报》《东方丛刊》《当代外语研究》等学术刊物对这一具有学术创新性的理论成果进行了普遍推介。就在我的变异学理论创新性得到学界广泛认同的时候，我与久违的老友《文艺研究》在 2008 年的金秋再度相逢。《文艺研究》杂志又一次为我提供了学术总结与反思的平台，也正是这一学术总结与反思成为了下一个学术创新点的触媒。此时，我感念在我涵泳于学术近三十年的时光里，《文艺研究》杂志为我研究成果的推出提供的多次宝贵机会。我与王超的论文《中国比较诗学三十年》这一总结性成果在 2008 年第 9 期《文艺研究》得以刊发。在文中，我们系统梳理了从 1978 年至 2008 年中国比较诗学开创、奠基、反思、重构再到深化与拓展的三十年（三个阶段）发展脉络，在第三阶段的三个重要理论走向（不可通约性、文论失语症、异质性）中，有两个是我的研究成果。其中，异质性理论研究主要关涉跨文明研究和变异学，尤其是具有学术原创性的变异学理论，成为比较文学中国学派的突出特色，是全球比较文学学科理论发展第三阶段的显著特征，也是中国比较诗学研究从反思、重构到深化、拓展的重要标志。2014 年，我的英文版比较文学专著《比较文学变异学》（*The Variation Theory of Comparative Literature*）由德国斯普林格（Springer）出版社在海德堡、伦敦、纽约同时出版，在国际比较文学界获得了普遍的认可与好评。2017 年，我的《中西比较诗学》俄文版（*Поэтика в Китае и на западе*）在莫斯科出版。让世界聆听中国的声音是我几十年保持旺盛的学术热情、从事比较诗学研究的动力所在。我的研究成果在异质文明圈中传播，我能够代表中国学者在海外发声，这是殊荣，也是责任和担当。我不是代表个人，而是代表了那些用毕生精力研究中国诗学，努力重建中国文论话语体系，激活、复苏中国传统话语方式与意义生产方式的前辈、同辈与后继学者。学海历尽千帆，归来仍是少年。

四、清心妙香　学无尽境

中国文艺理论研究自20世纪80年代以来就寻求与当代意识的结合，几十年来，我致力于比较诗学研究与中国文论话语系统重建，其初衷就是要激活我们民族的文论话语方式，使其在吸收、内化西方养分的基础上焕发出当代生机。《文心雕龙》《文赋》《诗品》《沧浪诗话》等著作中蕴藏着中华民族几千年来的宝贵精神财富，它们是我们的民族身份在审美思维方式上的表征。激活、复苏传统诗学并不是盲目复古或出于狭隘的民族主义情结，而是要使传统诗学与现代诗学接轨，使西方文论实现中国化并为我所用。我深信本土性与世界性、差异性与类同性、民族性与全人类性在“杂语丛生”的全球学术生态中始终是不可分割的一体两面。20世纪90年代，我提出和阐释了“文论失语症”，由于这一理论扼住了中国文艺理论研究的瓶颈，指向了文化失根与自信力缺失的根本问题，其学术回响不断延递。不仅我的相关研究成果成为高频次征引文献，因之而产生的同行学者相关研究论文也数以百计。我们的研究在学术层面形成了一股强大的诉求，即话语权的追问、反思与回归。因此，这场持续了近二十年的争鸣、思辨、讨论已从文学领域扩展到了艺术和其他领域，演变成了一场整体的文化辩论。我再次为“文论失语症”尺水兴波的学术生发力而激奋。

与此同时，《文艺研究》杂志始终密切关注学界动态，并为我的研究提供推介平台，把这场学术思辨与争鸣向前推进。2013年，我和黄文虎在《文艺研究》当年度第6期发表了《失语症：从文学到艺术》一文。在文中，我们从总体上概括了失语症这一学术现象在三方面的表现：传统审美与现代审美话语的断裂、消费主义及大众话语的侵袭、泛文化化与泛艺术化。我们初步得出应对这种文化困境的基本策略，即要重建中国传统话语，辨明异质话语之间的异质性与变异性，避免同质化倾向，使传统审美话语与当代话语有机融合，从而推动新世纪的文学艺术走向全面繁荣。

从1979年《文艺研究》杂志创刊、1983年我在当年度第4期上发表比较诗学系列研究论文之一《“物感说”与“摹仿说”——中西美学思想研究札记》，到2013年我与博士生黄文虎发表《失语症：从文学到艺术》一文，我与《文艺研究》杂志的学术情缘已经有三十多年，和我从事比较诗学研究的时间几乎重合。《文艺研究》作为中国文艺理论与美学研究的重要学术刊物，以其包容、开放、鼓励创新、培养青年学术人才的姿态，扶助我在学术研究的道路上行进。2013年6月，在《失语症：从文学到艺术》一文刊发后，我又萌生了一个新的兴趣点，即艺术领域的西方学者是如何用现代性知识话语言说中国艺术的？他们在跨文化研究中由欧洲中心主义或民族主义立场走向国际主义与比较研究的总体路径，是如何呈现在对中国艺术的言说与阐释中的？因为我少年时代就接触、学习了音乐，学会了二胡、京胡、小提琴的演奏技法，一直对艺术怀有深深的热爱。再加之新世纪伊始，我已尝试从文学进入艺术领域进行探索，试图在跨学科研究中发现新的学术矿藏。2012 年，四川大学出版社出版了我主编的中英文双语学术研究论文集《艺术研究与评论》；2014 年，我主编的《艺术学概论》由高等教育出版社出版。现在，这一学术兴趣点与中华文化全球传播关系密切，我可以通过这方面的研究为中华文化“走出去”提供学理支撑与策略支持。对异质文明圈的西方学者用现代性知识话语言说中国文化所产生的差异、误读、浅层搁置的主动观照是文化自识的有效途径，也是搭建跨文明学术对话、交流平台的重要方式。我即刻抓住这一新的学术生发点，即西方中国艺术学术史研究，组织我的博士生一同钻研、探索。

2016 年，《文艺研究》当年度第 8 期刊出了我们的初步研究成果《艺术史与现代性知识话语——20 世纪以来英语世界的中国艺术通史研究》一文。此文刊载之后，我继续在比较诗学的研究中不断延展学术视野，探索具有创新性的学术课题。2018 年 3 月 3 日，我因在比较文学与文化研究领域的表现和成就当选为欧洲科学与艺术学院院士。在获此殊荣时，我更加坚信，正是中华民族伟大复兴的愿景推动我在学术的道路上孜孜以求，不忘初心。我代表我的祖国和同行学者在国际学术界发声，要让世界听到中国学者的声音。

2019 年，我与博士生佘国秀的阶段性研究成果《本体与镜像：20 世纪英语世界的中国艺术史研究》一文又有幸在《文艺研究》当年度第 5 期上刊载。我惊喜地发现，从 1979 年 5 月《文艺研究》诞生，给青年时代的我以无限的期许与鼓励，到 2019 年 5 月我与自己培养的青年博士在《文艺研究》杂志上刊发研究成果，这是多么圆满的一个际会啊！回想当年，恩师杨明照先生的教诲与扶持，到如今诗学研究的薪火相传，这正是学术道路上绵延不绝的赠予与回馈。

在四十年的学术道路上，我与《文艺研究》践行了“执子之手，与子偕老”的承诺。从青春的期许到花甲之年的充实，默默守候，无限期许。

生命不息，研学不辍。

（作者为四川大学教授）

《文艺研究》对我在学术上的影响

陈池瑜

1979年正值改革开放的初始之年，万物回春，神州大地一派生机勃勃的景象，文艺创作和文艺研究焕发出新的神采，艺术家和文艺理论家谱写新的华章。在这一重要时刻，文化部文学艺术研究院（后改为中国艺术研究院）于该年5月创办了《文艺研究》双月刊（后改为月刊），这是一份重要的文艺评论、文艺研究的综合性学术刊物。四十年来，该刊为推动中国文艺理论、文艺研究和美学研究事业的发展，为繁荣文艺评论和促进文学、美术、音乐、戏剧、电影、舞蹈、设计、曲艺、建筑、书法等艺术门类理论的建构，均做出了重大学术贡献，已成为我国文学与艺术研究的权威期刊，获得学术界广泛的高度赞扬。

《文艺研究》创刊的这一年，我作为“文革”后招收的第二届研究生，考入华中师范学院（后改为华中师范大学）中文系文艺理论专业攻读硕士学位，我们文艺理论专业共七位同学，由孙子威、彭立勋、周伟民三位导师指导，导师组组长为孙子威教授。20世纪70年代后期和80年代，青年学生们如饥似渴地学习知识，主要方式是在图书馆借书、读书，在期刊室阅读杂志。当时的杂志，除刚恢复的各大学学报外，文艺类的理论刊物并不多，主要有中国社会科学院文学研究所主办的《文学评论》，再就是这份新办的《文艺研究》，另有一份杂志是由著名诗人徐迟主编、华中师范学院中文系主办的《外国文学研究》。发表文学创作的全国性期刊有《人民文学》和《诗刊》等。各艺术门类的刊物如《美术》等也恢复出刊。新创刊的《文艺研究》一出版即引起文艺界和文学艺术专业学生的极大关注，我上研究生后，《文艺研究》每期必看，成为我除上专业课外的重要学术读物。

我在1979年9月至1982年9月攻读研究生学位，我们文艺理论专业开的专业课有文学原理、美学和西方文论、中国古代文论、西方哲学史、中外美术史等课程。《文艺研究》既发表有关党的文艺思想研究的文献与文章，又发表有关文艺问题和理论专题及西方近现代文艺思潮的论文，还发表美术、戏剧、电影、音乐等方面的评论，这都是我们要认真学习的内容。

记得《文艺研究》从创刊号到1982年，在文艺思想方面较为重要的文章有：毛泽东《同音乐工作者的谈话》，周恩来关于文化艺术工作的讲话和周恩来与陈毅关于话剧、歌剧、儿童剧的谈话，邓小平《在中国文学艺术工作者第四次代表大会上的祝词》等，以及周扬、林默涵、陈涌等文艺界负责人关于当前文艺思想和文艺创作问题的文章。当时马克思《1844年经济学—哲学手稿》中有关美学思想和私有制下的“异化”理论及人道主义理论引起了广泛讨论，《文艺研究》先后发表了陆梅林、蔡仪、郭因、蒋孔阳等人学习马克思《手稿》的论文。此外，陆梅林《马克思主义与人道主义》、朱光潜《关于人性、人道主义、人情味和共同美问题》、黄药眠《关于文学中的人性、阶级性等问题试探》、钱谷融关于自己《论“文学是人学”》旧文的说明、程代熙《卢卡契的现实主义理论——读书札记》等文章将相关理论问题的讨论引向深入。关于文艺创作的现实问题和文艺规律讨论的重要文章还包括《周扬同志关于当前文艺问题的一些意见》、陈荒煤《关于总结三十年文艺问题》、赵丹《应该尊重艺术创作的规律》等。1980年6月，《人民日报》发表评论员文章，提出“文艺为人民服务，为社会主义服务”即“二为”方针，不再提“文艺从属于政治”的口号。《文艺研究》发表王若望等人就文艺和政治关系展开专题讨论的系列文章，我也认真加以研读。孙子威老师组织我们专题讨论文艺和政治的关系，文艺理论专业的七位研究生分别写作一文，我写的是《试论教条主义在文艺和政策关系上的表现》，孙老师把我们的文章编成一个铅印小册子，于1980年8月带领我们到江西庐山参加规模较大的由中宣部和江西大学（现南昌大学）等单位召开的主题为“文艺与政治关系”的全国学术研讨会，这是我第一次参加这样大型的学术会议。1980年，《文艺研究》还发表了多位作者笔谈“从美学角度加强文艺批评的讨论”，其中王文生的《真善美——文艺批评的标准》，对文艺批评及其标准提出新的看法。上述《文艺研究》创刊初期几年发表的党和国家领导人有关文艺工作的指导意见，关于马克思“手稿”美学思想的研究论文，关于人道主义、文学与人性、文学与政治关系的讨论，关于当前文艺问题、文艺创作与文艺批评的论述，为新时期文艺界的思想解放运动发挥了较大作用，深化了对有关重大文艺问题的研究，促进了艺术理论、艺术批评和美学研究的繁荣，这些文章都是我们文艺理论研究生学习和关心的内容，对我们的专业研究均有直接的帮助。另外，值得特别提及的是，我比较喜欢看哲学书，在研究生阶段看过康德的《判断力批判》、黑格尔的《逻辑学》《精神现象学》《美学》，受到《文艺研究》讨论形象思维问题的影响，我又去看乔姆斯基的《句法结构》、索绪尔的《普通语言学教程》、萨丕尔的《语言论：言语研究导论》及皮亚杰的发生认识论和有关儿童语言与思维的书籍，精读陆机的《文赋》、刘勰的《文心雕龙》中的“神思”“情采”等篇章，将硕士学位论文定为《论文学创作中形象思维与语言传达的矛盾统一》，试图揭示文学创作中具象形象即直观感性形象的思维活动，同概念形式的语言表达的抽象性之间的矛盾和统一。这篇硕士论文于1983年在《华中师范学院学报》发表，后被中科院文学所所刊《文学研究动态》评述形象思维研究成果的文章评介，与硕士论文相关的姊妹篇《论文学创作中形象思维与语言运用的矛盾运动》亦在《湖北大学学报》发表。

当时我的专业是文艺理论，主要学习的是中外文学理论和美学，孙子威老师为了扩展我们关于其他门类的知识，特请湖北美术学院的阮璞教授和汤麟教授给我们讲授中国美术史和外国美术史。此外，我就是靠阅读《文艺研究》来增加艺术史论的相关知识。

《文艺研究》创刊后，不少知名的老艺术家和艺术史论家纷纷在该刊上发表论文，这些文章是我们青年学生学习的绝好资料。电影方面的论文如陈荒煤《关于电影的题材问题》、钟惦棐《对当前电影工作的十项建议》、郑雪来《对现代电影美学思潮的几点看法》等；戏剧曲艺方面的文章有张庚《戏曲的形成》、老舍《答复有关〈茶馆〉的几个问题》，以及侯宝林谈相声的文章等；美术方面的论文和评论更加丰富，刘开渠、钱绍武谈雕塑创作和雕塑形式美，王朝闻论艺术想象和艺术欣赏，江丰、吴冠中、艾中信、闻立鹏、李化吉、李天祥关于油画民族化、油画中现实主义传统和油画创作规律的讨论，还有吴冠中评论林风眠和黄永玉，黄苗子对于国画创作的看法，金学智、邓散木谈书法和篆刻，以及邵大箴、郑胜天介绍西方现当代美术及思潮等。研读这些评论文章和论文，使我增加了对美术史和美术理论的兴趣，促使我研究生毕业后从文学理论转向美术理论研究。很值得一提的是，《文艺研究》经常刊发著名文学家如冰心、丁玲、马烽、黄宗英、高晓声、刘心武、蒋子龙等人的创作体会和评论文章，还有评论和研究茅盾、郭沫若、巴金、老舍的文章，使我们了解文学创作最新成果和研究动态。此外，《文艺研究》还发表吴晓邦有关中国新舞蹈艺术的发展，吴毓清评介杨荫浏的《中国音乐史稿》，朱光潜的维科评介，伍蠡甫关于现代西方文论，彭立勋论述西方美学与文艺思潮中的“自我表现”说，洪毅然、叶朗、刘纲纪关于形式美和抽象美及中西美学比较的论文，都给我留下了深刻的印象。《文艺研究》成为我专业学习的绝好的精神食粮！

1982年6月初，孙子威老师在我们研究生毕业前夕，带我和另一位同学到河南洛阳龙门石窟、嵩山少林寺，山东曲阜、泰安、泰山、济南，山西太原晋祠、芮城永乐宫，陕西临潼兵马俑及乾陵、茂陵等地参观文物和景点，并于6月底到北京，除参观故宫、天坛和十三陵中的定陵、长陵外，还带我们到北师大拜访了他的老师也是我们的师祖黄药眠先生。我们当时住在北师大化学系招待所，在东官房胡同附近，离恭王府很近。孙老师带我们到设在恭王府内的中国艺术研究院（当时好像单位牌子上写的是文化部文学艺术研究院），拜访了著名翻译家、艺术理论家陆梅林先生，我们在《文艺研究》上读过他有关马克思主义与人道主义的论文，见到他特别高兴，并就人道主义问题请教他。而第一次去《文艺研究》编辑部，大约是在1984年11月。那时我已在湖北艺术学院工作，汤麟教授和我一起去北京看展览，他带我到了《文艺研究》编辑部，见到了主持工作的林元先生。林先生请汤麟教授和我一起到恭王府附近一个小餐馆吃饭，当时正好周韶华先生来京，也请上他一起相聚，记得还有杨志一先生也参加了。林元先生向我们介绍了《文艺研究》编辑栏目等情况。

1982年10月，我从华中师范学院研究生毕业，经孙子威老师向阮璞教授推荐，我来到湖北艺术学院美术分部工作（1985年湖北艺术学院分为武汉音乐学院和湖北美术学院两校）。我当时仍将《文艺研究》作为每期必读的杂志，其他有中国美术家协会的《美术》及中央美术学院新创刊的《世界美术》，从1985年开始，为了阅读的方便和留存的需要，我开始通过学院收发室订购《文艺研究》，直到1998年，订阅了十四年，这十四年的《文艺研究》我现在还完整保留着。1984年10月，武汉大学哲学系刘纲纪教授（全国美学学会副会长、湖北省美学学会会长）在武汉主办“中西美学艺术比较讨论会”，这是一次盛会，参会的有王朝闻先生及夫人简平老师，北大杨辛、葛路、于民、叶朗，北京舞蹈学院的朱立人，《文艺研究》的张潇华，上海的蒋孔阳、伍蠡甫，西北师大的洪毅然，湖南的杨安伦、陈望衡等先生。我当时和易中天、皮道坚在会务组工作，会议秘书长是汤麟。我为会议提交了一篇约1.5万字的论文《诗与画的界限、联系与特征的中西艺术理论比较》，张潇华先生从会议论文中看到我这一文，对我说想在《文艺研究》发表，我犹豫了。因在开幕式上刘纲纪先生叮嘱大家说要出版会议论文集，不要先在其他地方发表，我听了之后就对张潇华先生说，刘老师不准我们在其他杂志先发。就这样，我竟错过了在《文艺研究》发表这一长文的机会。第二年，我从订阅的《文艺研究》第1期上看到了刘纲纪先生的会议论文，即关于中西美学比较一文，也只能笑怪自己太老实，未能答应张先生而在《文艺研究》首发我的那篇论文。后来到了1986年我将此文第三部分《中西诗画时空表现特征》抽出在《美术》上发表了。当然，全文也收入了《中西美学艺术比较讨论集》，1986 年由湖北人民出版社出版。

1985 年，美术界思想很活跃，出现了后来被称为“85 美术思潮”的局面，青年美术家尝试用西方已经过去的 20 世纪上半叶发生的野兽主义、立体主义、未来主义、抽象主义、表现主义、达达主义等观念与方法进行美术创作。为了系统地介绍西方现代艺术，浙江美术学院（现中国美术学院）请来美国明尼亚波利斯艺术与设计学院罗曼·J. 维罗斯科（Roman J. Verostko）讲授西方社会现代艺术史，从 3 月中旬讲到 4 月下旬，内容从印象主义到六七十年代的照相主义、波普艺术和活动雕塑，比较系统地介绍了西方现代艺术的产生与发展及代表艺术家和作品。湖北美术学院派我去参加了这个讲习班，我认真做了笔记，并将讲座内容整理成约 1 万字的《维罗斯科谈西方现代艺术》一文，整理稿打印出来后寄了一份给张潇华先生，本是想给他了解这次系列讲座的相关信息，并不是投稿，结果他看到文章后给我来信说，《文艺研究》新开“研究之窗”栏目，介绍国内外的文艺和美学新思潮、新观点和新的艺术经验，要我将文章压缩后在《文艺研究》1986 年第 1 期“研究之窗”上刊发。文章刊发后被中国人民大学报刊复印资料中心《造型艺术》1986 年第 3 期全文复印转载，为当时艺术界介绍评介西方现代艺术起了一定作用。此文对我也是一个鼓励，我正好接到湖北省的一个委托项目“西方现代艺术思潮研究”，陆续写作，在《艺术探索》《艺术与时代》等杂志发表了《第四空间：毕加索与立体主义》《西方现代艺术的三次革命》《新的空间形式——国外现代雕塑一瞥》《现代绘画之父——塞尚》等文章。

20 世纪 80 年代，我在湖北美术学院的工作是讲授艺术概论课程，在 90 年代还担任西方美术史近现代部分及美学课程的教学。1987 年参加汤麟主编的《外国美术史教程》中的西方现代美术的编写工作并担任副主编，该书由中南五省联合编写，1991 年由湖北美术出版社出版。我在《文艺研究》发表《维罗斯科谈西方现代艺术》之后的五六年中，尝试结合西方现代和当代新的艺术形式与思潮、新的艺术实验与创作，如反艺术的达达主义、立体主义、波普艺术、偶发艺术、超现实主义、表现主义等等，探索艺术理论的新挑战，对艺术的本质、艺术抽象与形式、对艺术题材的转换、艺术作品的意义等艺术理论的基本问题和重大问题，进行较为深入的探讨，1991 年由长江文艺出版社出版了中华人民共和国成立后第一本以艺术学命名的专著，即《现代艺术学导论》。书中一章——《艺术作品意义的特定性、多义性与生成性》以论文的形式在《文艺研究》1990 年第 2 期发表，并也被人大复印资料转载。这本 30 万字的著作出版后，《文艺研究》1993 年第 2 期发表了杜湖湘教授对《现代艺术学导论》的评介文章。季羡林先生主编的《20世纪中国学术大典》及李心峰先生主编的《20世纪中国艺术理论主题史》都对本书进行了评介，认为本书建构起艺术学基础理论的框架，对艺术理论中的有关问题进行了深入研究，提出了新的学术见解。

出版《现代艺术学导论》后，我于1991年9月在京参加王朝闻先生主持的，由中国艺术研究院主办的，由各省美协和画院负责人及美术家和理论家参加的中国当代美术史编写研讨会。1992年4月，我被邀请参加王朝闻先生任总主编、邓福星先生任副总主编的国家重大项目《中国美术史》现代、当代两卷美术理论部分的编撰工作。同时，我申报的全国艺术科学青年项目“中国现代美术学史”也获得批准。同年我晋升为教授，开始转向中国现代美术理论、美术思潮、美术史学的研究。当时我带着中国艺术研究院科研处的介绍信到南京艺术学院图书馆、上海图书馆土山湾分馆（和林木教授一道，他担任现代当代卷国画部分的编写）、浙江美术学院图书馆、黄宾虹纪念馆及国家图书馆查找资料。我撰写了《二十世纪前期中国现代主义美术思潮管窥》一文，对现代主义美术思潮在中国的繁衍、决澜社与现代主义等问题进行探讨。记得我从武汉来京开会时带着此文到《文艺研究》拜访了主编柏柳先生，请他指教，此文后来刊发在《文艺研究》1998年第4期上。另有近3万字长文《20世纪上半叶中国美术史研究概评》分上、下编，发表在中国艺术研究院美术研究所主办的《美术观察》上。我的“中国现代美术学史”课题研究，得到《文艺研究》的支持，阶段性研究成果陆续发表，该项目成果以30万字的专著《中国现代美术学史》，于2000年编入邓福星主编的《美术学文库》，由黑龙江美术出版社出版。

《文艺研究》十分重视我国艺术学学科建设问题，率先开展了对艺术学的研究。并于1988年第1期刊发李心峰先生的《艺术学构想》，该文论及西方19世纪下半期以来艺术学的创立和演变，并对艺术学内容框架提出了独到见解。1997年《文艺研究》第4期又刊发了张道一先生关于中国艺术学的建立问题，张先生1994年在东南大学建立艺术学系，并在国务院学位委员会上呼吁建立艺术学学科门类，该文对艺术学的研究对象和方法、艺术学所属的子学科及艺术学交叉学科，均提出了建设性意见。

2001年7月，我从湖北美术学院调入清华大学美术学院艺术史论系工作，担任艺术理论、中国美术史、中国现代美术学史等课程的教学工作，更加关注艺术学学科的发展。为响应张道一教授在《文艺研究》上发表的关于建构中国艺术学的倡议，厘清民国时期艺术学研究的发展脉络，总结1949年前学者关于艺术学研究的成果，为当前艺术学发展提供学科基础成果的清理和借鉴，我写作了《20世纪前期中国艺术学学科研究评述》一文，发表在《文艺研究》2001年第4期，后收入东南大学艺术学院王廷信教授主编的《艺术学的理论与方法》论文集。在我近二十年来的中国艺术学研究中，先后发表了《中国艺术学学科特征与发展前景》《中国艺术史学的发展历程及基本特征》《张彦远〈历代名画记〉的画史体系与史学理论》等论文，主编的“中国艺术学研究书系”被列入国家“十三五”规划出版项目和国家出版基金项目，所著《中国艺术学论纲》即为丛书之一，全书分为中国艺术学学科研究、中国艺术理论与美学研究、中国艺术史学研究、中国当代文化建设与艺术批评四个部分，共50万字，于2018年由山东教育出版社出版。

我在清华大学美术学院执教十八年了，一面开展美术评论工作，一面开展中国古代美术批评和美术史学理论研究。批评方面，我写了《呼唤崇高——评周韶华中国画创新风格》一文，评介著名画家周韶华创作的《大河寻源》画展及新创作的《不尽长江万古流》《昆仑夕照》《征服大漠系列》等作品，指出其创造了一种雄浑博大的崇高壮美艺术风格。此文交给陈诗红编辑后，很快在《文艺研究》2002年第4期刊出。这对我开展当代美术评论工作是一个很大的鼓励。此后，我密切关注当代美术创作现状和新的创作成果，陆续又为清华美术学院的著名艺术家写了几篇评论，包括《创造未来——张仃与中国现代造型艺术》(《新华文摘》全文转载)、《发现东方——吴冠中绘画艺术的当代文化意义》及《新中国建设与绘画》等文。

在科研方面，申报和获得批准国家艺术学项目“中国美术史学理论研究”，北京市社科项目“中国美术批评学研究”和“中国艺术史观与方法研究”，力求梳理总结中国古代艺术史观与方法，挖掘中华民族独特的美术史学理论。

中国古代绘画、书法艺术取得了辉煌的成就，随同发展的中国古代书史书论、画史画论资料也相当丰富。20世纪初以来，在西学东渐的过程中，我们的艺术批评观点和方法主要运用和借鉴西方的美学理论和批评理论，这固然对中国艺术批评理论的现代转型起到一定作用，但也存在忽视中国本土批评理论的倾向。有鉴于此，我写作了《中国美术批评学研究提纲》和《建立中国美术批评学》两文，探讨中国美术批评学的核心价值观和审美价值观以及独特的品评标准和批评范畴、史论评相结合的写作方法等，提出建立现代形态的中国美术批评学学科，对中国美术批评学的理论框架也进行了论述。《中国美术批评学研究提纲》一文，寄给当时《美术观察》的主编吕品田先生，随后发表；《建立中国美术批评学》一文，寄给《文艺研究》美术栏目编辑陈诗红女士，她不久即来信说通过终审，刊于《文艺研究》2003年第5期。此文发表后，被《高校文科学术文摘》摘要介绍。后来，我完成了《中国美术批评学研究》的科研项目，此文被编入《北京市哲学社会科学规划项目优秀成果》，由首都师范大学出版社出版。

《文艺研究》对我的博士、博士后也有很大的学术影响，我总是叮嘱学生们要认真阅读学习《文艺研究》。博士后王洪伟科研能力较强，非常喜爱《文艺研究》，从研读《文艺研究》中受益很大，也试着向《文艺研究》投稿，近几年他在《文艺研究》先后发表了《"南北宗"是一个史学问题，还是一个美学问题？》《滕固美术史研究受梁启超"进化"史观影响辨讹》《从风格描述到学术意图——高居翰对〈葑泾访古图〉新颖手法来源的推论》等六篇论文，《文艺研究》对他的学术道路产生了很大的影响，最近他去山东工艺美术学院工作，被直接聘为教授。

《文艺研究》对我在学术上的影响颇大，我要由衷地感谢《文艺研究》。我从1979年攻读文艺理论研究生以来的四十年中，一直在高校从事文艺理论和美术史论的研究与教学工作，《文艺研究》创刊四十年来，是我最爱阅读和受益最大的学术刊物！十分感谢《文艺研究》的主编和编辑们为中国文艺界和学术界编辑出版了这份文学艺术领域的顶级权威学术期刊，为中国文艺理论研究事业做出了卓越的贡献，也感谢这份刊物的作者们为我们带来新的理论观点和研究成果。

（作者为清华大学教授）

我的学术翻译与写作：对《文艺研究》上几篇拙文的回顾

陈　平

近来我重新拾起了李格尔《荷兰团体肖像画》的翻译工作，正译得来劲的时候，张颖老师约我为《文艺研究》创刊四十周年的一本文集写点东西。作为一个作者，我觉得此情难却，但一时又不知如何下笔。想来想去，想起我在《文艺研究》上发表的几篇拙文都与学术翻译有关，于是便暂且搁下了译笔，以此翻译与写作为话题，结合这几篇文章，回顾一下这些年的工作和体会，以就教于各位师友，也借此机会向《文艺研究》表示我的祝贺与感谢。

这几篇文章大致反映了我的两个兴趣点：西方美术史学和建筑理论，各有两篇。

关于史学的第一篇文章发表于近二十年前，题为《李格尔与"艺术意志"的概念》（《文艺研究》2001 年第 5 期）。就在那一年，我完成了博士学位论文《李格尔与艺术科学》。但或许更重要的是，同年 11 月，我翻译的《罗马晚期的工艺美术》中译本也由湖南科学技术出版社出版了。凑巧的是，中译本的出版距李格尔德文原版问世整整一百年，那可是由奥地利皇家印刷所出版的一部大开本豪华精装书，曾被贝伦森当作"艺术史圣经"置于读经台上。

这篇文章的发表，还得感谢清华大学美术学院李砚祖教授的好意推荐。文章出自我的博士论文，对李格尔的主要理论贡献进行了介绍，并试图为他的"艺术意志"概念进行辩护，强调了尽管这个概念带有决定论的色彩，但李格尔的所有重要发现都是在它的名义下得出的。当时国内学界对李格尔很陌生，范景中先生自 20 世纪 80 年代开始组织翻译、介绍西方美术史学，重点翻译贡布里希的著作。贡氏对李格尔的理论有所涉及，但主要是将他当作批判的对象。所以在当时，李格尔的著作是否值得下功夫研究与翻译，还是个较为纠结的问题。但我又想，李格尔被贡布里希当靶子，从反面说明他很重要，于是我选择了这位世纪之交的艺术史家作为博士论文的研究对象，并着手翻译他的代表作。

当时的选择多少有点盲目，但好在我并不是为李格尔而研究李格尔，而是将他作为学习西方美术史学的一个切入点。在后来的教学与研究中，我从李格尔扩展至整个维也纳学派，翻译了维克霍夫与德沃夏克的代表作。接下来，我由这个学派一路上溯到19世纪欧洲美术史学、18世纪的温克尔曼、16世纪的瓦萨里；向下扩展至20世纪的图像学、心理学、形式主义、社会艺术史等学派，于是美术史学史的一个大轮廓便呈现出来了，这也构成了我的教材《西方美术史学史》的基础。

心中形成了这样一个史学框架后，再反观李格尔的历史地位，看得就比较清楚了。记得范景中先生曾说，20世纪西方最伟大的美术史家有四位：李格尔、沃尔夫林、潘诺夫斯基和贡布里希，我很赞同他的观点。这是西方美术史学上的英雄时代，正是这些大师为美术史赢得了作为人文学科的崇高地位，尤其是潘诺夫斯基和贡布里希，我将他们比作西方美术史学界的“双峰插云”。而李格尔的重要性则在于，他作为美术史学科的开山鼻祖之一，为潘诺夫斯基与贡布里希提供了一个参照系，换句话说，潘诺夫斯基与贡布里希正是通过对李格尔理论的借鉴与辩难，形成了自己的方法论，影响了20世纪欧美艺术史研究的大格局。李格尔的理论无疑具有双重性：既带有19世纪德语学术的思辨性与学究气，又极具生发性，预示着未来的种种可能性。如果了解到就在这个世纪之交，随着李格尔著作陆续被译为英文，西方学界兴起了李格尔热，这一点就不难理解了。所以，现在我将李格尔定位为从传统艺术史学向现代方法论进化的一个转折点。令人高兴的是，近年来国内对李格尔的关注日渐增多，年轻学者正将李格尔研究向前推进，而我近二十年前的这篇文章也只是抛砖引玉而已。

在《文艺研究》上发表的最近一篇史学文章，我又回到了李格尔，题为《本雅明与李格尔：艺术作品与知觉方式的历史变迁》(《文艺研究》2018年第11期)。此文谈的是李格尔对本雅明的影响，荣幸地被置于杂志首篇，或许因为这个话题更适合“文艺研究”的选题范围。换句话说，这个题目与美学、文艺理论、文化批评与艺术史都有关联。其实两人关系的话题并不新鲜，只是在国内尚无人提及罢了。所以此文的意图是提出这一视角，根据自己的理解对他们思想的联系进行一些分析，只是另一引玉之砖。有学者认为李格尔的影响不大，但通过这一实例，他在20世纪上半叶德语国家知识分子中的影响力可见一斑。本雅明对李格尔感兴趣并非出于偶然，他们都对视觉现象极其敏感，都是视觉分析大师，都试图将视觉方式的演变与社会历史的变迁挂起钩来。最近我在翻译《荷兰团体肖像画》，明显感觉到李格尔在他这最后一部大作中，思想又有了明显的转向。他不再像《罗马晚期的工艺美术》中那样总是拿“艺术意志”说事，也不再沉迷于纯形式分析，而是引入了“主观—客观”“内部一致—外部一致性”“注意”“凝视”“观者的介入”等概念，走向了基于绘画构图的视觉心理学和社会心理学。由此看来，之前给他戴的那顶“形式主义者”的帽子就有点嫌小了。我没找到本雅明曾读过李格尔这本著作的直接证据，但如果我们将此书与本雅明的《摄影小史》等篇章结合起来读，将是饶有趣味的。

这篇文章背后的翻译工作，除了李格尔的著作外，还有文中所涉及的泽德尔迈尔等新维也纳美术史学派作家的文献，以及我指导博士生翻译的一篇本雅明本人的文章《严谨的艺术科学》，收入我编选的《维也纳美术史学派》（北京大学出版社2013年版）一书。国内目前本雅明译本很多，质量参差不齐，我这篇文章中所引的本雅明段落均为我依英文版重译，这并非是为显示我的外文能力，而是因为现成的译文不尽如人意，甚至有译错的地方，比如将维克霍夫的名著《维也纳创世纪》译成《维也纳的起源》，这是不了解维也纳美术史学派历史所造成的失误。

我的另两篇文章是关于西方建筑理论的，这一话题在《文艺研究》上后来颇为罕见，说明文艺理论圈子里关注建筑的学者很少。其实，建筑学专业圈子里严肃的西方建筑史研究也不多见，原因很简单，与坐冷板凳搞理论研究相比，经费丰厚的实用性项目自然更具吸引力。美术史学者也很少关注建筑，这或许是因为中国美术史研究的竞技场主要是古代墓葬艺术、佛教美术与文人画，西方美术史的研究则主要集中于雕塑与绘画。我之所以对建筑感兴趣，是因为我了解到自瓦萨里那个时代开始，西方美术史中建筑、绘画与雕刻便统一在“Disegno”的观念之下，艺术家的基本训练都是一样的，甚至建筑与雕塑使用的材料与工具也完全相同。所以艺术家集建筑师、画家和雕塑家于一身是非常正常的事情，这与中国人传统上认为建筑是匠作之事的观念完全不同。从史学的角度来看，建筑史也是美术史不可分割的一部分。许多美术史大家都有卓越的建筑研究，如潘诺夫斯基的《哥特式建筑与经院哲学》，我多年前已经翻译出来，最近在修订，准备正式出版。面对这类建筑史名篇，若不搞清西方建筑史上各阶段的建筑结构原理与文化内涵，不熟悉建筑术语系统，便很难阅读与理解。我是通过翻译学习西方建筑史的，在此基础上撰写过建筑史教材，也曾为美术史论系本科生开过建筑史课程。

关于西方建筑理论的这两篇文章，也与我近年来翻译的两本大部头西方建筑学理论书相关，它们一古一今，相距2000年：一是古罗马建筑师维特鲁威的《建筑十书》，二是当代美国著名建筑史家马尔格雷夫的《现代建筑理论的历史》。

我这方面较早的一篇是《论柱式体系的形成——从阿尔伯蒂到帕拉第奥的建筑理论》（《文艺研究》2015年第8期），其写作意图是想澄清这样一个事实，即古典“柱式”作为一个完整的建筑装饰体系，无论在理论还是实践层面上，都是文艺复兴的发明，而不是像国内有些教科书上所说的，成型于罗马时代。情况大体是这样的：希腊是古典圆柱的发源地，创造了多立克式、爱奥尼亚式和科林斯式这三种希腊柱，维特鲁威将它们描述为三种圆柱“类型”，并补充了一种产自意大利本土的类型，称“托斯卡纳柱”。1500 年之后，文艺复兴建筑理论家经过对《建筑十书》的研究与实地考察，又增加了罗马帝国时期发明的组合式圆柱，于是完整的五种“柱式”体系最终在 16 世纪中叶得以形成。我在文中追溯了从阿尔伯蒂到帕拉第奥几代理论家与建筑师的探索，说明了“柱式”（ordine/order）的概念与其视觉图像的形成过程以及象征含义。撰写过程中我参考了维特鲁威、阿尔伯蒂、塞利奥等作家的原典以及当代西方学者的研究成果，还利用了我在意大利访问期间实地考察获得的一些图像资料。

我常对学生们说，学习西方建筑史最低限度的好处，是在出国旅游时可使自己区别于一般旅客，带着专业眼光去欣赏西方建筑。柱式是西方古典建筑的精华，就像中国建筑的斗栱，后者被梁思成先生称为“中国柱式”（Chinese Order）。它们既是结构要素，也是装饰手段，具有丰富的文化含义。如有机会前往欧美，建筑是我最感兴趣的考察对象。回想数年前在佛罗伦萨、阿西西和罗马等地，当我拿着照相机在神庙或教堂的柱廊下徘徊流连，不由得会在心里将各种柱式的演化谱系勾连起来，耳畔也会响起工具与石材的撞击声。意大利不愧为古典柱式的故乡，除了五种柱式之外，还有无数奇特的变体，如布满高浮雕植物纹样的柱身、形态各异的柱头等等。尤其有意思的是，在意大利中世纪的教堂中，古典柱头也未像北方那样完全消失，而是以一种简化的形式呈现在我的眼前。

我的第二篇有关西方建筑理论的文章为《观念史与建筑理论的历史写作——以马尔格雷夫〈现代建筑理论的历史：1673—1968〉为例》（《文艺研究》2017 年第 7 期）。此文写于马尔格雷夫该书译事告竣之际，完全基于我对这本书的翻译或“精读”。让我惊讶的是，这部洋洋六七十万字的“砖头书”，拥有海量知识，但作者并没有迷失于材料之中，他以批评的眼光进行评述，显示出了驾驭材料的高超本领。令我印象最深的是作者对文化整体性的坚守，以观念史的线索勾连起 300 多年建筑理论发展的宏大图卷，融历史、哲学、艺术史与建筑史的理论知识于一炉。这使人联想到 2000 年前的维特鲁威，身为一位实践家，偏要努力向西塞罗看齐，力求写出超越专业手册的著作，结果将《建筑十书》写成了一部百科全书，充满了古典人文主义的气息。同样，马尔格雷夫的这部现代建筑理论史，不但是一本理想的专业入门书，还包含了极其丰富的人文信息，各学科的读者都可从中受益。所以我认为，对于我们国内的教师和教材编撰者们来说，此书的写作方法非常值得借鉴。通过举例，我试图说明马尔格雷夫是如何将建筑理论发展的历史叙事，与各时期重大的历史事件，哲学、宗教、科学等领域的思想资源，建筑师的创作，艺术史理论的发展等内容有机糅合起来的。同时我还试图揭示这种写法对于作者提出的挑战，那就是开阔的思想史视野，深入的个案研究，以及对专业材料的驾轻就熟。此书的翻译历时四年多，出版之后首先得到了建筑学领域学者的欢迎，这是因为此书的英文版自 2005 年出版以来，不但在西方非常畅销，而且早已受到国内建筑理论界的关注。当听到建筑学界的朋友对我说，我做了他们想做还尚未做的事情，我感到很欣慰。

总之，学术翻译是我工作的重要组成部分，多译少写是我的准则。这与我给自己定的研究对象与目标有关。我的兴趣是西方美术史学和建筑史，所以我选择了基于翻译的研究方法，并将自己的研究目标定位于“理解”而非“创新”。对我而言，研究一位理论家，不翻译他的书是不可想象的。翻译就是精读，亲手翻译一遍与看现成译本的效果完全不一样，翻译就是穿越时空与作者对话。翻译最锻炼一个人的理解力，无论是语言上还是专业上，译多了理解力自然会提高；翻译也最考验一个人的理解力：翻译错了就是理解错了。同时，我也主张不要为翻译而翻译，研究什么就翻译什么，因为翻译与研究相辅相成，有了更深入的研究，翻译起来会更准确、更得心应手。当然，现在有个说法，学术翻译本身也是一种研究，也包含了译者的创造，这我也同意。至于说到论文写作，对我而言，那只是某个特定阶段自己所做的翻译与思考的笔记而已。回看之前的翻译与写作，如果觉得不满意，那就说明自己有了进步。

匆匆回顾到此，我又要回到自己的翻译工作中去了。祝《文艺研究》生日快乐！

（作者为上海大学教授）

良师益友《文艺研究》

陈世雄

四十不惑，《文艺研究》到了“不惑之年”。作为我国最高水准的综合性文艺理论刊物，其权威性和影响力日益提高，这是值得热烈庆贺的。

最近，编辑部希望我以“老作者”的身份，围绕着“《文艺研究》与我的学术写作”这一主题写一篇稿件。说实话，收到这条短信时，我的心情是复杂的，朦朦胧胧地感觉到一种得到权威刊物承认而产生的宽慰，可是又有一点怀疑：自己的那一点“学术写作”值得回顾吗？与此同时，心中对学术界现状的一些疑问和不大合拍的想法也冒了出来。我想，在为《文艺研究》“庆生”的时候，与其反刍般地回顾自己在该刊发表的十余篇稿件，不如在表示祝贺的同时，联系该刊的长处与特色，对学术界现状发表一点杂感。

一、给“痛失十年”的青年学者一席之地

《文艺研究》在办刊方针方面有一点是难能可贵的，这就是给在“文革”中“痛失十年”的一代青年学者提供机会。我同样属于失去十年的一代，可是由于主观和客观两方面的原因，失去的其实远远不止十年。下面就从自己的人生经历谈起。

人的一生走什么道路，往往是偶然性因素在起作用，当然，偶然中也包含着必然。从童年开始，我的理想中，或者说是幻想中，似乎尽是些与“学术”风马牛不相及的事情。那年，我才两岁，父母亲应聘到晋江衙口（施琅的故乡）办南侨中学。衙口是一座非常肮脏却也非常美丽的滨海小镇。说它肮脏，是因为大小池塘恶臭，露天厕所林立，一到夏天，连晒衣服的麻绳上都爬满苍蝇；说它美丽，是因为它面对深沪湾，有一片洁白辽阔的海滩，一个连一个的沙丘上长着绿色的“老鼠刺”，像藤蔓一般缠绕着、保护着没受过污染的沙丘——那里是我童年的乐园。每天傍晚，父母亲牵着我的手，在那里

漫步，看大海，看白云，看蓝天，看月亮，其乐无穷。我学会了在沙滩上乱涂乱画，读小学的时候喜欢画拿着冲锋枪的解放军、军舰大炮和斯大林，南侨中学的老师们叫我小画家。我继续痴迷下去，没有好好读书，上课不注意听，下课回家后就和小伙伴们跑到海边玩捉迷藏。后来父母调动工作，我转学到泉州念初中，仍旧贪玩。整个初二下学期，几何课作业只做过两次，老师到家里告状。可是父母亲都是中学老师，实在太忙，管不了自己的六个孩子。结果，我在小学和初中都没有打好基础。

1958年，进入了高中阶段，无忧无虑的少年时代彻底结束。那是由于1957年外部环境的改变和家境的恶化造成的。“不好好读书，将来就没前途”，这样的声音不时在耳边响起。我终于“十五而知学”，成绩上升到年级前几名，上高三时分配到理科班，所在的小组被称为“火箭组”，可是，由于某种与成绩无关的原因，我还是落榜了。那是1961年夏季，国家处于困难时期，家里也入不敷出。于是，我到泉州木偶剧院当学徒、刻木偶头，不久又由于裁员而不得不离开剧院，只好到小学去当代课教师。

1962年，命运发生了转折。国家实行高考“从高分到低分录取”的政策，我看到一点儿希望，决定改考文科，再试一次，结果被福建师范学院俄语专业录取，据说原因是我的俄语成绩特别好。在福建师院的四年，除了有一个学期下乡参加“四清”，学业没有中断，结结实实地学了三年半。因为尝过失学的痛苦，我没有浪费一天时间。没想到，1966年5月的一个清晨，当我和同学们准备迎接毕业考试的时候，传来了“文革”爆发的消息，学校停课了。

从那天起到“文革”结束，读书的梦想完全破灭。1968年，我被分配到辽宁北票的一个大型煤矿，在选煤车间当工人，和矿工师傅们一起睡坑，三班倒。下班时一照镜子，脸上全是煤灰，只有眼睛和牙齿是白色的。三个月后，矿务局允许我“病退”福建，重新分配。回福建后，我先是下乡劳动一年多时间，后来竟然不得不再次和煤打交道，当上了化肥厂的炉前工。照样是三班倒，车间高温达到40多摄氏度，饭盒一打开，饭菜立即蒙上一层灰；下班后，工作服上的汗水蒸发，变成一块块白色盐渍，好像一幅幅地图。弥漫在空气中的是煤灰和呛人的一氧化碳、硫化氢、氨气……这样的日子过了两年半，我被调到和车间相邻的工厂团委和广播室，搞宣传工作。调动的起因是我写了一个小戏，由下放工厂的专业演员组成的文艺宣传队演出，受到工人们欢迎。这出戏后来参加省里的业余会演，得到好评，《福建日报》发表了剧评和剧照，我也因此成为“业余作者”，几乎年年参加省里办的“创作学习班”，写了几出小戏和一部大戏，可是大多数未能上演。“文革”结束后的1978年夏天，我经由省文化领导部门的推荐和半天笔试，被选拔到文化部委托上海戏剧学院承办的编剧进修班学习，从此离开了这座工作了八年之久的化肥厂。

从“文革”爆发到它的结束，无论在福建师院的校园还是东北的煤矿，在福建的山沟里还是在化肥厂，都没有读书的可能。仅有的读物是“两报一刊”，后来增添了上海的两种杂志——《朝霞》和《学习与批判》。化肥厂附近有一所历史悠久的中学，可是，它的图书馆早就封闭了，因为里头的书尽是“封资修”的“毒草”。至于上大学时用的教材也早就不知去向。一次又一次的搬迁调动，北上南下，怎么可能随身带着沉重的书箱？回想“文革”前夕，我还曾经和几位同学暗暗订下学习计划，有的想从事文学创作，有的想把俄语、英语都学好，当一名翻译家……可是，希望完全落空了。“文革”后有一种“痛失十年”的说法，我们这一代就是“痛失十年”的一代。

进入上戏编剧进修班后，我发现班上20位学员中绝大多数是专业剧团来的。我们学的除编剧概论外，还有戏剧理论、中外话剧史、中国戏曲史、戏曲音乐、导演基础知识等相关课程，这些课程使我这个从山沟里来的“业余作者”大开眼界。我在福建师院虽然也上台演过俄文节目，但是哪里会有专门的戏剧课？我那少得可怜的戏剧知识一半来自下放的演员，另一半来自省里的创作学习班，学的主要是样板戏的“三突出”，可以说，那是一种残缺不堪的知识结构。值得庆幸的是，编剧进修班的师资相当雄厚，授课的除了上戏本院的专家，还有专门从京、沪两地请来开讲座的戏剧界老前辈。李健吾、朱端钧、陈耘、陈多、刘如曾、丁小曾，都是资深的专家教授，还有暂时没有教授头衔，可是讲课非常精彩、使我们获益多多的徐闻莺等老师。度过十年没书读的岁月之后，进修班学员们那股学习的劲头真可以用“如饥似渴”来形容。经过一年半课堂上的“恶补”和大量剧目的观摩，大家掌握了初步的戏剧基础知识。当然，如果要说“学术”，那最多只能算是“万里长征迈出了第一步”。

真正踏入“学术”领域，可以说是到了读研的第三年才被“逼”出来的。

我是1979年从编剧进修班结业后考上厦门大学中文系研究生的，导师是郑朝宗教授。他是钱锺书先生在清华的老同学、老朋友，在厦门大学任教若干年后，曾经到剑桥留学，厦门大学萨本栋校长没等他毕业，就匆匆把他召回，要他担任中文系主任。郑先生学贯中西，功底极好，可是曾经遭到不公正的待遇，“文革”后才真正平反，重新担任系主任。他对学生在学业上十分严格，可是在生活上体贴入微。我们跟着他学《管锥编》，上英语课，真是如沐春风。

第二年，厦门大学决定派我回到上海戏剧学院继续读研，由该校“代培”，前提是毕业后回厦门大学。郑朝宗教授把我找去谈话，我服从了。确实，我对戏剧已经产生了浓厚的兴趣，上戏在戏剧方面的学习条件当然更加优越。

到上戏后，学院安排我跟着陈耘、任何教授学习。陈耘是话剧《年青的一代》的作者，这部作品在中国话剧史上的地位是众所周知的。他是福建永春人，喜欢用闽南话和我交谈，使我这个泉州人感到特别亲切。任何教授研究的是俄罗斯戏剧，曾经跟着苏联专家学习。当时上戏的院长是陈恭敏教授，著名的理论家，他热情地接待过我，给了我许多指导。

在上戏，我遇到的最大考验是毕业论文的撰写。我和孙惠柱学的都是戏剧创作与理论，同时，在南京大学有李龙云、姚远等人，也是学创作的研究生。从南京方面传来的说法是，德高望重的陈白尘先生亲自拍板决定，可以用剧本代替硕士学位论文，结果得到教育部的批准。但是上戏最后的决定是，研究生必须撰写硕士学位论文。于是，我和孙惠柱都把最后的一年用来写论文了。这件事是我告别创作而走上“学术道路”的起因，虽然有点偶然，但是带有必然性：硕士也罢，博士也罢，毕竟是一种学位，没有学位论文，怎样证明自己的学术水平呢！

1982 年，我获得了上海戏剧学院的文学硕士学位，学位论文《论西方现代剧作的戏剧性》也在当年由中国戏剧出版社出版。那年，我已经 38 岁，一个人到了这个年龄才走上学术道路，确实有点晚了。

我确实属于“痛失十年”的一代。可是又有什么办法呢？回顾那个“十年”，我也许比起许多人幸运得多——朋友们这样对我说。他们告诉我，在那座我上过“三班倒”、黑烟滚滚的化肥厂，有的青年工人才 30 多岁就得绝症去世了！听到这些消息，我好像又闻到了硫化氢那股臭鸡蛋般的味道……

拿到硕士学位证书的那个时刻，我还没有意识到，未来的“学术道路”并不是一条好走的道路。首先要补上由于失去的十年造成的知识缺陷——实际上不仅仅是十年，从小学到大学，一个接一个的“运动”，譬如大炼钢铁、大办农业等，学校师生都是必须参加的，不可能完整系统地教学，而那“十年”则干脆把课停了下来。因此，知识缺陷不是三两年就可以弥补的。就连学了四年的俄语，由于十年的中断，也几乎忘光了，更何况其他学科的知识！

另一个难关是要得到学术界的承认，这对于初出茅庐的中青年学者来说，绝非易事。学术界的承认首先要通过学术刊物对论文的接受表现出来。我在研究生毕业后发表了几篇 1 万字左右的论文，譬如 1982 年在《厦门大学学报》发表的《人物关系与人物性格》，发表在《戏剧艺术》的《黑格尔论戏剧的内在因素与外在因素》，1983 年发表在《戏剧艺术》的《两种戏剧性初探》，1984 年发表在《文艺报》的《互相斗争又互相渗透——现代剧坛上的现实主义与现代主义》，都被中国人民大学复印资料《戏剧研究》转载，产生了一些反响，开始有了信心。可是，当我第一次见到与《戏剧艺术》同年创办的《文艺研究》时，翻看目录，发表文章的大多是名家，学术界的老前辈，其中就有钱锺书先生，立即产生一种敬畏感，觉得对于我们这些晚辈来说，这可能是一家高不可攀的刊物。

让我喜出望外的是，《文艺研究》1985 年第 2 期发表了我的一篇 4000 多字的短文，题为“多样地把握本质与现象的艺术统一”。这是那一期上讨论话剧艺术现状的一组短文当中的一篇。结尾的一段话是：“我们再也不能把本质与现象艺术统一的方式理解得那么单一，那么偏狭了。我们不仅可以运用说明性方法，用酷似生活本来面目的现象来覆盖本质，而且可以将生活现象加以不同程度的变形，用来显示本质，还可以将两种基本的统一方式按内容的不同需要结合起来，来个‘远缘杂交’，产生出新的千姿百态的统一方式。这样，话剧艺术创新的路子将是十分广阔的。”文中所举的例子来自西方话剧，而理论上的依托则是卢卡契在《美学》一书中关于现象与本质的辩证法的论述。尽管这不过是一篇短文，但是，它能够在国内最权威的文艺学学术刊物上发表，确实增强了我继续在学术道路上走下去的信心。

就在这一年，我由国家公派赴列宁格勒大学（现为圣彼德堡大学）语文系进修。在莫斯科逗留时，中国驻苏大使馆教育处的杨参赞把我找去谈话，说我是中、苏两国恢复交换留学生后第一个派来苏联学习戏剧的，他勉励我好好学习。从此，我开始了人生的新历程。一年后，1986 年秋天，我回到厦门大学任教。虽然在苏联解体后曾有两次赴俄罗斯进修，一次是到莫斯科国立文化艺术大学，一次是赴俄罗斯人民友谊大学，可是，我的工作岗位一直在厦大，如果从研究生阶段算起，已经足足 40 年。

至今，我和几家杂志一直保持着良好的关系，其中重要的一家，就是《文艺研究》。从 1985 年到 2018 年，我在《文艺研究》杂志上发表了 11 篇文章。除前述那篇短文外，还有《人的异化与现代西方戏剧的发展》（1988 年第 3 期，人大复印资料转载）、《戏剧思维的三种基本方式》（1989 年第 4 期，获福建省第二届社会科学优秀成果奖）、《马雅可夫斯基与现代戏剧》（1992 年第 4 期，人大复印资料转载）、《哲学思维对现代戏剧思维的影响》（1993 年第 3 期，人大复印资料转载）、《木偶艺术论纲》（1995 年第 3 期）、《论闽南戏剧文化圈》（2008 年第 7 期）、《男芭蕾、男旦、女形的性别与美学问题》(2010年第2期)、《戏剧人类学的学科定位与方法》(2013年第2期)、《梅耶荷德的悲剧是怎样造成的》(2016年第4期，人大复印资料转载)、《〈三角对话〉的写作与传播——回应邹红女士的批评》(2018年第1期)。我后来获奖的成果，有的就是以发表在《文艺研究》上的文章为基础写出来的。例如获得首届国家社会科学基金项目优秀成果三等奖的专著《戏剧思维》就是在《多样地把握本质与现象的艺术统一》《戏剧思维的三种基本方式》《哲学思维对现代戏剧思维的影响》等论文基础上写成的；获得第六届教育部人文与社会科学优秀成果二等奖的《现代欧美戏剧史》(上、中、下)，包括了《人的异化与现代西方戏剧的发展》《马雅可夫斯基与现代戏剧》等文的内容；获得第七届教育部人文与社会科学优秀成果二等奖的专著《戏剧人类学》(国家课题成果)，包括了《戏剧人类学的学科定位与方法》《木偶艺术论纲》《男芭蕾、男旦、女形的性别与美学问题》等多篇论文的内容。而我自己在给刊物投稿时，往往会把自己比较满意的稿件首先投给《文艺研究》。

治学四十年，我深感学术生涯艰辛而乏味，甚至可能遇到风险；如果没有一两家学术刊物信任你、理解你、支持你，乐意在你可能犯错误或者遇到麻烦的时候提醒你，那么你就可能困难倍增；反之，有了几家这样的刊物支持，就好比有了几位良师益友。在这个意义上，《文艺研究》就是我的一位良师益友。

二、真理越辩越明

《文艺研究》的办刊方针有一个鲜明的特点，就是胸怀宽阔，善于营造百花齐放、百家争鸣的宽松环境，让各种不同意见充分发表出来，通过争鸣、辩论来追求真理。

近年来，有一个例子我认为是够典型的，就是关于梅兰芳的争鸣。我们知道，这场争鸣是由于邹元江教授对“梅兰芳表演艺术体系”的说法提出质疑而引发的。邹教授是国内第一位在国家基金项目资助下进行梅兰芳研究的学者，该项目起于2007年，最终成果题为“梅兰芳表演美学体系研究”，是一部70万字的巨著，出版于2018年。这就是说，他前后花了11年，下了很大的功夫。他不仅在国内进行调研，而且两次去到梅兰芳访问过的日本，在国内外接触了日本、法国、荷兰、俄罗斯等国的专家，所占有的资料在国内除了北京的梅兰芳纪念馆，恐怕很少有人能和他相比，特别是在民国文献和日本文献方面。有趣的是，他的专著题为“梅兰芳表演美学体系研究”，但是他对“梅兰芳表演体系”的提法产生了怀疑。2009 年，他在《中国京剧》《艺术百家》等刊物发表文章，质疑这个提法，认为不能成立。主要理由是梅兰芳没有说过与斯坦尼斯拉夫斯基体系或布莱希特体系不同的话语，更没有提炼出与这两个体系不同的概念及对这些概念的论证；其次，他认为梅兰芳过去在许多场合对中国戏曲艺术的表述实际上不是他的意见，而是替影响他的人在表述，或者影响他的人借他之口在表述。邹教授举出梅兰芳 1960 年在一个研究班讲课时不得不放弃自己准备的讲稿而改用他人重新整理的讲稿为实例，证明他“其实在说着并不属于他的两种话语，他有时甚至像傀儡一样由他人决定他该如何说”，并认为这是因为梅兰芳的“文化底蕴限制了他的判断力和理解力”的结果（邹元江：《“梅兰芳表演体系”为何不能成立》，《中国文化报》2009 年 2 月 13 日）。

邹元江的观点受到不少人的批评，这是众所周知的。用邓晓芒教授的话来说，“各方的批评指责如暴风骤雨般纷至沓来，其言辞之激烈，态度之武断，实所罕见”（邓晓芒：《梅兰芳表演美学体系研究》“序”，人民出版社 2018 年版，第 1 页）。这些激烈的反应并不奇怪，原因是多方面的。自 20 世纪 80 年代以来，孙惠柱教授提出的梅兰芳体系与斯坦尼斯拉夫斯基体系、布莱希特体系并列为“世界三大戏剧体系”的观点几乎成了人们普遍接受的“常识”，这是原因之一；梅兰芳在国内外享有崇高的威望，邹元江对他直言不讳的批评在缺乏批评传统的中国容易招致众怒，这是另一个原因；邹元江的观点本身也有些言辞过激、观点偏颇之处，难免造成漏洞、招来批评，这也是一个原因。

就在这种众说纷纭的情况下，《文艺研究》发表了邹元江的几篇稿件，包括 2009 年第 2 期《梅兰芳的“表情”与“京剧精神”》，2010 年第 2 期《谁是“梅兰芳”？》，2013 年第 7 期《迂回进入　返本开源——对陈建森批评的回应》，2015 年第 3 期《从如何表现和表现得如何看中国戏曲表演艺术的审美特质》，2017 年第 6 期《苏联报刊关于梅兰芳的评论及其中译文的改译审定问题研究》等论文。其中，有的提法相当尖锐，例如，《梅兰芳的“表情”与“京剧精神”》一文断然得出“梅兰芳对‘表情’的重视显然是与‘京剧精神’相悖的”这样的结论。借用邓晓芒的话来说，这一结论简直是“石破天惊”的。据说，有人曾经给《文艺研究》打电话，认为编辑部不应该发表邹元江这样的稿件，而且言辞颇为激烈。但是，编辑部顶住压力，照常发表。我认为这是难能可贵的。在有些人看来，梅兰芳是代表中国戏曲的一面旗帜，享有国际威望，如此毫不客气地批评这样一位“巨星”有点过火和失敬，甚至有人认为这样做是为了“吸引眼球”，造成“轰动效应”。

在我看来，邹元江教授的大作确实从言辞到观点都有所偏颇，但是有其价值。任何批评——不论学术批评还是文艺批评，都可能带有片面性，但是，不应该因此就回避批评甚至禁止批评。记得谭霈生先生曾经说过，在中国戏剧界存在着“批评缺席”的不正常现象。学术界虽然近年来批评多了起来，但是距离“百花齐放，百家争鸣”还有不小距离。《文艺研究》发表批评梅兰芳的文章是正常的作业，何况该刊在发表邹元江论文的同时也发表了为梅兰芳辩护、反驳邹元江观点的文章，例如2017年第7期发表的康保成教授（与陈燕芳合作）的《戏曲究竟是演人物还是演行当？——兼驳邹元江对梅兰芳的批评》。文章写道：“邹元江在他的专著和系列论文中，对梅兰芳的表演艺术与表演理论提出过严苛的批评。邹元江点名批评的，除了梅兰芳及其‘梅党’之外，还有一大批戏曲表演艺术家和理论家……邹元江的批评若成立，不仅近百年来形成的以梅兰芳为代表的京剧艺术表演体系，而且几百年来形成的中国戏曲表演艺术体系都将坍塌。”针对邹元江关于戏曲只演行当不演人物的主张，文章写道：“行当其实就是脚色分类，其中已经包含人物性格。戏曲是通过行当演人物，行当只不过是扮演人物的一个中介，一种手段。戏曲扮演人物并非西方话剧思维，而是从宋金杂剧、宋元南戏以来形成的传统。明清传奇、京昆和地方戏继承这个传统，以李渔为代表的古代戏剧理论家高度肯定这个传统，并为后来的戏剧发展指明方向。清末谭鑫培把传统的戏曲手法和剧中人的处境、心境交融在一起，引领一代风气。邹元江批评梅兰芳在《游园惊梦》中的表演‘偏离了昆曲审美趣味’，其实梅兰芳恰恰是昆曲精神的忠实继承者。”

这样，不论是批评梅兰芳的文章，或者是相关的反批评文章，都是观点鲜明、一针见血的。这种针锋相对的论战，不但不是坏事，而且能够推动研究的深化和学术的发展。

当然，学术争鸣不应该影响团结，伤了和气，在这一点上，我觉得邹元江教授是做得好的。我不止一次看到他在学术研讨会上表现得很镇静，当有人指着他用尖刻的言辞批评他时，他却泰然自若，红着脸，笑呵呵的。

关于梅兰芳的争鸣只是一个例子。《文艺研究》我并未每期都读，可是觉得编辑部在执行“双百”方针方面态度是积极的。这一特色在庆祝创刊四十周年之际，是应该特别加以肯定的。我本人也从中获益。2018年第1期的《文艺研究》刊载了拙文《〈三角对话〉的写作与传播——回应邹红女士的批评》，这篇稿子主要也是回应他人的批评，这体现了《文艺研究》发扬学术民主、对争鸣双方一碗水端平的作风。

三、学风与学术评价机制的优化问题

在庆贺《文艺研究》创刊四十周年的同时，我想对编辑部提一点建议，就是更多地关心学风和学术评价机制的优化问题。对这方面的问题，《文艺研究》是关心的。但是，作为中国文学、艺术学刊物的“排头兵”，有责任、也有可能更多地关心这个问题！

还是从梅兰芳研究说起吧。对于梅兰芳研究，我的兴趣是从1998年冬季开始的。当时我在莫斯科文化大学进修，为了收集资料以备撰写专著《三角对话：斯坦尼、布莱希特与中国戏剧》（厦门大学出版社2003年版），在查阅有关梅兰芳1935年访问苏联的文献过程中，发现1992年俄罗斯《电影艺术》杂志上刊登了瑞典教授拉尔斯·克莱堡发布的1935年4月14日梅兰芳等中、苏艺术家讨论会的记录。该档案收藏于莫斯科十月革命档案馆（后改称俄罗斯国家档案馆），档案名称为“由苏联对外文化交流协会举办的、有梅兰芳参加的讨论会的‘速记记录’”。梅兰芳曾经在1935年12月17日给“沃克斯”（“苏联对外文化交流协会”的简称）林德女士写信，信中写道：“我正在计划把我到贵国和欧洲的旅程写成日记。我急需一份‘在苏联对外关系协会举行的4月14日讨论会记录’。若您能尽早把讨论会记录寄给我，我将不胜感激。”但是苏联方面没有回应。另外还有拉尔斯·克莱堡的一篇简短的说明。这一发现使我收获意外的惊喜，因为这篇档案与相关说明，证明了收入国内出版的《梅兰芳艺术评论集》的那篇会议记录（题为“斯坦尼斯拉夫斯基、梅耶荷德、爱森斯坦、戈登·克雷、布莱希特等艺术大师论京剧和梅兰芳表演艺术”）不过是拉尔斯·克莱堡编撰的一部剧本，而且已经搬上舞台（《梅兰芳艺术评论集》由中国戏剧出版社出版，《斯坦尼斯拉夫斯基、梅耶荷德、爱森斯坦、戈登·克雷、布莱希特等艺术大师论京剧和梅兰芳表演艺术》一文由梅兰芳先生的儿子梅绍武翻译，最早于1988年发表在《中华戏曲》第七辑。黄佐临先生读后对它的可靠性存有怀疑，“但又觉得重要，值得话剧界一阅，建议由上海人民艺术剧院院刊《话剧》转载”。详见龚和德《拉尔斯·克莱贝尔格的贡献》，《中华戏曲》第十四辑）。

当时我十分兴奋，立即将它译成中文。但1999年初我回国后，发现这篇档案早已由李小蒸先生翻译成中文，发表于1993年的《中华戏曲》第十四辑。我自叹孤陋寡闻，觉得没有必要发表自己的译文了。2014年夏天，我再次赴俄调研，在俄罗斯国家档案馆查阅有关梅耶荷德的资料时，顺便把拉尔斯·克莱堡发布的档案原件找来看，意外地发现拉尔斯·克莱堡在发布时对档案做了删节。在与《梅耶荷德的遗产》一书中的相关文献比对后，我发现梅耶荷德在 1935 年 4 月 14 日梅兰芳等中苏艺术家讨论会上的发言在拉尔斯·克莱堡发布的档案中被删除了一半，因此，我判断拉尔斯·克莱堡把这份文献称为“速记记录”实际上是不对的，因为它只不过是一份经过压缩的工作报告。其次，档案原件中的出席者名单中并没有斯坦尼斯拉夫斯基、戈登·克雷、布莱希特等人的名字，国内出版的《梅兰芳艺术评论集》所刊登的上述几位大师在讨论会上的发言完全是拉尔斯·克莱堡在写剧本时编造出来的。

2015 年，我在《戏剧艺术》上发表了《梅兰芳 1935 年访苏档案考》一文，介绍了查找档案的经过，论证了档案的性质不是原始记录而只是一份工作报告，发布了收入档案的讨论会参加者名单。这篇文章发表后引起了不少同行的关注。可是问题又来了：既然是一份经过删节的档案，那么，未删节的原件究竟在哪里呢？我后来于 2016 年、2017 年、2018 年三次访问俄罗斯，在为我承担的国家课题“苏联戏剧的历史经验”收集资料的同时，继续寻找 1935 年 4 月 14 日梅兰芳等中苏艺术家讨论会记录的完整版。出乎我意料的是，这份档案同样收藏在俄罗斯国家档案馆，是一份打印件，上面有删节的痕迹，幸好被删节的部分没有涂黑，上面只画了一些线条，打印的字迹仍然可以辨识。我是 2018 年 8 月找到它的，译文和按语已经发表于《文化遗产》2019 年第 1 期。

在我看来，1935 年梅兰芳对苏联的首次访问是 20 世纪东西方戏剧交流史上的一桩重大事件，而当年 4 月 14 日的中苏艺术家讨论会则是这一重大事件中的重大事件。它的原始记录是这次访问中最重要的文献，是来不得马虎的。我想说的是，如果从 1993 年的《中华戏曲》第十四辑算起，早在十几年前，就已经证明《梅兰芳艺术评论》收入的那篇“会议记录”是一个剧本，而不是史料。可非常遗憾，一直到最近几年还有人不知道真相，还在引用那个剧本中的人物，包括并没有出席那次会议的戏剧大师斯坦尼斯拉夫斯基、布莱希特等人“在会上”对梅兰芳艺术的热情赞扬——实际上是话剧的台词。这样的稿件发表在国家级的重要期刊和重要图书上，而且作者都是知名度颇高的老作者。出现这种失误，一种可能是作者和编辑没有读过 1993 年《中华戏曲》上发表的译文和龚和德先生的文章，也没有读过拙文《梅兰芳 1935 年访苏档案考》；另一种可能就是虽然读过，但是读时粗心大意，早已抛在脑后。

此类事发生在梅兰芳研究形成空前热潮的当下，确实是令人遗憾的，说明我们的学风有问题。尽可能完整、准确地掌握资料、研读文献，本来是科学研究的前提，可是，个别研究者和刊物的编辑却缺乏这种意识。要知道，无论是一位作者或是一家刊物，越是有影响，越是应该严格要求自己。否则就可能以讹传讹，带给读者错误的信息，这对于文化的发展和传承是有害的。

不求甚解和急于求成，是浮躁学风的另一种表现。目前有一股追求重大课题的倾向，首先表现为课题设置雷同、研究内容交叉重叠的现象：或者是和往年课题交叉重叠，或者是同一年度在不同课题类别之间交叉重叠。例如，中国戏曲表演美学体系研究、梅兰芳表演艺术体系研究和中国特色戏剧学体系研究这三个重大课题之间，就有不同程度的交叉重叠，尤其是前两个课题，都涉及梅兰芳表演艺术研究，两大课题组各拥有一班人马，各自为战，在文献资料上不能及时交流互通，造成了本来可以避免的浪费。

追求重大课题的倾向之所以产生，和学术评价机制的设置有关。在高校学科考核与排名时，是否拥有重大课题这一项占有极大的“权重”，因此，各地高校在申报重大课题时竞争空前激烈。有的高校不仅大力“公关”，而且到处“挖人”，特别是挖那些能够担任学科带头人的学者。为了使本校排名有较大的提高，到了不惜一切手段的地步，甚至以超高的薪金和科研启动费、住房补贴吸引人才。这样做的后果，往往导致原单位由于学术带头人的“出走”而骤然陷入被动；另外，被挖走的专家到新单位后也难以迅速地拼凑新的学术梯队。从全局来看，这种做法对学术的发展造成某些副作用，值得关注。

除了“挖人”，还有一个常见的做法就是动员本来无意参与该课题研究的外地专家“挂名”，以便在申报表上形成一个表面上“强大”而真假难辨的“阵容”。尽管表格在设计时做了种种规定，例如要求填写课题组成员身份证号码、参与者亲笔签名等，但是，弄虚作假的现象难以杜绝，而相关部门也没有订出相应的处罚办法。

上述现象的出现，并不是由于课题设计得不好，而是高校学术评价机制、激励机制、管理机制有待进一步改善，应该引起学术界的重视，也应当引起《文艺研究》这样的权威刊物重视。文艺创作、学术研究的评价与激励机制，同样应该成为学术研究的范围。

当前，重大项目在实施中往往摊子铺得很大，申报者为了中标，在子课题的设置上求多、求大、求全，往往要设置五个以上子课题，集结十几二十号人甚至更多。至于结项成果，当然要有成套的图书。如果大家都这样搞，我们的学术队伍会不会有点力不从心？会不会有少数课题组勉强拼凑、捉襟见肘，最后草草收兵？会不会有些课题在很基本的问题上都未能解决，甚至连最关键的第一手资料都没搞到手，就匆促上阵？

事情往往是这样的：与其一下子搞得很大，不如循序渐进、积少成多、以小见大，等条件成熟时再搞大兵团作战。用同样的功夫，也许挖一口井就能出水，甚至源源不断；可是假如挖一个湖，说不定只能留下几堆垃圾。这个道理本来很浅显，可是在“排名靠前”和“重金百万”的诱惑下，就可能利令智昏，失去一个学者应有的理性。现在有的课题久拖而无法结项，有的虽然拿出数百万字的成果，可是良莠不齐，质量不高，造成浪费。我拥护国家鼓励学者承担重大课题，而且认为多年来所设计的课题绝大多数既是国家急需攻关的，同时也有科学的设计，但是，存在的问题也是必须正视的。甘蔗没有两头甜，任何事情都有利有弊。重大课题不是越多越好，越大越好，在条件尚未成熟的时候，还是要宁缺毋滥。

光阴似箭，转眼四十年过去。当年《文艺研究》的编辑和作者，有许多已经从黑发人变成白发人，但是刊物正当不惑之年且生气勃勃！应编辑部要求，我回顾了自己走过的路，也吐露了一点杂感，是为了纪念，也是表示祝愿——祝愿《文艺研究》发扬长处，保持特色，把刊物办成最具中国特色、在国际上影响更加广泛的一流刊物。不当之处，欢迎批评。

（作者为厦门大学教授）

《文艺研究》与我的学术写作

陈文新

作为《文艺研究》的老作者，一直想写点有关的文字，而《文艺研究》创刊四十年的相关活动，给笔者提供了一个契机，这真是一件令人愉快的事情。

在《文艺研究》上，笔者先后发表了十余篇论文，涉及诗学研究、小说研究、中国文学史研究和刘永济研究等不同领域，其基本学术理念和研究方法一以贯之，即始终不渝地注重辨体研究，注重“了解之同情”，注重阐释循环而不偏于一端。

关于辨体研究的必要性和重要性，笔者曾在《中国文言小说流派研究》（武汉大学出版社 1993 年版，第 1 页）中做过这样的说明：

> 文体本质上是一种把握世界的方式。中国古代文论对于辨体的兴趣，并非建立在琐碎的技术性的评价的基础上，相反，它总是从大处着眼，力求宏观地揭示出每一文体的属性。因此，假如我们缺少感性的辨体能力或理性的辨体指导，对古代各种文体“一视同仁”，那是会闹出笑话的。“就举一个文评史上的例罢。我们常说中国古代文评里有对立的两派，一派要‘载道’，一派要‘言志’。事实上，在中国旧传统里，‘文以载道’和‘诗以言志’只规定各别文体的功能，并非概论‘文学’。‘文’指散文或‘古文’而言，以区别于‘诗’、‘词’。这两句话看来针锋相对，而实则水米无干，好比说‘他去北京’、‘她回上海’；或者羽翼相辅，好比说‘早点是稀饭’、‘午餐是面’。因此，同一个作家可以‘文载道’，以‘诗言志’，以‘诗余’的词来‘言’诗里‘言’不得的‘志’。”“西方文艺理论灌输进来成为常识以后，我们很容易把‘文’理解为广义的‘文学’，把‘诗’认为文学创作精华的代名词。于是这两句话就好比‘顿顿都喝稀饭’和‘一日三餐全是面’，或‘两口儿同去北京’和‘双双同回上海’变成相互排除的命题了……把外来概念应用得不很内行，就产生了这样一个矛盾的错觉了。”（钱锺书《中国诗与中国画》）

这里笔者大段引用了钱锺书先生的一段文字，是因为那时正津津有味地读他的《谈艺录》《管锥编》和《旧文四篇》。而注重“辨体”的学术理念的形成，其实既得益于钱锺书先生，也得益于对古代文论的领悟。曹丕《典论·论文》说：“夫文本同而末异。盖奏议宜雅，书论宜理，铭诔尚实，诗赋欲丽。此四科不同，故能之者偏也；惟通才能备其体。”“文以气为主，气之清浊有体，不可力强而致。譬诸音乐，曲度虽均，节奏同检，至于引气不齐，巧拙有素，虽在父兄，不能以移子弟。”（郭绍虞主编：《中国历代文论选》第2册，上海古籍出版社1979年版，第158—159页）曹丕不仅注意到性格类型有种种不同，而且注意到文体类型有种种不同，将两者相提并论，它所包含的判断是：某种文体与某种性格具有内在的联系；唯其如此，一个作家对不同文类的倾心和擅长，就不只是技巧和训练问题，而是意味着不同的人格和趣味。从这个角度来了解“人”，胜于读他们的自我表白。或者说，这种无意的表白比有意的表白更为可靠。这样看来，从事辨体研究，是文类研究的需要，也是知人论世的需要。古人用不同的文体从不同方面来表达自己或把握世界，我们要了解古人以及古人的生活，也需要留意文体之间的种种区别，尤其是那些微妙的差异。

笔者在《文艺研究》发表的两篇古代小说研究论文（《从辨体角度看明清章回小说的几个特征》，2006年第2期；《“小说”与子、史——论“子部小说”共识的形成及其理论蕴涵》，2012年第6期），可以说是笔者以辨体方法研究古代小说的代表作。前一篇从辨体的角度阐释了历史演义、英侠传奇、神魔小说和人情小说等白话章回小说类型的特征；后一篇从辨体的角度阐释了文言子部小说的文体特征。发表以后受到学界的关注和好评，分别被人大复印报刊资料《中国古代近代文学研究》2006年第7期和《文学遗产》网络版2012年第6期全文转载。作为这两篇论文的首发刊物，《文艺研究》在笔者心中的地位不言而喻。

回顾笔者的人生历程，有一个事实不能忽略，即笔者的小学教育和中学教育是在“文化大革命”期间完成的，而大学教育（1978年3月至1982年1月）则适逢“文化大革命”结束后“拨乱反正”的时期。在这十多年的岁月中，尤其是在大学阶段，笔者对“影射史学”的厌倦心理日渐增强。这种心理潜在而深远地影响了笔者的学术研究，陈寅恪所提倡的“了解之同情”理论之所以受到笔者的激赏和采用，缘由在此。

1930年，冯友兰《中国哲学史》上册出版，陈寅恪《冯友兰中国哲学史上册审查报告》随冯著刊行。著名的“了解之同情”理论，就是陈寅恪在这篇审查报告中提出来的：

凡著中国古代哲学史专著，其对于古人之学说，应具了解之同情，方可下笔。盖古人著书立说，皆有所为而发。故其所处之环境，所受之背景，非完全明了，则其学说不易评论，而古代哲学家去今数千年，其时代之真相，极难推知。吾人今日可依据之材料，仅为当时所遗存最小之一部，欲藉此残余断片，以窥测其全部结构，必须备艺术家欣赏古代绘画雕刻之眼光及精神，然后古人立说之用意与对象，始可以真了解。所谓真了解者，必神游冥想，与立说之古人，处于同一境界，而对于其持论所以不得不如是之苦心孤诣，表一种之同情，始能批评其学说之是非得失，而无隔阂肤廓之论。否则数千年前之陈言旧说，与今日之情势迥殊，何一不可以可笑可怪目之乎……著者有意无意之间，往往依其自身所遭际之时代，所居处之环境，所薰染之学说，以推测解释古人之意志。由此之故，今日之谈中国古代哲学者，大抵即谈其今日自身之哲学者也。所著之中国哲学史者，即其今日自身之哲学史者也。其言论愈有条理统系，则去古人学说之真相愈远。（刘梦溪主编《中国现代学术经典·陈寅恪卷》，河北教育出版社2002年版，第838—839页）

与陈寅恪的“了解之同情”理论相互呼应，金岳霖的审查报告也大力倡导“哲学要成见，而哲学史不要成见”。陈寅恪、金岳霖的倡导具有显著的方法论意义。盖哲学是哲学家对世界的基本看法，理应明确地表达个人的学术立场；而哲学史研究的是历史上不同哲学家对世界的基本看法，需要的是“了解之同情”，如果简单化地以个人学术立场来判断研究对象的是非，就不免粗暴浅薄。判断比理解容易得多，而理解比判断更有价值。轻率地判定古人的是非善恶，在学术研究中是很不得体的。

以“了解之同情”作为基本的学术追求，笔者在诗学研究和刘永济研究中致力于准确地理解研究对象而不以判断为首务。在《文艺研究》发表的《从格调到神韵》（2001年第6期）、《细节背后的文学史观——沈德潜三篇佚文的前后因缘之考察》（与王炜合作，2009年第3期）、《明代状元别集文体分布情形考论》（与郭皓政合作，2010年第5期）、《论嘉靖七子的科举背景与流派意识》（与李华合作，2011年第7期）、《明代文学与明代的政治、经济、文化生态》（2013年第10期）等论文，都贯彻了这个理念。在《刘永济〈文学论〉的三重视野》（《文艺研究》2015年第12期）一文中，笔者指出：“20世纪初叶，在选择国家复兴和民族复兴的道路时，如何对待中西文化的论争几乎牵动了所有的文化人，激进主义与保守主义形成了紧张的对垒局面。胡适是

‘五四’新文化运动期间‘首举义旗’之人，他本人在概括这一运动的历史意义时，总是视之为‘中国文艺复兴运动’。1919 年 11 月 1 日，胡适写了一篇长文《新思潮的意义》。在引用了当时的若干定义之后，胡适的看法是，所有定义都太笼统、太普通了。他认为，新思潮的根本意义只是一种新的态度，这种新态度或许可以叫作‘评判的态度’。胡适说：‘总而言之，正如尼采所说的，“重新估定一切价值”（Transvaluation of all values），这句话大概就可包括了我们这个运动的真义。在实行方面，这种批判的态度在这一广义的文化运动中的三个具体方面可以清楚地看出来。’这三个具体方面，第一是研究当时具体和实际的问题，第二是‘输入学理’，即从海外输入新理论、新观念和新学说，第三是‘整理国故’，即对我国固有文明作有系统的严肃批判和改造。这种‘革命’的态度，在 20 世纪初叶的思想文化界居于主导地位。”在笔者看来，对于上古、中古的历史人物和事件，需要有一种超越是非判断的客观理解，对于离我们这个时代还不太遥远的历史人物和事件，更需要超越是非判断的客观理解。《刘永济〈文学论〉的三重视野》对文化激进主义和文化保守主义所做的叙述，所注重的正是对双方的理解而不是是非的判断。这样一种研究态度，是笔者所提倡和偏重的，也有幸得到了《文艺研究》的认可。

“阐释循环说”出自德国哲学家狄尔泰（Wilhelm Dilthey，1833—1911），钱锺书、汪荣祖等学者陆续加以发挥，已渐为世人所知。汪荣祖《槐聚说史阐释五篇》列有专篇《论历史阐释之循环》，分别讨论了“个体与整体间的循环”“古今间之循环”“史实与理论间之循环”，其要点在于，“单一的历史事件须从大格局中求理解，这是循环的一边；然大格局也须由许多单一史事理清，这是循环的另一边”；“由今可以识古”，“由古可以明今”。“一方面由史实建立通则或理论，另一方面再据通则或理论来检验史实。”（汪荣祖：《史学九章》，生活·读书·新知三联书店 2006 年版，第 188—192 页）在这三种循环中，关于“史实与理论间之循环”，笔者想多说几句。原因在于，笔者在主持编纂《中国文学编年史》（湖南人民出版社 2014 年版）的过程中，对这一问题有较多的思考。

以赛亚·伯林曾将学者分为“狐狸”和“刺猬”两种类型。“狐狸型”的学者博学多识；“刺猬型”的学者则追求以一驭万的境界，他们倾向于将所知、所思、所感纳入一个宗旨明确、始终一贯的系统。按照伯林的分类，从事编年史研究的学者属于“狐狸型”，他们偏于关注事实，而不是对事实的阐释。这种关注潜藏着一个危险，即“博而寡要”“繁琐失真”。在中国学术史上，两汉是一个重视知识的时代，而章句烦琐的弊端即出现于两汉；乾嘉时期是又一个重视知识的时代，而清代考证家的支离烦琐之弊亦与汉儒相同。如何控制编年史的“文献库”倾向，如何将日益增长的知识置于一种体系之中，使这些知识变得有意义，从而使文学史研究得以进一步深入，这是一个必须解决的问题。20 世纪中期崛起的法国年鉴学派认为，史学家工作的好坏与提出问题的质量高低有直接关系。史学研究与其他任何学科一样，不能纯粹靠搜集和罗列事实来进行。“过去”是不存在的。的确，历史事实之所以成为历史事实，无不与史学家对它的了解相联系。一个人物、一本著作、一次聚会，它之所以引起关注，与时代赋予史学家的特殊敏感有关。比如，在《中国文学编年史》的编纂中，我们何以对中国古代的“杂文学”特别留意？这与我们所处的特殊学术周期无关吗？这表明，否认史学与时代的联系是不明智的。而承认这一点，也就是承认了阐释的必要性：历史事实只是提供了素材和背景，它本身不具有彰显意义的功能。因此，我们不能满足于站在某种学术立场上选择事实，还要从这种学术立场出发，“疏通”事实与事实之间的联系。20 世纪 90 年代的几部断代文学编年史，如《南北朝文学编年史》《唐五代文学编年史》侧重于做第一步工作，而《中国文学编年史》的宗旨是：在做好第一步工作的同时，也做好第二步工作。笔者不甘于只做“狐狸”。

如何让“狐狸”与“刺猬”和谐共处？换一种提问方式：《中国文学编年史》如何在关注细节的同时又关注“古今之变”？在这方面，笔者受到了法国年鉴学派的启发。该学派的后期代表布罗代尔明确提出了“长时段”概念。他指出，长期的连续性与短期的急剧变化之间的相互作用，才是历史本质的辩证关系。关注不同周期的事态，比关注无关宏旨的个别事实更重要。将“长时段”概念引入《中国文学编年史》的编纂，笔者意识到：以往的编年史仅以年、月为纲是不够的，文学史家应将比年、月更长的时段纳入视野，并致力于从特殊转向一般，从个别事件转向一致性，从叙事转向分析。历史事实只是原料，更重要的是在史实之间找出联系。在确立了这一理念后，《中国文学编年史》在体例上做了相应调整。首先是调整时间段的设计。编年史通常以年为基本单位，年下辖月，月下辖日。这种向下的时间序列，有助于在鉴定史实及编辑史料时达到较高的精确性。我们在采用这一时间序列的同时，另外设计了一个向上的时间序列，即以年为基本单位，年上设阶段，阶段上设时代。这种向上的时间序列，旨在将“长时段”纳入视野，以便考察事态的演变。与“长时段”的设计相适应，《中国文学编年史》还纳入了一般编年史所没有的内容，具体做法是：阶段与章相对应，时代与卷相对应，分别设立“引言”和“绪论”，以重点揭示文学发展的阶段性特征和时代特征。

《中国文学编年史》的上述做法是探索性的，学界是否认同，当时我们心里没底。而在《中国文学编年史》尚未正式出版的时候，《文艺研究》就在2006年第9期发表了笔者据《中国文学编年史》“前言”写成的《〈中国文学编年史〉的编纂主旨及特点》一文，这给了我及研究团队巨大的鼓励。2006年11月11日，《中国文学编年史》出版座谈会在人民大会堂隆重举行，这一尝试得到了广泛认可。回顾这一段经历，笔者对《文艺研究》确有一种发自内心的亲切感。

作为高校教师，学术写作是笔者的主要人生内容之一。深感幸运的是，在以往的学术生涯中，诸多刊物和出版机构给予了宝贵的帮助和支持，而《文艺研究》的帮助尤为不可或缺。谨借“《文艺研究》创刊四十年”之机，向《文艺研究》的各位朋友表示由衷的谢意，祝《文艺研究》的事业欣欣向荣！

（作者为武汉大学教授）

标举学术，守望前沿

陈晓明

不知不觉中，《文艺研究》已经创刊四十年了，当时在改革开放的大潮里，这份刊物给学术界、期刊界以及当代思想文化界都带来了崭新的气象。这份刊物在中国学术改革开放的四十年间砥砺前行、栉风沐雨，团结了一大批学者，引领了中国学术和思想文化的发展，我觉得这是非常了不起的。《文艺研究》四十年的历史，也是中国20世纪历史中非常重要的一段实践历程，它创刊四十周年是可喜可贺的。《文艺研究》的主编和编辑朋友们都希望我能说几句话，写点儿文字，我确实也有很多话想说。

首先是心怀感激。我在年轻的时候，伴随着这份刊物的诞生一起走上了学术的道路。自《文艺研究》创刊之日起，我就是最热心的读者，受到其中很多文章的陶冶、教导和启迪。当时，我也是最早订阅《文艺研究》的读者，现在都还可以找到一些原来保存的杂志。

我在这份刊物上发表文章也算比较早，可以简单谈一谈它和我的研究的一些关系。最主要的关系还是读者的关系，阅读刊物上大量优秀的文章，是对我学术道路的培养、启迪和引导。但是，若一篇一篇去谈那么多文章可能很困难，所以我想主要谈一谈我个人的一点写作体会，以及我和《文艺研究》建立起来的友情，或者说是《文艺研究》对我的培养。

《文艺研究》这份刊物有很多的卓越之处，简要概括的话，有这样几点是我特别赞赏的。

第一是它始终站在学术前沿，开拓了当代的新理论。在改革开放的历史背景下，它始终敢于去开拓自己的理论，敢于站在时代的前列，敢于为改革开放鸣锣开道。它是最早讨论文艺与政治的关系的刊物，关于现实主义的广阔道路的问题，《文艺研究》也发表了一系列的文章。随后在改革开放进程中出现的一些重大理论问题，对于它们在文学领域的投射，《文艺研究》都及时做出了反应。《文艺研究》率先站在了学术的标准上，一开始就以崭新、严谨的面目出现。那个时候，读《文艺研究》的文章就会知道文章应该怎么写，学术问题应该如何讨论，学术的标杆在哪里，学术的层次在哪里，学术的高位在哪里。当时，《文艺研究》不仅打开了学术“禁区”，也标识着学术的高度和方向。

第二是《文艺研究》开拓了当代学术的研究视野，特别是在文学方面。最近十多年来，在主编方宁先生的努力下，这份刊物加强了对当代文学的关注。《文艺研究》1989年第2期发表过我的一篇文章，即《拆除深度模式——二十世纪创作与理论的嬗变流向》。那是我在《文艺研究》上发表的第一篇文章，当时我读博士不久，算上完成周期应该是我在1988年初写的文章。我在这篇文章中分析了从结构主义到后结构主义的过渡与变化，当代理论中新的视角、立场、学术方法以及与之相对应的批评方法。当时关注到我的文章的编辑是廉静老师。记得其后不久，方宁兄到《文艺研究》工作，他对我的文章也非常欣赏，我们认识以后他还特别提到过，阅读我的文章时很有感触，也有共鸣。此后很多年，我和廉静老师、方宁兄联系密切。我那篇文章当时如果投到别的刊物，要发表可能不太容易，这种提出了一些新的理论见解的文章，在当时只有《文艺研究》能发表出来。那是在80年代末，《文艺研究》能够发表谈论后结构主义的文章，可见他们对新说有敏锐的感觉，同时也想去开拓、引发学术的新思考。其实《文艺研究》也发表了很多美术、戏剧、电影、音乐、舞蹈等方面的优秀文章，因为有的超出我的专业范围，我也不敢妄加评论，但是读来深受启发。仅就文学研究领域而言，《文艺研究》这些年主动对西方的新理论做了进一步探讨，在学理上开掘出了一条非常清晰、富有逻辑性的发展路径，从最早的文艺与政治的关系、现实主义的深化问题，到后来对新批评、阐释学、结构主义、符号学、后期结构主义、女权主义、西方马克思主义、后现代主义理论等的讨论。应该说，《文艺研究》发表的文章都非常讲究前沿性，同时强调理论本身以及学术方面的规范性。《文艺研究》虽然关注的都是新理论，但不会故做惊人之论，杂志的主编和责编都非常认真，秉持着富有学理建设性的态度。他们思想开明，能团结学界同人，非常大气，但在学术上又非常稳健，既有开拓性的新思想和非常鲜明的创新意识，又始终在学术的严格规范之内一步步地开辟学术的新道路，这一点是非常可贵的。

第三是新的批评风尚。《文艺研究》在最近十多年中推出了“书评”（“书与批评”）栏目，加大了书评类文章的学术分量和学术深度。这个栏目尽管还在探索当中，但他们发表的这类文章却少有过火之论，整体上非常好，越做越成熟，越做越稳健。他们想在言之有理、诚恳批评、抓住学术要害这些方面来下功夫，以期形成一种比较良好的学术批评的语境和风格。

深有体会的是，我的专著《德里达的底线》出版之后，《文艺研究》上就有了专家写作的学术批评，栏目的要求是一定要以挑剔的眼光进行严肃的批评。事先我并不知情，文章发表后我拿到刊物才知道（《意犹未尽——评陈晓明〈德里达的底线——解构的要义与新人文学的到来〉》，《文艺研究》2010 年第 1 期）。这篇批评文章的作者是南京大学哲学系肖锦龙教授。他的文章写得很用心，也很用力，有 1 万多字，我那本书也很厚，有 60 万字，很难为他了。我读完他的文章后非常感动，他确实对后现代主义、解构主义及整个西方哲学都有非常深厚的研究功力。我跟肖锦龙教授不熟悉，从未见过面，也没有文字往来，但读了他的文章我确实受益匪浅，其中提出的好几处批评，都有非常深厚的学养在里面。比如，他着重谈到我对现象学的探讨，对德里达就胡塞尔现象学的讨论做了很多的展开。因为肖锦龙教授对现象学用力颇深，所以他的讨论抓到了要害。德里达对胡塞尔现象学的讨论，最要紧的地方是现象学的时间性问题，肖教授针对这一点非常认真地看了我的研究，提出我在这方面还有好多角度可以进一步深化，但是我没有钻研下去。虽然我有我的苦衷，一方面当然是学养的问题，另一方面也是篇幅的问题，因为现象学的时间性问题只是我的论域的一个层面。而这个问题尤其重要，难度也尤其大，讨论起来非常有意思。后来我还给肖锦龙教授写了一封信，又寄去了一本我签名的书，既是向他表示敬意，也是感谢他的批评。

再说一下我自己的一些感受。多年前顾彬先生出版了《二十世纪中国文学史》，《文艺研究》问我可否写一篇书评，要求同样是进行严肃认真的学术批评。顾彬跟我有多年的论争，我一直非常反感他对中国文学的论断及态度，就这方面对他进行过严厉的批评。尽管如此，我依然觉得《二十世纪中国文学史》有很多可圈可点的地方。他这本书比较厚重，其中对中国现代文学的处理相当精彩，特别是他在讨论鲁迅、茅盾、巴金、老舍、曹禺、丁玲、张爱玲等人时都有自己的见解。他的很多观点受夏志清先生的影响比较深，但又有点属于“左派”，受到普实克的影响，所以他对中国现代文学基本上做了比较积极、肯定的讨论。我对他研究现代文学的部分，颇多肯定和欣赏。但是一到当代文学部分，他的偏见就表现得太鲜明、太突出了，他几乎只有两个观点，一个是政治化，另一个是市场化。改革开放前是政治化，改革开放后是政治化加上市场化，因此进而把中国文学，特别是小说否定掉。他原本还对诗歌有些肯定，但在这本书中他对诗歌的评价也不高。从这么一个角度来品评中国当代文学，就显得很狭隘了，所以，我在书评中对这一点做了非常严厉的批评（《“对中国的执迷”：放逐与皈依——评顾彬的

〈二十世纪中国文学史〉》,《文艺研究》2009年第5期)。

学术就应该这样，有好就说好，有不好就说不好。尽管我对他个人也有一定的看法，但在学术上我们要实事求是，不能因为反感他所发表的过激之论，就把他整体地否定掉，这不是一种学术的态度。要骂倒一个人很容易，但我们要站在学理的角度，评说其学术工作，而不能随意损害一个学者，这是非常不道德的。所以，我对顾彬讨论20世纪中国文学的著作有诸多的肯定，但对他以那么简单化的观点和态度对待中国当代文学则持商榷的态度。后来，方宁兄和剑澜见到我，都对这篇文章给予了肯定。可以看出,《文艺研究》培育了一种新的学术批评风尚，我个人也从中受到了教育，得到了锻炼。

第四是一以贯之的学风和刊风。这一点我非常重视。《文艺研究》在学术上有一种大家气象和高风亮节的姿态。这个刊物的同人也非常团结，有亲和力，从老一辈主编到方宁先生、剑澜先生，再到金宁先生，他们一直秉持着一种学术的标准和态度，温文尔雅，兼容并包，绝没有小圈子、小团体、排斥异己、打击他人的做法。能办好刊物的人一定是胸怀天下的，学问是天下公器，不能作为谋私利的地盘，这一点《文艺研究》做得特别好，它的主编和编辑们都非常值得赞赏。

说起来我前后在《文艺研究》发表了近十篇文章，不少也不多。我对《文艺研究》非常敬重，它一直是我心中的学术典范。时值创刊四十年大庆，特表示诚挚祝贺！祝愿《文艺研究》永葆青春，再创辉煌!

（作者为北京大学教授）

规格、尺度与个体学术研究的运行轨迹和精神“症候”

——我与《文艺研究》的学术交集

陈旭光

从事学术研究20多年，林林总总，长长短短，怎么着也发表有二三百篇文章吧（有些报刊、网络文章也的确难以统计）。但说心里话，我对发在《文艺研究》上的几篇文章，绝对是用力最大、最为看重的，无疑也是质量最好的几篇之一。现在回过头来看，这几篇文章在我的学术历程中具有总结性、转折性以及个体精神的“症候性”意义。

检索一下，我在《文艺研究》上总共发表了4篇文章。

记得第一篇是发表在《文艺研究》2001年第2期的《20世纪中国新诗中的现代主义》，这篇文章是我自己投的。它是我的博士学位论文《中西诗学的会通——论二十世纪中国新诗中的现代主义》（北京大学出版社2002年版）的精华浓缩部分。毕业后，我曾经在博士学位论文中提取了近十篇文章，分别发表在《文学评论》《北京大学学报》《学术研究》《文艺理论研究》《社会科学》等重要刊物上。而这一篇是重中之重，几乎是博士学位论文成果最集中的代表。因为毕业后到了艺术学院，开始（不得不）疏远诗歌研究，这篇文章是对此前的学生时代学术研究的一次总结，也是对我十多年来文学求学、诗歌研究的一次总结，也算是一次充满惆怅、不得不说再见的告别。以后，虽然诗歌界的前辈、朋友交往仍然很多，一直到现在还挂着诗学理论刊物《诗探索》的编委、编辑，但我显然已经无法投注精力继续诗歌诗学研究了。当然，这从某种意义上也宣告我的新学术转向的开启。

第二篇文章，记得很清楚，是编辑约的稿，希望我比较一下第五代导演和第六代导演。我当时对于编辑的约稿还略有点诧异，这么高规格的刊物会向我约稿？留在艺术学院任教后，我开始对中国当代电影加以关注与研究，也许与我研究现当代文学中的朦胧诗、后朦胧诗的历程切合，也与我的老师谢冕先生“我是学者，我要发言”的“北大批评家周末”精神的熏陶有关，我最早研究中国电影时最感兴趣的问题正是当时颇具先锋精神、颇具另类边缘姿态的第六代导演——在年龄、精神诸方面与我诗歌研究中用力最多的“第三代诗人”或“后朦胧诗”诗人非常接近。记得当时我陆续撰写了《第六代导演：“现代性”危机与青年身份焦虑》《“新生代导演”：文化反应、精神历程与电影策略》《“第六代”电影的青年文化性》等文章。我想，也许是这些文章促成了《文艺研究》的约稿？无论如何，至今我也对《文艺研究》向一个电影研究新手约稿和那份信任心存感激。

这篇《“影像的中国”——第五代、第六代导演比较论》刊发于《文艺研究》2006年第12期。“影像的中国”题目，与我之后出版的专著——《影像当代中国：艺术批评与文化研究》（北京大学出版社2012年版）——几乎具有相同的学术研究指向。现在回头去看，这篇文章实际上透露出我的一种重要的电影研究方法，即通过影像文本的研究来呈现影像背后的社会文化大文本。

无独有偶，今年我在《电影艺术》（2019年第3期）发表了一篇《“新力量”导演与第六代导演比较论——兼及“新力量”导演走向世界的思考》，与上一篇几成姊妹篇，是上一篇的“接着讲”，是在“顽主老了”“第六代导演老了”之后，与更新的新力量导演群体的比较。

第三篇文章《潮涌与蜕变：中国艺术电影三十年》，发表在《文艺研究》2009年第1期。此文对改革开放30年来一条较为明晰的、区别于主旋律电影与商业电影的“艺术电影”的流脉，进行了细致梳理，文末对艺术电影在进入21世纪以后的衰落、转折，与类型电影融合等流向的预判，基本符合后来的态势。此文通过对艺术电影衰落的分析，预示了电影进入了一个更为丰富多元、需要新的美学标准的新时代，也寓意了我本人研究的某种转型，即从偏爱艺术电影的精英情趣转向对电影的大众文化、媒介文化、青年文化的研究。这一转型在接下来的第四篇文章中表现更为明显。

第四篇文章《全媒介时代的中国电影：“大片”与“小片”的审美分化》，发表在《文艺研究》2012年第2期。这篇文章预示了我的电影研究开始超出人文、美学、艺术研究的范畴，渐渐进入工业、产业、媒介等更具综合性的新美学研究。近年来我提出的有关中国电影“大鱼带小鱼”（即大片或合家欢电影与多样化类型电影）格局的想法，以及最近提出的“电影工业美学”“重工业电影”或“轻工业电影”的分层等思想，均可谓源于此文。

第四篇文章中的关键词“全媒介时代”，更是透露了我对媒介问题的关注。我在后来发表的一系列“与时俱进”的文章，如《论转型期中国电影的观念变革与文化创新——从工业、艺术、文化三个维度的审视》《猜想与辨析——网络媒介文化背景下的“中国电影新力量”》《“受众为王”时代的电影新变观察》《微批评的崛起与公共文化空间重构》《新时代　新力量　新美学——当下“新力量”导演群体及其“工业美学”建构》等，都与此相关。

绝不夸张地说，发表在《文艺研究》上的这四篇文章，特别是后三篇，代表、见证了我后来的电影研究历程，昭示了我学术思想和研究方法的一些变化甚至转型的轨迹。回顾一下，我在《文艺研究》上发表的几篇文章，有一个明显的特点，那就是题目都比较宏大，视野比较开阔，话题也比较前沿。我想，这不仅仅代表了《文艺研究》的胸襟和视野，也引领或代表了我本人的一种向往和努力，“虽不能至，心向往之”。

谨以如上平实的文字，略略梳理自己的学术经历与《文艺研究》的交集，表达一个作者和读者对《文艺研究》的感激之情、钦敬之意和祝福之意愿。

（作者为北京大学教授）

《文艺研究》四十年与我的学术道路

陈振濂

《文艺研究》在中国当代艺术学研究中发挥着核心、主导、中流砥柱的作用，"桃李不言，下自成蹊"，这种学术上的"江湖地位"是业内公认的。

在权威刊物、一级刊物上刊发文章是每个高校教师都十分关心的事。从大的文艺学看，《文艺研究》且不论，还有《文学评论》《文艺理论研究》《文艺理论与批评》等，它们也很有水平，但大多是讨论文学现象。我在讲演中曾提到：中国的文艺学，其实多是"文学学"，"文艺"一词中的"艺"，不是指研究目标和对象，而是指"艺术表现方法"或过程，是方法展现而不是对象设定。所以，严格来说，"文艺学"指的不是对等的"文学"+"艺术"，而是"文学的艺术表现"。目标是文学（哲学思潮、创作思想、世界观、意识形态），"艺"肯定不是对象而只是过程和方法。

对我们艺术专业的学者而言，这成为一种困扰："文艺学"基本不涉及"术"，而只关心"思"，使很多以"术"立身的绘画、音乐、舞蹈、戏剧、书法等领域，完全进入不了"文艺理论"（文学理论或文艺学）。因此，《文艺研究》成了我们当时注重"艺+术"之学理研究的唯一窗口和平台。这种专业上的亲近感是建立在无条件的信任和"知己"之上的。

一

从浙江美院毕业留校执教开始，我第一次在《文艺研究》上发表长篇学术论文，是1984年第12期。那时我才当老师两年，十分稚嫩，有幸发表了属于书法美学研究范围的《论书法欣赏的特殊性——兼论书法艺术的美学特征》一文。当时我正在参与书法美学大讨论，而且准备撰写《书法美学》。名家如云的《文艺研究》能接受我这个当时毫无声望积累，更谈不上学术资历的小字辈的文章，实在令我受宠若惊。其后，我

"一发不可收拾"，每有新的研究方向、重要的创新成果，必先以《文艺研究》为大平台进行"首发"，借权威刊物之势登高一呼，遂成风尚。

转过年到了1985年，《文艺研究》第6期发表了我的《现代日本书法的流派特征及其渊源》，那是我翻译《日本书法史》及撰写《中日书法艺术比较》专著时的新成果。本文在日本书法的学术研究上是第一次，而且紧紧抓住"流派"这个关键，对当时刚起步的中国书法发展格局也有强有力的参照作用。

1987年，应副主编姚振仁先生嘱，撰《篆刻美学导论》两万言（《文艺研究》1987年第2期），从而真正以美学概念和诠释框架来观照古老的篆刻艺术。这不但在篆刻理论界是第一次，在我个人的学术生涯中更是一次史无前例的挑战，谓为个人学术研究的一个关键转折点，恐不为过。

四年以后的1991年，我又发表了《书法的抉择——"西方书法画"与中国现代思潮的比较》（《文艺研究》1991年第2期），着重研究书法艺术的中国思维和西方思维的比较差别，是立足当下，继面对日本之后的一次面对西洋欧美的比较艺术学研究。

1997年、2001年，我两次发表关于书法"学院派"的长篇论文：《论"学院派"书法创作模式的几个问题》（《文艺研究》1997年第5期）、《"学院派书法创作模式"的生态学研究》（《文艺研究》2001年第4期），前者是总纲式的，后者则讨论当代书法生态中"学院派"的定位，这是我在学术生涯中最重要的创新成果，曾经引起过大的争论。《文艺研究》在关键时期不断提供园地给一个青年作者发表创新成果，知音难得，至今想来仍然是感激不尽。

2006年到2009年，我又在《文艺研究》发表了3篇关于"新帖学""新碑学"的长篇论文，这为我的学术关注点不断深化注入了新的重要动力。它或比"学院派"更接地气，更为学界所津津乐道。

2011年，我在书法界呼吁倡导书法的"阅读"功能，提出"阅读书法"概念，并提出了当代书法已从书斋文化走向"展厅文化"的重要的学术判断。在《文艺研究》当年第8期发表了对世纪之交的中国书法新转型特征进行归纳概括的重要论文：《恢复书法的"阅读"功能——"展厅文化、展览时代、展示意识"视野下的书法创作新理念》。这是整整一部个人学术史，包含书法篆刻的创作、研究的四十年历程——书法美学、篆刻美学、日本书法、西方"书法画"、新帖学、新碑学、阅读书法、展厅文化……四十年之间我在书法篆刻领域中的多次开拓尝试和努力建树，其中所有的重要节点，无不得之于《文艺研究》的鼎力扶持和及时呼应。

如果不是在2000年以后的近十年我的论文写得少（著作多），我的人生轨迹也有从学、从艺、从政的客观变化，按照原初预定，还会有更多的研究成果、更多的新思想会依靠《文艺研究》这一权威品牌刊物，获得鱼贯而出的机会。即使如此，我仍然一直保留着对《文艺研究》的深厚感情，每月新刊一出，即使工作繁忙来不及细读其中很多好文章，至少会翻一下目录，挑特别有兴趣的读上一两篇，以此来掌握各艺术门类的学术新动态，也赞叹其他领域各位学者的深邃思想和出众才华。

二

除了与刊物之间的约稿投稿活动之外，我印象很深的一件事，是在20世纪80年代末90年代初，《文艺研究》还以文艺界权威刊物的影响力，在北京召开过一次“打通”各艺术门类、集聚各领域中青年艺术家的艺术学研讨会，我曾应邀出席，与活跃在文学、油画、摄影、雕塑、曲艺、音乐、舞蹈、电影电视等领域的同龄艺术家、学者共同讨论艺术研究的原理、方法论、本体论、比较文化等问题，参会者有知名的艺术实践家，也有在批评界富有影响的理论家。研讨会上每个领域都有两三人发言，谈自己所在艺术门类的现状与发展。其他领域的同道可以提问，参与讨论。我听了许多艺术同行的发言，有的只是介绍自己的创作经验，缺乏思辨性；但也有几位发言，宏观入手，有极强的思想张力，明显看得出有引领的气质与不同凡响的实力。回想我们书法篆刻界，在思维层面上显得十分贫弱，还在喋喋不休地大讲我是专攻汉碑的、应该怎样临《史晨碑》，或信奉“中锋用笔”云云，与其他艺术门类的佼佼者相比，实在是自惭形秽。其实，在大艺术格局中，我们不得不承认，彼时我们的书法家是“写毛笔字的”，只关注技法，在艺术上属于“三等公民”，无论思维深度和境界立意，根本没有资格与其他艺术门类的中青年代表人物对话。我因为长期在《文艺研究》发表文章，也关注其他领域的学术成就，至少还能嗅到一丝气息，一则有自知之明，对自己这一行的基本水平有一个大略认知，二则在与刊物的交往中也得了不少先进者尤其是在文学、文艺理论、美术音乐方面的脉息。又加之我在美术学院当老师，有创作创新氛围，还不至于太迂腐背时，但对其中的巨大落差，却是心知肚明的。

第一次参与这样的艺术学科交叉式“打通”的会议，令我眼界大开，对我这样一个从事中国传统书法篆刻艺术专业，又接触过西方哲学、美学、史学理论的中青年学者而言，一是明白了通过横向比较，我们书法究竟有多落后，距离真正的艺术“户籍”还有多远；二是学会站在大艺术立场上来思考书法本身面临的问题，开始具备时间（纵向历史）和空间（横向社会时代）意识而不再陷于就事论事的陷阱；三是他人在创新尝试过程中成败得失的经验可以直接取来比照和检验我们正在付出的努力。也正因为这样的机遇，我才会痛下决心：如果真正热爱传统书画篆刻艺术而不存世俗功利之想，那么我应该做的恰恰是一件吃力不讨好，甚至敢冒天下之大不韪、必然会惹众怒的事——理性地研究并改造既有的书法，使它能跟上、并行甚至超前于这个风云际会的大时代。

视觉艺术属性、学院派书法创作模式、书法学学科建设、高等书法教学法……直到今天的《书法史记》，“与时代同频共振”，四十年来我所做出的一系列努力，肯定不是懒惰的沿袭搬抄、因循守旧，而是要突破层层围追堵截的强大阻力，在每一个历史发展时期孕育出新思维、新观念、新目标。

这样的突破，之所以能够成功，首先要归功于这个伟大的时代。改革开放四十年，是一个于我们任何人都有幸享受到时代恩惠的最重要历史时期。这是一个大环境。比如我的老师陆维钊、沙孟海和他们那一代前辈精英，他们没有这种时代机遇和幸运，但我们却拥有了。而文艺界则是一个小环境，在我的学术生涯中，创刊四十年的《文艺研究》，以统领艺术全局的站位，以严谨的学术姿态，又以几十年如一日、持之以恒提携新人的古道热肠和强烈的文化责任感，为我们提供了一个十分难能可贵的、高端的专业平台，而我的这四十年学术历程，正是最清晰的范例和证明。

三

从步入改革开放发展期的20世纪80年代中期起，《文艺研究》在涵括音乐、舞蹈、戏剧、电影、绘画、雕塑等各个艺术门类的同时，开始关注我们这个力量弱小、在艺术上当时还身份未明，甚至在“写字”与“书法”之间左右摇摆的书法篆刻，并以极高的慧眼做出了有步骤的推动，有意识地积极安排和组织发表书法论文，而我有幸成为其中最主要的作者之一。从1985年开始直到2011年的近30年间，承蒙垂青抬爱，我大概是在《文艺研究》上发表论文最多的书法界人士。一有新思想、新理论、新研究，在《文艺研究》上不是“首发”就是“精发”，而且论文发表以后，必有相应的专著出版和创作展览跟进，形成良性互动，从而实实在在地影响和提示出当代书法的多种发展可能性。《文艺研究》本来着眼于大艺术，书法艺术在其中占的比例只是很小一部分。但正是体量小和数量少，反而使得发表书法论文后引起的关注度很高。从热情但不无幼稚的想象到坚定成熟的推进求证，在《文艺研究》发表文章的二十多年间，我的很多学术理念和构想一旦发生，便构成了一个绵延伸展的“链”——构成了一个四十年当代书法“思潮”史、创新史、拓展史之“链”。

几十年来，面对书法界的书法家和青年学者们，我常会问一个问题：你读《文艺研究》吗？大部分回答是不读。我会接着追问，《文艺研究》在整体上的“艺术学”层面的高端发声以及它在书法思潮史上几十年来所付出的努力，如果你置若罔闻、漠不关心，只去读那些毫无思想张力的技法书、常识的书法史、散淡的书法文化随笔，只能是“思想的侏儒”，你又怎么知道书法艺术的未来方向在哪里？你又如何开拓与发展并确保自己不迷失方向？我觉得，这样的书法家，一定没有历史观，不会有使命感和责任感，无法担当起一个时代书法精英人物应该担起的职责。

因在高校指导研究生，我的教学科研一直未有中断。在面对书画篆刻专业的博硕士时，我也会问：你读《文艺研究》吗？一个科班出身、要为自己的专业发展尽心尽责的高层次人才，如果没有对各种艺术门类发展的现象、对该门类学者的思考及时了解把握，只是“身在此山（书法）中”，对书法是提不出有价值的见解的。只有“跳出三界外”，以扎实的学科基础，广收博取、大胆思想、不断求索，这才是一个书法篆刻的科班人才应有的专业视野、知识结构和学术状态。更何况，《文艺研究》刊登的书法类文章中，有许多直接针对思潮、思想方法而设。如前所述，把这些书法篆刻论文串联起来，对照当代书法发展，它本身就是一个四十年书法思想变迁的重要命题与内容构成。它对内呈现出了一个清晰可见的思想链条，对外即与各兄弟文艺门类之间，它又表明了书法理论界在捕捉当代命题时并不示弱的思辨力。据我所知，近三十年间的书法新思想的集中展示，除《文艺研究》之外的其他文艺综合类刊物，在那一时期是未曾有过的。

谨以芜文，为《文艺研究》四十周年寿！

（作者为浙江大学教授）

我与《文艺研究》

程光炜

我与《文艺研究》的三任主编、副主编方宁先生、陈剑澜先生和金宁先生均有过交往，也是很好的朋友。二十多年前的某日，我在香山开会时初遇方宁，有一见如故的感觉。他慷慨大方，没聊几句，就开口向我约稿。遥想1979年的春天，美学家朱光潜先生在新时期初次登台时，文章就发表在《文艺研究》上，首开重新讨论人道主义的先河。这也是新时期文学“揭幕战”中最有影响的文章之一。所以，在我心目中，《文艺研究》是一个高不可攀的学术殿堂，当时我也就30多岁，哪里敢有这种奢想？因此，一时对他的热情有些反应不过来，见他始终盯着我的灼热眼神，才觉得这不是做梦。

可惜那时我倾心评诗、治诗，不知天高地厚地与人争论，写文章时常跳跃随意，而《文艺研究》所刊载的论文严谨扎实，这对我构成无形的压力。我以为是在为诗的转型呼号、鼓动，不想却这样错过了向杂志投稿的最佳时机。2005年，方宁想在《文艺研究》的“当代批评”栏目上讨论当代文学史研究问题，并命我组稿。我便约了北京大学中文系的李杨老师和北京师范大学文艺学研究中心的王一川老师撰写论文，再加上我的一篇论文，此外，我还写了六七百字的“特约主持”的话，一并以“重评‘伤痕文学’”为总题刊出（《文艺研究》2005年第1期）。但不知什么原因，后续的相关文章未见继续跟进，这个栏目后来也有了些变化。

我为《文艺研究》连年撰写论文，就是从2005年以后开始的。几乎每年一篇，都是使尽吃奶的劲，将当年最用心撰写、自己相对满意的文章投寄给了他们。我记得约稿时，副主编陈剑澜先生说这个“当代批评”栏目是方宁兄倡议开办的，剑澜要亲自组稿、审稿。这一下子令我心里的负担大了起来。差不多刚过完新年，我就在心底捣鼓题目、构思思路，在收集消化相关材料的过程中，再进一步推敲细化思路，各章节之间的逻辑联系，以及如何将材料渗透到文章的篇章结构当中。每写一篇文章，光看材料就花掉两三个月的时间，到最后成篇，几乎是半年的时光。今天想来，为一家始终怀着敬意的学术杂志撰稿，花费多少时光，都是值得的。杂志样刊出来，我都是迫不及待地找到自己的文章，仔细读上一遍，放一会儿，再读一遍，不安的心情才渐渐放松下来。

简单统计一下，我前后在《文艺研究》发表的文章有：《"伤痕文学"的历史局限性》(2005年第1期，《新华文摘》全文转载)、《二十世纪八十年代的"现代派文学"》(2006年第7期)、《当代文学学科的认同与分歧反思》(2007年第5期)、《当代文学学科的"历史化"》(2008年第4期，《新华文摘》全文转载)、《韦勒克、沃伦的〈文学理论〉与中国现当代文学》(2009年第12期)、《我们如何整理历史——十年来"十七年文学"研究潜含的问题》(2010年第10期)、《"八十年代"文学的边界问题》(2012年第2期，《新华文摘》全文转载)、《引文式研究：重寻"人文精神讨论"》(2013年第2期)、《陕西人的地方志和白鹿原——〈白鹿原〉读记》(2014年第8期)、《"60后"的小说观——以李洱〈问答录〉为话题》(2015年第8期)、《贾平凹序跋、文谈中的"商州"》(2016年第10期)、《为什么要写〈繁花〉——从金宇澄的两篇访谈和两本书说起》(2017年第12期)等，共12篇文章。这些文章，有些在我学术生涯中具有标志性的意义，如《当代文学学科的认同与分歧反思》《当代文学学科的"历史化"》《我们如何整理历史——十年来"十七年文学"研究潜含的问题》《"八十年代"文学的边界问题》和《引文式研究：重寻人文精神讨论》等。有些涉及我对当代文学史研究状况的深度关注，有些是对历史化问题的提出，有的则带有自我反思的意味。这样谈自己与《文艺研究》的关系，我以为不只是在回顾与几位主编、副主编的私谊，感谢他们对我学术研究的热情支持，更有了某种检点自己所走过的学术道路的意思。因此，不妨直率地说，就我二十年来的当代文学史研究而言，《文艺研究》大概是我最看重的学术杂志了。

(作者为中国人民大学教授)

我与《文艺研究》有缘

丁 宁

没有一本专业学术刊物像《文艺研究》那样，一直伴随我的大学、研究生和博士生生涯，以及后来在高校长达30年的工作经历。

自1979年杂志创刊以来，我一直每期必读。而从1980年发表第一篇短文开始，我陆陆续续地在《文艺研究》上发表了15篇文章，以至于到了2018年，我们北大的人文学部让每位文科老师自选5篇代表性论文，以支持线上的“北大人文学者代表性论文库”时，我选的就是从1992年至2016年在《文艺研究》上发表的论文：《论美术的心理功能》（1992年第1期）、《论艺术史的作品观念》（1996年第2期）、《“埃尔金大理石”事件——作为重要文化财产的艺术品的归属问题》（2003年第3期）、《论艺术品的真伪鉴赏问题》（2013年第7期）和《论“晚期风格”的艺术》（2016年第7期）。开始时，连我自己都有点不相信，这些年的研究工作已经如此紧密地与《文艺研究》联系在了一起。当然，现在回想起来，我最后选定这些论文作为自己研究工作中的代表性论文，也要向《文艺研究》编辑部致以一种由衷的敬意和谢忱！

与许多其他作者一样，我十分在意自己在《文艺研究》上发表的文字，将此视作一种学术上的认可和肯定，甚至是一种莫大的荣誉。细究起来，这是因为这么多年来，《文艺研究》一直像保护眼睛一样对待学术的鲜明立场与气质，使得刊物葆有非同一般的品质。我在国外几所高校做访问学者时发现，《文艺研究》在图书馆里是时常可见的。如果没有这份刊物，这40年间文艺方面的研究不知会缺失多少东西。我自己也正是因有《文艺研究》长期的无形支持，发表的一些论文最后发展成了专著。我1997年在生活·读书·新知三联书店出版的《绵延之维——走向艺术史哲学》就是一个例子。

和编辑部的编辑们打交道，也成了我学术生涯中十分难得的美好经历。20世纪90年代在刊物上发文章时，真的是一位编辑也不认识。他们为我这一当时远在南方的普通作者的稿子所下的功夫，令我时常有意外收获。他们大刀阔斧的删改、对字句的斟酌以及对引文与注释的一丝不苟，让我在学术成长的道路上时时记取他们的无私帮助的同时，丝毫不敢苟且。好的编辑是良师益友，洵非虚言！这里要提到几位编辑。马肇元先生，我见过一面而已，算不上熟人。但是，他对我的提携令我至今不忘。正是经他之手，我发表了一篇长文，在当时算是破了篇幅上的纪录。陈剑澜先生对我的信任几乎无以复加。他曾因选题原因向我限时约稿，而我当时人在旅途，正在柏林自由大学参加一个美术史的工作坊。我一点不敢懈怠，终于在还有时差的情况下赶出了一篇稿子。金宁先生、张颖和陈诗红女士也编过我的稿子，都是极专业、极负责的，令我有颇深刻的印象。

顺便一提，我在《文艺研究》上发表文章，还因此有过一些意外的惊喜。譬如，还在20世纪90年代，此前素不相识的刘梦溪先生竟给我打来长途电话。我虽然久仰刘先生，读过他的红学论文，但是并无任何交往。他在电话中聊的就是读了我发表的一篇论文的感想，言谈中多有褒奖。其实，等搁下电话，我还没有完全反应过来是怎么一回事。刘先生作为学界前辈，因《文艺研究》上的一篇文章专门打来电话，给了我如此的教益与勉励，我作为晚辈后学何其幸矣！

如今,《文艺研究》已经40岁了。我想，除了恭贺，自己还会努力与这份刊物保持不解之缘的。诗人济慈咏唱过："听得见的旋律甜美，但那听不见的更甜美。"

且让我们对《文艺研究》有一份相似乃尔的美好期许吧。

（作者为北京大学教授）

不同的高度

——《文艺研究》和我的文字生涯

丁亚平

我来中国艺术研究院工作已经32年了。急一阵，慢一阵，居然有不少时间和《文艺研究》有交集。

这种交集，最早开始于研究生毕业求职的一段经历。那时校内的在读研究生不算多，我在北京广播学院（今中国传媒大学）电视系读研究生临近毕业，去哪里工作，正在选择中。当时我的研究生学位论文已经答辩通过，有十多万字，就想着把它按计划完成，最终做成一本书的样子。要是有个能安心写作的地方，应是首选。教我们文艺美学的蒲震元老师，理论功力扎实、学问好，常和我们谈他的研究，乐于鼓励学生。一次在校园小路上遇见，他问起我毕业后的去向，我说研究单位不错，研究生一年级时导师安排我们到中国社会科学院文学所去听林非老师讲课，那里的学者和特有的气氛让我感受到某种感召和吸引。他听我说的就职计划和那些想去电视台的同学截然不同，很是赞赏，主动跟我说：我给你介绍中国艺术研究院的《文艺研究》怎么样。那几年，他每年在《文艺研究》发一篇论中国艺术意境的论文，篇幅都很长，他自己很得意。我是他的“粉丝”。他做的中国艺术理论专题研究后来结集成书，由北京大学出版社出版，书名《中国艺术意境论》，因为风格独特，远胜舶来，我买来后细细读过不止一遍。

蒲震元老师给《文艺研究》副主编张潇华写了一封推荐信，让我去找他。张老师是职业编辑家，瘦削的脸庞上架着一副金丝眼镜，为人友善而热情，他以办好杂志为己任。像他这样的编辑，在《文艺研究》不乏其人，他们在岗位上默默做事，学术氛围纯净，有独立和清正之气。我给张老师递上特地准备的一份简历和一张列了我在研究生学习期间写作、发表的近20篇文章的目录。张老师让我回去等消息，说他们要研究一下。不久，我接到他打来的电话说，《文艺研究》需要编辑，但常写文章的人也未必适合做编辑，考虑再三，还是建议我找别的单位，做学术也不止一条路。

这给了我受挫的感觉，当然也不能怪张老师。关键时刻，已经毕业的学姐陆芸听说我找工作不顺利，对我说她的同学红实在中国艺术研究院当代文艺研究室做研究，让我去看看。红实帮我提前联系了室主任艾克恩老师。和艾老师见面，大概也就 5 分钟。他看了我手写的简历材料说："字写得不错嘛，我去和院长说一说。"大约过了没几天，我的事就定了下来，终于有机会到中国艺术研究院工作，心里洋溢着抑制不住的喜悦。到研究院工作之后，我很快感受到崭新的光景扑面而来。那时研究院在前海西街 17 号恭王府办公，常能见到张庚、王朝闻、郭汉城这样的大家，还曾在"九十九间半"的楼梯上遇见过《文艺研究》的负责人林元先生。个子高高的他，当时业已高龄，走路有些慢，但说话仍中气十足，因为知道他的一些经历，我被他对杂志的拳拳之心所感染。那几年，我还和《文艺研究》主编王波云、副主编（后来担任主编）柏柳等前辈老师一起开过不少次会议。

刚到研究院那几年，没有人向我约稿，但忽然有一次，张潇华老师约我写一篇文章。这无疑是一次宝贵的机会，我太想在《文艺研究》上发文章了。我当时不太清楚写稿的要求，仓促上阵，熬了几个晚上，最后一夜通宵没合眼。由于写得匆忙，加上观点有些生拼硬凑，文章没有写好，也就没能发表，但是能有机会得到张老师的悉心指导，收获还是很多的。不久后，我自己写了一篇当时国内尚无人研究过的"艺术文化学"方面的论文，交给了张老师，很快就发表了。张老师对当时年轻的我至为热情，让我一直心存感激。

也许是杂志上刊发了一个初来乍到的年轻人的文章，还是本院的，受到编辑部吴方编辑的注意。他主动到我当时住的简易宿舍楼（活动板房，大家戏称"博士楼"）二楼来找我，和我长谈了一下午。后来，他还来找过我几次。那时我在《文学评论》《当代作家评论》等刊物上已经发表了一些文字，吴方总是会留意到，我们会交流各自不同的观点。他在不经意间流露出对我的鼓励，更多的时候，他倾向于自顾自地述说自己内心的声音。印象中他在其他场合说话并不多，可是在我的略显局促的简陋宿舍里，他的长篇大论和独语却十分突出。多少年后我想到，那时的他或许是在用这种方式来表述自己的沉醉与孤独。想象这样一位深潜历史和文化的学者，在自己逼仄的房间里看稿或写作，面对周围大杂院里的市井之声，孤独的他只会听从自己心灵的呼唤，他的世界充满文化气息，但也是寂寞的，他的写作和阅读同外界处于一种什么样的状态，是难以沟通抑或是充满了自我同他者的对话？吴方后来调到院内中国文化研究所工作，担任副所长。他出版过有关中国文化史研究的专著，在《读书》等杂志上发表了大量文章。天不假年，不幸患上绝症，他竟选择以决绝的方式告别了这个世界。

记得《文艺研究》编辑部当时在恭王府“九十九间半”二楼上，是在紧靠西头的几个房间。副主编马肇元操南方口音，多少年过去了，他谈论稿子的声音仍如在耳畔。当时和老马一个办公室的，还有方宁兄。他后来长期担任《文艺研究》主编，对杂志很是热爱，又重友谊。他不仅当主编，还是行者，喜欢摄影。一次我们赴卢森堡参加中欧文化对话论坛，开会之余和方宁兄一起逛街，他挎着相机，抓拍充满异域情调的人和风景。他后来告诉我，自己每次出差回来，都要把拍的照片在电脑里及时整理出来，说这也是一种有社会学意义的田野调查。跟编辑部的其他几位编辑打交道，同样可以感受到他们对编辑工作很深的感情，且深具编刊的能力和经验，那种坚持、耐力，甚至可以说倔强、独立，是他们最重要的特质。袁老师、伯陶兄，也都个性突出，和周围人相比，多少显得有点特别，少与人交往，在高冷的外表下，其实对学术、对学界是格外敏感的。

更为重要的是，《文艺研究》在这个学术浮躁的时代几乎可以说成了一种有效的“稀缺性度量手段”。参加各种研讨会、座谈会，或是为哪个报刊贡献一篇文章，对学者来说是常有的事。至于哪篇写得好、哪篇写得不好，有时都会怀疑自己的判断力。但在我心里，好文章是什么，就是《文艺研究》编辑部几代老师眼里的文字。有时我甚至想，没有这样的学术出版的重要阵地，学界至少会失去一个衡量学术价值高低的标准。

对于一个学术机构或一位学者来说，他们会不断地评估自己的学术选择，衡量自身存在的价值。在这个过程中，学术出版和学术生活、学术情缘联系到了一起。某种意义上说，已被学界公认为“稀缺资源”的《文艺研究》杂志赋予了学术研究一定的方向和价值。对我来说，尤其如此。当年选择到中国艺术研究院求职工作，和《文艺研究》在我心中的位置有关。至于我在《文艺研究》上发表的几篇文章，未尝没有一番忆述要写。在我心里，《文艺研究》编辑部从前的几位前辈老师和同事，一直到现在的金宁、阿宝兄和张颖，他们透露出来的几十年如一日的专注、老派和纯粹，对我的影响分量更重。如果没有《文艺研究》，那么我在院里30余年的学术工作几乎都可以说是盲目和缺乏一致性的，甚至会面临一种分裂的危险。回顾我们这个时代，社会发展确乎太快，使得我们有时感觉无法跟上它的节奏而被远远抛在后面。但是有了《文艺研究》，看到几代置身杂志编辑部默默无闻的那些编辑们，也可以驱使自己安于文字生涯，沉湎于小小的摆满书的空间，以一种沉静、纯粹和意志，去表达自己，也去证明自己。

（作者为中国艺术研究院研究员）

《文艺研究》创刊四十周年感言

杜　卫

《文艺研究》创刊四十周年了，我谨以读者和作者的双重身份表示衷心祝贺！

《文艺研究》是我从事学术研究的学习园地。记得杂志创刊不久，就发表了朱光潜先生论人性、人情味和共同美的论文，成为文艺学、美学界解放思想、实事求是的标志性作品！在复习报考山东大学周来祥先生的研究生时，我不仅细读了《文艺研究》刊发的周先生的文章，同时喜欢上了这份学术期刊。1986年，我研二时，代表导师周来祥先生参加了《文艺研究》编辑部与长沙水利电力师范学院联合召开的"社会主义文艺审美理想"学术讨论会。会上，血气方刚的我做了一个发言，当时的副主编王波云老师热情地鼓励我，嘱咐我为《文艺研究》写稿，令我顿感受宠若惊，因为当时在《文艺研究》上刊发文章的都是一些"大人物"。我从研究生毕业后，就一直订阅《文艺研究》，因为她不仅质量高，而且也是发表美学文章最多的重要期刊，我不仅认真研读多数文章，还仔细学习文章写作的格式等等技术。可以说，《文艺研究》一直是我做科研、写论文的良师益友。时至今日，我仍然每期必读，收获良多。

《文艺研究》是我学术研究的重要动力。做研究的人都有体会，自己的文章被心仪的学术期刊发表，是对自己极大的肯定。我上研究生时，就想写美育方面的学位论文，但是导师和其他老师都不赞成，认为美育不受重视，还是研究文艺美学好。研究生毕业后，我仍然执着地开始了美育基本理论的研究。因为我出生在一个艺术氛围浓厚的家庭，父母都是音乐教师，外公还是绍兴第一位音乐教师，与徐锡麟、陶成章、秋瑾一起在绍兴的大通学堂教过书。我从小就受到美育的浸润，上大学后越来越深信中国需要美育，需要提升国民的生活品位和人文素养。于是，我从1988年秋季就开始撰写美育基础理论的著作，两年后就写成了20多万字的书稿。之后联系了好几家出版社，都没有出版机会，只能把书稿拆成论文先发表。我把关于美育基础理论的总体构想写成一篇文章《论现代美育学的理论构架》，投给了《文艺研究》，结果不久就发表了（1993年第5期），而且安排在了头条。这在美育研究不受待见之时，对处于学术研究迷惘状态的我是异乎寻常的鼓励！“美育学”这个概念是王国维在20世纪初提出的，此后在很长时间里却没有学者对美育学的理论建构提出系统设想。我在这篇文章里，提出美育学是美学与教育学的交叉学科，应该由美育哲学、美育心理学和美育方法论构成美育理论的主要内容，并对此作出了具体阐述。此后，我主持完成了几个美育理论研究课题（包括三个国家社科基金课题和一个教育部重点课题），结论性的文章都投给了《文艺研究》，其中《中国现代的“审美功利主义”传统》（2003年第1期）和《美育三义》（2016年第11期）发表后还被《新华文摘》转载。

《中国现代的“审美功利主义”传统》既是我博士学位论文的结论部分，也是我独立承担的第二个国家社科基金课题“美育理论现代性比较研究”的总结性成果。在这篇文章里，我把以王国维、蔡元培、朱光潜为代表的中西融合的美学和美育理论概括成“审美功利主义”，这种美学和美育理论所针对的本土问题是如何才能实现国富民强，具体说就是要提升国民的精神和情感，从而既肯定审美的超现实性，同时又把这种超现实性的功能引向现实的人心改造；既区别于审美的道德、政治功利主义，又不同于西方现代“唯美主义”或“审美主义”。这是中国现代美学的重要特征，我把这种美学思想称为中国美学的“现代传统”，意在试图提醒学界：中国美学研究并没有“失语”，从20世纪初开始，中国的现代美学家们就开始建构中国自己的、开放的美学和美育理论了。我们要认真研究这种现代传统，“接着说”，并由此建设当代中国美学。在这篇文章中，我还点出了中国美学的这种“审美功利主义”的本土思想资源是儒家的心性文化传统，为今后的研究埋下了伏笔。

2012年，我和两位青年博士一起开始了“审美功利主义”思想与儒家心性文化传统关系的研究，这是我主持的第四个国家社科基金课题。我们把课题研究总纲《以美正心：中国现代审美功利主义与儒家心性文化传统》投寄给了《文艺研究》，发表在《文艺研究》2012年第9期上。在这篇文章中，我们试图为中国现代美学接上传统文化的“血脉”：正是儒家心性文化传统、特别是王阳明的心学的巨大影响，引发了20世纪初西方美学的引进以及对美育的特别重视。其中一个关键点是西方现代美学的一个核心命题“审美无利害性”成为连接西方美学与中国儒家心性文化传统的桥梁。正是由于王国维、蔡元培等人对“无利害性”理论的“误读”，使得他们选择了美学，而选择美学根本上是为了推进美育，这种美育实际上就是颐养性情、去蔽澄明的功夫。

我在21世纪初曾发表过一篇关于美育性质的文章，提出“感性教育”是美育的现代性质。此后渐渐感觉这样的定义还不够全面，一直想写一篇全面论述美育性质的论文。2016年暑假，终于有了比较完整的时间，于是我就在申请国家社科重大项目的总体构想基础上写出了《美育三义》，发表于《文艺研究》2016年第11期。在这篇文章里，我在30多年美育基本理论研究的基础上，提出了美育的三个最基本的意义：感性教育、人格教育和创造教育，并作出了凝练式的概述。感性教育是席勒在《美育书简》中阐述的美育的基本意义，体现了美育概念的历史具体性，即审美现代性：在工具理性发达的背景下，恢复人的自然性，使人性达到感性与理性的协调，以实现人的全面发展。"感性教育"也是美育最基本的特征，美育过程就是以体验为主的过程，美育可以说就是一种"情育"，与智育讲概念逻辑很不相同。中国的传统是把美育当作修身的重要途径，所以美育就成了"人格教育"。在这一部分，我比较多地阐述了美育的中国意义，美育呈现"心育"的特征，也就是从中国美育传统来看美育在立德树人方面独特而重要的作用。"创造教育"是指美育对培养人的创造意识和创造能力的独特意义，在这方面我们一直重视不够，而今中国进入一个创新发展的时代，而创新依靠人才，教育必须把发展创新意识和能力作为重要目标，在这方面，美育的价值是独特而巨大的。

除了上述论文，我还在《文艺研究》上发表了另外两篇研究美育理论的文章，一篇是《美育：审美现代性话语的创建——重读席勒〈美育书简〉》(《文艺研究》2001年第6期)，另一篇是《论中国美育研究的当代问题》(《文艺研究》2004年第6期)。可以说，我的美育理论研究能够坚持到今天，并在学界产生一些影响，与《文艺研究》的扶持和帮助是密不可分的。我对《文艺研究》一直心存感激！

《文艺研究》一直是学界包括我个人学术研究的质量标杆。从创刊起，她一直坚持"双百"方针和高质量追求，刊发了在美学、文学、艺术学领域产生重大影响的文章，四十年来，为我国文化艺术事业的发展做出了巨大贡献。给这么一份顶尖期刊撰写论文，必须本着更高质量的追求，一丝不苟，竭尽全力，还要不断修改完善；最根本的，还是要在扎实的论述基础上提出新见，推动学科的发展。这种追求也使我在学术上得以不断进步。20世纪90年代初，我在英国做高级访问学者，发现我国当时很热的"审美文化"概念存在认识上的偏差，就大胆提出了自己的观点，我的文章《审美文化研究新议》也很快就被《文艺研究》刊发了(1995年第3期)。90年代后期，我做第一个国家社科基金课题"新时期文学审美论研究"的结论中，有一部分是关于文学理论学科建设的。我当时认为，审美属性不仅仅也不完全是文学的属性，文学理论和美学也应该有一个区分，于是整理出了一篇文章——《作为一门学科的文学理论》，在《文艺研究》上发表(1999年第5期)。由此也可以见得，好的学术期刊不仅仅是"做嫁衣"的，也具有帮扶和引领作者的功能。我正是受益者之一。

在《文艺研究》40 岁之际，我们完全有理由相信，《文艺研究》一定会越办越好！

（作者为杭州师范大学教授）

写作的自律

方维规

《文艺研究》创刊四十周年之际，编辑部同人邀稿，主题是“《文艺研究》与我的学术写作”，此时唯有光阴荏苒之感。我同《文艺研究》的联系可追溯至1985年，当时我是北外德语系的研究生，德国外教请我把她提交的“中国比较文学学会成立大会暨首届学术讨论会”论文译成中文，以“文学与疾病——比较文学研究的一个方面”为题发表在《文艺研究》1986年第1期上。为这篇译文我还去过《文艺研究》编辑部，记得是在当时还未对外开放的恭王府内。译事完成不久我便出国了，一走就是20年。回国以后，见《文艺研究》刊名字样依旧，而我从当初的译者变成作者。后来这些年，除因稿件与责任编辑之间愉快的邮件往来以外，细想起来也没什么可多写的。我想还是抛开自己的学术写作，借机说一个早就想说的话题，和学术有关，和写作有关，也和文艺有关，权当此次祝贺会上的闲聊吧。

当今中国高校里弥漫着一种困惑，甚至“折磨”：学生被学位论文困扰，教师则因各种课题而担忧，至少在人文社会学科中多半如此，而且这种状况有些年头了。困惑也好，折磨也罢，主要是对那些确实想做好论文的学生，想圆满完成课题研究的教师而言。而最终就为了“过关”的人，委实也不在少数。如果我的观察没出很大差错的话，大部分课题成果与先前申请书中的“志向”相去甚远。究其主要原因，或许是申请课题时“动机不纯”，不是为学术而学术，而是为了评职称和晋级，或为了沽名钓誉，或纯粹为了拿到“科研”经费。真正按照申报方案完成任务的，好像不占多数。将申请书中的攻关“重点”和诸多“创新点”与最终成果相对照，不难看出这些问题。在行的人知道，申请书中的不少“花言巧语”，是为得到项目而写的，或许还得通点关系。关键是能得到项目，能否完成则是以后的事，写得像样一点已经不错了。至于硕博论文，可以见到自评表中的“不足之处”。既然知道不足，为何明知故犯呢？理由往往是“时间有限”，有待以后改进。不用说，以后也就没人管了。

我在辅导学生的硕博论文开题时，基本上要求学生就相关论题收集足够的资料，有一个大概思路和写作方案。“先写了再说吧，写的时候再做必要调整。至于结果如何，写完以后才知道。”我知道这种指导方式不很高明，甚至有点虚无主义的味道，但或许不是完全没有道理，也不是放任自流，让学生写到哪里是哪里。其实，我所说的写作“流程”，恐怕是所有从事写作的人都有的经验。如果你早就知道所要写的一切，似乎也就没有写的必要了。什么都知道了，或许正是他人写过的东西，你只是炒炒冷饭，通过东拼西凑巧妙地“抄袭”而已。我不排除你有思想，但是思想会在写作中变化，灵感会催生出你从未有过的思想。这就是这篇短文要说的话题，即写作本身的规律。其原因是作品有其自我生命，而且很任性。因此，本文也可取名为“艺术的任性”。言之为艺术，不仅因为写作也是一种艺术，更在于我主要想从世界文学史中的一些创作故事来说这个问题。

一般而言，人们往往以为作者能够驾驭自己的写作，决定作品的篇幅，了解其关键所在，也知道其中蕴含的一切。实际情形并非如此。许多作家的创作可用海涅的话来形容：没有一个织工完全了解自己纺织的东西。伽达默尔在《真理与方法》中说：“创造某一作品的艺术家，并不是这一作品的理想解释者。艺术家作为解释者，并不比普遍的接受者有更大的权威性。”

瑞典女作家拉格洛芙的第一部长篇小说《贝林的故事》（1891）起初并未得到评论界的好评，但是该著的丹麦文译本受到著名文学批评家勃兰兑斯的赏识，使她一举成名。拉格洛芙有一次对托马斯·曼说起这部畅销书的成因：“这是我为年幼的侄子和侄女写的，同其他消遣读物没有两样。我曾思忖，这本书很可以用来逗乐。”托马斯·曼也向她讲述了自己的长篇小说《布登勃洛克一家》是如何诞生的。这部作品原来也是为给家人消遣而写的，书中有些段落曾让家人笑出泪来。拉格洛芙和托马斯·曼在写作时都没预感到其作品的艺术成就及其重要性，也未预料到它们在日后会给他们带来诺贝尔文学奖。拉格洛芙还是历史上第一位获得诺贝尔文学奖的女作家（1909）；五年以后，她又成为瑞典皇家学院第一位女院士，每年参与诺贝尔文学奖的评选。

托马斯·曼曾说过艺术作品之奇特的“任性”，连作家的意志也对付不了它。一部将要诞生的作品，尽管其思想内容多半已有端倪，但思想在写作过程中的兑现却往往出乎作者的意料，甚至让他吃惊。《布登勃洛克一家》原计划只有250页左右，只想讲述作者感兴趣的托马斯·布登勃洛克和他儿子汉诺的故事，其他故事只是背景而已。可是，这些背景故事最后却自成一体，其结果是一部两卷本巨著问世，成为布登勃洛克一家四代从兴盛到衰落的编年史，同时也展示出19世纪30年代至70年代德国社会生活的广阔场景。同样，中篇小说《死于威尼斯》，原计划是为一家文学杂志写作的短篇小说，但是故事情节任性地超出了原有框架。长篇小说《魔山》的创作也是同样情形：原先构思的只是一篇幽默短篇小说，最后成就了一部两卷本的长篇成长小说。取材于圣经故事的洋洋百万言长篇巨著《约瑟和他的兄弟们》（四部曲），断断续续写了 16 年之久，而其原定篇幅只与中篇小说《死于威尼斯》相差无几。托马斯·曼在《歌德与托尔斯泰》一文中说，艺术家是后来才惊讶地发现自己多么有教养、多么会写作、多么有思想。

在写作过程中改变构思、改变结构和篇幅的例子，在世界文学中数不胜数，许多作家都能讲述改变原来创作方案的写作故事。在中国现代文学史中，巴金的创作经历是很多人都知道的:《家》写成于 1931 年。作者后来又根据《家》的情节线索，先后写成《春》（1938）和《秋》（1940），合称为《激流三部曲》。这三篇分而独立、合为一体的长篇系列小说，并不是事先设定的，没有总体构思，写作间隔也很长。中篇小说《憩园》竣稿于 1944 年 5 月，而作者在 1941 年前后酝酿此作时，试图写成《激流三部曲》的续篇《冬》，重点讲述纨绔子弟在大家庭崩溃后的结局。然而，目睹现实生活中的新贵和暴发户如何在寄生生活中糜烂，促使巴金改变他原来所要表达的主题，将《憩园》的批判锋芒指向腐朽的寄生生活，以及福荫后代、长宜子孙的传统思想。另外，不仅作品会体现出违背作者意图的任性，作品中的人物也时常有着自在的生命，从而“规定”了作者的叙说路径和手法。青年时代的巴金同他所崇拜的屠格涅夫一样，常常不是预先设定小说结构，而是让小说人物的行动来铺陈结构，作家的笔跟着情节和人物行为往前走。

如果越出文学史范畴，艺术作品之“任性”的一个典型事例是德国大作曲家瓦格纳的《尼伯龙根的指环》。他原先只打算写作关于齐格弗里德之死的《诸神的黄昏》，后来觉得这部歌剧搬上舞台不易被观众理解，应该做些背景交代，这需要另一部歌剧来完成；而这另一部歌剧也只能是序曲，所以还需一部作品来解难。于是，他又创作了《齐格弗里德》和《女武神》。然而，这个在天界、人间、水下演绎的惊天动地的大悲剧，是由代表财富的黄金和代表权势的指环引起的。最后还得追溯到最初争夺黄金的故事，这就产生了《莱茵河黄金》。这部由四部歌剧组成的大型乐剧，整个创作历时 26 年。

托马斯·曼似乎很相信作品的任性，并多次谈起这个话题。并且，他认为可对此做出心理上的解释。他曾谈及创作时的自我欺骗，而且是必要的欺骗，认为作者要是事先就知道写作一部作品的所有可能性和所有困难，那他可能会望而却步，甚至没有勇气动笔。“一部作品时常有着自己的抱负，这一抱负可能远远超过作者的抱负，这当然不是坏事。抱负不应是人的抱负，不应先作品而在；应由作品本身生发抱负、逼出抱负。我相信伟大的作品就是这么产生的，而非缘于事先立志写作伟大作品的抱负。”（《生平简述》，1930）

在此，我们还能想到普鲁斯特的《追忆似水年华》。要是作者事先知道他的作品将是一部3300多页的七卷本系列小说，没准早就放弃了。不错，普鲁斯特确实很有抱负：由于严重的哮喘病，他在生命的最后15年里几乎足不出户，他明白自己痼疾难愈，立志写成一部不同凡响的特殊作品。并且，从1906年动笔，到1913年第一部《斯万之家》完稿，《追忆似水年华》的整个轮廓已定，计划中的作品是一部体量极其庞大的多卷本小说。尽管如此，那终究只是布局和轮廓而已。即便他在用整个生命进行写作，即便几乎躺在床上，在密不透风的房间内书写，他也无法保证完成这部鸿篇巨制。他终于能在逝世前将这部伟大小说全部写完，那是幸运。而他耗时十五六年、夜以继日地写作，写成七大卷的巨型小说，或许正印证了托马斯·曼所说的作品本身“生发和逼出的抱负”。我们知道，《追忆似水年华》改变了传统的小说观念，革新了小说题材和写作技巧。一个泡过茶的玛德琳蛋糕勾起尘封的往事，30多岁的普鲁斯特开始追索记忆，而记忆是无法设计的，想到哪里是哪里。文学创作中的这一新的尝试，使该作成了开意识流小说之先河的伟大作品。

《追忆似水年华》的最后几卷是在作者去世后发表的，他没能看到全部作品的刊行，但他无疑坚信自己的天才之作所取得的成就，作品第二部《在少女花影下》获得龚古尔文学奖，早已使他成名。一些西方评论家把《追忆似水年华》与巴尔扎克的《人间喜剧》相提并论，称之为“风流喜剧”。不过，在世界文学史中，并非所有作家都能准确评判自己的作品，常有出乎作者意料的事情发生。我在这里首先想到的是被看作现代派文学鼻祖的卡夫卡。他在生前虽然发表过作品，但毫无名气；执着地追求写作的艺术，却认为自己没有成功。他因而立下遗嘱，请求挚友布罗德在他死后，把他的手稿以及书信、日记、散页文字全部焚毁。布罗德没有这么做。这善意的背叛，才使卡夫卡成为西方现代文学之父。

即便是伟大的作家，也时常会误判自己的作品，其评价完全不被同时代人或后来人所认可。歌德晚年在写完长篇小说《亲合力》之后，对自己的新作很不满意；是其他人的赞誉才让他认识到自己创作了一部难得的杰作。恩格斯曾视席勒的剧作《强盗》为

"暴君见了定要焚毁的书"，而席勒本人则说这一剧本几乎无法上演，甚至称不上剧作，而是戏剧性小说。同样，他曾把《唐·卡洛斯》看作戏剧性诗文，只适合于阅读，不宜搬上舞台。这部剧作在 5 年的创作过程中，形式和内容都发生了变化，由散文诗改为韵文，由宫廷爱情悲剧发展为政治悲剧。作者本人以为无法上演的上述两部剧作，演出时盛况空前。与此相同，席勒认为根本无法上演的《奥尔良的姑娘》在莱比锡的公演取得巨大成功，令他终生难忘。同样在这里，艺术作品的"任性"尽显无遗。

作家如何误判自己的作品，亦见于托尔斯泰对《安娜·卡列尼娜》的看法：他一直以为这部作品写得很糟糕，在创作过程中曾十多次将手稿弃于一旁，最终完稿后也很不称心。可是这部把 19 世纪批判现实主义推向高峰的作品，被陀思妥耶夫斯基誉为"尽善尽美的艺术杰作，现代欧洲文学中没有哪部同类作品能够与之媲美"。正是《安娜·卡列尼娜》这部俄国社会百科全书式的作品和安娜形象不朽的艺术生命力，让人看到艺术作品的"任性"：一方面，从构思到动笔再到定稿的 7 年过程中，小说重心发生了巨大转移，安娜的形象由最初构思中的上流社会卖弄风情、趣味低级的失足女人，被改写成品格高雅、追求真爱的叛逆女性；另一方面，这部作品先后有过 12 次大的改动，废弃的手稿高 1 米有余，该作是被执着地改出来的。作品的"任性"催生出作家的"执拗"。当然，不管是普鲁斯特还是托尔斯泰，作品的"任性"是与作者的意图、智慧和毅力相辅相成的。

行文至此，我们再回到文章开头所说的中国学界大大小小的课题。乍一看，这里似乎是将两个不相干的话题放在一起，其实不然。虽然撰写论著与文学创作有很大区别，但是就写作而言，它们的共同点也是显而易见的：文学创作中的架构安排、写作策略和遣词造句，尤其是本文重点谈论的作品之"任性"，即写作过程中出现的内在逻辑引发的思路变化和重心转移，以及篇幅长短的变化等，都是论文写作中的常见现象。此乃写作的自律。有些变化是难以料想的，不少思想是无法事先设定的。如果撰写论文也是一门艺术的话，其难度并不亚于文学创作，"十年磨一剑，霜刃未曾试"也是正常之事。而我们的课题研究，必须在申请书中写上"完成时间"及"研究进度"。多少人是真正按部就班地完成项目的呢？还有不少课题拟突破的重点以及主要创新之处，到头来只被证明为"一厢情愿"，如同比比皆是的垃圾文学一样。

从某种意义上说，所谓课题设想和写作大纲，是在有意无意中欺骗自己，也在欺骗他人（比如课题评委）。于是乎，设想只是"权宜之计"者有之，根据计划写不下去者有之，做出重大调整者有之，远离预期目标者有之，草草收场者有之，成果非驴非马者有之……为什么？这是规律！规定两年或三年时间完成课题，似乎不是学术研究的正道，因为它违反规律。所谓作品本身的抱负及其任性，是说课题本身有东西可写，且有发展潜力；而貌似可写，并不等于真的可写，不等于能够出新。于是，成果可能篇幅可观，甚至是系列丛书，并且装帧很美，但是未必精彩，未必真有意义，未必有真知灼见。唯一的好处是，履历表中又多了一项“成果”，所在单位也能在相关评估中沾光。

（作者为北京师范大学教授）

阴虚火旺的“关键词”

冯黎明

明人杨慎有言：“为文而欲一世之人好，吾悲其为文；为人而欲一世之人好，吾悲其为人。”(《升庵集》卷二一〇《琐语》) 在杨慎看来，处处要讨好于人者或许很是平庸，而舞文弄墨者若想得到举世喝彩，其文肯定难有创新之处。话虽这样说，但是做学问的人谁都想写出“洛阳纸贵”的东西来，得到众人的认可当然是一件有脸面的事情。在学界混，谁都不想写得罪人的文章，因为学界也是“居大不易”的去处啊。但是本人却干过一件得罪一众学人的事情，虽然学界大咖们度量如海不跟我计较，我自己却至今仍然心有不安。

大概十年前吧，一次跟方宁先生闲谈，聊到20世纪80年代的学界论争，我们都有些怀念那些生机勃勃的思想交锋，同时也对当下学界盛行的“吹捧与自我吹捧”风气十分不满。方宁兄当时在《文艺研究》开办了一个栏目“书与批评”，专事“啄木鸟”之职，对学界新成果评头论足。很明显，这是件一不小心就招人怨恨的工作，而方宁兄并没有因我顾左右而言他的嘻嘻哈哈放过我，他趁我陶陶然处于“虚无主义”状态的时机郑重提出要我写一篇“啄木鸟”文章。我一听汗都吓出来了，这得罪人的事情摊到我头上来了，如何是好？但是看到他满脸“当前的形势与我们的任务”式的表情，我又没有了推脱的勇气。于是从北京回武汉后便一头扎进资料室，满书架地发现“阶级斗争新动向”。说实在的，找了很多刚出版不久的学术书卷，要么是大人物之作不敢妄议，要么是平庸之作不值得评论，再要么就是以我的浅薄无法在字缝里看出字来。

《文艺研究》杂志在文艺学界拥有强大的影响力和崇高地位，在这份刊物上发表文章绝对是一桩笑傲江湖之事，几乎有“在上书房行走”般的风光。我是一俗人，无法抵御此诱惑，因此除了继续在书架上找寻“有缝的蛋”外，还故意带着问题往人堆里扎，企望在“交往理性”的活动中捕捉到写作灵感。终于功夫不负有心人，学术江湖自有高人，一经高人启迪，我很快就发现“关键词研究”名下有不少需要“治疗”的“靶向病灶”。事实上，自20世纪90年代以来，国内学界以“关键词”之名纵横江湖的著作至少有好几十种，将其设为攻击目标固然有冒犯学界众多领军人物的危险，但这也许比用力于一两部热门著作以至于引火烧身要稍微稳妥些，因为毕竟法不责众的心理会稀释被批评者对我的恼怒。最为重要的还在于，只要认真研读一番这些长袖善舞于特定学科领域的“关键词”著作，就会发现其学理方面确实存在诸多令人深感疑惑的问题。比如，“关键词研究”究竟是一种知识学的类型还是一种方法？它是学科性的知识活动还是“学科互涉”的或者“学科间性”的知识活动？它的知识学属性是“重要术语汇释”还是常用概念的谱系考古？等等。我的这些困惑随着接触更多的“关键词研究”而日益增多增强，如此这般，就容不得我前怕狼后怕虎了，叨念几遍“真正的猛士敢于直面惨淡的人生”，权当酒壮夙人胆，然后就义无反顾地杀向文化山去。

倘若认真研读几部冠以“某某关键词研究”——诸如“文学理论关键词”“西方文论关键词”“当代文学关键词”等等——之名的著作，都会发现很多学理问题，这些问题之多，几乎需要写下好多篇文章来清理，但那样投入的话至少以我的学力精力是难以做到的，因此当时只能就其一两种毛病来辨析诊断。在研读了众多关键词研究类著作之后，我最强烈的感觉就是，国内学界的“关键词研究”有些阴虚火旺，气血不足。

“关键词研究”是文化研究的一个亚形态。“关键词”（key word）这一术语起源于文献检索，最早只是用以检索文献的一种路径设计。雷蒙·威廉斯的《关键词：文化与社会的词汇》（1976）一书之所以要用“关键词”命名，起因于他从文化唯物主义出发提出的关于文化的定义，即文化是整体的人类生活方式。既然是整体的生活方式，那就不能只从某一个特定的学科视角来考察、研究人类的文化。文化也许只是一种“星丛”式的存在，它几乎是“无边界”的，我们对待文化不能像对待某一特定学科的对象——比如文学，比如艺术，再比如经济，等等——那样赋予其有序化、自足性的结构。“文化”以及对之进行分析评价的“文化研究”并不受“分科立学”体制的规约，文化拒绝现代性的学科逻辑。文化研究以社会学为知识学依据，而社会学在现代学科之林中本身就是一种全方位覆盖人类社会实践的知识体系，其知识学的“集约性”程度远超其他任何学科。“星丛”式存在的文化于是被雷蒙·威廉斯置于“关键词研究”的视角下加以考察和辨析，这里的“关键词研究”对症的是文化，而不单是文学或者艺术，更不是当代文学或者西方文论。也就是说，由文化研究的超学科属性观之，“关键词”以其“散点透视”的知识学机能获得了阐释的有效性，但是在已经被现代学科体制划定了类型学身份的那些学科知识系统中，这种针对“星丛”现象的阐释技术还能有效吗？我们见到太多的某某学科名称＋关键词一类的研究成果，但是我们是否想过：以超学科为其特性的“关键词研究”被我们拉回到学科边界内，这是否有些“牛不喝水强按头”的意思？也许我们厌烦了本质主义的思维，逃离本质主义的冲动使得我们很害怕用一种总体性的逻各斯将诸如文学一类的知识学对象做成“烤串”，于是我们也要对文学进行关键词式的“散点透视”以逃离逻各斯中心主义的统治。一方面，现代性的学科化体制让我们做着“理论同一性”之梦；另一方面，充满“后理论”色调的关键词研究又勾引我们去分解那些被认定为整体的知识对象。

其实本人一点也不反对关键词研究，相反，我自己也写过诸如《中国·人民·革命——20世纪中国文化的三种现代性焦虑》这样的关键词研究论文。我想说的是，关键词研究是一个文化研究概念，其基本学理诉求在于展示文化作为社会实践和生活实践的超学科性存在，倘若将其强行按压在学科小圈圈里，那么我们就有可能要么撑死这个学科，要么饿死关键词研究。2010年，文章以“理论同一性之梦的破灭——关于〈关键词〉们的关键问题的反思”为题在《文艺研究》第10期发表后，许多学界朋友都认定冯黎明那厮反对关键词研究，这可真是误会了兄弟。不过文章发表后学界朋友们并没有对我进行围剿，这反倒让我意识到自己有点小肚鸡肠。比如陶东风先生，我在文章里把他的《文学理论基本问题》也列为批判对象，结果东风兄还把这篇文章选入了他主编的《文化研究年度报告（2011）》。

《文艺研究》的文章交稿后，我继续在关键词研究里“偷窥”了一些时候，结果又有了好多新的发现和新的想法。国内学界对关键词研究有不少误解，其中最为重要者在于把关键词研究当成了重要术语汇释，用辞典编撰的方式来搞所谓“关键词研究”。作为一种“理论”或者“后理论”的知识生产形态，关键词研究的关键之处还不仅仅体现在对学科体制的突破上，更在于将“word”当作“key”去开启门后的那座权力关系和意识形态的大殿。在我看来，雷蒙·威廉斯的《关键词：文化与社会的词汇》只是强调了关键词的超学科性质，这部书的写法基本上还是属于重要术语汇释，并没有完整地显现关键词研究的核心技术，只是在选取词汇时强调了跨学科性而已。福柯关于“疯癫”的研究才是关键词研究的典范，因为福柯考察“疯癫”在近代历史上的变异，意在对理性主义文化霸权化进行批判。对于福柯来说，“疯癫”这一概念（关键词）由宗教意义上的“虔诚”变异为病理学意义上的“另类”，这里面隐藏着理性排斥和压抑非理性、进而形成理性主义文化霸权的历史内涵。福柯根本不是要在医学意义上汇集并解释“疯癫”概念的各种含义，“疯癫”这一关键词只是福柯进入理性主义文化大殿的一把钥匙。依据相同的道理，我们也可以考察诸如“封建”这一关键词如何由古代的一种土地分配制度逐渐演变为现代的一种意识形态化的历史观。我们固然需要汇集和解读诸多关于“封建”一词的释义以及用法，但是这种解读并非为解读而解读，我们的目的是要在梳理这些释义的历史流变中看出某种意识形态“控制过去”进而“控制现在”的政治实践。倘若仅仅是将“封建”一词的各种用法汇集编排、解释一番，那就直接叫作“术语集释”即可，何必要弄出个“关键词”的名称来吸引人们的眼球呢。国内大多数“关键词研究”并没有弄清楚真正意义的“关键词研究”跟一种扩容的或者“复方性”的辞典编撰学的根本差异，这些研究常常是先精选术语再汇集解释最后编排成书，如此这般的“关键词研究”似乎只是在把玩“word”而不知道这“word”还有“key”的功能——这功能可以带领我们进入门后的内室，看到那些秘不示人的藏品。作为一种知识生产的新技术，关键词研究的目标产品乃是要对存在于“word”背后的社会历史之谜做出创新性的理解。

福柯式的关键词研究最为重要者在于他的“谱系学”方法，这一方法强调的是现象的历史变异性。谱系学其实是关键词研究的核心技术，这一技术要求对某一话语现象在历史中的变异性流传的历程进行侦查和分析，找到激发这些变异的某些历史性的力量，并且揭示这些力量的作用方式及其后果，比如激发“疯癫”这一话语现象的意义和价值变异的历史力量就是理性主义文化。所以关键词研究其实是很难的，它不仅要求对话语进行文献学意义上的汇集、解释，进而更要求对话语的历史性变异进行因果关系的分析，而我们似乎简单地理解了关键词研究的学理属性，将其当成了比一般的辞典更精粹、更细致、更专业的辞典编撰。关键词研究之“难”，关键就在于这是一种批判性极其强烈的知识活动。真正的关键词研究绝非平庸的话语现象铺排和叙述，其锋芒所指是隐藏在历史深处而且习焉不察地作用于我们心性中的那些权力关系、意识形态，尤其是其支配、扭曲和控制历史的各种运作实践。

2013 年我沿着这个思路又写了一篇短文《关键词研究之“关键技术”》，发表在《粤海风》2014 年第 3 期上，算是弥补了我当初与方宁兄交流时还没有想清楚的一些缺失之处。

晚清以来，中国知识精英群体里弥漫着一种现代性的焦虑。改革开放后，现代西方的知识和思想蜂拥而入，更让人应接不暇。从 20 世纪 80 年代走过来的知识分子都有过这样一种强烈的感觉，即面对当代西学东渐而来的“新学”“热学”“后学”，我们恨不得一个都不少地收入囊中，结果就是经常性的消化不良甚至上吐下泻。不过近些年来，这种现象好了许多，随着人文学科的国际交流的增强和增多，年轻一代的学人中这种囫囵吞枣的进食方式及其病理性后果越来越少了。

当年那篇文章中夹着些刻薄尖酸的言语，我估计除了《文艺研究》以外，其他顶级刊物很难照单全收地发表出来，所以鄙人发自内心地感谢《文艺研究》，感谢我们的老领导方宁先生，感谢杂志社的所有朋友！

（作者为武汉大学教授）

我和《文艺研究》的三重关联

傅　谨

《文艺研究》杂志创刊四十周年，约我写纪念文章，当然是必须从命的。

在我的学术生涯中，和我关联最为密切的杂志就是《文艺研究》，而且这种关联包含了三种形态：既是《文艺研究》忠实的读者，也是比较资深的作者，还曾经在《文艺研究》担任过6年的编辑。如果说《文艺研究》的读者遍布天下，作为一个普通读者实在没有任何可资夸耀之处，而且，我也确定自己不是在《文艺研究》发表论文最多的作者，但是据我所知，在《文艺研究》四十年历程中，至少我应该算是在这份杂志上发表论文数量最多的编辑，或者是在《文艺研究》工作时间最长的资深作者。从1998年开始，除了在杂志工作期间外，我陆陆续续在这里发表过十多篇论文，包括了我在美学和戏曲研究领域最重要的成果。

我从1988年开始在《文艺研究》上发表论文。1987年我毕业于杭州大学中文系文艺理论专业，就像那个年代众多懵懵懂懂的研究生一样，我把打印好提交答辩的硕士学位论文《论艺术欣赏能力》里的一份寄给了《文艺研究》，然后就赴山东大学文艺学（美学）专业攻读博士学位去了。想不到几个月后，在山大收到《文艺研究》的用稿通知，真是喜出望外。论文如期于1988年第2期刊出，虽然那并不是我第一次发表论文，但却是论文第一次发表在陌生的权威刊物上，而且最令我自豪的是，我的论文居然是在《文艺研究》杂志全文发表的！

从那以后，我自己感觉比较有学术追求的论文，首先想到的就是要给《文艺研究》投稿，而且也多数如愿得以刊登。因为当时杂志的编辑并不署名，而且当年对学术杂志的编辑流程不甚了了，所以至今我都不太确定我的那些论文是由谁编发的。记得几年后一次到北京出差，曾经贸然给编辑部打过一个电话，表示了我的感激之情，然而接电话的编辑却不肯告诉我相关责编的姓名，我也只好作罢。后来，我在《文艺研究》工作时，曾经专门询问过副主编马肇元老师，按说我最初几篇论文或是他负责的范围？他也只是笑笑，并没有给我肯定的回答。

我当时也并没有太在意这件事。在那个年代，我们都是自信满满，感觉做的就是最出色的学问，所以论文就算在顶级刊物发表，也感觉无比正常，只不过是天道酬勤的古训又一次得到印证而已。经过了年少轻狂的阶段，才知道这些论文在《文艺研究》发表有多么幸运。尤其因为这是我从事文艺美学研究的起手式，决定性地影响了我的学术道路和学术态度。而我此后也经常用这样的经历告诫青年学者，每当有青年学者感慨于论文发表之难，或者认为只有认识了杂志编辑、只有借助非正常手段（比如通过送礼以联络感情）才能发表论文时，我会很自然地举当年在《文艺研究》发表论文的亲身经历为例，说明学术界还是自有公道在的；而通过正常的途径发表论文最大的好处，就是能够借助编辑客观且独立的审稿和判断，让自己的研究成果得到相对公正的评价；无论是肯定还是否定，都有助于我们继续或校正自己的学术方向。而且也只有这样发表的论文才能催生出真正的学术自信，因为你可以确信论文的发表是、且只是因为它有学术价值，而不是其他的原因。尽管很多人感慨于学术界的道德沦丧，我却可以用这些例子，说明至少《文艺研究》等刊物编辑的人格与品德是值得我们期许和尊重的。无论是当年还是今天，学术环境其实都并非如传说的那样不堪，比如我，当年只不过是外地高校刚毕业的普通研究生，根本不可能有认识《文艺研究》编辑的机会，更遑论联络感情了。创刊伊始，《文艺研究》一直风清气正，而且对青年学者的成果格外看重，在学术界的口碑，并不需要我在这里赘述。

我是从美学转向戏曲研究后，才开始认识《文艺研究》的编辑的，且不是因为投稿，而是因为参加全国青年美学学会举办的学术活动。1997 年我从杭州大学借调至中国艺术研究院戏曲研究所，戏曲所和《文艺研究》编辑部，都在恭王府俗称“九十九间半”的著名长楼内办公，这才和编辑部各位编辑有了更经常的接触。如果我没有记错的话，应该是廉静建议我到《文艺研究》工作的，她负责舞台艺术部分的稿子，我们在“青美会”的会议中认识已经几年，我加入编辑部后就一直协助她工作，并且得到她太多太多的帮助。其实在最初的几年里，我一直是想回杭州的，然而因为人事的缘故，我无奈放弃了这座美丽的城市，最终下决心将关系正式调入了《文艺研究》杂志社。我记得柏柳主编去找了一次中国艺术研究院当时的常务副院长曲润海先生，转述了我的想法，事情就如此简单，我因此正式成了《文艺研究》的一员。此前我从浙江省艺术研究所调入杭州大学中文系，是老校长沈善洪发了几次脾气，下了大力气才推动的，我因此惊异于在京城的中国艺术研究院，事情原来是可以如此单纯的。

我就这样进了《文艺研究》编辑部。一直到 2003 年，杂志开始筹划改为月刊，由于担心每月出刊一期的快节奏会严重影响自己的学术研究，于是便又从《文艺研究》逃回了戏曲所，半年后随即调离，以北京市特聘教授的名义“加盟”了中国戏曲学院。在中国艺术研究院工作的 6 年多时间，我算是始于戏曲所，终于戏曲所，然而最主要的时间段，却是在《文艺研究》编辑部度过的。学界同行多误以为我是戏曲研究所出来的，其实我只有在中国艺术研究院头尾两个半年才和戏曲所的学者们有交集，其他时间的联系，基本限于和前辈们一起参加各项戏曲界的会议。我和同辈学者的接触，反而是在去了戏曲学院之后。

在《文艺研究》工作的那段时间，也是我在学术研究领域做出最重要成果的阶段。我的《草根的力量——台州戏班的田野调查与研究》就是在此期间撰写出版的，这部书现在已经出了第三版，不仅戏曲领域的青年学者们喜欢，而且也得到音乐、舞蹈等领域学者的高度肯定；我的《中国戏剧艺术论》和《新中国戏剧史》也是在此期间撰写出版的，尤其是后者，为我近年的学术研究勾勒出了最重要的轮廓，也是我 2017 年出版《20 世纪中国戏剧史》的开端与基石。当然还有这段时间里发表的几十篇论文，这些工作都需要大量的时间和精力，特别是为了最终完成《草根的力量》，编辑部还给了我足够的时间让我去做田野考察。如果从编辑工作的角度说，其他同人对杂志无疑比我有更多的付出，所以我对《文艺研究》只有感激之情。

《文艺研究》给我的不只有时间上的保障，更重要的是学术上的机遇。要论把握学术前沿，这是最好不过的窗口，而且这份工作的一个自然的结果，就是对学术兴趣和视野的扩展。所以不能不提及，正是因为在《文艺研究》编辑部工作，我才有机会和各艺术门类的学者认识和接触，不仅有机会第一时间阅读他们的成果，更有机会和那些最优秀的学者讨论他们的研究。我所研究的戏曲艺术，原本就是融文学、音乐和表演于一体的，因此跨学科和门类的阅读非常必要，而学术编辑工作何止于一般的阅读，更需要对论文的细致辨析，还必须将它放在所属学科的发展语境中，给予恰当的评价，确定其能否发表。这些都是我的学术历练，并且让我迅速成长。至于在编辑部工作的过程中结识了各艺术门类诸多杰出的学者，并且一直和他们保持良好的关系，这也是《文艺研究》给予我工作之外的恩惠。离开愈久，这份恩惠就显得愈加厚重。

如前所述，《文艺研究》在我的人生和学术道路上，都具有特殊的重要性。它不仅是我在美学和戏曲两个领域多数重要学术成果的发表平台，并且在我的人生观和价值观的定型过程中，起着无法替代的作用。我不会幼稚到认为它是完美无缺的，无论在或不在杂志社工作，对它的优势与局限都有深切的体会。然而即便如此，《文艺研究》编辑部仍然始终是我的学术娘家，而经常思考杂志在四十年历程中形成的编辑方针及背后成为其支撑的学术理念，对我的研究，还有对我现在主编《戏曲艺术》的工作风格，都产生了非常直接的影响。

《文艺研究》是艺术学界的标杆，四十年来在推动学术进步方面所起的积极作用有目共睹。作为杂志的老读者、资深作者和曾经的编辑，唯愿杂志越办越好，这是学术之幸，亦是学者之幸。

（作者为中国戏曲学院教授）

我的马拉松

——为《文艺研究》创刊四十年而作

高名潞

“85 新潮美术”是中国“文革”后第一次全国范围的中国当代新艺术运动。从1986 年初，中国艺术界甚至文化界都开始关注这个新思潮和新现象。而《文艺研究》是第一次全面介绍这个运动的理论刊物，1986 年曾经多次发表了中青年理论家的文章，其中包括本人所写《’85 青年美术之潮》及《新潮美术运动与新文化价值》两篇长文。30 多年过去了，回首往事，同时回顾《文艺研究》的出版历程，让人非常感慨，不少风云一时的刊物如过眼云烟，但《文艺研究》恐怕是艺术界唯一坚守至今并保持学术初心的刊物。

我突然想到“旗帜”和“镜子”这两个概念，觉得用其概括《文艺研究》四十年的编辑理念很合适。“旗帜”就是刊物给自己提出的标准，让自己成为坚持学术真理和推动学术长远发展的平台。“镜子”就是让自己的编辑思想时刻保持对当代学术动向的敏锐判断，力争把思潮的倾向和价值及时地呈现出来。所以，无论作为作者还是读者，我们都应该感谢《文艺研究》编辑们辛苦的工作和杰出的成果。值此庆贺《文艺研究》创刊四十周年之际，主编金宁先生嘱我写一篇文字。事实上我在 20 世纪 80 年代的工作以及近年来的一些探索研究均离不开《文艺研究》的发表和支持，比如 2009 年我发表《“意派论”的侧面》的时候，金宁先生就及时组织了一组文章，回应和反映了当时的巨大争议。

在这篇文章中，我想把自己多年来在艺术理论方面的思考和工作向读者汇报一下，权当对《文艺研究》的关心支持的一份感谢。

一

经历了轰轰烈烈和惊心动魄的“85 美术运动”后，90 年代我主要在美国学习、研究艺术理论，同时通过英文写作和出版，以及展览策划的方式介绍中国当代艺术。21 世纪以来，我继续着这些工作，但是在美国大学和中国现场之间的往来更频繁，而我自己的研究范围和兴趣也有了发展。由于自己的学术训练最早从中国古代艺术史开始，而后转向当代艺术的批评，90 年代又在美国集中研究西方艺术理论，所以，我在过去 40 年所经历的当代艺术批评和中、西艺术史的学习和研究最终把我引向一个最核心的关注，即中国的艺术理论如何能够发展和建构自己的体系？对于很多同道而言，这或许是一个天方夜谭，因为我们的学术现状存在很多不足，无法和欧美的学科相比。但是，我觉得至少我们应该有这样的心愿，从现在做起，做点儿什么。我的学术经历，让我对梳理我们和西方的艺术史研究的学理差异很感兴趣，并且感到坚持学理性很重要，最好不要受到百年来中西论战中的文化政策和文化价值观的极端倾向影响，要坚持理性化和学科化。

梳理差异性，以此为动力去阐释中国当代和古代艺术史的内在逻辑和特点，最终的目的还是自身的理论建树。我的艺术批评从 80 年代推动和介绍“85 美术新潮”开始，到 90 年代，在美国这个更直接的文化全球化的背景中继续通过展览和发表物介绍中国当代艺术。语境的变化让我深深感到，深入地理解和梳理中、西艺术史观念的差异性以及这个差异对当代批评的影响至关重要。实际上，1998 年，我在纽约策划“由内而外：中国新艺术”（Inside Out：New Chinese Art）这个当时在北美甚至在整个西方都是最大规模的中国当代艺术展览的过程中，就已经开始探讨如何展示中国当代艺术中的另类现代性的本土特点。此后，我在 2003 年策划了“中国极多主义”（纽约、北京巡回）、2005 年的“墙”（纽约、北京巡回）、2008 年的“公寓艺术第一回展”（北京）以及 2008—2009 年的“意派”（西班牙、北京）等展览。这些展览重点关注中国当代艺术家如何在受到西方影响的同时，试图把传统转化为当代，并在探索中找到自己的立足点和方法论，我把围绕策划理念的写作放在与视觉展示同样重要的位置。每个展览的文本都是一种批评视角和理论建树的尝试过程。其中，我特别注重选择最贴切的概念去概括艺术现象。无论是为艺术思潮命名还是展览名称的选择，对我而言都是一个对当下历史结构的思考过程。其实，我在 80 年代提出的概念，如“85 美术运动”（或“85 美术新潮”）、理性绘画、生命之流等，都是这样。

20世纪90年代后提出的“公寓艺术”和“极多主义”也是我对过去40年中国当代艺术中的一个重要现象的概括和命名，我认为即便在全球当代艺术中，这也是很独特的现象。因为，尽管在媒介形式方面，“公寓艺术”受到了西方现成品装置的影响，而“极多主义”则受到了西方现代抽象形式的启发。但是，从艺术家的动机和行为方式角度看，它们和西方艺术有着本质的区别。比如，“公寓艺术”和“极多主义”的一些类似装置的作品的外观非常小型化，而且很多直接用日常家庭用品；艺术家与这些“己物”（家庭或个人的常用物）的亲和触摸的行为本身成为作品意义的一部分，比如，宋冬每天用蘸水的毛笔在磨刀石头上写日记，徐冰每天刻假字等。这种日复一日，甚至持续多年的作品系列以及相匹配的身体行为都与西方当代艺术中那种在一件作品中直接诉诸某种清晰想法的观念艺术有着本质的区别。“公寓艺术”和“极多主义”潜移默化地把东方传统的日常“冥想”转化为当代艺术中的“非作品化”（dematerialization）行为，这有点儿禅宗意味。80年代，黄永砯的“厦门达达”把禅宗说成后现代，那个时候他针对的是以往的主体性教条。90年代的“公寓”和“极多”则是对当下的物质泛滥和精神投机的双重媚俗（double kitzch）的抵制。其实，这样的低调前卫在过去40年一直存在，我曾经把它称作“都市禅”现象。

当然，“公寓”和“极多”是复杂的中国当代艺术现象中的一部分，不是全部。但是，它给我们提出了一个用什么样的哲学观念和叙事角度去阐释艺术史的问题。

我认为，迄今为止，无论在国内、国外，主导着中国当代艺术的批评阐释的理论基础和价值观仍然来自20世纪70年代以来盛行的后现代视觉文化理论。它批判了现代主义的“唯作品论”（materialization），认为艺术品的价值判断应该摆脱传统（包括现代主义）的那种主要关注作品的内容和形式（或者能指和所指）关系的角度，应该把艺术的生产系统（文化机制、美术馆、策展人、艺术市场和出版等等）以及话语体系（意识形态叙事权力）引入艺术品意义的判断之中。所以，福柯的权力知识叙事，德里达的意义解构等思想深刻影响了当代艺术批评和艺术史理论。而西方、包括中国当代艺术都深深受到了这种“观念为先”的文化政治语言学的影响。如果说，以往的艺术研究把艺术品的内容和社会背景分开看待的话，当代批评则把社会背景直接作为艺术品的内容来对待，这叫作语境化（contextualization）研究，而此前的叫作文本研究（object studies）。

让我们尴尬的是，“文革”后我们刚刚从政治艺术中走出来，吴冠中的形式主义和抽象美曾经让艺术家们激动不已。80年代新潮美术虽然反对纯艺术，但是也反对走向意识形态艺术，主要是用现代风格和理念表现文化现代性诉求和人文生命主义的哲学诉求，无论多么激进，其实都没有想回到过去的政治狂热。当然，伴随着90年代初中国社会的变化和“后冷战”的开始，艺术界也出现了本土的政治艺术。于是，当中国当代艺术在20世纪90年代上半期开始出现在西方的美术馆、出版物和市场中时，西方批评家和策展人就非常顺理成章地把西方后现代的政治文化语言学（话语和反话语）的“语言正确”和“后冷战”意识形态的“政治正确”合二为一，以此作为评判中国当代艺术甚至中国古代艺术史研究的基本角度和方法论。

带着这种政治艺术语言学的视角就很难看到中国当代艺术中的多重复杂性和悖论，看不到中国当代艺术家的艺术性智慧、日常个人生活的微妙因素以及他们回应当下社会情境的特殊方式，即如“公寓”和“极多”。这种“在地性”在近年的全球化理论中被叫作“异质编年史观”（heterochronical conception）。然而，我个人的体会是，如果我们在西方的展览策划和英文出版中特别关注中国当代艺术的这些“在地性”（locality）的话，就很容易被误解为“中国性”（Chineseness）。比如，英国批评家、诺丁汉大学教授保罗·葛思谛（Paul Gladston）就批评我策划的“墙”展具有中国性倾向［Paul Gladston, “Writing on The Wall (and Entry Gate): A Critical Response to Recent Curatorial Meditations on the ‘Chineseness’ of Contemporary Chinese Visual Art”］。牛津大学教授柯律格（Craig Clunas）在他所写的我的英文著作 *Total Modernity and Avant-Garde in Twentieth Century Chinese Art*（《中国二十世纪艺术中的整一现代性和前卫性》）的书评中也批评我把“文化”现代性作为中国当代艺术的价值诉求，他认为应该是政治诉求。又因为我在书中运用了“85美术新潮”“理性绘画”“公寓艺术”“极多主义”和“意派”等多个自己发明的概念，他于是搬出了“名不正言不顺”的中国古训讽刺这种概念命名，但遗憾的是，他没有从学理的角度正面批评我的这些概念的不合理或者荒谬，而只是用嘲讽的口吻暗示中国当代艺术不需要新概念，潜台词是，只需运用当代“普世概念”，我的命名是个人问题（Craig Clunas, “Naming Rights: Craig Clunas on GaoMinglu’s Total Modernity and the Avant-Garde in Twentieth-Century Chinese Art”）。事实上，20世纪的艺术命名潮流正是从西方现代主义开始的，我们知道，各种主义和群体名称目不暇接。但是为什么中国当代艺术就不能根据自己的逻辑命名，非要沿用西方的既有名称？况且，这不是命名和概念的问题，而是如何准确阐述一段真实的在地历史的学术问题。

总之，我深深感到，这种偏见可能不是单纯的政治立场和话语权问题，而是深层的哲学观和世界观问题，这是不同的思维习性之间的差异。于是，类似我回应对意派批评的态度一样，不是直接回应，而是选择了一个费时费力的笨办法，从探究和解释中西艺术史观念乃至哲学观念的差别入手。只有把本根搞清楚，才能回到实际文化操作层面，去回应保罗·葛思谛和柯律格的问题。所以，我选择了一条“个人马拉松之路”。我要从梳理西方艺术史的思想本源开始，然后回到中国的艺术观念史，找到自己的艺术本根。在梳理了两大传统本根之后，我就可以更加清晰地去看中国当代艺术史的脉络和逻辑。中国当代艺术当然离不开西方来源的影响，也带着传统的痕迹，还有自己的创造，于是就像多股扭结在一起的麻绳，只有梳理清楚来龙去脉，才能提出我们自己的当代艺术史的叙事观。这个叙事肯定无法单从中国，或者单从西方的一个角度去评判，它本身就是一种互在性的存在。

二

正是基于这样的“野心”，我从20世纪90年代就开始了这个马拉松长跑，着手准备写作《西方艺术史观念：再现与艺术史转向》。断断续续地经过20多个寒暑，这本书终于在2016年由北京大学出版社出版。虽然离不开西方学者的既有成果，但是，我很欣慰地找到自己构造的一个以“匣子、格子、框子”的概念群去分析西方艺术史观念的阐释方法。在这期间，为了回应当代艺术正在发生的一些问题，我写了一本小册子《意派论：一个颠覆再现的理论》（广西师范大学出版社2009年版）。此书大意是说，中西不同的哲学思想和世界观生产出不同的艺术史形态；西方二元哲学形成了以写实、抽象、观念相互排斥的极端形态，而中国的非再现性艺术观则产生了以理、识、形为原理的非排斥的，互相融合的“文书图”一体的艺术形态；如果能够把这种互在性的，意在言外的古代观念转化为更为多元和服务于更多受众的当代艺术观念，我相信一定会产生一种更加开放包容的当代艺术的理论体系。这也是我们几代中国艺术家梦寐以求的，我把这种观念叫作“意派论”。艺术最终创造的不是某种固定的说教意义——无论是社会的、政治的或者文化的明确意义，相反它应该是寄寓更加丰富、不可言说的、具有独特个性的视觉“智慧”。其实，西方当代后结构主义哲学和语言学不正在探讨这种可能性吗？只是，后结构主义是从以往的“绝对理念”走到当代的“完全解构”，站在二元极端的历史逻辑中仍然难以做到超越自己。

有的同道说《意派论》太超前，但我不能接受，它并不超前；有人说它保守，这我倒是能够理解。我知道，20世纪中西论战中的“保守vs先进”的文化判断仍然深入人心。柯律格曾说，高名潞的“意派”可能会被政治加以利用。然而事实证明，《意派论》发表近十年，并没有也无法被实用政治所利用，因为，不论对否，它首先是一种学理的陈述。但是，在那个时候没有多少人能够理解和接受我的申辩。《意派论》出版后引起了轩然大波，争议和批评很多。金宁先生立即在2009年第10期的《文艺研究》中开辟出“意派论”专题，发表了一组关于“意派”的讨论文章，同时还发表了我本人的论文《“意派论”的侧面》。金宁先生对理论的敏感与热情以及迅速给予的支持令我非常感激。

我没有对各种批评进行理论性申辩，因为我当时正在写《西方艺术史观念：再现与艺术史转向》，考虑到“意派论”就是在与西方再现哲学比较的角度提出来的，所以，能够尽快拿出详细论证西方艺术史及其再现哲学的发展逻辑的专著，就是我的最有力的回应。现在这本书终于出版了，很多媒体的采访报道都不约而同地把这本书和“意派”连在一起，确实说明了我的想法是对的。

我在《西方艺术史观念：再现与艺术史转向》中的这些思考其实并非局限在对西方艺术史哲学或者史学史本身的梳理，而是要从一个非西方人的角度对西方艺术史哲学甚至哲学史和思想史的原理有一个清晰的认识。正是基于这样一个“批判”的视角，与通常西方理论家的方式不同，我选择了把“再现论”作为西方艺术史以及史学史的哲学基础。“再现”不是一个单纯的视觉感知概念，就像我们多年来所理解的那样，比如把写实方法叫“再现”。或者，我们多年来把马克思主义的反映论叫作“再现”，即艺术再现生活现实。这些是再现，但它只是再现哲学的非常表面化的一部分。

“再现”首先是西方的二元对立统一哲学中的重要范畴之一，它和中国传统哲学和艺术史原理相差甚远。可是，要说清这个区别并非易事。因为西方的哲学和艺术史理论汗牛充栋，流派纷繁，但是我认为“再现主义”（representationalism）这个18世纪启蒙思想家提出的核心概念可以统合西方艺术史的观念发展史。因为，它是连接西方哲学、语言学以及艺术史理论中的一些对立范畴的重要概念，比如主体和客体，精神和物质，内容和形式，文本和上下文，能指和所指，等等这些系统性的二元的范畴因为有了“再现”哲学观念，就有了发生在这些二元范畴之间的、在对称关系中互换替代的可能性。这个对等替代关系被西方理论家描述为“等价交换”。

所以这个“再现”不是把眼睛看到的“真实”物象画到画面上那么简单，它涉及神学、语言学、社会学等多种学科中的一个重要的核心原理，即确然性（certainty）原理。由于西方传统的神学和现代以来的艺术史学最为关注的是艺术品的意义（神性、时代精神等）如何通过时代风格表现出来这个核心任务，所以，对称性（symmetry）、绝对性（absolution）和确然性（certainty）就成为艺术史家解释艺术意义的真理信念。为这些“意义求证”服务的则是方法意义上的概念，比如古典的图像学研究中的象征（symbol）、现代主义的符号（sign）和后现代以来流行的话语（discourse）。

这些概念催生出一些重要的分支概念群（sub-concepts）。但是，怎样在这些众多的概念中挑选出关键性的与再现和再现发展历史逻辑相关的概念群，是至关重要的。我从那些不同时代的不同艺术史家运用的概念中发现了“匣子”（box）、“格子”（grid）和“框子”（frame）三个可以被统合为一个历史逻辑的概念群，它们可以概括西方艺术史中的三个阶段，也可以把它们作为三种不同的艺术史研究模式。我画了一个插图表示这三个概念的关系（见图 1）：

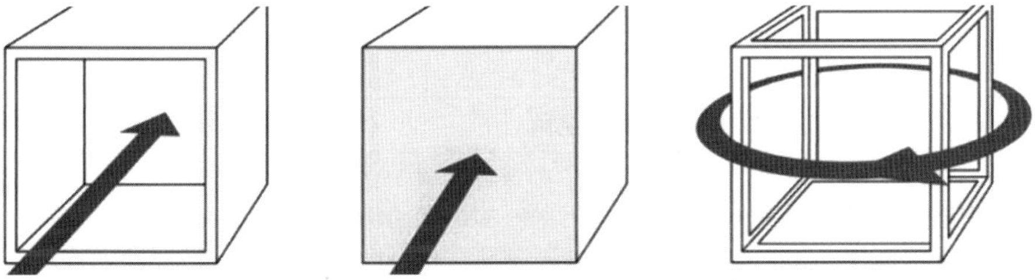

图 1　三个类型（“匣子”“格子”“框子”）的再现理论视角的转向图示

我从以下几位西方学者那里挑出来“匣子”“格子”和“框子”三个概念。关于“匣子”，曾经出现过三个不同的词：一个是“self-contained”，意思是自足容器，迈克尔·波德罗（Michael Podro）用这个概念界定李格尔、沃尔夫林和潘诺夫斯基的古典艺术研究的基本方法，他认为德国古典艺术史都是遵从一个立方体匣子的原理去分析作品及其产生的象征意义的。此外，莱辛曾经用“window”这个概念讨论古典艺术的造型原理，其实“window”就是指在一个立方体匣子里面放入某一故事情节。而直接提到“box”的是潘诺夫斯基，他在《作为象征形式的透视》（*Perspective as Symbolic Form*）这本书中画了一个图示（figure 5），用“空间匣子”（space box）作为讨论文艺复兴艺术的创作原理。关于“格子”，不少批评家，比如罗莎琳·克劳斯（Rosalind Krauss）就专门写过一篇文章讨论过现代绘画的“格子”（grid）观念。最后是“框子”，康德最早把“框子”（frame）作为一个美学概念讨论，康德强调框子里面的作品价值，而框子只是装饰。后来德里达批判了康德的“内部”价值观念。德里达认为，作品之所以成为作品，或者内部之所以成为内部，是因为“框子”的存在。“框子”决定了作品是在哪里生产的，为谁生产和最终属于谁（挂在哪里）。

我发现，尽管他们分别讨论其中的一个概念，但是这些讨论不仅仅局限在透视，实际上或明或暗地指出那个时期的艺术认识论模式。可是从来没有人把这三个概念连在一起去讨论，更没有把它们组合成一个“进化”历史链条中的概念群，根本原因在于，西方学者不可能从非西方视角去检验自己的“再现”系统，至少不会像我这样去理解再现。

当我自己最终能够用匣子、格子、框子的形象概念把西方艺术史的叙事和抽象原理结合成一个自足的系统的时候，我感到非常兴奋！尽管这是我一家之言，但我认为它具有自足价值，并渴望让读者和同道分享。我制了一个表说明西方艺术史再现观念发展的历史：（见表 1）

表 1　三种再现理论的叙事模式

再现的意义	再现方法	艺术形式	再现视角	代表人物	历史时期
历史化的理念	象征	古典写实	匣子	黑格尔、波备莱尔、李格尔、沃尔夫林、潘诺夫斯基、T.J. 克拉克	18 世纪至 20 世纪初
媒介化的精神	符号	现代抽象	格子	海德格尔、弗莱、格林伯格、桑塔格、弗雷德、克劳斯	19 世纪末至 20 世纪上半期
体制化的观念	语词	观念艺术	框子	福柯、比格尔、阿多诺、布列逊、欧文斯、布赫洛、贝尔廷、丹托	20 世纪 60 年代至今

这个表格凝缩了我在《西方艺术史观念：再现与艺术史转向》中用了 60 万字具体陈述和讨论的主要内容。匣子、格子、框子代表这里的三个转向。哲学转向：象征叙事；语言转向：符号叙事；上下文转向：话语叙事（或者语词叙事）。

有人曾问我，在中国艺术史中，不论是古代还是当代，有没有一个类似匣子、格子、框子的概念群去概括和梳理它的发展史呢？我想肯定是有的。这也是我正在尝试做的。我们能不能从西方艺术史或者哲学的角度，同时又运用中国本土概念去分析和梳理中国的艺术史观念的发展？这里有两个关键词，一是西方视角，二是中国概念。这两点正好是矛盾的，因为今天的中国艺术史流行的是用西方艺术史的方法、视角和概念去讨论中国古代艺术的发展历史。这等于说，研究者设想在中国存在着一个类似西方艺术史的观念演变史，尽管它的内容、题材和形式不同。

三

在完成《西方艺术史观念：再现与艺术史转向》后，我继续尝试在中国古代艺术史和当代艺术史中寻找那些决定了一个时代的创作动力的关键性概念。这些概念本身是一种文化“能动性”，而非字词本身。比如，仓颉造书的“书”，“道可道，名可名”的“名”，早期和晚期的“文”和“理”的关系变化，南北朝时期出现的“理、识、形”的“图载”，等等，我这里不一一罗列。这些概念到底和彼时文人的思想、行为以及他们对艺文的理解是怎样的关系。这些恐怕和西方的再现观念中的模仿、风格、时代理念、图像、象征及能指所指等等有很大的差异。然而，这个差异不是指中文某个概念和西方某个概念之间的差异，比如中国的“神”和西方的“精神”（spirit）之间的差异，而是指两个全套概念系统之间的差异。如果我们忽略这个关节点，相反只用一套外来概念系统去解释中国艺术形态史，就忽略了决定着这个艺术形态历史发展的整套概念系统的内在逻辑，那么最终还是无法完成对中国艺术史的自足性的阐释，或者说它可能只完成了部分阐释，甚至更有可能误导了一个独特的艺术史的发展逻辑。

这样一来似乎和语言学发生了关系，但是，中国的文字学本来就不是西方意义的语言学，中文的字词也不是那个在西方语言学（包括艺术史学）中和“图像”对立的“概念”。然而，为方便理解，我们在这里权且仍然用概念这个词。不论怎样，梳理中国艺术史中的概念的发展逻辑是我们面对的一个难题。这不是传统的画论研究。画论文本只是很小的一部分，把画论之外与其相关的思想和行为的历史连通起来是这种概念系统研究的重点。中国人讲“通”，或者“统”，比如道统、史通，等等。

我有一本 80 年代的旧书稿《中国绘画与文化》，书中的内容有一部分当时曾以论文的形式发表过。比如，第一章曾以“仓颉造字和书画同源”为题发表在《新美术》。第二、三、四章部分来自笔者在 1986 年 8 月《走向未来》创刊号发表的《中国画的历史与未来》一文，全文约 2.5 万千字。第五、六、七章主要来自我的硕士学位论文中有关宋元绘画思想（那个时候叫“美学”）转型的研究，曾经在 80 年代中发表在《美术史论》(部分)和《新美术》(全文)等期刊中。

1982年到1984年的3年时间里，我在中国艺术研究院美术研究所攻读中国美术史的硕士学位。在此期间，我的研究领域主要集中于两个方面，一个是远古时期仓颉造字和书画的关系问题，另一个是宋元时代中国美术史(特别是文人画)变迁的原因。其中，我对宋元美术史的研究主要着眼于王朝转折期，特别是元初画派复古运动的缘起及其影响等相关问题。后来我就把硕士学习期间的一些想法写成了《中国画的历史与未来》一文。这篇文章在《走向未来》创刊号发表后，引起了学术界的关注。德高望重的庞朴先生通过刘东找到了我。他让我把这篇文章加一些图，作为他正在主编的由上海人民出版社出版的一套系列“中国文化史丛书”中的一本出版。他特别认同我把中国绘画史的问题和中国思想史(特别是哲学史)的发展联系在一起谈，认为这个角度对中国绘画史的研习者以及其他领域的读者都是有启发的。他说这篇文章符合丛书的立意。这套书主要介绍中国文化史各个领域，涉及思想史、宗教史、文字学等各个方面。记得包括余英时先生的《士与中国文化》，葛兆光先生的《禅宗与中国文化》等。我对庞朴先生的约稿当然深感荣幸，但是我对庞先生说，这篇文章还只是一个类似大纲之类的东西，只是说出了我的一些想法，很多地方还需要补充，很多观点还需要展开。我想修改之后再出版，他同意了，并让我尽快完成。

然而，那个时候我已经投入了“85美术新潮”的宣介、推动、组织和策划工作。大量的写作、编辑、演讲以及到各地走访艺术家群体占去了我大量的时间，特别是从1986年到1989年4年间，我专注于策划和筹备“中国现代艺术展”。但即便是在这繁忙的工作期间，我仍然抽时间在修订庞朴先生约的书稿。“中国现代艺术展”于1989年在中国美术馆开幕。后因我深度参与新潮美术而被新任领导指示停止工作，在家读书学马列，于是，1989年到1991年上半年在家这段时间给了我机会，可以修订《中国绘画与文化》这本书。1991年初，我收到了“美中学术交流委员会”的邀请，作为访问学者赴美到俄亥俄州立大学，后来我又到哈佛大学艺术史系进行博士阶段的学习和研究，方向转到现当代艺术理论和繁重的海内外展览的策划工作，这样一来，就把要交给庞朴先生的书稿丢到了一边，谁知这一“丢”就是30年！大约5年前，忽然听到庞朴先生仙逝的消息，我伤感至极，不仅仅是因为我非常尊重的一位学术前辈的离去，也因为我感到内疚，觉得对不起他，没有在他有生之年完成那本书，在我心中，我觉得永远欠他一份承诺。

所以，在我的《西方艺术史观念：再现与艺术史转向》一书出版后，我拿出了这本封存了近30年的书稿。其实，我一直没有忘记它，而且始终在关注着海外和国内学者在中国古代美术史方面的成果。记得是在2006年，我的研究生王志亮和章润娟帮助我把这本书的原初手写稿子转成了现在的电脑文件，我很感激他们，因涉及很多古代文献，致使其工作量很大。我把上述多年来新的思考放入了这本书稿中，书名也做了改动，希望能够尽快呈现给读者。

过去20年，中国古代艺术史研究受到了西方新艺术史思潮的影响。20世纪80年代，美国新一代的中国艺术史家试图跳出高居翰、方闻一代主要以书画欣赏和作品解读为主的中国艺术史研究的框架，从而进入更宽广的社会背景和社会关系的研究中。他们也确实扩大了过去的研究领域，包括更为早期的商周青铜器和秦汉墓室艺术，包括民间艺术、建筑装饰艺术，甚至将某些与特殊文人圈子或者宫廷政治圈子有关的图像作为艺术史的研究对象，通过对这些传统艺术中的边缘领域的探讨，还原不同历史时期的政治、宗教和人文关系。应该说，这些视角确实开拓了中国古代艺术史的研究领域，一些图像实证和社会语境的分析方法带给国内艺术史学界一股新鲜的空气。

然而，这里掩盖了一种倾向，即艺术史逐渐成为证明历史文献的图像实证研究，艺术作品成为历史的图像证据，而非艺术本身。这种倾向其实最早来自帕诺夫斯基，因为在他的研究中，他忽视作品的好坏价值，任何图像，只要能够提供作为证明那个时代历史的证据就是有价值的。文献信息的价值大于艺术价值。这种倾向导致艺术史家刻意求证艺术作品的最终的确然意义，如果没有这个有着明晰的社会、宗教和政治的意义结论，艺术史家的工作就是无效的。

这种艺术作为历史实证的中国艺术史研究与中国艺术史情境发生了冲突，主要来自两方面。一是中国画家，特别是文人画家可能先天地对图像与意义的对接（或对应、对称）既不习惯，也不重视。因为中国很早就有意在言外、超以象外、大象无形等否定“言”“意”两者相互对称的说法，文人画家甚至以此为荣。二是中国艺术史中的常用概念多与经验感悟有关，这折射了中国哲学本身就没有绝对性的逻辑概念，而是逻辑和经验混杂的体系。所以，中国哲学中的理（念）、性（情）和物（质）常常在讨论中跨界，你中有我，我中有你。文、书、图，理、识、形，言、意、象从来没有如抽象、写实、观念那样严格明确地守护各自的边界。所以，在我目前的这本古代绘画史的文本中，我尽量从原初概念的那种互在、元一的逻辑出发，把不同时代的关键概念连接起来，去解读中国绘画史的发展。

更重要的是，今天艺术史学界普遍重视政治话语和社会系统的研究，但同时非常忽视艺术的文化感知性（差不多类似于西方哲学中的“美学性”）。在这种学术背景下，重新认识中国绘画独特的视觉经验和智慧性以及它的当代转化的可能性，是非常有必要的。今天，艺术史中的“文化政治语言学”引发的观念先行在当代艺术创作和艺术史研究中成为时尚，中国当代艺术创作也面临这样的危机，艺术家总是要给自己的作品找一个观念叙事的出处。我希望在自己目前进行着的中国古代艺术史和中国当代艺术史的书写中，对此保持充分的警惕。

感谢金宁先生给我这个机会，介绍一下我这些年的工作和思考。其实，《文艺研究》四十年来的工作才更像一段学术群体的马拉松长跑，我只是它其中的一个参与者。

（作者为美国匹兹堡大学教授）

《文艺研究》与我的学术写作

耿幼壮

30年前，我第一次尝试向《文艺研究》投稿，没想到竟获准刊用。那篇稿子的标题是“重建修辞学——特里·伊格尔顿的‘话语理论’和当代文学理论”，责任编辑为马肇元老师。我还清楚地记得，马老师曾与我约谈数次，就文章的修改问题反复交换意见。那时还没有电脑，稿件本身及编辑加工皆用手写，在我保留至今的编辑稿上，马肇元老师一笔一画的修改文字与我潦草的笔迹形成了鲜明的对照。但是最终，由于某种原因，那篇文章还是被撤稿而未能刊发出来，之后，我也很快就去往海外求学了。直到近20年后，那篇文章才被收入我的一本论文集而得以正式出版。虽然那是书中唯一一篇未曾在刊物上先期发表过的文章，但却是编辑加工最为细致的一篇。

20年前，身在异国的我又一次向《文艺研究》投稿，也又一次获准刊用，并很快顺利刊出（2000年第3期）。那篇文章的标题是“论巴罗克艺术的时空结构”，责任编辑为陈诗红。由于远隔重洋，我和诗红并没有当面交谈的机会，但让我又一次领略到《文艺研究》编辑极为严肃认真的专业态度。后来，她还曾负责我另一篇文章《语言与视觉建构——以罗兰·巴尔特的“词与物”为例》（2009年第3期）的编辑和刊发，我们也有过几次短暂的交谈。我不知道编辑部的分工情况，但这两篇文章都是我个人的“得意之作”，能够由一位对于文字有着细腻感受力的编辑来最后把关，的确令人倍感安心。

15年前，我回到母校中国人民大学任教。随后十余年，《文艺研究》上时有我的文章刊出，而担任责任编辑最多的应该就是一直负责造型艺术的金宁了。作为私交甚笃的朋友，我和金宁之间的交往较为直接和干脆，这也包括交换对于文章的修改意见。坦率地说，经他之手编辑的几篇文章（包括标题）均稍嫌冗长晦涩，其中包括两篇较长的文章（皆超过10页）：《天使的堕落和天堂的乡愁——夏加尔的绘画与伊里亚德的神学》（2005年第5期）和《视界的敞开：对文艺复兴—矫饰主义—巴洛克时期视觉建构本质的再认识》（2015年第8期）。作为责任编辑，老金尽量满足了我的要求，甚至为了保留文章的完整而改换排版方式；在文字上，我的一些较为“怪异”的表达也多数得以保持原样。不过，在有些方面老金也较为固执。比如上面提及的第二篇文章的副标题就是他执意修改的结果。虽然我个人不是十分赞同，但那确实比原副标题，即“文艺复兴—矫饰主义—巴洛克时期的人、宇宙与艺术”更为明确和集中地体现了文章的内容，我也就只好依从了他的意见。还有一篇关于哲学家德勒兹与画家培根的文章，刊出时的标题为“如何面对绘画——以德勒兹论培根为例”（2006 年第 4 期），也同样出自金宁之手，但确实比我最初拟定的标题好多了。不过，借这个机会，我还是要向金宁兄说声抱歉，因为当那篇《视界的敞开》被收入文集出版时，我又悄悄地把副标题改回去了。

或许是因为我在《文艺研究》上刊发的文章大多是对具体艺术个案的讨论，多年来，只有一篇文章的责任编辑由陈剑澜担任，即《姿势与书写——当代西方艺术哲学思想中的中国“内容”》（2013 年第 11 期）。这篇文章的内容较为宏大，也得到了剑澜本人的肯定和赞赏。至于张颖，我见到她时她还是编辑部新来的年轻人，如今却早已能够独当一面了。由她担任责任编辑的两篇讨论德里达的拙文，应该是她编刊早期的练手之作吧。其中有一篇短文《西方文论的讲述——以德里达读柏拉图〈蒂迈欧〉为例》（2014 年第 3 期），是我个人喜欢的文章，不知她是否也喜欢。

最后，不能忘记的是方宁。虽然他从未做过我任何文章的责任编辑，但我知道，他任主编期间曾仔细阅读和审定过我的所有稿件，也曾提出过不少具体的修改意见。更重要的是，尽管方宁对稿件的质量要求很高，但对不同的观点却持有极为宽容的态度。记得对我前面提到的那篇谈夏加尔绘画的文章标题中的“堕落”一词，他有不同的看法，并强烈建议我换一种说法，但在听了我的解释之后，他表示了理解，也就不再坚持了。

上面所说的东西看上去可能有点跑题，但当我看到“《文艺研究》与我的学术写作”这一题目时首先想到的就是这些。如果一定要说一下这本刊物与我个人学术写作之间的关系，或许可以这样说：多年来，我个人的学术兴趣、研究方法和文字风格于刊发在《文艺研究》上的文章中得到了“随心所欲”的发挥和展现，而这显然与刊物本身的立意与立场，以及编辑部同人的宽容与“纵容”密不可分。对此，我感激不尽！

（作者为中国人民大学教授）

“亦狂亦侠亦温文”

——《文艺研究》四十年与中国近代文学研究

关爱和

创刊于1979年的《文艺研究》走过了四十年的辉煌历程。四十年来，我作为读者与作者，仰望并见证了《文艺研究》的成长、成熟与繁花硕果。四十年间，《文艺研究》取天地之精蕴、融中外之学术、总人文之化成，已成为中国文艺研究领域的参天大树和学术标杆。四十年前，《文艺研究》创刊号中所言及的“百花齐放，百家争鸣”“促进社会主义文艺的繁荣发展”“为建设四个现代化的社会主义强国做出应有的贡献”的宗旨目标，已得到了圆满的实现。在《文艺研究》创刊四十周年之际，笔者将四十年来《文艺研究》发表的有关中国近代文学的50余篇论文拈出再次拜读，作以简单的学术综述，旨在通过一个学科的学术嬗递，展示四十年间《文艺研究》的成长、成熟与使命担当。

一

《文艺研究》创刊于1979年。十一届三中全会提出的“解放思想，实事求是，团结一致向前看”的思想路线，以及果断停止使用“以阶级斗争为纲”的决定，给学术的发展带来了春天。在改革开放的春天里创刊的《文艺研究》，自然把解放思想、正本清源的责任放在肩头。

最初在近代文学方面的争论是因“五四”新文学革命而起的。《文艺研究》1984年第1期发表林志浩《关于“五四”文学革命指导思想问题的商榷》的论文，对许志英1983年发表在《中国现代文学丛刊》上的《“五四”文学革命指导思想的再探讨》一文提出批评意见。批评的焦点在于如何确定“五四”文学的指导思想，如何看待历史的事件与文学的分期。林文认为：“五四”文学革命大抵可以分为三个阶段。从1917年初胡适、陈独秀分别发表《文学改良刍议》和《文学革命论》到1918年5月鲁迅发表《狂人日记》，为第一阶段；从1918年5月到1919年5月，李大钊、鲁迅加入《新青年》编辑部，为第二阶段；从“五四”爆发到1921年中国共产党成立，为第三阶段；“五四”文学革命，是在无产阶级文化思想指导下完成的。这从鲁迅、郭沫若、沈雁冰为代表的新文学作家作品中所表达的走俄国人路的愿望、对被压迫人民的同情与反对帝国主义、封建主义压迫等三个方面，可以得到证明。林文最后批评道：在新民主主义论已经对“五四”革命、“五四”文学革命做出科学而深刻的总结之后，“作为一位科学工作者，现代文学研究者，难道今天还要弃利器而不用，置科学的结论于不顾，重新回到前人摸索、探求的阶段，再去蹈前人的覆辙么？我想，这是智者所不取的”。林文最后所表达的观点，在思想解放初期是极具代表性的。有了“放之四海而皆准”的理论之后，科学工作者、文学研究者的任务是什么？是满足于证明诠释理论，还是不断丰富发展？稍后的1984年第4期上，《文艺研究》刊载了魏洪丘《也谈“五四”文学革命指导思想》一文。魏文不同意许志英论“五四”文学革命偏重于新文学运动前期、林志浩论“五四”文学革命又过于强调后期的偏狭，认为必须把“五四”文学革命看作一个整体，以1918年初《新青年》迁到北京，李大钊、鲁迅、钱玄同、刘半农、沈尹默、胡适等先后参加编辑工作，看作“五四”文学运动重要的转折点。马克思主义在中国传播，新文化的统一战线形成，《新青年》全部改为白话，鲁迅《狂人日记》发表，具有新民主主义性质的新文学扬帆起航。魏文在结末处提出两个基本观点：一是历史的分期，以重大历史事件为标志，而文学的分期，则需考虑文学现象等因素来划定；二是在复杂的历史环境中，文学的定性不能简单划一，“而应按照人们公认的客观史实，作出较为全面的反映”。魏文的两个基本观点，显示出解放思想、实事求是大背景下学术界观念和思想方法的进步。回到历史现场，寻找文学节奏，尊重客观史实，不正是研究工作者拨乱反正、回归学术的开始吗？

随着80年代学术回归、学术变革的推进，《文艺研究》很快走向学术的前沿。1987年第3期到1989年第2期，《文艺研究》连续推出陈平原的3篇论文。此时的陈平原，刚刚完成博士学位论文《中国小说叙事模式的转变》的写作，并因在学术界提倡“20世纪文学”颇受学人瞩目。《文艺研究》连续发表其3篇论文，可以看出其学术敏感和学术眼光。陈平原的3篇论文大体均与他的博士学位论文有关。在《中国小说叙事时间的转变——从“新小说”到“现代小说”》一文中，作者把1898—1917年产生的、开始自觉不自觉模仿西洋小说叙事技巧的作品称为“新小说”，而把1918—1927年产生的、基本完成中国小说叙事模式转变的作品称为“现代小说”。晚清“新小说”家坚守着中国小说以情节为中心的立场，其对西洋小说叙事时间的借鉴，停留在倒装叙述的层面；“五四”“现代小说”注意表现人物心灵的颤动和捕捉思绪的变化，在经历小说从长篇转为短篇，从讲故事到描摹世态、抒发情感的变化之后，其对西方小说的借鉴，才全面展开，从而建立了小说叙事时间多样化的格局。从固守连贯叙述，到采用多种方式自由切割小说时间，是个漫长的历史进程。“新小说”家和“五四”作家毕竟为这可贵的转折迈开了关键性的一步，为整个20世纪中国小说家在叙事时间方面的探索奠定了坚实的基础。陈平原的第二篇论文《传统的创造性转化与小说叙事模式的转变——从“新小说”到“现代小说”》，仍然讨论“新小说”与“现代小说”。文章认为：在20世纪最初30年中国小说叙事模式转变中，西方小说的输入与传统文学的创造性转化，不过是同一过程的两个不同侧面。西方小说输入引起的对其表现技巧的模仿，与中国小说从文学边缘向中心移动过程中对传统文学养分的吸收，这两者的合力共同促成中国小说叙事模式的转变。尽管在此中间，“输入新知”占主导地位，但不能无视并非无足轻重的“转化传统”。陈平原的第三篇论文《论“新小说”主题模式》，主要讨论清末民初小说主题模式。文章认为：清末民初小说的题材相对集中，前期主要为官场，后期主要为情场；官场小说中分化出“忠奸对立”模式的消解和“官民对立”模式的转化这两种趋向；情场小说则分化出无情的情场和“三角恋爱”这两个主题模式。

陈平原80年代中后期在《文艺研究》发表的关于20世纪前30年间中国小说叙事模式研究的学术意义有三。一是把晚清小说与“五四”小说做比较研究，在细致入微的文本阅读后，从作家的创作选择及作品的结构表现等不同角度，寻求中国小说叙事模式转变的轨迹；以阶级属性笼罩一切，对作家作品简单定性的做法不复存在。二是在确定与区分外来小说作品影响中国小说叙事模式转化的同时，充分注意中国文学传统对小说叙事模式转变所带来的影响；作者认为，30年间“输入新知”与“转化传统”的合力，促成中国小说叙事模式的现代转换。三是对“五四”文学革命的功过得失，作者不赞成以“断裂”或“再生”作简单的价值判断；“如果说‘断裂’，那也是一种‘脐带式的断裂’，如果说‘再生’，那也是一种‘凤凰式的再生’。强调‘五四’新文学‘变异’一面的同时，不应忽略这一传统的‘脐带’。正是这也许不起眼的‘脐带’，隐隐约约限制着这一‘变异’的方向、程度与效果”。这种由历史的同情而带来的细心和公允，透射出实事求是的学术精神。作者多处综合运用西方小说叙事学的理论，也让人有耳目一新之感。

20世纪80年代，出现了一些在革命叙事之外，运用现代化理论与“挑战—反应”理论诠释近代思想、文化、文学演进的论文。这种多元化叙事理论的运用，使中国近现代历史和文学的研究变得丰富多彩，研究成果呈现山重水复的景象。刘再复、林岗发表在《文艺研究》1988年第3期上的《“五四”文化革命与人的现代化》即运用现代化的视角审视观察近代社会与文化的一次尝试。文章认为：中华民族自我认识的历史是从鸦片战争之后开始的。英国历史哲学家汤恩比认为，中国人的秉性，进入近代以来，已由世界主义变成民族主义。鸦片战争以后中国的知识分子的第一个最重大的发现，是自己的国家不是强国；而“五四”则完成了我国近代思想史上第二个最重大发现，就是发现自己不是现代文化意义上的“人”。“五四”时代的知识分子认为，要把国家推向现代化，除了必须改革国家的政治、经济制度之外，还必须改革人的精神素质，疗治和重新塑造人的灵魂，把人当成人，把人变成具有现代文化意义的人。五四运动是一场真正的“文化革命”，是一场对父辈文化无情批判的文化革命，而并非西方意义上的文艺复兴运动。五四新文化运动对国民性弱点的反思和对人的重新思考，本来是在文化层面上展开的，旨在重塑与现代社会相适应的新的国民灵魂。但是，由于当时民族灾难过于深重，民族“救亡”的实际要求太过迫切，先驱者们便纷纷转入实际的革命实践活动，把精力放在救国的实际行动上，对民族弱点的思考也就匆匆结束。在刘再复、林岗对五四新文化运动的描述中，隐含着救亡压倒启蒙的遗憾。作者在文章的最后一节，借批评当代新儒学的迷失，提出在现代化强国的当下，对传统文化应“着眼于批评，着眼于寻找转化的机制”。以新时代的思想启蒙与对传统的批判，实现全面的现代化，尤其是人的现代化，构成了作者心向往之的文化理想。

二

《文艺研究》的第一个十年所刊发的有关近代文学的论文，几乎都从中国近代文学革新讲起，而落脚在“五四”文学革命。在“五四”被当作中国文学现代性兴起的唯一坐标的时代，中国近代文学的进步均被看作“五四”文学革命的过渡与准备，“五四”文学的创新均是对近代文学的扬弃与否定。这种文学史发展中的线性思维定式，使近代文学的研究充满尴尬和失落。1989年以后的《文艺研究》在经历了拨乱反正的历史阶段后，与时俱进地提出将“坚持科学精神，强化建设意识”作为办刊宗旨。在《文艺研究》的第二、第三个十年中，在中国近代文学研究领域，一些方兴未艾的学术话题在“接着讲”，更多具有学科建设意义的学术话题也不断“开新篇”。中国近代文学的历史地位逐渐得到确认，中国近代文学自身的复杂性、丰富性，在研究者的成果中得到再现。

属于“接着讲”的问题是如何看待晚清与“五四”文学。上述刘再复、林岗所著之文中明确认定：“在中国现代化过程中，负有历史使命的中国知识分子应当为实现这一目标创造充分的文化条件，其中迫切和重要的工作是持续地反省和检讨我们的文化传统。”因此，他们对“五四”的反传统精神是予以高度评价的。之后，有关“五四”反传统问题的争论于90年代以后继续在《文艺研究》进行。林非在1990年第1期发表《鲁迅论中国新文化的建设》一文，论文分析鲁迅早年在《摩罗诗力说》《文化偏至论》中提出的主张，即“首在审己，亦必知人，比较既周，爰生自觉”；“外之既不后于世界之思潮，内之仍弗失固有之血脉，取今复古，别立新宗，人生意义，致之深邃，则国人之自觉至，个性张，沙聚之邦，由是转为人国”。认为这些论述已充分表明鲁迅对新文化建设的态度：“择取”和“承传”。鲁迅对中国新文化建设的态度，为我们确立了如何对待传统的标杆。他既注意到了与整个世界的“比较”，要赶上西方近代文化的先进潮流，又注意到了不能离开自己民族的“血脉”，在民族解放及“人”的觉醒中，完成建立近代国家的任务。鲁迅的见解，不止在提出的当时，就是放在后来的“五四”启蒙主义运动或马克思主义学说得到广泛传播的背景上去加以衡量，也是异常杰出的结论。

在林非以“择取”和“承传”诠释鲁迅新文化建设观念的文章发表数年后，《文艺研究》仍持续关注“五四”反传统问题的讨论。1999年第1期，《文艺研究》邀请现代文学研究工作者做了一个题为“传统与现代：中国新文学研究的回顾与反思”的笔谈。“笔谈”收录陆耀东、刘纳、蓝棣之、钱理群、温儒敏、郑敏、龙泉明等现代文学研究者的文章。因为谈“新文学”与“传统”，其议论多与近代文学有关。关于“笔谈”的现实背景，蓝棣之文中有一些透露：90年代初以来，“五四”启蒙运动、新文化运动和文学革命受到质疑，反传统的思想观点亦受到质疑，而守旧复古派得到肯定。浪潮所及，一些博士生、硕士生都拿此做学位论文，形成风气。蓝棣之认为：我国现代文学从“五四”启蒙运动和文学革命开始，就高举起鲜明的反传统旗帜；这种反传统是扬弃，是有所继承的批判；“五四”的反传统精神，“五四”启蒙运动，已经成为重要的文化遗产，成为20世纪历史文化发展的界碑；90年代出现的专门家的“既悖于常识，更悖于历史潮流”的学术，是无法改变其被边缘化命运的。蓝文维护“五四”思想与文学的学术立场是鲜明而坚定的。我们更注意到他对“五四”文学革命前的文学现状的描述：“在文学方面，针对辛亥革命失败后几年间充满的萎靡没落景象，针对着风行一时的以黑幕、艳情、武侠、侦探、宫闱为基本题材的黑幕派、鸳鸯蝴蝶派小说，庸俗低级趣味的‘文明戏’，启蒙主义知识分子提出了‘文学革命’的口号。”由此可见，截至20世纪末，近代文学与现代文学的鸿沟与隔膜是依旧存在的。现代文学研究者对“五四”文学发生的认识，依然是以中国近代文学的萎靡没落作为背景陪衬的。近代文学的进步与存在的意义，仍是“藏在深闺人不识”。近代文学的失落固然令人扼腕，而学术界看来兵强马壮的现代文学也存在着深深的学科忧虑。钱理群则在题为“‘回到传统’与‘沉入国民’”的笔谈中，借樊骏“先天不足，后天失调”的话，描述现代文学研究队伍的知识结构。他认为：现代文学研究者涉及古代文化，总有一层隔膜。在当下全球性呼唤新的思想、新的想象力与创造力的时代，如何为新思想的创造做准备？钱文借助鲁迅的经验，开出“回到古代”与“沉入国民”两大药方。“回到古代”，是主张从古代原典读起，而不忘创造的目的；“沉入国民”，是主张在民间寻找真正的学术问题，以永葆赤子之心。“回到古代”和“沉入国民”，最终都要落实到自身精神世界的扩展与人格的自塑。其时担任中国现代文学学会会长的温儒敏的笔谈文章，对学科发展有不同的看法：“现代文学研究目前比较冷落，大学里现代文学课的课时减少了，许多现代文学的专家纷纷转行到古代、近代或其他领域。对此，有人未免失落感慨。但我看这些变化还是正常的。都说现代文学的研究领域有些拥挤，现在来点‘精兵简政’，未尝不是好事，也许还能促进学科走向成熟。”

《文艺研究》在1999年组织的这次“笔谈”，是学科认识、学术多元化的一个标杆。众专家谈及的青年学者开始注意对守旧复古者的研究，现代文学专家纷纷转行到古代、近代等的种种忧虑，在当时和今天看来都不是“狼来了”的信息，而是一种涌动中的求变迹象。求变的涌动之后，原有的学术建构、学术板块或面临消解，或得以重构，学术天地更宽了，学术路径更多元了。

稍后，陈方竞、刘中树《对“五四”新文学发生及源流的再认识》（1999年第2期）、杨义《新文学开创史的自我证明——为〈中国新文学大系导言集〉所作导言》（1999年第5期）、郭延礼《中国文学由古典向现代的转型及其文学史意义》（2002年第6期）相继在《文艺研究》发表。众文在论述“五四”文学发生时，均把“五四”文学的渊源推至晚清。陈、刘之文重在寻找“五四”新文学发生的三种成分：一是内源性成分，进入北京大学的章太炎弟子钱玄同、沈尹默“已启革新端绪”；二是外源性成分，即陈独秀、胡适的加入；三是严复、林纾的成分，他们的自负守旧成为新文学的反动力。陈、刘之文写作的目的在于说明作者对“五四”文学发生的判断：“我们不能否认陈独秀和胡适在文学变革临界点上的‘点爆’之功，但这种理解与描述的主要问题是，它忽略了文学自身变革与发展的内在根源，忽视了‘五四’新文学是中国几千年文学符合逻辑的变革性承续与发展的事实。”杨义的论文是为上海文艺出版社重版20世纪40年代良友版《中国新文学大系导言集》所作的“导言”。杨文认为：当年写作导言的蔡元培、胡适、郑振铎、茅盾、鲁迅、郑伯奇、周作人、郁达夫、洪深和朱自清，均是早期新文学的先驱者和开拓者。新文学运动似乎已经成为他们生命的一部分，他们的立场就是新文学运动的立场。晚清文学改良孕育着“五四”文学革命，虽流产，却证明这个民族不乏生育之能力。谈“五四”而不谈孕育着“五四”文学许多新因子的晚清，不少问题是讲不清楚的。洪深为大系“戏剧集”所写的长篇导言，就首先关注了晚清对“五四”戏剧许多因素的孕育和流产的过程，从而提倡了探讨“五四”文学发生学的另一种解释模式。这种模式的要点，在于重视孕育与发生过程的艰巨性和曲折性。他从梁启超亡命日本、写《新罗马传奇》的“识力过人处”谈起，谈到留日学生曾孝谷、李叔同创办春柳社，演出《茶花女》《黑奴吁天录》，从而开创文明戏的潮流。不过这股潮流也是一波三折，它介入政治，而借辛亥革命的高潮，达致全盛，却又在商品化过程中消磨精品意识和创新机制：戏文退化为仅用“幕表”，甚至专取坊间弹词唱本；演员生活放荡，满足于混饭碗，缺乏远大志向。作者以前车之鉴，论证“五四”新戏剧须另起炉灶。文明戏潮流给“五四”新文学运动既留下沉重的教训，也留下若干革新戏剧的实践家。杨文认为，蔡元培大系“总导言”至为深刻之处，是把中国文学作一贯通古今的整体观，毫无“百事不如人”的自卑自弃，而多“奔轶绝尘的猛进”的自省，在参互沿革的宏观思维中，体现出一种涵容中外古今的雍容大度的风范。另一个深刻之处，是把文学与文化的现代化，看作一个依托本土资源的复兴与革新、鉴往与策来的相辅相成的过程。这就要不仅采摘西方现代化的枝叶，而且要探究西方现代化的根柢，在借鉴西方思潮中那些可供人类共享的优秀成果的同时，借鉴西方对传统进行长期的充分的现代化转化的过程。蔡元培的“总导言”以高瞻远瞩的眼光、胸襟和文化魄力，确实发挥了总揽全局的结构功能。强调本土资源、能量在“五四”文学发生过程中的作用，是上述两文的共同的价值取向。从事现代文学研究者在价值取向上越来越看重晚清对于“五四”的意义，郭延礼作为近代文学研究者，更是如此。其文认为：文学的转型是一个历史的范畴。中国文学由古典向现代转型基于两个动因，一是中国文学创造性的转化，二是西方文化的影响。中国文学转型开始于1898年，转型的标志有三：近代知识分子进入创造主体，“西学东渐”进入文学，文学语言的通俗化和现代化走向。20世纪的前20年，是转型的初级阶段，文学在创造主体、文学概念、文学主题、文体结构、语言形式、传播方式和接受主体等方面都发生了全方位的变化，也表现出许多不完善、不彻底性。中国文学从古典到现代转型的真正完成，在“五四”之后。探讨“五四”文学的发生，确认晚清文学的意义，在近现代文学史研究工作者的共同努力下，历史过程中的自然联系得到学术界的认可，这不能不归功于学术界的拨乱反正、解放思想和不间断地“接着讲”。

三

“接着讲”的魅力在不断寻找真实，“开新篇”的意义在扩大研究视野。在《文艺研究》1999年到2009年刊发的近代文学论文中，可以列入“开新篇”范畴的是夏晓虹、余虹等中青年学者的作品。

夏晓虹在《文艺研究》的第二个十年发表了两篇学术论文。第一篇是在1990年第3期发表的《但开风气不为师——论梁启超的文学史地位》。夏晓虹1982年以后随季镇淮攻读近代文学方向研究生，此文与她在研究生期间的学术方向有关。论文从梁启超的“善变”性格入手，指出“不惜以今日之我，难昔日之我”的梁启超，是一个一直追随着时代不断进步、一直保持锐意求进的少年心态的时代英雄。随时代进步，使固守古文传统的严复、林纾、章太炎、章士钊等在成为“五四”文学革命的对立面的时候，梁启超却能改弦更张，用白话写起《欧游心影录》来。虽然从大步前行的领路人降为步履蹒跚的随行者，但最终成为新文学的同路人。保持少年心态，使他常能得风气之先，采择域外之长，不墨守中国传统，在人文学科的许多领域都有开创之功。在文学思想方面，可以毫不夸张地说，梁启超“文学救国”的声音笼罩了整个近代文学界。鸦片战争以来百年，中国社会始终处在风雨飘摇中。以文学服务于政治不仅是政治家一厢情愿的要求，也成为许多作家自觉的行动。近现代中国特定的社会背景，使得梁启超的“文学救国”论香火不断。梁启超发表在报刊上的新文体是一种具有新思想、新词语，介乎文、白之间的语体，晚清的白话文不可能直接转变为现代白话文；只有经过梁启超的“新文体”把大量文言词汇、新名词通俗化，现代白话文才超越了语言自身缓慢的自然进化过程而加速实现。梁启超在诗、小说、戏曲文体上的创作实践，都体现出“文学救国”“以旧风格含新意境”的革新精神。“但开风气不为师”，梁启超曾经引用龚自珍的这句诗表达自己的志向。梁启超十分尽责地完成了自己所应负的历史使命，在中国文学界开创了一种新风气，以沾丐后人。夏晓虹在《文艺研究》发表的第二篇论文，是1995年第6期上的《“英雌女杰勤揣摩”——晚清女性的人格理想》。论文认为：20世纪初年接受新思想的知识者，其诗文作品中对新女性形象的期待与称谓，折射出国民意识的觉醒。在南社诗人“娶妻当娶”与“嫁夫当嫁”套式之中，寄寓着对救国女性、新知识女性的渴望与赞美。更有甚者，如柳亚子等人，站到女性立场，主张使用“英雌”一词，以与“英雄”相对。柳亚子“良妻贤母真龌龊，英雌女杰勤揣摩”的诗句，表明少数先觉之士对于男女平等要求之强烈、思虑之深入。尽管“英雌”这一新创词语日后并未流行，却无碍于其作为历史遗留物的价值存在。梁启超与女性研究，是夏晓虹90年代研究的两个着力点。她在2016年接受陆胤的采访时谈到上述两个研究方向。她说：梁启超对她的近代文学研究具有多重意义。首先，他是一个对其时文化、文学具有覆盖性影响的人物，研究梁启超，可以收到纲举目张之效；其次，梁启超是一个百科全书式的人物，对梁的研究，可以扩展为对近现代社会文化的研究；最后，她被梁启超坦率、天真的性情所吸引。至于进入女性研究领域，并非因为受到西方时新思潮的启悟，而是在阅读最基本的史料后，能够贴近历史现场（夏晓虹、陆胤：《打开多扇窗口，眺望晚清风景——夏晓虹教授访谈》，《学术月刊》2016年第2期）。夏晓虹的回忆，可以帮助读者理解她的上述两篇在《文艺研究》所刊发的论文。

余虹1996年到2000年在《文艺研究》有多篇探讨现代性的学术论文发表。他在《“五四”新文学理论的双重现代性追求》（2000年第1期）中认为：“五四”新文学理论的最大特点是兼容性和混杂性。在梁启超和王国维那里，新文学工具论和新文学自主论是泾渭分明的，而在“五四”新文学理论家那里，这种界限就不清楚了。政治与艺术的双重现代性追求，构成了“五四”时期新文学理论的内在张力与冲突。它导致了新文学理论作为“工具论”与“自主论”的悖论式存在。“五四”新文学理论的这种双重现代性追求，影响到整个20世纪中国文学艺术及其理论的发展走向，它是我们深入反省20世纪中国文学革命的重要路标。从现代性的角度讨论“五四”文学，是对革命叙事模式的一种补充。

其他如秦弓在《寻觅与失落——20世纪初中、日文学的性爱主题》（《文艺研究》

1994年第6期）中探讨了同一时期中国与日本文学的性爱主题；刘为民在《西方科学思潮对“五四”文学创作方法的影响》（《文艺研究》1995年第2期）中揭示出科学文明如何影响了文艺创作等；秦燕春在《青楼传奇：秦淮记忆的晚清命运》（《文艺研究》2007年第2期）中则认为：晚清秦淮烟花现实距离文人趣味越来越远，而只留下晚明想象；施晔《晚清小说城市书写的现代新变——以〈风月梦〉〈海上花列传〉为中心》（《文艺研究》2009年第4期）以两部作品作为考察对象，论述晚清的城市书写；蒋述卓、郑焕钊《群体心理与梁启超启蒙小说理论的形态》（《文艺研究》2009年第8期），则从群体心理学维度细致考察了梁启超的小说理论。上述论文均属另辟新境之作，它们的出现，拓展着近代文学研究的学术领域。

四

在2009年《文艺研究》创刊三十年之际，时任主编方宁曾以“始终与时代相伴而行”作为《文艺研究》对过去的总结与面向未来的祝福语（《〈文艺研究〉与当代中国文艺学术史》，《文艺研究》2009年第5期）。2009年至今，又十年过去了，《文艺研究》始终践履“与时代同行”的诺言。最近十年，《文艺研究》所刊发的中国近代文学研究论文，向更深入与广阔的方向发展。

就文体研究而言，最近十年间，《文艺研究》小说与词的研究论文，数量增多。谭帆《术语的解读：中国小说史研究的特殊理路》（2011年第11期）在反思20世纪初小说研究成为中国文学研究的显学、小说史著述层出不穷之后，小说史写作的依据大多以西方小说观作为参照，而距离中国小说的自身谱系越来越远。中国小说历来有“无论文白，不拘雅俗，以子、史为渊薮”的传统，今人以“虚构之叙事散文”限定小说，不符合中国小说实际。中国小说研究又以“重文轻白”“重笔记轻传奇”为传统，而20世纪以来的小说研究格局则是“重白轻文”“重传奇轻笔记”，“小说”与“novel”对接。长此以往，我们将失去中国小说的“丰赡”和中国小说家的“博学”。谭帆关于中国小说观念的正本清源有其特别意义。但20世纪初文体观念包括小说观念与西方的对接，是文学现代化的重要内容。国人对小说的认知，恐怕是很难再回到《汉书・艺文志》的时代。小说研究理路需要知古鉴今，近代小说的研究也呼唤深入与扩展。汤克勤的眼光注意到留学生小说。其《论转型视野下晚清留学生小说家和晚清小说中的留学生形象》

（2001 年第 3 期）认为：晚清留学生是传统的士向近代知识分子转型过程中的人物，他们逐渐摆脱忠君意识和依附性格；留学生所创作的小说作品中的留学生形象，其主流是积极进取、爱国爱民的形象，是人们心目中的英雄和才子，但也良莠不齐，主流之外还有一些不学无术、卑劣无耻而非主流的留学生形象；主流和非主流的留学生形象的共同存在，真实反映了中国士阶层在近代转型过程中的复杂状况。研究晚清留学书写的还有李洪华的论文《“五四”大学叙事中的留学书写》（2018 年第 3 期）。作者认为，“五四”大学叙事中的留学书写，大多具有自传特征，具有身份焦虑，充满异域情爱想象。刘涛的题为“晚清至新中国期间个人、家庭、国家关系问题——以《精卫石》《一缕麻》《终身大事》《家》《青春之歌》为例”的论文（2014 年第 11 期），别出心裁地选择了近现代五位作者（秋瑾、包天笑、胡适、巴金、杨沫）涉及家庭问题的五部小说做比较研究，梳理 20 世纪前半期家庭、个人、国家关系的变化。孙超的《由传世、觉世到娱世——民初主流小说家的自我调适与智慧抉择》（2015 年第 2 期），描述了民国初年主流小说家抱着“兴味”的宗旨从事创作，以自我调适的方式，使民国小说由梁启超时代的“觉世”走向民国初年的“娱世”。

最近十年，在《文艺研究》形成中国近代文学研究热点的还有词、文学教育、文学翻译。张宏生在《晚清词坛的自我经典化》（2012 年第 1 期）中指出，谭献、况周颐、陈廷焯在词选与词话写作中，自我揄扬、自立标杆的做法，构成晚清词坛自我经典化的过程。昝圣骞《论清末民初词体声律学的新变》（2017 年第 2 期）认为，清末民初是词体声律学结穴传统、孕育新变的重要时期；朱祖谋、郑文焯等大家的努力，使词体声律学通过报刊、图书、大学讲堂等渠道，牢牢扎根词坛；而在词学之后，曲学也登上大学讲堂。沈卫威《民国文学教育中的大历史与小细节》（2012 年第 5 期）讲述了北京与南京大学讲堂上文学教育的同与不同。朱家英《清末博学鸿词科与中国文学传统的“重振”》（2018 年第 2 期）追述光、宣年间清廷诏开第三次博学鸿词科的成败得失。论及晚清翻译的论文，有刘宏照《中西比较视野中的林纾翻译小说及其影响》（2012 年第 6 期）、陈才训《论读者对晚清民初翻译小说文本形态的潜在影响》（2014 年第 2 期）、孙晓娅《如何为新词命名？——论民国初年的“翻译名义”之争》（2015 年第 9 期）等。这些论文从不同角度分析翻译对中国文学的影响。其他如姜文涛《近代印刷文化的形成与女性情感的关系——以浪漫主义诗人华兹华斯为例》（2014 年第 9 期）、邱雪松《“启蒙”与“生意”之间——“五四”新文化与出版业关系论》（2018 年第 7 期），则从出版印刷的角度探讨晚清文学特殊的生产消费方式。

积沙成山，集腋成裘。由以上罗列中我们可以看出：近代文学各种文体的演变，近代文学发展中的各个环节的关系及相互影响，《文艺研究》都刊有不同程度的深入、细致的研究之作。中国近代文学正在摆脱身份焦虑和思想束缚，在近代文学自身学术问题的多元化、多角度的积极探索中，走向充满收获的广阔天地。

自《文艺研究》创刊，我即是其忠实的读者。其奇文妙义，引领着我的学术视野和学术思维。我以文与《文艺研究》交契，始于1998年。这一年，我的《稗官争说侠与妓——19世纪中国长篇白话小说的创作主旨与主题模式》在《文艺研究》该年第2期发表后，随即被《新华文摘》全文转载。这次成功，给我十分巨大的鼓舞。此后，《文艺研究》便成为我从事文学研究心仪的圣地。之后又相继发表了《姚鼐的古文艺术理论及其对桐城派形成的贡献》（1999年第6期）、《义法说：桐城派古文艺术论的起点和基石》（2004年第6期）、《同光体诗人的诗学观与创作实践》（2008年第1期）、《论中国文学的近代转型》（与袁凯声合作，2013年第11期）等文。在我个人的学术之路中，《文艺研究》是良师，也是诤友。在《文艺研究》40岁生日之际，我以读者、作者的身份送上心香一瓣：衷心祝愿《文艺研究》的学术生命之树长青。

（作者为河南大学教授）

八篇文章背后的中国现代设计

杭　间

我在《文艺研究》迄今发表过8篇文章，这些文章，有的是编辑约稿，有的是自发投稿，但无论何种情况，大约都是时事所然，当时的情形当时不甚了了，但今日回顾，29年间的8篇文章，却可清晰看出中国现代设计发展的几个重要节点，它们之间互有因果，其逻辑关系，也许是相当好的观察中国“现代设计”当代进程之特性和得失所在的视角。

一、现代陶艺，观察现代艺术“传统与现代”问题的典型剖面

8篇文章中，谈及“现代陶艺”的就有两篇，一是分析日本现代陶艺的《土与火的隐喻和契机——日本现代陶艺谈》(1990年第3期)，二是评述中国当代陶艺的语言问题的《语焉不详的中国“现代陶艺”——90年代以来中国现代陶艺的现实和问题》(2003年第1期)。

20世纪80年代，是公认的西方美术思潮大规模进入中国，并引发年轻一代反传统、反体制艺术的重要时期。以非常活跃的《中国美术报》(中国艺术研究院美术研究所主办，并非今日由国家画院主办的同名报纸)为代表，那种小报方式、短平快的文章和图片，成为“85美术思潮”传播的锐利载体，但也产生显而易见的局限，其主要问题是“短小精悍”的宣言式文章，系统性、深入性不足，因此在不久后的1989年“中国现代艺术展”以后，沉寂下来的当代艺术界才真正开始较为理性地思考学术问题，而“现代陶艺”则是一个颇佳的分析个案，因为在现代陶艺身上，典型的同时纠缠着传统与现代、内容与形式、实用与审美、造型与观念等问题和矛盾。

“现代陶艺”(modern ceramics)与“中国瓷器”(china)有着本质的不同。前者最早发端于美国，是通过陶瓷材料展开的现代艺术，不一定有使用功能，主要通过形态和

泥土烧结后的质地和釉料属性表达观念，后者则是中国或者东方古老的传统，以器物、装饰为主，其状态无须我多言。

改革开放之前，我们对于“现代艺术”长久以来是陌生的，这个“现代”不是时间，而是“现代主义”。1949 年以前，现代主义艺术除了被艺术家零星提及，没有在中国系统展开介绍，20 世纪 30 年代上海以“决澜社”为代表的现代艺术展览，是在一批留学欧洲、日本的青年艺术家回国后的初次移植和尝试，主要以形式的模仿和消化为主，《决澜社宣言》也不具有现代艺术理论性质，就社会发展水平（科技所引发的生产方式、消费特征和社会结构等）而言，实际上当时的中国并不真正具备“现代艺术”思想的发生基础，因此展览并没有推动社会广泛的对“现代艺术”的认知，此后长时间内也不复产生影响，仿佛惊鸿一瞥。直到 80 年代，全球范围内的现代艺术，才真正得以借助改革开放和市场经济的推进而全面展开，这是“85 美术思潮”的背景。

西方艺术思潮进入中国，必定要与中国原有的传统价值和艺术思想产生激烈碰撞。中国传统艺术自董其昌总结的“南北宗”论流行以来，传神写照，重意境、讲格调、注意笔墨关系，长期成为风格判断的主要因素，但这些恰恰与西方文化背景下产生的现代艺术几乎完全不同。因此，20 世纪 80 年代以来中国现代艺术运动中的形式之争，其背后是观念差异，“85 时期”许多新与旧的口号式的讨论，进入 90 年代，大家才不约而同地沉静下来开始理性的思索。

我彼时也很积极地参与了现代艺术在中国的一些活动和论辩，在著名的激进刊物《美术思潮》（湖北）上发表了一些关于“前卫雕塑”的理论文章。1989 年“中国现代艺术展”在中国美术馆举办时，我被邵大箴先生委任为《美术》杂志第 4 期的执行编辑，负责重点反映中国现代艺术展的情况，其间与参展的数位日后均成为当代艺术著名人物的艺术家做了较为深入的交流。了解多了，茫然也多。进入 90 年代后，更是无所适从，崔健的摇滚歌词“一无所有”，是其时心境的真实表现。在一次应李天元、赵半狄两位艺术家邀请，去西单附近的画室看他们近作的路上，在北京灰色的平静天空下，突然很强烈地想对“日本现代陶艺”做点深入的梳理和思考。

日本现代陶艺之所以是我选择思考的重点，是因为它是日本艺术家真正走向“现代”的产物。中国陶瓷从唐代以来就已经成为日本学习的对象，但此后逐渐形成的禅宗思想和侘寂美学，日本文化界并不尊敬明清陶瓷，尤其是清代的陶瓷传统。日本著名民艺学家柳宗悦 20 世纪初叶考察东亚艺术，先是兴冲冲跑到中国，但近代的中国陶瓷让他失望；意外的是从朝鲜半岛的民艺、包括陶瓷中发现了许多让他感动的优秀作品，在收集了许多回国后，直接促成他建立了日后在东亚产生重要影响的日本民艺馆。

60年代，日本在战后西方文化的强势进入中，已经从单纯的痛苦和不适中逐渐冷静，寻找自己的现代东方之路，这其中的“现代陶艺”表现得最为完整和具有案例性。藤本能道、八木一夫、三轮龙作等，分别代表了日本陶瓷艺术的传统、现代和后现代之变。令我感兴趣的是，八木一夫是如何决绝地离开日本陶瓷传统而跃入世界现代陶艺的主流行列，而青花五彩画得很好的现代陶瓷泰斗级人物藤本能道又是如何在激进的现代变革中坚持传统，并在改良中建立自己新的面貌。最值得惊讶的是战后出生的三轮龙作阐述后现代状态的新型态，其语言仿佛天外来客。三代陶艺家的作品发展与日本文学、社会思潮独有互相印证之处。

不出所料，90年代以后中国现代陶艺也迅速兴起，并很快呈现繁荣的面貌。表面看来，几乎与欧美日本等先行国家的水平相当，但好景不长，又很快止步不前。我看到了那些前日还在传统中观望、昨日却已经摇身变为现代的陶艺家在今日的局限性，这不是创造，而是短暂“借鉴”的后遗症，这种新的现代主义思想的确立没有经过阵痛，来得太容易。

我因此在《文艺研究》上发表了第二篇关于现代陶艺的文章，即《语焉不详的中国“现代陶艺”——90年代以来中国现代陶艺的现实和问题》，对那种缺乏独立性原创的无根的现代主义创作进行了剖析。由于有批评，发表后在专业界产生了较大的反响，也引起了争议。

二、艺术地生活——人的生活本质探讨

在我30余年的学术历程中，可以分为三个阶段，90年代中期以前对现代艺术心向往之，虽然在中央工艺美术学院（现清华大学美术学院）主要从事学报编辑工作，但“工艺美院”的最重要传统，是在形式上不断追求创新，这正是现代主义艺术的精神精髓，以当年首都国际机场壁画创作为代表，显现了一所具有革命精神的非传统的学校的活力和魅力（关于“工艺美院”,《文艺研究》2006年第9期发表了我与袁运甫先生的《一所艺术学院的“实践”——关于中央工艺美术学院学术思想的对话》)。我在那几年写了一些现代艺术评论文章在《美术思潮》《美术》《中国美术报》发表，出版了一本《在现实与内心之间——新具象艺术》的专著，甚至主编了一套介绍欧美现代艺术的

“视觉革命”小丛书；1996年以出任《装饰》杂志主编为分水岭，我才真正开始转向设计研究。

而这个时候，现代设计稍晚于现代艺术一步，才真正在中国开始。其原因是改革促进市场经济发展，资本的效益追求观念变化，相应的消费者的价值观也开始摆脱计划经济思维，以制造业为代表的产业已经到了不重视原创设计就无以生存的地步。这时候，原来主要活跃在高校的设计理论和观点，才真正与社会发展产生实际的碰撞，设计问题的讨论才真正直面现实展开。

1996年至2014年我在《文艺研究》发表的文章包括《艺术地生活的艰难——中国装饰艺术在近代的转折》（1996年第5期）、《“移风易俗”后的中国民间艺术之路》（1997年第3期，与曹小鸥合作）、《设计：另一种启蒙——改革开放三十年来设计思想与实践的演进》（2009年第1期，与曹小鸥合作）、《“工艺美术”在中国的五次误读》（2014年第6期）等。

透过“装饰”看到的中国“艺术地生活的艰难”，其实是对美好生活向往的“艰难”。这是一个过去文化研究长期薄弱的视角，大众生活历来被视为下里巴人，更遑论生存的艺术意义。我们知道在欧美文化界，“日常生活审美化”的观点早在1988年就由英国学者提出来了，而后由鲍德里亚等哲学家将其延展为理解日常生活符号化消费的切入点，无论是西方马克思主义研究学派，还是其他形形色色的学派。“文革”结束释放的是人的能力，从某种意义上说也是生产力，这是人的价值的重新发现，富裕起来的中国人开始了前所未有、声势浩大的“装修”——说运动也不为过。这样的现象，实际上呼应了80年代的“人”的问题讨论，但触及的角度不同，民间有关“装修”的故事不胜枚举，这些涉及生活细节、又充满社会学的“黑暗”内容的无奈，日后成为常态，在一次次的装修“陷阱”面前，人们的审美得到提高，生活品质得以改善。我希望由此重看“装饰”的价值，因为在现代设计轻视“装饰”的背景中，遮蔽了中国人以“中国式”的方法追求人的价值的重要观点。

这其实属于“现象”研究，包括后来的《“移风易俗”后的中国民间艺术之路》也是如此。当大工业发展到一定程度，传统生活必定受到改造，世纪之交的一代人，在开放经济万象更新却西风渐深的巨变中，面对中国终于赶上“现代”的状态，不禁复又彷徨。我自认也是来自乡村但如今在城市生活却再也回不了“故乡”的手艺人的后代，因此感同身受；不同的是，我的视角不是哀叹，而是以一种我后来总结为“自我田野”的方式，通过对自己早年记忆的“自我调查”，反思移风易俗后民间文化变迁的深刻原因，并提出只有客观看待自然经济下手艺变迁的必然性，将传统手艺提高到思想层面认识，才能真正在“现代”重建传统技艺新的价值。“手艺的思想”的提出，早于“非物质文化遗产”概念在中国的传播，《保护非物质文化遗产公约》2003年10月才在联合国教科文组织第32届大会上通过，我们国家2004年才申请加入，而《中华人民共和国非物质文化遗产法》要到2011年2月才由第十一届全国人民代表大会常务委员会第十九次会议通过。

回顾自己的设计研究，与西方设计学者的视野有很大的不同，我们身在其中，“反思”是我们这一代学人重要的角度，未来的年轻一代也许会在当代的基础上直接切入设计本质的研究，但我并不认为我们这一代人的反思是无效的，作为广阔生活的研究的设计学科，如何从中国人的具体命运出发去思考，是一个无法回避的过程，因为，在这里，有技术的因素、专业的角度所不能完全阐释的内容。

三、设计史的认识和写作

2009年发表的《设计：另一种启蒙——改革开放三十年来设计思想与实践的演进》是应《文艺研究》编辑部约稿而写，作为这三十年的亲历者，手上的素材多得不可胜数，我们离它太近而很难客观叙述。但作为三十年的成长受益者，我们面对这个命题的时候却感慨无限。想起初到北京上学时东三环中路慢悠悠跑过的驴车、每月发的花花绿绿的粮票，想起那身从老家穿来的藏青色的卡中山装，想起第一次在人民大会堂参观壮丽的葵花向阳的天顶设计，深深感到“生活”教会我们的一切，于是，“设计是一种启蒙，是一种生活启蒙”的观点被第一次提了出来。

启蒙问题，是中国现代史上的大问题，学术界对五四新文化运动的启蒙贡献有丰富的论述。生活启蒙算不算“启蒙”，开始在我们心里是忐忑的。但是我们读到蔡元培的“美育救国”思想，读到梁漱溟、晏阳初的“乡村教育运动”，觉得“生活启蒙”的作用是思想启蒙所无法取代的，它不亚于思想启蒙的伟大。以此来评价改革开放时代设计的贡献，恰如其分。现在，设计界的写作，有许多同行采用了“设计作为生活启蒙”的观点，我们非常欣慰。因为，这也是设计界自我的一种提升。

从这篇文章开始，我开始自觉思考中国设计史的写作问题。2010年，我在上海大学美术学院倡议并召开了首届“设计与中国设计史研究年会”，讨论中国设计史的特性、描述体系、写作方法等问题，并在《文艺研究》发表了《“设计史”的本质——从工具理性到“日常生活的审美化”》(2010年第11期）和《“工艺美术”在中国的五次误读》两篇较为系统的设计史论文。

设计学科在世界范围内都还十分年轻，甚至是否存在也很值得怀疑，设计史的系统建构也相当晚。可以视为现代设计史创立者的佩夫斯纳，他的《现代运动的先驱者——从莫里斯到格罗皮乌斯》在1936年才正式出版，到1960年才将书名改为“现代设计的先驱者”。包豪斯关闭以后的第三年，在现代艺术中有别于纯艺术体系的设计才被关注，而14年后，这位提出者才在他的著作修订版里将“现代艺术”发展为“现代设计”。可见佩夫斯纳对设计史的独立思考，也是到20世纪中叶以后才清晰起来并得到明确表达。

但佩氏的描述体系并不适合中国体系，作为工业革命后发国家，设计史需要回答与传统工艺的关系、与洋务运动的关系，要廓清不同名词例如工艺美术、图案、装饰、实用美术、工艺美术设计等的区别，同时，还要判断当代设计理论在广泛吸纳新思想之后的国际语境与中国表述之间的关系，因此，有了我的《“设计史”的本质——从工具理性到“日常生活的审美化”》。

工艺美术的误读问题早已超越了名词之辨，而影响了中国设计界近一个世纪，我们身在其中困扰不堪，这实际上也是设计史写作中的一个难点。究竟为何如此，我希望通过“五次误读”展开分析，这是一次分期和分类型的尝试，试图通过不同时期社会性的误读，分析性质和属性的归类，从而希望能够解决这个困扰很久的问题。

回忆为《文艺研究》撰写论文，有许多与历任编辑的对话交往的情形浮上心来，除了感佩杂志内容策划者的眼光，还感慨他们的敬业。不用隐瞒，我平时习惯交稿后不再改稿，这不是因为我有多么高明，而是我的感性风格的写作使然。但是，我却应《文艺研究》编辑的要求改过，因为我尊重并认同，杂志的文章其实是杂志编辑与作者共同的作品。

（作者为中国美术学院教授）

《文艺研究》与我的学术写作

黄应全

今年是《文艺研究》创刊四十周年，《文艺研究》约老作者以“《文艺研究》与我的学术写作”为主题写一篇随笔，作为该刊的老作者之一，我自然是责无旁贷的。虽然一开始我有点茫然，不知说什么，又从何说起，想单纯谈谈我对该刊的一些基本印象。后来再想想，觉得“《文艺研究》与我的学术写作”这个题目就很好，对此我还真有一些话可以说说。

一

我最早在《文艺研究》发表的论文是《玄学影响文论的桥梁——清谈》(《文艺研究》1997 年第 4 期)，是研究文论与玄学之间关系的，属于古代文论方向。此后，我在该刊发表的论文主要转向了美学方向。我在别处说过，我的论文主要分为两大类，一类是静观型的，一类是干预型的。静观型论文即通常所谓纯学术论文，干预型论文即平常所谓批评性论文。我之所以把一个叫作“静观型”一个叫作“干预型”，乃是因为前者的目标只是呈现某种认识，增进人们对某方面的了解；后者的目标则在于在学术界造成某种影响，促进学术的进步和学术界的健康发展。关于前者我不想在此多费笔墨，只想就后者再申说几句。学术界的批评与反批评是学术创新最重要的工具之一，它不仅可以让我们既有的观点变得更加清晰，而且可以催生崭新的观点。试想如果没有 20 世纪 50 年代的美学大争论，当代中国美学的所谓几大派还能出现吗？我坚信，今日中国学术界（尤其是我所在的文学理论和美学专业）那种容不得别人半点批评的风气绝对是很不正常的。如果你真有见识，还怕别人批评？所以，我最近虽然很少写批评文章了，但我仍然坚决拥护任何真正合乎规范的学术批评，因而我从不会对我在《文艺研究》上发表的那些批评性的文章有任何悔意。

其实，我发表批评性文章还有一个重要目的，那就是要借机直接表达我对某些问题的看法。当我们写研究别人观点的论文时，我们最多在评论中夹杂一些自己的看法，往往无法直抒胸臆。比如，我写一篇研究克罗齐后期美学的论文，我的重心自然是阐明克罗齐本人后期有什么美学观点，至于我自己对整个表现说以及克罗齐表现说有何看法，当然可以在结尾或中间适当有所表露，但显然不宜单独提出来讲。写批评性文章时就不一样了，我们可以就相关问题直接表达自己的观点，因为你要指出别人观点中哪些地方是对的、哪些地方是错的，你就不可避免地要直接表明你自己认为正确的观点应该是什么。比如，我曾写过一篇有关蒋庆新儒学的批评文章《政治儒学还能复兴吗？——评蒋庆〈政治儒学〉》(《原道》第9辑)，我的目的是否定蒋庆政治儒学复兴的可能性和必要性，为此我不得不直接表明我自己对儒学的看法（比如，取代蒋庆原先的心性儒学／政治儒学二分法，提出心性儒学／社会儒学／政治儒学三分法，并主张心性儒学和社会儒学或可复兴，但政治儒学断不可复兴）。这也是我推崇批评性论文的主要原因之一。

下面我就来说说我在《文艺研究》发表的两篇批评性论文，这两篇文章都是以“书评”的面目出现的(《文艺研究》把其定性为“研究性书评”，也许正是为了区别于大多数“宣传性书评”)。我不想在这里复述文章内容，只想讲讲某些自我感觉有必要再稍做解释的相关情况。

《可疑的美学创新——评刘士林〈苦难美学〉》(《文艺研究》2005年第2期）是针对刘士林《苦难美学》的书评。我与刘先生至今都不认识，当然也不可能有什么私人恩怨。我之所以写这篇文章，乃是因为他的书可以作为今日中国美学界很多所谓“学术创新”的一个标本。当我看到他在书中自称要对康德“接着讲”，说自己的文字属于“原创性美学”时，我实在不能接受。我在别处说过，你如果确实对学术下过深入的功夫，就绝对不敢妄称“原创”，因为原创需要首先“站在巨人的肩上”。我现在依然相信我的基本判断是正确的：刘先生的观点仍然属于20世纪80年代以后流行于中国的本原论美学范式，是很成问题的。并且，我现在依然认为，审美救世论是一种错误的甚至荒谬的主张，什么“审美是人的本质”“最高境界乃是审美境界”纯属错误的主张。

该文发表后，刘士林先生写了一篇回应文章《“众不可户说兮，孰云察余之中情”——答黄应全对〈苦难美学〉的批评》(《文艺研究》2005年第6期)，正确地指出了我的文章中包含了个别技术性错误，也正确地指出了我的文章没有针对他的很多具体观点加以批评。我愿意承认，我对他的书读得的确不够细致，但我的本意并非要纠缠于他的具体看法（事实上我还是举了他的一些具体观点进行批评，他在回应中的某些说法并不准确），而是要说明他在基本思路上的错误，以及他的核心观点在根本上缺乏原创性。事后看来，我当时只是想通过他的著作来说明我自己对当代中国美学主流路径的看法，他的“美学”只不过是被当作了一个例证而已。

《如何重读康德？——评邓晓芒〈康德哲学诸问题〉》（《文艺研究》2008 年第 1 期）是针对邓晓芒《康德哲学诸问题》的书评。之所以选择该书而非邓先生其他更重要的康德研究著作，乃是和编辑交流的结果，当时的责任编辑是宋蒙。当然我也很乐意解读这部著作，因为批评写作为我提供了直接表达我对东西方哲学某些看法的一次难得的机会。同样，我至今与邓先生没有任何接触，不存在任何私人恩怨。不仅如此，正如我在文中明确所言，他在我眼中属于真正的学者，做的是真正的学术。我在该文中所做的是尽可能站在一个极度挑剔的读者的立场上去评价他的书，我自己也愿意承认有苛责于人之嫌。原因是我不愿让我的书评变成恶俗的阿谀之辞，这不仅不符合栏目的要求，我相信也不符合邓先生自己的为人处世之道（他并不需要我这样一个素不相识的人去吹捧）。不过，从他的文字中可以看出，他是对自己期许非常高的人，所以我用高标准衡量他的著作也就不算是故意为难了。

该文发表后，邓晓芒先生没有回应，表现出了某种值得尊敬的大度。后来，郭齐勇先生要编一本批驳邓晓芒儒学观的文集，不惜屈身亲自跟我这个名不见经传的人联系，问我是否愿意让他们收录此文，我婉言谢绝了。原因大约有二：一则我对他们的争论早有耳闻，不想卷入进去；二则虽然我的文章中有一段的确谈及邓晓芒对儒学的隔膜，但那只是整个文章的一部分，文章的主体部分跟儒学乃至整个中国传统文化无关，放进他们的文集中去也不合适。说这些不是想表明我多有“风骨”，而是想再次表明，我不只是为了批评邓晓芒先生才写这篇文章的，我更多的还是想借题发挥，阐述我对哲学的某些看法。比如，我至今仍然认为准确解读康德是非常必要的，但无须神化康德，无须言必称康德，因为康德绝不等于真理。关于李泽厚当年提出的“要康德还是要黑格尔”的问题，我的观点是：既不要康德也不要黑格尔。西方哲学早就走出德国古典哲学了，我们中国人为什么还要在这里纠缠不休呢？

二

至于我在《文艺研究》发表的那些“静观型”论文，大多就事论事、四平八稳，也就没什么需要进一步澄清的。在此只对其中两篇略有争议的文章做点说明。

《大众化的想象与精英化的现实——文化研究中的意识形态问题》(《文艺研究》2003 年第 5 期）是针对世纪之初文艺理论界开始追捧的西方文化研究思潮而作，意思很清楚，就是想表明西方主流文化研究存在一种自我想象与实际状况之间的反差，它不停地追求大众化（他们所谓的“民主化”）而实际上不可避免地沦为一种特殊形式的精英化。我想表达的基本倾向与我在《西方马克思主义艺术观研究》(北京大学出版社 2009 年版）中曾经表达过的完全一致，即我们中国人学习西方激进“左派”学说一定要慎之又慎。此文虽然也可算作批评性文章，但它所针对的是西方文化研究思潮，与国内学界任何个人无关，无意为难那些文化研究的中国倡导者。不过，由于我在评职称时提交的代表性论文之一是该文，我也间接了解到对它的某些批评性意见。最基本的批评意见可能是说它太简单化。其主要看法是：西方文化研究并不限于英国版的文化研究，而是多种多样的，不能像我那样强行“总体化”。

我对此的回答是，如果文化研究的倡导者们不想认同他们眼中某些“老顽固”（如某些中国“文化诗学”的主张者）的看法而说文化研究早已有之，不过是传统外在批评的回归而已，他们就必须承认文化研究的主流是英国版的，其他版本的文化研究只不过是伯明翰文化研究的“歧出”形式而已。更具体地说，不是所有从文化出发的研究都有资格称为“文化研究”，文化研究必须是文化批判，丧失批判性便丧失了文化研究的灵魂，这便是美国版文化研究遭到诟病的根本原因。然而，一旦承认文化研究的批判本质，立场问题便不可避免。西方文化研究所采取的是 20 世纪 60 年代以后的新左派立场（英国式而非德国式)，对它而言反精英主义几乎是不容置辩的“政治正确”。我的文章试图揭示的便是这种反精英主义“左派”立场所带来的文化研究在主观构想与其实际后果之间的矛盾。实际上，我之所以想指出文化研究存在大众化的想象与精英化的现实之间的矛盾，乃是因为我发现一个非常可悲可叹的现象：任何热切盼望与大众站在一起的“左派”知识分子，都不可避免地会陷入这样一种矛盾处境之中而不能自拔。也就是说，我想借批评文化研究，批评的是“左派”知识分子的民粹主义意识形态。

也许更有必要谈谈的是《朱光潜美学是主客统一论吗？》(《文艺研究》2010 年第

11 期）一文。该文的本意是阐明我对朱光潜美学的理解。我在文章一开始就已经说明，我是在教学过程中受学生启发，才意识到朱光潜美学实际上不是主客统一论而是主观论的。有人却以为我是为了重新挑起关于“美的本质”问题的争论而写作此文。《清华大学学报》先是发表了朱光潜后人宛小平先生的批驳文章《朱光潜“美是主客观统一论”的真实意蕴——兼与黄应全先生商榷》（《清华大学学报》2012 年第 4 期），其后又在某期辟专栏与我的文章“商榷”。《清华大学学报》还专门发信邀我对上述批评做出回应。坦率地说，我很高兴我的文章有所反响，想想今日中国有多少学术论文发表后即石沉大海无人问津，写了和没写一样！但是，我当时还是采取了置之度外的态度，没有做任何回应。因而我想借此机会略做解释，就当事后的回应了。

宛先生似乎以为我想贬低朱光潜，所以他的文章竭力想表明朱光潜美学依然是最先进的（主客统一论合乎当今超越主客区分的哲学潮流）。殊不知，在我看来，“朱光潜”这个名字与“黄应全”之类的名字是完全不同的，朱光潜已经属于历史天空中的永恒不灭的星星，而我等只不过是地面上注定蒸发净尽的一些小水滴而已。只要美学这个学科还在，朱光潜就是美学进入中国之后的第一人，无人可以撼动其地位。所以，只有愚蠢的人才想去贬低朱光潜的地位，朱光潜的地位也无须捍卫，想捍卫朱光潜的地位就等于小看朱光潜的学术贡献。当然，这不等于我们不可以发现和指出朱光潜美学的不足，更不等于我们不可以比朱光潜自己更能看清朱光潜美学的实际状况。这就和我们可以比康德、黑格尔更好地理解康德、黑格尔美学，并发现和指出康德、黑格尔美学的不足一样。我们后来者本来就有作为后来者的优势，更何况朱光潜还面临一种特殊的处境。朱光潜后期生活在一个非常封闭的学术环境中，我们今天可以轻易了解的很多西方美学进展他都无法了解，这可以说直接导致他后期未能实质性地发展他的美学观。比如，关于被理查德·沃尔海姆称为“克罗齐—科林伍德学说”，即艺术作品只存在于心中的信条，当今西方美学尤其是分析美学已经提供了很多超越的方式，但朱光潜直至去世都没有接触到。我在文章中说朱光潜未能跳出克罗齐问题框架，有些人看了非常不高兴，以为我狂妄自大，但我自己却认为那是根据艺术作品本体论问题的当代进展所做的正确判断。谁能告诉我朱光潜是如何超越“艺术只是心灵活动”“真正的艺术作品只存在于心中”等基本信条的？如果你同意我的观点，即朱光潜无论前期后期实际上都主张艺术作品只存在于心中（艺术作品等于意象或形象），又由于朱光潜把美视为艺术作品的一种特质（等于恰当即恰如其分），那么你就必须同意我的结论，即朱光潜无论前期后期实际主张的都是美存在于心中，因而是主观的。这样一来，说朱光潜所主张的实际上是主观论而非主客统一论岂非是顺理成章的？当然，我补充的是，主张主观论与主张主客统一论没有什么高下之别，因而说朱光潜主张的实际上是主观论，丝毫也不意味着朱光潜美学不够先进。

我觉得有必要再次重申，我写此文只想准确解读朱光潜美学的核心观点，对重新讨论“美的本质问题”毫无兴趣。如果非要问我如何看待“美的本质问题”，我的观点是：围绕美的任何问题都绝不是美学的中心问题，20 世纪 50 年代和 80 年代两次“美学热”围绕“美的本质问题”展开，主要非美学原因使然，关于“美的本质问题”的论争基本上已经失去其社会意义和学术意义。当今中国美学需要的不是重启关于“美的本质问题”的争论，而是超越当年围绕“美的本质问题”的争论所设定的问题框架，比如结束所谓实践美学、新实践美学、后实践美学的论争。所以，我的文章只涉及对朱光潜美学遗产的解读，我说朱光潜主客统一论实为主观论，只是为了更清晰地理解朱光潜的美学遗产，别无他意。

三

既然是为《文艺研究》创刊四十周年而写的文章，其内容就不能只涉及我自己。所以，我还想谈谈我对《文艺研究》杂志的一点观感。我接触《文艺研究》比较早，始于 20 世纪 90 年代前期，那时的编辑部还在恭王府，柏柳是主编。我不敢妄称对《文艺研究》有非常深入的了解。因此，我只谈印象最深的两点。

第一，守底线。由于当今中国已然形成的特殊的学术环境，《文艺研究》被列为“A 刊”，即 A 类权威核心刊物，因而《文艺研究》拥有很大的“权力”，甚至可以决定相关领域学者的前途命运。例如，有些高校规定，在《文艺研究》上发表一篇文章就可以评教授、当博导。在这种情况下，《文艺研究》从主编到编辑面临的诱惑都是相当大的。但是，据我所知，《文艺研究》在所有“A 刊”中也许要算最“低调”的了。作为学术圈中人，你或许会经常听到对某些“A 刊”的不利流言，但你不太可能经常听到关于《文艺研究》的不利流言，至少我很少听到。据我所知，《文艺研究》发文是很严格的，它不会因为某人是所谓学界名人就一定会发表他的文章，也不会因为某人跟某编辑很熟悉就一定会发表他的文章。就以我自己的亲身经历为例，我的一个硕士师兄与《文艺研究》某副主编很熟（我们都是师兄弟），但先后给过两篇文章都因不合要求而被拒绝了。我曾经替朋友向《文艺研究》推荐过文章，也遭“无情”拒绝。不仅如此，我自己也有过几次被《文艺研究》退稿的“悲惨遭遇”。从作者的角度讲，被拒绝或被退稿显然不是一件舒服愉快的事情，但从编辑部的立场来说，这却是再正常不过的了。很多文章水平不够自不用说，即便文章水平够了，每个杂志的要求乃至该杂志某一期某一栏目的要求都可能是不同的，没有理由认为谁的文章是必须发表的。所以，我认为在这点上《文艺研究》是对的。如果一个杂志丧失了底线，必然会充斥各种低水平论文，那么它离名声扫地也就不远了。我认为，《文艺研究》对此是有清醒认识的。

第二，够敬业。《文艺研究》给我另一个深刻印象是编辑们认真负责的态度，阅稿、审稿、校稿真正做到了一丝不苟。比如，在校对《超越旁观式戏剧，建立绝对投入式戏剧——安托南·阿尔托残酷戏剧观的一种美学解释》（《文艺研究》2016 年第 11 期）时，责任编辑戴阿宝对我原稿的正文和注释都读得非常细致，连我自以为已经很细心校对过的稿子，他也发现了好几处错误，有的是正文的错别字，有的是中文或英文注释中的细微错误或遗漏。记得我文中有一处为说明传统戏剧所维持的心理距离，引用了柯尔律治“明知其假而宁信其真”的说法却未加注释，他给我指出后我却查不到原始出处（因为我是通过朱光潜著作了解到的），我只好忍痛割爱，把这个极具说服力、我自己也非常喜欢的权威论据删掉了。我先前听同事王家平说戴阿宝非常认真，我算是真正体会到了。又如，在发表《阿瑟·丹托的体制论艺术观：解释构成艺术作品说》（《文艺研究》2018 年第 7 期）之前，责任编辑张颖也做了很多让我感动乃至汗颜的工作。她帮我修改和调整了多处正文、注释不说，在最后一次校对完，我自以为完全没有问题之后，她还是发现有一处英文注释有错。说实话，我当时对自己的粗心大意由衷感到很惭愧，同时也不得不对她的敬业精神肃然起敬。

有人或许会说，这有什么大不了的，这不是编辑分内之事吗？我的回答是，看似简单的事其实要做好是非常难的。作为天天跟文字打交道的人，我们都知道，要把一篇文章处理完善是一件非常艰苦的工作，不要说我们这些高校教师每年所审阅的很多硕士、博士学位论文在历经无数次修改后仍然会错误百出，就连我们自己的论文历经多次修改校对后，仍然很容易找到不少错误或遗漏。编辑要看的文章比我们多得多，看文章多了的一个常见后果便是极易滋生厌倦感和怠惰感（我们自己都常常懒得重复看自己的文章便是明证），若没有起码的职业操守，也许连文章都无法保证仔细读完，更遑论发现极其细微的错误了。因此，《文艺研究》编辑们认真负责的态度是绝对值得肯定的。

也许，正因为《文艺研究》有这样一种良好的编辑部文化，它才成了中国人文社科领域最好的刊物之一，并且一直持续了四十年。希望它能继续保持下去并发扬光大吧。

（作者为首都师范大学教授）

《文艺研究》激励我前行

纪德君

如果我们把求学问道视为一种西天取经，那么在此过程中除了师友的指点与帮助外，对我们影响最大的恐怕就是一些学术名刊了，因为正是依靠它们的扶持与激励，才使我们逐渐建立起学术自信，汲取了不断前行的精神动力。在我的学术之旅中，《文艺研究》就是这样一份不断激励我前行的学术名刊。

早在读博士时，我就对《文艺研究》心向往之了。1997 年博士毕业找工作时，我曾怀揣梦想跑到《文艺研究》编辑部面谈。当时编辑部设在京城什刹海一带的恭王府内，主编是柏柳先生，他直言不讳地告诉我，编辑部的办公环境简陋，工资待遇、住宿条件都不好。这的确让我有些失望，因为我已拉家带口，即使我耐得住清贫，妻儿老小也不会同意，所以我只好打消了入职的念头，另谋出路了。可是，我也因这一段未结之缘，对《文艺研究》更多了一份亲切感，有时还会忍不住地想，要是我当初真在那里做了编辑，那么现在的生活会是什么样子呢？

虽然未能做成《文艺研究》的编辑，但却一直喜欢它，觉得它的封面设计、排版印刷及扉页与文中的插图等，都很雅致，颇富艺术气息。有时看到自己熟悉的学界朋友在上面发表了论文，也难免心生欣羡之情。后来又想，与其临渊羡鱼，何如退而结网？于是，从 2006 年下半年开始，我也鼓起了勇气，向《文艺研究》投了一篇论文：《中国古代“说书体”小说文体特征新探》。本来也没敢抱多大的希望，可是 2007 年 4 月，我忽然接到了编辑打来的电话，告知我的那篇拙作拟刊发在《文艺研究》2007 年第 7 期。这真让我有点受宠若惊了！当时，我正拟从之前一直从事的历史演义小说研究，转向民间说书与古代通俗小说之关系的研究。这篇拙作主要是联系民间说书的表演、接受与技艺传承，来阐释那些在民间说书基础上形成的古代小说的文体特征。没想到能得到编辑先生的赏识，这对我无疑是莫大的鼓励。后来这篇拙作，又被中国人民大学复印报刊资料《中国古代、近代文学研究》当年第 10 期全文转载，迄今已被引用 26 次。

初战告捷，自然让我信心倍增。于是，我很快又撰写了一篇《从案头走向书场——

明清时期说书对小说的改编及其意义》。本来，民间说书与通俗小说之间的影响就是双向的，两者经常处在一种交叉往复、互渗互补、相互转化的动态流程之中。这篇论文探讨的就是明清小说对民间说书的影响，以前学者较少论及，多少有一点新意，因而它又被刊发在《文艺研究》2008 年第 10 期上，并被《中国民间文艺学年鉴》(2008 年卷）摘录、评述，迄今也被引用了 16 次。有了这两次成功的激励，我便信心满满地正式介入古代小说与民间说唱文学的研究，先后在《文艺理论研究》《学术研究》《社会科学》《北京社会科学》等发表了一系列论文。因为有了这些前期的学术积累，2016 年和 2017 年，我先后申请获得了国家社会科学基金重点项目“中国古代说唱文学文献资料辑释与研究”、国家社会科学基金重大项目“中国历代说唱文艺研究资料整理与数据库建设”。2017 年，我又在《文艺研究》第 6 期发表了《宋元话本与文言小说的双向互动》，这篇拙作也被人大复印报刊资料《中国古代、近代文学研究》当年第 11 期全文转载。

在研究民间说唱文学及其与通俗小说之关系的同时，我还在《文艺研究》2010 年第 10 期发表了《明清小说编创与评点的互动及其影响——以明清时期世情小说为例》。这是我主持的国家社会科学基金一般项目“明清通俗小说编创方式研究”的阶段性成果之一，后来也被人大复印报刊资料《中国古代、近代文学研究》2011 年第 2 期全文转载。这对我的顺利结项，无疑是很有帮助的。我在《文艺研究》还发表了《明清小说接受中“不善读”现象探论》，这篇拙作是在 2012 年第 6 期刊发的，人大复印报刊资料《中国古代、近代文学研究》当年第 10 期全文转载。这些，无疑都给了我从事学术研究的信心与动力。

现在，我几乎形成了一种思维定式，只要自己觉得有新意或有价值的论文，首先想的就是投给《文艺研究》。虽然，我也有好几次投稿因论文水平或价值有限，未被采用，但我并不气馁，因为我知道这正是《文艺研究》可贵可敬之处。一直以来，《文艺研究》对待来稿都是一视同仁，也即，它不看重作者的背景或关系，比如作者是否名校毕业，是否有高学历、高职称，是否在名校工作，是否为著名学者，是否为老作者，等等。它只看重来稿质量，所以每一期都会发表不少地方院校年轻学人的论文，表现出一种平等待人、海纳百川的胸襟和气度。

让我很感动的是，有时编辑先生还会给我提出一些较好的建议。记得我 2015 年曾向《文艺研究》投了一篇《印刷时代中国古代小说的抄传及其影响》，虽未被采用，但却收获了编辑先生的有益建议，他在来信中说：“我们提倡实证基础上的理论研究，注重学术积累，不刻意标新立异，关注学界新动向和薄弱环节，反思既有研究模式的得失，强化人文性与文学性，兼顾现实关怀。我们希望所刊文章有较大的文学史意义。考据文章若能以小见大，对文学史上比较重要的问题有突破，也大力欢迎。不一定要提出新论点，前人的一些比较精辟的观点，若能从多个角度予以证实，也是了不起的学术贡献。”显然，这些建议是很有价值的，对我后来的学术研究有一定的启迪意义。

至于《文艺研究》对学术规范的强调，对稿件修改、校对的要求等，那也绝对是一丝不苟的。我被刊用的稿子，总是要根据编辑的意见，或对论文的某些细节进行修改，或对引文出处反复查实、核对，总之是不允许出现硬伤的。这无疑体现了一种极其严谨、认真、科学的学术风貌。

另外，《文艺研究》还有一点给我的印象非常深刻，就是它经常会刊发一些学术争鸣或有争议的商榷性、批评性的论文。如 2014 年关于当代文学史料学的讨论。《文艺研究》2014 年第 3 期先是刊发了付祥喜的《当代文学史编写中的文献史料问题——以陈思和〈中国当代文学史教程〉为考察对象》；接着，2014 年第 5 期又刊发了杨洪承的《“新编年体”在史料整理与学术研究之间的徘徊——评付祥喜〈20 世纪前期中国文学史写作编年研究〉》；随后，2014 年第 10 期再次刊发付祥喜的文章：《“编年研究”的理论意义与学术评价——兼答杨洪承教授》。通过这样的争鸣，就将当代文学史料学中一些重要问题的讨论引向了深入，真正发扬了学术研究“百花齐放，百家争鸣”的精神。

古人曾言：“泰山不拒细壤，故能成其高；江河不择细流，故能成其深。”我从自己投稿《文艺研究》的经历中就深切地感受到它“海纳百川，有容乃大”的气魄与境界，这正是它能成为蜚声学界的学术名刊的主要原因。我曾不止一次地想，这些年来如果不是《文艺研究》给了我无私的扶掖，帮助我建立起学术自信，那么我的治学之路一定会是崎岖不平的。因此，在《文艺研究》创刊 40 周年之际，我撰此小文，一方面是倾诉我对它的深深感念之情，另一方面也是表达一种美好的祝愿，祝愿它办得越来越好，成为更多学者的精神家园。

（作者为广州大学教授）

我与《文艺研究》的学术缘

蒋述卓

我与《文艺研究》的学术结缘始于 1986 年。当时，我在上海华东师范大学师从王元化先生攻读中国文学批评史专业博士学位。入学已过半年的我，在王先生的指导下，正在为博士学位论文选题做准备。当时，我面临着两个选择，一个是做魏晋玄学与文学理论的关系研究，另一个是做佛教与中古文学理论关系的研究。王先生针对我的读书报告指出，研究魏晋玄学离不开佛学，因为当时的思想潮流是玄、佛合流，玄、佛互释互动是重要现象，他让我继续去阅读有关佛教研究的文献。于是，我除了重点阅读汤用彤先生的《两汉魏晋南北朝佛教史》之外，还广泛阅读了有关魏晋南北朝时期宗教、文学、史学、哲学研究方面的文献。隔了一段时间，我便提交了一篇研究宗教（道教与佛教）与魏晋南北朝山水美发现的读书报告。王先生看了觉得不错，给予了肯定，并指出可以沿着这一方向继续研究。趁着在先生家用餐期间，我冒昧地向先生提出我能不能投稿。王先生说,《文艺研究》正在向他约稿，他知道该杂志有个张潇华编辑，让我与他联系并将稿件投给他。

稿子投出不久便得到张潇华先生的回信，他肯定了我的研究思路和研究方法，并详细提出了一些修改意见，让我修改后再寄给他。那时写稿都是用稿纸，为保存好底稿和便于修改，都留有誊写稿，即用复写纸誊写。我按照张先生的意见对文章加以修改，重新誊写一份再寄出去。隔了四个月，这篇题为“宗教与山水结合的历史文化考察”的文章就在《文艺研究》1986 年第 5 期发表了。

这篇文章的发表对我自然是极大的鼓励，尤其是支持了我从文化角度去研究文学、美学的学术思路和信心。自 1985 年 9 月进入华东师大师从王元化先生就读以来，我就追随着王先生提倡的学术研究“三结合”（即古今结合、中外结合、文史哲结合）的道路去做学术阅读和研究。我仔细揣摩王先生的学术思路，也试着从一种广阔的文化视野去研究文学与文论，尤其在读书过程中经常得到王先生“要做到文史哲不分家”的指点与告诫，我的学术思路和视野也随之打开。我在 1985 年 11 月写了一篇题为“将古代文论放到中国文化背景下去考察研究”的文章，就是一种拓宽思路、提倡将中国古代文论放置到中国文化的大环境、大背景下去考察研究的宏观性文章。此文经徐中玉先生的指导与肯定，发表在《文艺理论研究》1986 年第 3 期上。可以说，《文艺研究》发表的那篇文章坚定了我的学术研究方向，也使我最后选择了从文化交流角度去研究佛教与中古文学思潮来做我的博士学位论文选题。我做佛教与中国古代文艺理论与美学关系研究的起步，是从与《文艺研究》的学术结缘算起的。而编辑张潇华先生可以说是发现我、培养我的重要学术引路人之一。

有其一，就有其二。1988 年 3 月，我将已写好的博士学位论文的首章投给了《文艺研究》。这次我阅读的书更多，花的力气自然也大，积累也多了一些，文章的角度、文献资料都比较新，还是张潇华先生审稿，文章通过三审，最后，题为“佛经翻译理论与中古文学、美学思想”的文章在《文艺研究》1986 年第 6 期上发表了。

取得博士学位之后，我被分配到广州工作，学术的方向依然是佛教与文学、美学的关系研究，同时又开始对宗教艺术进行研究。我首先对宗教艺术的定义和内涵进行了研究，这是我后来出版的著作《宗教艺术论》的首章。自然，我将这首章还是投给了《文艺研究》，记得依然是张潇华先生接的稿，但或因身体原因，他将稿子转给了新接手的编辑。这篇短文——《宗教艺术的涵义》（约 3000 字）又在《文艺研究》1992 年第 6 期发表了。若干年后，《宗教艺术论》经时任总编辑丁亚平先生之手在文化艺术出版社出版了图片版，后来此书又由暨南大学翻译学院的学术团队去申请，获得了国家社科基金学术著作外译项目的资助，将此书做了删节并翻译，更名为“中国宗教艺术论”在美国出版。《文艺研究》不拘文章篇幅，发表我的这篇短文，对我后续的研究是很大的鼓励与支持。

说到编辑张潇华先生，我对他充满敬意。他给我编发了两三篇稿子，但我竟然只是与他通过信，并未谋面。那时编辑部经费少，编辑很少出去开会，编辑与作者见面的机会甚少，编辑与作者之间真的是淡如水的君子之交。直到他英年早逝，我也没有见过他，但他对学术的严谨态度、待人的谦和与真诚（见字如面），给我留下了极其深刻的印象。张潇华先生对我的学术道路的影响，在我的心目中仅次于我的导师王元化、林焕平及徐中玉、蓝少成诸先生，他是一位从事编辑职业的学术导师。

《文艺研究》进入柏柳、方宁先生做主编的时期，我依然参与了《文艺研究》在文艺美学方面的讨论，曾先后在该刊上发表过《关于文化艺术发展战略的几点思考》（载《文艺研究》1998 年第 4 期）、《中国古代文艺美学研究的进程与前景》（载《文艺研究》

2000年第1期）及《论中国古代诗学的原创意识》（载《文艺研究》2003年第2期）。在大众文化现象与理论研究方面，《文艺研究》着力最多，刊文也最有代表性，我虽然没有参与《文艺研究》的相关专题讨论，但极为关注《文艺研究》在这方面的研究动向。我后来在写文化研究的本土化的文章时，引用《文艺研究》所刊的文章最多（参见《文化研究的本土化：功能与原则》，《外国文学研究》2015年第2期）。在理论研究的引导性方面，《文艺研究》所关注的话题和专题性文章是做得极好的。今年，我与我的博士后唐诗人合作的文章《文学批评与思想的生成——建构一种广阔的文化诗学理论》在《文艺研究》2019年第4期上发表了，接续上了从童庆炳先生起就一直在讨论的"文化诗学"话题，也续上了我在1995年就提出过的"建构第三种批评：文化诗学批评"的话题，我与《文艺研究》在新时代的学术缘，又将开启另一番新面貌。这让我在回忆、怀念、感激的同时对未来怀有美好的期望。

四十年风云激荡，四十年成果丰盈，我衷心祝贺《文艺研究》创刊四十周年，并祝愿它永葆学术青春！

（作者为暨南大学教授）

我与《文艺研究》十九年的学术因缘

蒋　寅

作为艺术类的权威学刊，《文艺研究》一直保持着很高的学术水准，并葆有其鲜明的理论品格。

更早的情况已不太记得清，方宁先生执掌刊物的近十几年间，《文艺研究》始终以精审的选题和严谨的编校给我留下深刻印象。虽然从我涉足学术研究起，《文艺研究》就是我非常关注、经常阅读的学术期刊，但给它投稿则是较晚的事。在我心目中，它是重视理论品格的刊物。

我从大学本科起，就喜欢文献学，对文献考据有浓厚的兴趣，如果不是跟程千帆先生读博士，或许我就走到唐代文史考据的路上去了。程先生培养学生，重视学术能力的全面发展，正像他主张文学研究要文献学和文艺学并重一样，培养学生也注重各种基本能力的训练，编纂专题资料、编年谱、整理古籍、写书评、做专书研究、做平行比较研究……并要求学好外语，关注国内外学术动态，还要加强理论学习。这样就让我逐渐形成阅读理论书的习惯，培养起较自觉的理论意识，在研究中力求用理论去解决实际问题，而不是理论先行，机械地套用理论。

尽管如此，我撰写的文学史研究论文还是常给人“没有理论”的感觉。一位著名学刊的前辈编辑，每次开会遇到，都嘱我给他们投稿，但稿子寄去总被退回，说缺乏理论性。我非常困惑，同时对所谓“理论性”心存敬畏。平时投稿，对《文艺研究》这样的倾向于理论研究的期刊也就不免敬而远之。

我第一次给《文艺研究》投稿是在 1999 年，寄上《至法无法：中国诗学的技巧观》一文。这篇论文写于 1997 年，在京都大学研究生院任客座教授期间，曾在日本中唐文学会上报告。当时我做王渔洋研究告一个段落，结合以前做大历诗研究引发的一些理论思考，开始写一些研究古典诗学概念和命题的论文，后来结集为《古典诗学的现代诠释》一书。这些论文相比以前的研究，都是探讨由诗歌史研究生发的带有普遍性的问题，因此显得比较有理论色彩，这才有了向《文艺研究》投稿的勇气。后来，论文发表在《文艺研究》2000年第6期，随后又被《中国社会科学文摘》2001年第2期转载，对我鼓励很大。就在这同一年，《中国社会科学》第1期发表了我的《古典诗学中“清”的概念》一文，《文学评论》第4期又发表了我的《对王维“诗中有画”的质疑》一文，让我对这个系列研究充满信心。

我第二篇在《文艺研究》上发表的论文是《冯班与清代乐府观念的转向》(2007年第8期)。这是我撰写《清代诗学史》的副产品。虞山冯班的诗学，虽然学界已有研究，但未注意到他的乐府论。冯班的乐府论述不是发明了什么新问题，而是澄清了一个观念，即自从汉乐府的音乐失传后，再谈论乐府的音乐问题已没有什么意义，写作中再顾忌音乐性乃至转而讲究声律，都是走入歧途。澄清这一问题，无疑为后人看待乐府的音乐问题、写作乐府诗指出了一条切实的路径。因此，在他之后诗学中很少有人再纠结于乐府的音乐问题，都转而从语言和风格层面去讨论和把握乐府体制。

这两篇论文的责任编辑都是我尊敬的学者型编辑赵伯陶先生。我和赵先生认识很早，他还在中华书局工作的时候，我就认识他了。赵先生文献功底深厚，写得一手好骈文，在当今学者中已属罕见。他编著的普及性选本，也都注释精当，流畅好读。赵先生编审我这两篇论文时，都提出过细致的修改意见，让我很受益。《文艺研究》在赵伯陶先生负责古典文学栏目的多年间一直能保持刊发论文的高水准，我想是与他严格负责的工作作风有关的。

从2015年到2017年这3年间，我接连在《文艺研究》发表了《纪昀的诗学品格及其核心理念再检讨》(2015年第10期)、《“正宗”的气象和蕴含——沈德潜新格调诗学的理论品位》(2016年第10期)、《在中国发现批评史——清代诗学研究与中国文学理论、批评传统的再认识》(2017年第10期)三篇论文。这时期，陈斐先生加入了《文艺研究》编辑部，负责古代文学栏目稿件的编辑。而我撰写《清代诗学史》第二卷接近了尾声，开始对乾隆间主要诗论家的核心观念加以诠释和评述。我和陈斐先生认识有年，他是拥有古典文学专业博士学位的年轻学人，而且对文学理论和当代诗词创作问题都有广泛的关注，具有当代年轻学人理论素养好、学术视野开阔的特点。他任职没多久，就和我联系，了解我近年的研究，认为我的研究涉及古典诗学一些基本观念的重新认识，便与我相约，论文写成可寄给他。

我寄给他的第一篇论文《纪昀的诗学品格及其核心理念再检讨》，是讨论纪晓岚诗学的文化品格与核心理念的。纪晓岚虽然撰写了多部试帖诗评说，留下多种前代诗歌的评点，但让人奇怪的是，学界很少注意他在诗学方面的贡献，而只将他作为《阅微草堂笔记》的作者来研究。我通过梳理乾隆朝诗学的历史进程，发现在沈德潜告老还乡到袁枚出道之间，有十多年的时间，正是纪晓岚依托朝廷功令试诗的风潮，凭借一系列试帖诗学著述和评点占据了诗学主流的时期，对其诗学的文化品格和正统观念的研究，将让我们重新认识乾隆朝诗学的走向，对乾隆中期以后蒙学诗法的勃兴及对诗坛的深刻影响，产生前所未有的新看法。第二篇论文《“正宗”的气象和蕴含——沈德潜新格调诗学的理论品位》则是对沈德潜新格调诗学的理论品位的检讨。沈德潜诗学虽然一向被贴上格调派标签，但他的诗歌观念吸收了“神韵”概念以提升其理论品位，以折中的思维方法避免明代格调派的极端主张和狭隘倾向，以襟抱、学识充实主体蕴含，突出伦理性要求，最终从美学的高度阐发了诗学原理问题。这两篇论文，都试图在更广阔的视野下考察具体的诗学问题，对它们在清代诗学史上的意义加以充分的揭示。陈斐先生在审稿过程中提出了很好的意见，让我将问题呈示得更为清楚，也将自己的看法表达得更为透彻。他的意见我基本上都接受了，并在修改稿中做了相应的改订。

在与审编往来的通信联络中，我深感陈斐先生是一位对学术事业有抱负、有自己想法的学者，他对问题的关注远远超出了个人的专业或工作范围。他能敏锐地察觉稿件中隐伏的值得深入讨论的问题、可延伸发展的学术话题。我 2016 年投稿的《在中国发现批评史——清代诗学研究与中国文学理论、批评传统的再认识》一文，是凝聚了我十多年思考的结果。针对的是海内外学界流行的对中国古代文论的三个偏见：第一，中国文学批评属于感悟式、印象式的；第二，没有成系统的理论著作；第三，缺少真正科学意义上的理论范畴，没有严格意义上的理论命题。我从一向被忽视的明清诗文评著作中举了大量的例证，来说明这些说法的偏颇；论证通过清代诗文评研究，重新认识古代文学理论和批评传统的必要性。论文的基本思路和论证材料早就齐备，为了表明我的看法有针对性，我持续多年在海内外学人的论著中搜集反面材料。陈斐先生很快就反馈了肯定意见，过一段时间又寄来细致的编审意见稿，对拙稿的细部提出修订建议，让我避免了行文格式上的不妥之处。论文发表后，人大复印报刊资料《文艺理论》（2018 年第 1 期）、《中国社会科学文摘》（2018 年第 2 期）和《新华文摘·论点摘编》（2018 年第 7 期）都予以转载和摘编，在学界引起广泛的反响。这对于论文的责任编辑来说，应该可以满足了。但陈斐先生并没有止步于此，他认为文中提出的一些问题，涉及如何体认古代文学理论和批评的传统、如何对待海外汉学的论断、中西文学理论的沟通和对话、当代中国文学理论的建设等重要命题，还有可深入探讨的空间，他希望我就这些问题约请合适的对话者，开展有针对性的理论对话，从不同的立场、不同的方向引发更深入的思考。我认为这个提议很有建设性，即邀请了加拿大维多利亚大学的诗学研究专家林宗正教授，尝试进行下一步的对话，希望能由此产生更多的理论果实。

《文艺研究》自1979年创刊，至今已走过了四十个春秋。四十年来，它发表了大量的优秀论文，对学术研究的贡献、对学术风气的引领有目共睹，赢得学界的广泛尊重。值此创刊四十周年之际，我作为一个与之结缘19年的老作者，谨以小文聊表谢忱，并祝刊物越办越好，始终站在学界的前列，引领和推动中国文学、艺术研究的潮流。

（作者为华南师范大学教授）

《文艺研究》与我的中国戏剧史研究

康保成

与中国改革开放基本同步，《文艺研究》已经走过了四十年的历程。在众多的学术期刊中，《文艺研究》长期刊发文学和艺术学两大学科门类中高水平的学术论文，无门户之见，不论资排辈，创下了良好的口碑，乃至成为这两个领域学者们的良师益友。

我一直在中国戏剧史的领域里学习和研究，也有四十年了，但和《文艺研究》的结缘，却只有20年。记得1998年初，我将拙稿《中国戏神初考》投寄出去，没料到《文艺研究》在当年第3期就发表出来，这给了我极大的鼓舞。以后，凡是“自我感觉良好”的稿子，我都会首先考虑《文艺研究》。这次，很荣幸接到编辑部的约稿。我盘点了一下，从1998年到2017年的20年中，我发表在《文艺研究》上的论文共计12篇，现将拙文题目和发表期数胪列如下（依发表时间先后排序）：

《中国戏神初考》（1998年第3期）

《二郎神信仰及其周边考察》（1999年第1期）

《“竹竿子”再探》（2001年第4期）

《佛教与中国皮影戏的发展》（2003年第5期）

《酒令与元曲的传播》（2005年第8期）

《后戏剧时代的中国古代戏剧形态研究》（2008年第1期）

《五十年的追问：什么是戏剧？什么是中国戏剧史？》（2009年第5期）

《陕西韩城宋墓壁画考释》（与孙秉君合作，2009年第11期）

《契合与背离的双重变奏——关于中西戏剧交流的个案考察与理论阐释》（2012年第1期）

《“一剧之本”的生成过程与“表演中心”的历史演进》（2015年第3期）

《“虚下”与杂剧、传奇表演形态的演进》（2016年第1期）

《戏曲究竟是演人物还是演行当——兼驳邹元江对梅兰芳的批评》（与陈燕芳合

作，2017 年第 7 期）

从这些论文中，大致可看出我治中国戏剧史的主要理念和研究方法，同时每篇文章也都凝聚着编辑们的学术眼光、良苦用心和辛勤劳动。

一、文学和艺术学的结合

当前中国戏剧史的研究者绝大多数是中文系出身，本人也不例外。和诗歌、散文、小说不同，戏剧的最终呈现方式是舞台表演。于是，作为戏剧文学，她可以是元明清文学的组成部分；作为表演艺术，她又可以是艺术学门类下的戏剧与影视学一级学科、戏曲戏剧学二级学科下的一个研究方向。去一下图书馆书库就会知道，戏曲、戏剧的书被分别放置在文学的 I 类或艺术的 J 类。虽然从理论上说，属于剧本或作家的应划分在文学类，属于舞台表演的应划分在艺术类，但在实际操作的层面，却很难截然划开。例如中国戏剧史论类，是放在文学类还是艺术类呢？宋代以前基本没有成熟的剧本，但有为数不少的剧目、优语和个别的小戏剧本如《公莫舞》，那么上古、中古时期的戏剧史，属于艺术还是文学？

在这个意义上，我做戏剧史研究，是不考虑学科划分的，“撞”到哪里是哪里。但这样一来，许多稿子被“纯文学”的刊物挡在门外，弄得自己几乎丧失了信心。幸好有《文艺研究》的呵护与垂青。上文提到的《中国戏神初考》以及后来发表的《二郎神信仰及其周边考察》《佛教与中国皮影戏的发展》《陕西韩城宋墓壁画考释》等文，显然都不属于“文学”。当然也有属于文学的，例如《酒令与元曲的传播》《“虚下”与杂剧、传奇表演形态的演进》二文即是。不过这两篇文章也没有完全摆脱表演，只能说所用的材料基本属于文学罢了。

戏剧史家陈多先生曾提出，以往的戏剧史著作，有一个从“一剧之本”向表演中心的转变过程，其实这个转变是不存在的，戏剧史自始至终都是以舞台表演为中心的，因此戏剧史应该重写（大意）。陈先生的认识是否正确？我曾经引导研究生进行讨论，自己也反复思考。的确，戏剧的本质是角色扮演，无论中外概莫能外。然而从世界戏剧史来看，无论中国的关汉卿、王实甫、汤显祖、曹禺、老舍，或古希腊戏剧（作家作品）、莎士比亚、莫里哀、萧伯纳、奥尼尔，都始终毫不动摇地稳居于戏剧史的中心。

这是怎么回事呢？思考的结果是：剧作家和表导演，谁更优秀、更杰出，谁就居于主导地位。元杂剧的时代表演艺术尚不成熟，当然就是“一剧之本”的时代，到戏曲的“四功五法”成熟以后，基本上是以表演为中心，但也不排除强势的作家作品依然是戏剧的主导。《“一剧之本”的生成过程与“表演中心”的历史演进》一文，表达了这样的理念。

这样一来，作为戏剧史家，便没有必要把自己局限在“艺术”或者“文学”的小圈子里。因为，你既要通文学，也要懂表演，不是吗？

总之，学科划分，自有其道理，本无可厚非。但学者绝不可以画地为牢，把自己束缚在某一个狭窄的学科中不能自拔。正是因为《文艺研究》也从不画地为牢，才发表了我很难说是“文学”还是“艺术”的拙作。

二、文献与图像的结合

20世纪后半叶以来，随着电视的普及，漫画、卡通片的流行，不仅娱乐圈里弥漫着用“连环画”讲故事的风气，而且利用图像进行学术研究的风气也愈演愈盛，从百多年前出版的《点石斋画报》等被重印可见一斑。不久，便有了“读图时代”的说法。

其实，中国戏剧史研究领域，早就有利用图像的传统。其根源，就在于舞台演出本身的画面感，只要看几幅剧照就不难明白。进而言之，戏剧不等于剧本，不是平面的纸质媒体，而是立体的表演形态。同时，服饰、化妆、道具、舞美及承载演员的戏台和剧场，都是看得见摸得着的。把这些当作图像材料，和文献进行对照研究，就是陈寅恪所概括的王国维所提倡的“取地下之实物与纸上之遗文互相释证”的“二重证据法”。

我尝试着使用“二重证据法”，是在研究戏神的时候。我发现，各地被称为戏神的“老狼神”，竟然都是童子（男孩子）形象。在北方的一些戏班，戏神偶像竟然是戏曲演出中的婴儿道具。而在南方，戏神的形象如同一架傀儡。经过文献与图像的深入对比，我发现并论证了以下两点：第一，“戏剧，通过巫术，与我们人类的原始本能紧紧联系在一起”；第二，“现存的一些南方剧种有模仿傀儡戏的表演，这提醒我们：南戏的艺术源头，应当从傀儡戏中找寻”。

当然，称得起是戏剧文物研究的论文，还是《“竹竿子”再探》和《陕西韩城宋墓壁画考释》这两篇文章。

任半塘先生在《唐戏弄》中，利用朝鲜文献《乐学规范》(明弘治六年初刊）中的“竹竿子”图像，来讨论在中国失传已久的宋代文献中的“竹竿子”形制，很有说服力。本人进一步将《乐学规范》中的“竹竿子”、山西潞城县曹占标家藏的明万历二年抄本《礼节传簿》中的“戏竹”、元明清正史中的“戏（麾）竹”(图像和文字）以及《隋书地理志》中西南少数民族“执竹竿”歌咏的丧葬习俗联系起来，指出了“竹竿子”的来源和形制，并提出下列观念：

> 正确描述我国戏剧的宏观发展走向，往往依赖于对某些重要细节的考证，竹竿子、戏竹维系着宫廷礼乐、乐舞与民间戏剧的联系，进一步搞清楚它的来龙去脉是十分必要的。

《陕西韩城宋墓壁画考释》一文实在是集体成果。首先，有赖于姚小鸥教授的成功斡旋。当媒体披露陕西韩城发现一具宋墓，墓中有一幅宋杂剧演出壁画的消息后，小鸥教授第一时间和陕西考古部门取得联系，使我们一行四人（另二位是山西师范大学的车文明教授和延保全教授）得以在该墓被发现不久即赶赴现场进行考察。其次，陕西省考古研究院孙秉君先生提供了热情帮助。这座宋墓已被整体搬迁至陕西省考古队院内，在孙先生的帮助下，我们得以进入墓室，目睹了这幅珍贵的宋杂剧演出壁画，确认了壁画中乐队手中所执乐器为“筚篥”。孙先生还向我们介绍了宋墓的发现情况，提供了高清照片。所以，拙文列孙秉君先生为第二作者。再次，应该感谢《文艺研究》。当时，我刚刚在当年第 5 期发表《五十年的追问：什么是戏剧？什么是中国戏剧史？》一文，编辑部依然决定将拙文作为这次考察的三篇稿子之一予以刊载。最后，壁画中草书的部分，曾请中山大学著名学者、书法家陈永正先生帮助辨识；中山大学戏曲史专业的师生，曾对壁画进行了专门讨论，拙文对各位的意见亦择善而从。

韩城盘乐村宋墓内有三幅壁画：北壁为墓主人正面画像及炮制中药的工作场景，东壁为佛祖涅槃图，西壁即为宋杂剧演出场景。由于拙文对墓中的这三幅壁画均进行了诠释，发表后收到的第一个反应，是来自美国的一个越洋电话，询问有关北壁炮制中药的工作场景的情况。后来出版的《中国墓室壁画全集·宋辽金卷》(河北教育出版社 2011 年版)、《中国出土壁画全集·陕西卷》(科学出版社 2015 年版)，大体上采纳了拙文的观点。

当然，对于我本人而言，最大的收获，是对戏剧史研究中往常一些似是而非的结论有了新的认识。宋人笔记《梦粱录》记载：

> 杂剧中末泥为长，每一场四人或五人。先做寻常熟事一段，名曰“艳段”。次做正杂剧，通名两段。末泥色主张，引戏色分付，副净色发乔，副末色打诨。或添一人，名曰“装孤”。先吹曲破断送，谓之“把色”。大抵全以故事，务在滑稽唱念，应对通遍。

将这一记载和壁画进行对照后，似乎豁然开朗，弄明白了以下几件事：第一，宋杂剧的乐器伴奏，以管乐（筚篥）吹奏为主，即“先吹曲破断送”。一旦正戏开场，则只用鼓乐击打节奏，吹奏停止。观壁画中众多乐手手执筚篥而不吹，而只有鼓手做击打的动作即可知。第二，文献中屡云，宋杂剧的五个脚色中，“装孤”或可有可无。如上文所云“或添一人，名曰‘装孤’”。《都城纪胜》亦云：“又或添一人装孤。”以往不明白“添一人”何意。在壁画中，那位秉笏面向前，显然未进入剧情的脚色，应即“装孤”。他是被“添”进去的，可以不进入剧情，需要时也可以进入剧情。第三，文献中所说的“末泥色主张，引戏色分付，副净色发乔，副末色打诨”，也可以从壁画中得到印证。宋杂剧的副净和副末，从参军戏的参军、苍鹘发展而来，是核心脚色，起的是“发乔”“打诨”的作用，而末泥、引戏分别起“主张”“分付”作用。显然，壁画中坐在椅子上的脚色和面对他站立的脚色，分别就是副净和副末。而在外围站立的两个脚色则为末泥和引戏。他们在烘托、陪衬核心脚色，似可以理解为在后面对副净、副末进行“主张”和“分付”。第四，有学者认为，在同一幅壁画中，可以有两个副净或两个副末，似不妥。上引文献明确记载；“每一场四人或五人”，接着记载了四到五个脚色。从壁画看，进入剧情的四个脚色各司其职，没有两个副净或副末的迹象。

总之，韩城盘乐村宋杂剧演出壁画的发现以及我们的阐释，使学术界对宋杂剧演出形态有了更清晰的认识。拙文在写作过程中，对文献与图像相互参证的研究方法倍感亲切，对《文艺研究》的学术眼光更感钦佩，对他们支持这项研究非常感激。

三、微观与宏观的结合

在学术研究中，微观研究与宏观研究的关系问题常常是个争论不休的话题。记得某刊物曾号召大家进行宏观研究，重视理论，重视规律，但却老是收到考据方面的稿子，弄得主编很郁闷。《文艺研究》没有这样做，只要是好稿子，无论考据抑或理论，一律同等对待，兼收并蓄。在我自己所发表的12篇论文中，既有理论方面的思考，也不乏具体问题的考证。当然，最理想的佳作应该是小中见大，见微知著，可以窥一斑而见全豹的论文或著作。

微观和宏观，是相对而言的，并没有固定不变的标准。中国戏剧史是宏观的，但相对于中国文化史来说，就只是其中的一个部分。而如果把中国文化史放置在全球视野中，它又变得“渺小”了。在我做过的研究中，戏神考据是微观的，但它的结论却直指戏剧的本质和发生机制。在许多时候，宏观理论是在许多个案研究、微观考据的基础上得出的。还有的时候，微观本身就带有宏观的影子。拙文《后戏剧时代的中国古代戏剧形态研究》《五十年的追问：什么是戏剧？什么是中国戏剧史？》《契合与背离的双重变奏——关于中西戏剧交流的个案考察与理论阐释》《“虚下”与杂剧、传奇表演形态的演进》等文，就是遵循这一理念完成的。尤其是后者，值得提出来说一说。

表面看来，“虚下”只不过是一个提示演员下场方式的术语，很不起眼。但将其放置在戏剧史的进程中，却显示出元明清三代戏曲演出形态不断戏剧化的演进轨迹。

“虚下”在元刊杂剧中多次使用，往往提示主唱脚色假装下场，仅做出一个貌似下场的动作，实际还在戏台的非中心场域待着，而观众的感觉却随着另一脚色的上场转换到这一脚色所在的空间。也就是说，虚拟空间的转换其实并不是由“虚下”得以实现的，“虚下”只考虑场面调度而与戏剧情节无关。明初朱有燉的杂剧及嘉靖时李开先的《改定元贤传奇》，在继承了元杂剧“虚下”用法的同时，也产生了一些新的功能和意义。其中最惹人注意的，是用“虚下”提示某一脚色因故暂时离开表演的中心区域，不久即回到原处。到万历时期，“虚下”所提示的戏剧性得到完美体现，其中多用“虚下”提示剧中人躲避起来，以达到偷窥或潜听的目的。通过对这一术语的梳理，拙文得出如下结论：

从金元至清初，我国戏曲缓慢地走过了从“曲本位”向“剧本位”的发展历程。金元杂剧从讲唱诸宫调脱胎而来，一人主唱的“曲本位”体制，决定了它必然尽可能避免演员尤其是主唱演员在同一套曲子中下场；为了给后上场的演员腾出表演空间，“虚下”的表演形态及其术语被创造出来。这时的“虚下”，只考虑场面调度而与情节无关。到明中叶之前，“虚下”的内涵有所扩大，兼顾场面和情节的情况时有发生。而整体上从重场面向重情节倾斜的历史拐点发生在明代万历时期，最初运用于杂剧的这一术语也在传奇中被普遍使用并且反过来影响到杂剧……

晚明以来，“虚下”及其相关词语所提示的舞台动作的普遍化，从本质上体现了舞台表演复杂化和程式化的统一。与此同时，自觉重视剧情关目的合理化，脚色行当的细化，人物形象类型化与性格化的统一，曲词的去典雅化等大趋势也以势不可挡之势蓬勃涌现，接着便出现中国戏剧史上第一部成体系的戏剧理论著作《闲情偶寄》。作为世界戏剧的一部分，中国戏曲在没有外来文化影响的相对封闭的环境下，终于迈开了戏剧化的重要一步。而在这一历史进程中，剧本中的“虚下”提示及其表演形态虽不是绝对标准，但却是评价传统戏曲戏剧化进程的一个重要标志。

拙文发表后，学术界的一位朋友当面向我表示：“‘虚下’仅仅两个字，就洋洋洒洒写了1万多字，而且还在权威期刊发表……”言外之意，或是小题大做。而我则郑重表示：“小题大做”是学术研究的正途，而能在《文艺研究》发表则是我的荣幸。

四、象牙塔和接地气的结合

以往在中文系学习和讲授中国戏剧史，讲到“南洪北孔”就基本上刹车了，清中叶以后的戏剧史完全不在视野中。这实际上是王国维、吴梅戏剧观念和戏剧史观念的延伸。1931年以来，卢前、任二北、周贻白、董每戡诸戏剧史家将西方的“戏剧”观念和中国固有的“戏曲”实际相结合，早已迈出了这个藩篱。循着新的“戏剧”理念向前走，中国的戏剧史书写可以从先秦一直延伸到当代。如果把清中叶以前以作家作品为中心的古典戏曲研究看成“象牙塔”式的研究的话，那么对近代以来以演员的舞台表演为中心的研究，就是一种“接地气”的研究。《文艺研究》在刊发戏曲、戏剧研究论文的时候，兼顾了这两个领域，因而使我本人在这两个领域的研究成果也都有了发表的机会。

对于戏曲表演艺术来说，我是一个外行，写此类论文主要凭感觉、靠直觉，属于即兴之作，难免说外行话。因而，这类文章，能不写尽量不写，除非不得已。

一个时期以来，传统戏曲有向话剧靠拢的倾向，地方戏有向京昆靠拢的倾向。不少地方剧种请京昆甚至话剧的编剧、导演写剧本、排戏（本人并不一概反对话剧导演执导戏曲）。于是，戏曲界出现了淡化剧种界线、淡化行当的现象。细加推究，淡化行当的现象还有另外的原因。其一，由于广受关注的戏曲表演奖“梅花奖”注重生、旦，各剧种中净、丑这两个行当的获奖者很少。各地为了争奖项，净行、丑行的被淡化就成为必然。其二，各戏曲行当以往都有自己的“绝活”，这些“绝活”靠的是多年的勤学苦练，甚至是童子功。而当前社会上急功近利的风气影响到戏曲界，肯持之以恒地在行当“绝活”上下功夫的演员越来越少，这也造成了“淡化行当”的现象。如果是从这两个角度肯定行当和表演技艺的重要性，我不但不反对，而且极力赞成。

然而，数年前，在一份戏曲刊物上读到一篇文章，此文在呼吁重视行当表演技艺的同时，流露出反对戏曲塑造人物的倾向。本人颇不以为然。其后不久，又读到邹元江先生批评梅兰芳的文章，也说戏曲并不演人物，只表演行当。于是便写了商榷文章，阐述自己的如下观点：

> 从元杂剧到昆曲、京剧乃至各地方戏，戏曲从来都是扮演人物的。为了使所扮演的人物的思想感情、性格、心理加以外化，使观众看得见摸得着，这才有了手眼身法步和唱念做打各类程式。而性别相同，身份、年龄、性格相近的剧中人即角色，因其表演手法、程式接近而被划分在同一类脚色里，行当就产生了。总之，脚色行当的划分是我国戏曲不同于许多外国戏剧的一个特征，但并不是束缚演员表演的枷锁，各行当间更没有不可逾越的鸿沟。近代以来行当划分愈来愈细的倾向，体现了戏曲对表演个性化人物的追求愈来愈具有自觉意识。因而，把演人物和演行当对立起来是十分不妥当的。

上文说，本人“写此类论文主要凭感觉、靠直觉”，但直觉和感觉却不是凭空而来的。对于古典戏曲中行当与人物的关系，最迟从硕士生阶段读《元曲选》和李渔的《闲情偶寄》就开始关注了。在家乡看申凤梅的越调《收姜维》，她气定神闲地塑造出一个“活诸葛”的形象。到后来又了解到杨小楼被誉为“活赵云”、盖叫天被称作“活武松”、著名潮剧演员洪妙被称作“活令婆”等，确信戏曲自古以来都是演人物的，而行当只不过是演员扮演人物的一个中介而已。所以，一旦看到否定戏曲扮演人物的说法大行其道而无人反驳，就忍不住多了几句嘴。就像看到一位法学家提出“窦娥自认毒死婆婆是铁证”时忍不住反驳一样。我当然知道这只不过是本人的一家之言，谨请元江兄和学术界的朋友参考。若元江兄撰文对我进行反批评，只要言之成理，相信《文艺研究》一定会为其提供篇幅的。

总之，二十年来，我的中国戏剧史研究始终得到了《文艺研究》的青睐和提携。如果说，我个人尚能够在某个话题上有些发言权的话，那要感谢这二十年来历届主编和责编，尤其是要感谢戏曲栏目的责编们付出的艰辛劳动。2017 年 1 月，我从中山大学退休，迅即任广州大学特聘教授。这两年多来，依然在戏剧史领域里学习和研究，并发现了一些有价值的新材料和新问题。相信今后一定能继续得到《文艺研究》的提携，我们之间的合作一定能长久地持续下去。

最后，衷心祝贺《文艺研究》40 周年华诞，衷心希望《文艺研究》走得更稳，办得更好，并在国际文学和艺术学两个研究领域占有重要的一席之地！

（作者为中山大学教授）

一墙之隔的缘分

——《文艺研究》与我的学术写作

李道新

承蒙厚爱，从2005年在《文艺研究》发表第一篇拙作开始，迄今已在这一享有盛誉的学术期刊上登载了7篇学术论文，总计超过10万字。在我的心目中，《文艺研究》不仅是文学艺术研究领域令人尊崇的学术标杆，而且是各类艺术学者展示研究成果的最高平台，更是督促我坚持学术写作并追求学术理想的主要推动力。

说起来，我跟《文艺研究》编辑部的距离，原本遥不可及，却也因缘巧合，曾经只有一墙之隔。

1988年大学毕业后，我回到了老家县城的一所中学。年终，单位号召老师们订阅报刊，我手心里攥着刚刚发下来的80元工资，经过数轮精挑细选，终于在《文艺研究》的选项上打了对勾。正是《文艺研究》，成为我进入工作岗位个人订阅的第一份杂志；也是《文艺研究》，让我知道了中国艺术研究院，也记住了北京市西城区前海西街17号。但当时怎么也不会想到，六年后的我就在恭王府里看到了《文艺研究》编辑部的办公室，八年后竟然阴错阳差地住在了它的隔壁。

因为离开中学之后，我考到了西北大学中文系攻读现当代文学专业的硕士学位。尽管随身携带的行囊中，还有舍不得扔掉的那几本《文艺研究》，但在我的内心里，“文艺”似乎渐行渐远，北京更加遥不可及。直到现在，我还能清楚地记得，在从岳阳开往西安的绿皮列车上，因无座而在过道里蜷缩了十多个小时后，一个面露菜色的年轻人，仍在如饥似渴地阅读杂志文章的情形；记得读到了季羡林的《关于神韵》（1989年第1期），王蒙、王干的对话录《说不尽的现实主义》（1989年第2期），还有王朝闻的《雕塑的时间性》（1989年第4期）以及王季思的《〈西厢记〉的历史光波》（1989年第4期），希望自己能够躲在这样的文字后面，抵御赤贫的生活，抚慰受伤的梦想。

不能肯定在多大程度上是因《文艺研究》这本杂志，我才在任职西北大学中文系的助教岗位两年后，选择投考了中国艺术研究院影视所李少白先生的博士研究生。但我已经知道，《文艺研究》曾经发表过不少有关电影美学、电影历史的研究文章，并在文化界和电影学术界引起了较大反响。其中，夏衍、陈荒煤、钟惦棐、邵牧君、罗艺军与李少白等先生的相关述论，便使我更加深切地意识到，电影作为学术，也是可以跟文学、美术、音乐和戏剧等相提并论的。

1994 年秋天，我终于离开古都西安，来到首都北京。第一次发现前海西街 17 号既是中国艺术研究院的所在地，又是清代名邸恭王府的门牌号码。穿过银安殿前银杏落叶铺就的一片金黄，便能在号称“九十九间半”的后罩楼西段，找到《文艺研究》编辑部的小小牌匾，看到柏柳、方宁、廉静、陈剑澜和杜寒风等编辑部成员的身影。跟当时的恭王府一样，里面的刊物与人均安静内敛，仿佛遗世独立，却低调而不失高格，清雅而有古趣。此后两三年，无论是在嘉乐堂或员工食堂，还是在葆光室乃至公共浴室，便都“抬头不见低头见”了。方宁稳重潇洒的儒雅风范，陈剑澜初出燕园的逼人才气以及杜寒风针砭时弊的嬉笑怒骂，都给人留下深刻印象。

更重要的是，真的是因为近水楼台先得月，《文艺研究》在 20 世纪 90 年代后半叶出版的每一期，恭王府里的各位学人都有机会在第一时间获得并先“读”为快。对我来说，也是平生第一次集中阅读张庚、蒋孔阳、钱中文、叶朗、张立文、张世英、周来祥和童庆炳等学术名家的论文，并不时地在这本刊物上看见朱立元、杨义、曹顺庆、南帆、周宪、叶舒宪、王一川、王岳川、陶东风、傅谨和丁宁等学者的名字。尽管学术和生活同样艰难，但通过文字辨认属于自己的“学术圈”并大约找到“学术共同体”的感觉，无疑非常美好，也是极为难得。

博士研究生毕业之后，经过几次辗转，我终于在恭王府里觅得了一间 10 平方米左右的办公室，作为一家三口的暂居之地。1997 年至 1998 年底，我住在了《文艺研究》编辑部的隔壁。

然而，直到 2005 年下半年，受陈剑澜之约，我才第一次在《文艺研究》发表我的学术论文《消费逻辑的建立与贺岁电影的进路》。论文试图将正在热议的贺岁电影当作一个消费文化的命题，并在波德里亚的“消费社会”与齐格蒙特·鲍曼的“后现代性及其缺憾”的理论基础之上，反思贺岁电影所面临的问题和症结。在我看来，贺岁电影的出现，是 21 世纪前后中国电影面临票房困境和市场压力的无奈选择，也是中国喜剧电影寻求观念突破与整体超越的重要环节。然而，由于各种原因，即便是票房鼎盛、口碑甚佳的冯小刚贺岁片，也存在着“深度”的执迷与“作者”的误区，这是悖逆消费文化逻辑、阻碍贺岁电影发展的主要症结；只有消除传统的“深刻”的价值观、放弃个性的

“作者”的预期，在贺岁片的“符号”与“意义”之间寻求开放性的阐释，才能建立正常的文化消费逻辑，打通贺岁电影的进路。

2005年恰逢中国电影诞生100周年，也成为我个人学术发表的“井喷”之年与学术生涯的转折点。正是在这一年里，我在《当代电影》《电影艺术》《北京电影学院学报》《艺术评论》等刊物发表了《建构中国电影文化史》《影像与影响——“〈申报〉与中国电影”研究之一》《沦陷时期的上海电影与中国电影的历史叙述》《以光影追寻光明——沈浮早期电影的精神走向及其文化含义》《伦理诉求及其国族想象——朱石麟早期电影的精神走向及其文化含义》及《民国报纸与中国早期电影的历史叙述》等数篇学术论文，在中国早期电影研究与“重写”中国电影史的理论、方法与具体个案等领域，进行了较多的学术思考和写作实践。但《文艺研究》的约稿，才开始让我意识到，当下电影研究也是学术界极为关注的话题，我当然不能“袖手旁观”；何况，对包括贺岁电影、电影文化和电影产业等在内的电影现状及其发展生态，我也确实有话要说。

这样，《文艺研究》成为我关注文化产业与电影生态，并介入当下文艺及其重要现象的发表平台。2008年，受戴阿宝之约，我将我主持的北京市哲学社会科学项目成果的“引言”部分，以“都市功能的转换与电影生态的变迁——以北京影业为中心的历史、文化研究”为题，发表在《文艺研究》2008年第3期。在这篇论文中，我想从芝加哥学派的都市社会学、西方马克思主义的新都市社会学、洛杉矶学派都市研究的后现代取向以及亨利·列斐伏尔（Henri Lefebvre）、大卫·哈维（David Harvey）、迈克·迪尔（Michael J. Dear）和爱德华·索亚（Edward Soja）等学者的都市研究与空间理论出发，阐发电影产生于都市并与都市之间相互生产的观点，并提出“电影北京”的构想。在我看来，作为人类居民和资金、商品、信息、创意聚集区，都市是电影最适宜的成长土壤与栖息之地；而作为一种特殊的符号生产和象征经济，电影在都市展开着空间的想象并将都市创造为想象的空间，进而创造了新都市。正因为如此，都市功能的转换势必影响并制约着电影生态的变迁，反之亦然。“电影北京”的构想倾向于依托首都北京的功能定位，把电影当作北京各种文化创意产业的中心环节，并与各种文化创意产业相互促进和推动，最终完善和提升北京的都市功能；就像好莱坞、宝莱坞与Film London一样，“电影北京”将是中国以至世界上一个极具生成性的电影空间和都市空间。在这里，“电影”与“北京”相互生产，终将打造出一种新的民族电影与一个新的国际大都会。

随后，我又在《文艺研究》发表了《从“亚洲的电影”到“亚洲电影”》（2009年第 3 期）与《构建“两岸电影共同体”：基于产业集聚与文化认同的交互视野》（2011 年第 2 期）两篇论文，开始逐渐显示出我自己在“电影文化产业”研究领域从理论到实践、从具体到整体，以及从本土到全球的学术旨趣和考察路径。不得不说，从文化产业的角度研究电影，并非我的长处，更不是我的“主业”。我一直将自己定位为一个中国电影史学者，尤其着力于中国早期电影研究与“重写”中国电影史的理论与实践。得益于《文艺研究》，使我的研究视野能够努力向着更加深广的学术层面拓展，并在此后的思考中，努力训练跨界思维的能力，增强史论结合的素养，将主体性、整体观与具体化的撰史原则纳入自己的概念体系，提出中国电影史的“重写”方案。

《构建“两岸电影共同体”：基于产业集聚与文化认同的交互视野》一文，便试图从文化政策、区域战略与产业运作等不同层面，提出两岸电影共同体的构想；《从“亚洲的电影”到“亚洲电影”》一文，也是试图在全球化与文化地理学的理论背景下，对作为地域的“亚洲”与作为文化的“电影”所展开的一种特性书写与意义生发的主体行为。至此，从“贺岁电影”到“电影北京”，再从“两岸电影共同体”到“亚洲电影”的主体性阐发，通过《文艺研究》的发表平台，我大约完成了自己针对中国电影的“空间”建构。

诚然，作为电影史学者，“时间”建构也是根本的使命，为特定“空间”里的电影展开有效的历史分期，无疑是重中之重。经过数年思考和探索，我在《文艺研究》2014 年第 3 期发表的《冷战史研究与中国电影的历史叙述》一文，便希望对此进行初步的尝试。论文建立在 20 世纪全球史观以及战争、“冷战”与“后冷战”（或全球化）历史分期的基础之上，在对中国电影的文本、作者、类型及美学、文化和工业等进行整体阐发的过程中，对海峡两岸一个世纪以来的中国电影展开一种创新性的历史话语实践。论文表示，需要在“冷战史”研究的学术背景下，通过对相关电影研究的认真梳理，考察“冷战”时期的中国电影与中国电影研究的相关议题；与此同时，通过对电影“冷战史”研究的深入反思，探讨这一时期的中国电影史书写；最后，通过对“冷战时期”中国电影史的分析探究，重新建构中国电影的历史叙述。

显然，跟《当代电影》和《电影艺术》等杂志一样，《文艺研究》也在“纵容”我的学术思考。2014 年，《当代电影》发表了李焕征与鲁晓鹏（加州大学戴维斯分校教授）就华语电影研究和“重写”中国电影史等问题的访谈录；我也在当年的《当代电影》杂志上，以“重建主体性与重写电影史——以鲁晓鹏的跨国电影研究与华语电影论述为中心的反思和批评”为题，对鲁晓鹏的主要观点展开争鸣。以此为契机，在海内外电影学术界引发了较大的反馈和持续的讨论。《文艺研究》也主动地参与其中，陆续发表过一些相关论文，显示出杂志本身的学术敏感度和超强的议题设置能力。在这些论文中，以张英进的《学术范式与研究主体：回应“重写中国电影史”的争论》(《文艺研究》2016 年第 8 期）与赵牧的《他者目光抑或民族主体——从中美学者“重写电影史”论争看研究范式转型》(《文艺研究》2019 年第 2 期）颇有代表性。

然而，“重写电影史”论争中出现的一些观点甚至有意的误解，让我更加急迫地想要现身出来，表明自己的学术立场,《文艺研究》(2016 年第 8 期）发表了我的《中国电影史研究的主体性、整体观与具体化》一文，基本回答了论争中提出的主要问题，完成了我在中国电影史研究领域的理论建构。在我看来，主体性、整体观与具体化既是迄今为止中国电影史研究必然提出的三项议程，也是其在研究主体、研究观念与研究方法领域寻求突破的重要途径。需要检视和反思中国电影、华语电影与跨国电影研究中的难题和问题，通过跟西方文化观念和欧美电影理论所构筑的话语权力进行对话与商讨，在全球化语境里重建中国电影历史研究的主体性；与此同时，也有必要在理性消退、价值冲突、知识碎片的互联网时代，正视因历史和现实所造成的中国电影的独特境遇及其两岸格局和国族意识，搭建一个跨代际、跨地域的时空分析框架，在后现代主义与后殖民主义、文化认同与国族认同的张力之间确立中国电影史研究的整体观。在此过程中，极力主张一种具体化的中国电影史研究，亦即尽可能回到历史现场并充分关注中国电影本身的丰富性、复杂性甚至矛盾性，以在历史之中和跨文化交流的姿态，依循战争（1895—1949)、“冷战”（1949—1979）与全球化或“后冷战”（1979—2015）的历史分期，将一个多世纪以来中国电影的反殖民化运动、后殖民化体验和全球化拓展整合在一种差异竞合、多元一体的叙述脉络之中。

感谢《文艺研究》，念在曾经的邻居之谊，在心理上始终没有远离。也感谢《文艺研究》，再一次给我提供机会回顾学术之路，重申学术观点；对于我来说，这是滚滚红尘之中不可多得的精神历险，也是难再复制的高峰体验。

（作者为北京大学教授）

持重又灵动的良师益友

——《文艺研究》与我的学术写作

李凤亮

《文艺研究》创刊于“文革”结束不久的1979年5月，那是一个“科学的春天”，也是一个“文艺的春天”。在“拨乱反正”历史进程中诞生的这本文学艺术研究综合性学术期刊，从创办的那一天起，便承担着记录时代文艺发展、折射理论思潮变迁的历史使命。40年来，《文艺研究》不仅成为中国文艺嬗变的记录者、思考者，而且她还像一位辛勤的园丁，培育着文学艺术领域的一棵棵学术新苗。我也有幸成为这新苗中的一棵。

对于以学术为志业的年轻学人来讲，出版或发表学术著作、论文是一个必经的过程。发表什么，在哪里发表，也成为青年学者学术亮相的必答题。在我学术研究的起步阶段，很有幸在一批专业类和综合性的学术期刊上发表过自己的文字，并由此进入学术界。《文艺研究》正是帮助我学术起步的重要刊物之一。回顾在《文艺研究》上发表5篇文章的过程，恰好能从中看到自己一步步成长的足迹。

第一次在《文艺研究》发表文章是在新世纪之初。2000年第1期的《文艺研究》发表了我对业师蒋述卓教授著作《在文化的观照下》的书评。虽是一篇几千字的书评文章，但给了正在读博士的我不小的鼓舞。

2001年博士毕业后，我留在暨南大学中文系任教，后来又到中山大学中文系跟随程文超教授做题为“二十世纪中国文学批评的现代性”的博士后研究，并在不久后申请主持了第二个国家社科基金项目“当代海外华人学者批评理论研究”。从2001年至2008年，我写了多篇关于海外华人批评家的专论，其中《民族话语的二元解读——论李欧梵的文学现代性思想》就发表于《文艺研究》2006年第6期。2007年我公派去美国南加州大学做关于海外华人学者的访问研究，这是一次真正的“访学”——除了听课、写作、交流，我还遍访了工作于不同大学的十余位华人批评家，包括夏志清、张错、王德威、张英进、唐小兵、刘禾、王斑、张旭东、鲁晓鹏等，对他们分别进行了严肃、深入的学术访谈。做严肃的学术访谈和记者的新闻采访有不小区别，每做一次访谈，事先都要花上十天半个月，仔细研讨受访者的中英文著述，提出疑问和问题，然后再面对面地和他们交流。也可能正是因为这种态度认真的准备，几乎所有的访谈稿后来都受到了受访者的赞肯。记得夏志清教授的夫人王洞女士在访谈当晚餐叙时就跟我说，访问夏公的人不少，但她感觉我做的访谈是严肃的、认真的，也是最好的（我估计王洞女士应该礼貌性地省略了“之一”）。在访谈结集成书之前，我试着将这些境外访学的一手资料寄给一些杂志的编辑朋友们，没想到他们非常感兴趣，在国内重要的专业期刊上连续发表了十余篇，其中《现代汉诗的海外经验——张错教授访谈录》《二十世纪中国文学研究的整体观及其批评实践——王德威教授访谈录》就分别刊登在《文艺研究》2007 年第 10 期和 2009 年第 2 期，后者还收入方宁先生主编的《文艺研究》创刊三十周年系列文集之一《学者之镜》中。十年过去了，2009 年在北京召开《文艺研究》创办三十周年座谈会的场景仍然历历在目，而回想起来，当年参会的文艺理论界老前辈，有几位近年先后驾鹤，真让人有物是人非的伤感……那些在美国的学术访谈录，后来我结集为《彼岸的现代性》，由广西师范大学出版社出版，取得了不错的学术反响。

与《文艺研究》最近的结缘发生在今年，我和学生合作写了一篇有关宇文所安《中国传统诗歌与诗学：世界的征象》的评论：《空泛与错位的“非虚构诗学传统”——评宇文所安〈中国传统诗歌与诗学：世界的征象〉》，刊发于《文艺研究》2019 年第 4 期上。宇文所安提出的“非虚构诗学传统”进入中国本土后，受到学术界的持续关注。文章试图厘清这一理论的建构过程，批评其中存在的诸多问题。在我的心目中，这既是对一本汉学著作的严肃批评，更是对近二十年来文学研究界非常复杂的“汉学心态”的一次切实反思。我在《文艺研究》上读到过不少争鸣性甚至批评性的书评，觉得学理层面上的严肃批评在当下确属珍贵，《文艺研究》创立的“书评”专栏，在普遍性的“歌颂性批评”语境下，开辟了一个独特的学术批评空间，也由此率先倡导了一种严肃的批评伦理。

回顾因发表文章与《文艺研究》结缘、续缘的几次经历，也让我沉思自身学术成长的过程。近 20 年间，我共在《文艺研究》上发表过 5 篇不同类型的文章，每次都给我鼓舞，给我鞭策。编辑的反复校勘，常常令我感动不已。杂志对青年学者的爱护、包容，又启发了我自己对待更年轻学人的爱护、包容。从这个意义上讲，《文艺研究》既是我的良师，也是我的益友，让我在开展学术工作的过程中获得诸多的人生启迪。

发表是从阅读开始的。事实上，在一个学术刊物上发表文章之前，常常有对其长期的关注、阅读、研究。刊物自有风格，作为学术研究者，往往也会琢磨不同刊物的风格，觉得哪些和自己是契合的，哪些不是。因此，不同的刊物在不同的读者、作者心目中的定位或不尽相同。但不管怎样，持续打造并形成自己的风格，或许是在今天同类学刊众多的情势下，高品位学术杂志生存发展的重要途径。

读《文艺研究》，喜爱她的视野开阔。《文艺研究》的栏目设置，既有观察中外的“理论专题”，又有聚焦当下的“当代批评”；既有“文学”，又有“造型艺术”“综合艺术”；时不时可见活泼生动的“访谈与对话”，每期一篇的“书评”让人感到独立判断的风格，而穿插其中的美术作品彩页更让阅读多了一份视觉的享受。就内容而言，《文艺研究》广涉中外古今、文学艺术，却并不显得庞杂，我一直在思考这其中的奥妙。或许正是她常常坚守“问题”、久久关注“当下”，在跨界处寻找理论发声，在多元里倡导清新立论，才使得这本视野开阔的学刊有了一种持重而又灵动的大气象。

读《文艺研究》，喜爱她的思想敏锐。学术刊物尤其是理论刊物，很容易流于枯涩、走入八股，似乎不晦涩无以登高、无概念难以入深。“理论是灰色的，而生命之树常青。”历史的、现实的、未来的文艺创作，为我们提出了无数富有挑战性的新鲜命题。光是“文学性”“艺术性”这些“元问题”，就可以从当下的文艺实践中不断丰富其答案。《文艺研究》思想敏锐，与其创刊以来持续追踪当下文艺的前沿问题密切相关。翻阅四十年来的《文艺研究》，犹如阅读一本生动的当代文艺史、批评史，新时期以来的历次文艺争鸣、重大文艺现象、重要文艺作品、前沿理论思潮，都能在这本杂志上找到记载的痕迹。而这些记载并不流于一般的介绍，而是从问题出发，有梳理、有判断、有质疑、有思索……四十年《文艺研究》的办刊告诉我们一个简单的道理：理论，尤其是批评，来自现实，也能照亮现实。

读《文艺研究》，还喜爱她的活泼文风。在常人心目中，学术总以冷面示人，拼概念、玩晦涩，动不动欧式翻译体长句，抑或绕着弯子不把话讲明白……不知何时，我们的学术变成了这个样子！我们常常怀念 20 世纪 80 年代文艺批评的现实体温与思想冲力，不管观点正确与否，最关键的是要有想法，是要解决问题，至少是提出问题。在当下过于“学理化”、西方化的学术表达中，《文艺研究》犹如一股清风，将严肃的学问思考与活泼的表述风格有机结合，倡导了一种良好的学风、文风。不论是“理论专题”还是“当代批评”对于文艺潮流的观测，抑或对文学和艺术作品的个案研究，有思想冲击力而又清新易读，是《文艺研究》各栏目一致的追求。而这并不以牺牲学术刊物的规范性为代价。我在《文艺研究》发表几篇文章时，几乎每次都会经历编辑的反复“拷问”：大到某个观点的修正，小至个别字词的使用，以及中英文注释的规范……没有五六次甚至更多的“来来往往”，似乎很难轻松“过关”。而事后捧读印有自己文章的新刊物，也恰如欣赏一个英俊的美少年，只不过这个美少年，是编辑与作者一起反复打扮的成果。

《文艺研究》创刊四十年了。“四十不惑”，经历了不同年代的审美嬗变与文化淬磨，我们有理由相信，《文艺研究》一定会在新的时代里，更加自信地面对传统，更加开放地走向未来。

（作者为南方科技大学教授）

《文艺研究》的初志与风标

李建军

有一次，跟几个朋友闲聊，说起了当下的文学批评，也谈到了与文学批评有关的杂志。大家共同的看法是，像样子的文学批评家，惜乎太少，品质上佳的文学评论杂志，也很是寥寥。虽云寥寥，但不等于没有，例如，对于《文艺研究》，大家就颇多称誉，认为它办得确实很不错——虽非专门的文学评论杂志，却以文学为主要关注对象，常常刊发一些很有劲道的文学批评文章，至于选稿之精审、编校之精严和印制之精美，更是少有畴匹。

虽然编辑也对杂志的办刊质量起着重要的作用，但主编所起的作用却是根本性的。在很大程度上，杂志的德性，就是主编的德性；杂志的眼界，就是主编的眼界；杂志的风格，就是主编的风格。主编是妙人，杂志便易成好物；主编是俗子，杂志便难成雅品。所以，主编一换，杂志的性格和风貌，亦往往随之变化。一份好杂志，交到一个不称职的主编手里，只需两三期，就面目全非，不成样子。这样的例子，简直不胜枚举。

然而，《文艺研究》却是一个成功的典范。自 1979 年创刊，迄于今日，历时四十年，换了四五任主编，但它的基本的路向和风格，却始终如一，维持不变。“靡不有初，鲜克有终”，奠基者筚路蓝缕，固然了不起，但继承者克绍箕裘，心无旁骛，坚持固有的传统和精神，且不断提升办刊水平和学术影响力，更是一件了不起的事情。

在了解《文艺研究》的初志之前，在评价《文艺研究》的风标之前，我们先来泛泛地谈一谈人文杂志的重要性，谈一谈它的功能和价值。人文杂志是现代思想的传播媒介，也是现代社会重要的文化标志。一个社会倘若不能为人文杂志的生存和发展，提供足够大的空间和条件，那么它就很难说是一个真正成熟的现代社会。

作为一种现代性的文化媒介和文化载体，人文杂志是积极对话的平台，是思想碰撞的竞技场。它意味着对个性差异和批判精神的包容，因而能给多种多样的思想，甚至能给那些“冒犯性”的思想，提供生长的土壤和伸展的空间。

人文杂志是启蒙的光源和力量之源，也是思想进步和文化繁荣的一个重要推力。

没有高质量的人文杂志，人们的社会意识就很难成熟起来，现代学术也不可能发展到理想的水平。可以肯定地说，没有《东方杂志》和《现代评论》等杂志，民国时期很多振聋发聩的作品，就不可能刊布出来；没有《新青年》和《新潮》等杂志，五四运动就不可能产生那么大的影响。

作为人文杂志的一个重要门类，文艺评论和文艺研究型的杂志，更是一种社会迫切的需要。如果没有五彩缤纷、令人悦心悦志的文学和艺术，一个民族的生活，就必然是寂寞和无趣的，甚至很有可能是庸俗和低级的。同样，如果没有文学和文艺研究、评论性的杂志，人们的鉴赏力就不可能提高，作家和艺术家的创造意识和创造能力，就很难真正成熟起来。须知，19 世纪俄罗斯文学的成熟和繁荣，与《祖国纪事》和《现代人》等杂志的引导和推扬，是分不开的。

人文杂志对于我们的文化生活如此重要，文学和文艺研究、评论杂志对于我们的审美生活如此必需，所以，1979 年 5 月，就是一个值得纪念的月份。因为正是在那时，《文艺研究》诞生了。对于从萧条中复苏的中国文学和中国艺术来讲，这份杂志的诞生，有着特别重要的意义，是应该被当作隆重的节日来庆贺的。

1978 年，在报告文学《哥德巴赫猜想》中，徐迟引用了曹植《与杨德祖书》中的一句话：“人人自谓握灵蛇之珠，家家自谓抱荆山之玉。”诗人之言，确乎很美。“自谓”者，自信也。然而，对于现代作家和现代批评家来讲，仅有自信是不够的，他需要与世界建构积极的对话关系，而建构这种关系，就需要一个中介环节，需要一个让他展示和发光的平台。否则，无论多么珍稀的“灵蛇之珠”，无论多么瑰奇的“荆山之玉”，都很难找到自己的欣赏者。《文艺研究》就是这样一个应时而生的平台。在文学和艺术开始解冻和复苏的新时期，有没有这个平台，是大不一样的。

理想决定方向，眼界决定高度。在《文艺研究》创刊的时候，那些参与者和筹备者，就有自己的理想，就有开阔的眼界和明确的目标，就确定了自己的方向和高度，而后来继任的主编，则不仅继承和吸纳奠基者的经验，而且还勇于开拓和创新，表现出将杂志的品位和境界不断向上提升的意识和能力。

据冯牧 1989 年回忆，创刊之初，他与编辑部同人“曾经多次讨论过办刊的方针”。他们的“共同意见”是：第一，必须用三中全会的思想作为指针，“必须把文艺上被颠倒的是非再颠倒过来，让被玷污了的社会主义文艺历史和文艺实践恢复其本来面貌”；第二，坚定不移地按照本来意义上的“双百”方针，来推动文艺的健康发展，“我们几乎都赞成，在我们的刊物上一定要努力创造一种各类不同的文艺和学术见解可以自由讨论的气氛和环境”；第三，“我们的刊物应当办成一个具有自己鲜明性格的论坛，除了文学领域应当成为我们关注的重要对象外，我们还应当把着重探讨各种门类的艺术现象，特别是在过去的年代里多少被忽略的方面，作为我们的工作重点”（《一个理论刊物应有的品格——关于〈文艺研究〉》，载《冯牧文集》第 3 卷，解放军出版社 2002 年版，第 277 页）。

1999 年，《文艺研究》创刊二十周年，时任主编柏柳重申自己的办刊理念和原则：“我们在学术上坚持百家争鸣，搞五湖四海，提倡学术民主和学术平等；尊重学术，尊重个人风格；搞学派，不搞宗派和门户之见。”（《学术会通时代　平实方见精神——纪念〈文艺研究〉创刊 20 周年特刊编后感》，《文艺研究》1999 年第 3 期）2009 年，《文艺研究》创刊三十周年的时候，时任主编方宁表现出了更加深刻的自省意识和更加成熟的学术理念，客观而冷静地说明了《文艺研究》创刊之初的时代性特点以及所发挥的特殊作用，并根据充分的事例和数据，合乎实际地指出，《文艺研究》的诞生，“还不是学术意义上的诞生”，而是被赋予了“服务于政治和参加战斗的功能”：他深刻地揭示了学术发展的这样一个规律，即冲突是学术生活的正常状态。在学术的世界，认知的冲突、价值观的冲突、个性的冲突，甚至修辞的冲突，都是极为正常的。他的观点甚至可以被概括成这样一句话：无冲突即无学术。因为，冲突不仅意味着活力，而且还是学术发展的内在动力：“学术发展史，在某种程度上也可以说是一部知识与思想冲突的历史，没有冲突就没有学术，更不会有其发展。”（《〈文艺研究〉与当代中国文艺学术史》，《文艺研究》2009 年第 5 期）这已经不是一般的口号式的办刊原则，而是一种深刻的学术自觉；它基于对经典的批判哲学精神的领悟，也是出于对当下的学术现状的焦虑和不满。方宁此文写得坦率而诚恳，甚至显得有些尖锐，行文却客观、冷静、克制，体现出一种良好的学风和文风。

那么，《文艺研究》到底办得怎么样呢？在四十年的时间里，它有没有背离自己的初志？最终有没有实现自己的理想？它有着怎样的风格和气质呢？回头来看，《文艺研究》确实实现了“应当把着重探讨各种门类的艺术现象，特别是在过去的年代里多少被忽略的方面，作为我们的工作重点”的办刊设想和学术初志。它不仅探讨了很多文学问题，解析了很多作家、作品和文学现象，还将自己的学术边界，拓展到了艺术大地的远方，覆盖了几乎所有的艺术门类和文化现象，涉及戏曲、戏剧、音乐、电影、电视、绘画、雕塑、建筑、书法、篆刻、工艺设计、广告艺术、服饰艺术、摄影、舞蹈、曲艺以及网络文化等广泛的艺术样式和文化门类。《文艺研究》的视野如此开阔、内容如此丰富，简直可以被当作别样形态的艺术百科全书来看待。

《文艺研究》也确实实现了“一定要努力创造一种各类不同的文艺和学术见解可以自由讨论的气氛和环境”的办刊理念和学术初志。它为新时期的文学批评和艺术评论，提供了自由讨论的氛围和环境，使人们有了一个自由地讨论“形象思维”及“文艺与政治”等重要问题的空间。

文艺与政治的关系，是重要而复杂的问题，也是一个存在很多认知误区的问题。如何认识和处理文艺与政治的关系，从根本上影响着未来文艺的发展路向。于是，它也就成为《文艺研究》特别留意讨论的问题。在 1980 年第 1 期上，编辑部组织了三篇文章—— 敏泽《文艺要为政治服务》、王若望《文艺与政治不是从属关系》和万里云《艺术不只是政治的反映》探讨这一问题。从这些文章里，我们看到一种积极的对话关系，也感受到很强的现实感和问题意识。仅仅隔了一期，围绕这一话题，编辑部又组织了曹廷华《“文艺从属于政治”是不科学的命题》、林焕平《文艺为社会主义服务》、刘志友《就〈文艺和（与）政治不是从属关系〉一文致王若望同志》和杜景华《政治处于支配的地位》四篇文章，来深化对这一论题的讨论和认识。虽然这七篇文章，很难说有多大的学术价值，但在拨乱反正的特殊时期，自有其意义和作用。从这些文章里我们可以看见，人们已经开始改变那种被动“跟着说”的习惯，慢慢学会倾听别人的意见，开始摆脱那种充满攻击性的“大批判”模式，慢慢学会理性地表达自己的观点。

提供争鸣的空间，培养对话的精神，已经成为《文艺研究》自觉的编辑理念。在方宁主持杂志期间，为了强化批评性，为了点燃人们“争鸣”的热情，从 2003 年第 1 期开始，“书评”（“书与批评”）成了常设栏目，成了作者与批评者发生“冲突”的思想拳击场。只要遵守理性的学术原则，只要不失基本的学术修养，批评的锋芒尽可以尖锐一些，话语的撞击力也无妨猛烈一些。在这个“书评”栏目里，读者读到了很多精彩的文章。人们看见了陶东风对《记忆的伦理》“被严重误译”的细致入微的指瑕，看见了王彬彬对某些学者的“学风”问题的有理有据的分析，看见了肖鹰对“沉溺于消费时代”的“文化速写”的言之成理的批判。一个学者越是声名籍甚，那么他的著作就越会受到更多的关注，也会受到更加严格的审视和批评。海外学者刘禾的学术著作，便顺理成章地成了集矢之的：落在它们身上的，先是旷新年和张莉的肯定为主的评论（《〈跨语际实践〉的重写文学史实践》，《文艺研究》2003 年第 1 期），接下来，就是王彬彬的两篇犀利而精彩的解剖文章（《花拳绣腿的实践——评刘禾〈跨语际实践——文学，民族与被译介的现代性（中国，1900—1937）〉的语言问题》，《文艺研究》2006 年第 10

期；《以伪乱真和化真为伪——刘禾〈语际书写〉〈跨语际实践〉中的问题意识》，《文艺研究》2007 年第 4 期）。王彬彬的文章里充满了冲突感，但也表现出成熟的问题意识和分析能力，读这样的文章，有助于提高读者的质疑能力和判断能力，也可以帮助我们克服对“外来和尚”的盲目迷信。另外，颜翔林对《拯救与逍遥》的驳议（《我们需要何种救赎之道——评刘小枫〈拯救与逍遥〉（修订本）》，《文艺研究》2005 年第 12 期），徐志啸对《离骚》今译的质疑（《〈离骚〉今译质疑——与文怀沙先生商榷》，《文艺研究》2009 年第 2 期）也很精彩，给读者认识刘小枫和文怀沙著作所存在的问题和不足，提供了丰富的信息和可靠的判断。总之，在略显沉闷的当代学术界，《文艺研究》“书评”栏目发出的声音，尖锐而又悦耳，给读者留下了深刻的印象。

《文艺研究》还实现了“必须把文艺上被颠倒的是非再颠倒过来，让被玷污了的社会主义文艺历史和文艺实践恢复其本来面貌”的编辑理念和学术初志，在重新认识“生活与文学”的关系以及“现实主义”等问题上，发挥了拨乱反正的积极作用。

文学的价值和生命，来源于作家深刻的人生经验、健全的伦理精神以及成熟的审美意识和表达能力。因此，没有真善美，就不可能有真正的文学。根据抽象的观念和一时的政策来展开叙事和抒情，从根本上讲，都是一种异化性质的写作，即一种虚假而无效的写作。然而，在很长时间里，中国当代文学却深陷僵硬的叙事模式和虚假的抒情窠臼，炮制出了许多假大空的作品，塑造出了许多“高大全”的人物形象。庸俗的功利主义和严重的教条主义，束缚着作者的想象和写作，限制了文学的升华和发展。“生活”作为一种外在于人的异化力量，压抑着作家的主体精神，压抑着他们的个性、热情和创造力。如此一来，重新阐释文学与生活的关系，重新认识人在生活中的主体性地位，就是一件迫切而必要的事。于是，从 1981 年第 1 期开始，《文艺研究》杂志就组织了多篇文章，来讨论文学与生活的关系问题。高晓声《扎根在生活的土壤里》、刘心武《我掘一口井——生活问题随想》、马烽《写自己熟悉的生活》和苏叔阳《生活模式与现实生活》等，都试图从作家主体的角度，根据创作者自己的具体经验，阐明生活的客体性和对象化特点——对文学来讲，生活是具体的，而不是抽象的；表现生活的有效性，取决于作家自己的感受，而不是取决于一种抽象的观念。到了 1982 年，编辑部还在第 2 期上组织了赵寻、舒强、陈恭敏和王愿坚等人的文章，又在第 3 期上发表了陈涌的《文艺与生活》，继续讨论生活与文学的关系问题。

关于文学与生活关系的思考，势必会延伸到“现实主义”这一话题。由于种种复杂的原因，长期以来，我们歪曲地理解了现实主义，错误地界定了现实主义，最终形成了一种“非现实主义”甚至“反现实主义”的畸形的文学。在这样的文学里，丝毫看不到现实主义文学的真实性品质，看不到深刻的批判精神，看不到对人的同情态度和客观描写，看不到生活和人性所固有的多样性和复杂性。人物没有自己的个性，作家没有自己的思想，一切都是苍白、空洞和虚假的。于是，从 1982 年第 2 期开始，《文艺研究》便组织了郁沅、冯能保、段前文的三篇文章，开始讨论“现实主义”问题。1983 年第 1 期，又发表了古华的《关于现实主义的思考》。这些文章都有一个共同目标，那就是帮助人们认识什么是虚假的现实主义，什么是真正的现实主义。

事实上，“在过去的年代里多少被忽略的方面”，还有世界文学，即鲁迅先生从 1908 年就开始关注的“域外文学”。在那些非常的岁月里，有人用“封资修”三板斧，斩断了中国当代文学与中国古典文学传统的联系，斩断了它与世界文学的联系。中国当代文学被禁锢在一个封闭的结构里，成了一种停滞而僵死的文学。没有与他者的对话和交流，也就没有对自我的审视和反省。与世界的隔绝和隔膜，使我们的文学失去了对照的镜子，失去了丰富的经验和资源。

于是，从 1983 年开始，《文艺研究》就开始引入了世界文学的话题，体现出更加开阔的编辑意识和学术眼光。比较文学的学术视野，开始清晰地彰显出来。在这一年的第 4 期，发表了钱锺书、张隆溪、杨周翰、杨宪益、王佐良和袁可嘉六位的文章，来讨论世界文学范畴的话题，显示出一种崭新的文学意识和开阔的文学眼界。其中，钱锺书的《一节历史掌故，一个宗教寓言，一篇小说》引经据典、涉笔成趣、文采飞扬、妙论迭出，让读者看到了一种渊雅而优美的学术风采，看到了“世界文学”的丰富和灿烂。

钱锺书在评论西晋三藏竺法护译《生经》第 12 篇《舅甥经》的时候说：“情节愈繁，上场人愈多，时间愈拖拉，故事就步伐愈松懈，结构愈不干净利落，漏洞也愈大。中世纪哲学家讲思想方法，提出过一条削繁求简的原则，就是传称的‘奥卡姆的剃刀’（Occam’s razor）。对于故事的横生枝节，这个原则也用得上。和尚们只有削发的剃刀，在讲故事时都缺乏‘奥卡姆的剃刀’。”钱锺书通过对世界文学经验和教训的总结，为仍然停留在不成熟状态的中国当代文学，提供了重要的经验和启示：要善于控制自己的情感和文字，要懂得节制和简洁的意义。

在这篇文章的结尾部分，钱锺书曲终奏雅，发表了这样一通议论：“然而即使在满纸荒唐言的神怪故事里，真实事物感也是很需要的成分；‘虚幻的花园里有真实的癞哈蟆’（imaginary gardens with real toads in them），虚幻的癞哈蟆在真实的花园里，相反相成，才添趣味。绝对唯心论也得假设客体的‘非我’，使主体的‘我’遭遇抗拒

(Anstoss)而激发创造力，也得承认客观‘必然性’，使主动性‘自由’具有意义和价值。这是同样的道理（黑体字为钱锺书先生在本文收入《七缀集》时增加的，见钱锺书《七缀集》，生活·读书·新知三联书店2002年版，第181页——引者注）。佛讲故事时，常常流露出他缺乏真实事物感，《舅甥经》也是一例。也许我们不应该对佛这样责望，因为他并没有自命为小说家、历史家或传记家。”大哉言乎！他的这段话，包含着一个重要的艺术规律——自由是有限制的，虚构是有边界的；真实感是小说叙事重要的品质；所以，作家必须使自己的主观意识，服从客观必然性的制约，唯有这样，作家的自由才是真正意义上的自由，才有可能获得“意义和价值”。对于长期陷入任性的唯意志论幻觉里的中国作家来讲，这样的充满辩证法精神的艺术理论和文学思想，无疑具有深刻的启蒙意义。

从1988年开始，《文艺研究》的比较文学视野更加开阔，关于西方文学的话题更加广泛，思考也更加深入。在该年第2期上，发表了智量的《论比较文学在西方的发展》，第5期发表了张廷琛的《现代西方文学批评的基本精神》和史建的《共生·多元·传统——对后现代主义文艺思潮的思考》；1989年第3期，又发表了徐贲的《二十世纪西方小说理论之人物观评析》。此后，关于世界文学和世界艺术的文章，时时可见，精彩纷呈。

关于“如何办好刊物”，冯牧与《文艺研究》当时的负责人林元，有过一次“倾心的长谈”。他们达成了这样一些办刊的共识，那就是为了办好《文艺研究》，刊物的主办者要有这样一些品格：“第一，要有坚定明确的思想追求；第二，要有严谨求实的科学精神；第三，要有独立思考的理论勇气；第四，要有真诚坦率的民主作风；第五，要有宽厚广阔的艺术襟怀。”冯牧还针对林元听到的“传闻”，纠正了一些会让人们在学术问题上瞻前顾后、缩手缩脚的所谓“告诫”，认为这样的“告诫”会导致“事事唯上、事事唯书”的结果：“如果一个理论刊物丧失了发现新事物、提出新问题的勇气和锐气，我们就会走上故步自封、作茧自缚的道路。”（冯牧：《一个理论刊物应有的品格——关于〈文艺研究〉》）

然而，要实现他们的办刊理想，并不容易，需要付出艰苦的努力，甚至要有足够强大的承受力。事实上，有些“告诫”并非“传闻”，而是切切实实的规约力量，不给你任何虚应故事的余地和随便打折扣的空间。到了20世纪90年代，压力和考验不仅来自精神层面，也来自物质层面。市场化成了一种难以抗拒的潮流，经济则成为衡量一切的最终尺度。巨大的经济压力和生存困境使很多学术刊物纷纷转向。《文艺研究》也面临着严峻的考验，“从上世纪90年代中期开始逐渐感受到了以前不曾有过的经济压力……曾经辉煌一时的学术刊物，陷入难以自拔的困窘状态中”；幸运的是，《文艺研究》及时调整办刊理念，最终经受住了多重压力和多种考验，就像方宁所说，“《文艺研究》仍保持着自己的节奏与风格，于是又有人对刊物从‘偏右’的角度进行了批评，但是，它仍然坚持既定的办刊方向，以发展学术为己任，并承担起参与推动20世纪90年代学术思想转型的责任”(《〈文艺研究〉与当代中国文艺学术史》)。《文艺研究》不仅度过了艰难的时刻，而且，还守护住了自己的学术尊严和学术理想。

可以说，在四十年的时间里，《文艺研究》最大限度地坚持了自己的学术信念，而历届主编和新老编辑，则表现出了良好的品格和修养。虽然，在这个杂志上，偶尔被动跟风趋时，是有的；偶尔发几篇八股时文的情形，也是有的，但是，你看不到主编睥睨群伦、不可一世的傲慢做派，看不到大搞小山头和小圈子的江湖习气，看不到对作家和艺术家的无聊而低级的吹捧。这是一份有自己的价值追求、求实精神、理论勇气、民主作风和宽厚襟怀的刊物。它包容所有认真的学者和严肃的批评家。它尊重那些一板一眼研究问题的学者，也鼓励那些敢于提出新问题的批评家，赞赏他们大胆表现自己的勇气和锐气。于是，我们看见了鲁太光对小说《山本》的直中肯綮的解剖。当几乎所有杂志都在无原则地吹捧这部作品的时候，无论写作质疑性的文章，还是发表否定性的文章，都意味着考验，既是对作者的良心和勇气的考验，也是对编辑的良心和勇气的考验。令人欢欣鼓舞的是，《文艺研究》的作者和编辑，都经受住了考验。

冯牧在为《文艺研究》创刊十周年所写的文章中说：“十年来，我的印象和感受是：这是一个办得严肃认真、从始至今都在坚持自己鲜明而清醒的办刊方针，绝不因社会上出现的种种思潮的冲击而彷徨摇摆，始终以重视刊物的内容和质量为奋斗目标的刊物……具有这类特色的文艺评论和研究刊物，在现今全国各地出版的几十种刊物当中，应当说并不是多见的。”(《一个理论刊物应有的品格——关于〈文艺研究〉》)事实上，冯牧对《文艺研究》前十年的评价，完全可以用来评价它的后三十年。通观走过四十年历程的《文艺研究》，你会发现，它的确是“出色”和“不多见”的——它态度严肃而又温和，风仪端庄而又活泼，兼蓄并包而不丧失其原则，鼓励批评而不丧失其规范，既少见“好则钻皮出羽”的过情之誉，更没有“恶则洗垢索瘢”的无端丑诋，显示出一种成熟的文化气质和良好的学术风貌。它是中国当代人文杂志中的翘楚，是名副其实的权威刊物。它实现了自己的初志。它显示给世人的，是俊迈的风标。

最后，还想说说我与《文艺研究》的学术交往。

我在这个刊物上发过五篇文章，不算多，但也不算少。我的五篇文章，跨了四个领域。《批评家的精神气质与责任伦理》（2005年第9期），讨论的是一个文艺理论问题；《消极伦理与色情叙事——从小说伦理看〈金瓶梅〉及其评论》（2008年第7期），所研究的则是古典文学范畴的问题；《“国民性批判”的发生、转向与重启》（2009年第10期），意在梳理“国民性批判”叙事在现当代文学中的嬗变；《在“会己”与“异我”之间——论孙犁对〈史记〉的阅读与会解》（2016年第7期），则涉及当代文学与古典文学的会通问题；而《手持戥秤和柳叶刀的批评家——评米尔斯基〈俄国文学史〉》（2018年第10期），是对一部俄国文学史的评论。这些文章固非上佳之作，但我的研究态度和写作态度，却是严肃认真的，意欲切切实实地表达自己的一得之见。感谢《文艺研究》的赏识和包容。

祝愿《文艺研究》越办越好，更上层楼！

（作者为中国社会科学院研究员）

文学组忆往

李洁非

1982年夏，我从复旦中文系毕业后分配到新华社《瞭望》杂志工作，却仍执着于文学，对从事新闻工作内心不尽投入，颇倾心于业余写作并发表文艺评论以及散文和小说作品。当时，78级大学生毕业对各单位都是一次新生力量的较大补充，新华社也不例外，仅《瞭望》就一下子添入十名左右新人。其中分到经济组的林晨，是中国人民大学中文系78级毕业生，瘦高个，喉结突出，眼镜度数颇深，头脑敏锐。他与我不同，不光适应新闻工作，且迅速在经济报道方面显其优长。我们虽不在一个组，但我对文学的执着和在新闻工作方面的游移，编辑部的年轻人都了解。1984年底或1985年初，林晨找到我说，他有个同班同学在《文艺研究》做编辑，正想物色人，问我是否有意。我当然求之不得。很快，他的同学就到新华社宿舍来见面，这就是吴方兄。林晨曾讲过，吴方在学校是他们的班长。见到吴方，人极沉稳，说话不徐不疾，而且和善。见面大约带点面试的意思，不过，当时单位要人过程非常简单，吴方见了一面并带走一些我的作品后，不久就收到调动通知，中间没有周折。

当年，《文艺研究》编辑部设在恭王府前院最北端的那一排由东贯西的两层长楼上，即俗称"九十九间半"者，编辑部占据着二楼西半截，文学组办公室在西起第二间，面积当未逾15平方米。由于没有宿舍，我就被安排在办公室居住，最里边贴墙旧式花窗下摆着我的办公桌，右首竖放一张单人床，床尾横着一架书柜，将以外空间隔开，外面沿墙与窗一横一竖还有两张办公桌，那就是吴方的办公桌和文学组组长杨志一先生的办公桌。

我不知道那时中国艺术研究院有没有自己的住宅楼、家属院，调动前也不曾打听或提出住房分配问题，不过住房必定蛮紧张。因为我东边隔壁住着艺术组组长姚振仁先生，他年龄可以算我父辈，但由于是单身，也在办公室栖身。我西边隔壁，即主编林元老先生办公室兼卧室，屋里亦置一榻，不过林先生晚间并不在此留宿，那张床应是因他年高而便于午间小憩的。

20 世纪 80 年代，单位里还是先前的遗风，不呼官衔也不称老师，我称杨志一先生“老杨”，称姚振仁先生“老姚”，即使是林元先生亦径呼“老林”。林元先生资格很老，满头银发，腿脚已不便，唯声若洪钟。我听说他是《新观察》的老人，并在他墙上见到李一氓所书赠的立轴，从中领略到了他的资望。不过，这并不曾给我们年轻人带来压力，平时谈稿，有何看法都直说，至少我是如此。

我来了后，文学组变成三人。之前似乎有一位萧立军先生，调到《中国作家》去了，我或许就是顶了这个空缺。杨志一先生出身老《文艺报》，笔名杨骢，是 20 世纪 50 年代文艺批评界的青年才俊，曾经风头颇有。不记得从哪里听说，当年老杨的文章很有战斗力，但我所见到的他却完全对不上号。老杨头发已白，胃和牙齿都不好，深度近视，脸上从来笑意洋溢，说话轻声轻气，他是湖南人，但并没有湖南人通常的峻急之风。当时在文学组，他一老带俩后生，按我记忆，相处颇洽。我和吴方同为 78 级毕业生，观念、志趣投合自不必说，而老杨亦未显出与我们隔膜，印象中我们组稿与谋划选题，他都言听计从。

先前《文艺研究》的版面上，艺术类和理论类文章似乎要突出些，这是我个人的感觉，可能与中国艺术研究院的学科领域、学术资源有关。不过文学版面也算有块招牌，就是王蒙先生就年度短篇小说创作，持续为我们写概览性质的文章，很受关注。这稿子，记得是老林拿到并直接交付组里的。

1985 年，正是中国当代文学大树新风之时，文学方法论革新、创作中“八五新潮”以及“第五代批评家”崛起等热点，都在这一年勃发。应该说，《文艺研究》文学版面之前在图新求变上，相较《文学评论》《当代文艺思潮》等，是有些落伍、沉默的。吴方和我都对老杨提出了这样的建议：文学组需要关注、加入新的潮流，同时保持我们的鉴别力，对于某些花哨、空洞、新瓶装旧酒而对思维方式更新没有意义的现象，与之拉开距离。老杨表示认可，汇报给老林亦认为恰当。1985 年 3 月，我作为《文艺研究》编辑，到厦门参加了有名的“文学方法论革新研讨会”。此会主张文学革新的人士云集，而最突出的，是新崛起的青年批评家群体几乎到齐，且在会中占尽风头。以这次会议为契机，文学组的组稿对象、稿件来源较以往发生了明显变化。

与此同时，文学组开始研究在来稿组织及选择以外，主动提出和表现我们《文艺研究》对文学革新的观点与主张的问题。组内几次研究后，一致认为应把注意力放在思维方式问题上。当时，不少标榜文学方法革新的作者套用所谓“三论”（即系统论、控制论、信息论）研究作家、作品，甚至生造公式，把文学批评和研究搞成数学论文的模样。这一度很是时髦，但在文学组，我们不甚以为然，觉得文学观念革新应从徒具其表、言不及义的花拳绣腿，拨往切实转变思维方式的方面。于是决定由文学组邀请文艺家、科学哲学家以及社会科学家组成三方会议，就如何认识文学思维方式变革以及如何变革文学思维方式，共同研讨。研讨会于 1985 年 5 月 3 日租什刹海某会堂举行，与会者有刘青峰、邱仁宗、黎鸣、沈小峰、司马云杰、俞建章、闵家胤、林方、陈骏涛、谢冕、高建、魏宏森、金开诚、刘烜等。其实多年后，我对开会日期已记不太清，此次专门一查，竟是 1985 年 5 月 3 日！彼时动作之快，即便是亲历者的我，如今也不免暗暗吃惊，真为那年代文坛的意气风发感慨不已。会议记录经整理之后，以“关于文艺研究的‘三维对话’”为题，发表在《文艺研究》1985 年第 4 期，导语写道：“五月三日，本刊邀集在京的十余位理论工作者，就有关拓展文艺研究思维空间的若干问题举行座谈。其中有从事自然辩证法研究的同志，有研究哲学和社会科学其他学科的同志，也有专门从事文艺学研究的同志，形成了一次关于文艺研究的‘三维对话’。”这个“三维对话”的提法，出之于我。当时觉得既是图新求变之会，提法也得出点新意，现在看不免造作。然而，80 年代特有的锐气，后来确实难以重现了。

“三维对话”，是我在《文艺研究》工作期间，文学组举办的唯一一次研讨会。舍此之外，文学组于正常组稿、发稿的同时，主动和有意识采取的又一行动，是约请文学语言学方面的文章。方法论革新的喧嚣过后，文坛开始冷静和沉淀，转而注意语言、叙事与文本问题。对这一动向，《文艺研究》未再落于人后。1986 年春，我们几乎第一时间就聚焦于此，开始从版面上集中编发这一主题的文章。为组织稿件，老杨曾领着我，专门到汪曾祺先生、张承志先生的寓所拜访。汪老当时住在蒲黄榆，家中十分简陋，水泥地面，狭小的两间屋子摆着从前典型的从公家借来的桌椅床柜家具。张承志住得更差，是一栋小破楼，室内黑暗。之后，汪老如约写来《关于小说的语言（札记）》，含“语言是本质的东西”“从众和脱俗”“神气・音节・字句”“小说语言的诗化”四小题，写作日期为 4 月 24 日。我们使之载诸《文艺研究》1986 年第 4 期。这是我所经手编发的唯一的汪老作品，也是他晚年较重要的文章，惜乎原稿大约已经不存。约来的稿子中，我记得还有林斤澜、南帆、李陀等先生的文章。1988 年初秋，林斤澜、李陀两先生以所主持的《北京文学》，为汪老办了毕生唯一一次创作讨论会，吴方和我都应邀参加。记得其间我俩私聊，都遗憾此会未由《文艺研究》召开。当时因经费之故，也由于编辑部日常状态是各组各谋其务，办会不太方便。

我在《文艺研究》时间不长，拢共未足三年。后来，刘再复先生问我愿不愿意去社科院文学所工作，那里当时有个新学科研究室（即今比较文学研究室），想要开展和加强文学的边缘研究，我也对此很感兴趣。1987年11月，我办理了调离手续。离开后，虽仍住恭王府（1986年底，在研究生楼旁新建的简易楼里分给我一间），消息却不多，偶尔路遇吴方、老杨等，打打招呼。不久，听说吴方也调出《文艺研究》，去了刘梦溪先生的文化研究所工作，而老杨则退了休。又数年，惊闻吴方亡故的噩耗，专程赶去向遗体告别，首度切近地体会了生命的无常。

（作者为中国社会科学院研究员）

实践与心得

——我与《文艺研究》

李伟铭

创刊于20世纪70年代末期的《文艺研究》，是一份以文艺理论或者说文艺美学为对象的权威刊物，早在学生时代，我就是该刊的热心读者，但从未想到能够在上面发表文章。因为，《文艺研究》虽然关注文艺领域各个门类，但能够分给美术的份额毕竟极少。当然，近年来这种情况产生了明显的变化，双月刊改为月刊，篇幅增大，面对美术的大门也敞开了。

20世纪80年代后期，郎绍君先生领衔和天津人民美术出版社合作策划了一套近现代中国画家研究丛书，我执笔其中的“二高研究”。丛书的编撰进行了一段时间，曾在天津开了一次作者座谈会，与会的《文艺研究》副主编姚振仁先生，嘱我选择一篇幅合适的章节给《文艺研究》。我的稿子考证部分比较多，行文滞涩、话语琐碎，和《文艺研究》的学术风格明显相左，犹豫了一段时间，由于姚先生的好意，还是把稿子给了他。后来，正如我所预料的，姚先生看了稿子，最后还是建议我在别的刊物发表。

我第一次在《文艺研究》发表文章，已经是2006年的事了。那时手头有一份曾在杭州“跨语际实践研讨会”上宣读的论文修订稿，研讨会论文集原定会后出版，开始催稿很急，但拖了两三年都没有出版消息（后来似乎没有出版）。刚好《文艺研究》陈诗红老师约稿，我就把它寄给了陈老师。也许文章议论的东西比较多，涉及一些理论问题，很快就刊发了，这就是《近代语境中的“山水”与“风景”——以〈国画月刊〉“中西山水画思想专号”为中心》(《文艺研究》2006年第1期)。

2006年，我的健康出了问题，之后有两三年没有动笔写东西。2009年勉强参加日本京都国立博物馆的一项研究计划，先在该馆调查资料，后来又获得国内的许多材料线索，最后写成了《缥缈寻踪：关于陈宏及其绘画的初步调查报告—— 兼议20世纪20—30年代洋画运动中的日、欧派问题》一文，提交当年12月在京都召开的“中国近代绘画研究国际交流集会”。记得同行的台湾学者对我选择陈宏感到奇怪，因为陈宏确实不属于知名的艺术家。我最初的决定缘于第二次世界大战前日本驻中国外交官兼收藏家须磨弥吉郎藏品中的几件陈宏的油画，直到目前，我所知的国内陈宏作品只有一件存于家属的水墨速写。陈宏在20世纪第二个十年末期以勤工俭学的方式赴法留学，初习钳工，后专攻绘画，回国后在上海、广州、香港等地从事美术教育，30年代中期又转赴广西工作，是将画展从广西一路举办到法殖民地越南的艺术家。由于英年早逝，学界几乎还未有人对陈氏的生平从事专门研究，我觉得自己有理由开这个头。虽然，关于陈宏的研究只是一份“调查报告”，但我想追问的是：陈宏为什么要选择绘画作为志业，为什么从上海、广州、香港这些沿海大都市转向经济文化发展相对落后的广西，地缘政治和文艺走向是否存在内在的联系？对陈宏的留学经历及其习得的知识和日后形成的艺术风格的关注固然是要点，但是，我的追问，可能更能够贴近陈宏生活的时代政治、文化生态，从而凸显20世纪二三十年代中国美术特别是其中的“洋画运动”发展的脉络。此文篇幅比较大，经过多次修订，二稿删节本以“缥缈寻踪：关于陈宏及其绘画的初步调查报告”为题发表在《文艺研究》2010年第4期。也许决定使用这篇文章的编辑的想法与我略同，但读者未免觉得这样的文章过于单调枯燥吧。

我很早就注意到1917年印行的《天荒》，一直想写篇谈这份文献的东西。该书作者大多是南社成员，兼具革命党人、学者和文艺家的身份，内容宽泛，政治、佛学、金石、绘画、摄影，交缠纠结，五味杂陈，整体笼罩着忍死恨生、哀怨绝望的情绪。解读这个东西，需要对清末民初的政治生态有比较全面的了解。换言之，我一开始就将《天荒》视为辛亥革命的精神遗产之一和20世纪初叶的一份病态社会心理学标本。深化理解的过程，也是不断丰富读书、检索相关文献的过程。我始终认为，形式分析并不是艺术史学的终极目标，读图、读文——图文互证的过程，也是不断将视觉符号和文字文本还原为鲜活的“人”的过程。在这个过程中，我阅读了大量过去没有接触到的中国早期无政府主义思想的材料，并对相关人物在辛亥革命前后扮演的社会角色进行调查。“虚空”如何成为“革命”的悖论、成为民初如瘟疫一样弥漫在“革命遗老”中间的普遍情绪？这是《天荒》最引人入胜的问题。我对《天荒》图、文的分析，大致就是围绕这个问题展开的。文章题为“忍死与恨生：辛亥革命遗老的世俗情怀——以《天荒》（1917）为证例”，曾在哈佛大学费正清中国学研究中心主办的“China After Empire-1911 Remembered”（November 4-5, 2011）研讨会上发表，回国后又反复修订，删节本在《文艺研究》2012年第7期刊出。在这里我要特别感谢哈佛的汪悦进老师和复旦的顾铮老师的鼓励，还有我的朋友和学生蔡涛、陈莺、王艾、庄程恒、夏瀚诸君的帮助。

在很长的时间内，国内美术界流行一种看法，认为“扬州八怪”以后，中国美术的发展就处于停滞、衰落的状态了，我们的中国美术历史教科书，时间下限大多讲到海派绘画就打住了，延伸讲述的只有南京太平天国王府中的残存壁画以及新兴版画运动。恢复高考以后，80 年代初、中期毕业的几届中国美术史研究生，据我所知只有一人选择民国时期某位画家作为研究对象，其他人都以古代美术作为毕业论文选题。国外学界的情形类似，90 年代以前，专攻 20 世纪中国美术研究而知名者，大约只有英国的苏立文教授和日本的鹤田武良先生；加拿大历史学者郭适（Ralph Croizier）从艺术与政治关系的角度，曾在 80 年代后期写了一部关于岭南派的专著［*Art and Revolution in Modern in China: The Lingnan (Cantonese) School of Painting*, 1906-1951, Berkeley and Los Angeles: University of California Press, 1988］，但在美术研究领域，注意到其存在的读者似乎不多。最近，我正在校订鹤田先生《近百年中国绘画史研究》论文集的中译本书稿，读了先生在代序中提到的经历困难，令人唏嘘。当然不能说晚清、民国美术史研究被视为禁区，主要的原因恐怕还是能够利用的开放史料太少，现在打开数据库就能轻易找到的资料，在 80 年代确实是踏破铁鞋无觅处的奇迹。在那个时期，从事近现代中国美术史研究，完全可以说是孤寂的事业。

我的硕士学位论文做《金农研究》(部分章节在 80 年代后期先后发表于《朵云》《新美术》)，参加工作后才转向近现代美术，关注的是晚清、民国这个时段。众所周知，晚清至民国是中国历史中特别动荡不安的时期：太平天国、鸦片战争、甲午战争、庚子事变、辛亥革命、军阀混战、抗日战争和紧接着的解放战争，其间还经历了两次波及全球的世界大战。战争，可以说是贯串 19 世纪后期至 20 世纪前期中国社会生活的主题。美术在战争中处于什么位置，两者的关系如何？或者说，在美术中，我们看到的战争是什么样子，战争对美术的价值形态和表现形态产生什么影响？对我来说一直是一个迷人的问题。

2000 年，作为日本国际交流基金研究员，我曾在东京、京都两地调查资料，在关注明治以来日本美术与近代中国绘画的关系的同时，也特别留意战争与美术相关的材料。在日本学术界，侵华战争是一个比较敏感的问题，那时在东京国会图书馆借阅这方面的材料，规定只能在“特别阅览室”阅读，复印画册每次只能半页（上机时用白纸遮挡一半）。不过，在旧书店往往有意外收获，如朝日新闻社 1943 年版桥本关雪《南を翔ける》，就是在京都洛中狩野文京堂淘到的，但这类书照例索价甚昂。

我的好奇心，多少影响了我的学生，譬如蔡涛后来居上，近年来发表了不少相关论文（如其所做的抗战时期黄鹤楼大壁画研究）。而刊于《文艺研究》2015 年第 1 期的《战争与现代中国画——高剑父的三件绘画作品及其相关问题》，是我关于这个问题的最早文章。正如我在文中所说，这是一个远未获得展开的论题，这里涉及中国绘画语言的现代转型及对中国绘画的价值功能的拷问。我无法同意黄宾虹的乐观主义观点，认为中国传统文化——中国传统绘画艺术可以消弭战祸的说法。我更倾向于相信“战争是政治的继续”这一并不古老的说法；而且我认为，令人悲哀的是也许只有战争才能消除战争，所谓中国传统文化艺术能够感化甚至同化敌人、消弭战祸，是在实践中永远无法获得证验的奢侈的幻觉。

从宏观的角度看，太平天国战争使经济、文化发达的江南沦为废墟，间接地促成了上海码头文化的繁荣和海派绘画的发展；民初的军阀割据，无形中塑造了所谓京津、上海、广州三足鼎立的美术格局；日本的侵华战争，继鸦片战争之后进一步破坏了中国的政治、经济、文化生态，阻遏、改变了长期以来中国文化自律发展的轨道；抗战时期，文化地理中的西南、西北重新进入中国学者和美术家的视野，养成了一大批在新中国的美术发展中担当主角的艺术家。当然，还要考虑到“一战”以来蓬勃发展的国际共产主义运动在意识形态上对中国左翼美术运动的滋养。需要特别强调的是，“抗战”并非孤立的中日之战，太平洋战争爆发后，中国的“抗战”已成为多国介入的国际化厮杀。在这场充满暴力的世界文明冲突中，中国文化经历了血与火的煅烧、磨炼而在真正的意义上走向世界（苏立文的 20 世纪中国美术研究，即发端于抗战时期的中国经历）！其中许多按照传统的价值观可能视而不见或本来就是盲点的文化发展脉络、情节，从低潮进入高潮或骤然陡起的剧变，现在已经浮出水面，亟待艺术史学从业者发掘其中的意义和价值！

有的学者认为，我的研究借鉴了社会学的方法。其实，我没有明确的方法论意识，我从未相信某种方法能够一劳永逸地解决研究中的实际问题。如果说我有一种自觉践行的“方法”的话，那就是在工作中始终保持追问“何以如此”的姿态。换言之，我对“应该如此”始终保持警戒之心。譬如，在他们生活的时代，黄宾虹、齐白石、徐悲鸿、林风眠的影响并没有我们今天想象的那么大，但正像我们看到的，把某种风格、趣味的流行归诸某家、某派的“功德”或“恶习”，然后根据个人口味，选择“站队”指导中国绘画艺术发展的方向。这种“情绪化”的学风，不仅不断引发“口水战”，而且严重削弱中国艺术史学的公信力。我认为，指导艺术发展的方向并不是艺术史学从业者能够担当的“神职”。就我个人来说，我只能将事实看作“已然存在”的历史，力尽所能从中寻找“其所以然”的原因。

至少从20世纪结束以来，中国艺术史学研究的范畴已经走出“名家”“名作”的局限，美术教育制度、美术展览会、美术社团、画报期刊，包括插图、封面设计、跨国展览和留学美术、民俗美术等等以前略而不论的领域，都已经并将继续成为大家关注的热点，换言之，近现代中国美术研究，正在变成一种“显学”。特别有意思的是，图像的历史意义和潜在的阐释价值，近年来在许多文史学者那里产生了巨大的吸引力；同时，作为人文学科的艺术史学实践，也体现出前所未有的开放性。正像传统中国绘画生产的主体往往兼具政府官员、诗人、画家甚至民间艺人等等多重角色一样，近代以来，中国美术的创作主体大多跨界于政治、文学、音乐、戏剧、新闻媒体等等，这就意味着，我们必须具备更为开阔的学术视野和更为丰富的知识准备。总之，至少在我看来，没有哪种方法可以取代辛勤的劳动和追根究底的好奇心。

如何面对当代狼烟四起的文明冲突，回顾人类在20世纪走过的道路，已成为21世纪开始以来具有全球性意义的思想命题。史料的开放和数据化，给包括艺术史研究在内的史学工作的进展提供了各种各样的可能性。在这一背景中，我们的共同困境可能是，面对电脑，面对铺天盖地扑面而来的信息，如何辨别、筛选“有用”的材料和“无用”的材料，避免将学术研究的成果变成粗糙的史料堆垒？以及，如何有效地防御网络语言的侵略性，如何保持独立的思想判断力和丰富的想象力，如何“学会逻辑地思维和透彻地表达思想”（马克思语），所有这些，包括我个人在内，都是无法回避的问题。

感谢《文艺研究》给我提供了充分的篇幅，几乎每篇都超长的文章，一定给经手的编辑先生增加了不少麻烦。感谢金宁、陈诗红、王伟及长期失去联系的姚振仁先生，你们的垂注一直是我工作的动力！我非常清楚，我是一个跛足而行的从业者，在应该好好读书的年龄没有读书的条件，机会降临，正像我的许多同龄人（天生异禀者除外）一样，已经老了。重读旧文，于人于己，总是无法满意。我非常羡慕我的学生辈，他们确实是“幸运”的一代，希望已降临在他们身上！

（作者为广州美术学院教授）

《文艺研究》与我的学术写作

李心峰

一

今年,《文艺研究》这份在当代中国文坛举足轻重的刊物，迎来了自己的四十华诞。

整整二十年前的1999年，在《文艺研究》创刊二十周年之际，我曾应杂志之约，撰写一篇文章《〈文艺研究〉对我的艺术学研究的支持》，发表在《文艺研究》1999年第4期上。当时我还是一个刚刚迈进不惑之年的中青年学者。在那篇文章中，我以一个在个人学术写作和学术发展过程中曾得到《文艺研究》极大帮助的中青年学者的切身感受，指出《文艺研究》“自创刊以来，一直倾力扶持中青年学者的学术研究，这已在文艺理论界传为佳话”。文章详细回顾了这本杂志对于我在艺术学的学科建设与学科反思方面的大力支持，重点回顾了其对我在“艺术学的构想”“元艺术学”“比较艺术学”“艺术类型学”等几个研究领域的学术写作所给予的大力扶持。

转瞬间又一个二十年过去了,《文艺研究》开始走进自己的不惑之年，我则由一位中青年学人跨入了自己的花甲岁月。此时此刻，我觉得不只是《文艺研究》应该好好回顾一番，对所走过的来路进行认真的总结；而且，我认为每一位在学术写作上得到过《文艺研究》真切而宝贵的帮助与支持的艺术学人，也都可以此为契机，认真回顾一下各自与这份刊物结缘的过程，总结自己在这伟大的时代，与这份著名的杂志结伴而行的点点印迹。

我之所以这样说，首先是因为《文艺研究》创刊于1979年5月。这正是在中共中央召开党的十一届三中全会、做出“改革开放”伟大决策、开启中国当代历史新时期的第二年春天，我国文艺界发生的一件大事。就是说,《文艺研究》是改革开放伟大时代启幕时期诞生的一本重要的文艺学术期刊，它的发展过程与这一伟大的时代同步。同时，在《文艺研究》走过整整四十年的闪光历程、迈进不惑之年之际，的确值得认真总结一番。因为从某种意义上讲，一部《文艺研究》四十年的发展历史，就是中国在改革开放时代文艺及文艺研究学术发展进程的一个生动缩影。对于《文艺研究》历史的回顾与总结，一定意义上说，也就是对自改革开放以来中国文艺研究学术进程的回顾与总结。

《文艺研究》的四十年，还与许多从事文艺研究领域学术写作的学人有着密不可分的关联。可以说，有相当一批当代中国富有成就及影响力的文艺研究学者，在这四十年间，把自己一些最具代表性、最高水平的学术写作成果，交给这本新时期中国最具代表性的综合文艺研究刊物发表了出来。

二

我作为新时期成长起来的一名艺术学人，自 1985 年初硕士研究生毕业踏上专业学术写作道路之日起，便得到《文艺研究》有力而持久的帮助与扶持。我也总是愿意把自己比较满意的、具有代表性的学术成果，优先送到《文艺研究》的编辑手中，请他们帮助把脉，提出中肯的批评、修正意见，并希望经过反复修改后的成果最终能够在这份刊物上发表出来，将自己的一得之见向学界汇报，并得到学界同人的认可与关注。回想自己作为一名艺术学人数十年间与《文艺研究》结下的缘分，尽管二十年前曾就此发表过回顾性的文章，但今天想起这个话题，心中仍有千言万语想要表达。

清点一下，我自 1985 年初来到中国艺术研究院工作，开始在《文艺研究》上发表文章，至今已在这个被高校学术评价体系奉为“顶级刊物”的杂志上发表各类文章二十余篇。这二十余篇文字，当然不能说都是自己最有代表性的学术论文。不过，去掉两篇书评（一篇评介陆梅林、吕德申、龚依群主编《马克思主义文艺学大辞典》，《文艺研究》1995 年第 3 期，署名“林木森”；另一篇评介黄海澄《艺术价值论》，《文艺研究》1994 年第 5 期，署名“心峰”）、六篇在“研究之窗”栏目发表的译介日本美学与艺术学成果与动态的文字、一篇学术综述文章（《深入探讨方法论 努力发展文艺学——武汉文艺学方法论学术讨论会综述》，《文艺研究》1986 年第 1 期）及两篇纪念文字外，另外十多篇学术论文，基本上都是自己在不同研究方向或主题上的代表性学术写作成果。对于这些成果的梳理回顾，在一定意义上，也可以说是对自己数十年学术道路的一种反思与阶段性小结。

有关艺术学的学科建构与学科反思的研究，特别是“元艺术学”研究，是我学术研究之重心所在。对于《文艺研究》在这个方面给予我的大力支持，我在写给杂志创刊二十周年的文章中已做了细致回顾，这里不打算重复。二十年后再谈“《文艺研究》与我的学术写作”，我想从一个新的视角，着重谈谈《文艺研究》对我在如下几个研究领域学术写作的大力支持。这几个领域，就是构成今日所谓“艺术学理论”（一般艺术学）之核心的三大学科——艺术基础理论、艺术批评、艺术史。此外我还想谈谈我在日本美学、艺术学方面的学术写作。

先看艺术基础理论方面。艺术基础理论向来是我特别强调应给予高度关注的一个领域，也是我文章写得最多的领域。我曾就艺术的本质、艺术的功能、作为艺术之细胞的“意象”、艺术的意境与典型、艺术的分类（自然的分类与逻辑的分类）体系、艺术的风格类型体系、艺术发展的规律等艺术基本理论问题，分别发表过论文予以阐发。其中，我关注最多、撰文讨论最多的问题是艺术本质论。关于艺术的本质问题，我先后曾发表近十篇学术论文。我关于艺术本质问题的解答，是以马克思的艺术生产理论为理论根据，试图提出一种不同于艺术反映论的艺术本质论、艺术意识形态论的艺术本质论、艺术掌握论的艺术本质论，但又能把上述各种理论维度吸纳其中而有所超越的、关于新的艺术本质的系统理论。虽然我关于艺术本质的上述近十篇论文并不是在《文艺研究》上发表出来的，不过，这几篇关于艺术本质的论文所要表达的基本观点，我在发表于《文艺研究》1992 年第 5 期的《试论艺术的逻辑分类体系》一文中，曾以这样一段话集中表达出来：

> 我在以前发表的几篇文章中，曾提出一种比较系统的艺术本质观，主张以马克思提出的“艺术生产”范畴为逻辑凝结点，把艺术视为一种特殊的精神生产，在三个层次上探讨艺术本质，即在艺术作为一般生产的一般规定、艺术作为一种精神生产的一般规定以及艺术作为一种特殊精神生产的特殊规定三个层次有机统一中认识艺术本质，认为艺术是一种以满足人们特殊精神需要即审美需要为目的的特殊精神生产（或实践）活动。同时，我还认为，首先探讨艺术与一般生产的共同规定，然后探讨艺术与一般精神生产的共同规定，最后探讨艺术这种特殊精神生产的特殊规定，这一理论的逻辑行程也体现出逻辑与历史的统一。这主要是指上述逻辑序列同时反映了艺术自身历史发展的进程与物质生产和其他精神生产之间关系的历史演化过程。

关于艺术本质问题不断深入和系统化的探讨，构成了我新时期以来有关艺术基础理论探索的主要内核与理论上的出发点，我后来有关艺术的功能、艺术的逻辑分类体系、艺术史的历史类型演进等问题的探讨，都是从我有关艺术本质的论述出发合乎逻辑、合乎历史的展开与阐释。比如，按照上述艺术本质观，我对于艺术的逻辑分类体系进行了全新的建构，获得了逻辑与历史相统一的艺术宏观逻辑分类体系：即人类全部艺术可以划分为如下三大类型：一是物质性实用目的艺术；二是精神性实用目的艺术；三是审美性非实用目的艺术（参见《试论艺术的逻辑分类体系》)。我有关艺术本质的持久思考以及据此对艺术逻辑分类体系的建构，能够以上述这种形式在《文艺研究》这样一家顶级刊物上亮相，让我感到莫大的欣慰。

在艺术基础理论的探讨中，我自己认为比较具有原创价值、也比较引人瞩目的思考成果，还有我的“通律论”艺术观。

“通律论”的设想，最早是我在《文论报》上与陶东风君讨论问题时提出来的。陶东风在 1989 年 2 月 15 日《文论报》上发表《超越他律与自律》一文，我读了以后，一方面为“一个困扰着世界上无数艺术、美学理论家的重要课题也终于在我们的理论界被提出来”而倍感欣喜，另一方面也感到不满足，自己想就这个问题做些补充与发挥，便写了一篇《也谈超越他律与自律——一种“通律论”的设想》(《文论报》1989 年 5 月 5 日）。后来，我又撰写了长篇论文《通律论的艺术学研究》(《文艺争鸣》1993 年第 4 期），进一步阐发我的“通律论”艺术观。虽然这两篇专门探讨“通律论”的论文并没有发在《文艺研究》上，但在我发表于《文艺研究》1996 年第 4 期的《艺术史哲学初探》一文中，作为探讨艺术史观的理论前提，我还是简明地表达了我的“通律论”艺术观：

在我看来，在艺术史研究中，必须克服他律论艺术观与自律论艺术观各自的弊端，吸取它们各自的合理内核，树立艺术的独立性与开放性相统一的艺术观，即我称之为“通律论”的艺术观，把它作为艺术史研究的基础，阐明艺术在历史上是怎样从附庸于物质生产和其他精神生产逐步地走向独立的精神生产即真正意义上的艺术生产的历程，以及这种独立的艺术生产是怎样在与社会、文化和自然的种种外部环境的开放性联系中运动、发展、变化的。在通律论的艺术观看来，艺术作为一种社会意识形态和文化形式，同哲学、宗教、法律等一样，遵循着唯物史观和马克思主义文化史观的基本原理，即承认它们最终由一定社会形态的经济基础所制约。但是，它同时认为，各种意识形态、文化形态均有自己相对独立的历史。经济基础和其他社会、文化、自然因素对于它们的制约和影响，必须转化为各种意识形态、文化形态系统内部的因素才能发挥其促进作用。外因必须通过内因才能起作用。就艺术的历史而言，它的运动、变化的直接动力或曰直接决定因素，是艺术的内部矛盾，这是艺术发展的“内因”。

通律论艺术观的另一个基本观点认为：沟通艺术世界内部与外部的桥梁、将艺术发展的外部助力转化为内部动力、外因转化为内因的关键性的中介环节在于开放的艺术主体的艺术创造实践。

我的上述论文《通律论的艺术学研究》，原本是拙著《元艺术学》的第四章，是我“元艺术学”思考的一个关键环节。在拙著《元艺术学》出版后，《文艺研究》很快刊发了秦弓先生的书评，重点评介了我所提出的“通律论”艺术观。书评认为这部著作“是在广阔视野中富于前沿意识的独创性开拓。譬如在第四章对艺术学的根本道路的探寻中，著者在分析批判了他律论、自律论与泛律论各自的弊端，并对现代美学、艺术学中试图超越他律、自律的诸学说做了认真反思之后，大胆提出颇有说服力的一家之言——通律论，即自主开放律。他认为：他律论完全丧失了艺术的自我，使艺术成为他物的一分子；自律论又把艺术世界孤立、封闭起来，切断了艺术与外在环境的应有联系，从而导致艺术生命力的萎缩；而泛律论虽然试图超越他律论与自律论的矛盾，体现了现代艺术学的发展趋势，但由于把立足点置于综合的、整体的价值上，必然导致忽视艺术的独立性和特殊性；只有首先确立艺术自身独特的价值领域，并在这一前提下，始终与外部环境建立一种互相交流、沟通的开放性联系，使艺术不断地与外部世界交换物质与信息，才能始终保持艺术自身系统的生机与活力。通律论以其独立的姿态与开放的胸襟捍卫艺术、拓展艺术、拥抱人生与社会，富于鲜明的时代性，这可以说是著者的一个重要突破与创见。在其理论推演乃至生成的过程中，包含着丰富的历史信息，对于曾经饱尝过政治干预之苦，而今又面临着市场冲击的艺术界来说，想必会乐于接受这一观点。”（秦弓：《元艺术学》，《文艺研究》1998 年第 5 期）《文艺研究》对我“通律论”艺术观的有力支持，更增强了我进行原创性理论思考的信心。

三

艺术史与艺术批评是艺术学体系中的应用艺术学科。它们与艺术理论三足鼎立，构成艺术学三个核心学科。我在进行艺术学探讨的过程中，对这两个学科也进行了广泛探讨。而在这两个领域，我同样得到了《文艺研究》的有力支持。

先说艺术史。如果将有关艺术思想史、艺术理论史、艺术学史的探讨也包括在内的话，我在这个领域曾发表过数十篇论文，最近，我将自己有关艺术史研究的主要成果选编为一本专题论文集《艺术史论集》，将由社科文献出版社出版。其中我个人认为比较有代表性的论文主要有两篇，即《艺术史哲学初探》和《中国三代艺术的意义》。这两篇论文，全都发表在《文艺研究》上。

《艺术史哲学初探》是我关于艺术史研究的第一篇论文。这是对于艺术史这门艺术学科本身的反思，属于艺术史理论、艺术史原理或“元艺术史学”的范畴，也是我“元艺术学”整体思考的一个有机组成环节。该文分为三个部分：一是西方艺术史学的演进，简要勾勒了西方艺术史学的发展脉络；二是艺术史与史学观，思考艺术史究竟是否有规律可循、应探寻怎样的艺术历史发展规律；三是艺术史与艺术观，反思艺术史中的自律论、他律论、泛律论，指出建立超越自律与他律的“通律论”艺术史的可能性。

我参加了李希凡总主编、国家艺术科学规划重大课题十四卷本《中华艺术通史》的撰写工作，受命担任全书编委和“三代卷”(《夏商周卷》) 的分卷主编，并具体承担该卷的“导论”与“诸子百家的艺术理论”这两章的写作。《中国三代艺术的意义》(《文艺研究》2001 年第 4 期)，是我承担该任务期间收获的一个学术成果。我在撰写该卷的“导论”时，尝试以前文引述过的我有关艺术是一种特殊精神生产的艺术本质观，以及艺术三大逻辑与历史相统一的基本类型学说，重新审视和评价中国夏商周三代艺术的本质规定、历史地位及其在中国艺术史乃至世界艺术史上的独特定位与光辉意义，完成了这篇论文。文中认为：

> 中国历史上的三代时期，是国家文明出现的时期，是阶级社会确立地位的时期，是文字、礼仪中心形成并走向成熟的时期。总之，“三代是中国古代文明由定型到兴盛的时期，在整个人类的文明史上据有重要的地位。”它在艺术上的突出特点和主要成就，便是以青铜艺术与乐舞艺术为代表的“礼乐”艺术的鼎盛时期。
>
> 在中国夏商周“礼乐文化”语境中生长、发展起来的三代艺术，以青铜艺术与

乐舞艺术为代表，其最本质的特征便是“礼乐艺术”。从人类艺术所经历过的物质性实用目的艺术、精神性实用目的艺术、审美性非实用目的艺术这三大基本历史类型更迭演化的线索来看，在中华艺术发展的历史进程中，三代礼乐艺术正是一种典型形态的“精神性实用目的艺术”。三代时期正是这种艺术基本类型得以确立的时期，是中华远古时期物质性实用目的艺术向后来的审美性非实用目的艺术发展演变的不可或缺的、具有重要意义的中介环节。而到了三代的晚期即春秋战国时期，随着旧的礼乐制度的崩坏，艺术中开始出现了新的历史类型的萌芽，成为数百年后魏晋时期中华艺术伟大自觉时代的先声。

应该说，在中华艺术史上，第二大艺术历史类型即精神性实用目的艺术的历史地位的真正确立，是在三代这一特定的历史时期完成的。

这篇论文被《文艺研究》发表出来后，在学术界产生了强烈反响。《中国社会科学》杂志社主办的《中国社会科学文摘》第6期摘要转载；人大复印资料《文艺理论》第12期全文转载，并有不少艺术史研究论著、论文对其做引述、评价。

再谈一谈艺术批评。我关于艺术批评写有两类文章，在数量上也有数十篇之多。其中一类是有关当代艺术思潮、艺术现象、艺术观念的评论；另一类是关于艺术批评本身的反思研究，即元批评。在这些有关艺术批评的文章中，个人认为有两篇比较具有代表性：一篇是《艺术批评的描述、解释与规范——一种元批评学的构想》(《文艺争鸣》1991年第1期)；另一篇是上了《文艺研究》头条的论文《艺术批评——艺术审美理想的调节机制》(1987年第3期)。

事情的经过是这样的。早在1985年，《文艺研究》即开始关注“文艺的审美理想”这一主题，先后发表了多篇有关文艺审美理想的学术论文，如栾昌大《文艺的审美理想漫议》(《文艺研究》1985年第4期)、毛崇杰《现代主义崛起 审美理想沉落》(《文艺研究》1987年第1期)等。1986年10月，《文艺研究》编辑部在长沙召开了主题为“社会主义文艺审美理想”的学术讨论会。理论编辑室的张潇华老师（曾任副主编）热情邀请我这个刚刚走进文艺理论研究领域的青年学子与会。在会议讨论中，我以“艺术批评应该成为艺术审美理想的重要调节机制”为主题做了发言。张潇华老师听了我的发言后，便马上向我约稿，热情鼓励我将自己的想法写成一篇像样的论文，并且说如果写得好的话，可以在《文艺研究》上发表。听了这话，我受到莫大的激励。虽然我于1985年初来到中国艺术研究院工作，到1986年底的两年时间内，已经在《文艺研究》

上发表了一篇一万多字的学术综述文章；在《文艺研究》新开设的学术信息栏目“研究之窗”发表了多篇译介日本美学的文字，但是，这些都还算不上真正独立完成的、带有某种原创性的学术论文。因此，张潇华老师的约稿对于当时的我而言意义非同一般。我像获得了一项大奖一样倍感振奋，尽可能发挥出自己的最好状态，很快完成了一篇万字长文《艺术批评——艺术审美理想的调节机制》。让我万万没有想到的是，这篇论文被《文艺研究》杂志安排在了 1987 年第 3 期的头条位置上。在我心目中，这恐怕是一个不到而立之年的青年学人所能获得的至高荣誉！这件事对我后来从事学术写作所产生的影响，是无法用语言来表达的。

1992 年 4 月 23 日，原《文艺研究》副主编、理论编辑室主任兼电影编辑室主任、编审、优秀编辑家张潇华先生因患胃癌不幸英年早逝，我怀着极其沉痛的心情，撰写了《无私奉献 忘我工作——深切悼念张潇华同志》一文，发表在《文艺研究》1992 年第 4 期。在这篇文章中，我深情回忆了张潇华先生长期以来对我的学术研究工作的无私帮助与倾力支持，以无数曾得到张潇华先生关心与厚爱的广大中青年学人之一员的角度，表达了对他的深切怀念与哀思，也对他乃至整个《文艺研究》杂志长久以来对中青年学人所给予的巨大而无私的支持与帮助，表达了深深的感谢与崇敬之情。在这篇文章的最后，我引了刘少奇同志《关于作家的修养等问题》中的一句话，“编辑工作是一种高级创作。因为他要看作家的作品，鉴别作品，因此这个工作本身就是创作”，指出“编辑工作是一种崇高的、奉献的复杂精神劳动”，以此表达我对《文艺研究》杂志以及杂志的各位编辑先生们的崇高敬意。

四

下面谈一下《文艺研究》对于我的日本美学研究的支持。

我自吉林大学 77 级本科毕业、开始攻读文艺学专业硕士学位研究生时起，便开始运用所学的日语，关注、阅读、译介、研究日本现当代文学、艺术理论及美学学术成果。这样做，一方面可以给自己的美学、艺术学研究提供参考借鉴的思想材料，另一方面也可以为国内美学与艺术理论研究扩大视野多提供一些学术参照，同时也给自己开辟出一个崭新的研究领域。我在 1985 年初研究生毕业时，即已独立译出了日本中国文学研究家、鲁迅研究代表性学者竹内好的鲁迅研究代表作《鲁迅》（浙江文艺出版社

1986年版）。来到中国艺术研究院从事专业艺术研究后，我先后参与或主持翻译了多部日本当代代表性美学家的重要美学与艺术理论著作。我主持翻译的日本美学著作有今道友信《东西方哲学美学比较》（中国人民大学出版社1991年版）、今道友信主编《美学的方法》（文化艺术出版社1990年版）；我参与翻译的日本美学、艺术理论著作有竹内敏雄《艺术理论》（卞崇道等译，中国人民大学出版社1990年版）、今道友信《东方的美学》（蒋寅等译，生活·读书·新知三联书店1990年版）、今道友信主编《美学的将来》（樊锦鑫等译，广西教育出版社1997年版）等。在我选编的《国外现代艺术学新视界》（广西教育出版社1997年版）以及陆梅林先生和我共同主编的《艺术类型学资料选编》（华中师范大学出版社1998年版）中，也有部分由我翻译的日本美学与艺术学方面的译文。与此同时，我也撰写了一些译介日本美学、艺术理论的文章，其中有多篇在《文艺研究》"研究之窗"发表出来，以作为国内美学、艺术学研究的"他山之石"。包括《从艺术符号论到艺术信息理论》（1985年第4期）、《语义信息与审美信息——符号的信息结构》（1985年第6期）、《信息美学的艺术价值论》（1986年第3期）、《竹内敏雄的〈美学总论〉》（1986年第5期）、《日本民族艺术研究略述》（1991年第2期）、《回顾历史　开辟新境——日本美学近况》（2000年第2期）等。除了这几篇有关日本美学、艺术学的译介文字外，还有这样两篇文章值得一提。

一篇是发表于《文艺研究》1990年第6期的《日本当代美学思潮概观》。论文从五个方面，分别介绍了日本当代（战后）美学的总体发展概况、日本当代的哲学美学、日本当代的科学美学、日本当代的艺术学，以及日本当代东方美学研究成果。这是国内第一篇比较全面地概括评介日本当代美学思潮、动态与成果的长篇论文，对日本当代一些代表性的美学家、艺术学家如竹内敏雄、今道友信、山本正男、木村重信、吉冈健二郎、川野洋等人的美学、艺术理论成就做了简略的评介，有助于国内学界从整体上了解东亚近邻日本的美学、艺术学情况。

另一篇是由我翻译的日本当代美学家岩城见一的论文《"常规"之病》，发表于《文艺研究》2000年第4期。1999—2000年，正值世纪之交，我应日本学术振兴会邀请，第二次赴日本京都大学美学美术史研究室访学。岩城见一先生是日本当代、特别是平成时代的著名美学家，曾任日本美学会会长，时任日本京都大学美学美术史研究室主任教授。他也是我1992—1993年以及1999—2000年两次在该研究室访学期间的合作导师。岩城先生对德国黑格尔美学及中国老庄哲学、美学素有研究，特别在艺术精神现象学、作为感性论的美学等研究领域见解独特，成就卓异，在日本平成美学界居于前沿地位，起到引领作用。我第二次到他的研究室访学期间，岩城先生正热衷于运用在西方刚刚崛起、热度不减的“精神病理学”观念与方法，对当代各种审美现象进行美学批判。《“常规”之病》正是他在这方面最新的代表性研究成果。当我将岩城先生这篇论文的主旨及基本内容介绍给《文艺研究》编辑朋友时，编辑部马上回复我，让我尽快将该文翻译出来，作为“海外专稿”在杂志上予以发表。岩城先生这篇旨在对审美和艺术领域的常规意识、标准意识做批判性反思的“病的感性论”不乏哲理的思考，他对自律论美学与社会构成主义这两种美学上的本质主义的批判，对造型艺术领域长期盲目信奉西方的“远近法”为艺术之常规的西方中心主义的反思，以及他所介绍的德国艺术学家G. 布里秋试图超越“远近法”、对世界上各种非西方造型艺术均具有阐释力的“A-U”理论，等等，即使在今天看来，仍不失其犀利与敏锐的思维品格，给人以宝贵启示。文章得以用中文首发于《文艺研究》这样一家享誉海内外的中国顶级美学与艺术研究学术刊物，这对于原作者岩城见一先生而言，也是一件让他十分自豪的事情。岩城先生曾在不少场合提及他这篇首发于《文艺研究》的论文，喜悦自豪之情溢于言表。

五

文章的最后，我还想对发表于《文艺研究》1986 年第 1 期头条的钱学森先生文章《关于马克思主义哲学和文艺学美学方法论的几个问题》的有关情况做些回顾和介绍。

钱学森先生是我国当代伟大的科学家，同时还是系统科学的倡导者，对于马克思主义哲学、科学的结构、科学的体系等问题有精辟的看法。他还对美学与文艺问题高度关注，经常就其发表真知灼见。1985 年，正是我国美学、文艺学领域的“方法论年”，方法论的讨论成为热点，各种看法各抒己见，相互论争，互不相让。“对于这个美学文艺学的重大问题，钱老会怎么看？”我当时所在的中国艺术研究院外国文艺研究所《马克思主义文艺理论研究》丛刊编辑部的几位专家学者，计划就此问题向钱老请教，对钱老做一个学术访谈。当时，《马克思主义文艺理论研究》丛刊两位主编陆梅林先生（时任外国文艺研究所所长）和程代熙先生，经社科院文学所涂武生研究员牵线搭桥（他家与钱老住处比较近，之前曾拜访过钱老），于 1985 年 8 月 26 日上午相约一起去钱老办公室，对钱老做学术访谈。我当时作为研究生毕业刚分配工作的年轻学者，算是两位主编的助手，以录音者的身份，带着磁带和录音机，跟随几位专家一同来到钱老的办公室。访谈开始后，他们几位老师负责提问，我负责录音，得以在现场亲耳聆听了钱老就马克思主义哲学、科学的结构与体系、美学文艺学的方法论等一系列问题，清晰而简要地，甚至可以说是十分生动风趣地谈了他的一系列独到而精辟的看法。钱老十分健谈，不知疲倦，一口气谈了大约两个小时，内容广泛地涉及当时许多美学与文艺理论的热点、焦点话题，包括文艺理论到马克思主义哲学之间的中介桥梁是什么；文艺研究方法与文艺的观念关系如何等。他对当时一位青年批评家季红真发表于《中国社会科学》杂志（1985 年第 3、4 期连载）上的长文《文明与愚昧的冲突——论新时期小说的基本主题》表示赞赏；在美究竟是主观的还是客观的这一美的本质问题上，他赞同李泽厚的观点，等等，听得我们兴味盎然，意犹未尽。

从钱老办公室回到所里后，将钱老的谈话整理成文字稿的工作自然落在了我这个"小年轻"的肩上。我把整理钱老谈话的工作当作一个难得、宝贵的学习机会，先是对照录音，逐字逐句、原封不动地将钱老的谈话记录下来，然后再根据钱老谈话所涉及的内容，按照其内在的逻辑与结构，重新做了梳理与调整，将其分为九个部分，并给每个部分加上了小标题。这九个部分的内容是：（1）关于马克思主义哲学的重要意义和科学体系的构想；（2）关于系统论的一些问题；（3）关于人工智能的问题；（4）关于数学方法的运用；（5）关于决定论与非决定论以及物质世界的层次（五观）的问题；（6）关于文艺理论基本观点与方法的关系；（7）关于科学技术对文学艺术的影响以及技术美学的问题；（8）关于文艺预测的问题；（9）关于文艺理论和美学的其他问题。因为是现场的对话，有些问题钱老当时只是点到为止，未及展开。这就需要将钱老之前就文艺问题所发表的东西尽可能都找出来认真加以阅读揣摩，努力按照钱老的思路和语气，在该补充的地方做些必要的补充；一些过于口语化的表达，也需要转化为书面语言，以让他的思想得以更有条理地表达出来。总之，我将整理钱老谈话的工作当作一件具有十分重要意义的任务，尽了我最大的努力去完成它。谈话整理成文字稿打印出来，通过钱老的秘书送给钱老审读修改、补充完善。钱老看了文字整理稿后非常满意，仅改动了少数几处文字，便返回给了丛刊编辑部，并同意作为书面发言，在 1985 年 10 月 14 日于武汉召开的"文艺学方法论学术讨论会"上宣读。这篇访谈最初计划刊登于《马克思主义文艺理论研究》丛刊。《文艺研究》编辑部在这次武汉学术讨论会上得知钱老的这篇谈话后，经《马克思主义文艺理论研究》编辑部以及钱老本人同意，率先在《文艺研究》1986 年第 1 期发表出来。钱老这篇谈话成为他新时期围绕文艺问题所发表的最具代表性的文章，在整个文艺界乃至哲学界、科学界产生了巨大的反响。钱老的这篇谈话在《文艺研究》发表时，在篇末以括号形式做了这样的说明："本文系据钱学森同志同《马克思主义文艺理论研究》编辑部同志的谈话整理的"，整理者的名字则予略去。不过，在钱老的这篇谈话随后发表于《马克思主义文艺理论研究》第八卷时，在文末有这样的说明："文内小标题为编者所加，李心峰根据录音整理，已经本人审阅。"(《马克思主义文艺理论研究》第八卷，文化艺术出版社 1987 年版，第 42 页）实际上，作为整理者的名字是保留还是略去并不重要，能够为钱老这篇将载入当代文艺理论史册的重要谈话做出一个青年学人、一个谈话整理者应有的贡献，这就足以让我感到荣幸和欣慰了。

一本好的杂志，对于一个学科、一门学问、一个学者，究竟意味着什么？

有人称之为学者及其学术研究的良师益友；有的学者把它比喻为自己的"另一个母校"；有人称之为学者展示自己学术成果的"秀场"或舞台；也有人比之为学术争鸣或竞技的竞技场或比武台。

而在学术刊物中，往往有少量的几种刊物，会得到相关学者们的更多推重与追捧。有些高校或科研机构在进行学术评价时，干脆将这样的刊物称为"顶级刊物"。我则更赞赏一位学界朋友将这样的刊物称为"大刊"。什么样的刊物可以称为"大刊"或"顶级刊物"？恐怕只有那些比一般所谓"C 刊"还要高一个等级的、各个学科的学者们无不以在这样的刊物上亮相而感到荣耀万分，但在学术刊物的海洋中其数量却屈指可数的最高等级、最有分量、最具权威性、最为重要的顶尖水平的刊物，方能享有这样的殊荣。像整个哲学社会科学领域的《中国社会科学》、哲学领域的《哲学研究》、史学领域的《历史研究》、文学研究领域的《文学评论》等等，便是这样的刊物。我们将要隆重为之庆生的《文艺研究》，也正是这样的一本"大刊"，或曰"顶级刊物"。只不过，它所覆盖的领域，更广泛地包括了文学研究、艺术研究与美学研究这样几个紧密关联的领域。

回想这样一本众星捧月般为人推崇的"大刊"，却是一本几乎不设任何门槛、对所有业界学人一视同仁的真正平等待人、五湖四海、开门办刊的杂志。在该刊迎来不惑之年之际，全面回顾自己与该刊结缘的过程，真是一件十分愉快的事情。我希望《文艺研究》在未来的岁月里，不忘办刊之初心与真心，继续以学术上的价值作为发表论文的最高标准，继续对富有才华、拥有未来的中青年学者给予大力的支持与帮助。因为，如我在那篇为创刊二十年所写的文章中所说："这不只是对他们个人学术上的支持，也是对整个学术的有力支持，是对学术上的未来的极大支持。"

（作者为中国艺术研究院研究员）

我与《文艺研究》

刘成纪

和同龄人相比，我从事美学研究应该算起步较早。1987年，我在郑州大学中文系读大三，在《文艺百家报》上发表了《论现代人对现代艺术的承受力》一文。此后读研期间，先后在《黄淮学刊》《郑州大学学报》《学术百家》等杂志发表了数篇论文。尤其是刊于《黄淮学刊》的《美丑冲突与现代人的心灵震荡》一文，先后被人大复印资料《美学》和《新华文摘》转载。这极大提升了我的学术自信，也使我有了向国内更权威刊物投稿的想法。

这种想法不久便被付诸实施。1993年，我将两篇文章《心音同形理论与音乐格式塔重建》和《卢照邻的病变与文变》分别寄给了《文艺研究》和《文学遗产》编辑部。记得当时还没有电脑，一切稿件均靠手写。而我的字写得歪歪扭扭，于是不得不请我授课班级的刘吉利同学重新誊写了一遍。幸运的是，这两篇文章都得到了责编极其正面的回应。《文艺研究》的马肇元先生和《文学遗产》的陶文鹏先生，分别寄来了短札和用稿通知，这就有了如上两篇文章在《文艺研究》1994年第3期和《文学遗产》同年第5期的顺利刊出。更值得庆幸的是，这两篇文章均在学术界引起了良好的反响：前者在20世纪90年代以来的音乐心理学研究中常常被提到，后者则开了国内学界从病理学角度研究唐代文学的先例。

许多年后，当我看到自己的博士生和一些新入职的青年教师，为了发表一篇“C刊”文章而愁肠百转时，内心总有一种隐隐的自得及怜悯。我没有想到同样的事情在今天会变得如此艰难，但在内心深处我也明白，当初我进入这个行当之所以如此顺利，并不是因为自己有什么值得自信的学术能力，而更多是因为马肇元和陶文鹏等先生对年轻后学的垂爱和提携。走笔至此，我翻阅了一下当年的学术档案：20世纪90年代，我共发表了38篇可以算作学术论文的东西，主题涉及现当代美学、古代美学、美育、审美文化、美学方法论、古代文学、古代文化、西方文学、前卫艺术，等等。几乎每一篇一个领域，或者说我像一个游击队员一样，总是打一枪换一个地方。很显然，如果两位先生知道我原来是这样一个缺乏常性、总是浅尝辄止的“水货”，还不知道会作何感想！但不管怎样，他们确实为一个从未谋面的青年人打开了希望之窗，让他相信这一条道路是可以走下去的。至于他们看到这篇短文中的“自我揭发”后会不会有其他想法，比如认为我滥用了他们的信任等，都已经无法改变这个青年当初从他们的信任中获益的事实了！

从如上情况可知，我是带着隐隐的惭愧来感念《文艺研究》和马肇元先生的，但也正是因此，我对《文艺研究》有着别样的深情和心理归属感。近年来，学生做出论文，往往需要老师投入大量的精力帮其修改。同时，学生虽然不便直言，但嗫嚅之间，隐隐透出的信息无非是希望老师帮他向“C 刊”推荐。每当这个时候，我就会想起《文艺研究》当初是如何对待我这个来自地方高校且刚入职的硕士毕业生的。但是我也不愿意因此向学生说“凭自己本事吃饭”之类的大话。这是因为，世道毕竟变了——学术要求更严格，人情的东西也好像变得比过去更重要。在这种新的学术环境下，这类大话除了让学生感觉他的导师铁石心肠或者“只吹牛不办事”之外，并不具有任何正面的意义。

当然，也正是因为现在青年学者发文章的艰辛，使我更加感谢《文艺研究》老一代编辑给予的提携和帮助；也愿意相信许多青年学者的抱怨，可能更多是在给自己的不努力寻找借口和托词。确实，毫不夸张地说，马肇元和陶文鹏等先生在 20 世纪 90 年代初所给予我的支持，不仅给了我立志从事美学研究的信心，而且使我因此相信，在和编辑的互动中有着更轻松美好的关系。比如，从那时起，我给自己制定了一个职业底线：坚决不出版面费发文章，尽量避免因私人关系发文章。对于前者，我认为，作者付出那么大精力写成一篇论文，不赚钱可以，但如果既赔钱又赔精力，那就太不公平了。对于后者，我认为，如果编辑和自己是很好的朋友，而且对方并没有主动约稿，那就尽量不要为难对方，否则会破坏友谊的纯粹性，也会因为有求于对方而破坏朋友间原本应有的平等。作为一个学者，与其挖空心思在找关系上费劲，还不如静下心来提升自己的水平更靠谱一些。

当然，现在想想，我当初之所以有勇气坚持这个规则，原因仍然是《文艺研究》在一个青年学者的起步阶段，给了他无私的支持和职业自信。后来自己的经历也证明，这种选择虽然并非坦途，但总体而言仍然走得通。更重要的是，它让人相信学术是干净的，相信付出与回报之间总是保持了基本的公平，相信干干净净的学术总有一个与之匹配的共同体，也相信在学术上坚持走正道总强于动形形色色的歪脑筋。这种种的“相信”，对于一个学者来讲是重要的，因为它起码让人从职业中得到了些许尊严乃至神圣感。想想看，如果我们的工作连这一点也无法给予，那么自己穷经皓首不说，还连累老婆孩子一生受穷，就太不划算、也太缺乏对于家庭的责任感和道德感了。

（作者为北京师范大学教授）

虚怀若谷的《文艺研究》

陆　扬

记得那是1999年初，上海第一人民医院，在先师蒋孔阳先生病榻边上，师母濮之珍先生嘱我代笔帮蒋先生起草一个文稿，那是《文艺研究》创刊二十周年的时候，约了很多老学者撰写回忆文章。当时我跟言语已不甚方便的先生交流下来，诚惶诚恐撰出一文，交稿后由师母逐字念给先生听过，先生表示了认可，也挺高兴他最后的一篇文章，是以这样的方式敷成。光阴荏苒，恍惚之间二十年过去，没想到日前接到张颖微信，邀我作为《文艺研究》的长期作者，来给刊物写点回顾性的文字。忆及当年先生与《文艺研究》的悠久情缘，固赧颜汗渐背，可是恭敬不如从命，且不揣鲁钝，借此机会，来表达我对刊物的感谢之情吧。

20世纪80年代末，我在复旦大学读博士的时候，就给《文艺研究》投过文稿，很快得以刊发。后来再次投稿的时候，应该是收到了编辑部主任的退稿修改意见，至今记得信末端端正正的署名：杜寒风。不久寒风去了高校，稿件往来的联络人，很长一段时间是日后同样也移师高校的陈剑澜。当其时，像我这样籍籍无名的青年教师漫山遍野，《文艺研究》作为京城名刊，不厌其烦在大量来稿中不吝费时费力，直接联系作者，成就她众望所归的大家风范。这一切至今回想起来，依然十分感动。对于作者来说，刊物的形象很大程度上也是自己熟悉的编辑的形象。就此而言，方宁的高屋建瓴、剑澜的虚怀若谷、张颖的广博精深，都应是《文艺研究》独一无二的标志性个性。这个性是如此鲜明，就像她的封面，总是淡淡的、大多数时候都是素白的底色，配上一帧绘画，大块留白，右上侧集周恩来手迹的“文艺研究”刊名神采飞扬，永远是竖排。在我记忆中，这个淡雅格局数十年下来一以贯之，几乎不大改变，这在今天的大牌刊物里绝无仅有。

按照我的理解，“文艺”一语在当代中文的语境里，更多应当偏向于指涉艺术，不是文学作为其麾下一个子项的艺术，而是同文学平行的、包括除文学之外一切艺术门类的艺术。以理论而言，相对于非常普及的文学类刊物，艺术类刊物显得稀寥。一个原因或是艺术主要不以文字为媒介，逼艺术家操刀奢谈理论，有时候会力不从心。外行学者参与进来，又难免隔靴搔痒。这个其实并不尽然的观念之所以左右我久有时日，是因为直到近些年学风讲究“国际接轨”之前，习惯上“文艺理论”就是“文学理论”的同义语。这个同义有着我们自己的悠久传统，但是在西方语境中似乎显得陌生。比如将作为一门学科的“文艺理论”译作英语是 theory of literature and art，读者估计会不知所云。反之“文学理论”译作英语是 literary theory，就顺理成章了。特别在“理论”高谈阔论之后一度陷入低谷，转瞬之间又重振雄风以来，文学理论的确已经开始成为一门学科。由是观之，“文”和“艺”虽然是血浓于水的本家兄弟，其实多少有点貌合神离。但是《文艺研究》举重若轻，以她特有的构架方式，将文学研究和艺术研究这两个版块游刃有余地融合为一体，令人叹服。

但我作如是说，不免自惭形秽。回顾我在《文艺研究》刊发的十来篇文章里，只在一篇介绍罗马哲人波埃修美学思想的文章里，有一节谈了他的《音乐原理》（*Fundamentals of Music*）。当时我在写中世纪美学的书稿，发现美学史议及中世纪音乐理论，无一例外以圣奥古斯丁的《论音乐》为此一时期影响最大的文献。可是这个文本好几年搜索下来，居然一无所获。好在去年耕耘基督教美学有年的柏峻霄传给了我奥古斯丁《论音乐》的英译全本，我当认真研读，希望有一天能再度在《文艺研究》发表心得。

（作者为复旦大学教授）

消失的温馨时光

——从艺术史向历史写作的转向

吕 澎

数十年来，我的藏书大致分为“西方美术史（含外文版）”“中国古代美术史”“20世纪中国美术史”“哲学与思想史”“史学史”及“中国近现代史”这几个类别。最近，因为要将涉及“20世纪中国美术史”的藏书全部赠送给香港中文大学，我对从20世纪80年代初开始收集的这部分藏书进行了一次整理。在我发表过文章的大量不同杂志中，也包括从2006年到2016年几乎每个年度都有文章发表的一套《文艺研究》杂志。翻阅时注意到，所发表的文章——无论是艺术史的叙述还是个案研究——都与20世纪的中国美术史有关。从关于19世纪的《文明的维度——晚清洋风画的历史及其与中国近代美术史的关系》（2014年第8期），到对当代艺术家的深入研究《中国当代艺术的萌芽——以张晓刚早期艺术思想及其表现手法为例》（2016年第5期），都没有跑出近现代艺术史的范围。可是在今天，出于综合的原因，主要出自写作转向，我决定将伴随我写作三四十年的这部分藏书捐赠了，“西方美术史”和“中国古代美术史”两个部分也转移给我的学生做图书馆。

我学习艺术史最初是从翻译开始的。由于历史的机遇，50年代出生的人也许比40年代出生的人更为幸运，他们在1976年获得了让自己的生命在未来具有意义的可能性，因为他们很快就从1977年开始有了上大学的机会。基于对绘画的本能爱好，尽管没有考上美术学院，但我在四川师范学院政治教育系的学习期间，开始寻找与艺术有关的知识学习。1978年，印象中几乎没有见过新的人文学科图书的出版，只有新华书店出售的五六十年代出版的“旧书”。许多书还拉到学校供学生选择购买，但是那些从仓库里清扫出来的图书品种的有限是可以想象的。事实上，直到1982年，要在新华书店买到有关西方美术史的书籍仍然很困难。所以，我对艺术史的学习，最先是在四川省图书馆抄写钱君匋的《西洋美术史》（1949），这本书给予了我西方美术史的基本线索。之后，我开始翻译成都科技大学的一位外籍教师赠送的英文版的沃纳·霍夫曼（Werner

Haftmann)《20世纪绘画》和契普（Herschel B. Chipp）编辑的《现代艺术理论》，这两本书让我了解到西方现代艺术的基本观念。由于此时对西方知识的普遍渴求，大学毕业后，我将《现代艺术理论》中塞尚、凡高、高更的书信部分翻译出来送到四川美术出版社，很快就以《塞尚、凡高、高更书信选》(1986）出版了。1984年，我的朋友易丹从美国读研究生毕业归来，我从他那里借到了康定斯基（Wassily Kandinsky）的《论艺术里的精神》，我也将其很快翻译出来让四川美术出版社出版（1986)。80年代初，学习西方美术史的路径很少，浙江美术学院的《美术译丛》以及中央美术学院的《世界美术》和《美术研究》杂志是不断提供西方美术史材料的重要来源。当然，那时西方美术史的书籍开始出现，最有影响的是赫伯特·里德（Herbert Read）的《现代绘画简史》(1979)，这本书加强了在我与朋友一块翻译《20世纪绘画》时已经开始的对西方现代艺术史的系统了解，与《现代艺术理论》一块，构成了我对西方现代艺术的整体认识。在80年代的很多年里，我不断收到人民美术出版社的老编辑平野先生寄来的新书，这些书让我更为深入地熟悉了从古希腊罗马到19世纪的欧洲美术史，鲁迅翻译的美术书籍和国内学者如李浴写的美术史著作，也都成为我不断翻阅的专业书，那些印刷并不精良的图版给予我关于西方美术史作品的最早图像记忆。尽管色彩模糊、轮廓很不清晰，但是这些图版中的构图、造型和符号反反复复出现在我的眼前，以致多年之后进入任何一个欧洲著名美术馆（例如巴黎的奥赛或马德里的美术馆)，我都能够从很远的距离识别出作品及其作者。今天，我们看到的美术史画册印刷精良，但回想起来，没有了当初在那些印制粗糙的出版物上看到西方艺术作品时的激动和充满快意的心情。在80年代，学习西方艺术史最富有成果的是翻译研究性传记：道恩·艾兹（Dawn Ades）的《达利》(1988）和霍丁（J. P. Hodin）的《蒙克》(1990)。这两本书让我更加深入地了解到西方现代艺术家的精神世界和他们的工作方式，对艺术家经历的了解，能够使我们从感性经验和艺术史知识的不同角度去理解艺术，不像艺术通史，缺乏对艺术的具体产生和现场的想象——虽然对艺术史的学习并不等于非要在艺术家的日常生活与工作室里观察不可。最重要的是，我注意到，欧洲现代主义的出现与之前文艺复兴时期奠定的传统之间发生了断裂，这给经典的方法论提出了挑战。很快，我在阅读贡布里希（E. H. Gombrich）的著作和文章时印证了这一判断，促使我很早就注意到研究艺术史的方法问题。由于阅读现代艺术的比重多于古典艺术，所以，我很快跳过沃尔夫林（Heinrich Wolfflin）的那些分析概念以及帕洛夫斯基（Erwin Panofsky）的图像学，试图学习最新的艺术史研究方法。

80年代是中国现代主义运动的时期，从伤痕美术到“85美术新潮”，构成了这个十年的艺术史基本结构。由于认识毕业于四川美术学院的何多苓、周春芽、张晓刚以及很多年轻艺术家，所以，在聚会、展览、喝酒以及倾听音乐的讨论中，对艺术的理解逐渐深入，同时也涉及更宽泛的人文学科的问题，从黑格尔、康德，到尼采、叔本华、弗洛伊德、加缪、萨特，等等。的确，与那些同样阅读广泛的艺术家的讨论也能够帮助我对艺术的理解，而我一开始就感觉到，仅仅阅读艺术史，而不去理解当下的艺术生产，对艺术史的学习也许在理解与感悟上是有缺陷的。

1985年中期，国内人文学科图书的出版有了急速发展，翻译与写作开始成为人文学科研究者生产成果的机会。1986年，我应约写了一本介绍西方现代艺术的书《现代绘画：新的形象语言》，并于次年出版，我开始将翻译外国艺术史的资料与理解用于自己的艺术史写作。总之，在80年代，我始终一边翻译西方艺术史的著作，一边从事关于艺术和艺术史的写作，1989年上半年完成的《艺术——人的启示录》可以看成之前学习艺术理论和艺术史的理解归纳。

回头想一想80年代的学习，布克哈特（Burckhardt）的《意大利文艺复兴时期的文化》给予我持久的影响，它让我在学习艺术史的开始，就习惯于了解艺术产生的语境和与其他文化社会因素的关系，进而培养了一种思维习惯：从艺术、艺术家特定的历史语境上去理解艺术，而不仅仅限于形式分析。我在2013年完成的《如何学习研究艺术史》中提醒读者说：“当阅读布克哈特的《意大利文艺复兴时期的文化》时，你会非常明显地感觉到，即便作者没有对具体艺术作品给予分析与描述，也能够使读者沉浸在一个具有形象与视觉描述的历史氛围中，历史与艺术在这样的著作中没有分离，不过是一种在视觉知识基础上的历史故事，何况那些文化的细节本身根本就离不开艺术。”当然，丹纳（Hippolyte Adolphe Taine）的《艺术哲学》中关于地理与气候对艺术的影响也给予我深刻的印象。很多年过去了，当阅读有了新的更替之后，我与很多研究者的看法一样，觉得丹纳的理论已经不够用了，但是直到今天，我认为他有一种对精神生活综合并富于历史感的理解力，这种理解力也许与理论没有必然联系，却是学习和研究艺术的人必须具备的，今天美术学院里的不少教艺术史的老师似乎缺少这样的理解力，他们仅仅限于书本与经典图像分析，对正在发生的当代艺术缺乏感受力。但我以为，艺术感受力是如此重要，也许决定着自己是否真的理解什么是艺术。或许，不少学习或者教授艺术史的人往往忘记了，瓦萨里就是文艺复兴时期的当代艺术史家。

1988年我在成都策划了“1988年西南现代艺术展”，其中有不少在以后很有名的艺术家，例如张晓刚、毛旭辉等，但到这个时候为止，我对艺术史的理解都较少与中国的艺术现场结合起来思考。这一年，湖南美术出版社的李路明希望我写一部有关中国现代艺术的书，彼时我好像没有丝毫兴趣，在我看来，发生在中国的现代主义或者“新潮美术”不过是西方现代主义的翻版，似乎没有什么好写的。

我重新思考“什么是艺术”这个问题的时间是1989年。这年底，现实让我思考一个问题：过去十年的改革开放或者思想解放究竟意味着什么？具体到我熟悉的艺术领域，从伤痕美术、星星美展到1989年的“中国现代艺术展”，这个时期年轻艺术家的种种努力究竟有什么意义？

艺术批评与史学界当然非常重视形式与语言的重要性，因为艺术作品的形式语言直接体现着艺术家的视觉方式，里德在他的书中有一句话始终留在我的脑海里：“整个艺术史是一部关于视觉方式的历史。”里德的这个观点支撑着他对西方现代艺术史的写作。当1989年下半年我与易丹决定同意完成李路明的约稿，写作《中国现代艺术史：1979—1989》时，我们在书的“序言”里写了这样一段话：

> 我们将会看到，中国现代艺术在这十年中的历程不仅仅是一个“视觉方式”的历程。从某种程度上讲，“视觉方式”的变革只是精神变革的一种符号表达方式。而这种精神变革，不论它以哪种态度，从哪个契机、遵循哪种角度来发生发展，总是与中国的社会、文化诸因素紧密相关。现实似乎总是以不同的方式在提醒我们，寻找中国现代艺术发展的内在动力和本质的努力不应该也不可能局限于“视觉方式”的范畴之内。

从文字上看得出来，在关于中国艺术现场的写作中，我开始真正意识到布克哈特提示的语境与历史环境的重要性。我不相信充满真诚、热情以及时代气息的事物仅仅是一次重复的出现，而历史研究的任务就是寻找并梳理那些导致艺术家工作的社会与内在原因。对一个艺术现象，如果我们不去了解产生它的原因，仅仅是简单地依据其形式进行分析，就可能失去真正的历史写作。换句话说，为什么在80年代中国的艺术家可以并采取了不同于之前的“视觉方式”——即便这样的视觉方式来自西方。这个时候，现实的状况让我意识到，文化艺术的变化是与整个社会的变化联系在一起的，所以我有这样的问题来表明80年代的中国新潮艺术并不简单的是一个形式或者语言问题：在21世纪的中国，围绕艺术传统的争论之所以复杂，是因为艺术的实践和理论的争鸣已完全超越了艺术乃至文化的范围。最后，敏锐的艺术家和批评家发现，中国现代艺术的这种不纯粹性恰恰具有纯粹的真实性，因为我们面临的不是局部，而是整体。

《中国现代艺术史：1979—1989》在1992年年中出版时，我正在筹办“广州双年展”，尽管距离80年代时间不久，但在广州这个城市，我对艺术的感受已经发生了变化。之前的一年，我已经与湖南美术出版社的孙平编辑了好几期《艺术·市场》，连同“广州双年展”的策划，我与在广州美院教书的黄专、邵宏，在岭南美术出版社当编辑的杨小彦以及在深圳画院工作的严善錞试图“操作历史”。对这个概念，做学问的人通常比较反感，因为大家都熟悉历史写作的要求：不能够简单地将新闻当成历史来写，刚刚发生的事情甚至还没有发生的事情怎么可以轻易地用“历史”这个词来叙述？实际上，我从写作《中国现代艺术史：1979—1989》的开始就想到了柯林伍德（R. G. Collingwood）的提醒：当代历史使作者感到困惑，不仅因为他知道得太多，也因为他知道的东西没有完全消化，连贯不起来和太零碎；只有在精密地、长期地深思熟虑之后，我们才开始了解何者为本质，何者重要，才开始了解到事情如此发生的理由，这时编写了的才是历史，而不是新闻（柯林伍德：《精神镜像：或知识的地图》）。

今天想来，其实是一种很难说清楚的本能（不妨表述为“历史感”）在支撑着我于1989年开始从对西方艺术史的书本研究转向中国现代艺术（“当代艺术”这个词大致是在1991年之后渐渐开始被使用的）的现场思考，进而按照自己的理解去“制造”历史素材，最终去书写刚刚过去的“历史”。我没有仔细研究过法国年鉴学派的历史理论，在90年代初，我受到德里达和福柯思想的影响很大，这两位思想家给我最大的启示是不要去追求绝对真理，这个道理虽然在尼采的思想中就有了，但是直到90年代初，我才真正理解到放弃追求“绝对真理”是思想的又一次解放。当了解到后现代理论推翻了形而上学的本质论企图时，我很快就形成了一个非常明确与肯定的立场：历史并没有必然性，历史不是谁的专利，它是靠有历史感的人的行动和文字书写出来的。

1992年之后，出于生计原因，我大量时间陷入了公司经营的事务中，直至1998年，就学术而言，生命几乎荒废。1996年，在我为彭德的约稿写的“四十小结”中描述了我这个时期的心理状态：从1993年起，我逐渐减少了写作。我不得不思考今后的问题。我决定寻求经济基础的建设——我开始公司的经营，开始与只对金钱有兴趣的人打交道，开始被有钱的人指来挥去，开始了对过去的陌生，开始对金钱非常重视但又对名利缺乏激情，开始注意到自己随时都可能死去因而提醒自己生活中的得失无关紧要，开始产生虽然事情有了美好的开头也随时准备失败的态度，开始懂得一百个人就有一百个真理以致唯一的真理十分难以论证，开始知道人生游戏有不同的规则关键是你参加哪种游戏，开始明白努力是必须的但不一定非要有一个预期的结果，开始发现哈姆雷特对责任的焦虑在今天成为笑话，开始发现被称为爱情的东西更加可以触摸而缺乏诗意，开始发现每个人都在忙碌却更少有人来得及思考忙碌的目的，开始发现生活的物质形态变得更加精致而生活的精神状态愈加粗糙不堪，开始发现文化人越来越对金钱感兴趣而商人越来越想到文化圈内图虚荣，开始注意到继续自称“知识分子”的人在继续遮蔽知识分子的虚弱与尴尬，开始注意到今天的文人仍然在有意或无意模仿旧文人的言行款式却显得越发肤浅和不适时宜，开始羡慕青少年，开始真正懂得在中学时老师不厌其烦地告诉我们的青春的宝贵是真的，开始理解老人对年轻人的态度，开始真正意识到时间的珍贵，开始稳重不慌不忙地做事，开始无所畏惧但又轻轻松松，开始反复回忆往事中某次场景或某个人的姿态或细节，开始对过去的一切无论坏事还是好事均给予美好的评价，开始再次去思考友谊、理解与同情的真正含义……不甚感慨的各种开始。

90 年代缺乏读书当然很糟糕，但是，这一段时间的经历却让我体会到人生的许多兴味和道理，它们都在血液里影响着我对艺术和历史的理解和认识。这使得我并没有放弃写作的兴趣，《中国当代艺术史：1990—1999》就是在公司办公室里写出来的。没有任何参照体例，仅仅是我对过去十年的艺术现象的收集和思考，确定了这十年艺术发展的历程：市场经济的推进导致市场问题的出现与中国当代艺术的全球化流动。我丝毫没有忌讳同人对我的写作的质疑，“广州双年展”成为有关这十年艺术史的写作中重要的展览，展览所涉及的问题——交易、法律、规则——与之后的市场化趋势息息相关。这个展览显然是最早的重要案例，以后有本科、研究生以及博士生的研究论文以及专著，进一步论证了这个展览的历史重要性。二十多年过去了，人们普遍确认了“广州双年展”的价值，它所涉及的不少问题都牵扯到了新的艺术制度在中国的建立与转型，实际上，此刻的中国艺术史问题已经深深地关联着社会的变迁，“艺术本体”问题仅仅是艺术史的一部分。在“广州双年展”筹备期间，我们保持着“操作历史”这个口号，黄专还写了一篇《谁来赞助历史》的文章来制造问题的空气，尽管很多人对此持批评态度，但当时我就想：我们就是在书写历史。我的理解是，艺术史知识、常识以及历史感，能够帮助我们理解当下的事件何为“新闻”与什么是“历史”。2000 年，在黄专主持的《中国当代艺术史：1990—1999》出版发布会上，中央美术学院的尹吉男教授对着我说：昨天发生的事情你今天就写进了历史！他的话音里当然有质疑我这样做的语气。

2001 年，我成为范景中先生的博士生，考虑到我对中国古代书画史的知识并不系统，我想借此机会好好补课。我选择了两宋山水的历史作为研究的课题，我注意到正是五代两宋时期的山水画，确定了之后山水画的基本形制。在体例上，我于80年代翻译的肯尼斯·克拉克（Kenneth Clark）的《风景进入艺术》给予我启发。在认识自然和表现自然的历史过程中，人类有一些共同点：对自然的朴素认识，例如象征性的概括与表现。之后，视觉的理解与描绘技术能够很好地配合，以致真实地描绘自然成为画家的任务，东西方的画家都有过类似的经历。我注意到，克拉克所界定的欧洲“理想风景”与中国的“程式”化，多少有一点人类心理的共性：按照一种标准来确定风景或山水的图像形制。同时，也许我们也可以在印象派和表现主义的作品里发现与中国的所谓“写意”之间的心理联系。至于五代之前的山水画，我不太以为然，“二李”的山水画更像风景画，而传说中王维的“辋川图”由于没有看到真迹，我也没有去确认朱景玄在《唐朝名画录》里对王的赞美。对西方哲学的学习以及长期的翻译，让我习惯了实证的语词，像“山谷郁盘，云飞水动，意出尘外，怪生笔端”（朱景玄）或“笔墨宛丽，气韵高清”（荆浩）这类评述是无法将其用于与作品的对应的，我始终认为要小心使用中国画论语句。我自己也知道，《溪山清远：两宋时期山水画与趣味转型》（2004）的写作所使用的语词和句子以及描述方式与其他同类课题的论文或者著作是不同的。

2004年下半年，在三亚的闲暇使我开始了《20世纪中国艺术史》的写作。之前，还没有一部贯穿整个20世纪的美术史著作，如何塑造这段艺术史的形状，我认为涉及三个主要的课题：一是对民国时期西画运动中关于写实主义和现代主义的平衡，目的在于准确呈现这个时期欧洲艺术对中国的影响，因为之前人们对民国时期的美术更多地强调徐悲鸿的写实主义而轻视了现代主义的分量；二是书写1949年至1976年这个时期的美术状况的困难在于，如何把握美术创作与同时期发生的政治运动之间的关系，基于艺术本体论的历史逻辑，不少研究者认为这个时期的美术创作由于是在一种意识形态体制影响下的结果，因此在艺术上并没有什么价值，而我的看法是，研究一种艺术现象产生的原因和相应主题与形式语言的变迁，正是历史书写的任务；三是在我自己看来，书写《20世纪中国艺术史》最重要的任务，是将从1978年以来的现代主义和当代艺术放入20世纪整个历史的叙述中，这是针对那些认为“85美术新潮”或者“玩世现实主义”与“政治波普”这类艺术现象并不能进入艺术史而来的，这当然涉及艺术史观问题，既然我们从一开始就树立了所谓历史就是问题史的立场，在选取材料和进行分析与判断时，自然会将这些随着改革开放而出现的艺术现象纳入历史的梳理中。《20世纪中国艺术史》（2007）是我最重要的艺术史写作，这本书归纳了我在艺术史写作中逐渐形成并确认的历史观，即将19世纪末以来的艺术历程与这一百多年的社会变迁、思想变迁以及政治变迁联系起来进行考察，寻找其中每个时期的问题环节并通过艺术语言的解决方案联系起来，构成一个完全不脱离现实社会的艺术发展史。正是以这样一个立场，我对该书进行了两次修订（2009、2013），除了也许存在着一些技术性错误和精细的补充外，我认为我已经完成了这段艺术史的写作，不同语言的版本都使这段中国艺术史获得了更为广泛的传播，我相信这本书可以成为以后的研究者书写20世纪美术史的一个批判性的参考。

2012年，我完成了《中国当代艺术史：2000—2010》（有意思的是英文版出版于2012年，而中文版却是2014年），这本书将一种在中国市场经济的发展中正在形成的艺术制度作为历史的一条重要的线索，与艺术家的工作和艺术发展并行安排。就改革开放四十年艺术领域的变化而言，这个时期艺术家工作基地的出现，画廊、博览会如雨后春笋般的产生以及拍卖行此起彼伏的叫喊声，构成了重要的历史景观并强烈地影响着艺术界，我觉得这是这段历史本身的形状，我只是用文字将其塑造出来而已。

历史研究者都清楚，个案的书写是历史书写的一个路径，通过个案的研究，可以展开对历史线索和问题的生动而富细节的梳理和描绘，这是我写作《血缘的历史：1996年之前的张晓刚》（2015）的基本出发点。我在这本书的“序言”里写道：“研究一个艺术家的艺术历程，就是研究艺术的一段历史，由一个艺术家的生活与工作所带出的涉及社会、政治、文化、风格以及情感等方面的问题，都与历史的整体有关。”

在中国当代艺术仍然处于缺乏足够历史写作支撑的情况下，我认为《血缘的历史：1996年之前的张晓刚》可以成为以后的研究者考察这个时期的艺术史的重要个案，以获得一段历史的精神依据，并且将这一代艺术家与之前的那些被公认为艺术史上重要的艺术家放在同一个历史台阶上。我在“前言”里还写道：

> 人们在论及20世纪中国美术史时，往往会提到徐悲鸿、刘海粟、林风眠、颜文樑、黄宾虹、傅抱石、潘天寿、李可染这样一些名字。然而，时间会告诉人们：张晓刚这一代艺术家不仅是这个国家历史的记忆，也是世界艺术史中不可缺少的一部分。基于所秉持的历史观与需要完成的任务，我会将批判性分析的触觉放在对张晓刚以及他的同代人的工作所不断出现的矛盾与冲突上，试图对张晓刚的艺术历程进行一次多维的叙事与解剖，让读者能够从艺术家的思想、艺术实践以及感觉生活中了解到历史的真实性与复杂性，并进一步确认什么是我们这个时代以

及未来文明社会需要的历史价值。

2018年，我又完成了另一位艺术家毛旭辉的研究传记《家长的故事：80年代的毛旭辉》，这次写作完全可以增长读者对这代艺术家的成长和艺术的历史认识。

无论如何，不同时期的艺术史写作让我内心有特别温馨的感受，有时候，我会根据写作的内容去选择在调性与情绪上相接近的音乐，帮助我带出有利于写作的特殊心情。回首以往，我从来没有将艺术史的写作当成一个被规定的项目（学校经常能够听到的那些国家的、省市的项目），每一次写作都是基于内心的强烈需要，觉得似乎非写不可。之前的艺术史写作经历是我最为温馨的时光。2014年，我出版了《如何学习研究艺术史》，有学界同人说，你的体例像是“怎样学习历史”——我在书中专门放入了“历史是什么”“历史学家的工作”“总体史”“微观史”“历史感”“同情心”以及“想象力”这样一些内容。的确，随着对艺术史尤其是中国近现代艺术史的研究，我越发产生了对历史而不仅仅是艺术史的兴趣，由于我经常阅读史学史尤其是新史学的相关理论著作，我越来越认可：历史的写作也同样可以看成一种基于事实材料的文学写作。换句话来说，历史真的是我们塑造出来的。然而，当我越是要为特定的艺术问题寻找其上下文联系时，越是将目光扫向那些语境的更深处，这样的思绪逻辑最终将我引向了对发生在20世纪的那些历史事件与问题本身的思考。结果，艺术史的温馨写作时光消失了，我开始了沉重的《20世纪中国史》的写作，当我搜寻在《文艺研究》上不同时间发表的文章时，我注意到，我从艺术史到历史写作的转向的确是迟早的结果。

（作者为中国美术学院教授）

挺立于历史奔涌的潮头

——写在《文艺研究》创刊四十周年之际

吕品田

《文艺研究》已步入不惑之年，作为杂志的老读者和老作者，我感到由衷高兴，谨致热烈祝贺！

《文艺研究》创刊于 1979 年，可谓是沐浴着改革开放的春风应运而生。回望来路，从一开始，它就挺立于历史奔涌的潮头，自觉肩负起服务新时期文化建设的使命。时代的巨变呼唤着理论的跟进，一个多世纪以来，仁人志士们在文艺理论领域奋进和探索，在东方和西方、古代传统和现代思潮的碰撞中，孜孜求索适应时代、民族和国家需要的新文艺理论道路。在改革开放以来的新时代，基于当代中国正在经历着的广泛而深刻的社会变革，这项任务尤其紧迫也尤为艰巨。摆在现实案头的问卷，要求我们深刻反思过往的文艺道路和实践，立足文艺发展现状，探索和构建属于当代中国的、对文艺现象文艺实践有充分解释能力和指导作用、符合文艺发展规律和人民精神文化需求的理论话语体系。这项宏伟的思想理论建设工程，既是时代给予文艺理论界的挑战，也是一个巨大的历史机遇。

可以说，《文艺研究》交出了一份优秀的答卷。回顾其四十年来的历程，它贯彻“双百”方针，奉行“五湖四海”，一直坚守自己的学术定位和严谨学风，在文艺领域一系列重大问题讨论中，既能积极提出问题，又能及时呈现学界的前沿思考及学术争鸣。正因为如此，《文艺研究》一直保持着至高的学术影响力，享有学术界的盛誉，成为中国当代最重要最具权威性的文艺理论刊物。

我是从 1979 年的创刊号起就订阅《文艺研究》的老读者。四十年后的今天，我为自己当年“识货”而庆幸，更为深得其惠益而感念。

当时，我还是茅庐未出的大学二年级学生。那会儿，市面上几乎没有什么刊物。因为学的是艺术专业，并且还略为喜欢读点理论，所以一看到“文艺研究”几个字，便毫不犹豫地订下了这份刊物。当时作为学生，一般手里的钱仅够买当月饭菜票的，也不知道自己是怎么挤出订阅费的。我们这个年龄的人颇为不幸，在人生最该读书的时节赶上一个书荒的岁月，以至对书有一种迷狂般的热爱。所以，每次《文艺研究》新刊到手，那种兴奋感真是难以言表。刊物没有辜负我的那份期盼和信任，它让我接触到美术以外的其他研究领域，如美学、文学、戏剧、电影、音乐和舞蹈等，还认识到朱光潜、宗白华、王朝闻、蔡仪、黄药眠、陈荒煤、郑季翘、陆梅林、孟伟哉、敏泽、王若望、程代熙等诸多鼎鼎大名的学者，尽管当时还不很了解他们在学界举足轻重的地位。

这也许注定我日后会由搞实践转向搞理论，当时《文艺研究》上最让我感兴趣的是"理论"栏目的论辩性文章。我喜欢看学者们就哲学、美学和文艺理论问题所展开的思想交锋甚或带有政治"火药味"的论辩，会吃力却专注地读一篇篇高屋建瓴、严谨肃然的大块头论说，并感佩作者们的雄辩。那时期讨论的多属"宏大论题"，如"形象思维与抽象思维""文艺与政治的关系""马克思主义与人道主义""马克思《1844 年经济学—哲学手稿》""现实主义与反现实主义"，以及关系西方现代派艺术与影响的"现代派与伪现代派"等等。以当时的阅历、知识积累和理论素养，我还不能清晰地辨识这些学者思想理路、学术观点上的来龙去脉、前因后果，也无法以明确的学术立场来判断各种观点主张之间的合理性或学术价值。然而，就是因有《文艺研究》所打开的这扇窗户，让我对文艺理论有了愈益浓厚的兴趣。并且，通过逐渐找来论辩文章援引论据的那些原著进行阅读，我慢慢垒砌起自己日渐系统的阅读基础，也由此逐渐形成有关学科领域、学术体系和话语概念的初略版图。20 世纪 80 年代思潮迭起、思维活跃、思锋锐利的社会氛围中，由于直涉文艺领域的政治运动——"思想解放""批判资产阶级自由化"和"清除精神污染"——所形成的"忽左忽右"的矛盾取向和"或左或右"的思想冲突，以及由此造成的自己思想认识上的困惑与乱绪，我不断向理论世界去寻求摆脱迷津的圭臬。这个世界中，始终有《文艺研究》的存在。对我来说，它尽管不是唯一的，却是一个提供学术资源和思想风标的最重要的存在。

后来我走上美术理论研究的道路，也有幸在《文艺研究》上发表了三篇文章。其中两篇是同时发表于 1993 年第 3 期的《新手工艺术论—— 兼评中国当代新手工艺术创作》和《陶艺特质论》(合作，署名"西逸")。1988 年，鉴于新时期十年美术创作上的活跃及研究需要，邓福星先生开始主编"中国当代美术系列"丛书，我承接编撰其中的《新手工艺术》。我的研究对象是高等艺术院校中一批艺术家利用传统手工技艺和材料开展的现代艺术创造，这可以看作新时期"文化寻根"思潮的一个分支。它通过新样式的陶艺、漆艺、木作、塑作、纤维艺术和金工艺术作品，展现一种反拨激进"观念艺术”的探索取向。此课题是我最早从文化哲学角度考察手工艺的一次学术探讨，我试图解读工业化高速发展情境中为何会有这样一类反以“手工”为先锋取向的现代艺术形态，也由此洞察到一系列现代文明及艺术问题与“机器”取代“手工”这种“文化产生方式”的关联性。书稿于1989年底完成，出版之事却因出版社停业整顿而被搁置。《文艺研究》一向关注有独创性的前沿研究，副主编姚振仁先生（大家都亲切地称他老姚）非常敬业，又有学术眼光和判断力，他经常走访各研究所，主动了解大家特别是青年学者的研究情况。一天，老姚得知我做的研究，嘱我把稿子给他看看。很快就得到他的回复，说稿子不错，决定用了。他还说，手上已有一篇谈现代纤维艺术的成稿，想再找一篇门类研究文章，以编成宏微相兼的一个研究版块。我当时正与舍弟品昌合撰一篇论述陶艺特质的文章，经老姚审阅也被采纳了。多少年来，我一直感念老姚先生在学术上的知遇之恩。

第三篇是发表在2000年第2期的《衰落与蜕变：百年中国民间美术态势思考》。这是1998年我随张道一先生应邀参加台湾“国立”艺术学院两岸“传统艺术研讨会”的学术论文。当时已退休的老姚将该文推荐给时任副主编马肇元先生。论文刊出后即被人大复印报刊资料《造型艺术》全文转载。

这几篇文章聚焦于我着力最多的手工艺术和民间艺术两个研究方向。后者很大程度地受到现代商品经济影响而出现“脱俗化”蜕变，成为日趋审美雅化的“新乡土手工艺”，并与前者日渐交汇成不断崛起的“手工文化”。在20世纪80年代至90年代，我所关注的对象，是那时一般观念中的“落后”的靶心，因而颇不受人待见，“手工”研究更是一个关注者寥寥的清冷领域。所以这几篇文章能够得到权威期刊的青睐，是对我学术研究方向的极大肯定和支持，这也显示了《文艺研究》编辑的敏锐和前瞻。而《文艺研究》的影响力，则促使更多人关注到了这个当时不被重视的领域。

如今，手工文化形态针对迅猛发展的人工智能技术革命逆势腾起，成为文化时尚流行演进的重要趋向，研究热度也迅速提升。抚今追昔，无限感慨。回望自己的学术道路，真是感念《文艺研究》为我这样的普通学人印记下早先思考求索的足迹，并以它坚如磐石的学术权威性鼓舞众多像我一样的青年学者继续前行。

作为目前国内唯一一份横跨“文学”和“艺术学”两个学科门类的综合性理论刊物，作为身处国家文艺领域顶尖学术研究平台的权威杂志，《文艺研究》能够走过风风雨雨，一直保持自己的崇高地位并始终挺立时代前沿，是多么不容易的事情。这与它不懈坚持正确的办刊宗旨，贯彻“双百”方针，奉行“五湖四海”和学术平等，坚持政治标准与学术标准相统一的原则，与时代相伴而行，注重在美学、文艺学、艺术学和各门类艺术研究中，既着眼于文艺理论基础建设，又注意解决文艺实践中的新问题有关；与它能在变革的时代思潮中始终坚守住大的方向，把马克思主义原理和中国文艺实践、国外理论经验和本土理论资源、恪守文艺规律和跟进时代革新、辨识细微动向和审度宏观大势、顾望反思历史和高瞻远瞩未来相结合有关。

另外，《文艺研究》之所以能保持四十年辉煌而不败，还有出自主体性即编辑队伍的原因。在张庚、林元、王波云、柏柳、方宁等历任主编的带领下，一批有情怀、有理想、有能力的学者型编辑前赴后继地集结在《文艺研究》旗帜下。这支编辑队伍中，既有老成稳健、经验丰富的年长者，也有锐利大胆、朝气蓬勃的年轻人，他们共同组成一个不囿于书斋的充满活力的学术团队，以学者秉有的眼光、才华和社会责任感，把国家文化建设战略的宏观取向创造性地转化为文艺理论领域的具体实践。在以经济指标为衡准的市场化时代，学术界不乏学术浮夸、学术不端，不乏急功近利、东拼西凑的不良风气。要想维护良好的文艺理论生态、维护刊物的学术尊严和学术品质，保持和发挥主流媒体的舆论导向和学术标杆作用，无疑会遇到重重困难，也势必经受耐力、意志和眼光的考验。我曾经从事过编刊工作，对这些困难和考验有切身的体会。由于工作关系，我与《文艺研究》编辑部有了较多的联系，编辑们训练有素的治学功底和勤奋认真的工作态度让我印象深刻。每年年底，中国艺术研究院全院开学术年会时，编辑部的同人总是有被从学科组推荐到会上做陈述的优秀科研项目。可以说，一份刊物的学术水平，反映着编辑自身的学术水平。因为有这样一个高水平的编辑团队，《文艺研究》的成功是意料之中的。

刊物的好坏，还和主编有很大关系。其学术修养、学术能力和学术操守，以及投入编辑组织工作的程度，对于刊物的取向、面貌、水准和质量往往具有决定性。应该说，方宁主编在继承前任严谨精神和优良作风的基础上，为《文艺研究》在新一阶段的发展和提高作出了巨大的努力和突出的贡献。他工作勤勉，全身心地扑在工作上。难能可贵的是，他敢于坚持原则，为了捍卫刊物的学术品格和学术质量，能够不怕得罪人地严把审稿发稿关。这对刊物能够跃上“权威”的高度，是极其关键的。如今主编的接力棒传到金宁手上，这让人欣慰放心。作为编辑部里为《文艺研究》效力时间最长的资深学者型编辑，他对这份刊物最有感情也最为了解。这也是一位勤勉工作，能全身心地扑在做事上的人。在院这么多年，极少见到他的“活跃身影”，要不是每次路过编辑室总能见到他伏案工作，甚至会以为此人去职它就了。人是最可宝贵的，对诸事如此，对刊物尤是。在岗之时，每遇无力逆转优秀同侪尤其青年才俊调离，心之伤感痛惜，难以言表。愿《文艺研究》英才永聚。

四十年来，《文艺研究》在文艺理论领域硕果累累。今天，它依然以自己一贯的稳健精谨和真诚热情，活跃在理论创新发展的第一线。作为学界共同瞩目的刊物，每逢新刊问世，都会引起学界的讨论与热议。许多优秀的学者在这里留下了自己最有代表性的理论成果，迈出学术生涯的关键一步；许多见微知著的思想洞见在这里彰显传扬，成为学术世界的热点风向。作为忠实关注者，我对每一位为之付出过、努力过的人满怀敬意，也期待着《文艺研究》越办越好，为构建中国特色美学、文艺学、艺术学的学科体系、学术体系和话语体系再创辉煌。

（作者为中国艺术研究院研究员）

珍藏的记忆

——《文艺研究》与我的学术写作

马大康

我曾搬过三次家。每次搬家都是一次大清理，把旧家具、旧衣服扔掉，把各种暂时没用的东西也扔掉。可是，一摞旧信却一直陪伴我从旧家到新家。其中就有《文艺研究》编辑们的信件，那发黄的信封、信笺仍然保留着当初的温热。

第一封信来自马肇元先生。1990 年下半年，我尝试着把一篇论文《文学功能新论》投寄给《文艺研究》编辑部，那是我从中国现代文学转向文艺学研究的第一篇文章，内心并无把握，也就不抱发表的希望。时隔两个来月，却意外收到《文艺研究》来信。我心情紧张地打开信封，见是手写的笔迹，就预感到是个吉兆。信中写道：

> 尊稿及来信均收到，处理迟了些，请谅解。
>
> 《新论》一文写得还是不错的，脉络较清晰，有一定的新意，准备推荐刊用。鉴于版面有限，如若最后获准刊用，其间恐怕还得等待几个月，不知尊意如何？在此期间（若您愿意等待），如有修改意见或其他应当告知我们的情况，请及时联系。谢谢支持与合作。

落款是：马肇元，1990 年 11 月 16 日。

论文于 1991 年第 3 期刊发。其间还收到马肇元先生的来信，告知论文正式录用，并商量文字删节事宜。

记得我攻读中国现代文学硕士研究生时，《文艺研究》就是我喜爱的学术杂志，在我心目中，这是一本很有学术品位又装帧精美的学术刊物，如今自己能够在上面发表文章，自然十分高兴。此前，虽然我也曾在《鲁迅研究》《文艺理论研究》《外国文学评论》等刊物发表论文，但主要属于现代文学和比较文学研究领域，而我真正的兴趣在文艺学，所以，当得知这篇论文被接纳，就特别兴奋。从此，我对文艺学研究有了信心。

这也是我的学术研究正式转向文艺学的开端。

当时，“读书热”已趋冷却，学界还处在美学转向过程中，文学审美性与功利性之争尚未有定论，我不满足于列·斯托洛维奇和莫·萨·卡冈单纯从系统论角度来概括文学功能，才写了这篇文章。《文学功能新论》吸收了接受美学的方法，从文学活动的整体关系角度来讨论文学功能系统及其诸功能的实现方式。大概正是因为这一点而被马肇元先生看中的。此后，我又撰写了《陌生化与文学功能结构》，继《文学功能新论》之后，更加具体、深入地阐述审美性与功利性的关系，探讨文学功能及其实现的过程和机制。原先，学术界往往把布莱希特的“间离效果”混同于什克洛夫斯基的“陌生化手法”，并且在翻译中也经常和“陌生化效果”混用，这篇论文则从接受美学的角度对两者做出细致比较和区分，具体阐明它们在文学诸功能实现过程中的根本差异及其原因。论文发表在《文艺研究》1993 年第 4 期。两篇论文都先后被人大复印资料转载。在后一篇论文发表中途，马肇元先生调到造型艺术编辑室，方宁先生接手文学编辑室，承担相关论文的编辑工作，这样，我和方宁先生也就有了较多的通信。

《文学功能新论》这篇论文不仅为我确定了研究方向，也使我的思想方法有了较好的开端。一旦自己的观点得到学术界承认，对于研究者来说是莫大的鼓励，我开始以此为专题来撰写专著，这就是 1993 年底出版的《生命的沉醉：文学的审美本性和功能》。在专著“后记”中我记录了当时的心境：

> 写完《生命的沉醉》最后一个字，刚起身舒了口气，莫名的怅惘却漫上心来。
>
> 写作是艰辛的，常常有理论难题搅得你坐立不宁。可是，难题本身就是诱惑，吸引你去不断求索。当在阅读、思考中疑团忽然消解，发现自己站立在一片理论新地，那种喜悦、欣慰是足以偿还任何辛劳的。如今面对一摞誊清的稿子，我似乎感到气馁。探索疑难，我有足够的勇气和信心；而找出版社出书，我却一筹莫展。出版界没有熟人，即便找到“转折亲”，在目前学术著作出版如此不景气的境况下，有谁会接受一部专而又专的不赚钱的书稿呢?
>
> 《沉醉》的降生太不是时候。它来得太晚了。一个四十岁的人才完成第一部著作，确实够“晚育”的了。如今读书热已冷透，经商热方火炽，即便出版了，又有谁会光顾呢？它也只能如师陀先生所说成了“看人集”——只有它冷冷地立在书店的柜子上看行人，却无人看它。
>
> 《沉醉》似乎又来得太早。目下人人忙着挣钱争利，而我却在清谈审美，一

个与钱、利相隔如此遥远的莫名其妙的东西。说实在，这本应是大家餍足了钱财，于是想起还需要那么一点精神点缀时的话题。可是，它还是偏偏在这个不合时宜的时候降生了。当我从“生命的沉醉”中清醒过来，已再也无法沉醉下去了。

……

这年头埋首学术，在旁人看来是犯了神经病。这次，连我自己也觉得是发神经了。就像一旦有所发现，就按捺不住写作的冲动；而形之于文字后，又总企盼着发表，得到社会承认。这类神经病恐怕也不止于我。只是连累妻子儿女跟我受穷，令我内疚。

我不敢说这部专著将有多大价值。有一点是肯定的：它不能教人发财的诀窍，也不能授人拍马升迁的登龙术，甚至玩文学的人也可能无所得。而这一点也应该是肯定的：作为健全的人类，作为完整意义的人，就不能没有这种精神探索，否则，人性就偏枯了，文明也将偏枯。

聊以自慰的是，在这部专著中，我既不盲目依附成说，也不一味趋奉新潮，无论是研究方法和观点，我都认认真真地作着自己的选择，思考，求索。即便这可能四处不讨好，我仍可以心安理得，因为我讲了自己的话。

本书的写作得到不少师长和朋友的帮助。在杭州大学读研究生时，我的指导老师吕漠野先生就很强调学点“纯理论”。听王元骧先生的美学课，则令我对美学、文艺学产生了浓厚的兴趣。不过，后来我从现代文学转向“纯理论”，大约是先生始料不及的。1992 年下半年赴京做访问学者，我得到了钱中文、杜书瀛两位先生的指导。特别是钱先生，百忙中带病为我看稿并对专著提纲提出修改意见，建议调整论述层次。这一建议是关键性的，它使我开始从一个全新的起点来思考文学审美本性和功能问题。

……

书中某些章节曾在杂志上发表过。起初，在撰写论文《文学功能新论》时，我并无写一部专著的打算，及至在《文艺研究》发表，才使我产生进一步钻研这一问题的兴趣。当自己的观点得到社会承认，这常常会激发再创造的热情。当时的责编是马肇元先生。我还感谢张德林、刘守安、石海军、韦遨宇、陈炎、郭芳、方宁诸先生，他们大都是我在发表文章后才认识的，我珍视这“淡如水”的文字之交。

出版后，我将装帧简陋的专著分送几个朋友。不久，就收到方宁先生的回复：

> 来信及大作《生命的沉醉》收到，谢谢老兄在“后记”中对我们之间交往和友情的“美誉”。的确，在今天，坐在冷板凳上写这样一本专著非常不易。如果不是对事业的不渝追求，谁能忍受这种对于生命的“磨蚀”呢？尤其在那样一个经济发达地区，面对老兄的执着，我早已有了一种“肃然”的感觉。

从作者与编者的关系，变为朋友间的关系，感情是真挚的。编辑所给予的勉励，对写作者来说，不仅是当初写作的重要动力，也是永远难以忘却的记忆。这是我一直珍藏着这些信件的缘由。后来，方宁先生担任刊物主编，与我联系的编辑改为陈剑澜先生。我们俩因有许多共同的学术兴趣，相互间的联系就更加密切了。可惜的是那时已经用电子邮件通信，很难保留电脑上易逝的踪迹，更没有可以经常摩挲的书信了。

在《文艺研究》1991 年第 3 期“研究之窗”栏目中，刊登了孙景尧先生介绍钱中文先生新著《文学原理・发展论》的文章，我是读了这篇文章后才下决心去中国社科院文学所访学的。1992 年下半年，我终于有机会摆脱学校事务，进社科院跟随钱中文、杜书瀛两先生学习。初次进京，我带了点家乡土产去拜访马肇元先生，算是“见面礼”。马先生推辞再三，无奈之下只得接受。可是，事后他却汇给我 27 元作为资费，真令我尴尬。

20 世纪 80 年代末至 90 年代，虽然经商赚钱已经成为社会时髦，可是，学术界本身却纯净如水，作者与编辑都热心学术，把它作为一项“事业”苦心经营。我们这一代学人也幸亏处在这样的学术环境中，才有了比较顺利的成长机会。只是中途我出任学校行政工作耽误了不少精力，留下一段学术空白。也是在那一期《文艺研究》的补白处，登载着一幅外国幽默画《编辑的责任》：画面上坦然坐着魁梧的出版家，旁边端立着怀抱书稿的觳觫、瘦弱的作者，中间隔了个敞开的大垃圾桶。漫画显然是批评编辑与作者间的不平等关系，警醒编辑的责任。而事实上，我所遇到的编辑却都以师友相待。

此后，我所承担的国家社科项目“诗性语言研究”和“文学虚构研究”都与当年文艺学研究的开端相关联，是当初研究的自然延伸，中期成果不少就发表在《文艺研究》上。

关于“诗性语言研究”和“文学虚构研究”，我仍然是从文学活动的整体视野出发，并以“活动”作为逻辑起点来思考问题的。正因如此，我的语言观也从索绪尔的普通语言学转向奥斯汀的语用学，以后，又从关注“言语行为”转向“行为语言”。这些关键的思想转折都在《文艺研究》上留下了足迹，是它及时扶持了新观念的萌发。譬如论文《从口传到书写：诗歌语言的诗意积淀》(2003年第1期)、《回归文学活动：从索绪尔到奥斯汀》(2014年第7期)、《文学活动中的言语行为与行为语言》(2016年第3期)等，都发表在《文艺研究》上，并分别被《中国社会科学文摘》和人大复印资料转载。可以说，从“言语行为”到“行为语言”的思想进展，引领我踏入了一片崭新的学术天地。

卡西尔把人类文化视为符号活动这一观点包含着深刻的真理。所有的人类文化和文明都是创造意义的符号活动。只要我们深入探究就不难发现：正是两类最基本的符号活动，即“行为语言”与“言语行为”，共同构建了千姿百态的符号样式。因此，抓住行为语言、言语行为，我们不仅可以深入探索人类的文化实践，而且可以探索人的心灵世界。尽管有人怀疑这一观点，对研究前景我仍然怀抱信心，并且相信：人类文化只能是人类活动的成果，而人类活动的重要特征就在于它属于符号性质的活动，人的心灵也正是受到符号活动的塑造而构建的，只要找到符号活动最基本的特征，也就解开了种种奥秘，其钥匙就隐藏在行为语言、言语行为既相区别又相交融的独特关系中。这一问题就是我后来的专著《文学行为论》所探讨的内容，而最初的论文《文学活动中的言语行为与行为语言》就发表在《文艺研究》上，责任编辑是年轻的张颖。

在我的学术生涯中，《文艺研究》给予我非常重要的引领和推助。我珍爱这份学术刊物，珍惜与编辑们的友谊，也将久远珍藏那份铭刻在心的感激之情。

（作者为温州大学教授）

一本杂志与一个学术时代

——我所知道的《文艺研究》

孟繁华

1979年，在中国当代文学艺术的历史上，是意义重大的一年。这一年，中国文学艺术工作者第四次代表大会在北京举行，周扬做了题为“继往开来，繁荣社会主义新时期的文艺”的报告。这个报告发表在《文艺报》1979年第11—12期上。这是改革开放后文学艺术界具有标志性的事件。就在这一年，《收获》复刊、《剧本》复刊、《星星》复刊、《花城》创刊、《当代》创刊、《清明》创刊、《读书》创刊、《外国文学评论》创刊、《中国现代文学研究丛刊》创刊。同时创刊的还有《文艺研究》。这些后来著名的文学、艺术和研究刊物的创刊，成为一个引人瞩目的现象，它表明：一个全新的文艺时代到来了。那是一个充满了希望和无限可能的岁月，是一个充满了理想和意气风发的岁月。

《文艺研究》杂志起点很高，从创刊那天起，刊物密切联系中国文学艺术创作和理论实际，发表了许多高质量的文学艺术理论批评文章。从“拨乱反正”开始，逐渐过渡到构建中国文学理论学术话语，其学术水准一直为学界称道。四十年来，《文艺研究》坚守其“始终坚持以马克思主义文艺思想为指导，贯彻百花齐放、百家争鸣方针，以推动中国文艺理论建设和文艺创作的繁荣”的宗旨，逐渐将刊物打造成中国当代文学艺术理论研究与批评的重镇，说它是这一领域最重要的理论学术刊物也当之无愧。四十年来，作为中国学界积极、严肃和守正创新的学术刊物，它见证并参与推动了中国文艺理论的发展，团结了国内该领域重要的学者。可以说，几乎所有的学者都以自己在《文艺研究》发表文章为荣。在我看来，更重要的则是，通过《文艺研究》，我们可以清楚地看到一本杂志与一个时代的学术关系。

1979年，我还是一个大学二年级的学生。从那时起我就是《文艺研究》忠实的读者，它是我从事文学批评的启蒙刊物之一。它发表的许多文章，讨论的许多重要问题，为我后来从事文学研究和文学批评奠定了重要的基础，甚至在具体的文章写作方面也让我受益匪浅。我清楚地记得刊物曾经讨论过的问题。比如关于“形象思维”的讨论、文艺与政治的讨论，特别是80年代关于人道主义的讨论，对我理解那个时代的文学艺术起到了关键性的作用。这些文章在改革开放后的文学艺术史上留下了应有的地位。后来冯牧先生在《文艺研究》创刊十周年的时候说，《文艺研究》“始终坚持了在创刊伊始时为自己所确立的方针。它从不曾给人一种在激荡的社会思潮中惶惑不定和随波逐流的感觉。它所展开的许多关于艺术理论和创作规律的讨论和争鸣，多是在一种正常的学术氛围中进行的。这些讨论，或则众议纷纭，或则热烈和谐，却大都具有我们所希望的那种平等待人、尊重真理的科学的实事求是的精神。有相当数量的包括了多种艺术门类的文章，是具有经得起时间检验的学术价值的；有些文章，由于历史条件的影响而带有难以避免的思想认识上的局限性，却仍然具有使人获得启发和教益的史料价值。那种只有短暂生命的带有明显‘运动’色彩的文字，在《文艺研究》上刊登得（的）并不多，这一点也是使人感到欣幸的”（《一个理论刊物应有的品格》，《文艺研究》1989年第4期）。现在，四十年已经过去，我想，冯牧先生的这一评价，仍然适用于今天的《文艺研究》。

四十年来，作为大型文艺理论刊物，一直以相对稳健和严谨的姿态面对中国当下的文学艺术问题。20世纪80年代的“观念搏斗”过去之后，从90年代初到21世纪初，《文艺研究》曾经围绕着“意识形态与文艺”“当代审美文化论”“后现代主义文化研究”“‘现代性’研究”“美学、文艺学、艺术学学科建设”“艺术与市场经济”以及“美学研究”等问题，进行了专门的讨论。这些讨论在深入、具体地介绍西方文艺理论的同时，也逐渐将学者的视野引向了更为广阔、博大的学术领域。

众所周知，当代学术从20世纪90年代开始发生了转型。而在这一过程中，《文艺研究》作为权威学术媒体，起到了重要的作用。2000年以后，《文艺研究》对西方文化研究理论和方法的介绍、讨论等，极大地激发了那个年代文化研究在中国的学术实践。也正是在这样的背景下，2005年初，《文艺研究》希望能够展开对“大众文化批评”的讨论，并安排我和陈剑澜在当年新创办的“当代批评”栏目当一期栏目的学术主持。我们在栏目“主持人语”中说：“我们生活在一个文化‘符号’大规模生产和再生产的时代。由于‘符号’携带着复杂的意识形态内容，如物质主义、消费主义等等，因而能够不断地改写我们的经验。它在制造‘惊奇’的同时，悄然改变、置换着我们熟悉的东西，用难以抵制的方式塑造我们的‘习惯’。从道德或审美的角度来谈论这些现象，从精英主义或平民主义立场臧否之，都是相对容易的。而批评的任务在于：它不仅要表明立场，而且必须把对象的细微意义合理地呈现出来。关于我们的意识、经验、行为在‘符号’的挤压之下究竟发生了什么，批评活动应当提供一种有效的知识。”(《文艺研究》2005年第3期）栏目总题“大众文化批评”，发表了贺绍俊、周宪、孙津、张柠四位的文章。这个开头很好，可惜的是我因各种事务缠身，分身乏术，这个开头也就是结束。没有再继续下去，着实非常可惜和遗憾，但《文艺研究》诸位朋友的友谊和信任，至今仍然鼓舞和感动着我。

说到《文艺研究》取得的成果，不能不提到2009年出版的、由方宁主编的“阐释与创造·文艺研究书系”。书系收录了21世纪近十年来在《文艺研究》上发表的重要学术理论文章。在某种意义上，也可以说，这些文章代表了那个时代中国文学艺术理论研究与批评的水平。书系共三卷:《批评的力量》《理论的声音》和《学者之镜》。其中,《批评的力量》收录了从《文艺研究》自2003年设立的“书评”(“书与批评”）栏目、自2005年设立的“当代批评”栏目中选出的文章。这两个栏目是刊物的重点栏目，旨在加强当代学术批评的建设。按照方宁的说法，是“举学界之力重点建设的栏目”，“在学界享有盛誉”。这本书的背景是,《文艺研究》向以“基础理论研究的重镇”称誉学界，但在2003年之后，刊物做了适当的调试，针对学术界某些问题及现状展开了批评，在学界有良好的反应。有幸的是，我发表在《文艺研究》2008年第2期上的文章《怎样评价这个时代的文艺批评》，作为头题入选本书。

建构中国文学理论话语，离不开中国文学创作的经验。四十年来中国文学理论的发展证实了这一点。当然，我们必须承认，改革开放以来，国门洞开，我们经历了第二次“西风东渐”。西方文学理论让我们了解了西方国家在理论上对文学的理解和见识，对发展我们中国的文学理论起到了巨大的推动作用。现代派文学、先锋文学以及后现代主义文学，让我们看到文学创作无限的可能，我们不仅在创作上做了全面的回应和实践，同时在理论上也做出了相应的总结。创作和理论的巨大发展，极大地推动和丰富了中国当代文学。可以这样说，如果没有经历20世纪80年代以来的现代派文学、先锋文学和后现代主义文学的洗礼，没有向西方文学学习的经历，中国当代文学是没有可能发展到今天的状况的。

但是，几十年过去之后，中国作家和批评家、理论家发现，如果一味地跟着西方文学及其理论走，中国文学和理论只能成为西方文学的附庸。西方文学理论构建的基础，来自西方文学的经验，它可以给我们以启发甚至灵感。我们曾毫不犹豫地加入了世界的“文学联合国”，参与了与世界文学的交流和对话。但是，在多元化、多样化文学创作日益得到尊重和关注的今天，中国文学作为西方的“他者”，作为世界的“地方性”经验，必须做出我们独特的表达。也只有做出独特的表达，中国文学才能在世界文学的总体格局中占有一席之地。莫言获得诺贝尔文学奖证明了这一点。因此，适时地开设“当代批评”栏目并作为重点栏目加以建设，显示了《文艺研究》的学术眼光和视野。“当代批评”栏目甫一开设，应者云集。充分显示了刊物的巨大号召力和影响力。我是这个栏目的积极响应者和作者。十多年来，我陆续在这个栏目发表了九篇文章：《九十年代：先锋文学的终结》(2000 年第 6 期)、《重新发现的乡村历史——本世纪初长篇小说中乡村文化的多重性》(2004 年第 4 期)、《21 世纪初长篇小说中的知识分子形象》(2005 年第 2 期)、《怎样评价这个时代的文艺批评》(2008 年第 2 期)、《乡土文学传统的当代变迁——“农村题材”转向“新乡土文学”之后》(2009 年第 10 期)、《文学革命终结之后——近年中篇小说的“中国经验”与讲述方式》(2011 年第 8 期)、《乡村文明的变异与“50 后”的境遇——当下中国文学状况的一个方面》(2012 年第 6 期)、《建构时期的中国城市文学——当下中国文学状况的一个方面》(2014 年第 2 期) 以及《中国当代文学经典化的国际化语境——以莫言为例》(2015 年第 4 期)。在这九篇文章中，《九十年代：先锋文学的终结》《怎样评价这个时代的文艺批评》《建构时期的中国城市文学——当下中国文学状况的一个方面》《中国当代文学经典化的国际化语境——以莫言为例》等，被《新华文摘》全文转载；《建构时期的中国城市文学——当下中国文学状况的一个方面》被评为“辽宁省哲学社会科学一等奖”。罗列这些事实并不是说自己的研究和文章有多重要，而是说《文艺研究》对我来说是多么重要。

2004 年，我和贺绍俊等刚到沈阳师范大学工作，我们自然希望能够通过和名刊合作，提高我们学科的知名度和影响力。现在的很多会议都是这样的“模式”，名刊的号召力远远大于大学，哪怕是著名大学。我们没有别的办法，只能亦步亦趋地学习。我们首先想到的还是《文艺研究》。表达这个想法后，立即得到时任副主编方宁和陈剑澜、金宁等朋友的全力支持。2004 年 9 月 11—13 日，由沈阳师范大学中国文学与文化研究所、文艺研究杂志社共同主办的“21 世纪：理论建设与批评实践国际学术研讨会”在沈阳师范大学召开。国内外这一领域的专家、学者五十多人参加了本次研讨会。会后国内很多重要媒体均报道了会议的召开和盛况。因此，无论是我个人还是我们学科，与《文艺研究》的友谊、《文艺研究》对我们学科工作的扶持、支持和帮助，都是不能忘记的。每当想起与刊物诸位朋友交往的经历，很多美好的回忆就会涌上心头。我甚至可以说，沈阳师范大学的中国现当代文学学科，就是从那时开始被学界了解和熟悉的。这份情谊，让人永远难忘。

四十年弹指一挥间。《文艺研究》已经取得了有目共睹的成就，在学界奠定了举足轻重的地位。我相信，作为中国学术重镇的《文艺研究》，在未来的岁月里，一定会取得更辉煌的成就，发表更多有学术见解的文章，培养更多学术上的青年才俊。这正是——古来青史谁不见，今见功名胜古人。

祝《文艺研究》鹏程万里！

（作者为沈阳师范大学教授）

学术写作：聚焦与博大

南　帆

荣幸地收到通知，邀请我为“《文艺研究》与我的学术写作”主题撰写文章。《文艺研究》杂志创刊四十周年，这个主题的文章是学术祝贺的组成部分。写一些什么？我犹豫不决。一则似乎没有在《文艺研究》发表多少论文，模糊记得四篇左右，平均十年一篇，贡献太小；二则找不到多少有价值的内容可供交流。普遍的学术规范众所周知，特殊的经验带有强烈的个人烙印，似乎没有必要推而广之。发表的论文已经在学术档案注册留存，写作的缘起、落笔之后的推敲与增删、耗费多少烟卷、增添若干白发，这些故事还是留给自己回忆吧。然而，核对发表论文的目录让我吃了一惊：我居然在《文艺研究》发表了10篇论文，平均数必须修改为四年一篇。记忆竟然讹误至此！如此之多的学术思考借助《文艺研究》的版面登陆，谢意油然而生。这些目录同时表明，提交《文艺研究》发表的均为倾力之作。这种状况证明了《文艺研究》在我心目中的分量。成色不足的作品不敢拜访如此显赫的学术期刊，相信这是许多作者的共同感觉。

我在《文艺研究》发表的10篇论文之中，五篇涉及语言与文学形式问题。20世纪80年代迄今，我从未放弃对于这个主题的关注。80年代初的“朦胧诗”、王蒙的一批小说以及80年代中期的“先锋小说”无不表明，语言与文学形式业已构成一个令人瞩目的文学焦点。现代主义文学形式与拉美的“魔幻现实主义”对于许多作家构成了剧烈的冲击。这些作家开始接受一些陌生的观念：首先，现实主义文学并非如同摄像机一般客观，现实主义文学形式隐蔽地包含了特殊的编码机制，而不是中性、客观地再现；其次，现实主义并非唯一的文学形式范本，另一些文学形式体系提供了远为不同的编码机制。相对于混沌的日常世界，种种编码机制无不力图聚焦或遮蔽某些事物。而聚焦与遮蔽必然涉及种种价值观念、意识形态对日常世界的编码与再现。显而易见，上述观念的背后汇聚了众多理论命题，每一个理论命题的露面无不伴随着激烈的争讼。问题的复杂性在于，这些争讼的背景远远超出了文学而卷入人文学科的另一些领域，例如语言学、哲学以及心理学等。

许多人曾经指出，20世纪的人文学科出现了“语言转向”。如果说分析哲学主要流行于哲学领域，那么英语世界的“新批评”、俄国形式主义、结构主义以及解构主义直接成为文学批评和文学理论的重镇。“新批评”和俄国形式主义试图将文本与形式论证为文学本体，结构主义的观念则更为彻底，提出语言乃世界本体。结构主义论证语言符号是一个自洽的体系，这个体系可以抛开现实世界独立运转；同时，语言符号体系先于个人而存在，所谓的“主体”是语言建构起来的。没有语言符号的“主体”仅仅是一个空洞无物的生理容器。在这个意义上，语言表现自我的“表现论”仅仅是一种幻觉，相反，所谓的“自我”毋宁是语言符号体系具体显现的工具，这就是那个颠倒而古怪的命题：“不是人说话，而是话说人。”因此，主体意识到的世界业已经过语言的编辑，没有什么游离于语言之外，无论是社会历史还是人的内心，这就是所谓的“文本之外别无他物”。这时，在语言、主体与世界三者的关系中，语言从某种次要的工具晋升为支配另外二者的主宰。我在《文艺研究》1987年第1期发表的《论小说艺术模式》一文，试图处理的问题是：上述三者的复杂关系如何显现于80年代的小说创作潮流中。这篇论文的分析对象是80年代的中国小说，之前的叙事作品仅作为背景材料而存在。论文关注的“模式”表明了结构主义的影响——我试图从五花八门的小说形式内部发现若干基本的模式，继而描述构成每一种模式的基本要素。事实上，这是我完成于80年代的一本著作《小说艺术模式的革命》的第一章。这本著作的后面几章具体讨论每一种模式的基本特征。我无法如同结构主义那样义无反顾地抛弃主体与世界，而是更多地纠缠于三者如何互动，结构主义关于语言建构主体和语言编辑世界的观点，更多地体现在文学形式如何建构作家的视域以及如何编辑作品内部形象体系这些具体的论题上。

我在《文艺研究》的第二篇论文发表于两年之后，即《语言的戏弄与语言的异化》（1989年第1期）。这篇论文的分析对象是王蒙的中篇小说《要字8679号》。我未曾统计《文艺研究》发表过多少分析单篇作品的论文，我为《文艺研究》提供这个类型的论文却仅此一篇。《要字8679号》是对推理小说的“戏仿”：一个调查组对某个等待晋升的官员进行历史调查。这部小说由各种话语单位组成，事实上，这些话语单位即众多被调查者的陈述。令人惊异的是，众多被调查者众说纷纭、言人人殊、疑窦丛生、彼此解构，甚至同一个人也可能前后不一、自相矛盾。调查组无法找到一个更高的真相裁决这些陈述，以一种语言证实或证伪另一种语言是徒劳的。所谓的调查并未获得一个可信的结论，那个官员不得不滞留于“有争议的人物”从而丧失了晋升的机会。“真实的、原始的历史沉没于时间之渊，只有那些滞留于语言符号的内容作为代理历史向我们展现。”（南帆：《语言的戏弄与语言的异化》，《文艺研究》1989年第1期）话语之外没有历史了吗？历史的真实与否必须转换为叙述合理与否吗？《要字8679号》诱使我深入考虑的问题属于“历史叙事学”范畴，尽管当时还未曾接触这个概念。

结构主义倾向于认为，众多的文学形式无不源于一个“结构”，犹如棋局无不遵循共同的行棋规则。这种观点存在的“阿喀琉斯之踵”，是无法解释文学形式的历史演变。例如，为什么诗歌形式从四言、五言、七言直至长短句和自由诗？为什么小说历经神话、传奇、现实主义小说发展到现代主义或后现代主义小说？另一些理论家——例如巴赫金——更重视社会历史对文学形式的改造，文学形式是语言历史与社会历史的交叉地带。某种文学形式的兴衰暗示了某个阶层、某种对话方式、某些交流圈子或交流主题的崛起或者隐没。《抒情话语与抒情诗》一文论述的理论问题是，不同时代的抒情气氛如何构成日常的抒情话语，这些抒情话语如何闯入抒情诗传统，并不同程度地改造抒情诗形式。这篇文章发表于《文艺研究》1996年第2期，是我的著作《文学的维度》中的一章。《文学的维度》分别从修辞、叙事话语、文类这几个方面阐述语言、文学与历史真实之间的相互交织。我的基本观念是：一方面，文学形式拥有独特的、相对自足的体系，许多时候，审美的意义由某种文学形式内部决定；另一方面，文学形式同时遭受社会历史的持续改造，尽管这种改造可能是隐蔽的，并且通过主体和意识形态的中介实现。文学形式的考察必须始终兼及双重性质，犹如同时关注一个星球的自转与公转。

无论是语言、主体还是世界，三者的独立研究分别拥有漫长的谱系。在文学批评领域，俄国形式主义与结构主义、精神分析学派和社会历史批评学派分别是三个谱系的代表。三个谱系均对浪漫主义文学观念提出质疑——文学并非作家天才的产物，所谓作家的独创远没有想象的那么大，作家更像是语言、无意识或者社会历史训练出来的代言者。然而，在相当多的时候，三个谱系并未组成一个相互补充的视野，相反，三者分别争夺“本体”的名义——三者无不力图论证，另外两个谱系仅仅是“本体”的派生物。我的《文学形式：快感的编码与小叙事》（《文艺研究》2011年第1期）一文，力图动态地描述三者在意义生产之中的作用。在我看来，三者相互交织；不同的历史情境之中，三者都可能充当支配另外两个谱系的决定者。“快感”“编码”和“小叙事”分别代表了三个谱系的现状。数年之前，我还在其他学术刊物发表《历史与语言：文学形式的四个层面》，相对静态地考察文学形式的构成元素。两篇论文可以相互参证。“文学形式包含了历史与语言的统一。”（《历史与语言：文学形式的四个层面》，《文艺争鸣》2007 年第 11 期）在我看来，已经到了考虑这种命题的时候了，尽管描述语言、主体以及世界三者关系的公式可能相当复杂。

《摇摆的叙事学：人物还是语言？》（《文艺研究》2014 年第 10 期）再度从另一个角度触及这个论题。许多人对于这样的观点习以为常：叙事文学以塑造人物性格为最高使命，文学史上那些著名的人物性格如同一个熟人始终与我们的生活相伴。然而，俄国形式主义与结构主义兴起之后，这种观点遭到了质疑，另一种观点在文学批评领域异军突起。如同这篇论文所概括的那样：

> 对于文学提供的人物性格，里蒙·凯南的《叙事虚构作品》概括了两种存在模式：人类学的存在，或者语言学的构造。一种模式认为，文学提供的人物性格犹如我们的朋友或者邻居。离开了小说的上下文，这些独立的人物性格仍然活跃在读者的记忆之中。另一种模式认为，这些人物性格只能存活于小说文本内部。超出这个范畴，他们并不存在。将他们视为真实的人物品头论足，这种感情用事毋宁说误解了文学的性质。

我在论文中回顾了人物性格塑造观念与 20 世纪上半叶的两个文学史事件的密切关系：一是俄苏文学的集中介绍；二是马克思主义文学理论的翻译。相对来说，语言学批评开拓了另一种视野。然而，语言学批评的一个潜在预设是：按照语言结构设置人类历史。这种预设显然遭到了严重的挫折，历史内部各种能量的涌现远远脱离了语言结构的严密秩序。语言是建构主体的基础，但没有理由低估主体改造、瓦解、摧毁并且重铸语言的能力，尤其是在宽泛的文化意义上。后者敞开了社会历史介入并且打开语言结构的通道。如果将语言结构作为束缚历史、压抑活力的紧身衣，语言学批评就会丧失激进的批判锋芒而转换为保守的枷锁。之所以如此重视这个主题，恰恰因为意识到一个历史事实：现代社会的一个特征是，人类的绝大部分生活环境已经离不开文化符号的组织和塑造。正如食物对于维持生命的意义，语言以及各种符号负责维持人类的文化生存。某种程度上，研究语言以及各种符号的意义并不亚于研究食物。

相对于上述 5 篇论文，另外发表于《文艺研究》的几篇，如《网络的话语》（2000 年第 5 期）、《文学公共性：抒情、小说、后现代》（2012 年第 7 期）、《小资产阶级：革命、文学与文化症候》（2016 年第 12 期）以及《中国当代文学史的乡村形象谱系》

（2019 年第 6 期）等，主题分散、指向不一，这些论文的共同之处毋宁是某种处理问题的方式。在我看来，许多熟悉的，同时又举足轻重的概念范畴不存在始终不变的内涵，这些概念范畴的诞生和流行时常与外部的各种历史文化条件息息相关。这几篇论文均包含了对概念范畴背后历史文化条件的再现和分析。例如，《网络的话语》考察哪些观念体系支持炙手可热的“网络”概念享有这个时代无限的宠爱，“这个观念体系不仅包含了未来历史的阐述，同时还包含了对于网络历史位置的阐述。换言之，这些阐述必须将网络的涵义融洽地纳入一套历史理论，并且成为一块举足轻重的拱石”。《文学公共性：抒情、小说、后现代》考察不同历史时期“文学公共性”的不同内涵。《中国当代文学史的乡村形象谱系》指出，中国当代文学史内部存在的乡村形象谱系可以视为一部隐形的乡村文学史，然而，文学提供的乡村形象组织于多种主题，显示出多种含义；从粮食生产的乡村、战火燃烧的乡村、精神生产的乡村、城乡对立的乡村、文化根系的乡村以及含义模糊乃至相互矛盾的乡村，这些含义表现了乡村与现代性之间不同阶段的复杂博弈，显示了乡村在现代文化网络之中承担的各种历史角色。“小资产阶级”是我近期关注的一个论题。这个概念曾经深刻地卷入中国现当代文学批评史乃至文化史，来龙去脉相当复杂。围绕这个概念，我发表了一批论文，其中《小资产阶级：革命、文学与文化症候》是相对重要的一篇。在文学与文化症候的意义上——而不是政治经济学的意义上—— 分析小资产阶级知识分子加入革命的动机以及特殊表现形态，这种考察涉及若干反复遭遇同时又没有获得充分解释的文学史现象。

论文《文学研究：本质主义，抑或关系主义》（《文艺研究》2007 年第 8 期）由一篇演讲稿改成。我在文中提出的各种理论命题里，“关系主义”占据了轴心位置。在我的心目中，这是相对于本质主义的一种文学观念。本质主义力图删除各个历史时期制造的外围现象，从理论熔炉中提炼出独一无二的文学公式；相对来说，关系主义强调进入某一个历史时期，恢复和发现各种共时态关系形成的文化网络，并且在这种网络内部定位文学。一个时代的话语光谱构成了开阔的文化平台，每一个独立的话语系统彼此抗衡，互为“他者”，继而表现出相对稳定的特征。作为一种考虑问题的方法，关系主义已经在我的思想之中存在了很长的时间，《文学研究：本质主义，抑或关系主义》这篇论文正式地提出了关系主义的概念并且表述了异于本质主义的内涵：“相对地说，我们更多地关注多元因素之间形成的关系网络。相对于‘本质主义’的命名，我愿意将这种理论预设称为‘关系主义’。”

即使从上述几篇有限的论文也可以察觉，我的研究工作区域可以大致区分为文学理论与文学史两个方面。关系主义的观念已经内在地表明，我对于形而上学问题兴趣索然，时常止步于古典哲学的边缘而更为重视各种富有活力的小叙事，并且因此从文学理论返回文学史领域。而在考察文学史的时候，我很少从事原始史料的收集、整理、考订，而是更多地关注这些史料显现的问题。我对于收集、整理、考订史料的研究者充满敬意，没有他们的工作，很多后续的研究将一筹莫展。尽管如此，我没有自己动手的愿望——我选择的岗位是“文化厨师”而不是食材采购者。这当然与文学理论研究的训练有关。相对地说，文学理论更为关注一个问题的思想含量。

高度发达的印刷出版业生产了不计其数的书籍，互联网提供了海量信息，现今个人阅读所能涉猎的对象仅仅是沧海之一粟，竭泽而渔已经成为遥远的学术幻想。多数学科通常拥有一批相对公认的经典，此外，如何选择蜂拥而至的新型资料正在成为一种新型的考验。诸多新资料可能改变传统的理论视野，一如不同的理论视野可能改变传统的资料内涵。我相信每一位成熟的研究者均具备一套平衡理论视野与新资料的经验。一般来说，我不太关心一个作家穿几码的鞋子，或者某个文学社团的聚会地点，对于狄更斯接近强迫症的洁癖或海明威是否站着写作仅有轻微的好奇。我愿意关注的是那些可以撼动理论视野的资料，尽管这些资料很可能丝毫谈不上“偏僻”。这种状况隐含的另一个事实是，可以从那些平凡无奇的资料中产生不同寻常的发现。三千常用字写出锐利的文章，必须有身手不凡的功夫。博学是一种令人骄傲的学术品质。可是，遇到一些渊博程度远远超过思想含量的论文时，我在钦佩之余还会不由自主地产生一个小小的期待：如果可以一剑封喉，是否应该节约一些外围的盘旋？当然，我很快再度意识到，这种期待很大一部分来自理论训练的后遗症。对于历史研究，资料的汇集已经构成独立的价值。或许某一天，沉静的资料可能由于一束不凡的眼光而突然燃烧。因此，这个小小的期待毋宁是我的个人倾向而不是普遍的价值评判。事实上，漫长的研究生涯已经使这个问题愈来愈明确：哪些论题是自己可能研究的，哪种研究方式是自己愿意选择的——判断的依据不仅是论题的意义，同时还因为个人风格。

二十多年前，我曾经在一本著作的序言中提到研究背后的“精神量级”——“量级”一词是从体育竞赛之中转借的，力图表明研究背后隐藏的精神境界。“精神量级”的衡量无法诉诸技术性指标而显现为某种高远的思想追求，某种历史性扩展的潜力。研究的深入通常伴随着聚焦，但考察区域的收缩并非“精神量级”的下降；某些重要的学术研究远远超出了知识积累而展示了内在的博大。因此，我在另一篇随笔中曾经重申：“中规中矩但不痛不痒的研究缺乏激动人心的魅力。我们都要努力及格，但不是及格万岁。我希望在学术研究中看到智慧、思想深度、组合和穿透能力、视野、气魄、原创性，等等——即使有些缺陷也可以宽容。”(《分享学术》,《福建文学》2006 年第 12 期）言及“精神量级”的时候，允许我暂时抛开防范江湖术士的学术欺诈这种令人沮丧的话题——至少此刻，我仅仅是单纯地表述一种令人向往的学术理想。

（作者为福建社会科学院研究员）

我和《文艺研究》三十五年

聂欣如

我的专业理论研究方向是影视艺术理论，属于文艺理论之下的一个方向。第一次在《文艺研究》上发表文章是在 1984 年，那时候刚从北京电影学院编剧进修班结业不久，深受电影学院老师们对于电影理论研究的热情的感染，当时的北京电影学院可以说是国内电影理论研究的“重镇”，我也是在那时知道了《文艺研究》这本刊物。我们这个编剧进修班的同学都是来自国内各个电影制片厂的一流编剧，其中不乏对电影理论的爱好者，有人谈到在《文艺研究》发表文章时的那种自豪和敬畏，让我印象非常深刻。因此自己写成文章之后，不知天高地厚地立刻投给了《文艺研究》，可以说是抱着“必死”的念头。然而，当我的文章在《文艺研究》发表之后，不仅大感惊讶，而且自信心大增，以后几年又接连写了文章投给《文艺研究》。

现在回想起来，当年写理论文章的动机并不“纯”——这个“动机不纯”不是名利的诱惑。当年还没有“评职称”这一说，我工作的单位也不在高校，而是在上海美术电影制片厂，理论研究方面的成果在那里被视为“乌有”，只有做出动画片、在国外获奖才算是“成绩”。记得当年“影协”扩充会员，成为会员虽然没有特殊待遇，但却经常可以看“内部电影”，因此我踊跃报名，结果就连保卫科没有写过一篇像样文章（更不用说发表）的科长都入选了，我却被刷了下来。当年在我们那里论文之“无用”亦可见一斑。我是一心想成为电影导演，自诩不比陈凯歌、张艺谋缺胳膊少腿，但那事谈何容易，因此才有了对电影理论的上心（当年说拍电影，可是不像今天有 DV 之类的东西可以摆弄）。从当年在《文艺研究》上发表的三篇文章来看，一篇是有关电影本体论的，一篇关于电影表演，一篇关于电影剪辑，可谓方向“杂乱”，专业不明。对于当年在理论上还很不成熟的我来说，完全不知道什么是“语言学转向”，也不清楚西方世界在人文学科领域的研究已经完全改弦易辙，只是因为导演梦，才会去接触所有与导演相关的领域。我当年的研究之所以能够在《文艺研究》上发表，今天想来完全是因为编辑具有开阔的视野，能够看到“语言学转向”在电影学的领域意味着什么，因此才给我这个在理论圈中“乱闯”、碰巧契合了理论研究转向的年轻人以机会。同时，这也可以说是“造就”了我的学术方向，至此往后，我对于电影理论的兴趣便集中在本体和形式语言的方面。在20世纪80年代，我与国内几乎所有的电影理论刊物打交道、发文章，可以说，是《文艺研究》奠定了我最初的理论想象，那是一个懵懂青年并不自觉的倾向。由此，我对《文艺研究》深怀感激。

20世纪80年代之后是我的理论“沉睡”期，一来是因为把精力放到电影和电视剧的拍摄上去了，二来是因为跟随当时的出国大潮，在80年代末去往国外自费留学，自此中断了学术研究十年之久。我1999年回国后在高校任教，影视艺术教育在当时的国内方兴未艾，留学归国者也颇受青睐。但是时隔十年，重又回到电影理论研究的这个圈子中，一切早已今非昔比，80年代那个文艺青年奋不顾身投入思想洪流的时代过去了，理想主义一去不复返，评职称需要文章，高校里各种奖励也都与发文章有关，发文章变成了必需的工作成果，需求大增，所谓“大刊”“名刊”变成了人人都向往的“唐僧肉”，文章似乎不那么好发了。我沮丧地发现，80年代那种书生意气、勃勃雄心都已消磨殆尽，写文章也开始变得功利，文章投稿也屡屡碰壁。当时也曾自省：去国十年，对国内的电影及相关理论话题都已不再熟悉，文章不受欢迎也无可厚非。但是，毕竟是在国外学习多年，在一些当时较新的电影研究领域，比如类型电影、纪录片等，还不能算落伍，为什么文章就发不出去呢？其实细细一想也就豁然，确实，想要发文章的人暴增，而专业刊物、杂志基本上还是80年代的那几本，所谓“僧多粥少”，因此在众多投稿者中，基数增大，你变得越来越“小”，越来越不引人注目。想通了，心态也就变好了，不与众僧争粥，写文章便有了乐趣。一般来说原因也简单，文章好了，发表的机会也就大了。但不得不指出的是，时过境迁，人在变，不少刊物也在变，某些专业的学术期刊，变得越来越在意各种数据指标的排名、主管行政部门的评价，学术水准的高低反倒是越来越退居“二线”，有些学术期刊变得只青睐那些追逐时尚、“危言耸听”的文章，即便在学理上有严重问题，也视而不见，甚至对商榷文章也拒之门外，以示自己选择之“正确”，这可真是学术研究的悲剧。这样的刊物在今天为数不少，究竟几何，我没有调查，但曾经打过交道的就不止一两家，在数目本来就不多的专业期刊中，这个比例实在不低。

正是在这样一种学术研究的“严峻”形势中，让我重新想起了《文艺研究》，当年的《文艺研究》曾经是我们心目中的一种“标准”，一面“旗帜”！当然，当年它所面对的只是为数不多的专业理论家和业余爱好者，今天它所面对的则是海量人群，不论学术水准如何，专业能力如何，全部都会义无反顾地蜂拥而至，如同“惊涛拍岸”，一波平息一波又上，一浪接一浪，无休无止，在这样的压力下，《文艺研究》还能风采依旧吗？

我重新尝试给《文艺研究》投稿和发表文章是在2014年前后，近几年来我在《文艺研究》发表文章的话题颇为多样，既有关于纪录片的，也有关于戏曲电影、动画片的，依然是专业归属“不清”，研究方向“不明”，但我却对《文艺研究》刮目相看。因为自己从文艺愤青到大学教授，对于艺术理论的理解已远不是20世纪80年代的盲打误撞，多少有了些触类旁通的理解和感悟。而要能够理解和接受这样的感悟，作为理论期刊就要具备一定的学术魄力和理论视野。众所周知，电影、动画片、纪录片是电影学之下三个最主要的分支，它们的媒介归属尽管都是电影，但所使用的材料却各不相同，因而美学指向和受众人群也大异其趣，能够在不同话题的言说之中精准把握其学术性并不是一件容易的事情。我之所以能够跨越不同艺术研究领域纯属偶然，关心电影是因为年轻时做梦都想当导演；关心动画片是因为我工作的单位是上海美术电影制片厂，厮混其中十年，有关动画片的那些知识耳濡目染，自然要超过常人；关心纪录片是因为我在国外学习时，影视系的系主任是一位研究拉美纪录片的著名专家，对我影响甚大。一般人恐怕少有像我这样“一个萝卜几个坑”的。我觉得，能够从一定的理论高度把握各种不同领域文章的学术质量实属不易，在我所接触过的专业期刊之中，能够做到这一点的不多，《文艺研究》是佼佼者。

以三十五年的时间来说，我在《文艺研究》发表的文章并不算多，但也是与几代编辑有过神交，他们给我的印象是：纯粹、博学、睿智，在当今这个唯功利是图的世界，越来越浮躁喧嚣的学术圈，这样的学者型编辑并不多见，希望《文艺研究》能够始终保持这样一种“清纯”，这样，我们的学术才会更有希望。

（作者为华东师范大学教授）

《文艺研究》与我的一段阅读史

牛宏宝

《文艺研究》杂志创刊于改革开放初期的 1979 年。四十年来几经风雨，在学术思潮与社会思潮的激荡与冲击中，《文艺研究》以其稳健的性格、较高的学术追求、以“鸣”达“明”的学术理念，打造了中国文艺理论和创作研究的高端综合期刊平台，为学术交流和几代学人的成长，做出了有目共睹的贡献。

其实说起来，作为作者，我与《文艺研究》的缘分并不深，总共投稿三次，发文两篇。不过，其中有一篇属于我本人迄今所发文章中最长的。2018 年春，金宁和张颖向我约稿一篇，但至今稿子还是个半成品！尽管如此，我仍然觉得《文艺研究》与我交谊不浅，所以有为她的“四十不惑”写点文字的必要。

我所想说的，不是作为作者而是作为读者与《文艺研究》的一点关系。在 20 世纪 70 年代末 80 年代初，与文艺理论研究相关的期刊阵容中，《文学评论》复刊于 1978 年，《文艺研究》创刊于 1979 年，《文艺理论研究》创刊于 1980 年。那年头是一个迫切需要新知、渴求思想解放的年代。正是这种“思想解放”使得今天的许多人非常怀念 80 年代。而第二次“美学热”和人道主义思潮，则属于这个思想解放年代文艺思想领域的深化部分，它们同时承担了思想启蒙和学理建构的双重使命。

而就我的学习经历来说，1984 年之前的学习中，定期阅读刊物文章是获得新知的重要途径。上述三种刊物，只要新刊到了，我便去阅览室翻看。这主要是出于新书的出版总是慢于期刊文章的缘故。1984 年后，新书不断，供货充足，读期刊文章的心也就渐渐淡了。但也正是在这种心态和氛围下，那段时间我是《文艺研究》的忠实读者。所阅读的文章中，朱光潜《关于人性、人道主义、人情味和共同美问题》（1979 年第 3 期）、顾骧《人性与阶级性》（1980 年第 3 期）、钱谷融《〈论“文学是人学”〉一文的自我批判提纲》（1980 年第 3 期）、陆梅林《马克思主义与人道主义》（1981 年第 3 期）、蔡仪《马克思思想的发展及其成熟的主要标志——〈经济学—哲学手稿〉再探》（上下篇，1982 年第 3、4 期）、陆梅林《马克思主义美学的崛起——〈一八四四年经济学哲学手稿〉读后》(1982年第5期)等，给我很大启发。我做了不少笔记，产生了理论研究的兴趣，并渐渐被激发走上了研究哲学美学之路。其中有些启发和开示未必是文章的作者所意愿的，但却是阅读者有意理解的。

这些文章其实内在地存在很大分歧，但也有许多共享的层面，包括共享的禁忌。但对于我这样的读者来说，却不一定以这些老师辈的学者们的所是所非为是非，而是从他们的学术思想中获得启示的方向。正是在这期间通过阅读所积累的有关人道主义等问题的理论准备，使我后来撰写了硕士学位论文《人道主义与新时期的文学形式》。记得在向导师刘建军教授汇报写作提纲时，我滔滔不绝地讲了一堆人道主义的理论，他却平淡地告诉我，不要只谈观念，要谈形式，研究渗透在形式中的观念。刘导说得平淡，但对我却不啻棒喝！从此，我特别注意将艺术观念与形式打通、将社会思想与形式创造打通。这或许就是马克思主义美学的一个重要的维度。后来的法兰克福学派，尤其是阿多诺的思想，有力地促进和磨砺了我的这一倾向。

具体说对上述文章的阅读与我的学术成长之关系，更重要的是以下两点：

第一，这些文章的阅读，把我引向了马克思《1844年经济学哲学手稿》的研究。20世纪80年代的“美学热”，最初可以说是以马克思的这部手稿为理论奠基石的，同时，也正是这部伟大的手稿赋予了1980年底的“美学热”以新启蒙的底蕴和学理建设的奠基石。这是这次“美学热”不同于此前50年代“美学热”的地方。在其中，“异化”成了“批判的武器”，而人的全面发展成了美学的解放承诺。这种解放承诺在中国美学理论中扮演了“审美救赎”替代者的角色。或许更重要的是，马克思主义美学的实践品格不仅赋予了中国现代美学一种以实践为奠基的客观性，且赋予了其以实践历史之展开的维度。这不仅对于确立中国现代美学以“实践主体”为核心的主体论美学是重要的，对于矫正传统的“心性论”美学也是非常重要的。

第二，这些文章的阅读帮我打开了一个宽阔的学术视野，那就是马克思和恩格斯的经典著作和马克思主义的三个来源之一——德国古典哲学。我的哲学阅读始于马克思，然后由马克思上溯至黑格尔、康德、谢林和席勒。再由这个阅读所奠定的问题意识和思考，上溯至古希腊、近代的笛卡尔，下溯至尼采以后及20世纪的现代哲学。这其中，马克思和黑格尔的哲学语言曾经深深地打动过我，甚至使我觉得哲学家中也有像文学家一样的语言大师。后来的海德格尔、维特根斯坦的哲学语言复又加深了我的这一体验。这样的学术进路当然也会带来不同的后果，比如止步于黑格尔，或止步于康德，或倾心欧陆哲学而于英美哲学则缺乏共鸣。这些都会塑造一个学者的学术视野和学术性格。而于我自己，则在20世纪90年代之后走过了一段艰苦的路，来克服早期阅读所奠定的这个进路中的某些模式化。但某种来自马克思和黑格尔的对艺术和社会、历史与逻辑分析打通来思考的思想魅力，却始终在吸引着我的学术追求。

我后来一直在思考，在1978年开始的“思想解放”运动中，就学术而言，为什么是美学而不是别的学科扮演了“第一小提琴”的角色？或许在我上面所说的这几点阅读经历中就隐藏着答案。当然，这其中的张力在于，借他者的酒浇自己的块垒，似乎也具有构成思想史的力量。问题是我们得把这种属于自己的力量总结、阐释出来，在其中看到隐蔽的、属于自身的问题之关切。否则就变成了像90年代以后的状态：得别人的病，吃别人的药。

愿《文艺研究》陪伴更多的学人成长！

（作者为中国人民大学教授）

美学与艺术学

——《文艺研究》与我的学术趣向

彭　锋

在我的学术生涯中，有两个刊物给我帮助最大，一个是《文艺研究》，另一个是《北京大学学报》。我一共在《文艺研究》发表文章 12 篇，在《北京大学学报》发表文章 10 篇。除了两个刊物各发表 1 篇访谈之外，其余都是以独立作者署名发表的文章。通过对在这两个刊物发表的文章的简单对比，既能够看出两个刊物的不同特点，也能够看出我自己不同的学术趣向，还能够从一个侧面回答"美学与艺术学之间的关系"这个学术界比较感兴趣的问题。

我在《北京大学学报》发表文章始于 1997 年，那时我博士还没有毕业，研究的问题集中在美学领域，随后在《北京大学学报》发表的文章基本上都可以归入美学之列。2002 年，我在《文艺研究》发表《分析美学对维特根斯坦的误解》一文，从题目上看，该文也在美学的范围之内。但是，考虑到维特根斯坦和受其影响的新维特根斯坦学派在总体上主张用艺术哲学来取代美学，将该文归入艺术学之列也未尝不可。更有意思的是，随后在《文艺研究》发表的 10 篇文章，全部跟艺术理论和艺术批评有关。今天回过头去看，我在这两个刊物发表的文章居然有如此之大的差别，这让我自己都感到有些吃惊。

1997 年，我从北京大学哲学系美学专业博士毕业之后留在美学教研室任教，研究和教学集中在美学领域。21 世纪初，我在中央美术学院和清华大学美术学院兼课，逐渐对艺术理论与批评产生了兴趣。于是，我的研究自然分成了两个部分：一个部分是美学，另一个部分是艺术学。在《北京大学学报》与《文艺研究》发表的文章之所以有所区别，我想与这两个刊物的性质和特点不无关系。《北京大学学报》是高校综合性人文社会科学刊物，发表的文章多半要能归属已有的学科，新兴学科或者交叉学科的文章通常较难发表。艺术学是 90 年代才确立的学科，《北京大学学报》较少发表艺术学文章，是可以理解的。同时，我在北京大学主要做美学研究和教学，在本校学报发表符合自己专业方向的文章，是再自然不过的事情。

但是，《文艺研究》不同，它是由中国艺术研究院主办的。如果要在美学与艺术学两个学科之间选择，估计《文艺研究》会毫不犹豫选择艺术学，这或与它的主管单位有关。比如，从学科归属或者设置上来讲，美学学科归入中国社会科学院哲学研究所的美学研究室，与美学相关的研究成果自然应该发表在哲学所主办的《哲学研究》上。

也许正是为了找到自己的学科领地，与美学保持一定的距离，在艺术学学科的确立过程中，《文艺研究》做出了重要支持。从20世纪80年代开始，《文艺研究》就发表艺术学研究的文章，对于艺术学独立成为门类以及艺术学理论成为一级学科，都做出了重要的推动。正是基于对美学和艺术学不同的学科归属的理解，我把涉及艺术理论和艺术批评的文章交由《文艺研究》发表。再加上在调入北大艺术学院之前，我的艺术研究、教学和实践活动主要在北京大学之外进行，与艺术有关的文章自然就较少在《北京大学学报》发表了。

如果没有《文艺研究》的支持，我可能会将自己的研究限于哲学美学的范围之内，不会走上艺术理论与批评的研究和实践。我今天依然从事哲学美学研究，但是有了艺术理论与批评的研究和实践之后，我对美学与艺术学之间的关系有了切身的认识。

有一种看法认为，将美学与艺术学区分开来是完全没有必要的，换句话说，美学与艺术学的关系问题是一个假问题，因为美学就是艺术学。我们在黑格尔的经典研究中可以看到美学与艺术学之间的等同。黑格尔把自己的演讲称作“美学”（aesthetics）是出于约定俗成，在他看来，准确的名称应该是“艺术哲学”（philosophy of art）。与黑格尔同时代的谢林，就经常将“美学”与“艺术哲学”混用。与黑格尔刚好相反，谢林将他的美学讲演称作“艺术哲学”。由此可见，在19世纪德国，美学与艺术哲学的区别并不严格。即使在今天，仍然存在将美学与艺术哲学混用的情况。例如，博尔瑟玛（David Boersema）撰写的著作《艺术哲学：美学理论与实践》（*Philosophy of Art: Aesthetic Theory and Practice*），就用“艺术哲学”做主标题，用“美学理论与实践”做副标题。总之，尽管将美学与艺术学等同起来不无道理，但是随着学科区分的细化，它们之间的分野还是体现出来了。

从范围上来看，美学可以“约等于”或“大于”艺术学，艺术学也可以“约等于”或“大于”美学。例如，《美学指南》（*The Blackwell Guide to Aesthetics*）除了大部分内容与艺术学重复之外，也包含一部分艺术学通常不太涉及的内容，如自然与环境美学。《艺术理论手册》（*A Companion to Art Theory*）除了大部分内容与美学重复之外，也包含一部分美学通常不太涉及的内容，如视觉文化。总之，从美学与艺术学的范围上来看，尽管它们可以彼此区分，但有大部分内容是相互重叠的。

不过，随着艺术学在中国的发展，尤其是艺术学理论成为一级学科，相应地设立了艺术理论、艺术史、艺术批评等二级学科之后，美学与艺术学理论的区分就更加明显了。美学只是“约等于”艺术理论，但明显不同于艺术史和艺术批评。艺术理论与艺术史和艺术批评的关系，“约等于”美学与艺术史、艺术批评的关系。

艺术理论（或者艺术哲学）与艺术批评不同。艺术批评针对具体的作家作品，艺术理论不针对具体作家作品，而是针对能够涵盖全部作家作品的一般理论。艺术批评是关于艺术实践的思想，艺术理论是关于艺术实践的思想的思想。艺术批评为艺术实践提供意见和建议，艺术理论为艺术批评提供观念和方法。艺术批评是一阶话语，艺术理论是二阶话语。因此，艺术理论也被称作“元批评”或者“批评的批评”。

艺术理论不同于艺术史。艺术理论的目标是时间之外的真理，艺术史的目标是时间之中的事实。但是，艺术理论的建构往往依赖艺术史的事实。离开艺术史的事实，艺术理论就成了空中楼阁。尽管艺术史强调历史事实，但是艺术理论也会对它发生影响。艺术理论形成的艺术观会影响到艺术史对事实的识别和选择。不同的艺术观，会侧重不同的史实。另外，历史不是史实的再现，更无法让史实再生。历史是史实的叙述。不同的艺术观，会讲出不同的艺术史。

艺术史与艺术批评不同。尽管这个问题与美学没有直接关系，不过它对于我们理解艺术学理论还是有所助益。虽然艺术史和艺术批评都针对具体的作家作品，但是艺术史侧重过去的作家作品，艺术批评侧重现在的作家作品。这是它们在时间上的区别。艺术批评包含描述、解释和评价。评价是艺术批评中必不可少的部分，尤其是负面评价在艺术批评中往往占据更大的比重。从这种意义上讲，艺术批评是有立场的，艺术批评的立场会影响到评价，因此艺术批评带有较强的主观性。但是，艺术史就没有这种偏好。艺术史尽量追求客观性，为了确保客观性，艺术史更多地专注于描述和解释，尽量克制做出评价，尤其是负面评价。

最后，再一次感谢《文艺研究》对我的扶持。期待《文艺研究》作为中国艺术学研究的阵地，推动中国的艺术理论、艺术史和艺术批评的研究，形成有中国特色的艺术学话语，建构有中国特色的艺术学知识体系。

（作者为北京大学教授）

《文艺研究》与我的学术研究历程

邵大箴

四十年来，我们这一代文艺界人士和《文艺研究》杂志一起接受了改革开放大潮的洗礼和由这一大潮激发的新观念、新思想的滋润，经受了文艺界风风雨雨的锻炼，逐渐对文艺发展规律和原理有了更为深刻的认识与体会。当回顾这段历史时，我们感觉到《文艺研究》一直在我们身边，我们共同分享文艺理论研究取得的丰硕成果，共同思考当前文艺界存在的问题，以至于对未来有共同的殷切期待。

《文艺研究》创刊以来的四十年是紧跟国家改革开放步伐的，正因如此，它把我们一群人团结在它周围。改革开放引发的思想解放运动使我们鼓足勇气在艺术观念和实践上拨乱反正；随着改革开放的步步深入，我们开始总结一个世纪特别是1949年以来我国文艺走过的道路，在充分肯定成绩的基础上，反省它存在的问题，并站在新的思想高度，重新审视我们的文艺遗产和民族文艺传统的价值，更加全面、客观地评价当代世界文艺状况和它的发展趋势。在这个过程中，我们不可避免地遇到如何看待20世纪以来西方现代文艺成果的问题，这既是一个理论研究的课题，又与我国文艺实践的探索有密切的联系。还有，“五四”以来我们的“革命文艺”高举关注人生的现实主义大旗，吸收欧洲和俄罗斯、苏联现实主义艺术营养，取得了有目共睹的成果。但是，在重视艺术反映现实生活和人民奋斗历史的同时，一个时期对人们审美需求的丰富性和艺术表现的多样性重视不够。在绘画领域，对传统的写意文人画片面地从题材内容的角度给予批评和否定，而对其在程式化笔墨语言中所包含的独特的民族审美理想和情趣，没有给予充分的肯定……与此同时，迎着改革开放的春风，我国学术界对文艺理论基础问题的研究也在逐步展开，文艺实践多元、多样的探索日益活跃，新的创作成果不断涌现，也不断给理论研究提出新的课题。

《文艺研究》之所以能受到包括文艺界人士在内的广大读者的持久关注，因为它一方面准确地把握住了当代中国文艺的脉搏，及时反映学术界对当代文艺问题的思考和有关研究成果；另一方面，它还十分关注基础理论的研究和从宏观视角反映世界各民族文艺思潮与动向，以此开阔人们的视野，推动人们对艺术原理的认识和遵循艺术规律的自觉性。它认真、冷静地观察和分析国内外各种文艺现象，并力求从理论高度引导人们分清哪些是流行时尚，哪些是严肃思潮。《文艺研究》上发表的文章一般都有相当的理论深度，而且有很大的学术包容性，鼓励不同观点的作者发表有独立见解的文章，在刊物上友好地展开学术争鸣。此外，它还注意发现和培养新人，刊物上一些很有生气的文章，常常出自青年作者之手。正是这些，《文艺研究》在我心目中是一本很有学术品格的刊物。

20 世纪 80 年代以来，我在《文艺研究》上发表了多篇文章，其中包括《美术中的超现实主义》(1980 年第 6 期)、《毕加索——不倦的探索者》(1981 年第 3 期)、《西方当代美术中的现实主义》(1984 年第 3 期)、《发展中的苏联绘画》(1985 年第 1 期)、《马蒂斯和他的写意艺术》(1986 年第 1 期)、《西方现代雕塑一瞥》(1987 年第 2 期)、《论抽象派艺术》(1988 年第 1 期)、《观念艺术—— 一种艺术的探索和探索性的艺术》(1989 年第 4 期)、《顺从自然又与自然搏斗—— 论凡高的艺术》(1990 年第 5 期)、《中国山水画与西方风景画的同和异—— 兼论两者交融的历史、现状与前景》(1999 年第 4 期)、《旧传统与新传统　旧形态与新形态》(1999 年第 4 期)、《还艺术本原——意大利超前卫艺术给我们的启示》(2001 年第 5 期)、《恒定性与变化性——关于艺术现代性的思考》(2007 年第 4 期) 等。这些文章的内容可以概括为一点，那就是在新时期我们如何处理美术中的古与今、中与外的问题。其中的焦点是如何正确认识和我们隔绝了大半个世纪的西方现代派艺术，如西方前卫绘画先驱之一后印象派画家凡·高，以德国为中心的表现主义，开现代派美术先河的毕加索、马蒂斯，在西方风行一时的抽象派艺术，以及属于后现代范畴的观念艺术，还有西方 20 世纪的前卫派雕塑等。我之所以当时有撰写这些文章的浓厚兴致，是因为我从留苏期间（1955—1960）便开始关注西方现代艺术的问题，思考如何正确认识和客观评价这些艺术，改革开放使我这一研究愿望得以实现。

我热情投入当时文艺界关于这些问题的讨论中，也因此和国内主要文艺期刊编辑们有较多的交往。我在担任教职的同时，还先后主编《世界美术》和《美术》月刊，和时任《文艺研究》副主编的姚振仁先生以及马肇元先生经常交往，见面谈论的都是文艺界的学术动向和思潮方面的问题。他们从我当时学术研究课题中发现可以成文、宜于在《文艺研究》上刊载的文章，便积极鼓励促成。正是在撰写这些关于西方现代派的探讨文章时，迫使我思考我国古代传统艺术和 20 世纪以来坚持现实主义路线的艺术创作的价值，如何在借鉴西方现代艺术时保持清醒头脑，坚定民族自信，科学分析现实主义艺术理论与实践中无可争议的现代性趋势。这种现代性趋势含有与西方艺术追求的现代性的相同元素，如在艺术创作中重视在研究客观基础上充分发挥创作者的主观能动性，在写形过程中重视观念和神韵的传达；除写实手法外，注意运用表现性、意象性、寓意性和抽象性的方法……中国 20 世纪现实主义艺术中所蕴含的现代性，又有自己不同的特质和形态，这和本民族文化中“天人合一”的理念有关，强调观念的中和，不走极端。在我肯定印象派之后西方现代主义成果时，明确提出他们从包括中国传统哲学思想和艺术创造中吸收了营养，也指出它们受西方现代哲学影响产生的观念和实践的某种片面性、过激性。当时，我国文艺界在如何借鉴包括西方文艺在内的外来文化，有大致的共识，也就是周韶华先生总结的两种方法：横向移植和纵向吸收。但以哪一方法为主，美术界有分歧。我学习和思考的心得是：横向移植必不可少，但是属于初级阶段，纵向吸收应是更有效的手段。这是我在分析批评西方现代主义和当代观念艺术的文章中一以贯之的思想。质言之，对我们不熟悉不习惯的外来艺术，一要认真研究，二要科学分析，取唯物辩证态度，不轻易否定，更不盲目追随。我的这些或许浅显的学术主张，得到《文艺研究》编辑同人的支持，更使我增加了继续学习和研究的信心，对我的学术历程产生了不可忽视的积极影响。每每重新阅读我在《文艺研究》上发表的那些文章和回忆与《文艺研究》交往的这段历史过程，一股感情暖流便在心中涌动。值《文艺研究》庆祝创刊四十华诞之际，衷心表达我对它的敬意，热烈祝贺它在新时代为我国文艺实践和学术研究的繁荣做出新的贡献，发出更灿烂的光芒！

（作者为中央美术学院教授）

旧雨新知的聚集

水天中

人们都在回忆和谈论20世纪80年代。对于像我这样虽然那时候已届中年，而从事艺术研究却属刚刚开步走的时期，有幸赶上一个明朗、开放的时代，实在是我们一代人的幸运。这绝不是客套，对我们那些人来说，这不是考察和比较历史得出的结论，而是付出沉重代价之后的切身感受。1978年报考“文化部文学艺术研究院”研究生的我们，深切地知道这种环境是何等的来之不易。

1979年春天，文学艺术研究院首届研究生开学典礼上，文艺理论前辈群贤毕至。贺敬之、冯牧、王朝闻、张庚诸先生致辞，他们都从“文革”十年文艺理论研究完全中断并倒退的现状开始，希望我们这41位研究生成为文艺理论领域的接班人。他们的讲话饱含着真情实感，数十年后言犹在耳。贺敬之说你们将来的成就不在重复前人的理论，而在拿出新的见解，错了也不要紧，要实行“三不主义”，因为写出自己不同见解而受到迫害、审查、划右派是决不允许的。如果不让表现自己真正的见解，文艺作品还有什么价值呢？冯牧是一个热情的人，他表示这一届研究生有许多已经是饱学之士了，他愿意和大家一起研究、一起探讨，希望大家都成为“双百”方针不折不扣的执行者：“我可以不同意你的意见，但我必须尊重你发表不同意见的权力。”张庚谈了招收研究生的背景，同时提醒我们——研究工作是清苦的事业，要耐得住寂寞，经得起失败，要独立思考，不要迷信“本本”。王朝闻讲了博与专、史与论、虚心与信心等方面的关系。他以精神食粮与物质食粮不可相互代替结束讲话——“是吃饭的时候了，我们是不是可以结束讲话去食堂呢？”在会后与我们谈话时提到当时关于“自我表现”的争论，他说：“艺术家不能表现自我，难道要去表现你？”老前辈的讲话，成为我们进入学术研究新阶段的开始，文艺领域使人振奋的变化如春风时雨。而研究院主办的《文艺研究》的创刊，也是使人振奋的事件之一。在80年代前期，国内学术刊物屈指可数，专门发表文学艺术理论文章的学术刊物更近于空白。张庚先生在研究人员会议上曾专门谈过创办《文艺研究》的意义，要改变艺术理论学者殚精竭虑的研究成果只能束之高阁的局面。有一次在讲到创办《文艺研究》的时候，他还特意让我转告美术研究所的老专家，“不要过分爱惜笔墨”，过去是没有发表研究成果的地方，现在有了《文艺研究》，可以改变述而不作的习惯了。

《文艺研究》创刊后，我首先注意到封面上显著的敦煌藻井图案，这应该是一种蕴含文化取向的标志。在我们这些虽过中年，仍然属于史论研究新人的心目中，《文艺研究》似乎侧重刊发老专家的系统性学术成果。因此我们虽然关注每一期刊物中的文章，但很少人会想到为《文艺研究》写稿。因为我们错误地觉得那是老一代专家的学术空间。实际上，《文艺研究》的编辑思想并不像我们所想象的那样局限于某些范围，而是相当敏锐地观察和感知全局性发展，对艺术创作领域的“观念更新”适时做出反应。

80年代前期美术理论领域的热点是对历史的反思，对艺术观念、风格的探寻。在美术创作迅猛变化的同时，美术理论研究的重点也有明显的转移，不仅关注和评价美术创作新潮流，而且试探以新的角度阐释艺术历史。传递这些变化的不仅有美术专业报刊，更有《文艺研究》这样的学术性刊物。当然，它是在历史回顾与理论探讨层面反映并推进艺术领域的改革开放潮流的。

《文艺研究》创办后编辑部就在恭王府后楼，这座长长的木质旧楼，是恭王府府邸与花园的分界，俗称“九十九间半”。实际上它是有正式名称的——靠东边悬挂着“瞻霁楼”匾额，西边则是“宝约楼”。美术研究所在后楼中间，《文艺研究》编辑部在西边。大家平时走动或者办什么事，随便推门而入。在我记忆中，编辑部办公室总是有人在伏案工作。

90年代前后艺术报刊如雨后春笋，常常遇到刊物编辑无题材内容限制的约稿，可以说是给作者自我做主的空间。而在《文艺研究》这里，我还想不起类似的邀约。找我们约稿，跟我们联系最早也最多的是负责美术方面的编辑姚振仁先生。他从事文艺编辑多年，对艺术发展形势有清醒和全局性的掌握。他约稿的出发点，是刊物整体格局的需要。难得的是他对艺术研究人员的了解和基于客观了解之上的信任，由此进入以文会友的境界。我清楚地记得在恭王府窄小的斗室和许多展览、学术研讨会间隙推心置腹的交谈，包括某些臧否人物的窃窃私语。有一年我一个人上黄山，在玉屏楼与老姚不期而遇，我们坐在大石上评点黄山峰峦胜概，说得兴起，差点耽误了他的下山时间。实际上《文艺研究》的编辑都有这种素养——不仅了解作者的研究方向，也了解他们的治学风格和生活态度。这应该是刊物逐渐形成一种具有文化纵深气度的重要因素。

十年前我的健康状况每况愈下，基本上没有再给《文艺研究》写稿。但在掇拾旧文的时候，我发现自己在《文艺研究》上刊发的几篇文章，虽然规模不大，而且卑之无甚高论，但对我自己却有“节点”的味道。而且使我回想起为了撰写那些文章前后的心绪，包括与那些艺术家交谈的心情与气氛。从这个角度推而广之，《文艺研究》与文艺理论的研究者，确实有相依相随的精神联系，可以说是这一领域旧雨新知相聚的园地。

（作者为中国艺术研究院研究员）

《文艺研究》小记

孙　郁

最初注意到《文艺研究》杂志，是因为那封面不俗的气质以及插图的美。在单位图书室的一角，它像一枚珠宝镶在书橱的上端，远远望去，有高贵的韵致流出。我那时候参与编辑《鲁迅研究动态》，觉得彼此在两个世界里。鲁迅研究界的城堡的意味还未散尽，似乎有高高的台阶把人堵在门外，不免是正襟危坐的样子，而《文艺研究》则像卢浮宫前的金字塔，半是透明、半是神秘的外表，吸引我们有造访的念头。20 世纪 80 年代，中国文化在悄悄变化，在旧的围墙被拆解的时候，人们都渴望对新的精神的建构。而那时为思想解放贡献了自己热能的，就有《文艺研究》这样的杂志。

年轻时候阅读的理论文章有限，但关于西方现代理论的一些思想，部分是从这本杂志得到的。不过我对于域外的美学理论知之甚少，很多作者的思考未能读懂，所以对于许多文章的好坏无从说起。记得在 90 年代初，方宁兄来鲁迅博物馆聊天，他希望我能够写点什么。因为知道自己的盲点甚多，又惧怕论文的写作，只好推辞，便把王乾坤等几位活跃的学者推荐给他。此后，很长一段时间便不太与这刊物有什么交往了。

但是多年以后，大约 2004 年岁末吧，贺绍俊兄来电话，说正计划与《文艺研究》合作组织个栏目，希望能够写点什么。我那时候忙于博物馆的行政事务，兴致并不在论文的写作上。不过因为与当代作家和日本学者有些交往，内心也有一点心得，于是就写了篇《写作的姿态》(《文艺研究》2005 年第 2 期)。后来看到杂志，见编辑手记中说，我的加入，使这个栏目“更具有学术沙龙的气氛”(贺绍俊语)。写那样的文章，也是为了凑凑热闹的，我知道，自己的言说充其量不过一篇随笔，并非论文。所谓“沙龙”云者，不过是陌生者的闯入。许多年很少给《文艺研究》写稿，乃是自己的知识结构与刊物品位并不对应。而我的文字缺少学术的厚度，则也是与这本杂志忽远忽近的原因。

我转到大学教书后，和学术杂志的交往多了起来。主要是“评价体系”带来的功利心，促使我开始往《文艺研究》主动寄稿。这时候我注意到，给北京的杂志的文章，需要有一点定位。比如《读书》上的文字活泼一点不是弱点，但《文学评论》《文艺研究》则要有严谨性，感慨性的文字乃论文的大敌。我主动投稿的时候，还没有摆脱随笔的痕迹，稿子寄给陈剑澜先生后，便有些后悔，觉得那风格是不合时宜的，但文章居然也刊发出来。我后来发现，这本刊物其实也有兼容并包的特点。他们还刊发过其他一些人的随笔性的文字，不因为风格不同而拒绝非学院派的书写。看那些多样化的文字，也加深了一种感觉：学术研究的门径，是不止一条的。

在我的印象里，《文艺研究》没有门派之分，各种流派的学说都在此亮相，并无定于一尊的“呆相”。那些关于海德格尔、德里达、福柯以及拉康的思考，都激活了读者的思想；回望中国古典美学的研究者的言说，也有时代的精神在其中。在特定的时间里推出的特定栏目，体现了刊物的多样性，不同风格的作者于此有过合唱。艺术理论方面总有前沿的论述刊载其间，挑战性的思维给精神解放带来诸多启示。除了本专业的论文外，我很喜欢看的是关于敦煌艺术、考古文献以及书法理论的研究，这些文章对于我这样的外行有启蒙的意味。大学的学科划分有时候窄化了学者的思维，《文艺研究》其实是在整合学院派的各类思考。“五四”之后，关于新文学、旧艺术以及西方思想的介绍，曾经起起伏伏，这样的历史在这本杂志里也多少有所体现。

《文艺研究》有很活跃的作者队伍，有一些是我所熟悉的。20 世纪 80 年代以来，国内涌现了一批新人，他们往往剑走偏锋，常有思想的冒险。我注意到关于知识分子话题的讨论，还有聚焦当代文学批评的几组文章，都有鲜活的内容，一些别的杂志不敢刊登的文字，在此也可以读到。我们多年困惑的话题在这些学者的思考里有所涉及，而对于研究界自身问题的检讨，叙述的过程也并不温吞。我读过一些商榷的文字，感受到不同思路互动时思考的快慰，这些文章对于刊物而言，有一种对话的功能。对话，其实是发现自己的盲区何在，也能在一定程度上缓解认知力的不足。前辈学人与年轻学者的对话尤为重要，这大概是“五四”以来中国学术杂志的传统之一。比如乐黛云教授在一篇文章中言及比较文学的时候，指出在西方，这门学科属于学院内部，而中国的比较文学，则更多的是文化现象。前者纯粹性的东西多，后者则含有复杂的精神内容。这样的比较，将话题引向了深处，而如何建立比较文学的中国学派，也在这样的思考中萌动着。

除了大块文章，《文艺研究》的书评也很犀利，不都是温吞的文字。有一件事让我很尴尬，2010 年，王彬彬在《文艺研究》上刊发了批评汪晖的文章，引起轰动。记得有天晚上，我正在进行世界汉学大会的筹备工作，汪晖从哈佛大学来电话，说到了此事。我和汪晖平时很少联系，他的电话，自然有寻求客观点评的含义。但那时候我并未读过这篇书评，当阅读了王彬彬的全文后，发现了自己的两难，批评者与被批评者都是我的朋友，过于紧张的语境使我不知如何为好。我一面觉得这样的讨论不无意义，一面又感到批评得过火，似乎把问题放大了。几天后，我与钱理群、赵京华接受记者采访时，都为汪晖的鲁迅研究做了肯定性的描述，但我觉得王彬彬的批评也应重视，他提醒着我们以后写作应更为严谨和规范化。《文艺研究》开展的学术批评虽然深浅不一，有时候并不系统，但偶尔见到的有锐气的文章都暗示着我们，在治学的路上，真与诚以及无畏的精神是多么重要。中国的学术杂志向来缺少这样的对话与批评。想起胡风当年编辑《七月》时的锋芒，我们这样的传统似乎稀薄了。

此后与《文艺研究》有过几次学术方面的合作，与诸位编辑还在京郊聚会过。我们曾举办过一次会议，就杨慧林教授主编的“人文学科关键词研究”进行分析和讨论。这里涉及翻译域外学术思想时，中国人的自主意识问题。张隆溪《引介西方文论，提倡独立思考》、方维规《文学的位置与批评的空间》、耿幼壮《西方文论的讲述——以德里达读柏拉图〈蒂迈欧〉为例》、陈剑澜《中西体用与损益》和我的《无意义的意义》都刊载在杂志（2014 年第 3 期）上。这次会议针对性很强，因为涉及西方文论与中国文论本土化的问题，一些困惑的话题也因之有了一点清晰的轮廓。

四十年间，西方的许多文艺理论书籍介绍到中国，域外的思想也较之从前有了更为丰富的输入。而我们在诸多参照下反观自己的文化遗产时，思考的领域也在不断拓展。年轻的时候，我们寻找域外的思想资源，不免带着信徒般的虔诚，但后来发现这样的心理乃多年来积累的奴性意识造成的。当我们所知甚少且无法进行多方比较的时候，迷失自己是非常自然的。张隆溪先生在自己的研究中意识到中外美学的差异，将各自的短长纳入思考。他在东西方艺术比较中形成的思路，对我都有启示。艺术研究是不同思想的精神碰撞，我们不苛求圆满的结论，而是希望在凝视对象世界时，能有发现的快慰。人文学科彼此的互动，也是提示我们不断从认知的藩篱里突围出去。艺术乃无中之有、暗中之明，这里有对理性的逃离和精神的放飞，而凝视这奇异的精神景观时，传统的概念往往是无法把握其间所隐含的。这是研究者的尴尬，也是不能不直面的挑战。艺术是对于精神盲点的突围，而描述它的理论则应当具有鲜活性和开放性。对于我们而言，开放的理论才有可能接近艺术女神的本然。

我注意到，自己周围的朋友很喜欢给这本杂志投稿。这些青年教师都有生气，有时有超出一般文章套路的新意。马元龙研究拉康，让我眼睛一亮；夏可君对海德格尔的描述，总是有另类的声音；王敦的声音美学研究，对我来说是陌生的领域，其中的审美空间实在是开阔的。张永清的马克思主义研究、陈奇佳对悲剧主题的凝视，都有自由的张力。艺术研究有时是在比较中进化的，在先锋语境与旧的艺术遗产之间，其实存在着一种彼此照应的关系。我们从大量的文章里其实已经看到，寻找陌生化的表达，其实乃为了回到人的认知的原点。我们以往的词语被锈蚀的时间过久，朴实与前卫的词语在某种意义上并不是敌人。

我有时也想，倘若这个世界没有艺术，我们的精神将多么荒凉。文艺是一个神秘的存在，研究它需要众力为之。我们古代的文人无论讨论诗文还是绘画，都有一套比较稳定的话语方式。“五四”以后，西方文论对于我们的艺术研究冲击很大，从王国维开始，都渐渐在多元的视角里打量固有的文明。现在看美术史研究、考古学研究、文学史研究，进入文本的方式都在产生变化。近四十年来，中国的学人一直在努力寻找新的表述空间，欲从容有效地进入艺术世界。这些研究的得失，在这本学术刊物上都可见到一二。

一本杂志走过了四十年的历史，应当说到了成熟的年龄。从研究别人的平台到成为被别人研究的对象，这本杂志本身成了思想史的一部分。我们向来不缺少研究者，但缺少的是宽松、自由的精神平台。民国时期的思想活跃，与存在着多样化的平台有关，学术的各种可能性都因之出现。现在我们祝贺《文艺研究》创刊四十年，应当感谢几代的编辑人，没有他们的努力，我们不会聚集在这里。一人之言微微，众人之声沸沸，在寻路的时候，同中之异与异中之同，才构成了精神的完整性。

（作者为中国人民大学教授）

《文艺研究》和我的跨界学术读写

谭学纯

学术读写是互相缠绕的话题：学术写作的问题意识，来自学术阅读的发现或质疑；学术阅读激发的写作灵感，通过学术叙述外化为可以感知的文本呈现形式。学术读写的话语集散地是学术期刊，众多期刊中，邂逅《文艺研究》激发了我的跨界学术读写。

一、《文艺研究》和我的跨界学术阅读

1979 年《文艺研究》创刊时，我是大二的本科生。学业之外的“功课”是帮父亲抄书稿。父亲研究修辞，父亲以及在他前后耕耘修辞的学者，修辞观的主要构成是“言语技巧”。手抄书稿是我的修辞学启蒙，也是我日后走出“言语技巧”所代表的修辞观的一个契机。

我知道以自己当时的知识储备和知识结构，离一个朦胧的学术梦还很遥远，我只是想象着一种可能性，如果有可能走出我正在抄录的修辞世界，走出之后向何处去，仍是个未知的“召唤结构”。填补“召唤结构”的途径是学术阅读。学术阅读的理想境界，是在寻找与选择的困惑中遇到了开发心智的阅读对象，《文艺研究》引导了我的学术阅读，并影响了我选择阅读文献的视界。

这不仅因为《文艺研究》“具有比较长久的阅读价值”（冯牧：《一个理论刊物应有的品格》，《文艺研究》1989 年第 4 期），也不仅因为中国当代文艺思想建设和理论建设的历程中，有《文艺研究》的参与、推动和担当，在学术空间收缩和娱乐空间扩张的文化资本博弈中，《文艺研究》有自己的判断、节奏和风格（参见方宁《〈文艺研究〉与当代中国文艺学术史》，《文艺研究》2009 年第 5 期），更因为刊物发表的成果广泛涉及思维科学、文艺学、艺术学、美学、文学、新闻传播学、音乐与舞蹈学、戏剧与影视学、书法与美术、建筑园林等诸多学科门类。阅读《文艺研究》刊发的文献，可以在跨

学科场域，关注不同的前沿态势，感受不同的智性刺激。

《文艺研究》的话语主体，有改革开放初期重返话语中心的老一辈学者，有现今“访谈与对话”专栏追踪的资深学者，有专业读者熟悉的中年作者，他们的精神财富通过期刊传播，进入公共领域。《文艺研究》同时给学术新秀提供话语平台，作者队伍中时见新面孔，近年亮相《文艺研究》的新人如施畅、许苗苗、周云龙等，同样体现了刊物承载的学术精神。他们年轻但不与时尚同居，亦不以黑马姿态颠覆权威，而是以学术敏感和学理透视，接受高品位学术刊物“海选”。施畅和许苗苗在《文艺研究》初秀时，分别未及和刚过而立之年。新秀的学术接力是日后学术传承的积累，很多现在知名度很高的学者，早期在《文艺研究》出场时也是新星。

保持学术期刊引导知识生产的学术敏感，凝聚关联性的学术思想，是《文艺研究》的惯常形象。2015 年《文艺研究》高起点地组织了具有集约效应的关于“强制阐释”的讨论，至 2017 年集中刊发了四组 12 篇文章，“编者按”包含了对论题价值的学理预判。发表的相关文献包括：张江与朱立元、王宁、周宪关于强制阐释的笔谈；张江与希利斯·米勒关于强制阐释的通信；张江与伊拉莎白·梅内迪、马丽娜·伯恩蒂、凯撒·贾科巴齐关于强制阐释的对话。几组文章的意义不限于《文艺研究》2015 年第 1 期笔谈的话题“当代中国文论的反思与重建”，讨论所及是学术研究牵扯面很广的问题空间：中国文学理论与实践如何在西方文论强势东进的学术背景下，直面文论危机，证明理论的合法性和解释的有效性；文学理论与批评的跨界生产如何合理吸纳场外思想与方法，而慎用场外概念术语及推演模式；文学如何避免成为文学理论强制阐释的注脚；当代学术研究需要理论自觉和文化自信。

从“读文时代”到“读图时代”，从明星代言到个人公众号运作，由于个人研究兴趣的原因，我阅读《文艺研究》刊发的文献，较多地聚焦跨界修辞研究成果。我一直认为，在新世纪文学理论与批评的修辞学转向中，《文艺研究》是跨界研究特征最突出的学术频道（参见谭学纯《新世纪文学理论与批评：广义修辞学转向及其能量与屏障》，《文艺研究》2015 年第 5 期）。

《文艺研究》近年讨论“词与物”的学术文献中，有 5 篇论文以不同的论述篇幅涉及马格利特烟斗画和福柯的精彩阐释《这不是一只烟斗》：2009 年第 3 期耿幼壮《语言与视觉建构—— 以罗兰·巴尔特的“词与物”为例》，2015 年第 4 期汪民安《“再现”的解体模式：福柯论绘画》，2018 年第 4 期马元龙《再现的崩溃：重审福柯的绘画主张》，2018 年第 7 期董树宝《漂浮的烟斗：早期福柯论拟像》，2018 年第 8 期安婕《福柯如何看电影？》。这些各有所重的论述，如果从修辞视角提取最大公约数，似可表述为：从巴尔特的“词与物”到福柯的《词与物》，都存在从词与物互证的语图秩序到修辞化地重建词与物互相证伪的语图秩序。但如果只从技巧层面阐释“一只烟斗”和文字“这不是一只烟斗”的矛盾修辞，将漏失话语建构话语生产者的意义，也漏失从词与物互相证明到互相消解和合成之于绘画存在方式的美术史乃至思想史意义。词与物的秩序，可以固定呈现，也可以临时建构；前者是约定俗成的，后者是修辞改造的。词与物的固定秩序在体现公共规则的同时，受到个人修辞的冲击。在美术史及其思想背景中观察，巴尔特的“词与物”是画家阿奇姆博多同时作为修辞学家，用一种物象修辞化地替换了语象（例如贝壳隐喻耳朵、鱼换喻水），再用语象的物化编码另一种物（画像）。而福柯的《这不是一只烟斗》，在阐释马格利特烟斗画的同时，也用马格利特的烟斗画验证了《词与物》的思想。图像再现物“烟斗”所对应的词，同时被词的组合“这不是一只烟斗”所否定，二者相互注销；又以“拆解再现”的游戏方式修辞化地重新呈现绘画的“再现”法则。作为现代绘画走出古典秩序的一种实验，从现实形象到超现实拟像，是思想史上有重要意义的符号博弈，背后的意涵在于：不要因为“词与物”关系的不可能性，限制了学术文本建构的可能性；不要因为语言及语言表述世界方式的贫困限制我们的认知和想象力：索绪尔在关于所指与能指任意性关系的现代语言学理论中给出了词与物的关联，巴尔特从阿奇姆博多的绘画阐释了“物”喻指“词”、再返指“物”的修辞魔方，马格利特修辞化地呈现了语图互相证伪的哲学影像，福柯的阐释将马格利特绘画传递的词与物关系不可靠的哲思，呈现为话语指向不确定性的后现代认知。思想史上不同认知经验中阐释“词与物”关系的话语生产，不仅参与话语生产者的精神建构，也影响了接受史上同类阐释的话语生产，被阐释话语建构的话语生产者，在“我说话”和“话说我”双向建构的修辞哲学意义上，发掘人类与世界对话的多重维度。与此同时，人类思想史在话语生产中绵延。这是修辞哲学最具阐释价值的话题。

线上阅读部分地改变了既往的传播秩序，但没有根本性地导致品牌期刊在信息高速公路上被淹没。虽然线下的不同期刊在线上呈现已属“重新洗牌”后的再分类——网上检索的结果，呈现为同一检索目标下各种期刊的文献集合，但是透过表象可以观察到：从线上阅读、下载、转发，到线下引用、转载、复印，品牌期刊的文献仍是学术阅读的首选，即使搜索引擎依据同一主题词检索到了海量文献，来源于品牌期刊的文献关注度仍然大于一般刊物，虽然不排除这种选择有期刊身份重于期刊学术含量的考虑。如果说线下的阅读选择是从目标刊物到目标文献 / 目标作者，那么线上的阅读选择则反向

地从目标文献 / 目标作者到目标刊物，但后者也可以大致还原线下阅读的刊物面貌。纸本刊物的总体设计和栏目结构，不同栏目之间的关系，同一栏目不同文献形成的互文性空间，在期刊数据库重新洗牌过程中并没有完全被新的组合取代。很多刊物尤其是品牌刊物，仍可以在线呈现纸质文本的完整样态，而且当前期刊信息发布的动态更新速度快于线下。在线阅读减少了纸本刊物邮途运营和到点分类、登记、上架等程序，减少了线下阅读的某些限制，例如纸质文献场馆的空间秩序对于其间展开的阅读活动往往具有某种指向性，包括刊物在纸质文献场馆的摆放位置，以及是否上架或在借，都可能是隐蔽的阅读导向。不受其指向性引导的读者如刊物受赠者或个人订阅者非常有限，其他读者进入纸质文献场馆的阅读环境，就自觉或不自觉地服从这个阅读环境的空间布局。线上隔期连续阅读必须借助纸本文献的归还与重新借阅，消耗时间成本和人力成本，实际上也就增加了阅读成本。而在线阅读只需要一次鼠标点击就可以完成隔期文献的替换，或者根据当期注释，链接注释指向的本刊不同期号的另文，包括不同学科的另文。如，在线阅读《文艺研究》2018 年第 9 期董炳月《1933 年：杂文的政治与修辞——论〈鲁迅杂感选集〉及其周边》，读者在该页面可以浏览相关链接的 15 篇关联性文献，文献来源期刊包括《文学评论》《社会科学战线》《鲁迅研究月刊》《鲁迅研究动态》《瞿秋白研究新探》《文化月刊》《语文教学通讯》等，涉及文学研究、党史研究、语文教学研究等不同领域。线上阅读成本低于线下，跨界学术阅读尤其如此。《文艺研究》不仅在线呈现 1979 年 5 月创刊以来的各期目录、摘要、正文和作为完整文本的期刊，同时在线呈现纸本刊物的封面、目录、版式、插图、插页等副文本，正文本仍保留着多学科文献类聚的特点，是跨界学术阅读的理想选择。

线上阅读在学术生产—消费互动的意义上催生了网络学术场域，进入网络学术场域的原初学术生产没有门槛设定，没有审稿机制，学术文本的组织形式、编排体例等无须考虑学术表达与发表该成果的出版物之间的元话语默契，期刊编辑、匿名审稿人，甚至包括学术刊物稳定的读者群等构成的接受系统，对学术表达产生的隐蔽规约降至最小化。但这一切没有根本性地导致以品牌期刊为主流的专业学术场域被网络学术场域区隔乃至颠覆（许纪霖认为专业学术场域的等级秩序正被网络学术场域颠覆，参见许纪霖《互联网正颠覆等级森严的专业学术场域》，《学术月刊》2016 年第 9 期）。相反，品牌期刊在专业学术场域和网络学术场域共享较高的显示度，并在某种程度上互为镜像：网络学术场域的高关注文本时或参照专业学术场域的研究范式、学科史、学科前沿理论进行话语包装，进入线下阅读的纸本期刊之中，以提升自身价值，而专业学术场域的高关注文本也不拒绝网络学术场域的话语资源，并通过自媒体进入网络学术场域，扩大受众范围。《文艺研究》发表的成果即是微信公众号传播密度较高的文本，读者常常既是公众号传播文献的接受者，也是参与公众号进行文献再传播的中介。

对我来说，阅读《文艺研究》也许多了一种“发现”的快感——我所在的学科是语言学及应用语言学，从《文艺研究》刊发的看上去与单纯的语言研究距离较大的文献，可以淘出语言学疏于挖掘与深入解析的学术信息，可为修辞研究跨界对话拓展思想空间。但这类修辞信息散落在修辞教科书的知识谱系之外，例如前述马格利特烟斗画、福柯的阐释及《文艺研究》几位作者的再阐释，从学术目标、理论支撑，到阐释路径、研究方法，与语言研究的范式有明显的“界”。由于同样的原因，美国学者布斯那本广有影响的《小说修辞学》的修辞理论在中国语言学界、修辞学界的接受远不如在文艺学界。周宪《小说修辞学・译序》将该著视为现代英美文学批评和小说理论的重要文献，王德春主编《外国现代修辞学概况》对《小说修辞学》的关注主要是作者用以左右读者反应的修辞技巧，而布斯将自己的书命名为“*The Rhetoric of Fiction*”，表明作者本人是在“小说修辞”的前提下构建理论，并提出支撑理论的一系列术语如“叙述视角”“全知观点”“戏剧化 / 非戏剧化的叙述者”“可信 / 不可信的叙述者”等。但这些术语连同《小说修辞学》的理论却遭到中国修辞学界的冷遇，这在很大程度上是因为国内语言学界和修辞学界对“小说修辞”的理解，比较多地关注小说中的修辞技巧或修辞格，忽视“小说”这一叙述文体的修辞性，这里有中国修辞学的认知惯性（参见朱玲《布斯〈小说修辞学〉：阐释与对话》,《福建师范大学学报》2018 年第 4 期）。研究者可以用各自的理由为叙事学和修辞学划界，也可以跨界整合理论资源。我倾向于后者，因此我给硕、博研究生或博士后合作研究人员开列阅读学术期刊名目时，作为跨界学术阅读理想选择的《文艺研究》从未缺席，这可能是中国当代语言学科必读学术期刊少见的菜单。

二、《文艺研究》和我的跨界修辞研究

1986 第 3—6 期《文艺研究》集中刊发了四组文学语言研究成果，这是跨界学术生产的早期策划和开发：探讨“语言”和“主体传达”方式的问题，其间隐含的逻辑是，小说语言研究，观察的起点在语言，理论落点在小说，进而在文学。这是跨语言学研究

和文学研究两界的早期学术策划。策划的文章覆盖了创作、理论与批评，我和唐跃合作的《语言情绪：小说艺术世界的一个层面》(《文艺研究》1986年第6期)，作为第一次跨界“试镜”，在以下几点有别于同类研究：(1)文章的问题意识是从语言学和文艺学跨界挖掘的，阐释路径是从语言学和文艺学跨界选择的；(2)篇名的信息结构以冒号为界的前后项，分别是“话题”+“说明”，作为“话题”的学术概念“语言情绪”，不是单纯的语言学概念，也不是单纯的文学概念，而是跨界的修辞概念；(3)作者的学科背景是跨界合作：我和唐跃的主要研究领域，分别是语言学和文艺学。

跨界研究是一种资源整合，也是一种对认知惯性的挑战。响应《文艺研究》的跨界策划，初次跨界合作，引发了后续的学术故事。

将“语言情绪”置入“小说艺术世界的一个层面”来考察，是以文本为观察与解释的对象，文本两端的作者和读者，怎样传达和破译语言情绪？这让我们意识到，文章发表可能只是提出问题和尝试解释的开始。

我倾向于认为学术写作在很大程度上取决于作者的话语扩张方向和扩张能力，跨界修辞研究同此。《语言情绪：小说艺术世界的一个层面》的话语扩张，产生了后续文本《语言情绪：小说创作主体的精神外化》和《语言情绪：小说接受主体的信息破译》，分别发表于《艺术广角》1987年第2—3期(连载)和《当代文艺探索》1987年第4期。

我从接受主体破译“语言情绪”，扩展至更广泛的接受主体和更多样的信息破译，出版了《接受修辞学》(谭学纯、唐跃、朱玲著，上海教育出版社1992年版)。

从语言情绪在“作者传达—文本呈现—读者破译”过程中的信息运动，酝酿扩张为修辞“表达论”“接受论”“互动论”的理论框架，依据这个理论框架，我们出版了《广义修辞学》(谭学纯、朱玲著，安徽教育出版社2001年版)作为延伸性探讨。近年来，我先后在上海三联书店、人民出版社和台北万卷楼图书股份有限公司出版了广义修辞学系列论著四种。

“小说语言情绪研究”系列之外的话语扩张，产生了“小说语言变异研究”系列(谭学纯、唐跃)；“小说语言分析和文本分析”系列(唐跃、谭学纯)；“文学理论的语言阐释”系列(唐跃、谭学纯)，后三个系列的相关文章分别发表在《文学评论》《文艺理论研究》《文艺争鸣》《当代作家评论》等二十多种期刊。

回过头来想：如果我们将自己限定在汉语教科书的知识谱系中，从语音、文字、词汇、语法、修辞(格)出发，观察与解释小说文本和小说理论以及文学理论和相关问题，那么，我们的跨界修辞研究将呈现什么样的学术面貌？“话在说我”会不会通过学术读写规约我们的理论视野？同样，如果我们只在文学理论教科书的知识谱系中恪守“文学是语言的艺术”的理论认同，而不反思“得意忘言”的深层原因，那么“得意莫忘言”（语出黄子平《得意莫忘言》，《上海文学》1985年第6期）的探讨，将寻找一个什么样的跨界突破口？

我与唐跃的跨界合作由于工作原因没能延续，但跨界研究的路径在我的话语空间里延伸着，其中部分研究成果通过《文艺研究》进入学术传播，2006—2015年我在《文艺研究》发表的5篇文章，是我延续跨界修辞研究的理论观察与实践探讨。其中《再思考：语言转向背景下的中国文学语言研究》（2006年第6期）、《中国文学修辞研究：学术观察、思考与开发》（2009年第12期）和《新世纪文学理论与批评：广义修辞学转向及其能量与屏障》，侧重跨界理论阐述；《身份符号：修辞元素及其文本建构功能——李准〈李双双小传〉叙述结构和修辞策略》（2008年第5期）和《小说修辞学批评：“祈使—否定”推动的文本叙述——以微型小说〈提升报告〉为考察对象》（2013年第5期），侧重跨界实践操作。希望从可论证和可操作两方面共同践行文学修辞（语言）跨界研究，调整语言学／文学各自为政的文学修辞（语言）研究，走向兼容语言学—文学理论资源和研究方法的文学修辞（语言）跨界研究。

三、学术读写：气象与格局

顺便提一下个人记忆的关联性丝缕：我与唐跃在《文艺研究》1986年第6期发表的第一篇文章，是次年我申报讲师职称的送审代表作之一，这篇文章约1.8万字，同时送审的另文发表在北京语言大学（当时叫北京语言学院）学报《语言教学与研究》1986年第4期，早年叩问学道，稚嫩和错漏不可避免（至今和今后也不必讳言自己研究的局限，因为认知无极限），但文章一定程度上定位了三十多年前我个人的学术代表作格局。进入21世纪，我先后接触博士学位授权点、国家社科基金项目、教育部长江学者等通信评审材料，看的应该是不同层次的代表作，也受几家高端刊物委托审读过一些文稿。我没有求证过学术阅读感受到的气象与学术写作的格局是怎样的一种关系，可能因为创刊四十年的《文艺研究》在我的跨界学术阅读中不断植入大气象，累积了一种对于作者大格局的敏感。当然就我自己来说，学术读写的气象和格局不一定对称，学术读写的广度、深度和精度，不一定呈正相关。“眼高”可能“手低”，但我还是愿意选择“眼高”，而不愿意放低眼界。我以为，“眼低”对学术的伤害，远远大于“手低”——“手低”只显示自己的写作段位，入不了高人法眼，高人可以视而不见。“眼低”将“学术广场舞”视同精英游戏，不仅自我下拉评判标准，而且误导他人，伤害“手高”；还可能因为非学术干预，助推“手低”对“手高”的逆淘汰。“眼高”读出睿智的同时，也读得懂藏匿的无奈；读出缜密逻辑的同时，也读得出细微的破绽。这是学术阅读的魅力，当高眼界转化为高执行力的写作状态，可以期待学术读写大气象和大格局的良性互动。

（作者为福建师范大学教授）

《文艺研究》见证了我走过的学术之路

陶东风

一

我与《文艺研究》的情缘始于1985年。那一年年初，我作为浙江师范大学一位年轻的留校教师，参加了北京师范大学文艺学专业的硕士生考试。在考完后那一段焦灼不安的等待期，我获得了一个参加学术会议的机会，参加了1985年3月在广西桂林举办的第四届“高校文艺理论研究会”（该研究会成立于1979年5月。在此次桂林会议上，研究会更名为“中国文艺理论学会”）。我向大会提交了一篇文章《文学中的象征》，《文艺研究》的编辑袁振保先生大概出于提携后进的美意，让我将其修改后发表在该刊1985年第4期。这是我第一次单独署名发表文章（我发表的第一篇文章是与梅新林教授合写的《王维的禅宗审美观及其山水诗的空灵风格》，发表于《浙江师范学院学报》1984年第3期，署名“陶林”）。

这次会议的另一个收获是认识了我后来的研究生同学蒋原伦教授。由于我们都参加了北京师范大学的研究生考试，而且考的是同一个专业——文艺学，因此我和原伦兄之间天然地就有一种亲近感，会议期间我们不断猜测各种可能的考研结果，心里忐忑不安。幸运的是，不久之后我们都接到了复试通知。等到我当年9月到北京参加复试时，我的文章已经在《文艺研究》发表，我将其作为礼物献给了导师童庆炳先生。童先生或许是因为这篇文章，让我做了研究生“班”的“班长”（我们这届研究生一共13人，为了便于管理，组成了一个“班”，和通常说的那种研究生班完全不相干）。那时我26岁。这篇文章现在看来不过是一个学生的练笔之作，但它在我的学术道路上具有极大的激励意义。此后，《文艺研究》成为我一生发表文章最多的一个刊物。可以说，它完整地见证了我的学术历程。

20世纪80年代中后期，作为研究生的我完全处在学术的摸索期。由于“文革”时期的“工具论”文艺学（文艺为政治服务，是阶级斗争的工具）给文坛造成了深重的灾难，80 年代是一个强调文艺自主性的时代，其具体表现就是对文艺的精神（心理）层面与语言（符号）层面的强调和重视（它们合在一起组成了含义并不十分清晰的所谓“向内转”思潮）。于是，文艺心理学与各种类型的形式主义文论成为当时的两大文艺学主潮，以童庆炳教授为核心的北京师范大学文艺学学科也深受其影响。童先生给我们开设的两门课程，就是文艺心理学与文体学（文学形式论），阅读的西方书籍主要也是这两方面的。当时童先生带着我们 13 位研究生一起参与他主持的一个心理美学方面的国家社科基金项目的研究，阅读了阿恩海姆的《艺术与视知觉》等文艺心理学著作。我本人这方面的成果汇聚在一起，出版了《中国古代心理美学六论》（百花文艺出版社 1992 年版），其中和《文艺研究》有关的，是发表于该刊 1988 年第 2 期的一篇小文《艺术家心理学》。

我们这个团体所关注的另一个重点是各种侧重形式研究的文论，包括俄国形式主义、新批评、结构主义、符号学等，我们阅读了索绪尔的《普通语言学教程》、韦勒克等的《文学理论》、克莱夫・贝尔的《艺术》、苏珊・朗格的《艺术问题》等著作。到 90 年代初，童庆炳教授主编了一套“文体学丛书”，可以视作这方面研究成果的总结，我也参与了该丛书的写作。但是由于我前段时间关注过文学史问题，为了找到适合自己的角度，我尝试把文学史视角与文体学视角结合起来，把历史（历时）视角引入共时研究，其最初成果就是发表于《文艺研究》1992 年第 5 期的《历时文体学：对象与方法》。在此基础上，我撰写了《文体演变及其文化意味》（云南人民出版社 1994 年版）。此书是童先生主编的文体学丛书中唯一一本从历时角度研究文体演变规律的著作，在流行形式主义与新批评的当时，人们往往集中于对文体的共时性研究，强调文体的结构特点（“内部特点”），相对不关注其演变规律及背后的社会文化制约因素。而我这本书试图说明：文体不仅仅是一套叙事范式和语言结构，同时也反映着文化、心理和意识形态，因而文体演变的深层原因仍然必须到社会文化中去寻找。比如：法国新小说的零度写作（这种叙事方式对中国 80 年代中后期的先锋实验小说影响很大）背后，是人类对理性主义的信心的丧失和主体性的失落。或许从那个时候开始，我已经在努力将文学和文化打通。

二

1992年后，随着经济和文化领域市场化和商业化大潮的到来，大众文化开始大规模流行，始于80年代的改革开放和世俗化转型，也开始朝着粗鄙化方向畸形发展（参见陶东风《畸变的世俗化与当代大众文化》，《文学评论》2015年第4期）。这个时期，文化问题（比如文化与市场、文化与权力，等等）引起了很多人文学者，也包括我本人的关注（带着深切的不解、不安和焦虑）。于是我的研究兴趣开始转向当代文化，特别是大众文化、文化身份、知识分子等问题。

随大众文化一起兴起的首先是1992年前后的后现代主义思潮。后现代思潮的来源虽然很庞杂，但我以为中国本土消费主义、大众文化的刺激是最重要的原因。《文艺研究》敏感地组织了一组相关文章予以讨论（这组文章发表于1993年第1期，参与者有王宁、陈晓明、王岳川等），其中也有我的《后现代主义与中国传统文化》一文。当时谈论后现代主义的学者，大致分为两类：一类是介绍和研究西方文论的学者，比如王宁、刘象愚等；另一类是研究中国当代先锋文学的，比如陈晓明、张颐武等（他们在用西方的"后现代"概念解释当代先锋文学方面做了很多探索）。我则比较关注中国当代文化建设与后现代主义的关系问题，或者说，我关注的是后现代思潮给当代中国文化价值建构带来了哪些启示和挑战。因此，当我进入后现代问题域时，我的着眼点是中国本土语境中的后现代主义。我的这篇文章是从文化价值类型学角度（而不是从文化发展阶段论角度）探讨西方后现代与中国古代老庄思想在精神立场、价值观方面的相通性、相似性。从价值取向上看，我认为后现代主义具有双面性：一方面，对于解构"绝对真理"和偶像权威，后现代主义是有力的批判武器，有助于破除迷信、解放思想；另一方面，它也可能滑向相对主义、虚无主义，并最后转向保守主义、犬儒主义。正如杰姆逊所指出的，后现代主义一方面是对现实社会与政治的强烈反抗，另一方面这种反抗"现在不再使任何人感到震惊，不仅被非常满意地接受下来，而且还使自身成为制度化的，与西方社会的官方文化结合起来"（杰姆逊：《后现代主义，或晚期资本主义的文化逻辑》，载王逢振等编《最新西方文论选》，漓江出版社1991年版，第335页）。我以为这种具有两面性的价值取向和精神类型，与中国古代的道家对文明的激进批判不谋而合。

可以和这篇文章参照阅读的是我在《战略与管理》1995年第4期发表的《后现代主义在中国》一文，后者可视作前者的延展。它关注的是后现代主义在当下中国的适用性问题。我认为，后现代主义是一种崇尚多元主义与相对主义的文化思潮，它的力量与局限、积极性与消极性不可分离地纠缠在一起。作为怀疑和解构的武器，后现代主义在中国可以用来增进文化宽容，破除关于“绝对真理”的现代迷信，就此而言，它在中国具有不可否定的批判意义；与此同时，也要警惕后现代主义内含的相对主义和虚无主义的危险性。在这篇文章中，我特别强调：就现实而言，要考虑到现代性价值，如科学、民主、理性、个人自由、人道主义、主体性等还没有成为主流，还有待制度化，后现代对现代性的解构在中国就存在更大的危险，它在消解一元主义的同时也可能瓦解了文化价值建构的基础与可能性，它的极端相对主义甚至可能发展为无原则的滑头玩世哲学。

有意思的是：正是在后现代进入之后，现代性问题才随之成为热点：后现代主义要消解现代性，那么到底什么是现代性？现代化和现代性的关系是什么？现代性内部缺乏超越、克服工具理性的资源而非得借助于后现代主义吗？以消解现代性为核心的后现代精神适合中国吗？带着这些疑问，我撰写了长篇论文《从呼唤现代化到反思现代性》，发表于《文艺研究》1999 年增刊号。如果说《后现代主义与中国传统文化》《后现代主义在中国》侧重观念层次的辨析，那么，这篇文章更侧重思想史脉络的梳理，它把整个新时期（约 20 年时间）的社会文化思潮演变，宏观地概括为从 80 年代的“呼唤现代化”到 90 年代的“反思现代性”。在呼唤现代化的思潮中，“新启蒙”是一个关键词，它把现代与传统（被并不恰当地等同于“封建”）视作相对立的两个范畴，并将现代与传统的冲突等同于文明与野蛮、民主与专制的冲突。“传统”既是古代的传统，也是“文革”的传统，而“新启蒙”或现代化就是对此的超越，因此是对“五四”启蒙精神的继承和发展。到 90 年代，随着后现代主义、后殖民主义的兴起，呼唤现代化的思潮被反思现代性的思潮取代，尤其是后殖民主义思潮，其在中国和海外的继承者（前者以冯骥才为代表，后者以刘禾为代表）甚至直接质疑“五四”启蒙的核心——国民性批判，认为国民性批判是中国知识分子把西方传教士的观点内化为自我审视、自我批判的尺度，是上了传教士的当。也有人把整个 20 世纪中国的现代化解读为“他者化”（西方化）的丧失自我的过程。当然，我并不同意这样的观点，并在《从呼唤现代化到反思现代性》这篇文章中予以了反驳。

三

在参与后现代、后殖民讨论的时候，我开始思考西方理论在中国本土的适用性问题。后来这个思考扩展为对于文化研究本土化与本土范式建构的思考，并发表了一系列文章，包括《批判理论与中国大众文化》（首发于刘军宁主编《经济民主与经济自由》第三辑，生活·读书·新知三联书店 1997 年版），《批判理论的语境化和中国大众文化批判》（《中国社会科学》2000 年第 6 期）。但这方面最重要的三篇文章都是在《文艺研究》发表的，包括《文化研究：西方话语与中国语境》（《文艺研究》1998 年第 3 期），《审美现代性：西方与中国》（《文艺研究》2000 年第 2 期）及《流行文化呼唤新的研究范式——兼谈艺术的自主性问题》（《文艺研究》2001 年第 5 期）。

《文化研究：西方话语与中国语境》在简单回顾西方文化研究的特点及其对中国当代文化批评的影响之后，即转入重点论述语境化之于文化研究的重要性，指出文化研究的分析方法与价值取向应当是在特定的社会文化语境中历史地、具体地形成的。只有这样，才有希望对当代社会政治文化运动中变化着的复杂权力关系做出有力的分析与回应。具体到中国的文化研究，必须在中国本土的历史与当代环境中把西方的文化理论再语境化，防止它成为一种冒充的普遍主义话语，从而掩盖真正的中国问题。文章对 20 世纪 90 年代中国学界机械“进口”西方文化批判话语，特别是话题的倾向提出了批评，指出：“西方的文化研究理论与方法在进入中国以后，由于对不同的语境缺乏应有的反思与警醒，致使西方理论在中国本土产生了极大的错位与变形，甚至违背了西方文化研究的精髓与灵魂。”在大众文化研究领域，随着 90 年代中国大众文化的发展，大众文化批判及与之相关的道德批判也已成为文化研究中最引人注目的部分。但是，相当多的此类批评都存在两个明显的偏向。一是大多数大众文化的批判者都缺乏社会历史分析的能力，局限于抽象的审美批判和道德批判（比如“人文精神”的倡导者），他们在理论预设上仍然把文化视作一个超越、独立、具有永恒价值的自主的审美领域，并以此为标准，认为大众文化缺乏深度和独创性，具有商品化、消费化、感官化倾向，甚至将之逐出文化领域或斥之为“反文化”；二是没有把中国的大众文化放置在中国本土的社会关系和历史进程中来分析，机械套用法兰克福学派的大众文化批判理论及美国文化理论家杰姆逊的观点，而没有能够结合中国社会与文化结构的历史性转型，把大众文化的出现与特征放置在这个整体性转型（尤其是文化的世俗化）的过程中来认识其进步性和必然性。结果是，中国的大众文化批判带有明显的知识分子个人情绪色彩和精英主义的价值取向。我们会发现，对于中国大众文化的文本特点及文化价值的分析范式与评判标准，基本上与法兰克福学派的批判理论没有多少差异。这些观点在《流行文化呼唤新的研究范式——兼谈艺术的自主性问题》一文中得到了进一步的深化和具体化。这些思考最后进入了我的著作《文化研究：西方与中国》(北京师范大学出版社2002年版)。

四

文化研究无法归入人文科学或者社会科学，但以其不可归类的独特视角和立场，不但在西方，而且在中国的人文社会科学界产生了重大影响。由于我的专业是文艺学，因此，在做文化研究时，很自然地会在两者之间建构对话关系，我在21世纪所致力的工作之一，就是把文化研究的方法、视角引入文艺学，激发后者的自我反思和知识更新。现在回过头去看，可以说文化研究对中国的文艺学发展已经产生了重大影响，推动了文艺学的学科反思和知识创新。

发表于《文论报》1998年6月4日的《80年代中国文艺学美学主流话语反思》，标志着我初步涉及这个问题，我在文化研究和知识社会学的视野下，对20世纪80年代审美自主性话语产生的社会历史条件进行分析，试图在复杂的社会文化语境中审视自主性话语的合理性和局限性。至《大学文艺学的学科反思》(《文学评论》2001年第5期)，我对这个问题的思考开始变得比较系统。这篇文章从文化研究和布尔迪厄反思社会学中的建构主义立场出发，以教科书为靶子，对大学文艺学——包括新时期之前的反映论文艺学和新时期之后出现的审美论文艺学的本质主义思维方法进行了批评反思，提出要把文学的本质问题从形而上学的、非历史化、非地方化的提问和思考方式(什么是文学普遍的、唯一正确的本质)中解放出来，从对文学本质的形而上思考转向对各种关于文学本质的言说的社会历史分析——何人在何种条件下建构了何种关于文学“本质”的知识。

既然我们只能在自己所处的历史条件和文化环境中认识文学、建构言说文学本质的方式，那么，当下文学活动所处的社会文化环境又如何呢？相比于以前发生了哪些变化？就在这时候我注意到了日常生活审美化问题。我观察到，消费文化的发展和媒介技术的广泛运用，已经导致艺术活动、审美活动与日常生活之间界线的模糊和消失。后来我把这个问题单独写成文章《日常生活的审美化与文化研究的兴起——兼论文艺学的学科反思》，发表于《浙江社会科学》2002 年第 1 期。此文首次在国内学术语境中对“日常生活审美化”的含义，以及文艺学如何应对这种现象提出了自己的看法。由于主要集中在日常生活审美化对于文艺学学科的反思意义上，比如“文艺学的研究对象是否应该扩大、如何扩大？”“如何理解文艺学的本质主义和建构主义两种思考和研究的路径？”等等。文章没有过多涉及对审美化现象的价值评价。

此文与《大学文艺学的学科反思》迅速引发巨大争议，众多学者参与讨论。毫不夸张地说，日常生活的审美化与文艺学的学科反思成为 21 世纪文艺学界持续关注的最大热点话题之一（至今仍在继续）。2003 年 11 月首都师范大学文艺学学科在北京召开了“日常生活的审美化和文艺学的学科反思”讨论会，讨论会结束后，《文艺争鸣》2003 年第 6 期配发了一组题为“新世纪文艺理论的生活论话题”的文章，《文艺研究》2004 年第 1 期也发表了一组同主题文章，极大地推进了这个话题的讨论。这两组文章也标志着日常生活审美化作为一个学术话题正式成为学界热点，全国范围参与讨论的人数众多，发表的论文数量极为可观。众多学者从不同的立场和角度切入对当代中国日常生活审美化现象的思考。比如：日常生活审美化的现象出现的社会原因，文化产业与媒介革命对日常生活审美化的影响，视像消费与快感享受已经成为当下日常生活的美学现实，当代社会的审美化倾向使得康德式的理性主义美学被张扬人的感性之维的新美学原则所取代，等等。其他几位作者也从不同视角对日常生活审美化这一新兴的都市景观进行了阐释。

我发表在《文艺研究》2004 年第 1 期的文章《日常生活的审美化与文艺社会学的重建》，重点是回应学术界有些学者的指责：把文化研究引入文学理论会导致倒退到“外部研究”乃至“庸俗社会学”中去。当时的确有不少批评者持这样的观点，我对此提出了不同看法。当然，就文化批评与文艺社会学都反对封闭的“内部研究”和审美自律论立场、致力于揭示文学艺术与时代和社会环境的紧密联系而言，两者的确存在相似之处。但把文化研究与文艺社会学，尤其是传统的文艺社会学等同起来，具有很大的误导性。我指出：长期在我国占据支配地位的文艺社会学模式诞生于西方 19 世纪，其中以泰纳为代表的实证主义兼进化论的社会学模式最有代表性、影响最大。泰纳的文艺社会学综合了黑格尔的理性主义、孔德的实证主义哲学与兰克的实证主义史学。它一方面崇尚客观主义，具有机械论特征（反映了 19 世纪自然科学方法对人文科学的渗透）；另一方面又崇尚理性主义的历史哲学，从理论模式而不是从经验事实出发——但又把这个模式当作“客观规律”。它相信通过理性可以把握历史的总体过程和所谓必然性。

泰纳《艺术哲学》的机械决定论色彩与伪装在自然科学外表下的理性主义倾向，在中国的文艺社会学中都有相当严重的反映。相比之下，文化研究或当代形态的文艺社会学产生于西方 20 世纪中期以后，它是在反思传统文艺社会学之缺陷的基础上，特别是在广泛吸收 20 世纪语言论转向的成果（包括形式主义、结构主义、后结构主义、新批评、符号学、叙事学等），反思与扬弃意识 / 存在、文化 / 物质、上层建筑 / 经济基础的僵化二元对立以后产生的，并因此而在很大程度上克服了传统文艺社会学的庸俗化倾向。当代形态的文艺社会学固然是对文本中心主义的反拨，力图重建文学与社会的关系，但这是一种否定之否定，它非常强调语言与文化活动是一种具有物质性的基本社会实践。比如英国著名的文化研究者斯图亚特·霍尔指出："文化已经不再是生产与事物的'坚实世界'的一个装饰性的附属物，不再是物质世界的蛋糕上的酥皮。这个词（文化——引注）现在已经与世界一样是'物质性的'。通过设计、技术以及风格化，'美学'已经渗透到现代生产的世界，通过市场营销、设计以及风格，'图像'提供了对于躯体的再现模式与虚构叙述模式，绝大多数的现代消费都建立在这个躯体上。现代文化在其实践与生产方式方面都具有坚实的物质性。商品与技术的物质世界具有深广的文化属性。"（See Eduardo de la Fuente, "Sociology and Aesthetics", *European Journal of Social Theory*, Vol. 3, No. 2 May 2000, pp. 239-247）文化的物质化与物质的文化化，在今天这个所谓"知识经济"时代的日常生活中不难观察到。

这表明，传统文艺社会学与形式主义文论所共享的关于内在 / 外在、精神 / 物质、审美 / 实用的二元论，在今天这个文化经济、符号经济的时代已经难以成立。当代形态的文艺社会学应该在吸收语言论转向的基础上建构一种超越自律与他律、内在与外在的新范式，而当代西方文化研究在这方面已经做出了有益的尝试。这些研究方法的突出特点就是打通内外，把文本—形式—语言—符号分析与意识形态分析、政治权力分析打通，在文本的构成方式（如叙事方式、修辞手段）中解读出文本的意识形态与政治内涵。即使像萨义德的后殖民话语分析这样具有深切政治关怀的研究，也非常重视把自己的政治倾向建立在对历时数百年的东方学的学术与想象文本的细致解读上。萨义德称自己的工作是"文本细读"，因为在他看来，东方学文本虽然存在种族偏见，但是这种偏见常常是隐含在文本的细节与叙事方式中，而不是存在于口号中。他一方面认为包括东方学在内的人文学术具有政治性，不能忽视帝国主义统治这类"重要的事实"，另一方面又坚决反对把这个事实"机械地、决定论式地应用于文化思想之类复杂事物"。而且萨义德认为学术、文化与政治之间不是简单的决定 / 被决定关系，他们之间是一种相互生产、相互支持的关系。在萨义德看来，就一种学术学科与知识话语而言，东方主义体现的西方对于东方的权力，既不是赤裸裸的军事强权，甚至也不是文本中赤裸裸的观念内容，而是一种叙述方式，一种文体，“东方学是一种支配、重构东方并对之行使权力的西方文体”（萨义德:《东方学》，王宇根译，生活·读书·新知三联书店 1999 年版，第 26—27 页）。一种文体即一种驾驭对象的方式，因而分析东方主义这样一种权力话语必须深入文本的内部，而且不能局限在内容层面，要深入文体层面，从而超越内在与外在的机械划分。

还有一段伤心的经历在此一并提及。2006 年 4 月，我和中国人民大学余虹教授合作，在浙江湖州召开了“文学性的历史形态和文艺学的知识建构”学术讨论会，而在第二年，也就是 2007 年底，余虹教授不幸离世。那次会议的主题也是讨论建构主义的文学观、讨论文学性的历史形态。会后，我又发表了《文艺学知识的重建思路》（原载《南阳师范学院学报》2006 年第 5 期，中国人民大学复印报刊资料《文艺理论》2006 年第 10 期转载）、《反思社会学视野中的文艺学知识建构》（《文学评论》2007 年第 5 期）、《文学理论：建构主义还是本质主义》（《文艺争鸣》2009 年第 7 期）等文章，把我的建构主义文学理论进一步系统化。

五

文化研究对于文学研究的启示之一，就是重新评价文学和政治的关系。发表在《文艺研究》的相关文章有《重审文学理论的政治维度》（2006 年第 10 期），同主题文章是《从阿伦特的政治概念看文学理论的政治维度》（《人文杂志》2006 年第 6 期）。把文化研究对于政治的理解和阿伦特的政治理论结合起来，对文学的政治性及文学和政治的关系进行了重新阐释。我还涉及文学的公共领域和文学的公共性问题，2008 年 8 月，我们与《文艺研究》联合，在新疆召开“文学与文学研究的公共性”学术研讨会。以文学与公共性的话题取代了文艺与政治的关系话题，体现出会议主办方的一种对于政治和文学关系的新认识。

在这两篇文章中，我援引了伊格尔顿的一个让许多中国文艺学界人士感到愕然的观点：所有的文学批评（在此伊格尔顿使用的是广义的“文学批评”概念，包括文学理论）都是政治批评。但是伊格尔顿这样说的时候，其所谓“政治”恐怕与我们理解的不同。伊格尔顿说:“我用政治一词所指的仅仅是我们组织自己的社会生活的方式,及其所包括的权力。”(伊格尔顿:《二十世纪西方文学理论》,伍晓明译,陕西师范大学出版社1986年,第245页)这样的政治在他看来本来就存在于文学理论中,不用把它“拉进文学理论”。而所谓“所有文学批评都是政治批评”的意思不过是:“与其说文学理论本身有权作为知识探究的对象,不如说它是观察我们时代历史的一个特殊角度。……与人的意义、价值、语言、情感和经验有关的任何一种理论都必然与更深广的信念密切相关,这些信念涉及个体与社会的本质,权力问题与性问题,以及对于过去的解释、现在的理解和未来的瞻望。”(《二十世纪西方文学理论》,第245页)文学批评总是要利用文学促成某些道德价值,总是要反映某些社会思想意识,它“最终只能是某种特定的政治形式”。从这样的大政治概念出发,伊格尔顿认为,文学和文学理论内在包含了政治,非政治的批评或纯文学理论“只是一个神话,它更有效地促进文学的某些政治用途。‘政治’与‘非政治’批评之间的差别只是首相与君主之间的差别:后者采用迂回战术来促进某些政治目的的实现,前者则直言不讳”(《二十世纪西方文学理论》,第261页)。在这个问题上,直言不讳总是更好一些。“文学理论不应因其政治性而受到谴责。应该谴责的是它对自己的政治性的掩盖或无知。”更加重要的是:“应该反对的不是文学理论的政治性。真正应该反对的是其政治内容的性质。”(《二十世纪西方文学理论》,第245页)所谓“性质”,就是文学理论是维护现存的权力秩序还是质疑这个秩序,是强化世界的极权化、一体化还是推进世界的多样性、差异性。伊格尔顿还认为:文学和文学理论必然涉及个性、价值等问题,涉及对于什么是“好人”的理解,而这些问题不仅仅是道德问题,也是政治问题。“政治论争并不是道德关注的代替物,它就是从充分内在含义上被理解的道德关注。”比如最反对文学的功利性的自由人道主义,事实上也肯定文学的有用性,“它利用文学来促进某些道德价值标准的实现,这些价值标准事实上与某些意识形态价值标准密不可分,而且它们最终隐含着特定的政治”(《二十世纪西方文学理论》,第261页)。

显然,这里说的“政治”不等于我们所熟悉的那种狭义的党派政策,也不是口号式的“政治”。“意识形态”这个概念也一样。伊格尔顿说:“一切话语、符号系统和意指实践,从电影与电视到小说和自然科学语言,都产生效果,形成各种形式的意识和潜意识,我们现存权力系统的维持或者改变则与此密切相关。……而意识形态一词所表明的正是这种关系——即话语与权力之间的关系或联系。”文化批评家在此问题上达成了高度的共识(伊格尔顿明确说自己的“修辞批评”或“政治批评”也可以叫作“话语理论”或“文化研究”)。深受马克思主义影响的文化批评家常常主张，包括文艺学在内的人文科学内在地具有政治性，剖析其“政治”含义同样会有助于我们更好地理解文艺学知识的政治维度。约翰生指出，知识和政治的关系对文化研究一直至关重要，“这意味着文化研究和写作都是政治活动，但不是直接实用的政治。文化研究不是特殊政党或倾向的研究项目，也不能把知识能量附属于任何既定学说”(约翰生:《究竟什么是文化研究?》，载罗钢等主编《文化研究读本》，中国社会科学出版社 2000 年版，第 9 页)。文化研究中说的“政治”，实际上是指社会文化领域无所不在的权力斗争、支配与反支配、霸权与反霸权的斗争，是学术研究(包括研究者主体)与其社会环境之间的深刻牵连。任何人文科学研究都无法完全不受其存在环境(其中充满了各种各样的物质利益、政治立场和文化观念)的影响。所以，只要是扎根于社会现实土壤中的人文学术研究，包括文艺学研究，都很难避免这个意义上的政治。

关于公共性问题，我在《文艺研究》发表的另一篇比较重要的文章是《网络交往与新公共性的建构》(2009 年第 1 期，人大复印资料《文化研究》2009 年第 6 期转载)。这篇文章讨论网络对于公共性的重构，是对哈贝马斯、阿伦特公共领域理论的拓展。这方面的成果，后来汇集成了《文学理论的公共性：重建政治批评》(福建教育出版社 2008 年版)、《文学理论与公共言说》(中国社会科学出版社 2012 年版)。把文化研究引入文学理论的最后一篇文章是带有总结性的文章，即《文学理论：为何与何为?》(《文艺研究》2010 年第 9 期,《新华文摘》2011 年第 5 期转载)。

六

随着近年来记忆(集体记忆、文化记忆、创伤记忆，等等)研究的兴起，文学与记忆的关系受到普遍关注。我发表于《文艺研究》2011 年第 6 期的《“文艺与记忆”研究范式及其批评实践——以三个关键词为核心的考察》一文，可能算是较早提出了建构“文艺—记忆”研究范式的设想，并尝试寻找这个范式下文学研究的新可能性和学术生长点。“文艺与记忆”这个命题参照了雷蒙·威廉斯著名的“文化与社会”范式，它既是一个理解—认识路径，也是一个阐释—论述范畴。与“文化与社会”范式一样，“文艺与记忆”范式并不仅仅表示文学 / 艺术与记忆两个要素的简单相加，更意味着一种相互理解和阐释的视野之确立。首先，从文艺角度看记忆，我们可以问：记忆是如何通过文学艺术形式被叙述的？这个叙述框架在多大程度上是集体的，多大程度上是个人的，多大程度上保持了艺术—审美的自主性，多大程度上受制于政治—权力的宰制？其次，从记忆角度看文艺，我们可以问：文艺是如何承载、转化乃至建构记忆的？文学艺术史在什么意义上是记忆的历史？什么是关于文艺的记忆和关于记忆的文艺？等等。接着，文章围绕“集体记忆”“创伤记忆”“文化记忆”三个关键词，勾勒和设想了在文学与记忆范式下具有潜在学术生长点和可能性的若干研究领域。其中特别引起我关注并在后来的批评写作中力图加以实践的，是关于创伤记忆的文学书写问题。经历了灾难频仍的20世纪，人类的精神世界伤痕累累，公共领域遭到严重败坏。见证灾难、修复创伤，是文学必须承担的道义和责任，其美学价值与伦理意义不可低估。这就是见证文学产生的社会历史根源。见证文学是一种高度自觉的把人道灾难上升为文化创伤的书写行为。见证文学的意义不仅在于保存历史真相，更在于修复灾后人类世界：在人道灾难之后，我们生活在一个人性和道德秩序都已遭受极大败坏的世界，但只要人的生活还在继续，人的生存还需要意义，人类就必须修复这个世界。这是见证文学承载的人道责任。

“见证文学”虽然是一个诞生于西方的概念，原特指大屠杀幸存者书写的带有自传色彩的作品，但同时也可泛指所有见证和记录重大人道主义灾难的作品（包括虚构性的作品）。尽管我也写过介绍西方见证文学的文章，比如《从进步叙事到悲剧叙事——讲述大屠杀的两种方法》（《学术月刊》2016年第2期），但我的关注点更多在中国本土。中国也有自己的见证文学。从新时期初期的“伤痕文学”“反思文学”，到今天仍在大量出版的“反右”“文革”幸存者、亲历者回忆录、传记文学（如巴金《随想录》、韦君宜《思痛录》、贾植芳《我的人生档案》等），新时期中国文坛曾出现见证、叙述和反思“文革”创伤经验的文学。这是中国特色的见证文学（有学者将“伤痕文学”称为“思痛文学”）。我关于这个问题的同主题文章还有《文化创伤与见证文学》（《当代文坛》2011年第5期）。在初步接触西方创伤文学理论之后不久，我就开始分析当代中国文学中的创伤记忆书写（其中很多被归入“伤痕文学”），解读了王蒙的《蝴蝶》《布礼》（《一个知识分子革命者的身份危机及其疑似化解——重读王蒙的中篇小说〈蝴蝶〉》，《文艺研究》2014年第8期；《一个革命者的忠诚危机及其“化解”——重读王蒙的〈布礼〉》，《文艺理论研究》2014年第12期），梁晓声的《这是一片神奇的土地》《今夜有暴风雪》（《梁晓声知青小说的叙事模式及其价值误区》，《南方文坛》2017年第5期），李锐的《无风之树》（《荒唐的革命闹剧与民间的“文革”世相——评李锐的〈无风之树〉》，《南方文坛》2014年第3期；《革命与启蒙的纠葛——论李锐笔下的张仲银形象》,《中国现代文学研究丛刊》2014 年第 10 期）等。还有在《上海文化》分上、下篇发表的《内外有别：‘文革’书写的两种类型》(《上海文化》2018 年第 4、6 期),这篇长文以王蒙的《布礼》《蝴蝶》、从维熙的《大墙下的红玉兰》，以及杨绛的《干校六记》、郑念的《上海生死劫》为例，分析、比较了两类作家“文革”书写的差异。作为革命“内部人”的王蒙和从维熙，在书写其“文革”遭际时，在思想上不能超越以往的束缚，在叙事方法上则延续了革命文艺过度抒情的倾向和进步主义的情节设置，无法与其所书写的对象拉开距离。与之相反，无论是从知识、信仰，还是从组织角度看，作为“外部人”的作家杨绛与郑念，在书写自己的“文革”经验时，采用旁观者的视角，其故事讲述讲究情感的节制，显得冷静、从容，与“伤痕文学”形成强烈对比。

除了王蒙、从维熙等“解放一代”作家（又称“复归作家”，20 世纪 30 年代出生）的作品，我还解读了 50 年代出生的“知青一代”或“红卫兵一代”作家的“文革”书写，比如梁晓声、老鬼等。我发现相当一部分所谓“伤痕文学”本身就是带伤的叙事。这些作品的作者（至少在他们书写这几本小说作品的时候）及他们笔下的受迫害者，一方面是“文革”的受害者；另一方面又是其同谋。即使在形式上得到平反昭雪之后，“文革”的思维方法和话语系统仍然在他们的书写中延续。那些拿起笔来书写自己的遭遇，乃至主观上想要清算“极左”罪恶的人，其精神世界和叙事方式仍然被“极左”意识控制——控制着他们对“文革”的书写。

这就是我所谓“带伤的叙事”(wounded narrative)，它有三个含义。一是指叙事主体（叙事者）是“反右”和“文革”时期受到过伤害的群体；二是指它所叙述的内容是主人公的受害经历或创伤记忆；第三，也是最重要的一点是指：这种叙事作为一种书写创伤记忆的形式，它本身就是受伤的，甚至是残疾的、带菌的、病态的，打上了迫害者也就是“极左”的印记。也就是说，“受伤的叙事”讲述的是受政治伤害的知识分子的生命故事，同时，这种讲述本身又在“极左”意识形态逻辑的控制之下，因此极大地局限了受害者对于自己受伤经历及其原因的反思，甚至成为另一种形式的对于“极左”意识与体制的维护。“伤痕叙事”本身伤痕累累。“文革”对人类文化、人的精神世界的伤害，即使在其后的受伤叙事中仍然体现出来，受害者即使在讲述自己的受伤害记忆时，仍然无法摆脱它的逻辑和叙事方法。它没有能够创造自己的叙事方法。必须先诊疗和修治这种叙事形式，才能讲好受伤害者的故事，才能获得对受伤经历的性质与根源的深刻认识，才能治疗受害者的心理—文化创伤，才能修复被破坏的人际关系与社会交往。

余　话

以上文字，大体围绕着“《文艺研究》与我的学术写作”展开。但说到这份迄今走过40年路程的学术刊物，还是有些“余话”值得一提。《文艺研究》办得好，在业界有口皆碑，原因很多，但我以为最主要的是因为它有一支既有学术水平又精通编辑业务的编辑队伍。他们既有自己学术方面的造诣，对编辑事业又极为敬业。每个人都是双面手：既是学者又是编辑（学者型编辑和编辑型学者）。由于和我交往较多的是陈剑澜和金宁先生，我就简单谈谈他们两位吧。

剑澜是北京大学的理学博士，对德国哲学和美学有精深研究，由于专业不同，我们在学术上的深入交谈不多。给我印象最深刻的有两件事。一是他对于学术会议的认真态度。从2000年开始，我一直担任首都师范大学文艺学学科负责人，经常与《文艺研究》合作办会。我们办会的理念非常接近，那就是重视策划，不办问题意识不明确、议题大而无当的会议，强调议题的当代性、现实性和前沿性。这方面与我合作最多的就是剑澜和金宁。剑澜最擅长的是做会议的总结发言，高屋建瓴，纵横捭阖，评点精当，让人叹服。

剑澜给我印象最深刻的第二件事，是修改文章的本事，那真是绝了，无人能及。我的许多文章，自觉已是千锤百炼，到了“易一字以赠千金”的程度。但经他一删节（比如从17000字到15000字），自己却完全感觉不到。我不禁感叹：这家伙学术功底深不可测啊。也难免惭愧起来：我的文章还有水分呐。剑澜还有一个特点就是很少夸人。他对我的一个评价是：东风这么大年纪了还在不断读书和思考，难得。我经常琢磨这句话的含义，但至今也不明白到底是骂我还是夸我。

再说说老金。我曾经开玩笑说：刊物是精神食粮，但也是物质体。一本高雅的杂志，不但要文章精彩，而且应该插图精美，设计独特，用纸讲究，有令人难忘的体感。《文艺研究》这本杂志就做到了形神兼顾，不但文章值得认真阅读品味，而且体感也无与伦比。它不但值得你阅读，而且值得你抚摸。我想这种特殊的体感，应该是金宁兄打造的。老金的艺术评论水平业界早有公论，其摄影艺术更是出神入化。在做主编前，他一直负责造型艺术栏目，《文艺研究》大概是经金宁兄精心打磨后才获得了那种迷人的体感的。

在与金宁兄的交往中，还有一件事——一件非常私人化的事——不得不提，那就是他在我的拍照（注意：不是摄影）生涯中扮演的角色——胡萝卜加大棒。大约从2003年开始，我突然鬼迷心窍地迷上了拍照，经常独自拿着一个廉价相机在校园里转悠，寻找自以为巧妙的拍摄角度，一拍就是几个小时。之所以特别强调角度，是因为我对相机的各种功能（光圈、速度之类）一窍不通，也没时间了解，自以为是地认为通过独特的观察角度可以弥补这方面的不足。一两年下来，居然也积累了一些自认为可以看看的照片。有一次我去《文艺研究》编辑部谈事，顺便选了几张请老金指点。其中一张拍的是冬天早晨的太阳，因为雾霾和尘土的关系，太阳显得很大很红，被白杨树的枝杈缠绕，像一个鸡蛋黄落在网中，故取名曰“网”。令我感到惊喜的是，金兄对这张照片赞赏有加，连连点头说：“有特点、有味道，没有技术有角度！”不仅如此，他还把作品推荐给了《中国摄影家》杂志主编李树峰先生。结果，这本非常专业的杂志，居然破天荒地开辟了一个名叫“他们”（意思大约是摄影专业人士之外的业余选手）的栏目，第一期（2013年第3期）就刊登了我的三幅作品（并附几千字的说明文字，题目为“拍属于自己的照片”），上面说的那幅被放在了中心位置。这给了我很大的激励：买了单反相机，越发疯狂地拍将起来。过了一段时间，我又选择了几幅自己觉得不错的风景照给老金看，没想到这次他摇着光头说：没有你的特点了，就是一般的风景照而已。在他“胡萝卜加大棒”的训导之下，我感悟到两个道理：一是绝不要模仿别人，要拍别人拍不出的属于你自己的照片，这样才能扬长避短；二是欲速则不达，想当摄影家？等着去吧。

（作者为首都师范大学教授）

一本杂志，一份友谊

汪民安

对于我来说，《文艺研究》不仅仅是一本杂志，还是一份友谊。它厚实而工整的书刊封面上不仅印着“文艺研究”几个素朴的汉字，还印着编辑部几位朋友的身影。

我第一次给《文艺研究》写文章是在2004年，是关于《帝国》一书的书评。是戴阿宝向我约的稿。当时我还在中国社会科学出版社工作，我的任务是编书，尤其是编那些能够卖得出去的书，但我编的书大多数不好卖，我在出版社就一直低人一头。我们出版社总编辑李茂生先生恰好订阅了这份杂志，他看到了我的文章，在出版社的大会上表扬我（这是我唯一一次得到领导的表扬。感谢李茂生先生，我调走后再也没有见过他了！），说做编辑就要做学者型的编辑，编辑要有自己的专业，要多写学术性的论文。他还把我发表的文章复印后贴在自己办公室门外的墙上，每个去他办公室签字的编辑都能看到。我顿时有了咸鱼翻身的感觉。有了总编辑的肯定，我就可以理直气壮地推掉那些不想看的书稿了。我虽然在那之前发表过一些文章，但是，只有《文艺研究》上的这篇文章给我带来了实际的效用：我可以在一个非学术性的单位合理合法地写论文了。《文艺研究》给我带来了好运，它是第一个改变了我的生活的杂志。这是我和《文艺研究》相遇的一个美妙的开端。

发表这篇文章的时候我和戴阿宝已经很熟了。不过，我刚认识他的时候，他沉默寡言。在一次北太平庄的聚会上，陈剑澜带上他的同事戴阿宝一起过来。一桌人抢着聊了一晚上，只有阿宝没说话。他像个石头那样坐了一晚上。后来，他和我单独在一起的时候会说很多，我们甚至无话不说。谈到杂志的时候，他总是发愁，他说得最多的话是没有好稿子啊。他负责媒介、影视和戏剧等方面的稿件，他经常约稿，但约来的稿子常常不满意，他让作者修改，作者改完后他自己还要继续修改。他总是怀疑自己视野有限，可能错过了好作者，为此，他经常去各个大学相关院系的网站浏览，他觉得中国这么多大学怎么会没有好作者——希望他能不断地发现好作者吧！他虽然一直在寻觅好作者，但是，他最怕的是面见作者。每次有外地作者来京想见他的时候，他总是推托。他说，见了干嘛呢？有好稿子发来就行。好作者只意味着好稿子。他约了那么多稿子，改了那么多稿子，发了那么多稿子，但有一次，他开着车望着车外，突然对我说，他有时候感到很悲哀，他觉得这个社会不需要他了，他说他越来越感觉到他对这个社会没什么用了。他现在盼着的是退休。

戴阿宝总是在找好稿子。我的印象是陈剑澜也总是对稿子不满意。戴阿宝没有好稿子就焦虑。陈剑澜倒不焦虑，他只是失望，他好像习惯了。他大概比较了解学术界的现状，他不抱太大的希望，我想他肯定不会去大学网站上查询相关专业作者。陈剑澜是我最早认识的《文艺研究》的人。大概二十年前，我去广州暨南大学中文系开会。在报到登记入住之后，我一个人百无聊赖地坐在学校宾馆门前的台阶上，我就是在这个台阶上碰到他的。我当时的印象，他眉清目秀却很能喝酒。与我完全相反。也许是我们反差太大，彼此留下了不错的印象。回北京后，我们约着和共同的朋友聚会。那个时候都年轻，喝完酒后，偶尔有人言辞躁烈，但陈剑澜修养很好，我从未见他失态。他有时候也调侃人，也被人调侃，甚至有些过火地调侃——我认识他二十年，但从未见他失态过，他没丢过面子——我觉得这是《文艺研究》编辑的共同风格，也是我所了解的这个杂志的风格：无论如何，不丢面子。杂志不论遇到什么样的环境，总是很平静，总是很素雅，总是尽可能地保持自己的基本原则。我要说，这个杂志有自己平静的尊严，就像那个素朴的封面一样：有自己纯白的底色。这个底色既不暴躁喧哗，也绝不被任何黑点所污染。

两年前我在一个会议上见到陈剑澜——在这之前，我有好久没见到他了——我发现他头发白了不少。他说，他除了在《文艺研究》任职外，还兼了另外一份工作。好了，他现在终于辞掉了那份工作，有了一份新的工作。希望我的朋友不再煎熬。

我认识陈剑澜这么多年，但从来没有给他写过稿子。我的稿子不是交给戴阿宝就是交给金宁。这主要是因为我几乎没写过陈剑澜所管辖的“文艺理论”方面的稿件。我有好几篇关于艺术的文章都是交给金宁的。金宁每次的邮件回复都是一样简短：民安兄，稿件收到了，谢谢！像是机器自动回复的。语言简练的人通常更让人信赖。戴阿宝发我的文章总是要跟我说一下他对文章的印象，但金宁从来不跟我说什么。我也从不问他。好像这都是多余的。我认识金宁相对晚一点，但戴阿宝以前常常提起他。所以我见到他的时候一点不觉得陌生，也或许是因为他的形象坦荡。阿宝说金宁人很好，我后来算是目击到了：陈剑澜有一次骨折，几个月脚不能下地行走。在那段时间，老金每次开车到陈剑澜家楼下，接他去上班；下班再送他回家。有一次我在望京见到他们，是老金开车带陈剑澜来的——那次陈剑澜也喝了很多酒，有点语无伦次，已经是半夜，个子高大的老金搀着一瘸一跛的陈剑澜上了车，鸣笛而去。

金宁对同事如此，对作者或许更好。有一次我们说起了逝去的余虹。金宁说，我有很多朋友，不过，我如果从《文艺研究》退休后，谁还当你是朋友真不好说，但我还是相信，无论如何余虹肯定是会把我当朋友的。可惜，余虹提前走了。是金宁开着自己的车给他最信赖的朋友送了最后一程。在人民大学余虹的追思会上，我看到陈剑澜都快站不住，被人扶走了，而主编方宁则失声痛哭，说《文艺研究》失去了一个好作者——《文艺研究》的朋友们为余虹的逝去多么悲伤！余虹你知道吗？

余虹去世应该有十多年了吧，自那次之后，我再也没有见过方宁。我以前也只是见过他两三次。我记得比较清楚的反而是第一次。大概快二十年前了。《文艺研究》找几个人去编辑部谈谈对杂志的看法。我不知道当时为什么找了我们几个年轻人（我记得还有《读书》的叶彤），也许是因为他们觉得年轻人更敏锐更直接更敢说真话？（想想现在的年轻人在杂志编辑面前的态度！）那个时候确实敢说话，但真谈不上敏锐——既然是来让提建议的，就毫不客气夸大其词地指出了杂志的种种不足——现在想起来真是可笑。我既没有办过杂志，见识又肤浅，哪有什么真正的意见，不过是年轻人压抑不住的自我表现而已。而方宁坐在那里非常认真地拿着笔在记录。我不知道他是否还记得这一幕，但他肯定没有把我粗暴、肤浅和幼稚的批评看作恶意。他对我这样晚一辈的作者非常宽容和支持。阿宝说，方宁总是肯定我的文章。有一次在编辑部的例会上，方宁说，如果《文艺研究》有钱的话，应该把汪民安写的《手机》一文拍成电影。我起码有十多年没见过方宁了，但是，这句话我一直铭记在心。

现在，方宁退休了，陈剑澜也离开了，据说是几个更年轻的编辑顶上来了。但我只认识张颖——好几年前我看过她从英文翻译的哲学书，后来又看到她从法文翻译的哲学和美学书。她是我见到的最好的年轻哲学译者之一。我也读过她自己的著述，讨论的主题并不时髦，但张颖优雅的语言却让这些论题变得亲切而有趣。张颖有一种将生动和严谨融为一体的奇妙写作能力。有她这样认真对待学术和语言的编辑（语言和学术能力，这是一个学术杂志编辑最重要的专业品质），我绝对相信，《文艺研究》所形成的独立、朴素和体面的风格不会改变。

（作者为清华大学教授）

《文艺研究》引我走上学术之路

王德胜

我与《文艺研究》结缘，开始于整整 35 年前。1984 年，在我就读北京大学哲学系本科四年级的最后一个学期，选择了著名美学家宗白华先生的美学思想作为自己的毕业论文选题。此前，国内学术界还没有发表过这方面的专题学术论文，当时可以直接参考的宗先生美学著述，只有一本由上海人民出版社 1981 年结集出版的《美学散步》，因此许多研究工作几乎是从头做起。在北京大学哲学系甘霖教授的指导下，从 1984 年 2 月到 4 月，我泡在北京图书馆（现国家图书馆）旧馆和上海图书馆徐家汇分馆里，利用可以借阅的民国报刊缩微胶片，尽可能搜寻宗先生的早年著述。在我全力完成毕业论文的过程中，哲学系系友、时任《人民政协报》副刊部主任邹士方先生得知我正在撰写宗先生美学思想研究的论文，便向当时的《文艺研究》编辑推荐了这一选题，并很快得到编辑部的认可。毕业论文完成的同时，我把论文抄了一份，交给邹士方先生，他又添加了有关宗白华“散步”美学风格的研究内容，其间还在编辑指导下做了两三次修改。1984 年 7 月，就在我离开北京大学半个月之后，我与邹士方联合署名的《宗白华美学思想初探》一文，便在《文艺研究》第 4 期正式发表了。

作为本科生，论文能发表在《文艺研究》这样的高级别刊物上，这对于我来说，在当时显然是一份纯属意外的收获，而在今天看来其实构成了一种最初的、充满诱惑的引导力——很大程度上，正是由于收获到的这份意外，引导我从此将从事学术研究定位为个人的发展目标。毫不夸张地说，1984 年夏天的《文艺研究》，在我最初的人生方向选择上起到了至关重要的“引路人”作用。

这份与《文艺研究》的缘分，在以后几十年里一直延续在我的学术经历之中。无论是 20 世纪 90 年代中后期投入当代审美文化理论研究，或是参与 21 世纪初的文艺美学学科建设问题讨论，抑或在现代中国美学史研究领域进行思想发掘，由那篇远非成熟的本科论文的发表所引发的学术热情，在激励我坚定地行走在美学之路上的同时，也鼓舞着我在每一步的学术行走中，总是自觉或不自觉地把《文艺研究》当作了可以信赖的学术后盾。此后陆续发表在《文艺研究》上的《朱光潜晚近美学思想评述》（与邹士方合作）及《审美文化的当代性问题》《美学：知识背景及其他——对百年中国美学学术特性的一种思考》《当代审美文化研究的学科定位》《文艺美学：定位的困难及其问题》《试论艺术审美的价值限度》等成果，便具体延续和加深了我与《文艺研究》之间的那份最初的学术缘分。

今天，回过头来看自己的学术之路，不能不说，《文艺研究》对于我有着两层特别的意义：第一层是个人情感上的。这不仅是因为我的第一篇真正可以称为“学术论文”的文章是由《文艺研究》发表的，也不仅是因为《文艺研究》曾多次为我提供发表成果的机会，更多是因为，我与《文艺研究》之间既是一种作者与刊物的关系，同时也是一种由刊物而不断获得学术引导的关系。犹记得，1984 年春夏之间，为了要进一步修改《宗白华美学思想初探》一文，我曾经两度专门来到坐落于恭王府内的编辑部小楼，在编辑办公室当面听取修改意见。虽然现在已记不得当初编辑曾提出怎样的具体意见，但面对持重稳健、一丝不苟的刊物编辑的那份忐忑，尤其是那种经人三言两语点拨而豁然开朗的写作兴奋，三十多年来却始终藏在我记忆的深处。后来我自己在编学术丛刊《美学与文艺学研究》《中国美学》及《中国美学年鉴》的时候，或多或少也受了当年《文艺研究》编辑改稿态度的影响。至今，恭王府那座楼板嘎吱作响的编辑部小楼，楼梯转角处挂着的那块写满当期待发文章篇名的小黑板，已成了我心中“永远的《文艺研究》”。

第二层的特别意义，则在于学术方面。从 20 世纪中后期开始，我与美学界的不少中青年学者，特别是中华美学学会青年美学学术委员会和审美文化专业委员会的诸多同道，围绕着一系列新的学术话题的策划和深入推进，在与《文艺研究》的学术交往中建立了一种相当默契的合作关系，其中包括共同推动“当代审美文化”“百年中国美学史”等问题讨论的展开。这些活动一方面直接影响了我个人以及当时一批中青年学者的学术方向和具体研究，促使我们以一种更加现实的理论态度，直面各种新的审美现象，发现新的美学问题；另一方面也使我们从一系列的学术合作中，更加直观地感受到《文艺研究》在引领和推进学术发展方面的重要作用和能量。

以勃兴于 20 世纪中后期并一直延续至 21 世纪初的审美文化研究为例。20 世纪 90 年代初，随着中国美学界有关“美学研究转型”问题的讨论不断展开，美学与文化研究的关系及美学理论在当代中国社会文化转型变革中新建构的可能性，逐渐成为美学界高度关注的话题。为此，从 1993 年起，中华美学学会青年美学学术委员会及审美文化专业委员会等团体，连续发起和组织了多次专题性学术研讨会，蒋孔阳、周来祥等几代美学学者纷纷参与讨论，各种相关的理论论争也迅速展开。《文艺研究》以一种搭建平台、组织队伍、鼓励争鸣的姿态，最初是积极关注相关研究，至90年代中期开始直接参与进来，组织笔谈文章，刊登专题长文，直接支持了当代审美文化研究的深入展开，从而成为当代审美文化研究的学术重镇。在这一过程中，《文艺研究》培养或推出了许多日后在中国美学界颇有影响的中青年学者，具体影响了他们各自的学术探索。今天，回过头来再看，如果说围绕当代审美文化问题的广泛讨论已然构成20世纪末、21世纪初中国美学的一道独特的学术景观，那么，在那光色丰富的美学风景里，《文艺研究》的身影不可或缺。而行进于其间，《文艺研究》之于我个人的意义，也早已远远超出了一般意义上的作者与刊物的关系。

事实上，从近三十年间中国美学研究所经历的几次很有意义的研究热点来看，从当代审美文化研究的异军突起，到世纪之交反思性地探讨20世纪中国美学学术发展，再到在学科建构层面讨论中国文艺美学的学科定位及其基本理论问题，每一次，我们几乎都可以在《文艺研究》那里寻找到它们发生、展开和深入的直接踪迹。在这个意义上，说《文艺研究》经历、参与乃至直接推动了最近几十年里中国美学研究的发展，应该是非常恰当的。而对于中国美学界来说，《文艺研究》的重要性也正在于此——对于新的学术话题的发生来说，《文艺研究》往往是一个培育新问题、助力新方向、集合新力量的不可或缺的学术媒介；就问题论争的渐次展开与不断深入而言，《文艺研究》又总是在推波助澜的同时，其自身便成为一种“在场”的学术力量。

（作者为首都师范大学教授）

《文艺研究》和我的美术批评

王　林

我前后在《文艺研究》上发表过 8 篇文章，即《从中国经验开始——试论西南艺术的深度追求》（2003）、《意象油画及油画民族化思考》（2005）、《当代绘画的观念性问题》（2006）、《“知识分子的天职是推翻成见”——吴冠中写作生涯与艺术论争》（2007）、《农民题材绘画的创作与批评——以“农民·农民”藏品暨邀请展为例》（2007）、《艺术问题与批评立场——西南当代艺术述论》（2008）、《个体叙事的历险者——应天齐的艺术追求》（2011）、《个人性、反传统与重建文化民间——对“八五新潮艺术”的再思考》（2015），这让我多少有点意外。在这样一个重要刊物上，发表为数不少的长篇大论，真得感谢编辑部的宽容与厚爱。

在中国市场经济环境中，一个普通作者要在杂志上发表长文，颇为不易。而讨论视觉艺术的文字，没有附图，对于一个读图时代，更像是坐而论道的事儿。然而，中国之“文艺”要发展，必须要“研究”问题，以基础理论和案例分析作为研究对象，乃是非常重要的。《文艺研究》义不容辞，担当此任，善莫大焉，功莫大焉！

先从我对当代绘画的研究说起。2006 年第 7 期《文艺研究》上的《当代绘画的观念性问题》，是我《绘画与观念》一书的原型，后来由重庆出版社在 2008 年出版。该书探讨的是当代绘画的观念性问题。说到底，当代视觉艺术无非是两大类，一曰架上艺术，二曰观念艺术。后者指的是装置、行为、动态影像、大地艺术（即环境艺术）及公共艺术，而前者则指的是绘画、雕塑及建筑，再加上摄影。显然，绘画是美术史演变的核心样式之一。中央美术学院曾有一位老先生，指责我言说绘画终结论，其实这是误解，我从不认为绘画已经终结或将会终结。因为绘画作为人手创造的最高体现，必定会继续存在并延续下去。所有关于艺术终结的说法，其实都在谈论艺术不同阶段的观念变化。比如当代绘画，就有以问题意识切入思想观念的趋势，而架上艺术的观念化和观念艺术的感觉性，其实是互相补充的。

以画家作为案例研究，是关于吴冠中和应天齐的两篇文章。前者是对吴冠中批评思路的梳理，谈的是改革开放初期吴先生对于中国当代艺术及其批评的开创性贡献。文章题目这句话——“知识分子的天职是推翻成见”，乃是我从吴先生几十万字文章中筛选出来的，这是他振聋发聩的至理名言。后来吴先生出版“全集”之时，专门书写了这句话，也用以陈列在他的展览上。由此可见，《文艺研究》的同事们，对文章选题的敏感是很精准的。

至于应天齐先生，也是一位特立独行、与众不同的艺术家。我是他在中央美术学院进修时的同学，本来是画画的，却钻到我们美术史寝室来“打入敌人内部”——奥利瓦曾说过“批评是艺术的敌人”之类的话。应天齐是特别专注、特别用心的艺术家，“八五时期”我在中央美术学院以学生身份开讲座，就是应天齐他们推动学术委员会主任钟涵首肯的。时至今日，他还保留着当时听讲座时记下的一本笔记。

关于意象油画的思考，是对油画民族化问题的回应，对意象油画的言说后来延伸到 2018 年我和刘晓纯先生在西安崔正宽美术馆所做的“新写意主义——首届中国当代艺术名家邀请展”上对于“写意—表现”这个概念的讨论。而对于农民题材绘画的言说，可以说是对中国 1949 年来以绘画作为案例的历史梳理，其中呈现的是现代化诉求和当时艺术现状的矛盾，以及改革开放以来农民题材绘画创作的意义。

再说与中国西南艺术家相关的批评活动。在我历年发表过的近 900 篇美术评论文章中，恐怕有一半以上是讨论西南当代艺术的。《文艺研究》刊载过的 3 篇，或者直接论及西南当代艺术，或者与西南艺术家作为有关。这些文章对我个人而言，的确是比较重要的。

一篇是讨论艺术在地性、在场性与国际接轨的关系，特别强调的是“只有在个体意识的基础上，才能讨论艺术的地域性问题及其深度问题”。而另一篇，则是专门谈论“从中国经验开始”，西南艺术家及其创作的“深度追求”，旨在“抗拒任何企图一统天下的中心话语和文化一体化的权利话语”。第三篇谈论“八五新潮艺术”，值得说明的是：这一时期四川美术学院是全国美术院校中唯一实行院长负责制的美术院校。因为这个原因，学院从 1985 年至 1989 年举办过 15 次师生“自己审查”的自选作品展。对西南地区当代艺术格局的形成至关重要。这些活动，一方面是强调艺术中的个人创造力之于中国当代文化进步的推动作用，这一点已成为美术界的基本共识；另一方面则是凸显艺术多元化的必然性和必要性，这是改革开放时代中国当代艺术的价值诉求和主要态势，可谓“滔滔者天下皆是，其谁能易之”。

从 1979 年吴冠中谈“艺术的形式美”和“星星画展”提倡艺术需“自我表现”开

始，中国当代艺术已行进了四十年。其自我图像化带来的启示，英国评论家艾美利亚·琼斯说得很好："再现只能传达我们思考的、我们想要了解的那个他者，这个他者从来都不是真实的，而总是（在某处）它在'孜孜不倦地表现着'的真实。"（《自我与图像》）

而我要补充的是：真实不仅是文本性的，而且是历史性的，还应该具有不同程度的时代性。重要的不是如何谈论真实，而是真实的谈论应有其方向性——因为我们必须也只能相信：历史及其未来是趋真向善的，是更人性化的和更加文明的。

（作者为四川美术学院教授）

跟随《文艺研究》成长

王　尧

1979 年 5 月《文艺研究》创刊时，我还在苏北的乡村学校教书，距离北京十分遥远。到大学读书后，时常去学校图书馆期刊阅览室浏览杂志，《文艺研究》放在书架的显著位置上，很容易在文学理论类的刊物中找到。有老师上课时说：要了解最新的研究动态，需要看一些理论杂志。《文艺研究》是这位老师推荐的重要刊物之一。当代文学史课上，老师提到《关于当前文学艺术工作若干问题的意见（草案）》（简称《文艺八条》），但语焉不详。我翻阅资料，找不到《文艺八条》。后来借阅创刊初期的《文艺研究》，发现创刊号在“文艺资料”栏目中就发表了《文艺八条》，同期还有文艺界老人苏一平的文章《为〈文艺八条〉说几句话——批判“文艺黑线专政”论》。那些年，文艺被陆续“正名”，我在 20 世纪 80 年代初期开始形成的文学观，在许多方面受到《文艺研究》的影响。在这个意义上说，《文艺研究》也是我的启蒙老师。

当年还没有“C 刊”“权威刊物”之划分，但《文艺研究》显然被学界同人视为顶级学术刊物。我自己开始涉足学术研究时，从来没有想过给《文艺研究》投稿，觉得这家杂志的门槛太高了。有一天在办公室走廊上，听到一位老师手持一本杂志，大声和同事说他在《文艺研究》上发了一篇很长的论文。我虽离他有一点距离，但除了听到他自豪的声音，也看到了他骄傲的眼神。我当时对这位老师肃然起敬，后来又听到其他学院的老师在《文艺研究》上发表论文的消息，这时就开始幻想自己有一天也能在这份刊物上见到自己的名字。学界同人对《文艺研究》的敬意一直持续着。前几年，有位朋友在《文艺研究》上发表了大作，所在学校的一位老先生特地致电祝贺。

一份学术刊物的声誉其实与它的级别没有太大的关系，而是取决于它自身的学术品格。我们这一代学人大多在 20 世纪 90 年代以后成长、发展，这个时代的人文学科的位置已经不同于 80 年代。在消费主义意识形态蔓延以后，我们所熟悉的诸多学术刊物都受到侵蚀，个别曾经重要的刊物不时被各种传言击伤。《文艺研究》始终保持它的清誉，是历任主编和杂志同人坚守的结果。现在不是一个办刊物的时代，更不是办学术刊物的时代。各种因素的干扰，已经是一种常见的现象，而《文艺研究》独善其身，它始终是学术的，而不是非学术的。《文艺研究》的干净和纯净，是我们这个时代最美好的一种品格。在《文艺研究》创刊四十年时，作为作者，我首先想到的是这本刊物在学术品格上对自己的影响。

《文艺研究》研究文艺，栏目多而不杂，涉及美学、艺术学理论、文艺学、当代批评和中国文学、外国文学等领域。它的书评和访谈录等专栏亦是特色。这样一种敞开的风格，容纳了当代文艺研究的诸多重要成果，而办综合性理论刊物的难度显然大于领域单一的刊物。现在学界的通才少，多数是术业有专攻，但文艺研究又需要触类旁通。我读《文艺研究》，除了关注本领域的论文，也特别喜欢阅读其他栏目的文章，受教甚多。在这本杂志上，有文学史、艺术史的研究，也有艺术学、文艺学、美学的前沿性论文。在方法上，它呈现了传统和现代的不同学术路径。“百花齐放，百家争鸣”的办刊方针，在《文艺研究》上得到了真正的落实。一本纯粹的学术刊物做到肃穆、宁静很容易，同时又能引起广泛关注则很难。现在的学术界很少出现有价值的争鸣，《文艺研究》却不时发表严肃、认真的商榷类文章，在学界常有非凡的回响。这表明，在纯正、专业之外，独立、自由也是《文艺研究》的品格。所有这些都注定了在当代学术史上，《文艺研究》是一个重要的角色。

我在《文艺研究》发表拙作时，这本刊物在主编方宁先生的主持下正处在黄金时期。在老一辈学者担任主编的时代过去后，方宁承上启下，将这本刊物推向了又一个高峰。我没有读过方宁谈办刊思想的文章，但从他主编的杂志中读到了他的理想、抱负、品格和情怀。直到后来熟悉以后，我才在有数的几次交谈中听到他对办刊的理解。在《文艺研究》2010 年第 2 期发表第一篇文章《冲突、妥协与选择—— 关于“八十年代文学”复杂性的思考》时，我还没有见过方宁。有朋友组稿，我就写了一篇关于 80 年代文学的文章。当时我正忙于准备出国访学的杂事，匆匆忙忙写成。文章刊出后，我自己读了，觉得这个话题还没有真正谈透。后来见到方宁时，他说你这篇文章可以写得更好些。他说得很委婉，我则更为惭愧。《如何现实，怎样思想？——关于当代文学“思想状况”的一种认识》是我在《文艺研究》发表的第二篇文章（2011 年第 4 期），刊出后有几位朋友给我打电话，说这篇文章你用心写了。有一次去北京，正好路过《文艺研究》所在地，便顺道去了编辑部，在简陋且堆满书籍的办公室里，我见到了方宁。两人清茶一杯，话题仍是学术和刊物。我记得的谈话内容是，《文艺研究》从不受赞助，即便是个人愿意花钱在杂志上发表著作的广告，他们也一概拒绝。

在这次访问中，我没有见到陈剑澜先生和金宁先生，也没有见到至今一直未谋面的、做过我文章责编的张颖老师。剑澜是文艺学的专家，我也是先读的文章再熟悉他本人的。剑澜有时候会问正在写什么文章，我说了，他便让我把文章发给他看看。我写文章拖拉成性，过了很久也没有把文章发到邮箱。剑澜后来就打电话说，你旁骛太多，要集中精力完成。我和剑澜是同一辈人，学术之外也有许多共同话题，偶尔在会议上遇到，便会深谈。好像是某一个夏天，我们俩在北大“培文杯”的活动上相遇，见到剑澜时我觉得这位朋友的面孔很熟，但一时没有叫出名字。剑澜主动说：“王尧兄，我是剑澜。”我没有想到的是，剑澜后来会到高校工作，听到他去中国人民大学文学院任教的消息时，我还是有些失落的，因为现在要遇到学者型的编辑家真是太不容易了。但毕竟《文艺研究》编辑部人才济济，做艺术出身的金宁更是《文艺研究》黄金时期的参与者之一。金宁主持《文艺研究》，在传承中呈现新的气象。我已经几年没有向《文艺研究》投稿了，看来还是要认认真真地去写文章。

现在大学里要填写的各种表格很多，有一次填表登记学术成果，我发现自己像样一点的文章多数是在《文艺研究》发表的。跟随《文艺研究》一起成长，是我问学道路上的重要经历。在《文艺研究》创刊四十年之际，青年才俊李松睿邀我写文章谈谈自己与《文艺研究》的交往，我想到了这些往事，借此表达祝贺、敬意和感谢！

（作者为苏州大学教授）

《文艺研究》与我的三段学术旅行

王一川

《文艺研究》已经40岁了。作为它的老读者和作者之一，我在心里深深感谢和铭记它在这40年来所做的特别突出的学术建树，以及在我学术旅行中提供的助推力。还是在20年前，正值《文艺研究》创刊20周年之际，我有幸应约写过短文《新时代之子》，从回忆阅读该刊和刊发文章的个人经历的角度说起，赞扬它作为“新时代之子”的特殊作用：“就近二十年来的文艺变革而言，新兴的杂志正在其中起了有力的和有效的作用，而《文艺研究》正是其中的突出代表之一。它没有过去历史留下的负担，这使得它步履轻盈，跨步高远，似乎就是为新的时代而生的。它是准确意义上的新时代之子。但是，它不是这个新时代的简单结果，而是其有力的创造者和组成部分之一。”不觉中又过去20年了，今天再来回忆，这一看法仍然是有效的，只是想约略添上一点更新的个人体会：《文艺研究》以其包容百家的宽博胸襟和敏锐开拓的创新理念，无私地、持续地为众多学者提供其新成果发布的大平台，从而成为40年来中国文艺研究新见的有力催生者和传播平台。我之所以这样说，恰是以我这样的普通学人的个人学术旅行为例证的。这里就想说说我自己的三段学术旅行与《文艺研究》的缘分。

我的学术在起步阶段属于体验美学。在20世纪80年代，文艺理论界和美学界面临的任务之一在于，如何重新发掘文艺的被遗忘的审美属性及其人生意义。我那时的博士学位论文就聚焦于“体验美学”，希望通过对历史上体验美学发展演变线索的新的梳理和阐释，为建构中国体验美学的理论框架做一次初步探索。其中的一章论述体验与生成的关系，就获准发表在《文艺研究》1988年第3期上。作为刚获得博士学位的高校年轻教师的我，因此而成为同辈学人中较早在该刊露面者之一。这固然是我个人的机遇，但更应当铭记的还是该刊的学术胸襟和创新锐气。多年后我继续研究体验问题的论文《“伤痕文学”的三种体验类型》也仍然在这里发表出来。这种及时发表，对我当时的学术发展的作用是显而易见的。

90年代初，学术界继“现代主义”热潮之后出现了“后现代主义”“现代性”“审美现代性”等新热点，而我自己也开始对这类问题产生了研究兴趣，从而进入我自己后来回头总结的“中国现代学”阶段。1992 年，正当上述新热点急剧升温之时，《文艺研究》及时举办了研讨会和组稿会，集中组织多篇文章进行专题讨论，特别是让不同观点的作者同时或先后发表文章，形成彼此平等对话的争鸣格局，颇为难得。我的《当今中国文坛的泛现代文学现象》就对“后现代”热浪表示了担忧和质疑，提出了“泛现代文学”这一新观察，发表在《文艺研究》1993 年第 1 期上。现在回头看，我的这个观点未必就准确，但毕竟是我当年认识水平的真实写照。后来我持续投入“中国现代学”这一课题的研究中，把中国文学现代性划分为“现代Ⅰ文学”和“现代Ⅱ文学”两阶段。其中成果的一部分题为“中国现代Ⅰ文学与现代Ⅱ文学的断连带”，发表在《文艺研究》2008 年第 4 期上。今天看过去，这样的两段论在当时还是新鲜的，而该刊敢于发出来，确实是令我感动的。

还是从 90 年代起到今天，我的一个持续的学术兴趣是影视评论，我自己称之为“电影文化修辞学”。这是我提出的“修辞论美学”在影视批评领域的具体体现。按照我的理解，这种修辞论美学实际上就是美学理论与美学批评相互融通的结果，突出关注影视这类大众艺术作品的影像系统对于社会现实独特的符号调整作用。面对当时有关第五代导演已经完成“走向世界”宏愿的媒体热潮，我把自己撰写中的著作《张艺谋神话的终结》的一部分题为“张艺谋神话：终结及其意义”，交给《文艺研究》先期发表在 1997 年第 5 期上。当时能把“张艺谋神话”及其“终结”之类观察独特、难免尖锐的文化批评观点发表出来，我不能不感谢和敬佩该刊的果敢和坚持。

进入 21 世纪，中国电影以《英雄》为开端，曾经走上一条持续大约 10 年之久（2003—2012）的所谓中式大片的探索道路。其主观意图固然合理，因为中国电影需要积极应对以《泰坦尼克号》《卧虎藏龙》为代表的世界大片潮流的强烈冲击，探索出一条属于中国自己的大片道路，由此找到成为世界电影大国并进而变成世界电影强国的独特道路；但是，也导致了一系列“大而无当”的华丽、铺陈而浮夸的影片的出笼，引来观众和学界的质疑及反对声浪。我主张对这股大片浪潮既不能一棍子打死，也不能过度纵容，而是应予以辩证分析和评价，并在此前提下冷峻地反思其面临的美学困境，于是写就《眼热心冷：中式大片的美学困境》一文，在《文艺研究》2007 年第 8 期发表。今天，在中式大片时代业已成为回忆的时候，回头看当时的观察和评论，感觉是适宜的，由此更钦佩该刊的果断和包容。

简要回顾这些，可见我的体验美学、中国现代学和电影文化修辞学这三段学术旅行，都仰赖于《文艺研究》的扶持和助推。从我 40 年的学术阅历来看，它所实际扶助的学人当然还有更多。展望未来，相信不惑之年的这份刊物，能继续传承和弘扬自身的学术传统，在中国文艺学学术建设和文艺发展中起到更加重要的作用，包括继续扶助那一批批需要扶助的更年轻的学人。

（作者为北京大学教授）

“好雨知时节”

——感念《文艺研究》对我的文学计量研究的支持

王兆鹏

我从20世纪90年代初，开始尝试文学计量研究。一路走来，苦乐备尝，既收获了理解与支持，也时受质疑与责难。《文艺研究》原主编方宁兄、责编赵伯陶兄给我的有力支持，让我十分感刻！

我做文学计量研究，有一个从偶然到必然、从自发到自觉的过程。1992年秋，我在湖北大学中文系担任系副主任，分管研究生工作，偶然间读到《学位与研究生教育》杂志上一篇统计分析该刊近十年来作者队伍和论文选题分布的文章，觉得这种计量研究方法挺新鲜、好玩，于是，就想把这种研究方法引入古典文学研究。心想，别人可以做《学位与研究生教育》的作者和选题的统计分析，我能不能做我们古代文学研究的专业期刊《文学遗产》作者队伍和选题分布的统计分析呢？有了想法，就立马行动，拿出自己订阅的《文学遗产》，一期一期地整理题目、作者信息，当时没有电脑，数据都是手工操作。有些论文作者信息不详的，就写信给《文学遗产》编辑部的马丽女士，请她帮忙，她很耐心、详细地回复了我所需要的作者信息。大约花了一两个月的时间，就将1982—1992年《文学遗产》的论文题目和作者信息统计完毕，模仿《学位与研究生教育》上的那篇文章，写出了《近十年来〈文学遗产〉作者队伍和选题分布的统计分析》初稿。论文写作前，有意识地阅读了《文献计量学》《计量历史学》等有关计量研究的理论著作，对计量研究的理论、方法有了一定的了解。

统计分析《文学遗产》的论文选题和作者分布，属于文学学术史的研究。文章写完后，我又琢磨，能不能把这种计量分析方法运用于文学史研究呢？1993年，我筹备“中国20世纪词学研究走势学术研讨会”，自己办会，肯定要提交一篇论文。写什么论文才能体现会议主题“词学研究走势”，才能引起与会专家的特别关注呢？于是，我想用计量分析方法来研究宋词。

可宋词研究从来没有什么数据可资利用。数据从哪儿来？什么样的数据才是有用、有意义的数据？这是首先要解决的难题。而什么样的数据有用，取决于用数据说明什么问题。文学史研究的任务，是既要研究作家的创作个性，又要考察作家的历史地位、文学影响。作家的创作个性、作品的艺术特色，一时难以用数据来统计分析，而作家的历史地位和影响力应该是可以用数据来衡量的。作家的历史地位、作品的影响力，不是某个人、某个权威说了算，而是历史上广大接受者形成的共识，那我们如何去了解历史上接受者的共识？怎样把他们的意见和态度转换为数据？或者说，什么样的数据能够说明历史上作家影响力的大小，乃至文学史地位的高低？这需要理论依据和文献支撑。没有理论指导，就不知道哪些数据有用，不知道从哪些方面入手去寻找数据；没有文献功底，不熟悉文献，也找不到相应的资料，也就无从将资料转化为数据。

在这之前，我比较留意阅读传播学、接受美学的著作。接受美学正好可以为寻找作家的影响力数据提供理论参照。根据接受美学的原理，一个作家、一篇作品的接受者有三种类型：一是普通读者，二是评论家，三是作家。普通读者只是阅读作品，评论家会评点作品，作家会借鉴别人的作品。我们可以根据这三类接受者不同的接受方式来寻找和转换数据。普通读者阅读作品，往往是通过作家的别集和相关选本来阅读，因此，我们可以搜集别集版本的多少、选本入选的多少，来观察一个作家、一篇作品的影响力；可以通过评论家评点的次数，来衡量作家作品的关注度；可以通过众多作家的追和、化用、仿效，来测度一个作家、一篇作品的生命力。韦勒克说过，作家的艺术生命，不仅存在于自己的作品中，更存在于别人的作品中。因此，我搜求采集了宋词别集版本的种数、历代词话评点的次数、历代词选入选的次数、20 世纪研究论著的篇数等几个方面的数据，来统计分析宋代词人的历史地位和影响力。而我正是做文献考据起家的，硕士学位论文做的是《张元干年谱》，修订后于 1989 年由南京出版社出版；读博士期间，完成了《两宋词人年谱》的书稿，所以对词籍文献比较熟悉。因此，搜罗词别集版本、选本目录资料，信手拈来，不太费力。宋代词人影响力的数据，经过半年多的努力，搜集到位，很快写成《历史的选择—— 宋代词人历史地位的定量分析》一文。1994 年 10 月在襄阳举行的“中国 20 世纪词学研究走势学术研讨会”上宣读，与会学者颇为肯定，使我对做文学计量研究有了点信心。

1995 年，是我做文学计量研究从自发走向自觉的年份。一是因为我的第一篇文学计量研究论文《历史的选择——宋代词人历史地位的定量分析》，在《文学遗产》1995 年第 4 期正式发表。论文刊出后，有不少读者来信表示支持和鼓励。印象最深的是上海师范大学几位研究生的署名来信，信中热情肯定了定量分析方法的有效性和拙文的开创性，说方法很新颖，观点很实在，比那些空泛的议论、思辨要令人信服得多。读者的来信鼓励，更坚定了我做文学计量研究的信念。二是我开始自觉地思考文学计量研究的价值和意义，从最初的好玩尝试，到此时觉得定量研究真有用，有定性研究不可替代的独特功能，能够发现和解决传统定性方法无法发现和难以解决的问题。因而写了一篇《文学史研究应注重计量分析》的短论，发表在1995年12月出版的《中国诗学》第4辑上。三是我写了另外一篇文献计量研究的论文。1995年10月，"《文学遗产》创刊四十周年暨复刊十五周年庆祝会"在北京举行。我将此前写的《文学遗产》作者队伍和选题分布的论文初稿，扩展为《〈文学遗产〉复刊以来论文和作者队伍的统计分析》，提交给大会，引发了与会者的强烈兴趣和关注。此文后来收录在1998年文化艺术出版社出版的《〈文学遗产〉纪念文集》中。由于文中涉及有关学校和学者在《文学遗产》发表论文篇数的统计排名，既获得了赞许，也招致了非议和不满。有人戏称我是"为天下英雄排座次"。我根据在《文学遗产》发表论文的篇数排名，排在榜单前面的学校和学者，当然开心和自豪，有的学校就拿我这篇文章的数据作为依据，来证明其学科的学术实力和影响力；可排在榜单后面的就不免心中不快，特别是有些名校和名学者，因为在《文学遗产》发文不多，而感觉有些失落。我的文章好像揭了别人的短处。当初写作此文时，完全没有考虑到会涉及当世学者的学术评价和当事人的感受，以为只是客观的数据统计和事实陈述，没想到无意中得罪了人。

此后，我从三个方面展开文学计量研究。一是量化考察学术史的发展、变化，先后发表了《本世纪词学研究的基本格局》（收入人民文学出版社1998年出版的《百年学科沉思录》）、《1997—1999年宋代文学研究论著及作者队伍的定量分析》（《培训与研究》2002年第3期，人大复印报刊资料《中国古代、近代文学研究》2003年第1期全文转载）、《宋代文学研究现状的定量分析》（《光明日报》2002年10月9日）；二是宏观考察宋词的发展，先后发表了《谈宋词繁荣的"量化"标志》（《古典文学知识》1996年第5期）、《宋词作品量的统计分析》（《光明日报》2001年11月28日）；三是从文学经典的角度考察唐诗宋词作品的影响力。

做计量研究的最大乐趣，是在搜集挖掘数据的过程中，压根不知道最终的结果是什么。我们写定性分析的论文，往往是先有了观点、有了结论，才开始写作。写作的过程，就是论证的过程。而定量分析，开始时根本不知道结果是什么、结论是什么，直到全部数据搜集到位之后，才知道最终的结果。数据统计的结果，常常让人喜出望外；出乎意料的结果更会引发我们的思考——为什么是这样？它背后隐含着什么样的深层原因，需要我们去探索和揭示。如果以审案、破案来类比，那么，定性分析像是法官审案、判案，知道犯罪嫌疑人是谁，审判的任务是充分利用证据来证明犯罪嫌疑人有罪或无罪；而定量分析，则如同破案，刑侦人员在侦破过程中，不知道嫌疑人是谁，直到证据搜集完备才知晓结果。就研究过程而言，定量分析更能满足学者的好奇心、满足探索未知的欲望。

当然，做定量分析也有苦恼。一篇论文快写好时，突然发现有几条数据不完善而需要补充、订正，于是乎所有的统计分析结果都得推倒重来。因为统计结果是环环相扣，牵一发而动全身的。如果增补的数据改变了统计结果，还会觉得“物有所值”。有时因为数据体量大，动辄是几万条甚至是数十万条数据，补上遗漏的几条数据，并没有改变最终的统计结果。投入了大量的时间却没有实质性的收获，这时会产生投入与产出严重失衡的失落感。可做数据统计，追求的是数据的精确性，明明发现了数据有遗漏或误差，哪怕是十万分之一，也必须补足、订正。于是乎，会不断上演推倒重来的悲喜剧。

最大的苦恼，还是不被理解。因为计量分析研究的路数与结论，与传统的研究路数相去甚远。有的学者很是看不惯，觉得古典文学的计量研究是离经叛道，有的甚至认为我的计量研究已超越学术底线，因为在他们心目中，文学是审美的，而审美是主观的，是不能也不应该用冷冰冰的数据来衡量、测度的。这些非议、责难，并不是学理性的探讨和争鸣，而是情绪性的反感与抵触。他们并不了解我是怎样做计量研究的，也不关心我的研究过程和具体结论，反正就是觉得不顺眼。我曾经以宋词的计量研究为题申请国家社科基金项目，虽然通过了通信评审，但因为有专家不认同这种方法而最终没有通过。平时也有好心的朋友劝我不要再做计量研究，以减少非议。弄得我也有些犹豫不决，信心有些动摇。

2003 年初，我又写了一篇宋词计量分析的论文，考察宋词作者的地域分布和时代分布，用数据来说明宋词的发展状况和演变历程。数据统计发现：八成多的宋词作者是南方人，近八成的作品是南方人创作的；宋词作者分布的密集区与宋代人口的密集区是同一的，宋词的发展与宋代人口的发展变化密切相关；宋词的兴盛与宋诗的繁荣总是处在同一时期。文章写好后，抱着试试看的心态，投给了《文艺研究》。不久就收到责编赵伯陶兄的回信，信中对拙文给予充分肯定，随后，经主编方宁兄终审通过。拙文原来的题目较长，方宁改定为“宋词作者的统计分析”，并安排在《文艺研究》2003 年第 6 期刊出，后被人大复印报刊资料《中国古代、近代文学研究》2004 年第 2 期全文转载。

这篇不足 8000 字的论文，在古典文学研究的学术长河中不过是一朵小小的浪花，但在我的学术生涯中却有特别的意义。当时是我正处在艰难抉择之时，是继续做计量分析还是改弦易辙重回熟悉的学术路径？我游移不定。权威期刊《文艺研究》的发表，与人大复印报刊资料《中国古代、近代文学研究》的全文转载，提振了我继续做计量分析的信心与决心。此后，我不再犹疑，在做文学传播研究的同时，坚定地继续探索唐宋诗词的计量研究和经典研究。2008 年，我在《文学遗产》和《文学评论》分别发表了《寻找经典——唐诗百首名篇的定量分析》和《宋词经典名篇的定量考察》。此后在中华书局出版的《唐诗排行榜》和《宋词排行榜》，则是这两篇论文的普及版。因为朋友建议，有关唐诗宋词经典作品计量分析的结果蛮有趣味，不要老是封闭在学术圈内，应该让社会大众了解，于是与门生合写了这两种“排行榜”。

正是由于 2003 年以后我没有放弃文学计量研究，坚持探索和完善计量研究的方法路径，不断寻找和试用各种技术手段，才很自然地融入了当今数字人文的浪潮，在潮头探索着数字人文方法与古典文学研究的结合，成功开发出“唐宋文学编年地图平台”。而饮水思源，特别感念《文艺研究》原主编方宁、责编赵伯陶二兄在关键时刻给我的力挺、支持！

（作者为中南民族大学教授）

《文艺研究》与学术守护

吴　琼

值此《文艺研究》创刊四十周年之际，编辑部希望就“我与《文艺研究》”写几句话。虽然最近十多年,《文艺研究》一直伴随着我的学术成长道路，但在这里谈论自己刊发过的文章似乎不太自在。所以我把近三十年《文艺研究》每年的总目录翻阅了一遍，想就这个粗略的检阅，说点自己对于学术刊物的感想。

选择三十年的总目录，是因为我第一次接触到《文艺研究》差不多就是三十年前。1991 年 7 月，硕士毕业后我留校任教，想到从此要以学术为业，心中一片茫然，不知道自己该做什么。正好第一学期没有教学任务，闲来无事，便每天跑到学校图书馆按自己最感兴趣的几个专业——哲学、文艺学与文学批评、美术和电影，分别找出当时我认为最牛的代表性刊物，一本一本把它们近十年的发文浏览了一遍。三个月后，某些刊物从此再也没有进入过我的视野，即便今天它们仍在所谓的“A 刊”行列。《文艺研究》就是我当时最心仪的刊物之一，这就是我对它的第一次系统认知。

这次阅读最终并没有给我明确专业方向，因为当时我被一些当下性的问题所迷惑，例如文化的溃败，且痴迷于文化批评家的角色，用激扬的文字来掩饰自己学术的匮乏。记得那时我写了一篇很长的文稿投到了《文艺研究》，当然是石沉大海。这是我第一次对《文艺研究》叩首，然后自己默默地转身离开，因为它可望不可即。更重要的是，我需要重新读书找到适合自己的专业方向。

按照 20 世纪 80 年代的阅读经历，那个时候我们心目中思想和学术的圣殿就是一份版式很小的刊物——《读书》。《读书》杂志及稍晚的“走向未来”丛书在 80 年代做了一个对当时的学术界而言至关重要的工作：思想和学术清理。尤其《读书》杂志，它一方面对与时代不合拍的老旧思想和理论进行理性的辩驳，另一方面试图为时代的学术思考提供更有效的理论参照。正是在这些启蒙读物的努力之下，让我们渐渐学会了如何形成自己的问题意识，如何以另外的角度反视我们自身的理论立场和学术框架。

然而，到 20 世纪 90 年代，尤其是 90 年代中期以后，因为国内学术生态的重组和问题意识的转换，《读书》曾经的风华渐渐暗淡，其琐细的甚至不食人间烟火的写作令人厌倦。而在我的印象中，《文艺研究》就是这个时候开始悄然变身。从90年代到今天，虽然刊物经历了多次负责人变动，但办刊的总体方向一直维系着它自身明确的定位，且薪火相传至今。

20世纪90年代中期开始，面对时代最前沿的理论和学术问题，似乎已成为《文艺研究》护刊的基本方针。例如那个时候国内文艺学界提出了许多问题：马克思主义文艺理论的原则和架构、人文精神、大众文化、后现代主义、女性主义、文艺学转向、当代写作等，而在21世纪，文化研究、视觉文化研究、图像研究、艺术学、法国新理论、历史主义批评、艺术史、跨文化、媒介文化等，这些都是时代最前沿的学术问题，它们构成了《文艺研究》近三十年理论和批评版面的核心，其中许多论文已经成为相关讨论的权威文献。

追求高标准的学术品质和扎实的学风，这是《文艺研究》可以信赖的保证。今天的中国已经成为一个学术生产大国，每年的学术发文难以确切统计，但学术质量也是鱼目混珠，大量的学术刊物不堪卒读。更有一些刊物时常因为不端发文而使学术道德受到挑战。这当中首先当然是学者自身的原因——我不认为制度需要对此负全部责任——而刊物本身突破底线，也是滋生不良学术、学风的关键原因。学术刊物既是学术的“育林员”，也是学术的“守门员”，唯当如此，我们对学术的敬畏才能够转换为对一份刊物的敬畏，我心目中的《文艺研究》就以其对学术品质的严格要求而令我心生敬意。在最近十几年我与《文艺研究》的学术往来中，每一次投稿也都是如履薄冰，担心自己的写作达不到刊发要求。

对各学科领域和新的学术尝试保持开放的姿态，使《文艺研究》成为学术刊物中重要的前沿理论阵地。虽然名为“文艺研究”，而实际上它破除了狭窄的学院化专业圈子的范围，一直以来秉持着理论、批评与创作兼举的原则。尤其理论部分，最近几年，一种跨学科 / 跨界的写作在《文艺研究》中有越来越多的体现，这其实是今天及今后一个时期里人文艺术研究的重要方向，它将有助于我们从“界外”重新思考传统的知识体系，有助于我们在共时态的意义上建立一个跨界的知识地图，也有助于我们在历史或理论的缝隙中找到传统问题的突破口，因为“跨界”不是简单的方法挪移或套用，而是在不同“思”的领域寻找同质或异质的认知结构，以完成对它们的症状阐释。

尊重作者的写作个性，维护风格多样化，这使得《文艺研究》可以会聚起国内最优质的学术作者。这里尤其值得一提的是它对青年作者的扶持，在这个方面，《文艺研究》大约是国内少见的凭自己的慧眼和学术标准刊稿的学术刊物。我坚持认为，今天的中国，学术生态已经不再是十年二十年前凭资历“刷文”的时代，年轻一代有着更敏锐的问题意识和更国际化的理论视野，相比于前代学者，他们当中有许多人接受了更为专业的学术训练，对学术创新有着更为强烈的欲望和潜能，他们的言述方式和思考力度也许还需要磨炼，但他们的活力对于激活我们的学术创新更加重要。

（作者为中国人民大学教授）

编辑的眼光与刊物的气象

——兼怀王波云先生

吴文科

作为文学艺术领域公认的顶尖级学术理论刊物，《文艺研究》伴着“解放思想”的号角和“拨乱反正”的春风创始，随着国家改革开放的跨越式步履成长，已然走过了四十个春秋，步入“不惑之年”。四十年来，不仅刊发了大量高品质的学术理论文章，推动了文学艺术研究的健康持续发展；而且培育了几代文学、美学和艺术学人，促进了文学、美学和艺术学的学科建设。嘉惠学林，有目共睹！在《文艺研究》创刊四十周年之际，作为她一直以来的忠实读者和作者，谨向她表示热烈祝贺！并向精心浇灌这块学术园地使之枝繁叶茂的几代编辑家们致以深挚的敬意！

我自1987年8月进入中国艺术研究院，由文学研究（《红楼梦》研究）转向曲艺研究以来，三十二年间，不仅成为《文艺研究》编辑部的邻居，而且成为《文艺研究》编辑们的同事，一直阅读《文艺研究》并从中汲取各种学术营养。当然，也曾怀着惴惴的心情给《文艺研究》投稿。幸运的是，《文艺研究》多次刊发拙作：从1991年第4期《对新曲艺的形成与发展的思索》、1993年第2期《略论曲艺文学的美学品格》，到1998年第3期《侯宝林与马三立相声艺术比较》、2006年第8期《“曲艺”与“说唱”及“说唱艺术”关系考辨》等，既为我的曲艺研究提供了向学界同行和广大读者请益交流的高端通道，也为个人的学术进步和事业发展铺设了认可鼓励与提携托举的宝贵阶梯。特别是，面对曲艺学研究一直以来缺少专门学术性刊物的交流困境及传播尴尬，《文艺研究》能够持续不断地发表笔者不同时期的学术文章，不只是对作者个人的厚爱与帮助，更是对整体力量相对薄弱的曲艺学研究的扶助与支持！

笔者在《文艺研究》发表第一篇论文时，不过28岁，在学界属于默默无闻的小字辈。文章投去之后，是由时任主编的柏柳先生亲自编发的。记得一次中午在单位食堂吃完饭后，柏柳先生将我领到他的办公室，说我的投稿已经采用，文章很有思想，值得刊布，但文稿的标题“再造与失却——新曲艺的历史道路及其反思”在学术表达上略显生硬，建议改为“对新曲艺的形成与发展的思索”，这样既可放谈自己对新曲艺形成与演进的诸般看法，也可避免简单生硬的价值判断，同时达致温和平等的交流作用。听过他的提示与解释，我即表示认同，也从中学会了注重阅读接受和表述交流的效果考量。此后几篇文章的发表，也先后得到孟繁树、廉静、金宁、戴阿宝等几位编辑的关心与帮助。对此，我一直心怀感激。

在与《文艺研究》编辑们打交道的过程中，一个最为主要的感受，就是他们非常尊重作者。文稿凡有编辑加工之处，定会征询作者意见，通过充分的交流沟通，形成最好的刊出版本；绝不越俎代庖、以己度人。印象最深的是，《文艺研究》对于稿件的态度，就是充分展示研究的成果，十分注重准确的表达，绝不任性删改、削足适履。这种给予作者的尊重与信任，恰是一种无言的压力：作者面对此等情境，必定会倍加珍惜，更加严谨。由此也不难感受到，正是这些编辑们严苛而又温暖的操行与眼光，塑造出《文艺研究》不同凡响的品格与气象。

要说与《文艺研究》编辑的交往，我特别想说的是一位与我在《文艺研究》的投稿和发稿经历并无直接关联，却与我的曲艺研究乃至曲艺学的学科建设关系密切的人。他就是参与创办《文艺研究》并曾担任主编的王波云（1928 年 9 月 9 日—2016 年 2 月 20 日）先生。

事情是这样的。王波云先生 1988 年从《文艺研究》主编岗位上退下并离休之后，由时任中国曲艺家协会党组书记和常务副主席兼《中国曲艺志》主编的罗扬同志提名，被聘为中华人民共和国文化部、中华人民共和国国家民族事务委员会和中国曲艺家协会联合主办的“国家社科基金资助重大项目暨国家艺术科学规划重点项目”《中国曲艺志》（29 卷本）的副主编，并在此后的二十多年间，一直参与其编纂组织和学术审定工作。而笔者自进入中国艺术研究院并在曲艺研究所工作伊始，具体岗位就是在《中国曲艺志》总编辑部承担具体的编纂组织和学术审定事务，历任总编辑部副主任和主任。王波云先生因此便成了我的上司。由于有这二十多年与他一同工作的交往经历，也有着长期与他同行出差，频繁地到各地开会审稿，并基本上同住一室的交流便利，我从他那里学到并懂得了不少与学术、人生乃至与社会、政治相关的知识与道理，也得以在与他共同工作的同时，有机会听他讲述《文艺研究》的创办过程与初期历史，包括那些不乏曲折的历史后面的人际与事件。

王波云先生是山东菏泽曹县人，曾名王培芸，出身寒微，自学成才，17 岁参加革命，一直在文艺和宣传战线工作。演过戏、写过诗、著过文、编过刊物、修过志书。为人低调淡泊，行事质朴真率。我曾多次劝他将自己创作的诗文汇集成书，刊布留存，但他每每总说“水平不高，意义不大”。相反，他对自己后半生能够参与创办、编辑《文艺研究》并在离休后参与编纂《中国曲艺志》，却深感欣慰。于后者，他曾感慨说：“编纂曲艺志，是此生最大的快事。不仅可以行万里路，考察了解全国各地各民族各个时期的曲艺文化及其艺术遗存；而且可以成‘一家之言’——像司马迁那样，为中国的曲艺留下一部‘《史记》’。”

我不知道当今学界还能有多少人了解王波云先生的生平事迹，为了纪念这位贡献卓著的老主编，特将他去世之后有关方面为他撰写的生平稿的主要内容，引述如下：

> 王波云同志出生于鲁西南的一个农民家庭，17岁参加冀鲁豫文艺工作团，这是由我党直接领导的革命文艺团体。在毛泽东《在延安文艺座谈会上的讲话》精神指引下，他参与了大量的文艺宣传工作，当过演员、编辑、编剧，配合土改、支前，创作了大量新歌剧和诗歌等。
>
> 1949年，正当革命由农村转入城市时，他从文艺工作团调到平原省文联，负责《平原文艺》诗歌栏目。他一边工作，一边创作，在这期间写了诗歌《渡口》《喜报》《沙区姑娘》《黄河流水九十九道弯》等。由于工作的需要，他还撰写发表了《关于当前诗歌创作问题》《谈新诗创作中的形象语言》等理论文章。
>
> 1952年，王波云同志从平原省文联调到中共中央华北局宣传部文艺处工作，并参加了中国人民赴朝鲜前线慰问团。回国后创作了《志愿军组诗》十五首，在孙犁同志主编的《天津日报》文艺副刊上连续发表。
>
> 1954年，他随阿英调至中国文联，做党组秘书工作，其间，参与起草了第三次文代会上郭沫若同志的讲话稿和阳翰笙同志的报告稿。
>
> 在1962年举办的十七级以上党员干部轮训班上，他写了近万字的报告，总结新中国成立以来知识分子政策的失误，明确指出：所谓反胡风集团、反右派斗争以及反右倾、“拔白旗”等等运动，都犯了扩大化的错误，严重地打击了知识分子的革命积极性，并为此而在“文革”中受到不公正待遇。
>
> 在中国文联工作的十年间，他始终坚持诗歌写作，先后创作了《闽江行》组诗二十首、《山城之歌》组诗十五首、《美丽的西双版纳》组诗二十多首、《鲁西南赞歌》组诗二十多首、《黄河岸上的鼓声》组诗十五首、《桑干河》组诗三十多首。这些作品在各地报刊发表，并由天津人民出版社收入诗集《黎明的赞歌》中。

从1964年的“文艺整风”到粉碎“四人帮”的十多年间，他被迫停止了诗歌创作。

1979年，在党的十一届三中全会精神鼓舞下，王波云同志重新从事编辑工作，参与创办《文艺研究》杂志，并先后担任编委、副主编和主编。他热爱这个刊物，为之花费了大量心血。他深知《文艺研究》作为重要的理论刊物，学术性、政策性都很强，必须全力以赴开展工作。鉴于新中国成立以来三十多年文艺工作的经验教训，他认为这个刊物最主要的任务，是实事求是地总结历史经验，及时研究新时期的文艺现状，立足中国，面向世界，探寻社会主义文艺的建设规律，为发展具有中国特色的文艺学做出贡献。他和编辑部的同志们一起，在刊物上组织讨论社会主义文艺审美理想、人道主义和人性论问题、中国特色文艺学的设想、作家与社会、文艺与现实、文艺的本质、形象思维、社会主义文艺的创作方法等重要理论问题；加强和开拓了艺术门类的美学研究，如电影美学、戏曲美学、书法和篆刻美学、雕塑美学、建筑美学和园林美学等方面的探讨；探讨了新的学科方向，如比较文学、系统论和控制论在文艺中的运用，工艺美学、环境美学；介绍了西方文艺思潮和流派，如接受美学、结构主义、新批评派、前现代主义与后现代主义、印象派、阐释学，等等；紧密联系现实，组织了新时期以来的文学新潮、音乐新潮、美术新潮等方面的讨论，为中国文艺学术的发展贡献了自己的力量。

在王波云同志主持《文艺研究》的工作期间，根据各个时期的不同需要，围绕党的中心工作，由他撰写或主持撰写了大量本刊评论员文章，如《坚持毛泽东文艺思想的旗帜》《实行双百方针是发展文艺的必由之路》《努力提高电影艺术质量》《开展艺术批评，注意批评方法》《让戏曲现代戏大放异彩》《写在〈讲话〉发表四十周年之际》《评论也要自由》和《文艺创作中要努力塑造知识分子形象》等，积极引导文艺的学术研究和创演发展。

在编辑工作之余，他还撰写发表了《论〈水浒〉》《论阿Q的典型性格》和《宋话本源流及其影响》等重要学术论文。

王波云同志离休后，被聘为“国家社科基金资助重大项目暨国家艺术科学规划重点项目”《中国曲艺志》副主编，并先后担任中国说唱文艺学会的副会长和顾问。

不难看出，王波云先生对于《文艺研究》的创办和发展，奠基和引领作用是十分巨大的。他的多才多艺也令人印象深刻，不仅是诗人和编辑家，还是学者和文艺活动家。他对新中国成立以来的文学艺术事业，做出了独特而又重要的贡献。

王波云先生对于我的曲艺研究，影响也很巨大。记得他刚参与《中国曲艺志》的编纂工作时，由于总编辑部人手很少，开展曲艺研究的条件与环境又比较差，因此他非常担心我的专业立场不稳，担忧我会离开总编辑部转向其他学科的研究。为此，他总是旁敲侧击、循循善诱地加以劝诫，好多次郑重而又诚恳地教导我要向司马迁学习：“勇于面对冷门绝学，甘于坐热冰冷板凳，善于在荒蛮领域开拓创新，敢于在曲艺研究的道路上‘究天人之际，通古今之变，成一家之言’。”并且反复强调：这几个“于”——“勇于”“甘于”“善于”“敢于”——是他对我“最大的希望”。尽管我从未有过追逐时髦的想法和知难而退的考量，但他的这些劝导与鼓劲，的确让我感动！对我奋力投身《中国曲艺志》编纂，坚持进行曲艺学研究，无疑是一种激励和点化。

《中国曲艺志》的编纂是一项前无古人的开创性事业，既无成例可循，又少资料可依。即便是有资料，也较少典籍文献，绝大部分都是艺人们千百年来口耳相传、口口相授的东西。如若落到纸上，必须甄别论证。王波云先生将对典籍文献的查考任务，主要揽在自己名下，说是“坐在屋子里查资料，老头子比较合适”；而对更多“口碑”资料的论证与研究，则主要交给大家去做。并要求我们要学会与艺人打交道，从与艺人的交流和讨论中，多方求证，比照合成；正确理解意涵，明确技能要领，辨别名实关系，准确加以记述。这就促使我养成了为读懂“无字书”而必须多方考察的习惯，也促使我学会了为辨“口中音”而必须做田野调查的技能。要编好全国统一又分省（自治区、直辖市）立卷的一部大书，规范体例和统一要求十分重要。《中国曲艺志》的内容构成分“综述”“图表”“志略”“传记”四大部类，其中“志略”部类又分为“曲种”“曲目（书目）”“音乐”“表演”“舞美”“机构”“演出场所”“演出习俗”“文物古迹”“报刊专著”“逸闻传说”“谚语口诀”“行话术语”等等分类，涵盖曲艺文化的方方面面。在此情况下，王波云先生和主编罗扬先生及另一位副主编周良先生率先垂范，一方面积极思考和指导完善体例细则，另一方面放手压担子，让总编辑部的同志发挥主观能动性，通过研究曲艺各方面的特点并总结审稿工作经验，提出书稿各部类撰稿和各分类审定的相应原则。为此，在1988年9月举行的《中国曲艺志》首卷“湖南卷”的初审会议上，王波云先生提出了“重史料、明源流”的原则性要求。后经我结合主编罗扬先生的相关意见，在该卷的“审稿纪要”中，归纳规范成“详其史实、明其源流、精其论断、严其体例”四句，成为日后大家共同遵守的16字编纂方针。后随编纂工作的不断深入，在他不断鼓励和不时督促下，我又结合编纂过程中发现和存在的实际问题，补充形成了“资料共享、观点共识、体例共守、责任共负”4条原则，从而使我逐渐学会并掌握了编纂规划和学术组织的相关工作。

当然，通过《中国曲艺志》的编纂，我也在学术思考和理论总结方面，有了一些自己独有的体会与认识。比如，曲艺虽属表演艺术，但对曲艺表演的研究，反而更为薄弱，成为学科的短板。在《中国曲艺志》编纂过程中，对于“表演”分类的内容记述，因而存在着缺少理论模型而难以入手和表达的问题。为此，我边参加审稿，边思考解决。最终形成了采用“口头‘说唱’方式”“演员搭档方式”和“舞台动作方式”的三维结构，来描述曲艺的舞台表演形式即基本表现形态的方法，成为此分类编纂的主要理论参照。凡此也都说明，指导别人编纂并审读别人稿件的过程，的确有着逼迫自己、锻炼自己、要求自己也成就自己的作用。由于《中国曲艺志》总编辑部的工作，既有编纂组织和学术审定的职能，同时也有一般编辑的职能，这对我的学术锻炼，也是多向度的。王波云先生和另外两位主编及副主编这种放手鼓励并责令完成的工作敦促方式，对于指导和促进我的成长，确实发挥了至关重要的作用。

笔者从1987年8月参加《中国曲艺志》编纂工作，至2011年11月完成最后一卷即“山西卷”的编竣出版，前后共花去25年时间。与王波云先生一起出差审稿的频次，累计差不多也有百余次。真正是“同行、同吃、同住、同劳动”。其间，他对我在志书编纂、学术研究和人生追求上的耳提面命，可谓数不胜数。我受惠于他的，也便很多很多。情长纸短，不及细说。至今记得他对我说过的最为诚恳和完整的一番话是：“你不要以为自己把时间都花在‘曲艺志’的编纂工作上很委屈、没时间更多地写自己的东西不合算。其实，将来‘曲艺志’编完了，我们也就老了，没有时间和精力去开展全面系统的研究工作。而你是最大的赢家！有这么好的机会跑遍全国，了解这么多第一手的史志资料，拥有这么多田野考察的经验与体会，将来可以做多少研究、出多少成果呀！全中国像你这样花去二十多年时间，有条件跑遍各个省区市，接触古今几乎所有曲种资料的人，能有几个?！而每卷志书在完成出版之前，你至少要全面参与审订并通读三遍以上。就算你不勤奋，不很聪明，也会熏染出些门道来。即便将来你不著述、光讲学，也不用特别备课，就把咱们修志过程中搜集的资料、遇到的问题、形成的思考、积累的经验，包括错讹、教训，老实仔细地告诉下一代，供他们研究和解决，那也是很了不起的事情啊！等于读了多少个博士学位啊?！”斯人已逝，言犹在耳。至今追怀，堪称至论。

如今回想，王波云先生的话语是很深到和实在的。可惭愧的是，我的修行却远未达到他的期望。即如我在《文艺研究》上发表的这些论文，虽然是在编纂《中国曲艺志》的过程中学习并写成的，但并未有意识地去很好利用志书编纂中已然形成的丰沛资料，而是有了一些细小感触和粗浅想法就匆匆成文、急急发表。有的甚至存在着“开裆裤”式的幼稚与遗憾。如《对新曲艺的形成与发展的思索》就比较“粗”和“浅”；而《略论曲艺文学的美学品格》则失之“宽”和“泛”。较之“高”和“深”，距离“专”和“精”，差距还较大。我想，尽管那时王波云先生已经从《文艺研究》离休了，专门转向《中国曲艺志》的编纂，但若能将文稿先给他看看，请他把关，听取意见，质量肯定会好许多。可惜，那时的自己，仍处在青涩盲目的懵懂摸索阶段，尚未被王波云先生熏染出应有的味道来。

王波云先生虽然作古，但是，他和《文艺研究》先贤们创立的学术传播传统，已然惠及着包括笔者在内的所有学人及其学术成果。四十年来，《文艺研究》对于曲艺研究的学术传播，当然不止我一人的文章。王波云先生在退下来后，也曾在《文艺研究》1991 年第 4 期上发表过极具学术价值的论文《宋话本源流及其影响》；其他学者关于曲艺研究的文章，也是各具特色，各有千秋；更有一些篇章，在我看来，甚至可说是具有突破性和创新性的成果。远的不说，就以近年来我读到的《文艺研究》刊发的两篇有关曲艺研究的论文为例，就很值得赞赏！

一篇是山西师范大学戏曲文物研究所的车文明教授受北京大学历史系李小南教授启发撰写并发表在《文艺研究》2014 年第 2 期的《诸宫调创始人孔三传新解》，另一篇是四川师范大学文学院赵义山教授发表在《文艺研究》2018 年第 7 期的《“唱赚”与“覆赚”考论》。前者是对“三传”内涵的全新考释；后者通过对相关资料及文献的重新研究与解读，对宋代“唱赚”与“覆赚”的体式构成、发展阶段及相关概念与相互之间的名实关系，进行了较为全面和系统的梳理与考辨。车文明教授从宋代科举考试科目内容的角度切入并解读认为：过去一般将孔三传的“三传”释为“多知古事，善书、算、阴阳者”的说法可能不确，其“三传”名号的来由，“可能是属一位宋代科举诸科中地方一级乡贡之‘三传’（春秋三传）的中举者”，即由其身份所致。赵义山教授认为，“唱赚作为一种套曲体，有缠令、缠达两种构套方式，但学界或将唱赚与缠令、缠达放在同一逻辑层面，并列为三种曲式，不妥；在南宋初期，张五牛创制一种名为【赚】的曲调，有人据此认为唱赚产生于南宋，亦不妥；唱赚到南宋中后期又出现覆赚一体，或以为覆赚是南诸宫调，也不妥”。他进而指出：“宋代之赚曲，实即金元北曲之套数，覆赚即应相当于北曲之联套。”这两篇论文，既是文献学研究的重新考释与解读，也是音乐学人物与事象研究的成果，同时，更是曲艺学研究的重要的突破性创新成果。因为，宋代的说唱诸宫调，是典范的曲艺“小书”形式，对其可能是属创始人的孔三传的研究，当然也属曲艺史研究的范畴；而“唱赚”与“覆赚”，也是宋代曲艺“唱曲”表演的典型形态，对其形态构成的再认识，就是曲艺史、曲种学和曲艺文献学研究的范畴。

在曲艺学研究相对薄弱，曲艺的学术成果发表缺少专门、专业高端平台的情况下，《文艺研究》能够持续不断推出类似的创新性成果，其学术传播的视野与情怀，包括效能和意义，因此不言而喻。而对像曲艺学这样不很发达的相关领域的研究成果，能够与其他学科一视同仁，甚至重视并且有所倾斜和扶持，更使《文艺研究》在学术传播的胸襟方面，显得愈加博大和精深！犹如“不择细流”的江海，又如“不拒细壤”的高山。全然不像有些刊物，虽然名称显示为“综合性”，但其栏目设置及学术兴趣，却是一味地笔走偏锋、赶时髦追风，羊头狗肉，名不副实，没有尽到自己设定的责任。

需要指出的是，《文艺研究》尽管在一个时期以来的办刊定位上，主要突出了美学与批评，甚至延展至大文化批评，但其学术边界的扩展和学术视界的提升，并未影响其对文艺各门类学科成果的正常学术传播。相反地，甚至通过特别注重“跨学科”乃至“去学科”的交叉和交融性研究成果的传播，来破解分科研究的局限，形成了学术传播在分科研究传统格局下的学科交流与学术融通。尤其是那些综合性的表演艺术包括曲艺，由于自身艺术形态构成的综合性，使得对其的研究必然存在着事实上的“交叉”与“跨界”。本体性的整体研究及综合性语境中的分支研究，固然十分重要和必要，可以聚焦本体而使之专深；但事实已然表明，过分的分科，也会带来“坐井观天”的局限，陷入“盲人摸象”的困境。就像对于曲艺的研究，由于其艺术的形态构成包含了语言、文学、音乐、舞蹈、杂技、戏曲、美术等多种元素，从而一方面与语言学、文学、音乐学、舞蹈学、杂技学、戏曲学、美术学等，在自身本体的意义上关联性很强；另一方面又与美学、文化学、社会学、民俗学、人类学、民族学、传播学等，在文化功能的意义上，也有探究的必要。这使对于曲艺的学术研究，既要立足自身的本体，又要着眼关联的方面；既要“知其然”，即阐释本体的形态构成与功能发挥，又要“知其所以然”，即厘清其与社会历史和地域族群等的内在关系与相互作用。学术传播的“绩效”，因而也不只限于传播学术本身，而是同时具有了融通学科、打破壁垒、激扬思想、赋能文化的多重意义。

由此说来，《文艺研究》的成功之道和“不惑”品格，除了对于学术质量的严格把关与不懈追求，另一个最为高妙的办刊策略是综合而不凑合，专精而不偏行；综合讲求立体，多维不舍专一。文化身份的彰显尺度，紧扣社会功能的效应发挥。即在刊发包括曲艺在内的各种文学艺术类型研究文章的学术传播中，能使所有学科在充分彰显各自特色的同时，具备相互映照的融通气象，从而破解和消除由于学术分工太细即“横看成岭侧成峰，远近高低各不同”可能带来的“不识庐山真面目，只缘身在此山中”（苏轼《题西林壁》）的遗憾。

这种对于可能出现的传播缺憾的巧妙化解和对学科分化语境下学术融通的有机促进，就是《文艺研究》的独有魅力和成功策略，也是《文艺研究》长盛不衰的办刊法宝。愿能继续保持并不断发扬！

（作者为中国艺术研究院研究员）

《文艺研究》与我的学术写作

吴兴明

算起来，我与《文艺研究》的缘分可以追溯到20世纪80年代。

大约是1984年底，还是在我读硕士研究生的时候，有一次因为作业不认真，被导师王世德先生叫到家里去接受批评。王先生说，做学术马虎是没有出息的。他说："像我，给《文艺研究》写文章，那可是下笔写每一个字都是战战兢兢的！"王先生提到的文章就是发表于《文艺研究》1984年第3期的《关于中国美学史研究问题管窥》。王先生声如洪钟，《文艺研究》对稿件质量要求的高标准由此给我留下了深刻印象。此后，1985年，一次课间休息的时候，四川大学中文系老系主任唐正序先生与另一位老师闲谈，说到了当时国内的学术刊物。唐先生说，最好的还是《文艺研究》，他们刊出的文章学术水平都很高，很扎实啊。《文艺研究》在两位先生心目中这种崇高的学术地位使我崇仰有加，以致在研究生毕业后差不多有15年的时间里，我竟从未敢造次给《文艺研究》投过一篇论文。

首次给《文艺研究》投稿是因为一篇书评。1999年余虹兄在生活·读书·新知三联书店出版了《中国文论与西方诗学》，这是一部在中国当代比较文学研究史上有原创性的力作。余虹兄叫我给他写评论，说是刊物只给两页发表的篇幅，我于是很认真地写了一篇短评，被方宁先生采用了，刊出在《文艺研究》2000年的第6期上。当时，《文艺研究》的规定似乎是，刊登短评是不出现作者单位名称的。但我要评职称，因为单位要求教师发文章要署单位名方才算数。记得是几次三番给方宁先生打电话求情，细说原委，方先生才应允在文末作者名字前添上了"四川大学"几个字。结果，在我评职称时还真起到了作用呢。

后来，在一些学术讨论会上逐渐认识了方宁、陈剑澜、金宁、张颖等几位老师，但我还是不敢贸然投稿的。

直到2005年，在北京金海湖参加陶东风等人组织的学术讨论会。其间我与陈剑澜先生聊天，讨论到诸多理论问题，双方极为契合投入。分别的时候我便问了一句：

“呃，剑澜兄，我能不能给贵刊投稿啊？”陈剑澜先生笑言：“我看老兄应该是那种不鸣则已、一鸣惊人的人吧。我们稿件不缺，但是像你们这种人都不投稿，我们发什么啊？”他这句调侃兼鼓励的话和爽朗的态度给了我极大的勇气。这样，我就从2006年开始给《文艺研究》投稿，论文写作只求学术质量，不考虑其他任何因素。

其实，在2000年左右，各大学已经开始给刊物分级了，《文艺研究》是很多学校艺术类的唯一“A刊”，因此文章能够有机会在上面刊出是最好的去路。一方面，因为刊物的地位，发表的文章学术圈内很快便尽人皆知，能够迅速产生影响；另一方面，也很能够满足作者工作单位的科研指标要求。所以能够在《文艺研究》发表文章，是很鼓舞人心的。

截止到2018年，我一共在《文艺研究》发表12篇论文，差不多每年都有一篇。这些年来《文艺研究》鼓励我不断开启新的学术思考，几乎伴随了我的整个学术研究历程。其间对我影响较大的是，每发一篇文章，编辑部都要出作者校阅意见书，不仅要校红，而且要在涉及文章的各个层面——从标题、副标题、署名、注解到正文——签署校阅意见。而编辑部的修改意见更是从错别字、用词、思路、论述层次到篇章结构、人名书名规范等，详细修正。对于文章学术理论的创新，编辑部火眼金睛，常常能一语中的，促使我无法偷懒，拿出来的文章于作者及学界而言，必定是在前沿、有新意的。由此促进我不断在思想学术上思考新问题，探索新话题、新领域。恰好在这段时间，我在思想历程上经历着从交往论视野出发重新打量和检省国内外相关理论的时期，于是乘机以交互主体性的思想立场为根据，反思拓展文艺理论的各领域，并力图为相关理论的规范性重建探索知识基础。

一、对各类主体哲学与审美主义思潮的批评性反思

当代文艺理论批评主要是在现代性分化背景下确立的知识范式。一个根本的问题是：从分析哲学、批判理论、现象学批评到结构主义，大都背靠着主体哲学的先验意识背景，因此反思这一背景所导致的理论演进及其缺陷和偏差，就成了当代文艺理论推进亟待解决的问题。这方面我大致写了十几篇文章，其中有代表性的有五篇，都是在《文艺研究》发表的。

首先是对审美主义价值立场的反思。国外的代表是西方马克思主义，国内的相应

代表是审美意识形态论。面对西方资本主义现实，批判理论对于揭露其工具理性统治对人的异化是有一定力量的，但是，无论是政治经济学批判还是意识形态批判，要否定资本主义现实就必然持守着一种正面的价值立场。问题是，这一正面持守的价值是什么？我们看到，从霍克海默、马尔库塞、阿多诺直到德里达、福柯、波德里亚、詹明信，更不用说苏联及前东欧国家的美学，其所持守的正面价值都是作为审美状态的所谓“圆满的人”。换言之，基于审美状态的人的本真性想象是批判理论源源不断的思想力量的源泉。但是，作为一种批判的社会理论，它所要求的并不仅仅是对审美内在精神价值的探索，而是要让审美状态进入社会理论。

> 审美进入社会理论，关键不是对一种乌托邦式的生活状态和生活关系的抽象的向往，而是要将审美状态中的关系规定（“自由”）转换成一种建构社会的关系原则（“通过自由去给予自由”），并以此来评判一切现实关系的价值。（《美学如何成为一种社会批判？——从哈贝马斯的省思看批判理论价值论设的失落》，《文艺研究》2006 年第 12 期）

由此导致的理论结果，是现代社会的权利约法系统作为规范性的社会规则建构被审美价值状态所溶解，审美理想的高阶价值取代了社会权利规范的强制性要求，源源不绝的“审美救世”几乎成为批判理论家们众口一词的理想蓝图。

更重要的是，立足于这一价值蓝图而对现代社会规范性规则系统进行取代和僭越的，还远不止于批判理论家，还包括那些声称要开启交互主体性视域，实则用审美价值来代替规范约法系统之现实建构的人。其典型体现如国内文艺争鸣中所发生的主体间性的越界、含混与错置，又如国内的海德格尔热、实践论的美学观及后现代主义。如果说海德格尔热代表了一种以向原始哲学返回（无所不包的“存在”之域）来取代现实关怀的倾向，那么，实践论美学则是以审美发生论来取代对社会规则之合法性追问的典型。而此后的后现代主义热潮，也是一种从现代性危机的反思退守到向古代东方乌托邦或异域想象之复魅的典型。我在《文艺研究》刊发的对这些问题做批评反思的相关文章，除前引一篇外，还有《实践哲学遮蔽了什么？——评李泽厚〈历史本体论〉的思想视野》（2007 年第 8 期）、《文艺研究如何走向主体间性——主体间性讨论中的越界、含混及其他》（2009 年第 1 期）、《海德格尔将我们引向何方？——海德格尔“热”与国内美学后现代转向的思想进路》（2010 年第 5 期）、《如何从后现代视野打量中国文化——以弗朗索瓦·于连〈迂回与进入〉为例》(2013 年第 6 期)。

二、美学、设计学与艺术理论的重建

与对国内外美学思潮的反思密切相关的是，在全球化时代，美学究竟该如何重建。实际上，随着消费社会的全球性到来，基于康德对主体内在精神结构的分析、分野而建立起来的美学视野及其自律性要求已经失效了。我们知道，康德的根据是现代性分化，可是消费社会是在充分分化基础上的新的综合，即巴什拉和哈贝马斯所说“解分化”，或者韦尔施、波德里亚所说的“日常生活审美化”。现实的状况是：到处都是美轮美奂的场景、景观和商品，而推动这一切的恰恰是经济竞争、资本谋利与公众自由购买的动力。

如果不跨学科，美学就无法有效分析相应的文化现象，因为现实发生的文化现象已经不再是一个由审美来支配的领域。新综合之下的社会感知已无法不是被消费所诱导、编码和强化聚光之下的感知，它已经改写了公众审美感知的社会光谱。美学就是这样失效的：它所揭示的与人们的现实遭遇大相径庭，它呼唤的并不是人们敏感需要的。比如审美的自律性，它是传统美学的价值信念和知识结构自我确证的基本逻辑。但显而易见的是，不管是作为生产还是消费，消费时代的审美都从不自律。新感性的直接状态是：不仅社会审美潮流、审美趣味无法同生产的目的性区分开来，甚至那些审美时尚正是因为消费的符号性编码和消费逻辑的强劲推动，才那么激动人心，永不疲惫。

由于在社会消费的浪潮中纯粹审美的活动日益减少，传统美学从主体性分裂而获得的学科自主性在新现实面前逐渐执著为一种拒绝姿态。美学因为现实对象的丧失而失去与时代的同步性，举凡新时代的重大文化现象——比如时装、时尚、名牌、发烧友、流行音乐、奢侈性消费、新媒体直至当代人的生存感和体验结构——美学都缺乏有针对性力量的考察手段和分析模型。面对这些现象，所有含义单纯的美学分析都不得要领。(《重建生产的美学—— 论解分化及文化产业研究的思想维度》,《文艺研究》2011 年第 11 期)

与此相联系的是国内外理论界对消费社会的巨大误解：人们把消费社会看成完全由资本操控的社会，而从根本上忽视了消费者自由购买的体制规定。实际上，自由买卖本身是有权利关系作为背景的：买卖双方的平等权利位格与交易购买的非强制性认同。显然，自由买卖背靠着公民社会对于每一个合法公民权利平等的体制性规定和法律，而且，正是这一规定决定了现代社会生生不息的自由竞争。所以对美学研究而言，重要的不是要一味地像韦尔施所说的那样追求跨学科，而是要追求一种与消费社会公民的自由购买和商品经济竞争密切相关、相互消长的美学：马克思早年曾经不无向往的生产的美学。

另一个同样与生产相关，且理论思考更为薄弱的领域是设计哲学。无论是在工业设计、建筑设计还是产品设计、平面设计中，我们都可以看到一个极不平衡的现象：一方面，在技术设计上各个领域有极为深入的发展；另一方面，在关于设计的哲学反思上，连基本的思想领域和概念都还没有形成。这就导致一个不无严重的结果：大量的设计工程师思想文化修养严重不足。尽管赫尔伯特·西蒙说设计是“创造人造物的科学”，但是，设计哲学的阙如还是令人触目惊心。“一方面，汹涌而来的人造物已经彻底地改变了人类的生存，另一方面，迄今仍没有一个系统独立的设计理论。一方面，设计为我们带来了一个多彩多姿的新世界，另一方面，生态危机、环境污染、生物体变异等实际上都是现代设计的结果。”（《人与物居间性展开的几个维度——简论设计研究的哲学基础》,《文艺理论研究》2014 年第 5 期）

这一缺失突出地体现在中国风设计中。

以常理而论，今天的“中国风”并不能自外于现代性，它是一种中国式的现代性品质，可是我们看到的情形实则相差很远。比如北京奥运会的开幕式（2008），上海世博会的“中国斗冠”（2011），各种时装表演上的汉唐风，星级宾馆的宫廷式装饰，充斥各家私城的伪古典家具等等，它们在设计品质上都并无现代性可言，尽管都使用了现代科技。我相信，有上述倾向的设计者们并不想返古，只是一强调中国性，就不由自主地变成了晒古董。

……

现代性品质是现代设计之功能—美感的集中体现。在功能、物感、意义三要素中，设计现代性的品质特征是物感的凸显。由于中国现代设计的学科意识和设计理念是从西学移植而来，移植的视野屏蔽导致在设计理解上对中国传统设计的

> 物感、意义混淆不清。由此之故，大量的“中国风”将物感设计误识为符号挪用，从而使大面积的“中国风”变成了晒古董。这也决定了是物感而不是符号，才是中国式现代性品质的设计基础。现代性物感的出场是一个中国人无法后退、无论挪“古”还是挪“西”都难以代替的艰难的创造过程。在后现代世界的物序格局中，中国式柔性物感的创造性出场具有深远的历史意义。(《反省“中国风”——论中国式现代性品质的设计基础》,《文艺研究》2012 年第 10 期）

因此，我们必须深入探讨设计的现代性内涵，尤其是设计的中国式现代性品质的基本内涵及所应持守的价值理念。近百年来，在设计领域中国文化几乎没有大的突破，与中国古代文明在设计领域的独特开创相比，与西方文明在现代设计领域的开创相比，甚至与韩国、日本在设计领域的文化现代性开创相比，我们几乎可说是一片空白，很少有拿得出手的设计。这也决定了我们必须更深入地展开对设计哲学、设计文化的深入研究和反思，决定了我们必须以设计为中心而不是以技术为中心，来建立规范性的通用设计学。这方面我在《文艺研究》发表的文章即上面引述的那篇。

再有就是艺术理论。今天国内的艺术理论仍然是出于对文学理论或美学理论的移植，审美意识形态论与实践论的文艺美学是其典型代表。实际上，无论是文学上的审美意识形态论还是实践论的文艺美学，单独地看都不失为一说，可是当用其来充当规范性的艺术理论的时候，却恰恰遗漏了对艺术本身内在自足性和规定性的深入探讨。这方面，我在《文艺研究》刊出的文章是《论前卫艺术的哲学感——以“物”为核心》（2014 年第 1 期）。

> 在现代语境中，艺术归根到底是人的感性合法性的自我证明（审美现代性）。这是“人义论”的必然要求。与理性以反思为根据的自我确证不同，感性的自我确证要求感性价值的独立自足及其实践性的肯定和创造。因此，开创新时代的感性形式，清除、抵制理性、意义、宗教、象征对感性的抽空、异化和统治，抵抗体制、惯例对感性的藩篱与强制，不断保持感性的新锐度、活力度，抵制物感的惯习化、僵硬化、空洞化——简言之，对不断生长着的活生生的现代感性之永无止境的创造和推进，就形成了现代艺术包括现代美学自我确证背后的真正价值诉求。它体现为前卫艺术之所谓“前卫性”相互关联的三个层面：1. 对感觉新异性的持续性开启；2. 对既成体制和惯例的持续性反叛；3. 对理性、意义、文学性的

持续性抵抗。这就是视觉现代性的历史生成。而与此相应，在对象性一方，就是物的解放和物自性的出场。具体到绘画，就体现为平面基础性的凸显、再现性符号性统治的结束和平面媒介物性的出场；具体到雕塑，就是三维物态的持续性探索、揭示与展现；具体到装置，就是现场性物态空间的开启与置入。因此，艺术中的物性出场是视觉现代性品质的基本内容，它是感性现代性的自我确证在艺术领域的直接产物，它本身就是感性价值的自足构成。由于弗雷德仅仅把物性凸显局限在门类艺术自我确证的视野之中去讨论，所谓“物性”被排除在了价值之外。这样，艺术的现代性问题就转化成了一个艺术门类的合法性问题。结果，物性从现代性中被排除出去，淹没了物性在感性现代性自我确证中的价值内涵及其深远指向。

由于物感是现代艺术的显著特征，文章从现象学直观入手，对现代艺术尤其是前卫艺术以物感为中心的内在构成展开了较为深入的分析论述。这是一个很特异的分析展开和结论，《文艺研究》能够刊出这篇文章给了我很大的鼓励。

三、文学意义论的重建

20世纪以来，中国文论的研究常常处于一种尴尬境地：一方面，中国古代有深厚的文论传统，但总是被当作一种异质性的地方知识被西方人所谈论；另一方面，我们的当代文学理论主要是由移植的西方文论的理论内容和方法概念所构成的。由于一味的西学概念和学理的移植缺乏理论的原初直观所具有的直感力量，汉语传统诗学所特有的直观、质感和随处可见的诗意洞穿，在抽象的理论移植中发生严重失落。由此带来的是文学理论的原创能力和击中文学事实真相的能力严重萎缩。出路何在呢？我认为，出路在于重建意义论的文学理论。从根本上说，文学是一个意义事实。在万事万物中，唯有文学是专门为意义的直接体验而创造的话语文本。重建意义论的文学理论包括两大任务：其一，建立以文学为中心的意义理论；其二，重建意义论的文学理论。前者针对文学本身，后者针对文学理论体系。

研究文学独特的意义机制是对文学事实最切近的探讨；对文学意义值的探究

包含了几乎所有文学理论的重要视角，具有广阔的开放性和内在聚合诸理论视角的纵深视野；中国有极为深厚博大的意义论文论传统。因此，创建意义论的文学理论，具有推进理论认知、囊括综合中西、传承汉语文论传统等多重根据。(《重建意义论的文学理论》,《文艺研究》2016 年第 3 期)

一方面，中国古代有极其悠久和丰厚的意义论文论传统（比如诗意论）；另一方面，现代意义理论又背靠着西方现代语言学转向的深厚学理基础。由于直接针对文学事实的内在本性，既有中国文论的深厚传统，又有现代西方思想的前沿高度和学术品质。重建意义论的文学理论，可以有效促进中国古代文论的现代转化，有助于实现中国文论汉语语感力量的回复和中国现代文学理论之知识品质的独特重建，同时，也为世界文论的未来发展提供了一个具有普遍意义的可选择方向。我这方面的研究，在《文艺研究》发表了两篇文章，除上引这篇外，还有《视野分析：建立以文学为本位的意义论》（2015 年第 1 期）。两篇文章都反响不错。

从以上可以看出，这些年在学术写作上我转战的领域比较驳杂广阔。之所以如此，可以说《文艺研究》对我的督促和支持起到了根本的作用。因为你必须拿出新东西、好东西，才有资格在《文艺研究》上发表，这就使我不得不多思考，多读书，多写作。总之，这些年好在有《文艺研究》的一路督促和伴随，使我在书斋枯坐中也有时不那么感到虚无，反而是感到安慰、沉静和欢喜。

（作者为四川大学教授）

我与《文艺研究》

肖　鹰

我在《文艺研究》首次发表文章，是1991年第1期。此时，《文艺研究》已创刊11年，在中国文艺理论界已经成为公认的权威期刊，我则以朦胧仰望之势观之。那篇文章是《论中西美学的差异》，是我读硕士时的一篇作业，导师叶朗先生认为有可取之处，就推荐发表了。

这篇文章分两部分，第一部分为“对若干流行观点的考察与反思”，第二部分为“从中西文化的差异看中西美学的差异”。以这两部分为构架，该文对当时学术界比较流行的中西美学比较中的二元对立观念（“再现与表现”“有我与无我”“自然与人为”）做出剖析，主张中西美学比较时首先要认识两者的“同”，而且只有在“同”的基础上才能认识两者的“异”。

我第二次在《文艺研究》发表文章，是在三年以后的1994年第1期，即《在文化更新的时代——当代审美文化三题》。这篇文章原文较长，我原本要集中表达对自市场经济转型以来中国当代审美文化的兴起所引发的美学理论问题的思考。但因对文章中部分观点，时任副主编袁振保先生并不认同，争议之后，留下“三题”式的“残篇”刊发。作为“补缺”，我继后又在《浙江学刊》《哲学研究》等期刊发表了系列引申阐发的文章。

1993年至1996年，我发表的系列文章（包括《文艺研究》1996年第3期发表的《当代审美文化的表演仪式化》），是20世纪中后期中国美学界引发的“审美文化研究热”中的初期文章。当代审美文化研究积极促成了纯学理（书斋）的中国当代美学面向中国社会新时期现实的理论转型。当然，这个美学理论转型被稍后的“大众文化热”接过了大旗——这是更激进的文艺理论社会化消解了美学研究。

90年代中期以后，我逐渐成为《文艺研究》的“常规作者”，进入了较为平稳的学术论文发表轨迹。我与该刊的合作方式，一般是我主动投稿，采用的概率大，但间或也有被拒的状况。近30年累积下来，也有近20篇论文发表于《文艺研究》。这样的发表经历，自然也使我与《文艺研究》的多位编辑相互熟悉，形成了长期的友谊，其中尤与方宁先生、金宁先生、陈剑澜先生交往为多，相互砥砺，其乐融融。

在过去近 30 年中，回顾我发表于《文艺研究》的近 20 篇文章，自我感觉较为满意的文章，是如下几篇：《论中西美学的差异》（1991 年第 1 期）、《论新时期文学的现代主义转化》（2000 年第 5 期）、《怎样批评朱光潜？——评王攸欣的〈选择·接受与疏离〉》（2003 年第 5 期）、《美学与文学理论——对当前几个流行命题的反思》（2006 年第 10 期）、《被误解的王国维"境界"说——论〈人间词话〉的思想根源》（2007 年第 11 期）、《意与境浑：意境论的百年演变与反思》（2015 年第 11 期）、《张艺谋电影批评》（2017 年第 12 期）。这几篇文章，跨越时间近 30 年，发表于不同时期。它们大致可代表我在这期间治学历程的相关阶段。它们也得到一些学界师友的关注甚至肯定。

以 1984 年大学毕业参加工作始，我的学术历程迄今已至 35 年。在这 35 年中，发表论文也达百十篇。比较众多学术期刊，我在《文艺研究》的用稿和编稿中，深刻感受到编辑们的尽职尽责和优异的专业素养。他们对我文章中的细微错误的察觉和几轮校对中的严谨细致，时常令我为自己的疏忽汗颜。他们也以近乎纵容的态度允许我不断修订文章的措辞，甚至更改结构，直至最后一审签发。在我上面提到的几篇自己较为满意的文章中，编辑们注入了特别深厚的心血。在责任编辑中，我印象深刻的是廉静、方宁、赵伯陶、戴阿宝、金宁、陈剑澜、张颖、陈斐。

如果说，我的学术历程与一个学术期刊是分不开的，那么，无疑她就是《文艺研究》。值此《文艺研究》四十年华诞之际，我谨向她和各位编辑朋友表示深深的感戴之情，同时衷心祝愿她和各位编辑朋友，未来美好无限。

（作者为清华大学教授）

不敢忘却的记忆

——纪念《文艺研究》创刊四十周年

萧立军

我是1977年9月南开大学中文系毕业的“工农兵”学员，被分配到国务院文化部下属的文学艺术研究所。在人事处报到后，给我分配了一间8平方米的“琴房”做宿舍。文学艺术研究所的办公地点是清代建筑的一座园林式私邸，在北京，除了故宫没有比它更大并相对保存完整的宅子了，第一任主人是和珅，第二任主人是庆僖亲王永璘，第三任主人是恭亲王奕䜣。民国时，这里是辅仁大学女校，1949年后，这里曾被多家单位使用，前半部府邸是中国音乐学院，后半部花园是公安部宿舍，还有工厂。我来工作的时候，这里前后不通，各自独立，院子杂草丛生，建筑物的油漆也有脱落。还有1976年唐山大地震时，这里曾搭建的几处窝棚，但已无人居住。看上去虽很破败，仍能见出往日的恢宏与奢华。老北京人管此地叫“恭王府”。

文学艺术研究所的前身，是“文革”期间国务院文化组设立的“文学艺术研究机构”。由“文革”前的戏曲研究院、美术研究所、音乐研究所等几家单位的底子组成。1975年四届人大会议后，改名为“文化部文学艺术研究所”。1978年又改名为“文学艺术研究院”。在这里的工作人员，使用的都是“中华人民共和国文化部”工作证。1980年下半年经国务院批准设立“中国艺术研究院”。但此后好多年，工作证上还写着“文化部文学艺术研究院”。

我当时没有被分配具体的工作，就被借调到文化部运动办公室参加“揭、批、查”，先是在“初澜江天”专案组，后在“清查文革打砸抢”专案组。因此缘故，很荣幸地认识了冯牧先生。冯牧先生是政策研究室主任，部运动办公室主任，是直接负责文化部八大专案组的文化部党组成员。他本人阅历极丰富，更是现代中国新闻和解放区文学的直接参与者，新中国当代文学的实践家。我在两个专案组工作了七八个月后，就认为继续做下去，对我个人的发展益处不大，于是向冯牧先生请辞，想去复报的《文艺报》当编辑。冯牧先生此时兼任中国作家协会复会领导小组副组长、《文艺报》复报领导小组组长。他对我说，默涵同志（时任文化部副部长）不同意文化部的人调去中国文联和中国作协工作，你的编制在文研院（此时，文学艺术研究所已改为文学艺术研究院），敬之同志（时任文化部副部长，主管“初澜”专案组的部领导）兼任院长，我兼任第一副院长。文研院正在筹备院刊《文艺研究》的创刊，和《文艺报》性质相同，你直接回去工作很方便，我主管《文艺研究》。我当时以为冯牧先生就是创刊后的《文艺研究》主编，于是在1978年10月，我高高兴兴地来到了《文艺研究》编辑部。

那时，参与《文艺研究》具体筹办的人员有林元、叶勤、孙吴、王波云、汪巩、柏柳、沈继平、李香云、安裕慧、许廷钧、缪印堂，还有我，论年纪我是最小的。《文艺研究》编辑部大致分为理论组、文学戏剧组、音乐舞美组和编务组。编辑部里大家在称呼上比较随意，年长一些的老师，比如林元，大家就叫“老林”，年轻一些，比如我，大家都叫“小萧”。我在文学戏剧组，组长是叶勤女士，她是延安出来的老文艺工作者。由于我最年轻，对《文艺研究》的工作也说不出个子丑寅卯，更出不了什么主意，只是听喝儿，叫我干什么就干什么。我在文研院有宿舍，住办公室的有林元、王波云，还有后来的姚振仁三位。我虽住的是单身宿舍，晚上也经常到“后罩楼”王波云的办公室去旁听，因为他们三位经常在那里议事。我记得关于《文艺研究》刊名的手迹问题，就是他们几位晚上议论的话题，毛泽东、鲁迅、周恩来等大家的手迹，都在考虑的范围，最后确定用周恩来的手迹作为刊名。

《文艺研究》创刊初期的办刊理念，较为偏重文艺理论的拨乱反正，特别是刊发了毛泽东、周恩来、陈毅、刘少奇在“文革”前关于文艺的讲话，以及邓小平、陈云关于文艺的讲话。这些党和国家领导人的讲话，不是谁想发就能发的，而是要经过层层审批，由贺敬之报给时任中央宣传部部长的胡耀邦拍板。刊物要发表邓小平、陈云关于文艺的讲话，则要交周扬（时任中宣部副部长）和胡乔木（时任中共中央书记处书记）定夺，才能刊发出来。

好在当时《文艺研究》有两位曾经做过周扬、阳翰笙秘书的编辑，经过他们疏通拿到首发权更便利，这也奠定了《文艺研究》横空出世时的权威地位。而更重要的是，《文艺研究》非常重视文艺理论的建设，比如形象思维、人道主义、人性与爱情、文艺与政治的关系、美学等，都用大量的版面刊发观点不同的文章，使《文艺研究》成为那一时期文艺理论界最为关注的期刊。这要归功于王波云、柏柳和张潇华三位同志的努力，他们殚精竭虑地蒐集话题和资料，密切关注学术界的动向，在反复磋商后确定选题，然后再拿到编辑部例会上阐述。

《文艺研究》编辑部的例会很有意思，基本上都是在王波云和张潇华的办公室召开，因那间房子稍大，光线较好。例会一般是林元主持，讲话最多的是张潇华、王波云和姚振仁，在例会上对哪个组列出的选题都会说三道四一番，给出相当中肯的建议。这三位的见识学识不凡，确实是《文艺研究》的三大主力编辑。比如姚振仁是负责“音、舞、美”和外国文艺栏目的，几乎就是文艺史的活词典，反正有什么问题讨教，没有他解释不了的。《文艺研究》那时有四版插页，加上四封（均是所谓“正四反一”，即正面彩色反面黑白），所发美术作品都是姚振仁定的大画家的作品。但他也坚持刊发年轻画家的作品，比如罗中立的《父亲》和毛栗子三个烟头、四根未燃尽火柴杆儿的《徘徊》，就是他和林元争议了多次才定下来发表的。罗中立和毛栗子，后来都成为美术界响当当的人物。可见姚振仁具有多强的远见卓识。林元作为《文艺研究》的实际负责人，具有坚持己见的固执，也具有倾听他人意见的包容，不武断，也绝不放任，谁说的言之成理就照谁的意见来。在例会上，姚振仁是和林元发生不同意见最多的人，当然也少不了王波云和张潇华。林元率领的《文艺研究》一众老少，很民主，也很集中，更是和谐，可以说是民主办刊的典范。主编张庚先生、副主编郭汉城先生并不怎么参加编辑部的例会。冯牧先生是主管《文艺研究》的院领导，也很少参加《文艺研究》的例会，我印象中他只参加过一次，那时他的职务繁多，横跨中国文联、中国作协、文化部、文研院，等等。通常是林元电话里向他详述《文艺研究》编刊及需要解决的问题，遇有较重要的事情时则到冯牧在文研院的办公室面谈。林元与冯牧是老《新观察》、老作协外委会的搭档，彼此很熟悉。

而我可能是受益于林元教诲最多的那个人，可以说我是被林元耳提面命教出来的编辑。我刚到编辑部时，林元先生已 62 岁，他从民国时期开始，到 1978 年已经做了 40 多年编辑了，他是真正当得起资深编辑家称号的，同时他自己也创作散文和报告文学，出版过作品。虽然还不很熟悉，但他拿我当子辈看待，一点都不客套。他告诉我要熟悉新华印刷厂的改稿符号，编辑时一定要细致，一个标点都不能错，一个字符、一个病句都不能有，碰到文章有引用的史实资料时，一定要仔细核对原文，要准确。当然，做一个好编辑，自己的学养要不断积累和提高，更应该自己动手写文章，这样才能了解作者的甘苦，才能与作者更好地交流。最初我编的稿件，他是从一校看到三校，指出我编稿的错字、别字、分号使用不当等问题，还有原文中的语病没有改过来，等等。特别告诫我，稿件发排之前一定要做到“齐、清、定”，校样上尽量少改动，你要知道印厂的排字工人托着铅字盘，一天要在车间里走上20多公里的路，他们太辛苦了！

正是在林元的教诲下，我从一个懵懵懂懂的愣小子逐渐适应了编辑工作，也能在《红旗》《人民日报》等报刊上发表一些文艺评论类的文章。有一件事，我至今记忆深刻。那是1980年第4期《文艺研究》要刊发茅盾先生的《现实主义与反现实主义的斗争是文艺历史发展的规律》一文，我凑巧看到这篇文章的一校样。我感觉到其中有一段话不太顺，我就到林元那里跟他说了。林元说：茅公的稿子怎么会出现不顺呢！我却坚持我的看法。没想到第二天林元就带我去茅盾先生家里，让我当面说此事。茅公听我说完了理由，很和气地告诉我：小伙子，你说得对，我马上改！就这样的一件事，老林也极认真地做了，让我深受教育。

可以说，老林是带我走上文学期刊编辑的恩师，日后我在编辑岗位上能做得比较好，都是受惠于他。我深深怀念林元老师。

由于我是新手，虽说分在文学戏剧组当编辑，但其他组有事情叫我去干，我也都很高兴去跑腿，比如王波云叫我去朱光潜先生家，他说电话已与老先生联系好了，请朱光潜先生谈谈"人性共同美"的问题。我就带上我的"砖头录音机"，骑着自行车去了。在北大燕园朱先生家里，连续两个下午，录下了老先生的讲话。当时朱光潜先生已经82岁了，但是说话还是中气十足，引经据典，言谈缜密，清清爽爽一位老者。回来后，我反复按动录音机控制键，一字一字地把朱光潜先生的讲话整理成文字，然后再拿去给朱先生修改。朱光潜先生这篇6000多字的《关于人性、人道主义、人情味和共同美问题》刊发于1979年第3期《文艺研究》上。这是"文革"结束后最早、最重要的美学文章，受到全国学术界的广泛关注。

类似这种与作者联络的事，我当时做了很多。给王瑶、吴组缃、曹靖华等先生们取稿、送清样儿的事，我没少跑腿。

1979年上半年，北京人艺重排上演老舍话剧《茶馆》，火爆京城。我的组长叶勤和林元、王波云商量，由《文艺研究》编辑部牵头，举办一个《茶馆》导演、演员、舞美设计人员的座谈会。因《茶馆》的现实主义创作风格，与《文艺研究》倡导的编刊理念极其贴合，这一想法毫无争议地就通过了。而跑腿联络的事，自然又是我的活儿。

那时候开会，很简朴，会议没有设计精致的请柬，甚至连一张打印的通知纸条都没有。就是我一趟一趟地骑着自行车去北京人艺分头找人，下个口头通知。夏淳、于是之、郑榕、英若诚、胡宗温、蓝天野、黄宗洛、童超、王文冲等老师，都是大名鼎鼎的大艺术家，但他们都很平易近人，一点儿大牌儿的架子都没有，我找到他们，都满口答应，到开会那天齐刷刷都来了。《茶馆》座谈会就在恭王府葆光堂召开，由戏曲理论家、副院长兼《文艺研究》主编张庚主持座谈会。那次的座谈会计划开一天，可晚上他们有演出，便分成了两个上午开。座谈会开得非常成功，客观上廓清了中华人民共和国成立以来特别是“文革”期间对剧本、导演、表演、舞美设计的认识误区，以实践者自身的体验总结了戏剧艺术带有规律性的问题，厘清了艺术和生活的关系。

会后，我把各位老师的发言记录整理成文字，再交给各位发言的老师，请他们本人修改后，刊发在《文艺研究》上。那一次，只有英若诚老师一人是自己写的稿子。刊发这些发言时，林元准备用“现实主义的伟大胜利”做总标题，我说：太空！建议用“演《茶馆》 谈《茶馆》”这样的题目好像更新颖一点，我的建议得到了他的首肯。多少年后再看这组文章，这些艺术大家的发言已成为珍贵的遗产。应该说，这是《文艺研究》对中国戏剧发展做出的重要贡献。

类似《茶馆》这样的座谈会，《文艺研究》举办了很多次，当时都不管饭，连茶水也不管，只有一杯白开水。《文艺研究》也曾经管过参会人员饭，我印象中只有一次，那就是 1980 年 8 月召开的“电影美学座谈会”。因为会议要在葆光堂开三天，便在文研院食堂吃了三次午餐，那次参会的人基本上都是电影评论界和高校教学人员，较年长者是钟惦棐先生，当时他 60 岁，午餐后他都要到我的单身宿舍小睡一会儿，钟先生在我那间小屋连睡了三个中午。“电影美学座谈会”是柏柳、张潇华和王波云发起的，原因我不太清楚。但组织参会人员观摩影片，从片库提片，再到小西天电影资料馆观摩，这些会务的杂事，都是我跟吴连松做的。电影从无声片到有声片，从黑白片到彩色片，电影史上的“十大名片”，以及有特点的外国片、国产片，参会人员观摩了 30 多部，在这个基础上召开了座谈会。可以说，电影美学相较于文学、戏剧、美术，探讨都是薄弱的。“电影美学”作为一个主题探讨，《文艺研究》做了破天荒的一件大事，至少是“文革”后召开的第一个“电影美学”会议，具有中国电影研究的里程碑意义。

这个会后，《文艺研究》编辑部把文学和戏剧分了组，我被划到了文学组，组长是孙吴先生。

1980 年 11 月下旬，孙吴先生带我去江苏镇江参加全国大型期刊座谈会。所谓“大型期刊”，是相较于 6 个印张以下的月刊而言的，一般是 10 印张以上的双月刊、季刊。出席那次会议的有已创刊和正在筹备创刊的 26 家原创作品期刊负责人和编辑，加上《文艺报》和《文艺研究》人员，有 100 多人参加，是文学期刊界的隆重盛会。这个会议最有价值的是，推动了日后中国当代文学特别是中篇小说创作的繁荣发展。因为 6 个印张以下的刊物，由于篇幅原因，主要发表短篇小说和散文、诗歌。而篇幅在 12 个印张的文学期刊，一期就可以发三四部中篇，甚至五六部中篇，以及一次发完一部长篇小说。我在这次会议上认识了好多文学期刊界的前辈和同侪。也是在那次会上，我认识了江苏著名作家高晓声。那次会后，会议上好多人成为我一辈子的朋友。

从镇江开会回来的第三天上午，林元把我叫到他的办公室，叫我再去江苏找高晓声，请他写一篇“谈生活与艺术”的文章，而且一定要赶在当期发稿。在此前，文学组已经编好了刘心武、马烽、苏叔阳的文章，作为一组作家的创作谈，已发稿下厂就等着看一校了。当时我向林元解释，高晓声的稿子可能赶不出来，他身体很不好，正在太湖边的疗养院休养。可林元却说：你想想办法，高晓声的创作谈，很重要；他长期生活在农村，是农村题材的代表性作家，他发声，对我们这一组作家“创作谈”能增加很重的分量，你务必要拿到高晓声这篇稿件。

没办法，我下午就到了北京站。那时候火车票极难买，我就凭杂志的记者证上了开往苏州的火车，补了一张到无锡的站票，一直站了 19 个小时。到了无锡，在市委宣传部找到《文艺研究》的作者许墨林，他把我安排在梁溪饭店住下。他告诉我，想在疗养院找人，可不好找，太湖周边就有十多家疗养院呢，也不知道高晓声住在哪一家疗养院里，怎么找？

我第二天就坐着公交车，围着太湖边找了两天，才在鼋头渚附近的华东工人疗养院找到踪影，但那里工作人员告诉我：高晓声的疗养档案手续都有，就是他人没来。怎么办呢！我只好又请许墨林给江苏省作协打电话，帮我问一下高晓声在哪里。可省作协也说不知道，我心里很急，《文艺研究》还等着这篇文章发稿呢。终于，还是从高晓声的老友那里得到了准确的信息，他人就在常州市委招待所住着。我又急忙赶到常州，终于找到了高晓声。一见面，他厚道地笑了。他说，这才几天，你到常州来干什么？我说，老高啊，我在太湖边的疗养院找了你两天了，可你压根就没去疗养院，害得我一直找到了这里。

我说明来意后，老高面有难色。他说正在写短篇小说《水东流》，才一半儿多点，要放下了再写，思路不好接啊。我说，小说你白天正常写，晚上咱们聊，我录音后再整理，把整理好的稿子拿给你修改定稿。老高笑了，他说，这个办法好！当天晚上，我们就开始聊，我就开始录音，聊起作家与生活、生活与创作等话题。老高身体不好，右肺做过切除手术，而他的烟瘾又极大，不时要咳两声。我就控制在一个半小时内，这样连续聊了三个晚上，我白天进行录音整理。正好《水东流》的小说，老高也写完了。我就把厚厚的一摞根据录音整理出来的文字拿给他看。高晓声一看我整理的稿子，说你这是鬼画符嘛。我说我写不好字。

高晓声就把他的《水东流》手稿拿给我。他说，这样子别人看，会省力气。我翻了翻高晓声小说手稿，那上面干净整洁，他漂亮的钢笔字，工整端正，每页至多三两处改动。我惊讶地问：你这是抄完的稿子？他说：不是，我写稿子都是一遍成，打好腹稿，就不用改来改去，既不废纸张，也省些力气。高晓声把我整理出来的录音文字，修改了一天半，最后确定题目为《扎根在生活的土壤里》。我总算拿到了高晓声的稿子，马上回到北京，加急下厂。这篇文章刊发在 1981 年第 1 期《文艺研究》上。

果然，高晓声的这篇文章在《文艺研究》发表后引起广泛的重视，冯牧曾在多次会议上拿这篇文章说事儿。《解放日报》《光明日报》的文摘版，都摘编了此篇文章，这也让我见证了林元的固执也确有先见之明。我和高晓声也成了忘年交，他参加中国作家访美代表团回国时，还不忘送我美国的“白剑牌”香烟。他到北京开会，也时不时不住宾馆，就住到我的单身宿舍，我们每次的长聊，我都有收获。

应该说，此前《文艺研究》对当代作家和作品给予的关注度很不够，但 1981 年以后的《文艺研究》就十分重视当下的文学现状，而且花力气组织当代作家谈创作，每年都拿出大量篇幅刊登当代作家对当前文学创作的认识。甚至北大荒知青刚出茅庐的一批作家，也登上了《文艺研究》。这不仅扩大了文学界对《文艺研究》的阅读和重视，也使文学界更为关注《文艺研究》对当前文学创作的态度。

孙吴经常带我走访作家。我记得最清晰的是他带着我，到北京东城区南小街的王愿坚家中。孙吴和王愿坚都参加过大型丛刊《星火燎原》的编辑工作。王愿坚家中小院有一棵香椿树，那时正是香椿发芽的时候，王愿坚就到树上摘了两大把香椿亲自掌勺，炒了一大盆香椿鸡蛋，我们就着二锅头边吃边聊。他讲他在赣南采访的见闻，讲他读经典作家作品的体会，唯独没有说他自己的作品。实际上，他在讲作家的生活积累和学养积累，那时候我才真正明白，他为何能写出《党费》这样的中国当代文学史不能绕过的经典作品。

还是林元，他叫我到他的办公室。他跟我说，能不能找一个合适的人把 1982 年的全国小说创作讲评一下？这些情况你熟悉，你读当前的小说也多，认识的人也多。我想了一下说，请王蒙来写行不行？林元问我，你的理由呢？我说，我在各种会上听王蒙的发言，谈到的作家作品是最多的，可见他的阅读量很大，对作家人头很熟，他自己创作的新作品也多，王蒙的读者也最多，他的人气火爆极了。咱们 1982 年第 1 期刊发他那篇《倾听着生活的声息》，就影响极好。这样对年度小说的点评文章，不能请文评家来写，文评家写的文章太干燥。林元说：可以！我说：王蒙写来稿子，不合你胃口，可不能退稿啊。要退，你亲自去退。林元说：可以，可以。我想一位老编辑，要退一篇稿子那是手到擒来，也不会伤了与作者的和气。可我，当时可没这两把刷子。就这样，我就去了北京前门八号楼王蒙家中约稿，王蒙满口答应了。

没几天，王蒙就打电话叫我去取稿，就是发表在《文艺研究》1983 年第 3 期的《漫话几个作者和他们的作品》。刊发后，我就与王蒙约定，以后每年都给《文艺研究》写一篇年度小说点评的文章。王蒙也如约做到了。可是我却爽约了，他又给了一篇《读八三年一些短篇小说随想》(刊发在《文艺研究》1984 年第 3 期)，我就调离了《文艺研究》。

1984 年秋初，我从外地回到北京，就和几个朋友到冯牧家蹭饭。我们这几个朋友年龄相仿，经常出入冯牧家，我们和冯家人都很熟，都管冯牧叫“三爷”。也有人问起，为什么这么叫？我说：在文学圈，我们周围的人都管张光年叫大爷，管贺敬之叫二爷，管冯牧叫三爷。他们三位在 20 世纪 70 年代末 80 年代初，在文学界位高爵显，我们几个朋友背地里都这么叫着。可当面的时候，还是叫“光年同志”“敬之同志”“冯牧同志”，只偶尔在冯牧面前，我们还是喊他“三爷”。那天在冯牧家吃饭时，他说眼下正在筹备创刊《中国作家》，是张僖同志（时任中国作家协会秘书长）办理注册手续时，把我安上主编职务；《中国作家》正在初创阶段，特别缺少年轻的熟练的编辑。冯牧问我愿不愿意来《中国作家》当编辑，我说没问题，我非常愿意在您手下牵马执鞭，就是不知道林元老师是否愿意让我走。因为我要考研究生，还想过调到《法制日报》和《中国体育报》去工作，老林都没同意；甚至赵寻（时任中国戏剧家协会党组书记、中国文联副主席）跟林元说，调我去《剧本》当编辑，他也没有同意。冯牧说，林元那里我去打招呼，你就准备到《中国作家》工作吧。

回到《文艺研究》编辑部，我就跟林元说了冯牧要调我到《中国作家》工作这件事儿。老林沉默了好一会儿，才说，我到底还是没留住你，研究生我没让你报考，另外那些单位调你，我也没让你去、你在《文艺研究》会很有前途的，为什么非要离开呢？《文艺研究》待你不薄啊！我听出，老林有点伤感。

是的，《文艺研究》待我真是不薄！编辑部的同事对我也不薄。沈季平、杨志一、叶勤、孙吴、林元、姚振仁几位，叫我去他们家里吃过饭，汪巩、王波云、柏柳、张潇华、马肇元，他们都是手把手教我当编辑，全都是我的师傅。

我深深地怀念我在《文艺研究》编辑部的日子！

这都是几十年前的旧事，可以说是一段不敢忘却的记忆。

记忆若有差错，祈请前辈老师谅解。

（作者为《中国作家》编审）

结缘三十八年：我与《文艺研究》

徐　岱

对于每一位从事人文研究的中国学者来说，《文艺研究》的意义毋庸置疑。作为77级大学生，我们这代学人见证了它的诞生：1979年的创刊号上名家云集，众多中国文化界的学术权威几乎集体到场。从那时至今的40年里，它都是一份在中国人文学界具有举足轻重影响力的学术期刊；以它的前沿性与创新性，相较那些更老牌的刊物“后来居上”，成为能够引领当代中国文学艺术研究潮流的一本高质量学术期刊。由于这个缘故，在众多学者与它的交集中都蕴含着各自的故事。我也同样，如果谈起“《文艺研究》与我的学术写作”这个话题，那就是重返一段属于青春年华的“燃情岁月”。对于和我差不多年龄的诸位同人，我相信那时的我们大都是怀有远大追求的理想主义者。通过在这本刊物上发表自己的研究成果而跻身“人文学者”阵营，无疑是一种共同的激励。

在我的“学术人生”里，《文艺研究》作为当时独树一帜、封面设计精美的学术期刊，有一种特别的亲切与温馨。它“正式”开启了我的人文研究之路。在我还是大学三年级学生的1981年5月底，我收到了当年第2期《文艺研究》，上面刊登了我的一篇关于浪漫主义创作方法的文章（与潘一清合作）。虽然原稿《论浪漫主义》有近3万字的篇幅，而出现在刊物上的文章不过几千字，但这已足以带给我极大的鼓舞和快乐。我把这视为对自己已拥有独立人文研究能力、能够从事我从“懂事”起就心向往之的人文事业的一种肯定。在今天的众多学术期刊上，年轻学者们能够凭借年龄上的“后发优势”而纷纷登场亮相，而在那个年代，绝大多数的人文类学术期刊都被我们的老师辈学者们所占据。为了争分夺秒地“抢回”被耽误的大半生，他们以旺盛的精力产出的大量成果涌向为数不多的学术期刊，像《文艺研究》这样的“名刊”自然就更是名家云集之地。在上面，经常能读到在我们这代学生中拥有极大威望的著名学者的大作，而从中汲取的宝贵的研究方法成为我们通往学术研究的路径。所以在某种意义上，我的投稿更多地是向那些学者们致敬，对于能否发表并未抱太多幻想。唯其如此，当稿件在编辑部压了近一年后终于见刊，这份迟到的喜悦还是让我倍感满足。迄今想起，仿佛犹在眼前。

让这份兴奋得以“放大”的另一个原因，是得到了我的老师蔡义江先生的称赞。他不仅在课堂上满腹经纶、出口成章，潇洒不羁、谈古论今，深受学生们的喜爱；而且日后在名家云集的《红楼梦》研究中自成一家。他的代表作之一《脂评说〈红楼梦〉作者是曹雪芹》，就发表在创刊后第 2 期的《文艺研究》上（1979 年第 2 期）。或许由于这个缘故让他对这本刊物十分关注，差不多在第一时间就当面给我以鼓励。记忆中与他在系办公室外的过道上遇见，他说：“徐岱，你居然在我们老师都很难发文的刊物上发表了文章！”我知道他说的是事实。若干年后的一次会议上我从责编那里得知，当时的《文艺研究》几乎很难去考虑一个在校大学生的学术习作。之所以没有及时刊出我的文章，一是因为文章原文太长，当时的自己尚未掌握学术写作的要领，3 万字的长文根本无法直接刊用；二是因为作为一本引人瞩目的学术期刊，《文艺研究》自创刊起就稿源丰富，且多为名师大家的手笔，让一个大学本科尚未毕业的学生作文见刊，这事难以想象。之所以最后终于还是让我的文章“死而复生”，唯一的原因就是，这篇大学生习作“有独到的见解”。

得知这个经过，对我以后的学术道路影响深远。多年来，“那一刻”的经历常常会在记忆中回放。当时的中国文学艺术领域刚刚摆脱“假大空”的“说教文学”的束缚，读者与观众终于能够在作家、画家和电影人的笔下和镜头中，与真实的生活世界相遇，被那些触动心灵的故事所打动。学界同人与广大读者们一起，为“现实主义创作方法”的回归欢呼雀跃。大量来稿是异口同声的“现实主义面面观”，为以托尔斯泰、巴尔扎克、狄更斯等作家为代表的“现实主义艺术的胜利”推波助澜。只有我这个在校大学生的文章，别具一格地强调了浪漫主义精神对于人类文化艺术的重要性。那篇文章虽不成熟，但基本观点成立，问题意识鲜明，简单的道理也已讲清楚。用上述责编的话讲，总而言之就是“有独到的见解”。就是这个“独到之见”最终打动了编辑部，破例决定让一个尚显稚嫩的大学生的文字见刊。几个月后，我又收到当时国内唯一专门刊发比较文学论文的刊物《外国文学研究》（1981 年第 3 期），上面刊登了我的《鲁迅与存在主义》一文。尽管至今为止，仍有相关话题的研究著述陆续出版，但此文却是改革开放以来中国比较文学界对这个问题展开研究的第一篇。

能够在备受瞩目的学界名刊接连发表文章且引起一定的反响（《鲁迅与存在主义》一文曾在比较文学界引发“争鸣”），这对于一个本科尚未毕业的人文学生的意义不言而喻。但它带给我更多的是一种对自己今后将全身心投入的这份事业的反思。虽然坚持自己的研究而不随波逐流是我从一开始从事学术写作时就选择的立场，但最初的这种选择并不自觉，带有一定的随意性。不得不说，正是在《文艺研究》上这篇短文从“弃用”到“刊用”的一番曲折过程，给我以深刻的启示——让我清楚地意识到学术写作绝非一种“为稻粱谋”的手段，人文研究不只是一项事业，更非一个普通职业。成为一名“人文学者”，在某种意义上有点接近以“治病救人”为宗旨的医生。就像行医需要坚守“医德”，人文学者不能无视自己的社会责任感，不仅必须坚持起码的“学术伦理”，还得重视“伦理学术”。这体现在学术写作从知识论的积累到价值观的确立等方方面面。自此以后，清楚区分学术泡沫“话题”和真正的学术研究“问题”，成了我从事人文研究的出发点。当我把这点启示不断落实到自己的学术写作中，就逐渐培养了我“出道”后一以贯之的拒绝“学术时尚”、远离“学术泡沫”的治学原则和实事求是、严谨自律的治学态度，在学界江湖中不畏人言、不屑诽谤，始终捍卫一份学术良知的精神。

正是因为坚持这样的原则、态度和精神，也让我得以在 1986 年第 1 期的《文学评论》上发表了《哲学观的更新与文艺学的发展》一文。当时的中国文艺理论界纷纷采用自然科学方法，在“让文学研究成为一门‘硬学科’”的良好愿景下，热衷于把诸如“熵定律”“协同学”和“控制论”等方法，盲目且简单地直接移植到文学研究中。这篇文章对此大胆提出了异议并得到学界有识之士的认同，用《文学评论》编辑部内刊《文学研究参考》上的编者语讲：盲目运用自然科学方法论研究文学艺术现象并不可取，《哲学观的更新与文艺学的发展》为这场热潮圈上了一个句号。不久之后，由人民文学出版社负责的“百家文论新著”丛书找到我，让我承担其中一个选题，我的第一部近 40 万字的专著《艺术文化论》就这样在 1990 年出版。当我看到自己的名字能够与唐弢、蒋孔阳、高尔泰等我敬仰的前辈学者列在一起，那份激励无以言表。许多年后，这样的原则、态度和精神同样也体现在我刊登于《文艺研究》2015 年第 7 期的《作为方法的文化批评》一文中。此文发表时，曾经门庭若市的“文化诗学”与“生活美学”等话题的讨论早已偃旗息鼓，与热衷于不断“转向”的“国际文论圈”一样，中国学界在经历了“语言学转向”“现象学转向”和“身体学转向”之后，迈向了“伦理学转向”。诸如“环境与生态”和“城市与空间”等概念与术语成为备受关注的关键词。这一背景使得我的这篇文章看似属于“落伍之作”，通常说来，这样的文章对于注重热点、追求前沿的学术期刊而言并不合适。但时任《文艺研究》副主编的陈剑澜并不在意这些，他看到了此文所具有的学术含量，并将文章作为刊物的头条刊登。出刊后，该文很快被《新华文摘》以封面题目全文转载。

诚然，我并不认为能否被《新华文摘》转载就是评估一篇文章质量高低的标准。众所周知，这份文摘的转载有其特殊要求，关注当下的时效性是其很重要的一个因素。这就意味着转载与否和文章质量显然不能简单地相提并论。但除此之外也必须承认，是否具有足够的学术含量，也是《新华文摘》挑选文章时的一个重要因素。比如我第一篇被其全文转载的文章《小说与故事》，只是一篇原刊于《当代文坛》1985 年第 11 期的 5000 多字随笔。它能被转载的主要原因，就是在那个一度以强调“怎么写”取代“写什么”，流行“小说就是语言的舞蹈”的氛围中，说清了“故事对于小说的意义”。显然出于同样的理由，《作为方法的文化批评》能够受到在学界同样有着重要影响力的《新华文摘》的高度关注，是因为文章所关注的不是一个跟随潮流的“话题”，而是在这些话题中所呈现的相关“学术问题”。仅仅作为一种“学术谈资”的话题难免随着潮流的改变而被淹没，被形形色色的新话题取代。但那些真正的学术问题，则拥有常谈常新的持久的学术生命力。理论是灰色的，因为它只是我们追究问题的手段；而思想之树常青，则因为它通往“生命的意义”与“存在的实质”等终极问题。这也就是为什么，像萨特、德里达、布尔迪厄们注定会在岁月的凋零中灰飞烟灭，但柏拉图、康德、黑格尔们则会在人类思想史上“不废江河万古流”。因为前者只是擅长抛出无数让世人眼花缭乱的抓眼球的话题，而后者则总是留给我们许多能够无穷思考、涉及整个人文世界的奥秘的问题。话题老手们固然可以在名利场上赢得生前的名与利，但唯有能够提出真正的人文学术问题的哲人们，才能在身后赢得名副其实的荣光。

时间匆匆，往事如梦。仿佛转眼之间，曾经的那个大学生已过了花甲之年，在国内著名高校之一获得了“终身教授”的荣誉。我很清楚这份荣誉并不仅仅属于自己，一路走来我必须对许多的前辈师长和学界同人们，诚挚地表示感谢！江湖冷漠，职场险恶，但仍然会有情义的温暖和人性的关切。缺少这样的情义和关切，任何人都无法走向成功。学习人文也就是懂得感恩。在这份需要感谢的名单中，当然还要包括许多作为“学者摇篮”的学术期刊。其中，《文艺研究》无疑是我首先要表示感谢的刊物。虽然指点江山、激扬文字的书生意气早已消失，高谈阔论、坐而论道的书斋做派也同样被抛弃；但能够投身于人文研究事业、从事人文教育工作，这样的生涯迄今于我仍然无悔。或许我不能说，倘若 38 年前《文艺研究》没有刊出我那篇并不成熟的习作，就会彻底改变我的人生轨迹；但我可以肯定，多亏了这篇文章的发表，给了我义无反顾地追求成为一个“人文学者”的理想的动力。这份力量弥足珍贵，它不仅让我与《文艺研究》结缘，也让我在成为“人文学者”的路上走得更快更好。

之后的年月，我又陆续在《文艺研究》上发表了《论诗性文化的可能性空间——文艺世俗化走向批判》《从理念到经验：美学研究的继往开来》《反本质主义与美学的现代形态》《走向人学的美学——论当代审美理论的“阿基米德点”》《趣味的形而上之维——论审美实践的审智品质》等文章。其中可以看到成长的变化，不变的是其中的学术含量。因此，无论是几十年前的旧文还是近些年的新作，现在读来依然呈现着它们的价值。岁月的变幻虽然在文字风格上留下了痕迹，却并没有遮蔽透过文字而闪现出来的思想之光。在我为此感到欣慰和自豪的同时，也深深地感受到《文艺研究》给予我的支持和帮助。比如许多年前，我已无视当下所谓“学院体制”将学术期刊人为地分成三六九等的做法，对所有的学术期刊一视同仁。我应约发表于一些不被体制认可、不具有“权威期刊”标签的学报类杂志和地方性刊物的文章，其质量不仅不比刊发于一些“名刊”的差，甚至更好。因为这些“小刊物”能提供更多的版面，让我有更多的篇幅和文字来处理一些更重大的问题，将必要的阐述从高度和深度上做进一步提升与推进。或许这也是许多编辑朋友常常向我约稿的原因，但我很清楚，自己能获得这样的“功力”，却要归功于早年我为包括《文艺研究》在内的“学界大刊”投稿。正是为了不辜负像《文艺研究》这样的刊物的期待，促使我不断提升对自我的要求，将自己的研究能力推向高处。唯其如此，再多的感谢都不足以表达我心中的这份情感。于我而言，“《文艺研究》与我的学术写作”并不是一个轻松的话题。近 40 年的这个缘分留给我的感受，一言难尽。

作为《文艺研究》的一个“老作者”，对这本如今早已享誉学界的刊物给予关注不需要理由。无须赘言，40 年来，《文艺研究》始终是优秀学者们争相登场的舞台，一直吸引着人文艺术学界各路才俊。这本“荣耀之刊”一定程度上提升了登台者的影响力，而这些学界才俊们各显本事的文章反过来也注定进一步为这本刊物添光增彩。这样的良性互动是《文艺研究》能够始终以高质量的内容在学界拥有重要影响力的一大原因。每个时代都有属于它的时代旋律。曾几何时，在躬逢其盛的“现代性”思潮下，中国学界曾经为“人的归来”而殚精竭虑。时至今日在“后现代”的语境中，从海内外相聚的学者们，都有意无意地接受“解构论”的招安，对“人的离去”无动于衷。很难简单地用“进步与倒退”的标签来给出评价，有一点是显而易见的：曾经作为百家争鸣的“思想”阵地，如今已各自为政地成为以“理论”的名义挥舞“主义”旗帜的堡垒。这不能不让人想起诗人米沃什的这句话：“我不再相信任何后来的‘主义’，如果它们来自巴黎。”就我个人而言，始终认为“喜新不厌旧”是人文研究的最佳选择，学术的继往开来总有其相关的思想谱系。当我们沉迷于各种层出不穷、花样翻新的“说法”之际，很可能已面临理论的陷阱。

坦率地说，此时此刻，当我一如既往地为这本刊物的成功而鼓掌，内心却是希望与悲观并存。希望在于年轻学者的成长，他们中的佼佼者带来的不仅仅是言说方式与话语风格的改变，还有思想视野的拓展和知识背景的更新。这让人有理由期待：江山代有才人出，中国的人文学术会拥有属于它的未来。让人悲观的原因在于，这样的青年学者数量甚少。更多的文章作者呈现给人的，不仅仅是有才华而并不横溢、有能力但缺少一份扎实，还有知识论的混杂和价值观的缺席。我们看到了许多名不副实的小聪明，匮乏的是真正的大智慧；看到了行文的精巧和用思的机智，但看不到贴近生活世界的现实感和洞察力。从华丽辞藻的字里行间，散发出玩世不恭的自觉与“天下轮流占，眼下让我来”的自满与得意。尽管“著作等身”的追求对学者仍然有所诱惑，但“做大学问”的理想或早已出局，取而代之的是争先恐后地当有头有脸的“学术明星”。作为“人文研究”的文章因此可以彻底放逐“人文关怀”，关于“伦理学术”的研究可以堂而皇之地无视“学术伦理”问题。虽然这样的现象已经屡见不鲜、不足为奇，但这肯定不是一个令人鼓舞的局面。

无论如何在“轻文明”社会中，与时俱进地把培植思想之花的学术园地变成展示学术时尚的走秀 T 台，这种自娱自乐的情景和自欺欺人的做派，会让我们越来越远离真正的“人文学术”，对此不能得到鼓励。在大好形势之下为了能够更好地从胜利走向新的胜利，保持一份理智与清醒从来都不是坏事。没必要不好意思承认一个事实：众多西方学者扎堆地来到早已并不神秘的中国参加各种“文艺理论高峰会议”，未必是多么渴望与我们进行“跨文化交流”。我不知道现在是否已经到了“中国可以说‘不’”的时候，我只是确定，当今世界早已进入“没有大师，不见英雄”的时代。在“理论之后”的人文学界，曾经的“学术神话”早已破灭。那些仍在兜售剩余理论库存的西方学者们，早已不再能充当“文化英雄”的角色，失去了在人文研究领域呼风唤雨的魔力。学术门派的花拳绣腿可以获得行业看客们的喝彩，但永远解决不了真正的学术问题，这个道理无须再做论证。翻来覆去地把人文研究充当向某种“说法”颁发证明其伟大正确的行业证书的工具，这样的“学术产品”，事实上已对我们的人文事业构成了威胁。

真理往往是简单的。“修辞立其诚”，这句来自孔子的千年古训早就道出了“如何做学问”的“不变之道”。人们并不是不明白，而是无意为之。在财富为王的时代，曾经被视为象牙塔的人文学术阵地正在快速沦陷为名利场的“殖民地”，一度清高的校园开始盛行似是而非的专业主义。通行于世的利益交换已经渗入自视甚高的学术界，在五花八门的学术荣誉大幅度贬值的背景下，一些曾经的学术名刊也越来越让人大跌眼镜。

时至今日，能否逆流而上、成功捍卫人文研究的尊严，这对于《文艺研究》是一个挑战。我无法预测，只有希望；期待在今后的日子里，这份刊物能一如既往地，以其拥有高品位、提供正能量的文章，持续赢得人们的尊重与爱戴。正是怀着这样的期待与希望，我要向经历了40年风雨的《文艺研究》表示祝贺。现实从来都是严酷的，唯其如此，生命中不能没有一点浪漫情怀。我会怀念那段燃情岁月，怀念那种永远具有人文价值的理想主义精神。

（作者为浙江大学教授）

《文艺研究》与我的学术探索

——兼对我国西方文论研究发展的建言

徐　亮

一

《文艺研究》自创刊以来已经走过了40个年头。作为一个从开始就始终关注着她的忠实读者和得益于她的青睐的作者，她陪伴我度过的年月像流水般平淡，虽然也像流水般不可或缺。当编辑提醒我可以为此写一篇文章时，我还是受到了这个数字的震撼，继之以感慨。40年积累起来的是这个刊物与改革开放同步，并在文艺理论和美学学术上取得的丰硕成果，这个历史时期差不多所有重大理论话题的探讨和文学艺术的运动，都反映在了这个刊物中。40年里，《文艺研究》的功绩不仅是在刊物方向上守正创新，而且鼓励和培养了一大批作者，他们从二三十岁起受到刊物的鼓舞走上文艺理论研究的道路，一直到今天仍然以此作为思想兴趣的场所和安身立命的借手，我就是这其中的一员。所以，在表达对《文艺研究》创刊40年的祝贺的同时，我还要奉上我对于刊物的感谢。

我在《文艺研究》上的第一篇文章《再现，表现，还是显现？——关于艺术本体论的一个探讨》发表于1987年，距今30多年，而当时的《文艺研究》还只走过了八九个年头。当时我进入文艺理论学界不久，正在思考“艺术是什么”的问题，虽然已经在《当代文艺思潮》等刊物上发表了几篇同类话题的文章，但是这一具体话题涉及的是我这些思考的核心问题，后来成了我第一部书稿《显现与对话》的标题。当时占支配地位的文艺观是再现论（艺术是对客观现实的再现），其对立面是表现论（艺术是对主观思想感情的表现）。再现论的机械论色彩显而易见，但是我发现表现论也并不能触及艺术的本质，就它的形而上学性质看，它跟再现论一样把要“现”的东西当作一种事先存在于艺术以外的实体。如果实事求是地看待艺术，必须注意到艺术是一个动态的过程，艺术中的许多东西是在这个过程中实现的，其中艺术符号系统的塑造功能必须被考虑进来，艺术的本体是一个在符号、情感、事物诸要素中运作的过程、一种活动，产生的是一个全新的创造品。在“再现”和“表现”这两个词语的修辞背景下，我把这个过程称为“显现”。这种后来被冠以“存在论”名称的思路，在我看来可以避免形而上学。这篇文章的发表给我的继续探索以极大的信心。此前我一直不确定我能否把自己的重点讲清楚，虽然现在看来也确实还存在着很多问题，但是发表了就是发表了，它是一种肯定。这篇文章的思路一直激发我的思考，我觉得“显现”是一个很有魅力的词语，它带给我的不是一个结论，而是一种能够余味不尽地思考的方式。感谢《文艺研究》给了这种方式以鼓励。

然后，我发现，我在《文艺研究》上发表第二篇文章已经到了2007年，过了整整20年。这20年我在其他刊物上也发表了不少文章，但主要还是在艺术意义阐释的存在论阐释学思路中。与此同时我也意识到了这条路存在的根本缺陷。今天看来很明确的是，形而上学的思路根本上建立在深度模式基础上，只要我们设想语言背后还存在着什么值得发掘的东西，并且以这种发掘为要务，我们就在形而上学之中。这个显然是“显现论”所无法避免的。无论是再现、表现，还是显现，只要提出“所现为何”这个问题，就会进入深度模式。所以我1987年的那篇文章在阐述了艺术是一种显现活动，以及为什么是显现之后，顺理成章地进入第三个问题：艺术显现什么？我的回答是，艺术显现真理、情感和符号本身。这个阐释是背离那种“余味不尽”的思考方式的，是令人不快的。从20世纪90年代起我转而从语言论方向寻找出路。众所周知，这方面存在着一大批西方的、主要是法国的和英美的文献。阅读这些文献花了我大量时间，但由于外语能力的欠缺和这些思想本身的颠覆性，进展缓慢。

我在《文艺研究》上的第二篇文章《双轴运作的另一种可能性——对赵毅衡教授“符号灾变论”的一种回应》是我转向语言论之后的作品。这是一篇与赵毅衡教授商榷大众文化运作方式及其走向的文章。赵毅衡教授在同一期《文艺研究》上发表了《两种经典更新与符号双轴位移》，认为被大众热捧的文化产品也是一种经典——“俗经典”，它有其自身的经典化过程，与批评家以质评定经典不同的是，“俗经典”生产的符号操作方式发生了变化，符号双轴出现位移，横向粘连轴扩张（随处可见的大众点击率、链接及其数量），压倒甚至取代了纵聚合轴（文化精英的深度批评）的作用，致使经典与质量失去了关系，意义缺失，而且这种经典化方式正在影响另一种精英的经典化，文化前景堪忧。我的商榷意见也是以双轴理论这一语言论为基础的，但我认为双轴的互动是语言运作的基本状态，一个取代另一个或单向行进是不可想象的，大众文化时代，纵聚合轴仍然（且必然）起着作用，只是以不同的方式。现在看来不起眼的这个纵向轴的作用会催生大众对文化快餐的厌倦。话语的双轴运作机制保障着大众文化自身的调节功能。语言论的视角也让我看到了关于文学界限问题的新的理论解决方案。大众文化及其在新媒体上的表现带来了这样的问题：这是不是文学理论应该关心的问题？如果文学理论以文学为对象，为什么这些问题能够成为西方大学文学系的关注热点？或者，在印刷体文学普遍衰落之时，我们的理论界如何保持对主流文化现象的关注和介入？这是2000年前后国内文论界关注的一个热点。当时很多权威理论家主张恪守文学边界，文论不能被大众文化牵着鼻子走；也有新晋学者祭出“日常生活审美化”的理论主张介入现实。我的立场是从文学的界定入手：文学首先应该是一个话语的类别，而不是一个文类概念，把它划定在诗歌、小说等文类界限内是不合法的；与众不同的语言运作方式才是它存在的基础，因此，它必然是跨文类的，各种文本都必然在需要的时候袭用文学的方式以产生更强的效果，这就是我所称的“泛文学”现象，这些现象都是文学研究的对象。我在2010年第9期《文艺研究》上发表的《文论焦虑症与文论地平线的移动》，针对当时普遍可见的因印刷体文学的衰落而担心文学理论运数已尽的“文论焦虑症”，提出需要对“文论地平线”做一次移动，把焦点从狭义的纯文学移向广义的“泛文学”，这样，文论就能找到新的广阔领地。

向语言论的转移并不容易，语言论立场太具颠覆性，仅仅使用其某些一般概念仍是不得要领的，这也就是我花了20年以上时间的主要原因。我承认自己不够努力，悟性也不足，即使如此，离开自己原先立足的哲学根基要比想象的难得多。例如在《双轴运作的另一种可能性——对赵毅衡教授“符号灾变论”的一种回应》中，我把双轴中的纵聚合轴理解为深度模式，纵聚合轴就是主题的维度，这就从根本上消解了该文想要立足的语言论根基。直到2017年的《〈艺术作品的本源〉的本源》(《文艺研究》2017年第9期）一文，我才清楚地意识到，必须抵制深度模式及其伴生物，如（语言与语言所指的）符合论、对应论，才能彻底摆脱形而上学。在那篇文章中，我对海德格尔的艺术观，尤其是作为其奠基作的《艺术作品的本源》一文进行了质疑。我发现，海德格尔在一系列论艺术的论文中，其实对艺术本身（绘画、雕塑、文学）并不在乎，对他发问的每一个因素也都不真的在乎，他的发问方式都是在问所问者背后的东西，例如，需要问的不是艺术作品，而是“作品的作品因素”；作品是一物，因而首先需要弄清的是“物的物因素”，如此等等。这种深度模式的言说路径使我们偏离了所问者，使得任何所问者最终都同一化，归入“真理”的巨大黑洞。而在至深之处，海德格尔所提供的，只有矫饰的修辞所构造的话语（关于“农鞋?”的真理的那段著名的描绘），没有任何可验证的实在性躲在这些话语的背后。更要命的是，他的这种“深度模式”在不同语言、人种的优劣衡量方面所带来的后果。如果所有东西都有背后的真理，那么这些东西之间就存在着与真理远近不同的关系。海德格尔深信语言是有优劣的，更靠近真理的语言是更优秀的语言，除了古代希腊语之外，德语就是最优秀的语言。这也就等于确立了日耳曼人的优势地位。这个形而上学的思想方式会成为进入法西斯主义的路径。这是我从海德格尔著述中看到的令人惊讶的情形。感谢《文艺研究》杂志，它能够接纳我较早时期不那么成熟的作品，有耐心期待我的逐渐成熟，让我有一种冲动，下一次一定要写得更好，要把下一篇更好的文章交给《文艺研究》。

最近几年我意识到的另一件事是，弄清语言论转向不能仅仅靠思考，而且需要大量的阅读，否则仍然会陷入不了解实情而只是空洞抽象地夸夸其谈的境地；虽然如果不思考的话，阅读也不会有效果。我申请了一个课题，是关于“后理论”或“理论之后”的。“后理论”是西方最近 20 多年文论中的一个议题，它的缘起就是对语言论转向之后“理论”的根基及其各种走向的反思、质疑和推进。我想通过具体追踪这样一个话题，加强对第一手文献的扎实阅读，坐实这个话题里生发出来的各种见解及其“理论”的谱系，并且找到自己的批判立场。当然，我的外语能力有限，这项工作进行得十分艰苦，但收获颇丰。我和我的课题组阅读了数十位与“后理论”相关的理论家的著述，绝大部分是英语著作，翻译了近十部（篇）特别重要的作品，有的翻译已经出版、发表。现在这个课题已经结题。在这里我要说的是，很有幸地，最早定下这个研究方向的论证文章《理论之后与中国诗学的前景》就发表在《文艺研究》（2013 年第 5 期）上。这篇获得了包括《新华文摘》在内的国内最主要的四大转载系统转载的文章，描述了我在“后理论”中发现的一种思路，我把它称为“文学转向”：“理论”在疏离纯文学几十年之后又开始转回对文学的关注，当然是在不同意义上的关注，即把文学视为“理论”的出路。我认为这为中国文艺理论的发展提供了一个很好的启发，它有助于把中国自古以来的“文”的概念发扬光大，有助于让文论走出形而上学。

我给自己的学术探索订立的目标是建立自己的立场。所有的学术立场都是伦理的。理论不是建立真理模型，它最多是关于真理的喻说，支配这一喻说的正是伦理的立场。不管我们把这一点隐藏得多么深，当我们振振有词地谈论一种“对”的见解的时候，都是在告诉听众“因为这是好的，善的”。正是由于这一点，我们无法停留在仅仅是揭露性的、毁坏性的批判理论的境界里。例如德里达，他指出，由于言语的自我解构性，人们不要相信任何由言语（或类言语）表达出来的“真理”，因为它完全没有根基；保罗·德曼把它称为一种“强制设定”，除了霸道，没有任何讲得通的理由。对于试图扮演真理角色的各种各样的理论而言，这是对的，知道这一点使得那些理论家们再也无法让我们相信其代表真理。但这是“好的”和“善的”吗？对这个问题的反思使德里达晚年致力于伦理问题的研究，写了《死的馈赠》《法的力量》《友谊政治学》等，但从他犹疑的口吻中我们可以读出，他并没有准备好归顺“好的”和“善的”出发点。也许，习惯于批判和解构的思路使德里达很难在建构性的“善”的话题上做精彩发挥。我2017年在《文学评论》发表的《叙事的建构作用与解构作用》中对此提出了质疑。但是我对理论的伦理维度的意识要比这个早。发表于2011年第12期《文艺研究》的《爱与谦卑：当下大众文化最缺失的道德价值》提出了如题所示的伦理性诉求，这篇文章不再用我以前对待大众文化只取批判性立场的做法，提出了在我看来是至善的道德诉求。

又是《文艺研究》。从这里可以看得出来，我在《文艺研究》上发表的文章虽然并不算多，但是留下了自己学术探究的明显轨迹，它们对于我的重要性是显而易见的。鉴于我这样一个已经有了几十年职业历史的人与一个杂志的关系有这么重要的意义，这也让我想到，对于那些年轻学者，就像30多年前的我那样，一个杂志的青睐、扶持、宽容，会产生出什么样的力量。学术刊物是培养学术力量的场地，《文艺研究》成立40年来在这方面所做的工作功德无量，我相信非常多的学者都可以给出这方面的例证。这可能是《文艺研究》最出色的成就之一。

二

下面我想以一个与改革开放一起成长的文艺学研究者的身份，结合自己的体会，谈谈对我国的西方文论研究的一些建议。

第一，西方文论的研究一定要重学理性，要把对文艺理论历史及其渊源形而上学史或哲学思想史的了解作为基本功。西方文论有很强的传统承接特点，每一种理论都与最早的希腊、希伯来传统有关，并因而相互关联；每一种发展都增强或丰富了传统。这使得对它的了解既简单又复杂。简单的是只要抓住这个一以贯之的传统，就不会失去方向。复杂的是，构成这种传统的丰富的变异五花八门，各有自身的谱系。对每一种具体理论的了解同时又是对这个传统的认知的深化。这样，抓住每一种理论的学理，从它的问题起点，到论证路径，直到最终的终点及其开放的可能性、与其他理论的关联性，就变得十分关键。20世纪八九十年代我们对西方文论，尤其是当代西方文论的谈论，大部分停留在只言片语的寻章摘句状态。知道，但不真的了解。对他们的话题，如果不从学理上弄清楚，就会把它们纳入我们自己已有的理路去自说自话，既无助于对他们理论（不管是新的还是旧的）的了解，所作的评论也因此而失去了针对性。这种情况，在最近20年来有所改善，但仍然不尽如人意。最主要的原因当然是练就这项基本功需要付出十分巨大的努力。乔纳森·卡勒在《文学理论》简写本里提到过，弄清当代所有理论支脉，对于美国的学者也是十分艰巨的，你可能了解了福柯、德勒兹，但是还没有来得及读拉康，对于朱迪斯·巴特勒的新著也所知寥寥，但这就没有把传统的最新线条连接完整，就不能恰当地为你所讨论的对象找到它的坐标，就减弱了你的言论的权威性。这不是说只有读完所有的理论书籍才能做理论，但同样不意味着我们可以在没有弄清所谈对象的时候对它们说三道四。没有捷径，只有苦功。对我们这一代已经走在职业生涯晚期之际的学者来说，我们至少可以告诉我们的晚辈这么做。

第二，第一手资料最重要，就西方文论而言，它主要是外语资料。的确有许多很好的翻译资料可资利用。但是一方面，已经翻译了的，特别是有好的译本的，都是精选的材料，而大量的资料是来不及翻译的，尤其是当代的资料；即使对于19世纪以前的古典著作，已有的选择标准也会随着时代的变化而变化。另一方面，阅读原文原典是理解它们的根本途径，因此是从学理上把握西方文论所必须要做的。原创性的理论著作会以陌生的方法使用人们熟悉的词语概念，如果用已经熟知的词语对译它，整个理论就失去了创造性，也就无法得其要领。在这种情况下，即使我们读译本上的词（比如说海德格尔的“存在”“是”），也得知道原作者是怎么用它的，借助于原文的知识才能做到这一点。而且，原创理论家常常使用整套的相关用语或概念，它们相互之间是有关联性的，而用另一种语言去翻译，即使能够找到一两个比较贴切的用语，也无法还原这些词语原有的微妙关系。我经常有这样的经验：通过译文读不明白的文本，读原文往往就一目了然。这并不完全是因为所参照的译本翻译水平不够，更因为许多东西是没有一一对应的中文表达的。也就是说，第一手材料比译本更容易理解，只要你能够熟练地阅读它。

第三，介入与超越。如何摆正西方文论与我们自己的文论的关系，这既涉及知识论的判断，也涉及我们的自尊心。我们对西方文论的态度到底是学习它、跟随它、借鉴它，还是超越和取代它？这是现当代中国文论无法摆脱的问题。我的体会是，学习、跟随、借鉴、取代都不是触及这个问题时能够使用的最恰当的词语。当接触那些外语文本的时候，我们的语境是中文，我们是把它们放在中文的知识型里加以解读和把握的，这与西方人把它们放在西语语境中理解和消化有根本的区别。支配这种解读的是中文的写作。在中文的课堂里，授课或者学生间的讨论、理解和消化的方式都是中文的言说，这种言说需要措辞，对上下文进行组合和调配，与写作的程序是一样的；在中文的刊物中，对西方文论的言说也一样，因为它是以中文读者为对象的。不存在纯粹意义上的跟风或复述，我们在我们的中文知识型框架中谈论黑格尔、福柯，回应这两个名称在中文语境下的一系列问题，同时构造和丰富了它们的含义。对西方文论大量的、深入的谈论不会导致西化，恰恰相反，会带来对西方文论的掌控和把握。所以把这个过程描写为学习、跟随或者借鉴是不合适的，这已经是介入：把话题汉语化，并且以汉语写作介入对这个话题的扩展。中国文论与西方文论的关系，就是各自对所认为的共同理论话题的中文写作与西语写作的关系，其中，中国文论对西方文论的介入远远多于西方文论对中国文论的介入。这种介入所产生的是一种新的文化形态，因此我们根本不需要担心对西方文论过多的谈论会导致全盘西化，需要警惕的倒是形而上学的二元对立和主客二分论干扰中国文论的建设。二元对立论是这样一种思路：把考察对象加以两两分类，这种思路预设了双方的角逐，从二者哪一方会占上风的角度看问题，考察一方对另一方的影响、入侵或拒绝；而主客二分则是把自我放入这种对立，产生话语的主客属性。在西方文论研究中它追逐的问题之一就是对研究“客体”，如西方文论怎么处置，到底是全盘接受还是批判，或者兼而有之。与之相伴随的就是对西化的警惕、恐惧或内疚，害怕被对方收编，以及对战胜或批判对方的渴望。一旦接受了这个虚假的预设，我们自己就会与对方保持距离，完全不可能进行深入有效的写作，就会产生脱离文本理路的无效的攻击（脱离了谈论对象的理路，我们的谈论就失去了针对性）。如果我们知道，形而上学的这种二元对立论对应的完全不是事实，而只是一种虚构、预设，它阻碍我们进行真正的话语争执，也就是在语路上发现转机，另辟蹊径，它会让我们因恐惧被同化而举步不前。那么，我们真正需要做的就是：不在乎给所面对的任何话语贴标签，遵守话语争执的规则，切入它的理路，勇敢地卷入话语的争执，从而在对它的谈论中开辟出新的意义之路。形而上学的预设只能使人患得患失，丧失创造力。中国式的文论之所以迟迟不能出场，很大程度上就是被这种形而上学所害。

我再次重申：阅读和理解就是介入，阅读和理解的质量决定了谈论的有效性，谈论的有效性决定了我们文论的创造性。它本身就已经是批判和超越。我们自己的立场就内在于谈论和写作，或者说，从谈论、写作中滋生形成。理论的话语实践是本土理论产生的场所，其中所涉的大量文本，必然是现代以来成为世界中心的西方理论文本。介入、创造、超越的契机就在这里。

（作者为浙江大学教授）

《文艺研究》与我的学术之路

徐　楠

从导师叶君远教授那里，我第一次知道《文艺研究》的名字。那是差不多20年前了，我刚刚在中国人民大学开始硕士阶段的学习，正痴迷于明代文人的诗和画。“这本刊物的选题适合你，有好的文章，可以投投试试。”老师这样鼓励道。于是，就有了我鼓起勇气向《文艺研究》投出的第一篇稿子，主题是徐渭、张岱文艺观比较。那也是我硕士期间写作的第一篇文章。

我的初次投稿失败了。今天想来，那篇作品真是稚嫩，无非读书报告的水平，最终被退稿，不亦宜乎？但让我感念的是，编审赵伯陶先生没有对它置之不理，而是仍然给予热情肯定。这让我惭愧之余，收获了一份信心，也对《文艺研究》平添敬意。从那以后，走进图书馆期刊阅览室，我总会从架上取下这份刊物翻阅，既读古代文学专题的文章，也读我感兴趣的艺术评论；当然，还少不了在欣赏里面刊载的美术作品后，按图索骥地利用图书馆资源，检索一番作者的名字和经历——我关于中国当代艺术的有限知识，有不少是从这里获得的。读研究生时，我对知识有一种狂热的渴求，总觉得时不我待，但恨不能早日遍读经典，遍赏佳作。回想起来，正是在那段急切求知的岁月里，《文艺研究》为我了解文学艺术研究、创作的前沿，打开了一扇宝贵的窗子。

博士毕业后，我回到中国人民大学文学院工作，重新尝试向《文艺研究》投稿。《试论沈周、唐寅的〈落花〉组诗》是我第一篇被《文艺研究》刊载的文章（2007年第8期）。拿到刊物那天，忍不住把属于自己的那几页细读多遍。得到认可，怎能让人不开心呢？不过兴奋之余，我也颇有些紧张，总觉得就算自己用尽全力，文章仍然不够完善；既期待早日听到读者评价，也为可能存在的疏失担忧。尤其是，当我同样细读过同一期发表的蒋寅先生的《冯班与清代乐府观念的转向》、李圣华先生的《黄仲则与清中叶考据学风》之后，更是顿生惭愧，先前的一点点小得意也便彻底烟消云散、无影无踪了。和师长们相比，自己的水平实在是太有限了。从那个时候起，我一直督促自己：尽力写好每一篇文章，尤其是投给《文艺研究》的论文，更应该精益求精。我是幸运的，从研究明中叶苏州文苑，再到渐渐转向钻研中国古代文论基本命题、诠释方法，这个过程中，几篇习作先后得到《文艺研究》的采用。而我也清楚的知道，这是刊物对后生、晚辈的信任与奖掖，绝不意味着一切都已尽善尽美。学海无边，所见越多，越觉得自己资质平平，哪怕殚精竭虑，也总和那份期待的理想存在距离。想到这些，也就只有自我宽慰，寄望于下一篇文章。而有《文艺研究》做标杆，写作时的自我要求确乎就严格许多。

投稿前后的很多事情，都是让我不能忘记的。赵伯陶先生是我敬重的前辈学者。总忘不了好多年前的一个夏天，我把校过的清样送到编辑部。一见面，他就兴致勃勃地讲起李攀龙《登邢台》的用典："'春树万家漳水上，白云千载太行来'，出句用杜诗典，含怀友意，对句用狄仁杰典，含思亲意。注不出来这里的典故，又怎么能正确理解诗意呢？"同类的问题，赵先生不止一回和我说过。我知道，他在文献校勘、注释问题上，是一丝不苟、从不放松的。而我恰好有粗枝大叶、不求甚解的毛病。于是每次和他见面，怕他提问，也盼他提问。怕的是，一旦被问住，难免汗出如浆、情状狼狈；盼的是，每次提问一来，会带出新的知识，引发新的思考。我深知，在文学院的讲台上，兴会神到、口若悬河，或许是能产生"感染力"的；然而越在此时，越有可能在知识上浮皮潦草，甚至出现硬伤，这对学生、对学术都是不负责任的，安能不时时自警？对我来说，赵先生的严谨、较真，就是治疗这粗疏之病的良方。我也要说到同样严谨、较真的陈斐兄，每次稿件修订，他都直率地、细致地谈出自己的看法，其中精解胜识，令我获益颇多。我常想，有此良友，确是人生幸事啊。

在我和友人、学生的研讨、交流中，《文艺研究》同样是绕不开的刊物。阅读其中佳作，大家每每各得其趣。远的不谈，且说最近发生的二三事吧。在一次有关《七缀集》的读书会上，我和学生专门讨论《汉译第一首英语诗〈人生颂〉及有关二三事》。之所以留意于此，正是由于刚刚拜读孙柏兄发表于《文艺研究》2019年第4期的《十九世纪的西方演剧和晚清国人的接受视野——以李石曾编撰之〈世界〉画刊第二期〈演剧〉为例》。孙兄细致地分析西方剧场表演的多样价值尺度，指出钱先生该文批评趣味的偏狭。不读此文，钱先生对晚清旅欧诸公艺术品位的嘲讽，或许就只能令我认同，不会被我检省。在我的教学、研究中，古代文论概念辨析一直是重要内容。对著名的"风骨"概念，我本无甚妙解。而经陈斐兄提醒，拜读潘华先生发表于《文艺研究》2016年第8期的《论〈文心雕龙〉"风骨"之内涵》后，我颇受启发，也将这篇文章发给学生们。围绕其中观点，大家各抒己见，对"风骨"释义问题，对刘勰文论的理路与思维模式，都产生了新的认识。周围喜爱绘画的朋友颇有不少。今年某日，一位老友和我谈及四川美术学院画家陈安健。我本对陈先生作品不甚了了，自是一时张口结舌。而回头翻检资料，遂得以学习支宇、彭彤先生在《文艺研究》2015年第3期发表的专题文章与画评。从这里，我有幸初步了解了陈先生的绘画艺术，也第一次欣赏到他的油画"茶馆系列"——一组乡情浓郁、时见妙趣的写实杰构。

岁月飘忽，流年似水，转眼间便年逾不惑。涉世渐深，俗务鞅掌，疲乏倦怠的感觉似乎是常有的，于是会暗问自己：求学时那份少年心该不会无处追寻了吧？细想来，应该不会的。在委顿的时候，翻开自己喜欢的刊物，发现身边仍有真正的读书人，仍有厚重的、激励我前行的佳作，心里就踏实了许多。为了这，我深深地感谢《文艺研究》，感谢《文艺研究》鼓励我、批评我的师友们。

（作者为中国人民大学副教授）

我与《文艺研究》

薛富兴

一

我第一次见到《文艺研究》，算是一面之缘，那是在20世纪80年代中期。有一次，我去拜访我的美学启蒙导师——山西师范大学（其时为山西师范学院）中文系主任林清奇老师，见他家书桌上放着一本名为“文艺研究”的期刊，很好奇，顺手翻了翻。林老师告诉我：这是本很了不起的刊物，每一期上面都有好文章，许多美学大家都在这上面发文章。自此，《文艺研究》便种在我心里，知道它是一本很“牛”的刊物。但是，由于自己当时水平有限，即便此后去系资料室不止一次翻阅过它，却也只是看热闹而已，文章到底说了什么，其实不甚了然。那时，我内心对这份刊物所拥有的只是一种很抽象的崇敬感。

真正走近《文艺研究》，是在我读硕士和读博士期间。这个时期，当我真正进入专业学习之后，《文艺研究》成了我了解美学和文艺学国内外最新学术动态的一个权威门径。于是，在此期间，我养成这样一种习惯：每次进资料室，第一个动作便是去看看架上最新一期的《文艺研究》到了没有。现在回想起来才清楚地意识到：正是这本刊物与我的导师们一起，对我进行了从事本领域研究的观念与方法上的启蒙。从这本刊物上，我不仅随时了解到最新的学术观念，也可以用心揣测那些“牛人们”到底如何思考、如何写作。这可以算作我与《文艺研究》结缘的第二个阶段——读者之缘。

从20世纪90年代末期开始，是我与《文艺研究》结缘的第三个阶段——作者之缘。其时我刚读完博士。由于我长期以来内心已立下如此信念：《文艺研究》是本领域最优秀、最权威的刊物，那么当我的博士学位论文——对自己而言当然是最重要、写得最好的文章——已写完后，它到底写得怎么样，为什么不拿去《文艺研究》这样高大上的平台检验一下呢？因此，1997年下半年，我将自己博士学位论文的核心内容浓缩为一篇文章，惴惴不安地投给了《文艺研究》。没想到年底便拿到了清样，这便是我发表于《文艺研究》1998年第1期的《意境：中国古典艺术的审美理想》。对我个人而言，怎么高估这篇文章的意义也不过分。它是我自经过正规的学术训练以来所发表的最重要的学术成果，在此文中，我对“意境”这一中国古典美学之核心范畴，提出了一种独到的新阐释，将它定位为一个关于中国古典艺术审美理想的范畴并加以论述。更为重要的是，当时刚博士毕业，自己的学术研究能力究竟如何，到底有没有能力在这个行当讨生活，心里实在没底，因此急需得到一种权威性的客观评价与认可。就在这时，《文艺研究》可谓及时雨，给了我最需要的心理支持，使我有信心在这条道上走下去，直到今天。

至此，对于学术写作，我内心就有了一个可触摸的朴素标准：它可以拿到《文艺研究》上发表吗?

有了上一篇的经验，我的学术写作便一发不可收拾，并且培养起这样一个习惯：每当写出一篇自己满意的文章时，首先想到的便是拿给《文艺研究》试试，因为它是我最看重的学术平台。正因为如此，我与《文艺研究》便结下了较为持续的文字因缘——作者之缘。《文艺研究》1999年第2期发表了我的《自治与他治：中国现代美学的现实道路》，此文为理解20世纪中国美学的历史运动提出了一个独特的阐释框架——以审美自治意识为核心，理解20世纪中国美学的摇摆性变迁。《文艺研究》2001年第3期发表了我的《文化转型与当代审美》，在此文中，我对20世纪80年代以来国内盛行的无条件夸大人类审美活动人文价值的所谓“审美救世神话”提出反思，并据此而提出了“文化共和”的理念。《文艺研究》2003年第3期刊发了我的《生活美学——一种立足于大众文化立场的现实主义思考》，这篇文章提供了走出书本、走进当代社会大众审美活动各领域实际，从而在对当代中国审美现实情形的反思中提炼出新的美学理论成果的思想。

2007年，我为刘东先生的再版名作《西方的丑学——感性的多元取向》写了一篇评论，发表于《文艺研究》当年第10期，是为《美与丑的辩证运动——评刘东〈西方的丑学——感性的多元取向〉（再版）》。这部著作在20世纪80年代面世，好评如潮，我在攻读硕士期间即已拜读，获益匪浅。然而当时仅崇拜而已，并无能力展开深思。感谢责任编辑宋蒙女士的信任，为我提供了一次重读此著、用心思考的机会。正是通过本文，我又一次认真地思考了美与丑的关系、丑之内涵及丑学何以可能等基础问题，得出了明确的看法，着实获益匪浅。若无此番写作，对上述问题，我也许会一直懵懵然。此可理解为《文艺研究》与学者双向互动的一个案例。

2007年至2008年，我出国访学一年，开始接触到美学的一个新兴分支学科——环境美学。当我于此领域略有所获时，首先还是自然想到先拿给《文艺研究》看看，这便是揭载于2009年第7期的《艾伦·卡尔松的科学认知主义理论》，该文很可能是国内对此理论的第一次较为集中的介绍，深入分析了该理论的学术优长与薄弱之处。揭载于《文艺研究》2010年第4期的《自然审美的两种客观性原则》则是我对卡尔松科学认知主义理论的拓展性研究，我将环境伦理学关于自然的"内在价值"观念引入这一理论，超越了其"客观性原则"原本的纯认识论意义，将这一理论改造为能融合科学之真与伦理之善两端的、更完善的环境美学模型。

现在回想起来，一方面，我在《文艺研究》上集中发表文章的时期正是自己学术成长最活跃的关键时期；另一方面，上述我在《文艺研究》上发表的数篇文章，也是这一时期我个人所写的学术质量最高的文章，足以代表我在这一时期最重要的学术收获。这便是一个学人与一本学术期刊的故事。《文艺研究》激励、陪伴我的学术成长，在我的学术道路上，不能没有《文艺研究》，这便是它对我本人不可替代的意义。

二

虽然我在《文艺研究》上发表了不算少的文章，可是我愿意在此提及一点：我与在自己心目中有崇高地位的《文艺研究》是典型的君子之交。这二十多来年，我与《文艺研究》编辑部同人有的只是一种纯文字往来。除与陈剑澜先生在美学会议上见面较多外，方宁先生偶有一遇，其余诸位，从廉静女士、宋蒙女士到张颖女士，均极少见面。对于曾主持这本我内心一直崇敬的刊物的领导柏柳先生、马肇元先生等，我甚至至今吝一面之缘。上面提到的我在《文艺研究》上的发表史当然并不完善，并非我拿给《文艺研究》的文章均得以发表，也有一些退稿。但是，我从自己的《文艺研究》投稿史中确实获得一个朴素的标准：什么是较好的文章，什么样的文章还欠火候。正因这种持久、纯粹的文字因缘，我对这本刊物，以及这本刊物背后的编辑部同人，始终保持一份真诚的钦敬。

到底怎样才是一本好刊物？根据我自己这三十多年来的经验，首先是十多年对《文艺研究》的阅读史，接下来是二十多年的发表史，大概有如下观感，愿在此说出，与同人交流。

首先，它应当是一位好导师。它所发表的文章无论其主旨还是研究方法，对本领域的读者，特别是本领域那些想入门与初入门者，具有示范性的意义。这些文章由于其学术写作的规范性与学术探讨的引领性，均成为学术思考与学术表达两方面的优秀个案。

其次，它应当是一个好平台。由于它所追求的学术高品质，足以吸引本领域最优秀作者们愿意将自己最满意的作品首先奉献于它，由于它能始终坚守其客观性与权威性，因而成为一个称量本领域学术成果成色高低的标准器，作者们不会因其目光之严苛而远离它，反倒因之而对它更为崇敬、忠诚，因而能在本领域长期地拥有一个高素质的作者群体。

再次，它应当是一个好的学科引领者。由于它长期坚守在某一学科领域，坚持高质量与创新性，因而成为该领域优秀学术成果发布的理想平台，与该学科长厮守、共命运，深度地嵌入这一学科，有力地推动这一学科。数十年下来，当这一学科欲回顾本学科的学术发展史时，若离开这一本刊物，其自家面目与来历便模糊不清；相反，唯这一刊物可成为该学科命运与荣耀的权威见证人。这，也许是一本好学术刊物体现其存在价值的最佳方式。

最后，每一本优秀的学术期刊，其背后必有一个“君子团队”，这是一个由一群素心之人组成的编辑团队：他们三观相同，钟爱学术，崇尚思想，内心纯粹，长期、跨代地守护一片领地，与学者们同在，与学科同在。

这便是我心目中可敬可爱的《文艺研究》。值此之际，略以这些文字表达一位作者对这本刊物，对这个编辑团队所有同人的真挚情谊。祝我们大家共同的《文艺研究》永葆青春，祝《文艺研究》编辑部同人幸福安康！

（作者为南开大学教授）

关于艺术史研究的实践与思考

薛龙春

我的主要研究方向是16至18世纪的文人艺术，2014年以来，曾在《文艺研究》杂志发表过两篇论文，一篇是《从“点画”到“线条”：晚明书法的小大之变》，一篇是《明中后期吴门文人篆刻考论》。这两篇论文多少反映了我对艺术史研究路径的思考。

在书法史研究领域，清代碑学提倡取法唐以前无名氏的金石文字，由于唐以前的金石铭文很少署款，所以我们统称之为“非名家书法”，而千余年来，学习王羲之、王献之父子一脉的“名家书法”，一直是书学的不二门径。碑学的兴起，被认为是中国书法史上最重要的一次革新。

我所研究的晚明书法，虽仍然尊崇“二王”，但是在新的视觉环境中，书家们已经开始对传统的书写技法进行调整，以餍足新的观看方式。这个环境，我称之为“小大之变”。在16世纪中叶的吴门，书家们已经有了一些书写条幅的尝试，曾经是案头把玩的卷、册，转换为居室中悬挂欣赏的纵式立轴（也称为条幅、单条、纸条），而到了明万历以后，三四米的巨幅更是比比皆是，单字也随之“拓而大之”。我的考察分为两个方面：一是高堂大轴的出现与书画消费、建筑空间的关系；二是由小而大，观看方式带来的书写姿势、工具材料、书写技法的变化。整体感、气势与力度、层次、偶然性与陌生感，成为新环境下书家必须回应的新要求。我的结论是，“小大之变”虽体现为传统帖学内在的变革冲动，但立轴大字对卷册小字的转换，却使得有明确规定性的“点画”——如形状、粗细、向背、榫接等，为不受束缚的“线条”所替代。清代碑学对帖学的反动，只不过进一步加强了书法对传统帖学的背离。这是第一篇文章的主要内容。

第二篇文章，我借助于大量稿本信札文献，廓清了一个篆刻史上的认识。清初周亮工在《印人传》中记载了文彭任职南都时，汪道昆以灯光冻石请他刻印，从此文人摆脱了“印工”——刻印的匠人，开始自篆自刻，从而掀开了文人篆刻的序幕。虽然已经有学者指出，文彭官南京国子监博士时，与汪道昆并无交集，但到底此时的文人是与工匠合作，还是自篆自刻，迄无结论。从收藏于各处的文彭、王穀祥、王守、王宠、周天球、张凤翼等人的信札中，我们既发现有文人篆写印稿，交由印工刻制的情形，也有文人自篆自刻的。根据对信札纪年的考证，后者出现的时间最早可以确定在嘉靖初期。比较普遍的情形是，石章多由文人自己完成，而玉、牙、铜等较为坚硬的材料，则常常由印工根据文人篆写的印稿进行刻制。

一方面，石印在当时并非贵重的材料，而文人之间互相赠送的礼物中，牙印与玉印材料更为常见，因此石印的出现，并非替代性的，不同材质的印材曾经在明末清初共存了很长一段时间；另一方面，在石印出现之后，文人开始摆脱对印工的依赖，同时，印工也开始大量学习古文字，练习书法，甚至作诗，他们也开始自篆自刻，并且也有一定的市场。一个显见的现象是，在万历以后，大量印人并非文彭这样的文人，而是像何震那样，是有一定文化修养的印工。因此，在讨论晚明以后出现的“印人”概念时，我们看到的不单是会刻印的文人，而是文人、印工的相互借镜。也就是说，从“印工”到“印人”，文人对于印工也不是替代性的。

这两篇文章运用了大量文集资料、信札文献与传世书画篆刻作品，其中有不少是新发掘的资料。我一直主张对于所研究的课题要系统搜集资料，努力做到竭泽而渔。但有些资料的获得，常常是可遇而不可求的。如第二篇文章中所使用的信札，既有见于晚清民国石印图书的、博物馆未公布的，也有民间机构与私人收藏的、出现于近年的拍卖会的。如果获得其中一封，就急忙写成文章，自会有不够周密的地方。我的方式是，不断搜集，不断思考，当材料与思考相当充分的时候，才会构思成文。今后即使有更多的新资料出现，只会支持我的观点，而不是相反。同时，对于这些材料，要耐心细读。如文彭《致上池札》中，提到要求印工王少微根据印稿刻制两枚印章。据此可以判断，这些印稿应该写于纸上，可同时反印到牙、石等不同的材料之上。这就可以解释明代吴门文人使用的印章，为什么常常同一内容的会有若干枚，且每枚之间只有细微的差异。了解了这一点，在书画鉴定中依据印章来判定真伪，需要更为谨慎。对于图像资料，我们也需要细读。图像一方面可以作为文献使用（如信札、日记、书画的款识、题跋、收藏印鉴等），另一方面更应当作为形式语言来对待，不过只有艺术的内行才会具有这样的眼光。

我常常想，艺术史研究大量借鉴文献学、历史学、考古学、社会学等相关学科的成果与研究手段，但艺术史能给其他学科贡献什么？我曾经与白谦慎先生有一个题为“艺术史有没有自己的方法”的对话，发表在《读书》杂志 2016 年第 4 期，其中我们也谈到一双经过训练、对于形式有相当敏感的眼睛，可能是这个学科最有价值的部分。

艺术史是一门年轻的学科，努力与其他学科进行对话极为重要。这要求我们不仅要关注其他学科的研究成果，对于他们在研究中所表达的关切也要有所了解，只有在这样的基础上，对话才有可能。如在《明中后期吴门文人篆刻考论》一文中，我不仅关心文人从什么时候开始自篆自刻，也关心文人与印工两个不同阶层，在这一文化活动中如何合作、如何分工，谁更具主导性，他们又如何相互借鉴，共享着“印人”这一新的社会身份。在讨论晚明书法的转向时，我也特别注意到对社会环境、物品文化、观看方式及具体书写情境的重构，而这些都是晚明社会史关心的内容。在我另外的一些研究中，我也关心在明代文化消费的方式，在何种情况下，订制者以银钱结算，在何种情况下，则是以礼物为交换；当市场上还不能轻易购买到名家书画时，人脉在其中如何运作；书画家又有怎样的应酬方式。而在王铎入清之后的研究中，我关心清初贰臣集团的自我辩解与相互回护，以及他们如何通过文化活动重新规划自我的历史形象，其后代又如何在这样的活动中获取新的身份资源。在新近的一项有关黄易的研究中，我则着力于黄易的社会资本如何集聚，他如何在金石收藏中动员各地地方官为之操办拓片，乾嘉时期的书札与题跋又如何形成一种纸上的学术聚会，它在何种程度上推进了乾嘉学术的研究风气与研究特色。

在最近的一个演讲中，葛兆光先生曾经谈到，今天不仅是一个“以图证史”的时代，“图像”本身就是“历史”。虽说历史研究关心的“图像”与艺术史并不完全重叠，但是它们之间仍然可以构成富有张力的对话。

（作者为浙江大学教授）

崇尚学理探寻　引领学术前沿

——我与《文艺研究》的不解之缘

延保全

我一直是《文艺研究》的忠实读者，自1985年参加工作以来，一直持续关注《文艺研究》刊发的研究成果。一方面，我做古典戏曲研究，必然要关注这本文艺研究领域中的最具权威性和影响力的理论刊物，从中可以了解到最新的研究动态，拓宽我的研究视野；另一方面，《文艺研究》没有晦涩难懂的学术语言，也没有故作高深的理论堆砌，以其严谨的态度、朴实的文风和前沿的观点深深吸引着我。自1979年创刊以来，《文艺研究》以推动中国文艺理论建设和文艺创作的繁荣为宗旨，以其高水准、新视野和权威性一直受到广大学者的喜爱。

我与《文艺研究》正式结缘，始于2005年《戏养神：金代北方民间的戏曲观——山西稷山金代段氏"戏养神"砖铭论》一文的发表。早在1973—1979年，山西省考古研究所在山西省稷山县马村勘察了14座宋金仿木构砖雕墓，并对其中的9座加以发掘，有6座墓发现戏曲砖雕，这在戏曲研究界引起了不小的轰动。人们在惊叹之余不禁提出疑问：出土数量如此集中又如此丰富的戏曲砖雕，仅仅是受当地葬俗的影响，还是段氏族人的率性之举，抑或是还有更深层次的原因？多年来，学界一直众说纷纭，莫衷一是。人们更多地从宋金戏曲的繁荣及段氏家族对于戏曲的爱好来加以解释，从而得出一般意义上的结论。2004年8月，在稷山县城西涧东村的乡土名医段登科家，发现了两块金代末期方砖，其中一块上刻铭文"孝养家、食养生、戏养神"。凭着我近二十年田野考察的经验，殊觉珍贵，遂撰成小文，认为"戏养神"是戏曲形成时期的金代流行于北方民间的一种普遍的观念形态，进而从更深层次解释了稷山马村段氏金墓群集中出现戏曲砖雕的内在动因。记得当时我是怀着惴惴的心情将文章投到《文艺研究》编辑部的。没有想到的是，我很快收到了编辑部的用稿通知。说实话，文章得以刊发，我既惊喜又感叹。惊喜于自己的小文章能得到编辑部的青睐，感叹于《文艺研究》敏锐的学术洞察力。朴素的方砖，简单的文字，蕴含其中的重要学术信息被编辑捕捉到了。显然，

《文艺研究》察觉到了“戏养神”这一戏曲观念所昭示的戏剧学意义，也就是戏曲形成之后在北方民间所具有的天然亲和力和内趋力，同时也意识到戏曲文物研究对古典戏曲研究乃至传统文化研究的特别意义。感动于刊物的精益求精，每一次的责编都提出细致的有时候甚至是严苛的修改意见，不厌其烦，反复推敲，特别是对于注释中的资料来源，务求其准确无误，令人印象非常深刻。

2009 年，陕西省考古研究院在韩城市盘乐村发掘了一座北宋壁画墓。墓室北壁绘“中医中药图”，东壁绘“佛祖涅槃图”，西壁绘“杂剧图”。中国传媒大学的姚小鸥教授在第一时间得知这一情况后，认为非同寻常，遂和《文艺研究》沟通，商定由他领衔，再寻找两位在此方面有研究心得的业内学者，撰写三篇关于该墓葬壁画的研究文章。于是，姚教授找到了我和中山大学的康保成教授。说实话，像《文艺研究》这样级别的刊物，能够为一座看似普通的平民宋墓刊发三篇研究文章，可见其敏锐的学术感知力，而事实也证明了其所具备的宏大的学术格局和独到的学术见地。由于这座宋墓墓室保存完好，墓内壁画色彩艳丽，堪称宋代考古的重大发现。特别是墓室西壁的宋杂剧壁画，人物之众多、场面之宏大，实为之前发现的戏曲文物所罕见，为研究宋杂剧的脚色配置、乐队伴奏、服饰化妆及其演出形态提供了不可多得的图像资料。我们的论文发表后，在学界引起很大反响。

如果说一个学术刊物对自己的定位，仅仅是学术成果的刊发平台，那显然是不够的。《文艺研究》除了具有敏锐的学术洞察力，能够及时刊发具有重要价值的学术文章外，还具有推动学科建设、引领学术前沿的驱动力和影响力。从近年来在《文艺研究》上发表的文章可以看出，《文艺研究》始终着力于引领和推动学术发展，尤其是对于新兴学科建设，总是给予极大的鼓励和关注。每一期的文章选题，都充分体现了对问题意识的坚持，对基于问题意识上学科建设的宏观把握。以戏曲文物学为例，戏曲文物的研究始于 20 世纪三四十年代，但其真正成为一门独立的学科，形成科学的研究范式、专门的研究群体则是 20 世纪八九十年代以后的事情。毋庸讳言，戏曲文物学的发展得到了《文艺研究》的鼎力支持。近年来，在《文艺研究》上发表的与戏曲文物有关的论文、书讯和访谈录等，就有近 20 篇之多。作为文艺理论研究的综合性刊物，能够对新兴的戏曲文物学给予如此近距离的关注，着实难能可贵，令学界钦佩。但是我们也要看到，戏曲文物研究虽然已取得了长足的发展，也存在一些问题，如个案研究多，全面系统研究少；简单描述多，在深入探讨历史及文化原因方面则显露不足。随着学科研究走向深入，对独特个案的简单描述和分析，显然已无法体现整个学科的面貌，如何突破个案研究，摆脱“从个案到个案”的研究模式，处理好特殊性和普遍性、微观和宏观之间的关系问题，成为戏曲文物研究者必须面临的现实思考。我想，这应该也是《文艺研究》所关切的问题。

总之，作为一位学者，一位普通的作者，很荣幸能够在《文艺研究》创刊40周年之际，回顾自己与《文艺研究》的学术缘分，也能够有机会表达自己对它在学术上给予的鼓励和引领的感激之情。同时也衷心祝愿《文艺研究》能够继续保持敏锐的学术洞察力和真挚的学术情怀，站在学术的高度支持新兴学科的建设，以热情的姿态引领青年学者的成长和发展，更进一步推动中国文艺理论的建设和文学理论的繁荣。

（作者为山西师范大学教授）

《文艺研究》和我的学术道路

颜纯钧

我和《文艺研究》的结缘始于20世纪80年代，那已经是30多年前的事了。现在想来既恍若昨日，又恍如隔世。

那时候，我是福建师范大学中文系一名年轻的讲师，刚刚步入大学的门槛没几年。除了备课、上课，平日里就是埋头苦读。写论文发表学术成果，虽然是早已树立的一个志向，但似乎还是非常遥远的事情。像《文艺研究》这样属于艺术门类中的顶尖刊物，当时是只有仰望的份儿，看上去就像天外来物。因为我所在的是一所师范类的高校，传统上是为培养中学教师服务的。整个氛围远不像今天，不仅学校和系里对学术研究重视不够，就是老师个人也大都显得轻慢。古典文学在中文系一直占据着核心地位，教古典文学的老师崇尚"述而不作"的治学传统，一心扑在教学上，没有什么人把学术研究真当作一回事。国家社科基金和省社科基金开始申报，系领导也只是在会上宣读一下文件，略作动员和号召，之后也就没了下文。最后谁申报了、谁获批了，根本没有人认真放在心上。联想到最近几年，每逢申报课题，学校和学院如临大敌，层层发动，频频加压，请专家辅导，动员教师上阵，然后初评复评，一关关淘汰，到最后个个都像脱了一层皮。当时，幸好我遇到了我的指导老师孙绍振，说起来他当时也只有三四十岁，毕业于北京大学中文系，刚刚评上副教授。但作为国内著名的文艺评论家，孙老师在当时就和系里的其他老师有很大不同，喜欢读书做学问、写论文发表。记得制订助教进修计划时，他开了一个长长的书单，里面全是古今中外哲学、美学和文艺理论的经典著作。孙老师告诫我要好好去读，说这里面才有大学问。从此，我开始对理论产生了兴趣，那些晦涩难啃，折磨神经，用概念来思维，以逻辑来演进的大部头著作，既时时困扰着我，又强迫我去做思想的体操。对我而言，文学理论中的概念、问题、论争和评议，似乎都包含着极大的诱惑，每每搞得欲罢而不能，又时时产生与之较劲的冲动。当时，思想解放运动正热火朝天，理论的反思、质疑和创新，成了一时的潮流。有关"两结合"的创作方法就是当时的一个理论热点。在阅读文献的过程中，思考也在逐步深入。我疑惑的是：革命现实主义和革命浪漫主义，结合起来就成了社会主义现实主义，这好像也太简单了吧？几番的苦思冥想，我似乎在辨析中找到了一个症结：其实主义就是主张，现实主义，就是关于文学反映现实的一个理论主张，但现实主义之类的概念，是可以用在精神、观念、方法和技巧的不同层面的。这就很容易造成层次的交叉、思想的混杂，在争辩时针锋相对，公说婆说，其实却是在用不同的腔调说话。就此，我几经修改，写就了论文《“两结合”与社会主义现实主义的规定性》。当时感觉确实有一点个人的独特见解，而且似乎没有人从这个角度去讨论，脑袋瓜一发热，就斗胆投给了《文艺研究》。之后几个月时间，或因那时通信不畅，既没有收到退稿信，也没有谁跟我联系提修改意见。突然有一天，一位年轻同事告诉我，《文艺研究》发了我的文章，之后又补了一句：“数了一下好像也就 3000 多字。”我顾不得他那酸酸的口气，朝图书馆拔腿狂奔，终于在 1984 年第 2 期的《文艺研究》上，白纸黑字地看到了这篇“短文”。文章确实被删掉了不少，但却保留了自己觉得见解较独到的那些部分（看来杂志也确实认为我被保留下来的文字“见解独到”）。一个年轻讲师的尝试性写作，居然被《文艺研究》这样顶级的学术刊物选中，那时心中的狂喜真是无以言表。

《文艺研究》的编辑们每天处理来自全国各地的稿件，这是他们工作的常态，所思所想的是如何选出优秀的文章，如何提升办刊的质量，如何促进文学艺术研究的不断发展。他们或无暇去考虑，自己的工作对一个刚刚步入学术殿堂的年轻讲师会产生什么影响。这篇文章在《文艺研究》的发表，对我的最大影响是增强了自己的学术自信，这是无形的鞭策和鼓励。由此，我也开始明白，皓首穷经的学术道路虽然不好走，但看起来我多少还有一点这方面的资质。自己还年轻，时间对我有利，只要刻苦研读，潜心写作，还是会有更多的机遇在等着我的。

改革开放初期，社会上的种种诱惑在高校的周边探头探脑，一些年纪相仿的老师投进了商海随波浮沉。我还是坚定地选择留下，继续在学术研究的道路上艰难前行。一直到 20 世纪 80 年代后期，我陆续在《文学评论》《文艺报》《当代文艺探索》《当代作家评论》等刊物发表了一批评论文章，也产生了一点小小的影响。没想到 1988 年，系里一个教电影课的老师出国去了，系领导要我把这门课接过去。对我来讲，电影既是我从小的最爱，又是当时中文系独一无二的选修课，这种诱惑很难被拒绝。在高兴地答应下来后，我心里想的是如何更快地进入这个全新的知识领域。当时确实是花了一点时间，拼命找电影类的书籍来读。从电影的历史到电影的构成，从电影的概念到电影的论争，我几乎搜遍了学校图书馆能找到的所有电影书籍（尽管当时是那么少得可怜）。由于之前在文学研究上，大量的阅读让我多少具备了一点理论功底，尤其是一直保持着对美学的兴趣，所以一开始就想先从最抽象概括的理论层次，把电影的特征与规律哪怕稍稍搞清楚一点，自己才有信心进入这个原本陌生的艺术领域。在接触到蒙太奇理论和长镜头理论之后，我发现它们虽然名声很大，却似乎都属于局部性的理论，甚至还是互补性的理论。一个专注于镜头的中断，一个专注于镜头的连续。而两个理论的先后推出，又清晰地显示出一种历史的逻辑。它们代表着电影艺术两种基本的表现手段、两种基本的创作倾向，甚至两种基本的思维方式。就这样，一对关联词汇——中断与连续——一下子跳进我的脑海。我猛然意识到，这里面似乎隐藏着电影最普遍的规律和最基本的特征！意识到这个问题，让我不免有欣喜若狂的感觉。我开始围绕着这个主题搜集资料、深入思考、搭建合适的构架，全身心投入写作，并最终成文。这时候，我毫不犹豫地又把它投给了《文艺研究》，1993 年的第 5 期上，我的《中断和连续——论电影美学中的一对范畴》全文刊出了。这一次，编辑几乎没有做什么删改，整篇文章保留了我投寄时的原貌。这是我在全国性的艺术类刊物上发表的第一篇研究电影的文章，更是有关电影美学的第一篇文章（之前仅有的几篇，都限于福建本地的刊物，而且以评论为主）。也正是从这篇文章开始，我有关电影的批评文字和理论探讨，陆续见诸《电影艺术》《当代电影》《世界电影》等全国性的电影学术期刊，也参与了全国性的一些争论和讨论，我终于完成了学术事业的一次成功转型。

回过头去看，在《文艺研究》上发表的这篇电影美学的文章，在我的学术生涯中又成了一个里程碑事件。这标志着我从一个文学研究者向电影这个崭新领域的跨越。从那以后，我渐渐地远离了文学，越发地亲近了电影。除了关注电影的理论和批评之外，有关“中断与连续”这一组关系，零碎的思考和零星的积累也始终没有停止过。十几年的时间过去了，到 2010 年，我以原先在《文艺研究》上发表的那篇论文为题，申报了教育部的研究课题。课题的获批也让我下决心中止可能是没有尽头的那些准备工作；我知道年岁渐长，也没有太多时间让自己继续拖延下去了。2013 年，课题的最终成果在中国电影出版社出版，全书的标题仍然是“中断与连续——电影美学的一对基本范畴”。这本书可以说是个人电影美学研究的一个尝试性总结，它始于十几年前发表在《文艺研究》上的那篇文章。我刻意保留了和那篇文章大体一致的标题，一方面想强调“中断与连续”这个属于自己的看法，另一方面当然也有对《文艺研究》的致敬之意。在我学术成长的道路上，《文艺研究》再一次扮演了举足轻重的角色。

时至今日，我已经完全“告别”了文学。从电影出发，我的研究领域又扩展到电视、新媒介和媒介文化研究——当然，电影仍是我最主要和最沉潜其中的一门学问。十几年过去了，印象中我还曾给《文艺研究》投过几篇文章，可能是选题的问题或水平的原因，最终都没能刊出。我知道，《文艺研究》在全国艺术研究领域的崇高地位和学术分量，知道它有很高的选稿标准。这么多年的学术历练，自己也变得成熟多了，虽然一再受挫，但也一直不曾气馁。

2017年，以我为带头人申报的国家社科基金艺术学重点项目“新形态、新问题、新趋势——21世纪中国电影的失序与重构”（批准号：17AC002）获准立项。这两年里，我的注意力几乎全部转向了21世纪中国电影的实践研究。事实上，经过近20年的努力，电影的产业化得到明确定位，制度的创新、政策的宽松、资本的涌入、市场的活跃，所有这一切都在刺激电影朝着产业振兴的方向飞速发展。各种适应新形势的电影新形态，伴随着实践的探索不断涌现。如“话题”电影、“弹幕”电影、“粉丝”电影、“跨界”电影、“IP”电影、“综艺”电影、“二次元”电影、“数据库”电影、“新感性”电影……果真如雨后春笋一般。在法国思想家埃德加·莫兰看来，“涌现”是组织系统研究中一个重要的概念。在这里，涌现不只是大量出现或突然出现的意思。它具有两个突出的特点：其一，这是一种从低层次到高层次的过渡，是在微观主体进化的基础上，宏观系统在性能和机构上的突变，在这一过程中从旧质中可以产生新质；其二，这是组成成分按照系统结构方式相互作用、相互补充、相互制约而激发出来的，是一种组分之间的相干效应，即结构效应。电影新形态的大量涌现，不能从各自的新形态中得到解释，它是中国电影正在发生质变的一个显明征兆。这个从组织理论中获得的学理性认识，让我把这些新形态的出现看得更深刻了，看成中国电影质的演变中一个整体的特征。我开始逐一地展开个案研究，相关的成果以“反思的样本”为总题，构成一个系列，分别在《电影艺术》《现代传播》等学术刊物上发表。这其中，《IP电影：“各态历经”的建构——第五个反思的样本》一文，我又投给了《文艺研究》，并且在2018年第9期上刊出。在这篇文章中，我提出的观点是：IP在这里并不是“知识产权”的意思，IP电影是基于一个原文本的文本集合；在这个文本集合中，每一个都和其他文本建立起互文关系，并在与观众的互动中演变成一种“遍历”的文本；而“各态历经”的互动过程造就了粉丝们一种新的文化参与模式和艺术体验模式。这是我在讨论IP电影时提出的较为新颖的观点，这可能也是文章能被《文艺研究》的编辑看中并通过终审的原因。我很高兴，自己的看法再一次得到《文艺研究》的肯定。

时至今日，我在《文艺研究》上仅仅发表了三篇文章，说起来多少有点惭愧。和许多学问大家比起来，这实在不怎么值得一提。但这三篇文章都出现在我学术道路的关键时刻，也大致能描述我成长的轨迹。想到自己的成长和《文艺研究》关联在一起，就不由得心存感激。在现今的学术评价体系中，刊物开始被区分为权威、核心和非核心，在高校中甚至有 A 类、B 类、C 类之分。不同级别的刊物代表着不同的学术水平，也关联着个人的绩效统计。评估被量化，甚至与物质利益挂钩，一些作者与某些刊物之间的关系开始变得庸俗起来。我不知道这对于个人学术的发展及质量的提升，是不是有正面的激励作用。在成长的道路上，我更欣赏的是自己和《文艺研究》的这三次结缘。三次稿件都是自由投稿，编辑也不认识，更谈不上有什么交往。但不管是起步阶段的尝试性写作，还是完成国家社科基金的重点课题，《文艺研究》不同时期的三个编辑都是从文章本身去考量其价值的，完全严格按照刊物选稿的学术标准去决定论文的取舍。我赞赏这样的治学精神和工作态度，也反过来告诫自己，要继续成为《文艺研究》的作者，只有在学术研究上更加严格要求自己，更加全身心地投入其中。唯其如此，自己和《文艺研究》的缘分才可望得到不断延续和发展。

（作者为福建师范大学教授）

思考摄影：从历史与社会的角度

——《文艺研究》与我的摄影文化研究

杨小彦

我承认，由于某种原因，我一直游走在绘画与摄影之间，尽管仍然以艺术批评为主，但实际上不得不经常思考摄影，进而影像的问题。这大概要得益于我在中山大学传播与设计学院任教，有机会了解传播学这一学科，其中的一些方法论，再次燃起了我对摄影、影像乃至视觉研究的兴趣。

而其中缘由，竟与《文艺研究》有着莫大的关系。

一般而言，视觉研究属于文化批判的范畴，往前追索，势必和学界所流行的一些哲学和美学体系发生联系，以致这方面的文章时常变成概念的堆砌，甚至互为因果，使有效的讨论陷入无法理解的绝境。也许我早年是学习艺术的，对绘画有感性的体会，一向坚定地认为，讨论视觉作品和讨论艺术史中的诸多杰作一样，存在着一个解读对象的有效方式。艺术风格不仅是特定的上下文的结果，更是艺术家经验和直觉的产物。对这一点的把握，显然成为学习艺术史的困难之所在。要想很好地理解作品，仅仅依靠概念解释很容易南辕北辙，最后远离作品。贡布里希（E. H. Gombrich）在某处说过，什么是好的艺术？这无法论证，我只能告诉你，拉斐尔是好的艺术，你相信了，就有了一个辨别艺术高下的起点。正因为这个原因，所以，我私底下一直把贡布里希的《艺术与错觉：图画再现的心理学研究》看成一本传授绘画“秘诀”的专门著作，因为再也没有一本讨论绘画的专著像这本书那样，严谨而又经验主义地把如何才能逼真地描绘自然物象这一件事说得那样清晰明白，从而很好地引导人们去面对绘画的技术发展与风格传承。

贡布里希在《艺术与错觉：图画再现的心理学研究》中第一个讨论的画家是英国19世纪专事风景创作的康斯特布尔（John Constable）。他写道：“‘绘画是一门科学。’康斯特布尔说：‘应该作为对自然规律的一种探索而从事，既然如此，为什么能把风景画看作自然哲学（natural philosophy）的一个学科，而图画只是它的实验呢？’康斯特布尔所谓的‘自然哲学’，我们现在称之为‘物理学’；说威文荷公园这幅宁静而不装腔作势的绘画应该被列入物理学家实验室里的深奥实验，这种主张乍听起来必然令人迷惑不解。”（贡布里希：《艺术与错觉：图画再现的心理学研究》，林夕、李本正、范景中译，杨成凯校，浙江摄影出版社 1987 年版，第 37 页）我曾严肃地向我的学生提问：为什么贡布里希在这里第一个提到的画家是康斯特布尔而不是其他人？贡布里希说，康斯特布尔强调指出，画家必须具备一双或可称之为类似“物理学般的眼睛”；用康斯特布尔自己的话说，要把绘画看作对“自然规律的一种探索”，然后才能看到真实的自然。在这里，贡布里希指出，所谓“自然规律”，指的就是其时正急剧改变人类对于世界根本看法的现代物理学，从而引出了“物理学般的眼睛”这样一个问题。在我所熟悉的中国艺术研究的领域中，大部分学者都热衷于讨论现代主义艺术的起源，很少面对贡布里希所提的这个具体问题（视绘画为科学的一种）。大概他们以为这根本就不是一个问题，至少无法和一系列相关的美学或哲学概念联结为整体，所以不值得面对；或者以为，讨论现代主义艺术的起源，关于“物理学般的眼睛”及其与绘画的关系（绘画与科学的关系），人们已经基本上掌握了，无须再花费精力去做过多的描述。但实际情形却可能相反，那些连篇累牍讨论伟大“起源”的人们，或许并不理解一个画家之所以提出“绘画是一门科学”、画家应该具有一双“物理学般的眼睛”这样的问题，其意何在！

“物理学般的眼睛”这一问题提醒我，要想确切地了解发生在 19 世纪下半叶艺术的急剧演变，与同时发生的科学革命，尤其是发生在物理学中对于光的研究的成果是密不可分的。也就是说，如果没有几代物理学家率先对于光的性质的揭示，包括一系列著名的实验与论证，没有 1666 年牛顿通过三棱镜做色散实验，从而证明太阳光是由七个不同的波长所组成，并因此而提出光的粒子说，印象主义绘画的实践是不可能的。这就是“物理学般的眼睛”的意义之所在。

“物理学般的眼睛”还提醒我，在人类视觉史上，摄影发明的重要性无论怎样强调都不为过。摄影本身是一系列光学研究的成果，更是光学与化学成功结合的经典范例，而不是艺术甚或美学的必然产物。相反，对艺术的传统理念，也就是我们所熟悉的美学，包括哲学，在相当长时间里还严重地影响了我们对于摄影的正确认识，以至无法很好地理解这一视觉技术发明的历史意义，以及对于“观看”所产生的革命性影响。

摄影刚一出现，就和绘画有着剪不断理还乱的复杂关系，不仅摄影的发明者和早期实践者多是画家出身，而且即使摄影具备现场观看与即时摄取的功能，观看本身仍然受到艺术与美学的无形制约，让摄影从一出现就患上了典型的“艺术缺失症”，深为自身不具审美气质而懊恼，其焦虑延伸至今，哪怕摄影早已获得“独立”地位，似乎仍然没有完全“治愈”。也可能是这一原因，对于摄影和其后出现的影像的讨论，很长时期内多囿于艺术乃至哲学和美学的范畴。此风东移，在中国的艺术研究语境中就更加如此了。

当然，这一现象也有了显著的改变，其中一个原因就是最近几十年对西方图像学的全面引进。潘诺夫斯基（Erwin Panofsky）在这一领域中的奠基性著作《图像学研究》（*Studies in Iconology*）中文版的正式出版或可理解为图像学在中国获得广泛承认的一个标志。可惜，引进“图像学”的结果是，“通俗版”的解释正在大行其道，而在这一轮把严肃的理论通俗化的热潮当中，人们发现摄影和影像完全可以被纳入广义的“图像”概念中加以讨论。“读图时代”一词的流行说明了这一话语事实是的确存在的。不过，由此也生发了新的问题。我们应该如何定义“图像”本身？它在英语中的对应词是 iconology 还是 images？抑或是更普通的 picture？反过来说，究竟应该把 iconology 还是 images 作为视觉研究的第一关键词？对于艺术史家潘诺夫斯基来说，他使用的关键词是 iconology，包括其后的贡布里希、米切尔（W. J. T. Mitchell）及几乎所有从艺术史开始其视觉研究的学者，他们所使用的仍然是 iconology 及其延伸的含义。而对于米尔佐夫（Nicholas Mirzoeff）这些现代性学者来说，他们所使用的关键词则是更广义的 visual culture，也就是“视觉文化”。至于人类学家安德森（Benedict Anderson），则使用 imagination 作为他的文化认同理论研究的基础概念。所有这些词汇的使用，都说明视觉研究的广泛适应性，以及其中所可能产生的逻辑与用语的混乱。

事实上，传播学的一些经典方法提供了另外一条通往解释视觉存在的路径，尽管其目的绝非以视觉为主要对象。传播学的解释把所面对的对象纳入整体传播的信息框架中予以描述。在这里，所谓信息，指的是一种与媒介高度结合的知识存在，这说明知识构成和传播技术密切相关。甚至在某种程度上，传播技术的发展决定了知识形态的变化。《传播的偏向》是加拿大传播学派创始人伊尼斯（Harold Innis）的一本奠基性著作，“知识社会史”正是在这一专著中得到了最初的呈现。书中，伊尼斯在讨论到媒介和文明的关系时指出，“我们对于文明的了解，在很大程度上有赖于这些文明所用的媒介的性质”；“一种媒介经过长期使用之后，可能会在一定程度上决定它传播的知识有何特征。也许我们可以说，它广泛的渗透性创造出来的文明，最终难以保存其活力和灵活性。也许还可以说，一种新媒介的长处，将导致一种新文明的产生”（伊尼斯：《传播的偏向》，何道宽译，中国传媒大学出版社 2013 年版，第 280—281 页）。再也没有比视觉现象更能说明伊尼斯这一判断的意义了，因为视觉产品无不受制于观看技术的发展。

从这一点看，影像，包括从静止到活动这样两个大的分类，恰恰构成了一种全新的、与传统相异的文明。如果以摄影的发明作为这一文明的分界线，之前的历史可以定义为以肉眼观看为基础的视觉史，之后，因为有了一部相机，人类得以进入机器观察与复制的时代。两个时代的差别取决于不同的观看与生产方式。在前摄影时代，观看受制于人眼所固有的分辨率，肉眼的视域范围就是我们所认识的世界的全部。机器观察的开端要追溯到 1609 年，当伽利略用他所制造的第一部望远镜望向太空时，不仅意味着现代天文学的诞生，更是人类进入机器观察时代的开始。望远镜是透镜原理的产物，它改变了人眼的分辨率，扩大了人类视域的有效范围，从而让经验式的观看变成了理性的观察。1839 年摄影术的诞生则让观看结果成为可复制的物理性存在，并由此而开启了影像的历史。

在摄影术没有出现以前，即时观看是一个梦想，因为我们没有办法让眼见为实成为可验证的事实，每一时刻的注视就是每一时刻的存在，它们丰富而庞杂，但随时间的流逝而确定无疑地消失在记忆的深渊中。留存在大脑皮层视觉区域中的各种经验式的成像，一方面让我们获得了关于世界的真实图景，另一方面这一真实图景如果没有物理手段予以再现，就只能留存在记忆的深处，发出历史的幽光。人类的视觉呈现其实是被规定的，从来就不是随意的。那些让我们自豪的经典的视觉作品，都必须通过专门技工的描绘与制作才能成为事实，成为今天所定义的艺术。这说明，在漫长的肉眼时代，观看是审美的奴隶，审美则受制于统治阶级的愿望，成为权力的一种视觉符号。摄影术的出现似乎改变了这一现实，因为摄影就是一种现场的观看。按下快门，时间的切片就留在了底片上，然后通过暗房变成照片，让切片成为物理性的存在。当然，这只是一厢情愿的推理，因为观看的审美性质早就深入人心，所以如前所说，现场摄取的随机性必然要让位于对审美的判断，这无疑造成了摄影的“先天性”恐惧，直到今天仍然为自身缺失“艺术性”而惴惴不安。当然，随着影像的横行无阻，这一“先天性”的情绪也有所隐形甚至消失；相反，一种以影像为基础的新的审美运动随着拍摄的普及与传播的便捷而风靡全球，并形成了今天的影像全球化的奇特景观。

与以文字为主的媒介相比，图像是一种新的媒介；同样，对于印刷术来说，影像生产与传播所导致的也是一种新的文明。今天我们就生活在这一文明之中，并命名为“视觉文化”。在印刷时代，文字规训了个人成长的三个阶段，分别为识字、阅读与写作。在过去那个传统的文牍社会中，只有写作阶层才能成为统治阶级。从这一点看，写作就是思想。以此反推回去，阅读就是学习思考，而思考的前提是识字。到了“视觉时代”，这一曾经盛行的成长程序受到了空前的挑战，不仅识字要让位给观看，甚至连阅读也要成为某种程度的观看才能维持。于是，人们的怀疑就变得很正常了，如果说写作是思想，那么，观看也能成为思想吗？波兹曼（Neil Postman）的悲观正是源于对阅读、写作与思想的习惯性迷恋，从而认定观看这一行为是摧毁传统文明的有效手段（参见波兹曼《童年的消逝》，吴燕莛译，广西师范大学出版社 2011 年版）。在他看来，观看恰恰不需要思考，因为观看不用学习，观看是天生的，睁开眼睛我们就在观看。而且为了吸引眼球，观看还必须成为娱乐，否则我们身不由己就会回到曾经“视而不见”的状态中。18 世纪的时候，莱辛写作《拉奥孔》，目的是为视觉划一个圈，好明确视觉的审美边界。他看到了观看的严重后果，因为观看直截了当，所以必须为观看套一件美学外衣，或者安装一部审美的过滤器。有意思的是，随后的视觉发展却和莱辛的愿望背道而驰，观看竞争往往表现在对审美这一过滤器的大胆突破，让视觉成为见证残暴、折磨、狰狞与死亡的直观方式。

如前所述，在摄影没有发明之前，直接观看是一句空话。光线把自然映射到肉眼中，通过视网膜与大脑神经系统的复杂处理，让我们随时随地都能看到世界，但是我们无法“还原”这一即时的观看。文明经过漫长的累积，成功地创造了一整套审美模式，“观看”化身为“艺术”。就像费耶阿本德（Paul Feyerabend）所强调的那样，从整体上看，人类文明是对“丰富性”的有效征服（参见费耶阿本德《征服丰富性》，戴建平译，中国人民大学出版社 2007 年版）。在这一点上，所有不同类型的文明都是同质的，其基本点就是，不要相信“眼见为实”，因为“现象”掩盖着“本质”。文明的意义在于，去除“现象”，直达“本质”。

摄影的确有力地打破了这一点。只要按动快门，观看的直接性就会成为影像的事实。笛卡尔所渴望的离开肉眼的纯客观判断，在摄影这一技术发明中得到完整体现。表面看来，照相机为人类带来视觉真实性的福音：截住流逝的时间，让瞬间切片成为影像，这一本来属于虚无缥缈的想象通过摄影得以实现。

然而，历史的发展并不能完全证明以上结论，摄影并没有带来人们所渴望的真实性的福音，相反，在影像构成当今世界的传播主体的今天，屏幕成为走向真实的唯一中介，视觉文化的虚伪正装点着日益紧张的现实。

我想，我们可以从历史的经验中得到某些提示，其中一个重要课题就是摄影进入中国。摄影在发明之初就随着西方殖民者来到中国，他们是殖民者也是探险者，足迹几乎遍及中国每一个角落。据历史记载，1842 年就有人进入中国拍照（参见泰瑞·贝内特《中国摄影史：1842—1860》，徐婷婷译，中国摄影出版社2011年版）。对中国完整的摄影纪录则出现在1868年至1872年之间，拍摄者是英国人约翰·汤普逊（John Thomson）。他回到英国后，经过精心编辑，正式出版了一本关于中国的专集，成为西方此类摄影书籍中最早、也是较为完备的一部，对西方认识“视觉中国”产生了重要影响。

有意思的是，摄影作为一种逼真的制像模式，尽管在中国引起民众惊讶，但传统水墨画界颇为不屑；曾经发生在西方的摄影对绘画的强烈冲击，在中国也不曾再现。晚清水墨画家邹一桂在承认西洋画之逼真后，轻松下结论说，这些全都“不入画品”（《小山画谱》，相关研究参见潘文协《邹一桂生平考与〈小山画谱〉校笺》，中国美术学院出版社2012年版）。邹一桂的态度反映了中国传统艺术界对西洋写实主义的典型态度。对写实绘画如此，对摄影就更加不屑了。我们几乎未曾听说过有哪一个水墨画家会对摄影产生惊恐的情绪，以为这一机械复制的方式会让绘画难堪。“逸笔草草”本来就和逼真性无关，所以摄影的物理性对传统山水丝毫无损。发生在中国画领域的争论往往不是围绕着是否逼真这一点，而是艺术与社会的关系的转变上。没有人会认为传统山水画将受到摄影的威胁，激进的艺术态度更多出现在对社会问题的视觉表达上，以为山水不足以表现人生的社会意义。

我们不妨把眼光放在民国年间以“美术摄影”自称的郎静山身上，当年他所创造的“集锦摄影”，也就是通过暗房处理进行拼接而刻意模仿中国传统绘画样式的“摄影法”，作为一种审美风格，曾经引起摄影界乃至艺术界的热烈讨论，优劣与否，意义如何，至今没有让人信服的结论。郎静山的做法不仅符合那个年代画意摄影的美学目标，而且他通过某种专门的处理使摄影的艺术性得以彰显。更重要的是，他直接挪用了中国传统绘画的经典样式，创造出一种中国式的摄影风格，以为其时的民族主义张目。

首先，作为摄影家，郎静山意识到在摄影与艺术之间，摄影的艺术性总是处于劣势；其次，作为有传统背景的文人，郎静山注意到了摄影的外来身份。为了解决第一个问题，他坚持走“画意摄影”的道路；而在第二个问题上，他表现了一种前所未有的主动性，通过“集锦”去营造一种鲜明的民族主义的视觉风格。也就是说，刻意模仿传统绘画样式成为郎静山同时解决艺术性和民族性的创作手法，使摄影变成“绘画”的同时，还变成了“中国式”的“绘画”。其中，他既消解了摄影的逼真性，也消解了这一逼真性背后摄影所拥有的观看现实的直接方式，这一直接方式无疑就是现场与直接的观看。从这一点说，郎静山用他的手法消解了“观看”本身。

从摄影的纪实性这一属性看，郎静山的实践具有一种奇特的反摄影倾向。如果联系到受西方持续影响的中国艺术现实，郎静山的民族主义选择就不仅反摄影，而且还反西方。更有甚者，他的集锦方式告诉我们，他在反对“观看”。也就是说，郎静山通过艺术性拒绝摄影的纪实性，通过民族主义策略拒绝摄影的西方性，通过集锦方式拒绝摄影的瞬间性。这样一来，通过郎静山对摄影的改造，摄影就离弃了观看，从而成为一种“艺术”的样式，而且还是一种民族主义的艺术样式。郎静山拆解了摄影的纪实性与观看的内在联系，去除镜头对时间的切片功能，把摄影实践后移到暗房，变集锦为风格。

郎静山的摄影带来了长远的影响，创造了一种中国式的画意摄影风格。20 世纪 90 年代被追捧为一代摄影大师的陈复礼，可以视作郎静山 30 年代摄影实践在当下的重要回应，其中的审美情操一脉相承，成为书写中国摄影“艺术性”的正宗。迄今为止，少有人意识到郎静山摄影实践的文化意义，原因恐怕是，我们不愿意还原他曾孤身一人在暗房奋斗的独特情境，过于简单地把集锦和传统挂钩，忽视了隐藏其后的民族主义倾向。这一倾向，正是 20 世纪二三十年代以上海为中心的现代主义文化思潮在摄影领域的重要表达。如果我们仅仅从审美的角度去讨论郎静山的集锦摄影，可能恰好忽略了其中的历史价值。

郎静山的案例提醒我，讨论整体的摄影现象远比讨论一幅照片的优劣更具有历史意义。在我看来，过度执着于独幅照片的审美性，过度阐释单个摄影家的美学倾向，相比起摄影及随之而来的影像，显然都过于苍白了。我们要清楚的是，摄影实践从一开始就具有鲜明的社会性，影像已经成为视觉时代的最主要的媒介之一。

如本文开篇所述，我对摄影的深度思考和《文艺研究》有关。当年，介绍我认识杂志诸位编辑并因此得以进入《文艺研究》视野的重要引荐人是已故著名学者余虹，我和他此前已经有过多年的学术交往，私下常常得益于他对美学的严肃思考，也多次讨论共同所面对的中国当代艺术。其间，他不断地鼓励我用一种更为宏大的角度讨论摄影和影像，而不必过于拘泥于个别。同时，我们在讨论中也认定，尤其对中国摄影界来说，至今似乎都没有完全摆脱流行美学的影响。

很多年前的某一天，余虹兄说要介绍我认识一位重要的朋友，就在他那品位别致的家中，我第一次和金宁见了面。我们都有种一见如故的慨叹，原因竟然是摄影。我发现，金宁正是一位优秀的摄影家，不仅有很好的实践，而且，一些与摄影有关的思考，也让我刮目相看。比如，有一次，我们讨论到对焦的问题，他提醒我，自动对焦其实用一种平均值干掉了人对自然的直接感受，让真正的质感消失在镜头后面。他还谈到，相机镜头在塑造着我们的视觉，而变焦镜头事实上在模糊着观看者的立场。这的确是有意思的摄影问题，技术在塑造一种知识形态的同时，不少丰富的感性经验也在这一系列的再次塑造中丢失。

他早已从我在《读书》等杂志上的文章中熟悉了我的写作，对我那时的思考并不陌生。他主动向我约稿，希望我能就摄影写一点有深度的研究论文。我交给《文艺研究》的第一篇稿子（《专题摄影：在文化人类学与终极信仰之间》2007 年第 8 期）正是在他的鼓励下完成的。在分析多个重要的当代摄影家的个案中，我谨慎地指出，那种自以为在采用视觉人类学的手法进行工作的人们，其实践可能恰好背离了这一学科的客观性要求。事实上，摄影的倾向性是无须隐瞒的。在这之后，我陆续为《文艺研究》撰写了多篇摄影、美术和视觉文化方面的论文。此外，还有一事也可以一提。我不仅是《文艺研究》杂志的论文作者，我的一幅摄影还成为某期《文艺研究》的封面作品，承蒙金宁兄美意，看来他也是欣赏我的“视觉技术”的。

事实上，个人的研究经历及与《文艺研究》的学术联系，恰恰也可以证明这本杂志最为可贵的一点，那就是坚持以学术性面对各个门类艺术实践的理论研究，用以区隔那些日常的所谓“批评”及那些不得要领的“理论”废话。我想，这也是《文艺研究》自创刊以来一直在专业界享有美名的重要原因之一。

（作者为中山大学教授）

出土文献

——我与《文艺研究》的学术因缘

姚小鸥

最近二十年来，出土文献是文史研究中引人注目的学术场域，而《文艺研究》杂志在其间扮演了重要的角色。我亲历这一辉煌的学术历程，目睹《文艺研究》杂志的巨大贡献，我的学术经历也与之密切相关。把它记录下来，不仅关乎我个人历史，而且从一个侧面反映了时代的学术潮流与学术风气。

1998年，我第一次在《文艺研究》发表论文，是当年第6期上的《〈公莫舞〉与王国维中国戏剧成因外来说》。这篇文章标志着我对乐府艺术与乐府文学性质总体新认识的开始，也是我与《文艺研究》这家蜚声中外的重要学术期刊缘分的开端。

就本文的主题而言，我与《文艺研究》杂志的学术因缘真正起始于1999年12月11—12日召开的“出土文献与中国文学研究学术研讨会”。这次会议是由《文艺研究》编辑部联合北京广播学院语言文学部、河南大学中文系、首都师范大学中文系共同主办的。《文艺研究》主编柏柳主持了会议的开幕式。参加学术研讨的有京内外各高校与科研单位的专家二十余人。《文艺研究》方面的会议联系人是副主编廉静。我作为组织者和学术召集人，除了主持会议前期的筹备，还参与了后续的学术活动，包括组织笔谈和论文集的编辑工作。

《文艺研究》于翌年在第3期上发表了与会者的一组笔谈。编者按指出：“这是国内首次由文史界专家学者共同就出土文献与中国文学艺术的关系、影响、学术方略、研究方法及发展战略诸问题进行研讨。”这段按语指出了会议的首创意义。李学勤先生领衔这次笔谈，他在文章中对会议的宗旨和价值给予了高度的评价。李先生说：“从会议主题和内涵来说，都具有开拓性，我自获知这个信息开始，就感觉非常兴奋。”李先生的文章，提到上海博物馆藏战国竹简中包含有孔子论《诗》的内容。两年后，这批竹简公布，在学术界引起巨大的轰动。这一空前的学术热潮，映衬出“出土文献与中国文学研究学术研讨会”的学术前瞻性。这一学术会议的成功举办，更反映出《文艺研究》杂志对于学术潮流的引领作用，也确立了我本人大半生的学术定位。

我的笔谈题目是“出土文献与新世纪文学史研究的发展战略”。这个产生于世纪之交、有着鲜明历史转折点色彩的学术话题，是我长期思考的结晶，包含若干重要的学术论断。文章提出了在21世纪中，中国文学各分支学科基本构架的突破问题，并以乐府文学为例进行了简要的说明。文章结合传世文献与出土文献、出土文物，跳出了狭义的“乐府”这一官署的名分，从古代礼乐制度与古代乐官系统的角度来观照“乐府文学”，指出“乐府文学”应当是“乐府艺术”的有机组成部分，即其文学要素。其范围应当包括：诗歌，即汉人习语之歌诗，也即传统所言“乐府诗”；戏剧文学，《宋书·乐志》所载《公莫巾舞歌辞》即为其例；赋及小说，《三国志》裴注所记曹植所诵“俳优小说数千言”即为此类。乐府文学中还应当包括谐隐文学。而关于乐府文学中应当包括赋的缘由，我在文章中指出：

> 长期以来，人们忽略了赋与“乐府”的关系，对于赋的娱乐功能和“俗乐”特点往往认识不够，没有认识到大量汉代赋颂以“俗”为其主要审美特征，“俗赋”并不是赋的变体。在艺术形式和传播手段方面，人们往往将赋的传播方式及艺术特征限定在“不歌而颂”范围内，没有认识到赋与音乐的关系；没有认识到作为文学样式，赋这一文体的复杂性，即其来源的多样性，形态及传播方式的多样性，名称与流变的多样性；没有能够认识到赋在称名上与其他艺术形式的交叉（“成相”“谐隐”“俳语”等）。这些都是人们对赋的性质长期认识模糊的重要原因。

上述论断，是我结合传世文献与出土文献认真研究和思考的结果。这些研究与思考的成果，以学术论文的形式，多数发表于《文艺研究》。

1999年，由我牵线，《文艺研究》还与中山大学等单位联合主办了“中国古代戏曲与古代文化国际学术研讨会”。会上，我提交了长篇学术论文《“成相”杂辞考》。这篇论文后发表于《文艺研究》2000年第1期。文章的提要说：

> “成相”即“打相”，成相杂辞是一种肇始于西周宫庭，流行于秦汉时期的文艺样式。文中分析了“相”的各种形制和流变，指出它们和后世各种文艺样式的关系。对于成相杂辞形式和内容关系的分析，则反映了先秦礼乐文化对华夏核心

文明的重要作用。文中还对睡虎地秦墓竹简中的成相篇残简作了较为全面的分析。

《"成相"杂辞考》是我的代表性论文之一。由文章的关键词可以看出我的主要学术观念及研究方法的轮廓。

我还曾就《招魂》的文体性质进行过长期思考，其成果亦发表在《文艺研究》上，即2006年第7期的《〈招魂〉赋体文学说》。这篇文章使用了甲骨卜辞和新蔡葛陵楚墓竹简等出土文献材料，论证《招魂》系符合《文心雕龙·诠赋》篇定义的赋体文学作品。文章还隐含了对《招魂》作者的新判断。《〈招魂〉赋体文学说》的写作和发表，不仅是对先秦赋体文学性质的一个具体阐发，还是我全面深入屈原与楚辞研究的一大步骤，使我更多地获得楚辞学界的学术承认。

对于乐府文学的概念中应当包括小说的观点，现在还未能获得广泛的认同。究其原因，一方面是由于"乐府文学"即"乐府诗"的狭隘观念根深蒂固，另一方面也是人们对中国古典小说文体特征的认识不够所造成的。事实上，散文并非中国小说类艺术的唯一语言形式，古代小说中颇多韵文的介入。学者的研究早已表明，近代以前的小说，多与讲唱艺术密切相关，宋代"说话"中的"银字儿"即为显例。近年来新出简牍文献，为我们的这一小说理论提供了新的支持。北大汉简中的《妄稽》篇，就属于这类具有赋的语言形式的中国早期小说。

在前述笔谈文章中，我还提出对乐府艺术的创作主体进行界定的问题。这本是有关乐府艺术与乐府文学研究的题中之义，然而过去人们对此关注不多。文章说：

> 在通行的文学史著作中所提到的"乐府"，作为汉代官方艺术创作、管理和表演的主体，如果不详其沿革，大略而言，实际上应该包括文献中的"乐府""太乐"等官署及"黄门工倡""掖庭才人"等演艺群体。（文人司马相如辈与特殊人物李延年等未计入其间）

时隔十五年，《文艺研究》2015年第8期，刊登了我与王克家博士合作的论文《"外乐"与秦汉乐官制度》。该文利用张家山汉简及秦汉封泥等出土文献材料，切实证明了秦汉乐官系统的庞大与复杂。这篇文章的提要说：

> 既往对秦汉乐官制度的研究中，学者注目于文献所载"乐府"及"太乐"等。

> 《张家山汉墓竹简·奏谳书》等出土文献表明，“外乐”是秦代及西汉早期的重要司乐官署。它的存续与消亡与秦汉乐官系统的构成及演变有密切关系。乐人是秦汉时期民人社会身份的一种。“外乐”所辖乐人是秦代及西汉早期司乐官署常备属员的重要补充。乐人践更“外乐”是秦汉礼乐制度的重要组成部分。秦汉户籍制度及乐人参与官方乐事活动的方式，可为研究后世“乐户”渊源及沿革提供参考。

《“外乐”与秦汉乐官制度》一文的意义不限于上述所言。事实上，它开启了秦汉“乐府”多方面的研究空间。当然，就这里的叙述而言，它的直接意义首先是丰富了人们对秦汉“乐府”艺术创作主体的认识，提示我们对西汉司乐官署“乐府”的性质及演变重新加以审视。“武帝乃立乐府”这一学案，应当在此基础上进行深入讨论。

前述笔谈文章还强调了文史研究中出土文献与传世文献密切结合的问题。文章说：“由于出土文献对于解决文学史上的不少疑案、悬案曾起到了关键作用，所以一些文学史研究者企图将出土文献当作文学史研究中的百宝灵丹，希望新发现的某件出土文献能够轻而易举地解决学术史上长期没有能够解决的一些重大问题。这是文学史研究工作中对待出土文献的另外一种不正确的倾向。”这段看似平常的话，是我长期研究的心得。

《文艺研究》2002 年第 4 期刊登了我撰写的《汉魏六朝曲唱文本的破译及其在乐府文学研究中的意义》一文。这是一篇主要利用传世文献进行乐府歌曲研究的论文。这篇文章在杨公骥先生破译《宋书·乐志》中《公莫巾舞歌行》，以及孙楷第先生破译刘宋“今鼓吹铙歌”《上邪曲》的基础上，阐述了汉魏六朝曲唱文本破译的方法及意义。文章的结尾说：

> 作为与文学文本并存的珍贵文献，汉魏六朝曲唱文本的存在及其破译在学术史上具有不可替代的重要性。它们的意义不但在少数特殊文献性质的判定与若干古代乐府文本的校读，在古代音乐与诗歌研究的许多方面，都给我们提供了新的视角与思路。尤其是在作为艺术生产的诗歌在古代社会中的实现方式，礼乐文化的历史演变与汉魏六朝曲唱的艺术特征，六朝文学的发展与音乐及其他艺术门类之间的关系诸方面，开辟了新的道路，有待我们更为深入的探索与开掘。

汉代是一个总结和整合其所承继的先秦文化的重要历史时期。汉代礼乐制度与先秦礼乐制度有着直接的承继关系。对汉代的研究，必须着眼于它的历史渊源。从诗歌发展史的角度来说，乐府歌诗的前身就是《诗经》。

《诗经》研究是我的本行。我研究《诗经》的路子，有两个显著的特点：从观念上说，是将其置于礼乐文化的语境中讨论；从方法论角度说，是将传世文献与出土文献结合起来使用。《文艺研究》刊发的我所撰写的《诗经》文章，很能体现这些特点。我所参与的《文艺研究》举办的学术活动，也多与之相关。“孔子诗论与先秦诗学学术研讨会”即为其中之一。

“孔子诗论与先秦诗学学术研讨会”的全名为“《战国楚竹书·孔子诗论》与先秦诗学学术研讨会”。2002 年 1 月 12 日，由《文艺研究》与北京语言大学中华文化研究所联合召开。北京语言大学中华文化研究所是方铭教授主持的学术单位，21 世纪初举办过多项高水平的学术活动。承方教授不弃，邀请我参与策划了这次学术会议的主题，我还协助《文艺研究》杂志组织了相关笔谈。我的笔谈题目为“《孔子诗论》与先秦诗学”。这篇文章指出：《孔子诗论》的发表，在中国诗学史的研究中具有特殊重要的意义。它反映了先秦时期诗学繁荣发达的程度，给了一个使人们在哲学层面认识先秦诗学的切入口，并预示着先秦诗学研究将进入一个新的历史阶段。文章批评学界“对包括先秦诗学在内的先秦文学思想的定性还仅仅局限在‘文学思想的萌芽’这一极为保守的认识水平上”。文章期望，随着《孔子诗论》研究的深入，学界能够在认识论的层面上沟通先秦诗学与先秦哲学的密切联系。

《清华大学藏战国竹简（三）》公布后，2013 年 5 月 10—12 日，《文艺研究》编辑部与中国传媒大学文学院、国学研究所共同举办了“《清华大学藏战国竹简》与先秦经学文献国际学术研讨会”。随后，《文艺研究》2013 年第 8 期即刊发了这次会议的一组笔谈。李学勤先生题目是“清华简的文献特色与学术价值”。这篇文章是我依据李先生在开幕式上的主题演讲，根据李先生的学术思想代为整理的。我的文章题目是“《清华大学藏战国竹简》与《诗经》学史的若干问题”。

李学勤先生的文章指出，清华简的特色为“主要是经、史类书籍”，是汲冢竹书以来又一次重大的新发现。我的文章则是依据清华简《诗经》类文献对先秦《诗经》学史进行的思考与探索。文章涉及“孔子删诗”“逸诗”“诗家与乐家的分途”等学案。我对孔子与《诗经》关系的认识贯穿于上述诸问题之中。

会议之后，我连续发表了多篇有关清华简的研究论文。其中包括《文艺研究》2014 年第 6 期发表的我和孟祥笑博士合作撰写的《试论清华简〈周公之琴舞〉的文本性质》一文，文章中关于《周公之琴舞》的文本性质有如下判断：

> 多数学者认为《周公之琴舞》属于乐家所传先秦乐歌文本。今考传世文献未见先秦乐歌的具体文本形态，出土文献中上博简载有标明宫调等音乐要素的乐歌曲目。今本《毛诗》中的“笙诗”实为汉代所存乐家传本篇目。《汉书·艺文志》所载汉代歌诗文本名目与《宋书·乐志》所存汉魏六朝乐府歌诗文本对认识先秦乐歌文本形态有所助益。综合来看，《周公之琴舞》主要呈现的是“诗家”所重之“义”，而非“乐家”所传之“声”。它之所以与“乐家”文本有某些相似之处，是由于“诗家”和“乐家”有共同的历史渊源，即皆可追溯到周代乐官系统。《周公之琴舞》是未经汉儒整理的诗家传本的早期形态，其存有乐舞术语是先秦诗家未将乐工标记语全部剥离所致。

细心一点的话，可以看出上述判断中的许多关节与我们对乐府文学的认识有着密切的关联。除了我们治学方法的一贯外，更重要的是由于研究对象，即礼乐文化与中国诗歌的内在联系所决定的。

作为文学史和艺术史研究对象的文献材料，包括文字与图像两个大类。墓葬出土的文物图像，作为出土文献的一种，若干年来，日益受到戏剧史研究者的重视。在前述 1999 年召开的“出土文献与中国文学研究学术研讨会”上，延保全教授提供的论文《山西蒲县宋杂剧石刻的新发现与河东地区宋杂剧的流行》就是利用戏剧图像进行戏剧史研究的例子。

《韩城宋墓壁画杂剧图与宋金杂剧“外色”考》和《唐墓壁画演剧图与〈踏摇娘〉的戏剧表演艺术》两篇文章，利用戏剧图像对中国戏剧史进行研究，是我殚尽心力之作。

2009 年，我会同康保成、车文明、延保全等人，和陕西考古研究院科研人员一起，考察了当年 3 月在陕西韩城北宋晚期墓葬中发现的彩色壁画。壁画中的杂剧演出图被认为是 21 世纪戏剧文物最为重要的发现。《文艺研究》在当年第 11 期即刊出了我们撰写的一组三篇文章。我的文章题目即为“韩城宋墓壁画杂剧图与宋金杂剧‘外色’考”。文章指出，“外色”是宋金杂剧中的一个重要脚色，其戏剧功能在胡忌先生《宋金杂剧考》发表半个多世纪后，由出土文献证成，具有方法论方面的意义。

《唐墓壁画演剧图与〈踏摇娘〉的戏剧表演艺术》是我与孟祥笑博士合作撰写的文章。刊登于《文艺研究》2016 年第 1 期。这篇文章指出，西安市郭庄村唐玄宗时期尚书右丞韩休墓所发现的“乐舞图”，所呈现的是唐代著名歌舞剧《踏摇娘》的演出场景。其中含有文献未曾记录的唐代戏剧的脚色配置、戏班构成及演剧体制等信息。这些现象表明，唐代的《踏摇娘》已经是具有一定长度的、情节相当复杂的戏剧。它必将促使人们重新认识和评价中国古代戏剧乃至整个中国艺术发展史。

2018年，《文艺研究》第1期刊发了我撰写的《〈玉壶野史〉“生旦杂处”与南戏脚色体系的形成》一文。文章指出，生、旦两个脚色的对举共存，标志着中国古代戏剧脚色体系的基本形成。《玉壶野史》“生旦杂处”的记述表明，在北宋甚或五代时期，已经存在着生、旦对举共存的戏剧文化现象。它对于南戏形成年代的判定，对于重新认识长期被低估的中国戏剧发展史具有重要意义。这篇文章所秉持的理念与结论，可以与前述两篇戏剧文物的研究文章相互映衬与补充。

历年来，我共在《文艺研究》发表过21篇论文，是在这家重要刊物发表文章最多的作者之一。从学科分支来说，这些文章还包括《诗经》、楚辞、小说、戏剧等多个方面。《诗经》有《〈诗经·关雎〉篇与〈关雎序〉》（2001年第6期）、《“诗三百”正义》（2007年第11期）、《〈周颂·有瞽〉与周代观乐制度》（2012年第3期，与李文慧合作）等；楚辞方面除前述《〈招魂〉赋体文学说》外，还有《〈天问〉意旨、文体与诗学精神探原》（2004年第3期）、《彭咸“水游”与屈原的“沉渊”》（2009年第2期）等。

关于小说，我撰有《清华简〈赤鹄）〉篇与中国早期小说的文体特征》，发表于《文艺研究》2014年第2期。其摘要如下：

> 清华简《赤鹄之集汤之屋》叙述小臣不忠于汤而奔夏，遭到汤的诅咒，昧而寝于路，获巫乌拯救，以及帝命神怪灵异作祟致夏王生病，小臣得巫乌提示助夏王除病，情节曲折生动，不让六朝小说。这篇小说的出现不是偶然的，为我们重新认识小说文体观念的形成提供了重要依据。将《庄子·外物》篇“饰小说以干县令”与《庄子·天运》篇相关内容对读，可知战国时期已出现成形的小说理论。这是在二重证据视野下对中国小说的起源与早期形态做出的新结论。

在这篇文章发表之前，小说史界没有人注意到《庄子》“饰小说以干县令”句中的“小说”概念符合鲁迅《中国小说史略》中的小说定义。这一发现，为《赤鹄之集汤之屋》这篇早期小说的出现提供了理论空间。可以毫不夸张地说，这是近年来中国早期小说研究最为重要的学术发现。这一成果与我多年来对产生于古代礼乐制度中的“说”体文的思考相关。清华简的研究使这一思考得以升华。这篇长文的发表，同样彰显了《文艺研究》编辑的学术眼光。从中国古典小说理论与观念的角度来说，该文与前述乐府文学与小说关系的论述有内在关联性，也与我的史传文学研究有关。此外，关于《史记》，我曾发表《屈原楚之同姓辨》(《文艺研究》2013 年第 6 期，与杨晓丽合作）等，这里不再细述。

以上，就《文艺研究》举办过的三次出土文献学术研讨会为经，以我本人的学术历程为纬，大略叙述了《文艺研究》杂志最近二十年来在文学艺术领域里引领学术潮流的历史事实，也总结了我本人这一时期的学术工作。两个方面相互衬映，既反映了高水平学术杂志对学者的鼓励和扶持，也叙述了我们的创新与实证精神为杂志的学术厚重与多样化风格做出的贡献。二者之间的因缘可称为当今学术界的佳话。

（作者为中国传媒大学教授）

艺术史研究中的中国文化认知与重建

——我与《文艺研究》，兼谈对中国美术史研究的一点认识

殷双喜

今年是《文艺研究》创刊四十周年，作为中国最重要的文学艺术研究刊物，《文艺研究》以其严谨的学术态度、开阔的学术视野、厚重的作者群体、高质量的编辑工作，确定了它在中国文艺界的权威核心刊物的形象，成为几代学者包括青年学子研究学习的案头必备。我与《文艺研究》结缘，始自读研期间在图书馆与其相识，从忠实的读者到怀着忐忑心情投稿的作者，经历了十多年的过程。得之于《文艺研究》诸位掌门和编辑的认可，2007 年以来，我在《文艺研究》先后发表了多篇有关 20 世纪中国现代美术史方面的论文，内容涉及画家画派研究（余明、杨之光、高剑父与岭南画派、西南美术与四川画派）、艺术史专题研究（关于人体模特儿的写生问题、全球化中的现代水墨、“85 美术新潮”回顾）。在这些论文的投稿和写作过程中，我总是能够得到《文艺研究》编辑部的积极反馈，他们以一种平等的态度提出中肯的具体意见和修改建议，有时稿件往返多次，也无烦言，使我深受感动。他们宽阔的学术视野，对当下文艺发展潮流的敏感，对作者的关心与建议，对论文编辑的严谨和专业，给予我深刻印象。

对于 20 世纪的艺术史研究，我认为，艺术史家不仅要描述一个历史时段总体上的艺术演变过程，同时也要发现某些偶然事件并确定它们对美术的影响，在注意传统意义上的历史大事件、重要人物和事件的同时，更应该从个案入手，研究具体的画家、问题和某些不为史家注重的历史细节。同时，艺术史研究不同于一般历史研究的特征在于其视觉性，即艺术史是一种图像的历史、观看的历史，对艺术作品中的形象分析与图像阐释，成为艺术史区别于一般历史的文献分析方法的重要特征，其中，形象的分析属于传统的风格研究与形式语言研究，而图像阐释则是 20 世纪后半叶以来多有运用的视觉文化研究。以往对于古代美术史的研究，比较多地运用文献比较的论证方法；近年来，我注意到，史学界，包括科技史、文学史等，都注意到图像与文献的结合。例如中国科学院自然科学史研究所所长张柏春先生告知我，在中国科学史研究中，《清明上河图》与

《天工开物》早已是科学史学者关注的对象，并且已经有了若干通过图像研究获得的成果。据我所知，上海美术学院的青年学者郭亮，近年就通过中国古代地图特别是明清以来地图的研究，拓展了中国美术史研究的新空间。另一个例子是著名文学研究者陈平原教授从晚清画报入手切入那个时代的戏剧、说唱和音乐教育；而广州学者陈晓屏亦从晚清绘本《儿女英雄传》进入帝国秩序和空间图式与权力话语的探析。《文艺研究》刊发这些论文，不仅反映了跨学科研究的趋势，也反映了《文艺研究》编辑对学术研究前沿的敏感。同时，在刊发的论文中引入了大量插图，本身就反映了这种“图文互证”的研究方法。在我看来，这些研究虽然也受到福柯的空间与话语研究的影响，但却是立足于近现代中国本土丰富的视觉材料而展开的，因此从国际学界看，也具有历史研究在出发点上的原创性。我对于清末民初美术和岭南画派的研究，就得益于《点石斋画报》《真相画报》《良友画报》等原始图像资料。

有关史料在历史研究中的关键作用，陈寅恪先生在序陈垣《敦煌劫余录》时指出：“一时代之学术，必有其新材料与新问题。取用此材料，以研求问题，则为此时代之新潮流。治学之士，得预于此潮流者，谓之预流。其未得预者谓之未预流。此古今学术之通义。”陈先生对史料的处理也有一个基本见解：“我们看材料，需了解材料存在多少问题，已解决的有多少，未解决的有多少，新发现的有多少，由此一步一步地往前研究，便可以不走或少走弯路。”（虞云国：《陈寅恪史学方法论》）我对陈寅恪先生的史料观深以为然，但是我对“新材料”之“新”有一点个人看法。我以为，所谓“新材料”并非都是前所未见的新近发掘出的材料，例如考古上的新发现。其实，早已存在的许多材料常常被人视而不见，一旦我们以新的观察角度去审视，以新的研究方法去组织，同样可以呈现前所未有的新的意味，这是我在阅读近年来若干国外著名的美术史家（如雷德侯、巫鸿、柯律格、包华石、乔迅、姜斐德等）对中国美术史研究的专著时获得的体会。也就是说，在一个传统的研究视角和方法框架中被视为“老材料”的文献，在新的研究视角和方法论视野中可以焕发“新”的意义，值得认真审视和重新阐释与运用。

我对于岭南画派、模特儿写生问题、现代水墨、新潮美术等的研究，虽然属于现代美术史范畴，但史学研究的方法与思路与前述学者有相近之处。我认为，对于现当代美术史，由于原始材料的保存及一些当事人的存在，使我们有可能根据原始史料，努力回溯当时社会的特定氛围，重构（reconstuct）历史语境（context），在此基础上展开具体研究。历史研究中的史料分类方法在不同的学者那里有多种理解和分类，但主要有两种：一是原始史料与二手史料的二分法，一是实物、文献、口传的三分法。梁启超在 1921 年关于中国历史研究法的讲演中，又提出“在文字记录以外者”与“文字记录的史料”及“直接史料”与“间接史料”之说（参见李隆国《史料分类法杂说》）。在《“四清”运动中毛泽东关于人体写生模特儿问题的批示始末》《从现代到当代：全球文化视野中的中国当代水墨》《转型与裂变——“八五美术新潮”回望》的研究过程中，我将收集到的史料分为原始史料，与二手史料，将当年的有关档案、报刊作为原始史料，将当事人的口述与回忆录作为二手史料，与原始史料结合起来加以谨慎的比较分析。这是由于年代久远，当事人的陈述往往已经按照自己的想象和主观愿望重新组合，其中不乏当事人的视野局限、记忆误差，很有可能出现不真实的情况。至于当代美术史中有关历史的一些论述，也要经受原始史料的验证。而今日遗存的与研究课题有关的报刊展览专刊、图像资料汇编、画家草图、设计原稿及历史照片等则作为非文字记录的原始史料，在美术史研究中占有着重要的地位。对这些图像的分析与对作品的形式风格分析，成为我研究的方向。运用这种档案与图像、作品结合的方法，我对王式廓版画《改造二流子》所反映的延安时期陕甘宁边区的社会改造与民众管理，潘天寿在 50 年代初期与江丰对“彩墨画”的不同认识和争论对新中国初期中国画发展的重要影响，进行了深入研究，获得了一些为业界所认可的成果。

20 世纪 70 年代以来，西方艺术史的研究开始将更为深广的社会存在联系起来加以考察，美术史家克拉克就强调指出，应该把艺术史变成一种充分顾及艺术赖以生长的社会现实的历史（参见丁宁《绵延之维——走向艺术史哲学》）。也许我们应该持有一种更为宽泛的美术史观念。这种观念，从美术史的资源来看，注重资源的文化性，即不仅注重从艺术角度采集分析与艺术家、艺术作品相关的美术史资料，也从社会学与文化学的角度收集与艺术相关的史料。也就是说，无论何种形态的历史资料，如研究文献、史籍传记、报刊杂志、公函通信、统计报表、会议记录、工程图纸等，都可以纳入一定的艺术史氛围中加以感受与观察，分析其史料遗存现状和可靠性，进而将其纳入研究者的社会与文化视野，在跨界与交叉的思路中发现一些前人所未见的问题。这方面，前述研究中国美术史的国外学者如柯律格等取得了很好的工作成果，值得我们借鉴学习。

进入 21 世纪，对于中国艺术史家来说，最重要的莫过于珍惜历史机遇、珍惜民族文化资源、珍惜个体学术生命，让世界通过中国艺术史来认识中国文化的价值。

应该说，20 世纪 80 年代以来中国的现代化进程，已经带来了深刻的变化，这种变化不仅体现在中国积极参与全球经济市场和信息网络，也体现为工业化、城市化加快，以及相关的人口膨胀、环境污染等一系列社会问题、经济问题。与此同时，还有非西方国家对自己的传统文化价值的重新确认与伸张，这种民族文化的认同与再创，有助于增强发展中国家的民族凝聚力，从而在一个冷战后的世界里，促进多元文化格局的确立。有关这一历史趋势，已成为世界各国知识界的共识。维也纳当代艺术博物馆馆长洛兰德·海季在谈到艺术中的公正性时强调，“再也不去区分什么‘中心’或者‘边缘’了。这些不同的艺术家，尤其是来自‘边缘’的艺术家，在具有普遍影响的艺术作品中表现他们政治的、历史的、宗教的和哲学的特色”。我们当然知道在世界艺术的格局中，发展中国家仍然处于弱势地位，真正的艺术公正和文化平等还未成为现实，但至少以一个国家的经济发达程度确立其文化权势的思维模式受到了挑战。2000 年第 5 届法国里昂双年展的策划人让 - 胡贝特·马丁将“共享异国情调”作为展览主题，并以涉及人类生活各个方面的 22 项子题构成展览的框架，反映了发展中国家在世界文化的格局中确实面临着一个前所未有的历史机遇，作为敏感的社会细胞的艺术家和艺术史家，能够以个性化的独特表现和艺术史书写，对全球文化的差异性做出具体的回答。

在某种意义上说，发展中的当代艺术正日益从“视觉的”转化为“文化的”，它不再满足于视觉的审美，而是通过视觉的方式，以艺术作品中更为丰富深厚的人文内涵，确立自我的文化身份。通常，“人们用祖国、祖先、宗教、语言、历史、价值、习俗和体制来界定自己”（亨廷顿语），坚持文化的多元化，意味着进一步扩展我们的历史视野，而亨廷顿所提示的上述领域，正是当代许多艺术家在国际性展览中的创作资源，这就要求中国艺术家和中国艺术史家在参与国际艺术对话的时候，对自己的民族文化资源有更多的研究，使我们的当代艺术和艺术史研究更具深度，更加专业化，仅仅是一般性地挪用民族文化符号是不够的。

北京大学的艺术史学者李松先生认为，今天已经进入一个“超级观看”“超级知识”“超级研究”的时代。网络造成获取知识信息的方便，人们所获得的知识都是碎片化知识。许多人不读原著、不读全书，而是通过网络检索的方式追随时代潮流和热点，进行“高投入产出比”的“研究”，美术史的研究成果通过畅销书和新媒体，迅速转换成具有普及性、时尚性的公众文化消费，这对于原有的注重资料与考证的“专、精、深”的学术传统提出了挑战，也使艺术史界的同人再一次思考，在这样一个信息与潮流迅速更替的物质化、功利化时代，艺术史何为？艺术史对人文学科的贡献在哪里，对我们的时代有何价值？

1981 年 5 月，为庆祝美国艺术与科学学院成立 200 周年，艺术史家贡布里希发表了他的著名演说《艺术与人文科学的交汇》，他在这个演讲中认为，从文明的整体性来看，人类的文明价值最初是由古典文化实现和建立的，因此，人文科学所要保存的就是古典文化的记忆。作为人类文化的记忆，人文科学必须关心价值，对价值的忽视甚至拒绝是使人文科学非人性化的倾向中最危险的一种（参见范景中编选《艺术与人文科学——贡布里希文选》）。因此，我所理解的艺术史研究，其实是从古典文化中发掘并保存人类的文化记忆与精神价值。这正是艺术史研究中的“深度”与“质量”所在，有关现当代艺术史研究，如果没有古典文化的基础，是不能承继和弘扬民族文化精神的。在一些人看来，重新提出当代艺术史研究的“深度”与“专业化”（specialization）问题，似乎是要回到现代主义的知识精英路线。他们认为，后现代主义时期艺术的最大特点是“平民化”，是“人人都能当艺术家”。“speculator”在英语中具有“思想家”和“投机者”两种词义，正是这种将艺术与生活混为一体的想法导致了一些人失去对学术的敬畏感，“以艺术的名义”在专业领域鱼目混珠。我们要讨论的，是现代化进程中艺术史家的文化定位，即艺术史家的社会功能与分工，他在结构性变化中的社会经济、政治、文化框架中如何确立自己的文化身份，如何在当代艺术多元纷呈的潮流中寻求自己的人生理想和构建自我的学术形象。艺术史家虽然与艺术家的创作方式和思维方式有所不同，但艺术史研究也需要创造性和想象力，即对于艺术作品的独特的感受力、对艺术史上的既往结论持本能性的怀疑，对艺术史在特定时空中的发展的整体图景具有在史实基础上的“想象性重建”（贡布里希称之为“受控想象”），这种创造性和想象力，更多地来源于个人对于文化与信息的接受处理能力，来源于传统与当代文化资源的内涵转换及对当代社会问题的思考。

“专业化”的另一个含义是“职业”（profession），艺术史家在将艺术史研究当作一种人生理想的同时，是否也应将艺术史研究当作自己的职业？这里所说的职业，不是通过艺术史研究在社会体制中谋取一定的地位、职位和利益，而是指艺术史家作为“知识分子”所应具有的职业伦理，福柯将此称为“知识分子的伦理”。在福柯看来，知识分子的工作就是“通过自己专业领域的分析，一直不停地对设定为不言自明的公理提出疑问，动摇人们的心理习惯、他们的行为方式和思维方式，拆解熟悉的和被认可的事物，重新审查规则和制度，在此基础上重新问题化（以此来实现他的知识分子使命），并参与政治意愿的形成”（《权力的眼睛：福柯访谈录》）。对艺术史家来说，对艺术问题的关怀和对社会的人文关怀，具有各自独立的价值和意义，有不同的身份逻辑和实践道德。问题在于，在中国艺术界，一些人只关注于所谓的“艺术风格”（实则是艺术技巧），漠视当代生活与思想；另有一些人只关心自己在艺术界的地位，包括在体制内的官位，以此来获得政治、艺术、市场的名利。近二十年来中国的现当代艺术有了长足的发展，对此我们有充分的信心。我不认可意大利策展人奥利瓦对发展中国家当代艺术的评价，在他看来，这些国家的所谓前卫艺术只是简单地引进几种发达国家的文化模式，是对西方艺术的重复与工业化生产。但我们确实要警觉，在一个以西方文化信息与创作模式为主导的全球信息网络当中，越来越多的发展中国家为了改变由地理交通不便和人口流动缓慢而带来的艺术的滞后与迟钝，通过文化信息的加速传递而卷入这一文化复制系统。由此，这些国家的年轻一代艺术家的活动越来越具有“国际化”的色彩，往往忽略不同文化的内涵差异而注意外在的艺术形式的国际化和作品给人的视觉刺激。在当代艺术中，仅有勇气是不够的，没有“文化”是不值得自豪的，徐冰、蔡国强、谷文达、黄永砯等艺术家的成功，在很大程度上得益于中国文化传统给予他们的创作资源和艺术想象。而艺术想象力不仅是艺术家也是艺术史家的专业化、职业化的基本要素，它建立在历史、文化、艺术语言的基础之上，不是逞一时之勇，矫饰虚妄。正如画家罗中立所说：“中国当代艺术真正的出路还是在东西方对话、交流的过程中，还是要立足在我们自己的传统当中，但是不能用老东西去跟西方当代的东西对抗，而是如何把我们的老东西变成具有中国精神和中国气派、又符合当下审美的。”（罗中立：《中国当代艺术的出路在东西方对话过程中》）

提出“中国文化的重建”还有一个含义：在我们的高等艺术院校中，应该积极展开对中国文化与艺术传统的研究与教学，否则，会有许多学生仍然像20世纪“85时期”的艺术青年一样，以西方文化和艺术理念为标准，继续模仿西方艺术，制造生产所谓全球化的当代艺术产品，痛失中国文化中的人文精神。

哲学家周国平认为，人文精神是一个模糊的概念，它有两个要素，一是终极关怀，二是社会关注。一般说来，终极关怀是中国文化传统中所一贯缺乏的，但真正使人文知识分子感到“失落”的是在社会关注方面人文学者与艺术家对于社会的直接影响力的减弱。强调终极关怀与社会关注并非要求将其变成全社会的信仰，相反，我们必须承认终极关怀在实践中的个人性，不能用“原则上的普遍性”来冲淡对个人性的承认，回避由个人性必然得出的精神价值的多元性这一结论。我们可以断定存在着某些人类共同的乃至永恒的精神价值，但是也必须承认这些价值仅仅存在于不同民族、不同个人的多样化精神价值寻求之中，对它们的理解永远是没有终极答案的，因而是多元的。

在中国现当代艺术史的研究中，以往过多注意艺术家的身份、活动、作品与风格，而忽略艺术与社会的交往互动、艺术家的个性与精神及艺术赖以生长的时代格局。正是在艺术家个性、灵魂的真实呈现中，我们看到了艺术重新进入当代人精神生活的可能性。作为知识分子，以往的艺术家多数是为社会提供加强沟通、提高道德权力话语，而中国当代艺术家则通过对社会权力话语的分析、解构，努力开放个人的自由空间。他们对当代生活的批判性质问，不仅是一种人文主义的知识积累和道德确认，而且也是通过创造性的想象和东方式的智慧，将艺术的批判转化为一种生存态度和文化气质。艺术家从现实生活的不确定的诸多可能性中去选择自我认定的某种可能，从而在流行的时尚当中发现历史的限制，并进而在人类知识视野的有限性当中寻求精神的超越。这使他们的艺术不仅成为个人挣脱历史的生存努力，也成为在时间的流逝中把握生存的意义，在对当代生活的批判性审视中重建民族文化的现实基础。

画家朝戈认为："现实真正需要的是正面的坚持内在价值的人与具有这种崇敬感的艺术，对人类的某种宝贵精神的持守与升华。这是面对世俗大潮的最具挑战性的回应。我坚信恒古以来，世界诸文明所拥有的一些人类基本价值是共同的。当代生活中种种人类危机，是对失去这种价值的反映。"（朝戈：《画室文摘》）

作为发展中国家，中国的现代化取得了令世界惊奇的成就，但是从文化角度来说，我们的现代文化还处在复兴与重建的过程中，即中国文化的深厚传统和优秀特质有待于深入的研究总结和现代转换。对全球化时期各个国家的文化精神困境，中国可以提出自己的解决之道，建立起现代的中国文化价值体系。这是因为，发展中国家不仅在经济上追随发达国家，在文化上也常常受到发达国家文化霸权的扩张，使发展中国家的"现代化"面临着经济发展与文化重建的尖锐矛盾。事实上，西方发达国家对第三世界现代化的进展确实起到了复杂的作用，全球化的过程，就是现代性的不断扩张的过程，它既是经济一体化的普遍性过程，也是西方文化与价值观念对第三世界的全面渗透过程，在效率、平等与民主的普遍追求下，确实存在着发达国家对发展中国家的政治、经济、文化的强权与压迫。也就是说，在文化与价值观方面，每一个处于现代化过程中的国家，都必然面对这样一种冲突中的选择，既要开放、借鉴有益于民族国家与文化建设的政治、经济、法律及文化的思想与制度，也要注意保存和发扬本民族的优秀文化与价值理想。对于中国艺术家和艺术史家而言，更要强调了解中国文化和历史发展的内在逻辑，用文化连续性观点辩证地了解传统与现代，寻找中国传统文化在现代性进程中的活力点，而不是简单地在批判或继承之间做出取舍。

"中国文化的认知与重建"是一个持续的命题，有关这一命题的思考和创作，是中国当代艺术中一个重要的方向。虽然，我们可以从更为广泛的亚洲现代文化发展的角度去观察这一问题，但我们更需要扎实地从中国当代文化的发展角度去思考。

在我看来，有关“文化重建”离不开对中国文化的认知与想象。这个问题有两个层面的含义，一个是在不同民族国家的发展过程中，由民族历史、经济、文化的差异而导致的不同民族相互间的“想象性理解”，即这种理解是建立在信息交流的不充分和信息占有的不对等的基础上的，所以充满了想象性与不确定性、变异性。这样，在中西方的文化、艺术交流中，存在着两种“想象”：一种是西方对中国的想象，即中国曾经是什么，中国现在是什么，中国将会是什么；另一种是中国人对于西方人如何看中国的想象，即中国人对西方人的“中国想象”的想象。可以说，这种有关“中国想象”的讨论和研究，主要是在民族文化与社会制度的层面，具有社会学与人类学性质。

在这个层面，中国艺术家要面对现代化发展过程中经济与艺术发展的不同步，以及这种不同步所带来的巨大差异性，中国当代艺术要面对所存在的与中国传统文化的断裂和疏离。学者庞中英指出，我们要走出对于西方的“追赶情结”，中国的现代化在一些方面一直是器物、物质、感性、具体东西的现代化，所以，在做法上充满了“追赶”，即按照西方的物质现代化为榜样。而与此同时，我们在文化与艺术方面也存在着强烈的“追赶”意识，并且在 1978 年以来的三十多年时间内持续地追赶西方艺术，从艺术语言到艺术观念，从双年展、美术馆等艺术制度的引入到拍卖行、画廊等艺术市场的国际接轨。当这种“追赶”进入 21 世纪，我们是否应该放慢脚步冷静思考 21 世纪中国艺术的走向?

有关“文化重建”的另一层意义，则是在哲学与美学层面，即认识东方和西方对于艺术与自然的思维方式、观察方式、表现方式的差异，其中充满了对不同民族艺术历史的追溯和当代艺术的理解。在这一方面，自 20 世纪 80 年代以来，中国的知识分子和艺术家从未停止过对西方文化和艺术的学习，从而形成了巨大的文化信息与理解的不对等：我们对西方艺术的了解大大多于西方对我们的了解。近年来的发展有一些新的特点值得注意，即西方艺术界逐渐意识到过去对中国艺术的居高临下是一种不恰当的西方艺术中心观。一方面，他们不再给予来自中国的艺术以特殊的认识和待遇；另一方面，西方艺术界更多注意到中国艺术所代表的东方文化的特殊性，尤其是东方人对于自然的想象与态度，以及中国艺术家对 21 世纪艺术走向的思考。

自改革开放以来，中国一直被西方看作一个令人困惑的国家，神秘和复杂超乎西方想象，他们对中国的判断十分复杂，充满各种情绪。中国和西方需要彼此适应，这要有一个较长的时期，其间充满抗争、调整和紧张，尤其是中国的迅速发展和强大造成了一些国家的不适应与警惕。当下世界出现了一种民族主义的保守潮流，所谓“美国优先”的特朗普主义，还有走向孤立封闭、拒绝移民和不同民族文化交流的欧洲右翼政党，是对提倡平等交流互助、人类共同发展理念的全球化道路的巨大挑战，而艺术对世界各国的文化交流和相互理解，具有不可替代的重要作用。

20世纪中国美术史的研究，经历了从翻译到编译、从教材到专著、从简史到通史、从画家与作品研究到图像研究等范式与理论的转变。而西方对中国的艺术史研究，也经历了从汉学到艺术史、从书画到图像、从艺术作品风格研究到视觉文化研究的转变。21世纪的中国艺术史研究，仍将面对许多新老问题，例如艺术史的体裁与分类、艺术史的框架与写作方法以及艺术史与社会学、心理学、图像学、文化与观念研究等学科领域的交叉和混生等。今天，在原有八大美术学院的艺术史论专业院系之外，综合性大学如北京大学、清华大学、浙江大学、复旦大学、中山大学、四川大学、上海大学、西北大学等，越来越多地建立了艺术与艺术史研究的学院系科，艺术史研究正在成为人文科学的重要部分，与政治、经济、科学、历史、地理等学科进行交流互渗。新一代的青年艺术家与艺术史学者，开始用平视的目光来观望西方，参与世界的和平发展。在未来的中西交往中，如果我们能够用平和的心态，以一种大国的从容胸怀去看西方的中国观及其变化，有助于对中西理解和文化交流产生更加积极的影响。对于新一代中国艺术家和艺术史家来说，心态的调整也十分必要，我们要具有更加积极主动的心态，尽可能地从中国传统艺术的资源出发，思考并创作具有当代价值的中国艺术，研究与写作具有中国特色的艺术史。“圣人含道映物，贤者澄怀味象”，这种当代价值，不仅包含着中国人独有的人文价值，如“以人为本”“天人合一”的和谐社会观，也包含着东方的美学价值，即更加超然、浪漫的想象性表现，追求艺术中的写意精髓，以及在中国艺术的主观性表现中所呈现的大气磅礴的自由境界。

（作者为中央美术学院教授）

《文艺研究》学术定位三题议

尤西林

《文艺研究》创刊四十周年，已成为学术界公认的标志性的刊物。《文艺研究》不仅是一本刊物，而且代表着一个论域及其平台。四十年的实践已积累了丰富的经验与问题，需要总结与反思。学术定位即是一个重要课题。学术定位不仅是一个标志性刊物的特色问题，而且关乎美学、艺术学与部门艺术研究的学术论域的联系与区别，因而具有学科专业定位的基础理论意义。需要从对象、方法与学术史定位三个方面，对其予以基本说明。

一、以艺术为核心的文化研究

《文艺研究》的研究对象是以艺术为核心的文化。

部门艺术（文学、绘画、音乐、戏剧、电影、建筑等）的专业研究各有其论域刊物，但部门艺术上升到艺术大类，要求融通特定艺术界限，从而进行比较研究。例如，王维诗歌研究可归于《文学评论》或《文学遗产》，王维画作研究可归于《美术》。对王维的诗与画的交融研究，则需要以更为普遍的艺术观念为两种异质的艺术提供共同的分析框架。这一研究继续扩展、深入王维与禅宗的关系，则进入了广义的文化领域。上述两个层面，都正是《文艺研究》超出部门艺术研究的对象领域。

文化领域虽然广泛，但以艺术为核心的文化研究，仍可确定为《文艺研究》的独特领域。文化视野不仅有外延意义上的扩展，而且有内涵的纵向深化。比如文人画这一重大课题，不仅涉及中国绘画的历史演变，而且涉及古代中国政治权力的社会学分化、社会心理等社会科学对象的基础结构演变，以及宋元开端的三教合一思想史流变。当上述的文化史研究不是游离为独立的社会科学研究，而是凝聚于笔墨情趣、渗透于典范作品的微观技法分析时，它就是以艺术为核心的文化研究。结合社会史与文化史的现代派艺术及其当代演变分析，以及大众文化艺术分析，都要求上述社会科学乃至自然科学与人文科学的融合。这是一个越来越普遍的当代趋势，相关研究也越来越超出部门艺术的单一研究，它们都需要融入《文艺研究》这样的平台。

近代以来，从实践技术中独立出来的艺术形态及其观念在当代已经发生巨大转折，艺术在更高的合题意义上重返生活。艺术与生活、艺术与政治、艺术与科学技术前沿如人工智能技术等，已经相互深深锲入，因而，在传统的狭义艺术研究之外，迫切需要《文艺研究》这样一个有较广阔文化视野的示范研究平台。《文艺研究》长期以来已经自然而然地越过传统艺术观念狭隘的界限，进入了艺术与社会生活文化形态的诸多关联域，并已积累了众所瞩目的成绩。

《文艺研究》需要更为自觉而有力地把握自己的独特对象，切忌堕入无文化境界的琐屑匠气或缺失艺术感知的文化漫议之中。

二、研究方法的美学深度

《文艺研究》的相关学科自然首先是艺术学。然而，艺术从古老的技术传统中独立出来，却有赖于“美的艺术”（beaux-arts）亦即美的观念的统摄。即使现代艺术以抽象与丑对抗优美，也并未摆脱美学将上述形态涵括于自身的丰富范畴。从而，与美学几乎同时问世的艺术学，自始即与美学内在包孕而一直相互融渗。美学的艺术学眼界曾经被视为美学的自我封闭。对于艺术学来说，一方面，与美学的混同是纯粹的艺术学长期难以发展的限定框架；另一方面，艺术学及其部门艺术研究却正是依托美学获得了自身无法企及的深度与广度。它包含着审美文化本体论、艺术心理学与艺术社会学的运用。

艺术最为根本的相关属性——自由与创造、自然天成、形式化、超越性，不仅植根于人性及其活动，而且渊源于孕育人类的自然母体。因而艺术学的本体论不仅进入哲学，而且进入宗教。依托科学技术及其知性思维，现代性精神摆脱了传统的宗教，却同时将超越性的想象与终极关怀转移向审美与艺术。这是中西方在现代性进程开端同样发生的事件。艺术不仅活跃在传统的宗教神秘领域，而且成为科学创新的活动原型，乃至成为日趋逼近的人工智能时代的拱心石。因此，海德格尔《艺术作品的本源》的讲演，不仅如伽达默尔所言是轰动性的哲学思想史事件，也是艺术自身的里程碑性事件：艺术与美成为技术统治时代葆养人性并克服虚无主义的关键所在。“对技术的根本性追思和对技术的决定性解析必须在某个领域进行，此领域一方面与技术之本质有亲缘关系，另一方面又与技术之本质有根本的不同。这样一个领域乃是艺术。”（《技术的追问》，载《海德格尔选集》下卷，孙周兴译，上海三联书店1996年版，第954页）海德格尔这一深邃眼光不仅超越性地开拓了艺术学，也超越性地开拓了美学。基于这一存在本体论化的美学与艺术学，才能有海德格尔诠释凡·高《农妇鞋》的境界。

《文艺研究》各个栏目都需要保持上述美学与哲学的思维水平。不仅是理论栏目，各部门艺术栏目都需要不仅在文化外延的扩展上，而且在美学与哲学的思维深度上，将自身与特定的艺术研究区别开来。

三、以中国当代文化艺术现实研究统摄中外学术史

但是，对理论深度的强调绝不意味着对艺术直觉经验的排斥。全部学术研究均有其经验对象，如前所述，文艺研究的研究对象是以艺术为核心的文化研究，这一研究在不同的时间与空间中形成了可资比较的学术史。学术研究是“源”，学术史研究则是“流”。或如马克思借用黑格尔的精神观念颠覆基督教意识形态统治时所言：“任何真正的哲学都是自己时代的精神的精华。”（马克思：《〈科隆日报〉第179号的社论》，载《马克思恩格斯全集》第1卷，人民出版社2002年版，第220页）借用康德术语：创新的学术是对其研究对象的先天综合判断，而不是对已有概念的形式化演绎推理。

以中外学术史研究取代学术研究，是今日中国学界的一大问题。与古代学术直击思想对象不同，现代学术已积累了厚重的学术史，学术史所形成的问题序列及其概念与逻辑，构成学术的专业基础。诚如康德所言，“思维无内容是空的，直观无概念是盲的”（康德：《纯粹理性批判》，邓晓芒译，人民出版社2004年版，第52页）。学术史所积累的概念系统是学术研究所必需的思维前提框架。但是，这一框架本质上是手段工具，它会随着学术活动发生继承与变革。学术史的生命乃是每一时代学术对彼时彼地现实问题的研究，它已包含着第一性的对象经验感知。如果说，伦理学不研究现实的伦理而只研究伦理学说史，此类纯概念学术的“照着讲”（冯友兰的著名说法）尚可能掩盖其无能于“接着讲”的事实，那么若脱离艺术对象的精神感受特质，文艺研究即使“照着讲”中外美学与艺术史，也无法掩盖其空洞苍白。

《文艺研究》真正可能进入学术史传世的成果，是外国人、古人与后人欠缺的中国

当代艺术文化研究。对“文革”样板戏及其传播方式的研究，对自由时间空前增大的当代所涌现的“大妈广场舞”的研究，乃至对人工智能创作的格律诗作品与唐宋诗的深度比较研究……这些才是独属当代学者自己的工作。这些现实研究需要深度的现实审美文化精神体会，同时需要借助学术史功底提供专业的深度思维架构。以追踪外国美学、艺术学思潮理论或发掘中国古代理论为业，只具有手段工具意义，无法替代作者真切敏锐的精神经验感受。它们只有在“自己时代的精神”激活下，才可能生发出新的阐释意义。有无现实感始终是判别真假学术的出发点与基础。离开这一基点，以中国古代美学、艺术学思想的概念抗衡西方理论的中西话语之争，并未触及问题根本。

《文艺研究》需要警惕无时代现实感的美学、艺术学学术史理论的文献堆积，与无理论深度的浅表经验的两极分裂。

（作者为陕西师范大学教授）

我眼中的《文艺研究》

于文秀

在我的眼中,《文艺研究》称得上是一本外观颜值高、内涵丰厚深广的学术期刊，它有问题意识，更有精品意识，在期刊林立的世界，可谓秀外慧中、形神俱佳。它一直是研究者乃至广大读者心目中有情怀、高品位、有影响力的优秀学术文化读本。同时，因其一贯秉持平实、厚重、真诚、坚毅的学术精神，而在国内外学术界享有盛誉。作为一名高校教师,《文艺研究》一直是我的良师益友，它不仅是我们的学术引领者，更是我们的精神家园。在我的学术成长中,《文艺研究》给了我莫大的支持和鼓励。

自从入职高校做一名教师起,《文艺研究》就是我的良师益友，是我教学、科研的重要参考和不可或缺的文献资料。每每讲到一些重要的作家作品，包括如何看待现当代的文艺思潮，我都会查阅《文艺研究》等期刊的相关文章和著述，名家观点和相关问题的争鸣富有启示价值，我常常在教学和科研中加以介绍、吸收、借鉴，以使教学内容有前沿性、有视野、有学术含量。之所以这样做，是源于硕士学习期间导师的引导和教诲。在吉林大学攻读硕士学位期间，我的导师之一刘柏青先生将他的教学经验传授给我们，他主张专业课的教学内容应该做到三方面的兼顾，即规定的教材内容、前沿的学术成果、自己的见解，这三部分最好各占三分之一。因此，包括《文艺研究》在内的许多权威学术期刊，都是我手边常翻常看的必备资料，许多新的研究成果被吸纳进来，这不仅丰富了我的课堂教学内容，也为我自己从事科研做了很好的积累。

对于《文艺研究》这样高端权威的学术期刊，作为年轻教师一直是仰望的，直到2002年的一次学术会议，让我与《文艺研究》真正结缘。那一年，我为著名文艺学家鲁枢元教授的著作《生态文艺学》写了一篇书评。限于当时《文艺研究》书评栏目的版面设置，我的这篇书评只发表出约一半的文字，尽管如此，它却是我在权威学术期刊发表论文的开始，也是我学术研究历程中的珍贵记录。随后这些年，我在《文艺研究》陆续发表了《对贺岁片现象的文化解读——以冯小刚电影为例》《重写文学史与后现代视角》《第三种大众文化理论——波德里亚的大众文化批判理论》《露丝·伊利格瑞的阴性女性理论》《物化时代的文学生存——“70后”、“80后”作家评析》《超越平等与逆转重塑理性与自我——评薇尔·普鲁姆德〈女性主义与对自然的主宰〉》等论文。这些论文基本都是关于文学文化现象、当前文化思潮方面的，尽管我非常努力地去探究这些论题，但我深知自己在深度和视野上还有相当大的提升空间。《文艺研究》对我的职业成长、科研进步、学术提升都起到了不可或缺的作用，令我每每不敢懈怠。

立时代潮头，通古今变化，发思想先声，以繁荣中国学术。《文艺研究》不仅为许许多多学者的成长、研究队伍的打造，提供了高端的平台和强有力的支撑，而且在构建中国文艺学学科体系、学术体系、话语体系，以及增强学科和学术的国际影响力方面做出了自己独特的贡献。四十年刊龄的《文艺研究》正值渐入佳境的尚好之年，年轻而又成熟，成熟而不世故，始终如学者、书法家启功教授援引《诗经》佳句对《文艺研究》所做出的评价那样——“如切如磋，如琢如磨”。

从作为发挥战斗作用的“阵地”到培养学术精神的“载体”，从传播学术的平台到建构文化发展战略的共同体……对于《文艺研究》四十年所走过的历程及其对学术发展所做出的贡献，前任主编方宁在文章中做过中肯的总结：“无论是在思想解放时代作为‘理论阵地’发挥战斗作用的《文艺研究》，还是在90年代作为‘学术重镇’的平台与媒介，无论是对于中国文艺理论和当代学术的影响，还是对于从事学术研究的主体——学者所形成的精神传导作用，都使它成为具有当代中国学术史意义的文本。”（方宁：《〈文艺研究〉与当代中国文艺学术史》，《文艺研究》2009年第5期）尤为可贵的是，《文艺研究》有着自己的品格和取向，它追求经典化与精品化，这令它在期刊界的形象卓尔不群，这是学人们的共识。正如冯牧在为《文艺研究》创刊十周年撰写的文章中所指出的那样：“这样的刊物不一定会拥有广泛的读者，然而却可能具有比较长久的阅读价值。”（冯牧：《一个理论刊物应有的品格》，《文艺研究》1989年第4期）《文艺研究》独特的品位与对学术价值的坚守，令其不仅有铁肩道义，更有经典文章。作为读者加作者，无论是否在岗，《文艺研究》将永远是我重点关注的学术期刊，更是我毕生的朋友。现为《文艺研究》名誉主编的方宁先生在一次学术研讨会致辞时说道：“回想起来，很多作者是和《文艺研究》一起从年轻时期走过，又一同迈入了中年甚至老年的门槛。所谓‘朝如青丝暮成雪’。”这的确是包括我在内的很多同人学术生涯的共同回忆与真实写照。

“四十载惊涛拍岸，九万里风鹏正举。”值此《文艺研究》创刊四十周年之际，期盼它能继续自己的坚守，以坚定的步伐继续走好自己的特色之路，成为中国学术期刊永远的经典文本。

（作者为黑龙江大学教授）

我与《文艺研究》的学术缘分

张　法

2019年是《文艺研究》创刊四十周年的大喜之年，我与这一声名远扬的刊物结缘稍晚，但与之有缘，对我的学术生涯来讲，真的甚为重要。

遥想1979年5月，《文艺研究》创刊，冰心、罗荪、韦君宜、王朝闻、（华）君武、张庚、曲六乙、袁可嘉、黄翔鹏等一批名家登上创刊号，阵容庄而宏、声威大且新，改革开放后中国文学艺术的理论话语，由此开始了一个新的时代。那时，我还在成都锦江边上的四川大学读本科一年级，除了细读名为文艺理论、实为文学理论的课本，对作为整体的文学艺术理论和广阔的文学艺术领域，知之甚少。当我闻知有这么一份文艺理论界的权威刊物之时，已是从北京大学研究生毕业分配到中国人民大学工作好几年之后了。那时的我，宛如一个学术小工，除为讲课写讲稿，为马奇老师和蒋培坤老师主编的美学丛书写书稿，一年也写两三篇学术文章，寄给正好向我约稿的刊物。年去年来，也深切地感受到在当代的学术体制中，刊物和出版社对一个学者的学术塑形有相当重要的影响。我写的好多书和文章，原本不在我的学术关注中心地带，但因为各种机缘而来的约稿，便很快写了出来。比如，《中国哲学社会科学发展报告1978—2008（艺术学卷）》，因是教育部社会科学委员会的任务且有时间期限，45万字，半年就写出来了；《佛教艺术》因是高等教育出版社徐挥的约稿，29万字，一年就写出来了；《走向全球化时代的中国哲学》，因为是阴差阳错而来的人大校内“985项目”，又得到国家社科基金的后期资助，7万多字，也写出来了……但那些自己想了和做了很久很久的东西，却一直滞留心中。比如“中国古典诗歌美学”，我在中国人民大学开选修课讲了二十多年，在浙江师范大学几乎也年年讲一次，但由于没有约稿，最初以提纲形态存在，后来以课件形态存在，现在也还只是课件。每次备课时，只是对课件上的提纲性话语、重要引文、相关图片，做些添改。同样年去年来，仅此而已。由此观之，当今学界，一个学人最后能写出什么东西，或是真的不完全由自己作主。明白了这一制度的或曰文化的或曰时代的事实，每当回首学术往事，我与《文艺研究》的缘分就显得重要起来。我的一些重要的学术想法，都因《文艺研究》而得以成文。成文过程往往是对所做主题进一步深思和实际提升的过程。很多以前意想不到的念头，往往会在成文过程中灵感就不思而来。特别是《文艺研究》本有权威之位，一种敬畏之心在作文时不知不觉中涌出，在如是心境中，已有的主题有时竟会闪出意想不到的奇思。

我在《文艺研究》发表的第一篇文章是刊载在 1997 年第 5 期上的《谈谈后现代及其与中国文化的关联》。1997 年初，我刚从美国哈佛大学访学一年回国，在哈佛期间读了也买了一些书，包括哈维的《后现代状况：文化变化的起源研究》的 1995 年新版，在一些新想法中包括了对后现代的思考。那时，王一川教授主持中华美学学会审美文化研究会，《文艺研究》的廉静副主编和我都被网罗去做了该研究会的副会长。和蔼平易的廉大姐向我约稿，于是，我把当时想得较多的这一主题写成了上述文章。发表后即被《新华文摘》1997 年第 12 期转载。

很有一些时候，我想，《文艺研究》之所以一直保持在文学艺术理论界的权威地位，与刊物编辑团队的个人魅力大有关系。记得 2005 年我到四川外国语大学主持重庆市的重点社科基地中外文化比较研究中心，把学校内英、法、德、俄、日各语种的学科强人集中在一起，进行语种互动中的学术攻关，首先以“中国现代文论演进”作为题目，由中心骨干研究人员写出了一些具有前沿性的论文。之后，我在去与《文艺研究》同人交流时，方宁主编非常感兴趣。方老兄为人忠厚、语言风趣，在他的幽默谈笑中，我们很快达成了选题意向。后来，中心的研究人员一共在《文艺研究》陆续发表了 4 篇高质量的论文。其中，我的《中国文学理论学科发展回望与补遗》发表在《文艺研究》2006 年第 9 期上，随即也被中国人民大学复印资料《文艺理论》2007 年第 2 期转载。因为得到《文艺研究》的学术认可，中外文化比较研究中心的研究团队信心大增，后来又在几家著名刊物和集刊上发表了几组文章。最终，就有了四人合著的《世界语境中的中国文学理论》（安徽教育出版社 2010 年版）的专著成果。

还记得我写得比较得意的关于艺术学起源和历史梳理的文章——《艺术学：复杂演进和术语纠缠》，发表在《文艺研究》2011 年第 3 期上。现已调任中国人民大学文学院院长的陈剑澜，当时是刊物的副主编，负责理论编辑室，这篇文章是他在电话中和我约定的。剑澜小弟与我一样，出自北大美学专业，与方宁一样谈吐幽默，但风格类型不同，方主编的幽默更多大度含蓄，而陈副主编的幽默更显戏谑，有时还带尖刻。但这次他在电话里却讲得很正经，说是编了一组文章，但作为一个整体（选题），好像缺了点什么；他知道我为教育部写过多年的艺术学学科年度报告，问我可否写一篇艺术学学科史一类的文章，使这组文章在大结构上完整一点。我觉得主题很好，却对能写成什么样不好保证。但当我按照这一主题去找资料写下去时，发现自己把以前一直朦朦略知大线、对细节却不甚了了的整个艺术学的来龙去脉，包括其怎么由德国而整个西方而中国，其重要术语如何演变，在西方与美学的悲欢离合，在中国学科内容如何伸缩，如此等等的史实，基本弄清楚了。写完之后，我对整个艺术学的演进及其相关重要问题，真有云开日出之感。

我也有一些文章，是自己写完之后较为得意，主动寄给《文艺研究》的。比如发表在2012年第5期的《“文艺”一词的产生、流衍和意义》和发表在2013年第9期的《“文学”一词在现代汉语中的定型》。发表后，前者被《中国社会科学文摘》2012年第9期转摘，后者被《中国社会科学文摘》2014年第2期转摘。这两篇文章是我对与艺术学、文艺学、美学紧密相关的两个关键词——“文艺”“文学”——进行的学术梳理，写得非常艰苦，但结果甚为满意。这满意主要有二：一是在写作过程中发现了不仅是在题域之中，更多是与题域相关或在题域之外的非常有趣的学术问题；二是寄到《文艺研究》之后，很快就发表出来了。

为写这篇短文，初步统计了一下，我在《文艺研究》共发表了10篇文章。《文艺研究》是全国具有权威性的刊物，作为刊物名称中的“文艺”二字，不是狭义的作为艺术的文学理论，即所谓的“文艺学”意义上的“文艺”，而是广义的把文学和艺术加在一起构成词义的“文艺”。从当今中国教育制度中的“学科体系”来讲，它包括文学门类中的中国语言文学和外国语言文学；艺术学门类中的艺术学理论、音乐和舞蹈学、戏剧和影视学、美术学、设计学；工学门类中的建筑学、城乡规划学、风景园林学；农学门类中的园艺学。每当想到自己能在这样一个领域广阔而占位权威的刊物上发表10篇文章，一种幸运之感就油然而生。

《文艺研究》能在如此广大的文艺领域中一直占有权威地位，除了其他重要因素之外，如上面讲的，与其一直薪火相传的一流编辑团队紧密相关。在我认识的历代编辑中，有老一代的柏柳、廉静、方宁，中年一代的陈剑澜、金宁及新一代的张颖。前面讲到过方宁、陈剑澜，其实我与金宁也很熟识，只因他负责的是造型艺术栏目，所以没有稿件上的交流，但只要与他见过面、聊过天的人，都会感受到他那带着洒脱的大气、才气、和气。张颖也是北大美学专业出身，算是我的北大系友，每当看到她的著作、译作，以及常在数个朋友圈里被转发的文章，其学理深邃又才华横溢，不认识的人大概多会以为她是某大学里的教授。我想，一个好集体，任何一人进去，如进花好味香的庭院，都会在日出日落间变得更好。有这样的编辑团队，《文艺研究》在文学艺术理论界的权威地位，会毫无悬念地长期保持下去。其实，更重要的还不是毫无悬念地保持这一权威的地位，而是以其权威的地位，带动中国文学艺术理论界，并与之一道，在古今大变局和世界大变局的当今时代，书写波澜壮阔的历史美图和理论画卷。

精美地镶嵌在古今大变局和世界大变局的伟大时代之中的《文艺研究》，今年，迎来了创刊四十周年的大庆之喜。我，作为一个与之有学术之缘的作者，欢喜！感恩！祝贺！

（作者为浙江师范大学教授）

历史逻辑的运行与学术流脉的转换

——从《文艺研究》四十年重大论题看中国当代思想文化的演化

张福贵

每当我考量中国社会和思想文化状态的时候，总是想到鲁迅在1928年做出的那个深刻的判断："觉得中国现在是一个进向大时代的时代。"（《而已集·〈尘影〉题辞》，载《鲁迅全集》第三卷，人民文学出版杜1981年版）在这个"大时代"里，我想，作为经历浩劫痛苦又承接改革时代恩惠的一代人，今生今世是不会放弃人文情怀、放弃对于国家和民族的历史责任的。因为我们忘记不了过去，也惦记着未来。回望历史可以有各种角度，就中国当代思想文化和文艺学术的发展过程来说，如果要寻找一个观察角度或者一种表征的话，考察一份代表性的学术刊物可能是一种捷径。《文艺研究》杂志正是这样一个合适的选择。通过考察这个刊物的办刊宗旨及发表的文章、讨论的问题，就可以把握当代中国学术发展转换的基本脉络。由此我们所看到的，可能不仅仅是历史，也蕴含着未来。

《文艺研究》的成长是与中国改革开放的历史进程同步而行的，而我自己学术的成长也和这个杂志一样，在令人怀念的时代里一步步走过山路弯弯，走过波峰浪谷，最终，我们都是改革开放的当事人，也是改革开放的受益者。我相信许多人和我的感受是相同的，相同的感受来自共同的体验。我们这一代承受历史坎坷的磨难，也领受了历史巨变的恩惠，从这个意义上讲，我们真的是时代的幸运儿。当将坎坷的历史和巨变的历史两者联结在一起时，我们的思想和学术便和社会一道成熟了。在这一成长过程中，少不了像《文艺研究》等许多优秀刊物和编辑对我们在学术上的扶持和帮助。我最初在《文艺研究》发表文章并不早，第一篇在2004年，是关于张资平小说主题评价的。岁月沧桑，斗转星移，这样的文章能否在今天问世或在两可之中。从大局看，方宁在《文艺研究》创刊三十周年的专题文章（《〈文艺研究〉与当代中国文艺学术史》，《文艺研究》2009年第5期）中说道："作为一份在国内学术界有着重要影响的理论刊物，《文艺研究》的发展和国家改革开放的历史相伴随，一起度过了三十年的时光，从它所走过的这段历程中，可以清晰地看到新时期中国文艺理论发展演变的轨迹，及其所标志的每一个历史阶段美学理论、艺术理论和各个艺术门类的研究所能达到的高度。”

首先，《文艺研究》是中国思想文化的前沿。

由于诞生在改革开放的大时代里，《文艺研究》最显著的特点就是超越学科边界，着眼“大学术”，提出、回答当下的重大思想文化问题。

从刊物最初的办刊宗旨及其“学科性”来看，《文艺研究》算是一个相当“规矩”的专业化刊物，研究文艺学科的理论和实践问题，引领学科前沿话语的建构。例如，1984 年讨论戏曲危机问题，1985 年讨论李泽厚、朱光潜、蔡仪、王朝闻等人的美学思想，1984 年针对控制论、系统论和信息论与文艺的关系问题的讨论。在中国的现实逻辑和思想文化惯性作用下，编辑作家离不开政治，专业学术离不开政治，刊物也离不开政治。远离政治往往是远离时代和疏离本质。就像方宁在前述文章中所说的那样：“考察 20 世纪 70 年代末期以来的中国传媒史，很难想象没有哪类媒介最初不被赋予这种服务于政治和参加战斗的功能。当然，传媒之间又是千差万别的，由于有着不同专业角色的定位，因此或多或少还存在着直接与间接、明显与隐晦的界限。就传媒自身而言，也会随着社会的变化发生功能方面的调整与改变。”可以说，《文艺研究》是一份地地道道反映中国思想文化本质的刊物。创刊伊始，它就把目光投注到当下文艺发展的重大问题上。例如，1980 年第 1 期就围绕文艺界乃至思想文化界热点问题进行讨论，发表了不同观点代表人物的文章，如敏泽《文艺要为政治服务》、王若望《文艺与政治不是从属关系》、黄药眠《关于文学中的人性、阶级性等问题试探》等。当年第 3 期又发表了钱谷融《〈论“文学是人学”〉一文的自我批判提纲》、顾骧《人性与阶级性》、曹廷华《“文艺从属于政治”是不科学的命题》等文章。可以说，这些文章及其作者在当时相关讨论中具有代表性，产生了全国性的包括对相关文艺政策的影响。这是改革开放之后几乎最早集中探讨文艺与政治关系的重头文章，其中对立的两种观点至今都具有代表性，都具有学术史的价值。敏泽等人肯定文艺与政治的关系是“从属”和“服务”的关系，认为“从属论”和“服务论”都是科学的提法，应当作为马克思主义文艺观的一个基本原则加以坚持。而王若望等人反对“从属论”和“服务论”，认为它是不科学的、错误的命题，认为“文艺跟政治并不是父子关系，而是兄弟关系”，“把文艺作为政治的仆从，把文艺从属于政治的观点就是不科学的”。文学与政治的关系是一百多年来中国文艺创作和研究中的焦点问题。毛泽东《在延安文艺座谈会上的讲话》指出，“文艺是从属于政治的，但又反转来给予伟大的影响于政治”；“我们所说的文艺服从于政治，这政治是指阶级的政治、群众的政治，不是所谓少数政治家的政治”(《毛泽东选集》第三卷，人民出版社 1991 年版，第 866 页)。后来周扬进一步阐释道：“我们的文艺既然是为政治服务，具体地说，就是为战争、为生产服务的，那末，文艺就应当推动战斗、生产，而决不应妨碍战斗、生产。”(《新的人民的文艺》，载《周扬文集》第一卷，人民文学出版社 1984 年版，第 526 页）这种文艺观是中国现代政治—历史逻辑所决定的。阶级斗争、民族解放和社会主义建设历程，以及艰难探索和改革开放的时代，这些重大的政治实践既是社会时代对于文学的外在要求，也是文学自我反应、选择的内在诉求。经过政治—历史逻辑的作用，外在要求与内在诉求高度统一，文学的一切都被高度政治化和组织化了。无论如何理解，文艺与政治的关系总是一种时代性的关系，时代的变化也必然对这一关系做出调整。邓小平主张“不继续提文艺从属于政治这样的口号”，指出“这个口号容易成为对文艺横加干涉的理论根据，长期的实践证明它对文艺的发展利少害多”；同时他认为“文艺是不可能脱离政治的”(《邓小平文选（一九七五—一九八二年)》，人民出版社 1983 年版，第 220 页)。《人民日报》社论正式提出了“文艺为人民服务，为社会主义服务”。《文艺研究》的讨论文章，显然是新的时代背景下参与推动这一重要思想转变的力量之一。

对文学艺术中人性、人情、人道主义及其“异化”问题的讨论，是 20 世纪 80 年代影响最大的文艺思想论争。这场论争不仅体现在文学艺术问题上，更体现在整个思想文化深刻转化的历史过程中，是从对此前十年特殊时期的历史反思开始的，随后逐步演化到对 20 世纪 50 年代以来历程的全面反思。其实这不只是对政治的反思，也是对人自身命运和价值的反思。我曾说中国千百年来封建传统社会所有罪恶的根源只有一个，那就是对人的不尊重。用鲁迅的话说就是人不成其为人。对于人性、人情和人道主义及其“异化”问题的讨论，与同时代的“伤痕文学”“反思文学”及“寻根文学”思潮相呼应，成为中国当代文艺发展中的滚滚热潮。在反思中人们开始呼唤人的尊严、人的价值和人的权利，渴盼人性的全面回归。《文艺研究》在 1979 年推出朱光潜《关于人性、人道主义、人情味和共同美问题》后，又相继有陆梅林《马克思主义与人道主义》、黄药眠《人性、爱情、人道主义与当前文学创作倾向》、丁学良《〈马克思主义与人道主义〉一文质疑》、蔡仪《论人本主义、人道主义和“自然人化”说——〈经济学—哲学手稿〉再探》，以及杜任之、孙凯飞《人道主义争论不清的症结在哪里？》等一系列文章，积极参与并有力推动了这场声势浩大的思想讨论。这里虽然不是讨论的发源地，但是比较全面体现了讨论中的各种观点。其中，陆梅林的文章和丁学良的商榷文章最具代表性。陆梅林《马克思主义与人道主义》(《文艺研究》1981年第3期)一文后来扩展为著作出版，其观点为，马克思主义不是以解决有关人的问题作为自己的出发点的，若如此便是把青年“马克思的片断言论所曾表达的人本主义思想”当作了成熟的马克思主义，马克思对人本身的高度关注，乃是其早期“接受了而不久就批判和扬弃了的费尔巴哈人本主义哲学思想”的“遗迹和残痕”，马克思完成了世界观转变之后，人的问题就不再是马克思思想的出发点了。而丁学良在《〈马克思主义与人道主义〉一文质疑》(《文艺研究》1982年第2期)中认为，从马克思思想的发展历史来看，陆梅林的这个结论是值得商讨的。“马克思一开始投身于社会政治运动，就把人的问题作为自己毕生奋斗所要解决的首要问题；推动马克思从事几十年艰苦卓绝的理论研究的动力，就是他对人的命运的关心，对资本主义时代人的处境的忧虑，和对人类未来的崇高理想。马克思的思想确实有个发展进程，但是，马克思从来也没有改换过自己学说的根本出发点，没有否定过它的中心任务就是为了彻底解决人的问题。”十分明显，马克思主义与人道主义的关系不只是一种思想来源和思想发展问题，而是马克思主义本身构成本质的问题。人道主义是人类性的思想，马克思主义作为以人的全面解放为目标的学说，如果不包含人道主义思想，怎么能够成为“放之四海而皆准”的人类真理？也只有这样才是真正全面理解了马克思主义。“人道主义”与“异化”问题和“文艺与政治”问题，是新时期思想文化界影响极大的讨论，《文艺研究》以问题的前沿性和作者的代表性成为讨论举足轻重的园地。

越到后来，《文艺研究》与时代思想文化的重大问题靠得越近。我不知道是出于编辑者有意为之，还是时代自身发展在刊物上的自然反映。也许，最大的可能是二者的历史共振。改革开放从思想观念和思维方式的角度来说，就是一种文化转型。乡村改革、企业改革、机构改革、教育改革、医疗改革等各方面的改革，首先都是一种观念的变革，没有观念的变革，就没有改革。而作为一种思维方式的变革，决定了改革的本质和成效。改革是国之大事，也是每个公民的事。改革大潮浩浩汤汤，顺逆之间天壤之别。我们被时代大潮冲击，也感受和参与推动着这个时代，而体现在我们自身，就是学术思想的变革。改革是一种社会实践，也是一种思想实践。

其次，《文艺研究》是中国文艺学术的前沿。

《文艺研究》作为艺术学科最高的学术刊物，不仅代表着相关领域学术的最高水平，更重要的是，往往具有开风气之先、引领学术发展潮流的作用。《文艺研究》自始至终关注文艺领域相关专业理论及其发展动态，从文学批评、戏剧戏曲、电影电视到美术、音乐，几乎涉及文学与艺术的所有专业领域。这种学术特色和优势不只在于其内容的广泛性，更在于其问题研究的前沿性。也有的问题并不是前沿问题，不是新问题而是老问题。但老问题一再被讨论，恰说明其重要，同时也说明这个问题还没有解决，因此也就变成了新问题。例如现实主义问题，从20世纪30年代开始直至当下，这个问题一直被讨论。特别是每到文学史发展的关键节点，现实主义问题就成为文艺思想和创作转型的契机或者口号，被文艺界和学界讨论。其标志或符号价值十分突出，比较而言，其内涵本身有时候倒变得并不重要了。80年代又是中国文艺发展史上的一个重要转型时刻，有关现实主义问题重新进入人们的视野，而《文艺研究》一马当先，陆续发表茅盾《现实主义与反现实主义的斗争是文艺历史发展的规律》《坚持我国文学现实主义的传统》，以及王蒙、王干《说不尽的现实主义》，王嘉良《现实主义："社会批判"传统及其当代意义》，朱恩彬《儒家思想与中国文艺的现实主义》，古华《关于现实主义的思考》，郁沅《艺术真实与现实主义》，段前文《现实主义概念试辨》，旷新年《现实主义：广阔道路，还是窄路？——当代现实主义的境遇》，夏淳《现实主义旺盛的生命力》，薛瑞生《不依古法但横行——〈红楼梦〉与中国古典现实主义的终结》，田本相《我们仍然需要现实主义》，程代熙《卢卡契的现实主义理论——读书札记》等一系列有影响的文章。应该看到，关于现实主义问题的讨论是在以下两个前提基础上展开的。

第一，是在现代主义或现代派萌生和成长的基础上进行的。《文艺研究》发表的法国学者让-弗朗索瓦·利奥塔尔的《现实主义与后现代主义》一文，恰似对这一境遇的描述。现代主义或现代派在20世纪80年代成为影响中国文学艺术走向的重大文艺思潮，一时间成为创作和批评的基调之一。而现实主义经历了此前几十年并不正常的发展，在这种状况下是否还具有生命力？《文艺研究》的一些相关文章分别从质疑和肯定的不同角度，试图对这一问题做出回答。作为刊物的专业性特点，也是问题影响所至，《文艺研究》除了发表有关现实主义问题的理论探讨之外，还发表了不同艺术领域对于现实主义问题的看法。如张庚《谈戏剧中的现实主义问题》、萧德明《历史剧的现实主义进程》、王琦《现代西方现实主义绘画浅议》、尚辉《20世纪中国美术现实主义内涵的变化与发展》、顾丞峰《现实主义美术再认识》等。殊途同归，这些从不同领域阐释现实主义影响的文章，恰好表明现实主义永恒的生命力。

第二，是在"社会主义现实主义"或者"两结合"创作方法的理论前提和多年实践基础上进行的。我以为，改革开放首先是思想变革，而思想变革的表现就是对于历史和自身的反思，更是思想能力的检验。有关"现实主义"问题的讨论，是建立在对于改革开放前的思想和实践基础上的历史反思。社会主义现实主义的政治思想前提之一是“文艺为政治服务”，这一原则在历史过程中特别是社会主义革命和建设中具有明显的社会价值与审美价值，其本质是强化文学的阶级性，这是阶级斗争激化时代文学和作家的选择，是政治—历史逻辑使然。当民族解放和阶级翻身最为激烈的时刻，文学是不可能置身事外的。同时我们又必须承认，政治话语是文学研究的纲领，但并不是文学研究本身。像文学创作一样，文学的政治伦理是从艺术到政治，而不是从政治到艺术。文学研究也是从学术到政治，而不是相反。需要注意的是，在具体的艺术实践中，社会主义现实主义话语在某个特殊时期内可能表现为一个相对封闭和单一的话语体系，相对忽略历史真实和艺术审美感受，并且在价值判断上具有强烈的排他性和否定性。因此，对于某些被认定为“非革命”“非现实主义”的文学和理论进行了过度批判，这和 30 年代开始一直受苏联理论模式的影响有一定的关系。当中苏出现政治分歧后，意识形态体系的结构与功能并没有发生大的改变。而从文学研究与批评实践看，基本上没有经历过一个否定苏联理论模式的过程，最多是以苏联理论模式来批判苏联文学——“苏修文学”。这一现象表明，当时中国文学史研究和文学批评尚未建立起自我话语体系，也是一个相对单一的封闭而非开放的体系。所以，20 世纪 80 年代以“文艺与政治的关系”“现实主义”等问题为切入点，开始对“社会主义现实主义”理论和方法进行反思。《文艺研究》适应这一历史需要，在对于“现实主义”问题讨论的基础上，发表了吴元迈《当代苏联现实主义思潮——现实主义与社会主义现实主义问题》、颜纯钧《“两结合”与社会主义现实主义的规定性》等文章，专题探讨这一问题。当然，肯定性评价仍然是主流观点。

有关文学史观问题是文学研究领域中的另一个老问题。我一直有一个看法：中国有悠久的历史，但缺少科学的历史学；中国有统一的历史观，但缺少个性化和人类性的历史哲学。改革开放四十年来，有关历史问题的讨论最终都落实在历史观的变革上。80 年代中期关于“20 世纪中国文学”概念的讨论和 21 世纪“文学史命名”的讨论，可以视为历史观的一种突破。但是，前者主要思考有关文学史纵向构成问题，后者主要对概念本身的时间性和语言系统问题进行探讨。《文艺研究》有关文学史观问题的探讨虽说包括了古代文学史，但主要还是围绕着中国现当代文学史观和文学史写作展开的，也是该刊讨论时间最长、发表文章最多的专题之一。当然，与多数刊物一样，对这个问题的讨论并不是一个渐进的线性发展过程，而是一个发展、转化甚或后退的过程。20 世纪 80 年代，从观念变革到方法变革，形成了一种此起彼伏的热潮，而对于文学史观的讨论来说，更多也是集中于内容而非方法问题。一般说来，对于文学史内容的构成探讨远多于构成方法的探讨，使文学史观的讨论变成一种思想的讨论而非技术的讨论。所以说，即使讨论再热烈、长久，也是不完整的讨论。

《文艺研究》关于文学史观讨论的文章，不少是从宏观的角度讨论文学史观本身的变革，如王晓明《从万寿寺到镜泊湖——关于“二十世纪中国文学”研究》，丁帆《关于百年文学史入史标准的思考》，陶东风、孙津、黄卓越、李春青《历史，从将来走向我们——“重写文学史”四人谈》，于文秀《重写文学史与后现代视角》，杨庆祥《审美原则、叙事体式和文学史的“权力”——再谈“重写文学史”》，王齐洲《“一代有一代之文学”文学史观的现代意义》，徐敏《“重写文学史”及其他——读王晓明〈刺丛里的求索〉》，高玉《无法企及的客观与真实——重思文学史写作及评价的标准问题》等。这些文章探讨的是文学史哲学的问题，从概念辨析到入史标准到内容结构，这是以往有关“20世纪中国文学”和“重写文学史”讨论中很少达到的深度，具有思想性和逻辑性融合的特点。

除了正面讨论文学史观的本体问题之外，许多文章还从世界文学的视野和外国影响与经验，讨论中国文学史观变革的路径问题。如刘宁《问题与方法——苏联学术界对于文学史的研究》、范大灿《文学是历史的一部分——对卢卡契文学史观的评述》、周宪《三种文学史模式与三个悖论——现代西方文学史理论透视》、王宁《世界文学格局中的20世纪中国文学史断代》、温潘亚《文学史的“同存结构”与“外部权威”——艾略特批评理论中的文学史意识》等。从纵向的文学史观发展进行阐释，属于一种本体性的讨论，而将其纳入世界文学史观大视野中进行考察，就具有了比较准确的定位和标准。经历过80年代中期相关讨论的人都知道，文学史观的讨论包括“20世纪中国文学”和“重写文学史”的口号，从一开始就不单纯是一个文学史的概念和文学研究的视角，而是要从“20世纪中国文学”中读出“20世纪中国”的思想文化变迁过程，是要通过“重写文学史”来重新建构和认知历史时代。我们看到，在很长的时间里，对中国文学史学问题的讨论多是一种文学史分期和命名问题的探讨。作为断代史格外发达的中国历史学和文学史学，必然要对中国现当代文学发展史分期问题进行讨论。分期并不是断裂，而是为了更好地把握整体。2010年第2期《文艺研究》上发表了洪子诚、程光炜等人关于“重返八十年代”的一组文章，有洪子诚《“作为方法”的“八十年代”》、杨庆祥《在“大历史”中建构“文学史”——关于“重返八十年代文学”》、贺桂梅《打开六十年的“原点”：重返八十年代文学》、罗岗《在“缝合”与“断裂”之间——两种文学史叙述与“重返八十年代”》、王尧《冲突、妥协与选择——关于“八十年代文学”复杂性的思考》等。这一组专题文章的发表，使“重返八十年代”的话题得到了进一步的深入，也使《文艺研究》与较早开辟“重返八十年代”专栏的《当代作家评论》《南方文坛》等杂志一起，成为此问题讨论的最重要的阵地。程光炜谈到话题缘起时，说是受到了法国年鉴派“时段史学”观点影响，就是“在反对宏观史学的基础上提出的一个微观史学的设想。但是微观史学内部也潜藏着宏观史学的视野和框架，两者其实并不矛盾。‘重返八十年代’就是一个微观史学的设计方案。它设想把八十年代切分为一个独立的历史段落，在这个框架里让当时纷纭复杂的文学现象沉淀下来，一个问题一个问题地加以研究。按照我后来的说法，就是中国当代文学史研究的‘历史化’”（张亮：《“重返八十年代”文学课堂的缘起与展望——程光炜教授访谈》，《当代文坛》2018 年第 4 期）。无论社会还是文学，“年代”无法“重返”，“重返八十年代”的讨论只是对于 90 年代以降文学发展的一种反思和评判而已。

文学史观的讨论不只是一个形而上的观念和理论的探讨，更具实际价值的应是文学史写作的具体操作的思考和实践。《文艺研究》在主要讨论文学史观理论问题的同时，还从不同的角度，例如文学史的史料问题、文学史写作的范本评价等问题进行了具体探讨，这就使文学史观讨论在思想和逻辑基础上加入了技术维度，从而变得更加具体、完整和全面。

有关史料学问题，刘增杰曾在专著《中国现代文学史料学》中有过系统的阐释。重视史料学的问题，是当代中国文学史学近年来一个引人注目的可喜现象。《文艺研究》的相关文章有谢泳《中国当代文学史叙述中的史料拓展问题——以 1951 年刘盛亚〈再生记〉事件为例》、杨洪承《中国现当代文学史料的角度和史识问题——以作家全集的编纂为例》、吴秀明《论当代文学史料研究的时空拓展及其档案制度障碍》、付祥喜《建立中国现代文学史料学仍然任重道远——评刘增杰〈中国现代文学史料学〉》和《当代文学史编写中的文献史料问题——以陈思和〈中国当代文学史教程〉为考察对象》等。这些文章都是着重从以往文学史写作的经验和问题出发，来探讨建立中国文学史史料学的意义与价值。其中，谢泳通过对刘盛亚和《再生记》事件相关史料的披露，提出了中国当代文学学科建设中的史料拓展问题，认为以往文学史研究中，长期沿用公开报刊上的文学史料、简单转换评价立场，难以深化中国当代文学史研究。他另辟蹊径，通过对当时主管部门内部出版物的分析，提出中国当代文学史研究史料方向要有新的拓展，开辟文学史研究的新方向，从而建立中国当代文学史研究的文献学基础。谢泳长期专注中国现当代文学的史料问题，以他在大学开设的“中国现代文学史料的搜集与应用”课程为主要内容，2010 年出版了《中国现代文学史研究法》一书。通过下苦功夫、笨功夫，打捞了无数鲜为人知的第一手资料，不仅订正和丰富了文学史，而且总结出一套成型的史料学方法，功莫大焉。人们对于当代史料往往轻视和忽略，因为当代史料就是现实存在，而且往往是日常化的存在。在这种状况下，研究者和研究对象几乎处于同一时空中，都是历史的当事人和史料的构成者，最终人们在忽略了当代史料价值的同时也忽略了自己。所以，文学史料学的确立和完善，首先要确立和完善文学史料价值观。与此同时，讨论者还应进一步注意到并不是所有发生的、存在的都是文学史料。“文学史料中包含能够构成文学史内容的材料和不能构成文学史内容的材料。为了明确区分这两种材料的差异性，我勉为其难地将其分为‘文学史料’和‘文学资料’。”（张福贵：《当代文学史料的历史价值与构成逻辑》,《文艺争鸣》2016 年第 8 期）文学史料应该能够进入文学史写作，应该具有指标性、经典性的价值，而前者仅是文学资料而已。

有关文学史写作范本的评价，是《文艺研究》进行文学史观问题讨论中具有学术史价值的事件。从 20 世纪 50 年代王瑶、丁易、刘授松等人的中国现代文学史的编撰，到其后大学生编写文学史热潮以及 80 年代文学史重编，文学史写作种类、数量繁多，经典却极少，其根本原因就在于文学史观的模式化和文学史学的欠发达。抛却因时而变的思想环境不说，单就写作者的史识和方法论来说，也是不成熟的。文学史写作不同于一般的学术著作，需要经受政治和学术的检验，更要经受历史的检验。

以现当代文学史的写作为例,《文艺研究》先后对胡适、严家炎、洪子诚、范伯群、陈思和、顾彬等经典性的文学史著作进行了重点评价，发表了蒋原伦《胡适〈白话文学史〉及其本质主义文学观》、王家平《诗与史纠葛中的文学史写作——评洪子诚的〈问题与方法：中国当代文学史研究讲稿〉》、郭延礼《雅俗之辨与通俗文学的泛化——评范伯群教授的两部〈通俗文学史〉》、陈晓明《“对中国的执迷”：放逐与皈依——评顾彬的〈二十世纪中国文学史〉》以及笔者的《经典文学史的书写与文学史观的反思——以严家炎〈二十世纪中国文学史〉为中心》等。此外，郭俊超《偏见与创见——评陈芳明〈台湾新文学史〉》、陈文新《疑古与分寸——评〈剑桥中国文学史〉的楚辞论述》和陈庆、陈文新《经济生活视野下的中国文学史书写——评前野直彬主编〈中国文学史〉的得与失》等，还对中国台湾及海外学者的文学史著作进行了评析。

我一直强调，关于中国现当代文学史的评价从来就不仅是一种学术史和艺术史的评价，而是一种思想史、政治史和革命史的评价。中国现当代文学由于与中国现代政治的天生一体，文学史成了政治史的袖珍翻版。统一的文学史观构成了同一的文学史文本，导致了文学史写作的大同小异甚至千篇一律。毫无疑问，历史具有本质性，也就是历史的合逻辑性。中国近代以来形成的政治意识渗透到历史逻辑之中，既影响到历史的发展，也影响到历史的评价。然而，历史的评价并不都基于历史本身，可能更基于当下评价历史的思想环境。也正是因为如此，才有“一时代有一时代之历史”和“一切历史都是当代史”之说。评价历史的尺度主要决定了文学史内容的选择和内容的评价立场，文学史写作难以逃脱这种时代影响。而历史书写应该有相对的恒定性，历史文本本身更要经受历史逻辑的检验。当一切都不能确定的时候，以时间性来确立文学史观、结构文学史内容，可能是唯一可行的方法。所以，像中国古代文学史那样，以政治时代为界限来结构和划分文学史，最终是能够经受住历史考验的。

《文艺研究》在反映热点和最新重点理论问题上，也是走在前面的。20 世纪 80 年代对于现代主义、现代派的讨论，21 世纪对于后殖民主义理论的讨论等，《文艺研究》都是最重要的阵地。现代主义和后殖民主义是改革开放以来，对中国思想文化领域影响最大的、两种价值取向相悖的文化和文艺理论。对西方现代派文艺的探讨，较早引起论争的是《外国文学研究》1982 年第 1 期上徐迟《现代化与现代派》一文，提出中国要现代化、文学要现代派的口号。而《文艺研究》1979 年创刊号即有袁可嘉《象征派诗歌・意识流小说・荒诞派戏剧——欧美现代派文学述评》一文，此后又陆续发表袁可嘉《略论西方现代派文学》、冯建民《试论现代派的艺术特征》、陶济《现代西方哲学与现代派文学的关系》、敏泽《对待西方现代派问题的原则分歧》、李锐《“现代派”——一种刻骨的真实，而非一个正确的主义》，以及罗杰・沙特克（刘明、杨波译）《现代派的贫困——师生对话录》等许多文章。如果从今天学界对于现代主义或现代派的研究深度看，不少早期文章失之简单化，学理性不强。事实上，与“五四”以来进入中国的许多西方文艺思潮一样，80 年代初现代主义进入中国也不只是对文艺创作和文艺批评产生影响，而是对社会思想文化具有整体性的影响，同时也成为重回“五四”时代呼唤思想启蒙的思想立场和技术手段。

在说后殖民主义评论之前，有必要说说比后殖民主义更早进入中国思想文化领域的后现代主义思潮。《文艺研究》完整地参与和推进了关于二者及其关系问题的讨论，通过讨论构筑了思想文化史的思想路标。二者时间有前后、内容有重叠，本质上更有差别。后现代主义在中国传播过程声势浩大而生命力短，它实质上是与现代主义异曲同工，共同承担起对于权威主义的反思和反叛功能。《文艺研究》围绕着后现代主义思潮发表了比后殖民主义思潮更多的评介文章，最早刊发的有关后现代的文章是1981年第1期吴焕加的《西方建筑艺术潮流的转变与后现代主义》一文。文章虽然是从技术角度论及后现代，但是在中国应该是较早谈论后现代的文章之一。《文艺研究》刊发的30多篇有关后现代的文章多集中于80年代和90年代，其中1992年第1期、1995年第5期、2000年第2期等还开辟专栏或专题进行讨论。在此前后的相关文章包括张法《谈谈后现代及其与中国文化的关联》《后现代与中国的对话：已有的和应有的》，王岳川《后现代文化策略与审美逻辑》《后现代主义文化与价值反思》《后现代文化现象研究——后现代知识与美学话语转型问题》，周宪《文化的分化与“去分化”——现代主义与后现代主义的一种文化分析》《古典的、现代的和后现代的——关于话语的意义形态学》《现代性与后现代性——一种历史联系的分析》，史建《共生·多元·传统——对后现代主义文艺思潮的思考》，陆扬《关于后现代话语中的现代性》，宋一苇《马克思哲学与后现代理论话语》，赖大仁《当代文艺理论批评中的后现代性》，陶水平《谈后现代文化在中国兴起的原因》，周来祥《荒诞和荒诞的后现代主义》，张颐武《后现代性与“后新时期”》，余虹《中国文学理论的现代性与后现代性》，杨守森《二十世纪现代后现代文艺思潮反思》，王宁《如何看待和考察后现代主义》，陶东风《后现代主义与中国传统文化》等。此外，还刊发了一些西方学者关于后现代主义阐释的文章，这种思想构建和传播接受的共时性，使后现代主义的理解和评价多了一种现场感和准确性。

在对后现代主义进行正面的理论阐释中，张法的观点比较完整和全面。他认为后现代具有三种属性：历史时期、美学风格、思维方式（《后现代与中国的对话：已有的和应有的》，《文艺研究》2003年第4期）。陶东风也从思想与语境关系的角度，对后现代主义做了很好的阐释。其实，张法、陶东风等人是从社会发展、知识谱系和文化观念的角度，对后现代主义之于当下的价值与意义做了正面的评价。而周宪、王岳川等更多的是从知识和技术角度来接受或评价后现代影响的。当然，如周来祥等从思想立场和知识技术角度对后现代主义进行否定的学者也大有人在。其中，十分值得注意的是，在有关后现代主义讨论中，王岳川是较早从后现代主义中看到殖民主义文化本质的学者。他认为，“后现代主义是一种复杂的文化现象，透过后现代主义在文化表象层次的思维空间拓展，在更深一层的价值层面上可以看到：后现代主义在冷战结束以后‘新’世界格局中所日益显露的‘新’殖民主义本质”（《后现代主义文化与价值反思》，《文艺研究》1992年第1期）。从发表的文章的思想观点上可以明显看出，关于后现代主义在中国的讨论，由于产生的历史语境和思想环境不同，呈现两种针锋相对的立场。这里有思想性的，有历史性的，也有逻辑性的差异。中国社会发展的前现代、现代、后现代互相混杂融合，决定了现代主义和后现代主义在思想文化中的价值悖反状态。这也许正是后现代主义思想的本质所在：一切都不确定，怎么样都行。相对应中国社会发展和思想文化状况来看，后现代主义是对于现代主义的反思，更是对于“非现代”的反思。然而，由于后现代主义无论是思想立场还是话语方式都与主流意识形态不协调，所以在思想文化现场呈现突然升温又突然离场的现象，而最后只是保留在某些专业性领域进行探讨。以 2014 年第 1 期发表的朱立元《对西方后现代主义文论消极影响的反思性批判》作为总结也作为终结，《文艺研究》此后没有刊发正面探讨后现代主义思潮的文章，偶尔出现的是从艺术或者技术的角度小心翼翼谈后现代特点的文章。这不是一个刊物孤立的现象，甚至也不是文艺界孤立的现象，而是思想文化的时代变迁所引起的话语体系和话语方式改变的一种普遍现象。

后于现代主义和后现代主义思潮发生的后殖民主义理论比前两者影响更大。21 世纪以来，后殖民主义谱系以不同代表者的名义在中国思想文化和文艺领域产生了越来越大的影响。它超越了现代主义、后现代主义等思潮影响主要是在艺术范畴的状况，而渗透到当下中国政治文化生活的各个环节和细微之处。后殖民主义理论对于当下中国来说，既是一种外来理论思潮，又是中国本土历史体验和文化传统实践过程的结果，要比现代主义思潮更具有历史的合法性和社会基础。于是，与后现代主义的处境明显不同，后殖民理论大行其道而鲜有阻力。1997 年《文艺研究》第 3 期上发表了王宁《后殖民主义理论批判——兼论中国文化的“非殖民化”》、邵建《谈后殖民理论与后殖民批评》、罗钢《关于殖民话语和后殖民理论的若干问题》三篇文章，这是《文艺研究》发表最早的专门探讨后殖民理论的文章，也是中国文艺领域较早集中讨论后殖民理论的一组文章。王宁在对后殖民理论进行总体把握的基础上，分别对赛义德、斯皮瓦克和霍米巴巴这三位代表人物的后殖民理论做了比较和批判性研究，最后对中国文化的“非殖民化”问题提出了自己的见解：“后殖民理论也就成了西方批评话语的一个产物，它并不适用于中国的文化语境，尽管中国学者对于自‘五四’以来的所谓中国文化和文学的殖民化过程忧虑重重。”我特别欣赏他对于西方后殖民理论家的精彩评价：“殖民理论或介入后殖民论争的那些学者大多有着东方或第三世界的文化知识背景，与那里的人们有着千丝万缕的联系，但具有讽刺意味的是，他们却又都在西方的著名学府里身居高位，薪俸显赫，有如学术明星一般天马行空独往独来。另一方面，他们的民族身份和文化身份……不免显得可疑，其中的一个原因就在于他们在理论争鸣中不断改变自己的立场和态度。”此后，《文艺研究》又发表了王宁《全球化时代的后殖民理论批评》、石海军《从民族主义到后殖民主义》，以及生安锋、李秀立《后殖民主义、女性主义、民族主义与想象——佳亚特里・斯皮瓦克访谈录（上、下）》等。相对20世纪90年代中国大陆社会的发展形态，香港和台湾等地区社会思想文化中的后殖民理论影响，可能更为适时也更为真实一些。赵稀方《后殖民理论在台湾的演绎》、王岳川《香港的后现代后殖民思想脉络》等专题论文就是这方面的杰作。后殖民理论的民族意识、政治伦理和社会心理都决定了它在社会发展中得天独厚的逻辑优势，《文艺研究》必然对此有所反映。与后现代主义的讨论明显不同，直到2018年第2期，《文艺研究》仍有相关文章发表。

后殖民主义文化理论把现代性、民族国家、知识生产和欧美文化霸权等核心问题都作为一种连续性思考，其中对中国学界影响最大的是杰姆逊“第三世界文化”理论、葛兰西“文化领导权”理论、福柯“话语”与“权力”理论及赛义德“东方主义”理论等，其本质上都是对西方中心主义话语霸权的批判。西方中心主义最大的问题，就是通过运用一套严密的逻辑和众多的个案，为整体人类文明设置了一系列二元对立的范畴：文明与野蛮、理性与非理性、科学与迷信、民主与专制等，把人类社会发展过程中普遍存在的时间差异当作空间差异和性质差异，割裂了人类文明的结构形态。其实，以上诸多文化范畴的对立，更多是由于人类社会发展时间的先后所带来的，并不是固定不变的属于特定地域或族群。在西方中心主义的理解和阐释方式下，世界一体化的进程似乎就变成了一种“文明”与“野蛮”的冲突所构成的历史，西方中心主义则成为文明的立法者和审判者。最大的失误就是将人类文明阶段性法则的合理性当作了永恒的法则，而以这种恒定性的法则去划分历史与世界，去批判所谓的非现代性。然而，在近代以来中国文化和社会语境中，后殖民主义文化理论使文学史研究和文学批评包含有伦理正义的民族主义倾向。例如，20世纪90年代之后，人们借助后殖民主义思想来否定鲁迅改造国民性的现代性启蒙价值。刘禾认为“国民性理论”“本是西方人确立自身种族优势的，中国的改革者即便是抨击西方帝国主义的先驱，也难免对于这一话语的‘屈从’”（《一个现代性神话的由来：国民性话语质疑》，载《文学史》第1辑，北京大学出版社1993年版）。冯骥才发表文章指出，鲁迅的著名的国民性思想其实是来源于西方传教士话语，可是“没有看到西方人的国民性分析里所埋伏着的西方霸权的话语”（冯骥才：《鲁迅的“功”与“过”》，《收获》2000年第2期）。后殖民主义文化理论和文学批评，均属于西方文化内部“自我反省其西方中心主义的现代性扩张史的文化政治良知”，但是“当年落后的中国自然会选择走上向西方先进文化学习的启蒙主义和民族现代性发展之路”，“只有建立西化的启蒙机制才能有效地抵制殖民化促进本土文化的健康发展”，“假如人们真是明白任何价值和特性只能在一定文化内部得到评价，懂得文化或理论的主体性其实可随不同的使用语境而发生转移的道理，那么这类皮相的质问自然会消失”（高远东：《未完成的现代性（下）——论启蒙的当代意义并纪念“五四”》，《鲁迅研究月刊》1995 年第 8 期）。文明的性质与价值是有时间性的，因为时代的差异可能导致性质和价值的差异。中国国民性问题是一种历史性和文化性的存在，不是通过外来理论的启示才发现的，不能用后天的理论去否定过去的现实。而且一种理论在其原语境中的有效性和先进性，如果到达另外一种语境中就可能会失效，甚至发生反面效应。

后殖民理论无论是在中国还是在其他第三世界国家都日渐兴隆，甚至已经成为一种全球化理论。其实，后殖民理论对于这些国家和民族特别是中国等东方国家来说，本身在逻辑和实践中就是一种悖论：批判西方文化霸权使用的却是西方的文化理论。当然，一切从目的出发，批判的武器从不问来处，只看批判的对象。而且从实际效果来说并不坏。后现代和后殖民一样，人们在接受和使用的过程中，都忽略了它们与中国社会和思想文化的时差，而时间上的差异必定带来性质上的差异。人类社会和思想文化发展是一个完整的链条，现代性是一个不可缺少的过程。对于现代性过早的超前否定会带来现代社会建构的额外障碍和负担，因为我们的社会和思想文化本身就存在着强烈的向后看的惯性力量。世纪之交，《文艺研究》用相关文章为现代思想文化的达成做出了力所能及的努力。

从学术气质来看，《文艺研究》不只是一种学院式的学科性研究，而且是带有锐气的文艺和文化批评，发表了一些争鸣性、交锋性很强的文章。不管人们对这类文章及其反响如何评价，但是在一个被量化的学术机制下，在学术伦理环境并不是很好的情况下，能发表这类的文章难能可贵，说明杂志力图使当代文学批评由某种程度上的“伪批评”向“真批评”转化。四十年来，《文艺研究》与中国社会进程和思想文化演变息息相关，时时走在学术前沿，超越学科性界限，参与学术史进程，这不仅是一个刊物的学术风尚和品格，更能从中看到改革开放以来，中国思想文化和文艺学术的历史流脉及其演化过程。

（作者为吉林大学教授）

风格与历史：西方现代艺术史学中的表现主义

——《文艺研究》与我的学术写作

张　坚

首次在《文艺研究》发表论文是在2006年，文章讨论的是温克尔曼的风格史与文化史观念。当时，我正在尝试做一些欧美近现代美术史学史的译介、整理和研究，因为是在学校里承担美术史论系和学院共同课的外国美术通史课程的教学任务，在涉及诸如艺术风格和时代、文化、社会背景关系时，虽说也想呈现《文心雕龙》所说“文变染乎世情，兴废系乎时序”，但在实际处理和编写教学材料时，对于文艺与时代、社会及自然环境的关系，似乎永远都是两条不相交的平行线，或者就采用语焉不详和似是而非的艺术是时代精神反映的论调，而温克尔曼作为西方近代以来第一位就人类艺术发展的共同进程及其与一般文化史关系进行系统建构的学者，他的著作自然成了反思艺术史与文化史关系的一个重要起点。

事实上，温克尔曼在《古代艺术史》中所贯穿的历史观念是源于启蒙运动的，所预示的是一个理想化的古代艺术与社会政治、文化持续进步的历史图景，以及作为人类文化与艺术之永恒典范的古典希腊；同时，硬币也有另外一面，温克尔曼的古代艺术图景又是一个饱含浪漫情怀的政治愿景，一种对社会现代化进程中日渐丧失的感觉、意志与理性协调统一的理想家园的追怀，一种寻求透过艺术而获得内在解放的诉求。从温克尔曼、赫尔德、斯莱格尔到歌德，他们对造型艺术的历史和美学问题的关注，对艺术作为有机生命“整一性”（unity）理想的追寻，和他们在古典明朗秩序与哥特式真诚、热切情感表达间的张力，都引向了一种对欧洲现代社会机械理性主义和物质主义的批判，这种批判构成了近代德意志观念史中的一个重要篇章；到了19世纪晚期、20世纪初期，德语国家“艺术科学”观念，更是蕴含了古典与哥特式、理智和情感、人文与批判、中心与边缘、西方与非西方，以及文化科学、新康德主义、科学哲学、弗洛伊德心理学、观念史等多层次的现代和反现代思想力量的角逐，而不是走向一种以古典艺术价值为绝对标准的西方中心论的艺术史。

需要指出的是，温克尔曼之后，古希腊艺术被视为既是德意志民族的，也是全人类艺术的至高典范，后来的学者称之为“希腊对德国的统治”（Cf. E. M. Butler, *The Tyranny of Greece over Germany: A Study of the Influence Excised by Greek Art and Poetry over the Great German Writers of the Eighteenth, Nineteenth and Twentieth Centuries*）。德意志学界对古希腊艺术、文化和历史的巨大热情，也反映在了他们试图把这种至高文化和美学理念转变为现实的理想主义诉求。一方面是向往真理的激情和陶醉；另一方面又试图在现实生活中加以建构和实践，诗意总是与哲学的深邃形影不离，真理往往比美更加重要。这是一种后来尼采所说的在日神与酒神之间的纠结与抗争，德意志人的寻求客观冷静的沉思的古典情怀，始终无法摆脱哥特式的诚挚的宗教激情的梦魇，这种关乎德意志艺术与文化的二元思想张力，是在近代德语国家艺术史学思想发展进程中反映出来的。艺术史家以人文科学视野，为艺术寻求救赎力量，确认艺术的客观和智性基点；同时，又持续保持和强化一种对艺术的自由想象、情感表达和内在精神价值的认识，一种对德意志中世纪民间艺术的纯朴、自然和通俗的趣味的向往，以及强烈的现代性的批判冲动，这在“艺术科学”思潮中，特别是在新维也纳学派的艺术史家那里达到了发展的高潮。

“二战”之后，欧美学界对近代德语艺术史学思想传统的反思，在一定程度上，与一种在文化思想领域里清算纳粹意识形态及美苏“冷战”的语境相关。20 世纪五六十年代以来，艺术史中的风格问题及其与文化史的关系一度成为讨论焦点，正如我在《风格：从历时到共时——20 世纪中晚期关于风格问题的讨论》(《文艺研究》2014 年第 5 期）中所指出的，在这方面，贡布里希无疑是一位重要代表人物。他在思想上受到卡尔·波普尔影响，把批判矛头指向近代德语艺术史学中的历史主义传统，即温克尔曼以来的一种浪漫的和理想主义的形式和风格理论，那种认定透过作品形式和风格，就可推演出某种文化和精神的现实，包括艺术家、时代和地方的精神特性的观念。贡布里希认为，这种观念的源头，可追溯到亚里士多德“隐喻”和秩序的思想以及有机统一体的概念。艺术“有机统一体”是一种生命的“圆满性”（entelechy），有一种更高原则、终极原因或先在的本质，把作品各个部分统一为一个整体（Ernst Gombrich, *Art and Scholarship*）。显然，他认为，这种本质主义思想，成了后来黑格尔主义历史决定论的范型。

事实上，对亚里士多德《诗学》中诸如“隐喻”“模仿”之类概念的认识，历来就存在争论。朱光潜指出了亚里士多德所谓“模仿”与柏拉图所指的仅为抄袭的“模仿”

的不同。在他看来，亚里士多德所说的“模仿”的含义颇近于现代语的“表现”，即诗（画）不仅模仿“现形”（appearance），尤其重要的是借“现形”寓“理式”（idea），也即在凝神关照中，创造一种境界或意象，“诗必有所本，本于自然，亦必有所创，创为艺术”。诗意和画境“都是从混整的悠久而流动的人生世相中摄取来的一刹那，一片段。本是一刹那，艺术贯注了生命给它，它便形成为终古，诗人在一刹那中所心领神会的便获得一种超时间性的生命，使天下后世人能不断地去心领神会”。境界和意象蕴含“理式”而自成一个小宇宙，朱光潜进一步解释说，这个宇宙就是“严沧浪所说的‘兴趣’，王渔洋所说的‘神韵’，袁简斋所说的‘性灵’”((朱光潜:《诗论》))，而最为传神的表达还是王国维所标举的“境界”。贡布里希把这种诗学中的意象论或境界观归结为本质主义，虽然有其所处的特定政治语境的关切，但在文艺理论的范畴内，是有失偏颇的，也并不契合于中国传统诗论和画论的语境。

无疑，对黑格尔主义历史决定论的批判是东西方意识形态“冷战”的一个重要目标。卡尔·波普尔在《开放的社会和它的敌人》中断言，没有什么历史，而只有各种被建构起来的历史，并且政治暴力总是与历史进步论的信仰存在直接联系的（Karl Popper, *The Open Society and its Enemies*）。1957 年，贡布里希在伦敦大学的演讲《艺术与学术》，明确表达了一种对艺术风格与形式话题因历史决定论而被滥用的危机的担忧。后来，他又在《自传概要》中说：“风格是我的担忧，我的一个问题，因为风格作为时代精神表达的观念，对我而言，几乎没有意义，在所有方面都是空洞的。”（Ernst Gombrich, *Art and Scholarshi*）他尝试的是一种把他的老师施洛塞尔的艺术史学思想，与波普尔批判政治哲学、科学哲学和新自由主义政治经济学结合起来的方法，即主张以现实的情景逻辑来取代神秘的艺术表现论的所谓的本质主义论说。

贡布里希清算德语艺术史学思想传统中的黑格尔主义历史决定论的努力，在当时是政治正确的举动。但笔者始终认为，近代德意志艺术史学传统中的历史主义绝非黑格尔主义或历史决定论可以涵盖。在温克尔曼的艺术史与黑格尔之间建构一种历史的关联，当然能够说明一些问题，但同时也掩盖了更多问题。而且，这样一种为当下政治现实或形势而建构的关联本身，也是历史决定论的。事实上，在笔者看来，温克尔曼的重要性，更多是在于他对赫尔德、康德、席勒、莱辛和歌德等人的影响，他的古希腊艺术和生活的“整一性”的构想，体现的毋宁是德意志地区的一种崇尚个体性的自由主义思想传统。

关于德意志的自由主义历史观，伊格尔斯在《德国的历史观》中是做出了明确界定的。他说，目前英语中的“历史主义”（historicism）一词是来自意大利语的，而非德语。克罗齐在《作为自由故事的历史》中广泛使用了这个词，该书英译本出版后，这个词就在英语世界取代原先的Historism。克罗齐所用的意大利词“历史主义”（storicismo）与德语的Historismus相比，带有明显的黑格尔主义色彩，即强调历史作为思想的理性基础，历史主义是一种逻辑原则。而德语中的历史主义具有反黑格尔哲学含义，所指向的历史的主体是包含了独特的、多方面的和真实的生命的，生命的自发性使研究者不能像自然科学家那样，把历史简化为一般法则（伊格尔斯:《德国的历史观》)。注重多样性和个体性，着眼于文化和语言，包括视觉语言的研究，是德国历史主义的基本立场，与黑格尔派哲学家在历史发展中寻找一种统一的和符合逻辑的进程正好是对立的。

当然，正如前文所说，贡布里希战后批判近代德语艺术史中的黑格尔主义历史决定论，甚至把黑格尔说成“艺术史之父”，与他所面对的那种让无数普通人成为历史目的论铁律的受害者的政治和社会语境联系在一起，是战后对德国文化和历史问题的反思，以及东西方文化“冷战”的意识形态的一种反映，而不是单纯学术层面的问题。贡布里希本人的思想，是带有中欧地区的自由主义色彩的，只不过在卡尔·波普尔影响下，他把这种原本更趋于内向的自由主义变成了一种积极的自由主义。他是非常在意作为一位古典的人文学者所应承担的社会责任的，这是他致力于清算和批判近代艺术史中的历史决定论的一个重要缘由。

事实上，潘诺夫斯基、贡布里希等人，都坚持科学和理性的标准，即任何知识都需接受来自理性的反思或批判的制约，而个体的人，通过知识的追求和批判的理性，就能够获得自由和解放，人类社会也会因此变得更美好，他们反对德语国家艺术史学思想传统中的各种含糊其词的形而上学观念或宏大的精神理想，这类带有文化或政治的乌托邦的东西，在他们看来，会把人类引入歧途和灾难。卡尔·波普尔在《通过知识获得解放中》讲得很清楚，即人类知识的进步及其成果是具有不可预期性的，这一点特别体现在政治乌托邦上面，“无论如何，我们对更美好世界的寻求的一部分一定是寻求这样一个世界，在这个世界中，别人不会被迫为了一种思想而牺牲掉自己的生命”。他们对西方近代文化传统的核心价值，18世纪启蒙理性的再确认，在“二战”后西方社会满目疮痍和百废待兴之下，起到了一种重建思想和知识秩序的作用。

然而，诚如詹明信在《晚期资本主义的文化逻辑》中所言，20世纪50年代末60年代初，西方文化整体上发生了某种彻底的改变和剧变，这突如其来的冲击，使得许多学者必须跟过去文化彻底决裂。面对晚期资本主义的文化逻辑，启蒙理性本身就成了批判对象。正如福柯在《什么是启蒙》中所说的："我们认为，自 18 世纪以来，哲学和批判思想的核心问题一直是，今天仍旧是，而且我相信将来依然是：我们所使用的这个理性究竟是什么？它的历史后果是什么？它的局限是什么？危险又是什么？"（转引自道格拉斯·凯尔纳、斯蒂文·贝斯特《后现代理论：批判性的质疑》）

启蒙在走向自己的反面，理性、科学和技术曾经是解放的力量，现在却常常成为追求无限权力和对异端进行压制的手段或工具。福柯的历史视野里，正是文艺复兴以来的所谓古典时期，开启了一种对人类的强有力统治模式，这种统治模式在现代时期发展到登峰造极的地步，"现代权力与知识形式的相互联结已经产生了一种新的统治形式"。而所谓"智性模式"，更多指向一种政治权谋。"高远理想"在转化为一系列响亮口号之后，就成了话语霸权，成了谋取各种有形和无形的成功的幌子，成了打击异己和占领各种道德和学术制高点的工具。对于这一点，贡布里希自己是有清醒认识的，他在 1965 年发表的《名利场逻辑》中谈到，一旦身处商业化社会时尚和竞争潮流的名利场，就会发现"语言上纯粹主义者或古典主义者站到了权力主义一边"。因为，他们对于各种各样的新奇、意外和变化感到恐惧。

艺术和艺术史在当下所面临的思想现实，已然不是，或者说主要已不是贡布里希那一代学者所熟知的决定论之类的传统极权主义的社会意识形态，而是如何有效地实现对知识及其所代表的权力话语和体制的批判，实现对晚期资本主义或全球化语境下的文化逻辑的批判。20 世纪六七十年代以来崛起的新艺术史，在引入多学科话语的过程中，形成多维的文化和社会批判触角，使得艺术改造文化、革新社会乃至创造生活的力量得以彰显；与此同时，全球艺术史观念也预示了一种涵盖多重时间和地理空间的跨文化叙事，而非一味维护以古典艺术为绝对标准的西方中心论话语系统，这也是近年来笔者所尝试的回溯近代德语艺术史学传统，审视这个传统中的表现主义和现代性批判视角、思想资源及其当下诸种发展演变线索的动因。

事实上，历年来在《文艺研究》上发表的 5 篇论文成了我在 2018 年 10 月出版的《另类叙事：西方现代艺术史学中的表现主义》（北京大学出版社）的重要组成部分。在这本书中，我尝试勾勒 19 世纪晚期以来欧美艺术史的学术史中的表现主义思想渊源和发展、演变的图景。沃尔夫林、潘诺夫斯基及维也纳学派的德沃夏克、帕赫特、泽德迈尔等学者，以视觉模式或结构分析来还原艺术表达本身的逻辑和语境，他们在视觉语言及其表达结构的层面，建构起艺术与观念、文化、社会条件的平行或具体的联系。并且，在这本书中，我也提出了西方现代艺术史学中的表现主义是20世纪以来欧美学界接纳、理解和塑造中国美术史形状的重要思想条件和力量。事实上，除印象派和后印象派、象征主义、新艺术及表现主义所预示的一种普遍形式主义美学和批评理论，在促进欧美对日本和中国艺术接纳方面发挥重要作用之外，诸如沃尔夫林形式主义艺术史学方法，以及新维也纳学派基于格式塔心理学的视觉形式的“结构分析”，提供了让西方学者得以进入一个更具表现的而非再现的特质的中国传统书法和绘画世界的通道，在这方面，20世纪30年代美国的中国传统书画理论研究学者德里斯珂（Lucy Driscoll）就是一位先行者，她以一种格式塔心理学的形式分析视角来解读和阐释中国古代书画理论，特别是其中的“生动”概念，并于1935年出版了西方世界第一本中国书法专著《书有风格》（*Chinese Calligraphy*）。

20世纪中期以来，美国大学专业艺术史得到迅速崛起和发展，在一定程度上也是与一种基于形式主义和表现主义的对艺术史的美育功能的体认和实践联系在一起的，与一种所谓“美学人文主义”或“视觉人文主义”联系在一起。20世纪以来，各种对现代艺术的解读和批评理论建构，最初也都是由形式美学或视觉形式心理学开始的，进而发展为以恢复普遍感知能力为目标的美育和艺术教育，这也被认为是一种人文主义教育。而即便是在西方传统艺术史研究方法论的堡垒——意大利文艺复兴艺术的领域里，也出现了回归维也纳学派表现主义史学传统的倾向。应该说，表现的艺术史在当下跨学科、跨文化的多元话语的交融过程中，仍旧保持了思想和批判的活力，保持了人文和批判的触角，只不过，这个表现主义的艺术史的学术史图景是在一种所谓的智性模式的艺术史学叙述中，或多或少地被遮蔽、扭曲乃至诟病的。

至于风格问题，正像库布勒在《时间的形状》中所说的，风格就像彩虹，是一种因物理条件巧合而产生感知的现象，只能在晴雨的间隙才能看到，一旦走向它的所在之处，它便消遁无形（Kubler, *The Shape of Time: Remarks on the History of Things*）。也正如他在50年前所说的那样，艺术现在是更倾向于一个涵盖所有人类创造物的概念了，以此观之，人造物的世界就直接与艺术史同步了，而笔者文章开头所说的艺术与时代、社会和自然环境的两条永不相交的平行线在这样一个“物的历史”中就合二为一了。当然，这种“物的艺术史”的微观的实践，尚有很长的路要走。

（作者为中国美术学院教授）

我与《文艺研究》

张清华

说起来，我与《文艺研究》的缘分已经有快四十年了。但这缘分的起始，却要从自己的一件尴尬事说起。

1980 年秋，在我上大学的第一个学期，第一次借阅的期刊便是《文艺研究》。之所以借阅这本杂志，是源于我高中时在故乡小镇上的一个经历。1979 年秋或是 1980 年春，有一天我经过学校不远处的一个小书店——说书店，其实是书摊，两面土墙之间搭成的一个棚子，只有半个屋顶——里面摆着一些书刊，最抢眼的自然是花花绿绿的电影杂志。但那时有点心高气傲不自量力的我，自觉是语文水平不同一般的，对那些娱乐性读物全然不屑一顾，假模假式地问售货员："给我拿那一本《中国语文》看看。"我本以为那是一册类似《语文》教材的课外读物，所以问得很自信。但小书店的主人，一个戴眼镜穿汗衫的中年人，冷冷地对我说："那不是你看的。"我听了自然不服气，说："你拿给我看。"他眼睛瞥了一下说："看你也看不懂。"说着把刊物从架子上取下，扔给我。我迅速地翻了一下，确实没有看懂，只好悻悻地把杂志还给了店主。但同时我也看见了另一本在书架上躺着的《文艺研究》。我想找回点面子，便指着它说："再拿这本我看。"店主把刊物拿给我，又斜了我一眼。我拿过杂志，翻了翻，似懂非懂地觉得和自己有那么一点点关系，其中有关于《红楼梦》的研究文章，或许还有谈《创业史》的文章——记不太清楚了。我很想买了它，一半是为了我的有点畸形的求知欲，更重要的是为了可怜的虚荣心，有点刻意地"较劲"。但我一翻到定价，好像是 6 毛多，便又蔫了，兜里只有寥寥 2 毛钱，根本不够。遂磨蹭了几分钟，恹恹地离开了。

现在想来，那本《文艺研究》可能是创刊最初几期中的某一本，我完全没有看懂。以我那时在中学的一点点儿见识，怎么可能看得懂呢？我之所以想要买，是一种可笑的虚荣在作祟，主要是想证明自己作为"语文特长生"的一点莫名的小优越吧。

直到现在我也没有弄明白，为何在我家乡小镇上会有这样两份杂志，究竟是什么样的需求使小店主有信心售卖它们。不过，就是这次尴尬，驱使了我后来在大学时代的首次借阅冲动，我借到了1979年全年的合订本，或是1980年前几期，记不准了。但我确实很兴奋，某个曾经的梦似乎突然实现了，一本偶然所见却从未读懂的刊物，让我产生了些许亲切感。我把杂志带回宿舍，翻看了几天，并假模假式地做了若干卡片笔记——那时的老师教导我们，要多做笔记和摘抄卡片，有同学便从一些报纸的“百科知识”版上摘抄东西，且积攒了一大摞。我很感不服，特地从《文艺研究》上摘抄了许多。

但后来抄得累了，忽然注意到了杂志上的插画，觉得很喜欢，那应该是范曾的作品，“水浒系列人物”。我本身是最喜欢《水浒传》的，那是我中学时代读到的最深奥的小说。尽管最初也曾读过很多革命历史小说，但读到《水浒传》则是决定性的。拜“评水浒，批宋江”的政治运动所赐，1975年秋，一个12岁的乡村初中生有机会读到了它的一百二十回本，作为“反面教材”的绿皮书。记得最初我只是跳着读，后来渐渐连成了片，我觉得我的阅读能力忽然有了飞跃。全本通读了数遍之后，有些章节便几乎可以背诵，尤其那一百零八好汉的绰号和星宿名称及他们的排列顺序，可以倒背如流。

《水浒传》对我的文学趣味的影响是决定性的。试想，同样是阅读，我等于比同龄的孩子早数年接触到了古典小说的精华。之前虽然也读过了《红岩》《万山红遍》《烈火金钢》《沸腾的群山》之类的长篇，但是这些作品对我阅读能力的增长并没有起到太大作用。真正让我兴奋和难忘的，就是《水浒传》的语言，还有其中的那些英雄故事。所以，当我看到范曾画的那些肖像时真是爱不释手。怎么办？遂问对桌一位年纪稍长的同学，他告诉我：“很简单呀，你把它撕下来不就完了吗。”我说：“那图书管理员会不会发现？”他说：“你傻呀，图书馆里有那么多书，管理员怎么能够注意得过来？”我遂用小刀轻轻地割下了那水浒人物画像，大概有两个页面，是用罕见的铜版纸印成的，十分漂亮。

但就在我一周后还书的时候，却被管理员抓个正着。她非常严肃地对我说：“同学，你违反了规定，必须照章赔偿。”我立刻窘得汗都下来了，问赔多少，管理员说：“这是半年合订本，一共一元两毛多，按规定要以三倍赔偿，你需要交三元六毛多。”我一下子就傻了，感觉无地自容，更有囊中羞涩的尴尬。那时的穷学生，一学期的零花钱也就十几二十元，每一分钱都要有严格的预算，怎么付得起这笔罚款。于是就央求管理员老师宽大处理。后来，她真的发了善心，看我一个毛手毛脚的新生，就对我说：“如果你能够买来其中被损坏的这一本，就可以免除对你的罚款。”

我便交了押金，失魂落魄地满大街上去找。也是奇了怪了，我故乡小镇上有它，可偌大的省城书店里却找不见。我找了所有知道的几家书店，都没见踪影。就在已不抱期望之时，在学校对面不远处街边的地摊上，竟然看到了这本《文艺研究》，而且独独就一本，就这一期，还半价！这简直就是给我准备的。我如获至宝买了下来，急急地去图书馆，换回了那三块多的押金，也了却了自己入学后的这件尴尬事。

再次与《文艺研究》有近距离的交集，便是二十多年以后的事了。当然其间也从没间断读杂志，但在职业生涯中却从来没有投递过稿件。2001年底，我参加了在北京香山召开的一个诗歌界的研讨会，意外地认识了彼时主持《文艺研究》的方宁主编。记得我拉着行李进到房间时，已先有一位年纪稍长的先生入住了。他站起身，摘下眼镜，很亲切地自我介绍说，我叫方宁。

我看到眼前这位先生，一口地道京腔，长方脸，高高的个儿，脸上挂着笑容，却也有几分“酷”，从未谋面，却是如雷贯耳的方主编。我遂赶紧自我介绍，那时我还在山东的一所高校工作，进京频次很少，所以难免有一点点生疏和紧张，但方先生很快让我放松下来，让我有了如坐春风的感觉。他对我说，早就知道我，看过我的文章，有印象，很认可。而且对我说：“为什么不给《文艺研究》写稿？”我说：“这是我心中高不可攀的圣地啊，一直没有勇气投呢。”他说：“兄弟，这就叫‘矫情’了，懂吗？”我有点羞赧，说一定写，有了像样点的稿子，请他指正。“这就对了嘛！”他说着，露出了率真的笑容。

就这样，我以如此近距离的方式，结识了《文艺研究》的掌门人，以“同居”数天的方式，获识了一位难得的兄长。

要说人一生中注定要有几件幸事的话，那么认识方宁确乎是我的一件幸事。他真是像一位兄长一样待人——我不能排除这其中有性情的相投，他之所以愿意将我当作兄弟，可能有气味相投的缘由，但更重要的，我以为是源于他心中的一份责任，对作者的一种关心和培养。他其实是一个无所求的人，你请他吃饭，他说没空；你说去看看他，他说忙着呢，少废话，把稿子拿来。他就是这么一个人，时间久了，会觉得他有那么一点点“北京老炮儿”的味道。我是在看了冯小刚主演的《老炮儿》之后，才有了这种感觉。他要对你好，根本就是没道理的，但谁也别想破了他的底线和规矩。

记得有一次，一位外省的同行朋友问我，你和方宁熟不熟？我说熟，他说，请你帮我问问，我们那边愿出几万块钱发几篇稿子，看他们愿不愿意。那时，赞助刊物发稿子大概也是常例，我遂冒冒失失地打电话问了。谁知方宁厉声说：“清华，你告诉他们，《文艺研究》不缺钱。他们非要支持，可以把钱打过来，但要想这样发稿子，没门儿！”我脸红耳热之际，原话相告了那位朋友。

但方宁要是对你好，也是没来由的。认识他的将近二十年中，我发了十几篇稿子，只有一次碰巧与他一起吃了顿饭，且是与其他朋友碰到一起的，他没有让我付账，我带的一瓶酒，他也顺手送给了一位兄弟。

只是有一件事情他对我很不满，几次连讽带刺批评我。因为他约我给书评专栏写篇文章，让我找一本同行的著述，与之对话。我虽然有点胆怯，但也非故意违命，只是几番尝试，未找到一个合适的批评对象，磨叽几日便错过了。他对这件事耿耿于怀，每次见我都要夹枪带棒地收拾我几句。我自然难以辩解，只好享受他的棍棒，权当是按摩。

有一件事情我要终生感激方宁。2004 年，北京师范大学从外地选调引进教师的时候，他在一个并不十分关键的场合，说了一句十分关键的话。当时做文学院院长的张健教授，是他关系复杂的学兄，有一天在他家闲聊，张健向他和一位年长的先生询问，说有几个拟引进的人选，他们怎么看。那位年长的先生对我印象不深，但是对我留胡子颇有看法，说，看着不像是个做学问的。就在此时，方宁插话了：“您老还别说，张清华就是个做学问的，我了解。”这句话几乎是挽救了我，让张健院长正踌躇之时增加了对我的信任。

所以有时候和方宁见面，聊着聊着，他会来一句：“这么多年哥也没白疼你啊。”我们就彼此会心地大笑起来。

与方宁的故事，慢慢就转接到了陈剑澜这儿。其实从十多年前，我的稿子到了《文艺研究》，就是剑澜和我打交道了。剑澜和方宁相貌不同，是南方人，白净，抽烟，好酒，个子也没有那么高。但有些方面和方宁很像：说话直截了当，不啰唆，看上去有点酷或高冷，但其实是古道热肠，标准的爽快人。

剑澜一样铁面无私，稿子到了他那里，便是鱼肉上了砧板，他为刀俎，说一不二。但幸好我蒙混多年，居然没有被他退过稿。每次战战兢兢，到后来便是勉强过关，万事大吉。且文章出来时，多数时候是忝列头条。我知道，当然不是文章写得有多好，而是花架子刚好充数，适合装点门面罢了。加之剑澜与我相差不大，小个两三岁，彼此说话便更无遮拦。而且这家伙的特点是，没人的时候他会给你些无原则的肯定和鼓励，若是有了三五知己，一起喝上几杯，那就开始损你，挖坑埋你、卖你了。不过，和方宁一样，他的“坏”不过都是语言的按摩，或是一种好玩的“虐疗”了。

近几年我渐渐变懒了，工作效率也更为低下。有时候会混过一年也没有给稿，剑澜便会在某一天突然打电话：“清华，我这期想发个……专题，好像还缺篇装门面的文章。我限你十天时间交稿，别跟我说没空不行，就这么定了，到时完不成提头来见。”我就只能抓耳挠腮，点灯熬油开夜车，最后好歹都算是交稿了，没放成他鸽子。当然，也唯其连滚带爬堆出了文章，到今天这颗脑袋总算还架在我的脖子上。

剑澜的好玩儿就不说了，说深说浅的，话多了我怕他会骂我。他忽然转场到学校，是我始料未及的。前年忽地在某个场合听人说，剑澜要到中国人民大学文学院，而且是要做院长，便有点狐疑，担心他是这山看着那山高，围城外面的想进来，或是只看见贼吃肉，看不见贼挨打，在研究院和做老爷的编辑部待腻了，想来学校玩玩自在清闲，他可哪知道现如今学校的麻烦事。想找个时机劝劝他，哪知道他早已迅雷不及掩耳，到学校落户就位了。我就只好说祝贺，心想，有你好看的，等着后悔吧。

可是，最近忽有机遇赶上一个聚会，看到这家伙谈笑风生好不惬意，知道他是有举重若轻的能耐，有挑动群众逗群众的机智。不看我学院里的工作已得心应手渐入佳境，说话也更幽默了许多。惹得大家好一顿开心。

本来想，随着方宁退休、剑澜调出，我与这《文艺研究》几十年的因缘交会就告结了，但没想到又认识了与我同龄的新主编——金宁。之前虽听说过他，但一直无缘交集，印象中只通过电话。他是个痛快人，留着光头，大个子，身形貌似方宁，但生得浓眉大眼，相当帅气。他见面就问我：“为什么给我们四十年写的随笔还不拿来，没个动静也不回话？”我实在不好意思，因为此前我确实是答应过约稿的，本来也已经开了头，一忙就搁下了。本想拿话搪塞一下，没想到他说：“给你留下版面，就限三天时间，过时不候。”我连忙表示，真有事能记，有话要说，立等可取。

看来，和《文艺研究》的缘分一时半会是断不了了。这篇小文也就这般出笼。感谢的话就不多说了，和一个刊物的缘分，说到底就是和那里的人的缘分。给我的文章做过编辑的还有张颖和李松睿两位年轻朋友，在此我也一并祝贺和祝福他们。

四十年已是一个有沧桑感的时长，一本杰出的刊物在读者心目中的地位的奠定，似乎也恰好需要这样的时长。某种意义上说，读者和刊物是互为依存的，人家编刊物的常说我们这些读者和作者是他们的依靠，但说到底那些都是过年话；正经说，《文艺研究》才是我们这些从事文学研究与批评的人的依靠。说通俗点，是衣食父母，说高雅点，就是精神家园了。

祝愿我们共同的精神家园，能够越来越好。

（作者为北京师范大学教授）

再思学者的何为与焦虑

张哲俊

《文艺研究》创刊四十周年，编辑部嘱我写一篇文章，我不免一番感慨：哦，《文艺研究》已经四十年了。如果《文艺研究》是一个人，那么已经是中年了。不是所有的学术杂志都能够延续数十年，但一份学术名刊的历史必然长于一个人的生命，完全可以延续数百年，甚至更长。从这个角度来说，《文艺研究》的四十年，还只能算是生命的开始。但对于《文艺研究》的作者或读者来说，重要的是个人的写作与阅读的体验，《文艺研究》留下了学者个人的学术生命印迹。在个人体验中的《文艺研究》更像中年学者，是生机勃发、年富力强的生命体。

编辑部给我的题目是"《文艺研究》与我的学术写作"，这一题目让我想起两件事：一是我与《文艺研究》的最初缘分，一是我曾经写过的另一篇《学者何为》的文章，这篇文章写的是学者的何为与焦虑。学者研究什么，焦虑什么，这恐怕是每一位人文学者一生都无法摆脱的问题。不同的阶段，有着不同的研究问题，也有着不同的焦虑。在学术名刊发表论文是最直接的动机，可以解决最为直接的焦虑。但学者的焦虑不会止于在名刊发表论文，人文艺术研究是"无用之学"，尽管很多学者已经阐述过"无用之学"的有用价值，但读过之后仍然无法消除心中的空虚与不安，这也来自人文艺术研究的不确定性。尽管也有不少学者使尽浑身解数论说不确定性的合理依据，但依旧无法摆脱由此造成的焦虑，内心变得更加脆弱：人文学者究竟能做什么，是否也能做确定可靠的研究？

学者与学术杂志的缘分总是从发表论文开始的，我与《文艺研究》的缘分不深，但并不太短。二十多年前，我还是一个学生，是比较文学专业的博士研究生，那正是我学术生命的起始阶段。在北京大学中文系古代文论的课上，老师和学生逐字逐句地一起研读嵇康的《声无哀乐论》。《声无哀乐论》让我感觉熟悉而又亲切，我不断陷入童年学琴的种种酸甜苦辣：辽宁歌舞团的安英勋老师，还有歌舞团大院的中轴路与路边树木；沈阳音乐学院的张子敏教授，还有音乐学院不大的校园和校外那些教授的平房住宅，一一浮现在我眼前，是那么熟悉而又遥远。我学习的是键盘乐器，键盘乐器不能只会弹奏，完全不懂相关的音理知识，和声学、曲式学、复调理论及其他音乐理论都是必不可少的，因而不得不去阅读相关著作。20 世纪 70 年代，可看的书不多，只有几本翻译的相关著作。囫囵吞枣地阅读这些书籍，也阅读俄罗斯人写的西方音乐史著作，这些书籍为我打开了演奏之外更为丰富的音乐世界，也让我能够更为准确地理解练习的音乐作品。这些粗浅的音乐知识可以支撑我学习键盘乐器及加深对练习的各种曲目的理解，然而我学习音乐的道路没有能够一直延续。

我完全没有想到过我会成为文学研究者，更没有想到过古代文论的一堂课，把我再一次拖入音乐世界。现在回想初读《声无哀乐论》给我的震撼，仍然是记忆犹新。嵇康描述了音乐与情感的关系，准确地提出了“声无哀乐”的看法，直击我的音乐体验。令人震惊的是，在 1800 多年前嵇康就已经认识到音乐与情感的关系。嵇康的看法与先秦以来的儒家文艺观完全不同，也与现今流行的文学艺术是情感意识活动的产物之说完全对立。情感是判断文学艺术作品价值的重要标尺之一，但嵇康居然认为音乐本身没有哀乐情感，颠覆了通常的认识。音乐不就是以情动人的吗？音乐不就是使人流泪、使人欢乐的吗？嵇康的看法难以为大多人接受，与一般的美学观念背道而驰，难以产生广泛的影响，记得上课时几乎所有的同学都表示无法接受。然而，究竟有多少人能够接受，嵇康的看法能否产生影响，自然也是学术研究的问题之一，但这不是问题的重点，重点是嵇康的看法究竟是否正确，是否符合音乐与情感关系的事实。如果是正确的，即使只有极少数人相信，甚至没有人相信，也都是无所谓的，真理的价值不在于影响的大小，不是靠能够接受的人多少来决定的，而是由音乐与情感关系的事实来决定的。

其实音乐只能给人以相当模糊的情绪，不能给予意义确定的具体情感。日本的《北国之春》是思念故乡的歌曲，但邓丽君改成了爱情歌曲，歌词的更换不只是语词的更换，更是意义与情感的更换。西方的无标题音乐更是没有确定的意义，无论是专业音乐人还是普通接受者，都只能感受到快乐、沉闷、舒畅等等模糊的情绪，无法确定各种模糊情绪的具体意义。那么音乐情感的意义来自何处呢？不是来自音乐本身，而是来自歌词，来自接受者的感悟，来自文化的积淀。由于文化积淀，给予了音乐旋律以特定的情感与意义。《声无哀乐论》的看法是正确的，与奥地利音乐美学家汉斯立克《论音乐的美》的看法极为相似。我的期末读书报告，就写了研究嵇康《声无哀乐论》的音乐美学论文《论音乐与感情关系——〈声无哀乐论〉的音乐思想》，投稿给了《文艺研究》。出乎意料，《文艺研究》的编辑没有多久发来了用稿的通知，这就是我与《文艺研究》

的最初缘分，这一缘分与我的学术求真之路联系在一起。

然而，求真并不是我更年轻时的看法。硕士毕业之后，我曾在一本不大有名的杂志上发表过一篇《学者何为》的文章，那本杂志现今已经消失不见了。那时我以为人文学者的使命是创造人类生存的终极意义，学者研究文学艺术的目的，并不是要研究作家、艺术家通过作品想要说什么，或者说了什么。这些对于学者而言完全不重要，重要的是学者与文学艺术作品对话之后想要说什么，创造了怎样的新意义。文学艺术作品只是学者研究创造新意义的媒介，这个媒介的意义在于能够启发学者创造新意义和新思想。至于新意义、新思想是否属于文学艺术作品本身，并不是关注的问题。有趣的是，最近我读到一著名学者发表类似观点的论文。显然这个问题没有结束，学者们仍然在思考。

我在写《学者何为》时没有犹豫，自信满满，甚至或多或少还带有那么一点自我崇高的飘然。只是凭着感觉无法支撑学术研究与自我崇高的感觉，为此还必须找到理论的支撑。那时我迷恋于现象学、阐释学，以为人文研究不必求真，不必理会作品原意。其理由有二。一是诗歌文本原本就没有意义，任何意义都是在文本与阅读关系中产生的。既然没有原意，那就可以任意自由地建构。学者也就可以自由地解读或创造自己的意义，这也是新意义的生成过程。人文学者没有必要在意文本想说什么，重要的是学者想说什么，这为学者打开了无限开放的世界。文本是开放的结构，可以产生任何意义。学者的使命是人文的终极关怀，在研究文本的过程中可以自由地创造终极关怀的任何新意义，人文学者也就具有了与思想家同样的权力和使命。二是新意义、新思想的价值问题。既然新意义、新思想是学者在与作品对话中创造的，不属于作品文本，与作品没有关系，这就等于丢弃了判断价值的客观依据。那么如何判断新意义、新思想的价值呢？影响力是判断价值的主要依据，影响力大就掌握了话语权，掌握了话语权，也就有了价值。影响力取决于新意义与新思想，但影响力的因素极其复杂，其中掺杂着各种非学术的因素。学者的地位高，往往影响力就大。取得学术地位的一个捷径是学术与政治结合。如果学者兼任官职，就会产生更大的影响力，也具有了学术的话语权。为了获得话语权，为了扩大影响力，学者使尽了浑身解数，以各种方式来宣传自己的学术成果，精心地营建有力的人脉关系，制造各种学者的故事，从而获取一定的学术外的并对学术产生影响的权力。大学有故事、学者也有故事，这也是扩大影响的最佳途径之一。学者有故事颇像艺人有故事，艺人靠各种故事可以提高流量，学者靠各类故事或话题来提高知名度，扩大影响力。故事往往会比学术本身更有影响力，正是所谓功夫在诗外。所谓的引用率、转载率通过影响力，堂而皇之地成了学术的主要因素。奖项的颁布、项目的设立、成果的鉴定，全部都是通过民主投票的方式来决定，似乎投票能够决定学术研究是否正确。这固然是无奈之举，但学者应当清醒地认识到学术的求真并不依赖影响力。一篇论文、一部著作没有引起学术界的任何反应，没有产生任何影响，这被认为是最不好的一种状态，学者们为此焦虑。中西学术关系也是充满了这种影响的焦虑，西方学术的影响力巨大，话语权也在西方学者的手里。中国学术界不断追随西方学术，同时也为自己的学术缺乏话语权而焦虑。

话语权、影响力可以制造学术的繁荣景象，然而这是表面的繁荣，影响广泛的成果不一定具有相应的学术水平，一个平庸之作或错误百出的著作也可能产生广泛的影响。应当明白文学艺术的研究与创作不同，创作可以主要依据影响的大小与持久来判断艺术价值。学术研究产生广泛的影响固然是好事，但影响不是学术研究的主要目标，正确是比影响更为重要的目标，甚至是最高的标准。判断正确的依据是事实，当然仅仅正确还不够，正确必须与创新结合在一起，要正确地呈现学术界未知的事实或真相。如果放弃了求真的使命，影响就完全有可能不是在推进学术研究，而会成为学术发展的巨大障碍。一个错误的学说影响越大，给学术界带来的伤害就越大。如果错误学说的影响延续 100 年或数百年，就会使学术研究停滞 100 年或数百年。人文艺术研究可以有各种标准，但所有标准和价值都应当建立在事实与正确基础上。在宣称学者可以自由创造意义之后，最大的危险是很容易将学者创造的意义当成作品的意义，既然学者研究的是特定文学艺术作品，那么学者阐释的意义必然是作品的意义，其结果完全可能风马牛不相及，或者把牛当成马，把月亮当成太阳，事实上这样的研究并不罕见。

《文艺研究》与我最初的缘分是年轻学生与学术名刊的关系，更重要的是开启了我研究音乐文学的起点。音乐和文学都是我无法割舍的领域，文学与音乐的关系也是比较文学跨学科研究的一部分，没有理由放弃文学与音乐关系的研究。但实际上我没有能够持续不断地向这一方向推进，而是进入东亚古代文学的比较研究领域。好在东亚古代文学的研究与音乐文学并不遥远。我的博士学位论文《中日古典悲剧的形式》研究了中日古代戏曲文学。受王晓平先生的嘱托，我撰写了《中国题材的日本谣曲》，研究了日本的戏曲文学与中国文化的关系。王晓平先生将此书列入艺术类，此书有一部分涉及了日本能乐的音乐部分。另外，我的其他的一些研究著作，也时断时续地涉及了音乐研究，世界比较文学会曾经组织欧美与东亚学者撰写东亚比较文学，我承担了文学与音乐关系的部分，撰写了燕南芝庵《唱论》的论文。

随着年龄的增长，我逐渐进入可以相对自由的研究阶段，于是申报了北京市社会科学重点项目《乐府的音乐文学体制》。现在研究这个问题，显然不会朝着自由创造意义的方向推进，必然是朝着求真求实的方向推进，这一方向也决定了问题的设定：乐府文学与音乐究竟建立了怎样的关系？是否构建了音乐文学体制？乐府的音乐文学体制对于乐府音乐文学的形态具有怎样的作用？对词曲音乐文学产生了怎样的影响？此前零零碎碎的研究，常常为不断冒出来的各种微观问题吸引，总想长久地沉浸此类问题的研究，想看看在这未知的世界里究竟存在怎样的景观。一个简单的学术问题总是与其他诸多问题纠缠在一起，为了解决一个问题就需要以解决其他问题为条件。这样就需要长时间沉浸在同一课题，研究各个问题之间的关联，否则无法解决始终存在的问题。

许许多多的问题如同重重的迷雾，无法看清迷雾背后的真相。有些是我个人想不明白的问题，有些是整个学术界也没有弄明白的问题。吴梅曾说他最初研究昆曲时，完全处在晦暗不明的状态，古代文献没有清楚明白的记载，今人也没有研究过相应的问题，只能独自一人孤独摸索。吴梅解决了一部分问题，但还有很多地方仍然晦暗不明。产生这种状态的原因是音乐与文学分离。清江顺诒在《词学集成》卷三说："世儒不习其器，徒知有律吕之名，而不识工尺之理。俗工虽粗习工尺之节，而又昧于律吕之源。此所以两不能知，终身由之而弗悟也。夫损益忽微，律之体也。四上工尺，律之用也。究其体不明其用，则律吕为虚器。循其用不知其体，则宫调为空名矣。"诗人只懂文学，乐人只晓音乐，两不能知，必然难以从晦暗不明中走出来。不能把文学与音乐的事实关系，清楚明白地呈现在读者面前，这是问题的关键。文学与音乐关系的事实晦暗不明，呈现的是许多未知的世界。套用现成的理论可以产生一些看法，可以写出论文或专著。但这样的论文或著作如同研究电脑芯片的论文，论文可以发表，但造不出电脑芯片，这样的论文或著作显然是没有用的。

《乐府的音乐文学体制》的草稿已经完成，但还需要不断修改。此书大面积地修正了学术界的主流看法，这又让我时常恐惧与焦虑，不断自我否定，反复追问：我的研究结果是正确的吗？为何与其他人的看法完全不同？难道只有自己正确，他人都是错误的？这种焦虑不会将影响力、话语权纳入思考的范围，但仍然在焦虑，只是焦虑的问题不同，不同的焦虑带来不同的结果。我们究竟需要怎样的焦虑？影响的焦虑还是求真的焦虑？我只能说，需要影响的焦虑，但更需要求真的焦虑，只有求真的焦虑能够带着我们走向更多的未知事实。

（作者为北京师范大学教授）

编学相济：三十一载编辑路

——写在《文艺研究》年届“不惑”之际

赵伯陶

正如一首歌低回婉转“时间都到哪儿去了”一样，笔者年逾“从心所欲”仿佛就是转瞬间发生的。不必玩世不恭地侈谈人生如戏，“副末开场”就免了，但首先要“自报家门”还是必须的。

一

1964年，笔者16岁初中毕业，因家庭原因，无力继续深造，只得到一家建筑公司做学徒工。开混凝土搅拌机，整天与水泥打交道，绝非如车、钳、刨、铣、磨五大工种那般有“锱铢必较”的精细，也不像铆、锻、焊、铸工种那样有“花样翻新”的技巧，熟练工种何以也非要经历三年零一节出徒的磨练，笔者就不得而知了。那时的最大理想就是当卡车司机，但粥少僧多，谈何容易！退而求其次，当推土机手也是不错的选择，虽然慢，但毕竟能动，暗合“生命在于运动”的哲理。有一位当过坦克兵的师傅曾郑重其事地对笔者说：“推土机的左右离合器操纵杆与驾驶坦克如出一辙，非一般人所可染指！”这终于将笔者的第二理想也扼杀于摇篮之中了。

随着城市土建的需求增大，建筑业工程机械逐渐增多，施工现场的机械修理也应运而生。笔者在建筑业前后干了14年之久，有一半时间是在工地机修车间度过的，这无疑令笔者的人生理想又增加了一种选择，所谓“技不压身”，多掌握一门技术终非坏事。电工学、机械制图、金属热处理、液压技术、汽车修理乃至20世纪70年代中昙花一现的射流技术，都曾仔细钻研过。除此之外，当时还不算难以寻觅的王力主编的四卷本《古代汉语》、言文对照《古文观止》、陈望道的《修辞学发凡》等，算是工余读物；至于当时列为禁书的中外小说，在秘密传阅中还有严格的时间限制，像《被侮辱与被损害的》那样部头的小说，往往一昼夜间就要及时传给下一位排队等候者，囫囵吞枣之下，就连人名也记不完全，遑论文学审美？记得撰写《堂·吉诃德》的塞万提斯曾说，他青年时期嗜读如命，地上捡到一张纸，也要看个究竟。在书荒的时代，我没有捡纸的经历，却养成了通读能够到手的所有书的习惯，什么《砖木结构》《演员自我修养》《自然辩证法》《和声对位》《摄影原理与实用》《电工学》《中国古代天文学简史》等等，杂七杂八，都要从头到尾认真阅读，甚至魏格纳有关大陆漂移学说的书，也看得津津有味，至于读懂与否，则完全没有功利性的计较，打发时间而已。同工棚的师傅有一本家传的《辞海》，大约是20世纪30年代的产物，厚厚的像一块城砖。平时放在通铺上，大家都可以随时翻阅，而笔者是主要的“看客”，学到各类知识的同时，也算解闷儿一法。有一次工地支书到群众中来嘘寒问暖，发现了这部硬壳封面已经泛黄的辞书，他似乎很内行地让我查阅“李自成”的条目，随即手指上面“米脂贼”三字大发议论，仿佛发现了日常生活中阶级斗争的新动向。笔者唯唯受教，连声不迭答应他马上处理掉这部“黄书”，总算了结了这场公案。事后琢磨，没有立即就地执行，可能得益于机械工在建筑业工地属于双重领导的缘故。

1977年恢复全国高考，似乎与笔者无关。半年以后，周围人起哄，怂恿笔者以同等学力报考，居然考了400多分（五门课满分500）。此后又经一番周折，总算踏进了北京大学中文系的大门，属于78级文学专业。俗话说“捡到篮子里的都是菜”，笔者之所以不厌其烦地回忆当建筑工人的一段经历，无非想证明自己能够“咸鱼翻身”并非天上凭空掉下了大馅饼，而是与十四年迫不得已地泛滥杂书大有关联，这一关联也影响了笔者后半生三十一载的编辑生涯，同时可印证“编辑须是杂家”的正确性。

二

现在言归正传。大学同窗中与笔者年纪相仿佛者总有十来位，不论有无证书，大都有高中的经历。相形之下，笔者四年的学习就较为吃力，年逾“而立”，专业方向尚未确定。后半生致力于明清文学是大学毕业分配至中华书局文学室当编辑，是由当时的工作需要决定的。20世纪80年代初，全国上下百废待兴，书局内部各编辑室也纷纷拟定出版规划，大多数编辑也都有各自的科研追求，学术气氛异常浓厚。在当时的计划经济下，这种现象极为正常，学者型编辑在各大出版社中并不罕见。中华书局的周振甫、傅璇琮等先生，无疑成为我们这些新编辑人员的学习榜样。然而如何将编辑出版与学术研究有机地结合起来，绝非轻而易举或一蹴而就。《礼记·学记》有云：“是故学然后知不足，教然后知困。知不足，然后能自反也；知困，然后能自强也。故曰教学相长也。”既然“教”与“学”能够相互促进，那么“编”与“学”能够相互补益也就顺理成章。其实“编学相济”，从编辑的老祖宗孔夫子那里就已经被发挥得淋漓尽致，《春秋》的编纂即是一例。

智者千虑，必有一失，作者的文稿百密一疏，在所难免。作为一名合格的编辑，对于作者的文稿没有越俎代庖的权利或义务，但补苴罅漏，精益求精还是必要的。笔者曾经拜读过一本有关明人小品文的选注本，作序者还是古典文学研究界的名教授，但其质量却颇多可议之处。如冯梦龙《古今谭概》中有一篇讽刺北齐文宣帝高洋草菅人命的小品，中有云：“北齐文宣淫暴。杨愔虽宰辅，每使进厕筹。”何谓“进厕筹”？先看选注者的释义：“进高（洋）的厕所筹划公事。”这显然是望文生义且风马牛不相及！其实只要花费几分钟的工夫查阅一下诸如《辞源》一类的辞书，即可检得：“厕筹：大便后用以拭秽之木竹小片。”皇帝高洋让宰相级别的大臣陪侍其如厕，且手持“卫生纸”恭候，这一荒唐事见于《北史·齐纪中》，并非明朝人所杜撰。选注者水平如何，这里不论，但编辑把关不严（包括遴选作者过程）或其学识尚不足以胜任此书编辑则是事实。

要当好一名合格的编辑，就不能迷信作者，尽管作者头上可能罩有诸多耀人眼目的光环。曾经参阅一本由当代著名的古代散文研究大家选注的明文，智者偶疏处亦复不少。明弘治十二年（1499），一代才子唐寅无意间卷入科场案中，耽误了一生功名，其《与文徵明书》有意效法汉司马迁《报任安书》，行文悲愤难抑。其中有句云：“荆轲议于朝，而壮士为之徵剑。”选注者诠释这两句说：“荆轲议于朝：指荆轲决定赴秦行刺事。征剑：指燕太子丹求天下之利匕首。见《史记·刺客列传》。”唐寅构思这两句话的意图何在，只平白无故地复述一段1700多年前的史实吗？这首先要搞清楚句中“徵”的释义，这个字在此不宜简化处理，因为它非“征求”之意，而是用其“取信”之义项。检《刺客列传》可知，战国时燕国的太子丹欲行刺秦王政，就与处士田光先生秘密商议办法，田光以自己年老为辞，推荐了荆轲。太子丹送田光出门说：“丹所报，先生所言者，国之大事也，愿先生勿泄也！”田光找到荆轲，在对方应允拜见太子丹后，就当其面用剑自刎而死，以自家生命为代价用以消除太子丹的不信任心理。唐寅所云“壮士”即指田光无疑，并为下文“而事之所激，生有不顾也”两句张本。

王阳明《何陋轩记》属于明代散文名篇，其中“守仁以罪谪龙场，龙场古夷蔡之外，于今为要绥”三句，上举选注本未注“龙场”何在，对第二句注云：“未详。”注“要绥”则云：“此指抚绥之地区。”皆语焉不详，令读者难以索解。对于王阳明而言，龙场是其一生的重要关节点，所谓“龙场悟道”就发生在龙场驿附近的一处山洞中。其故址位于今贵州中部的修文县，是汉族与苗族、仡佬族等少数民族杂居地区。所谓“夷蔡（sà卅）之外”，语出《尚书·禹贡》：“五百里要服：三百里夷，二百里蔡。”古代王畿外围，以500里为一区划，由近及远划分为侯服、甸服、绥服、要服、荒服五个区域，合称“五服”。服，即服事天子之意。距离京师1500里至2000里即为“要服”。“夷”即夷人（古人称少数民族）所居之地，“蔡”则为流放罪人所居之地。夷与蔡同处于“要服”之内，“夷蔡之外”则属于“荒服”之地了，即距离京师2000里到2500里的边远地带，属于替天子守卫的国土边疆。“于今为要绥”则体现了明中央政权开发边疆的努力，将“荒服”提升到“要服”乃至“绥服”的地位，“绥服”即替天子做安抚的事。总之，这三句文字，即使选注者是无意漏注，作为图书编辑也应当联系选注者加以补充。只要下一番辗转查考的功夫，就不难通晓文章之意旨，否则这篇《何陋轩记》的写作用心就隐晦不清了，我们今天选注之何用?

注释散文如此，注释诗歌更有一个文本细读并加以品味的过程。明“后七子”的领袖人物李攀龙曾写有《登邢台》七律一首，其颔联：“春树万家漳水上，白云千载太行来。”有一家著名出版社选注李攀龙此诗，注者注释这两句云：“漳水：即漳河，发源于今山西西南部，上游有清漳、浊漳之分，在河北南部汇合后称漳河，在今河北、山东交界处流入卫河。太行：太行山。详前注。”其实作者此联并非纯粹写景，而是触景生情，别有感怀。今人注释明其语词之地理位置十分必要，但若不能发微抉隐，就等于没有看懂这联诗句。出句“春树”檃栝唐杜甫《春日忆李白》诗“渭北春天树，江东日暮云”两句，流露出怀友之意；对句“白云”“太行”云云，则借用唐人狄仁杰的故事，暗寓思亲之情。《新唐书》卷一一五《狄仁杰传》：“亲在河阳，（狄）仁杰登太行山，反顾，见白云孤飞，谓左右曰：‘吾亲舍其下。’瞻怅久之，云移乃得去。”《文心雕龙》有所谓“操千曲而后晓声，观千剑而后识器”之论，编辑绝非万能，但见多识广，总能发现文稿中的一些疏漏，尽其所能帮助作者解决文稿中的一些问题，为人作嫁就责无旁贷。这并非要求编辑的学术水平须高于作者——在大多数情况下，实际也不可能，但取长补短、编学相济还是有可能实现的。

20世纪二三十年代出生的一些老编辑，在编学相济方面为我们做出了表率。他们职司编辑却学有专长，甚至可与大多数著名学者一争高下。中华书局已故编审周振甫先生与钱锺书先生在编辑出版《谈艺录》《管锥编》的过程中，结下深厚的友谊，早已誉满学林，成为一时佳话。周先生自己也著述等身，以名山事业，享誉后世。上海古籍出版社已故编审金性尧先生，是著名资深出版人，更是一代文史大家。他选注的唐、宋、明诗三百首系列，精耕细作，往往能发前人之所未发，并时出新意，嘉惠学林。如选注明“前七子”领袖人物李梦阳的《经行塞上》七绝，此诗于气势雄壮中暗含讽喻，含蓄之中耐人寻味。诗题“经行”二字，一般注家多不会留意，行进经过而已，自不必出注。但金性尧慧眼独具，注“经行”云：“原指佛教徒因养身散除郁闷，旋回往返于特定地区，这里借喻明武宗常往宣府一带巡游作乐。”经行，作为佛教术语，意即在一定的地方兜圈子，目的在于避免坐禅时发生昏沉或睡眠的现象，为佛教徒一种调剂身心之安静散步。唐玄奘《大唐西域记》中有二三十处用到“经行”一词，如卷五：“其侧窣堵波过去四佛坐及经行遗迹之所。”明代文人每喜用宗门或教门之语点缀于诗文中，即如“好事不如无”，看似寻常俗语，实则出于内典，整理古籍，若能一一注出，当会极大提升出版物质量。金性尧先生的实践对于从事古籍整理的编辑具有示范作用。

文学典籍的注释如此，史学典籍的注释也存在一个寻根溯源的问题。《三国志·武帝纪》记述这样一段故事。魏种是曹操提拔的官员，后者对其非常信任，认为不会背离自己。然而恰恰是他的这位“铁杆”在一次军事失利下投降了袁绍，于是曹操就发誓说：“只要你魏种不南逃至越，北逃到胡，我就不会放过你！”在建安四年（199）的一次战役中，曹操生擒了魏种，“公曰：‘唯其才也！’释其缚而用之”。魏种没有被杀，反而当上河内太守，曹操将黄河以北的管理全权托付与他。注家对于“唯其才也”一概无注，实则四字确有出典，语本《左传·襄公二十三年》：“何长之有？唯其才也。”这是鲁国臣子关于家世继承问题的一段争论语，曹操套用此语，有对自己先前所发誓言自我解嘲的用意，同时也反映出他当时亟须用人的无奈心理。历史上的曹操是否真说过类似的话，已无从知晓，但陈寿用此四字刻画曹操的复杂心态，确属神来之笔，凸显了撰写者的良史之才。如此看来，是否注出这四字的来历，于读者并非无关紧要。

建安十八年（213）五月初十，汉献帝被迫晋封曹操为魏公，《三国志》所录《册魏公九锡文》是尚书左丞潘勖的手笔（见《文选》卷三五，文字略有不同），并非出于陈寿。其中有“率土之民，朕无获焉”两句，何谓“无获”？意谓不能获得民心。获，即“获民”，谓获得民心。语出《左传·昭公三年》：“其爱之如父母，而归之如流水，欲无获民，将焉辟之？”汉焦赣《易林·萃之姤》：“种一得十，日益有息，仁政获民，四国亲睦。”但如果不明“无获”两字的出处，望文生义，就有可能产生误解。以笔者所见《三国志》两种全注全译本及《三国志》两三种选注或全译本，似都没有瞩目“无获”两字的确切诠释。如一种全注全译本译为：“整个国土上的人民，朕无权管理。”另一种全注全译本译为：“各个地方的民众，我也无权统治。”一种出版较早的全译本译为：“整个国土上的人民，我都无权管理。”一种新近出版的选译本译为：“国内百姓，朕无法管理。”几个本子的今译大同小异，递相因袭的成分很大，都没有把握住“无获”的正确释义，有以讹传讹之嫌。上述八字，若译为“我不能获得境域之内百姓的民心”，是否更符合文本原意呢？

三

宋王谠《唐语林》卷二有云：“稷下有谚曰：学识何如观点书。”在古籍整理中，注译似乎难于校点，但若从编辑的角度比较两者的难易，校点古籍反而更容易出现显而易见的“硬伤”，且被读者诟病的概率大增，编辑稍有疏忽，出版物的错误率就会超标。

《娇娜》属于《聊斋志异》中的名篇，其中“几榻裙衣不知何名光彩射目”十二字，自这部小说新式标点本问世以后，几乎千篇一律皆如下标点：“几、榻、裙、衣，不知何名，光彩射目。”然而若仔细校读，就可发现“几榻裙衣”作为四种并列的事物，完全不合逻辑，几与榻属于古代木制器具，皆有一定规制，如何“不知何名”？“光彩射目”就更谈不上了。如果这样标点就清楚了：“几、榻裙衣，不知何名，光彩射目。”“几”“榻”是作为“裙衣”的定语设置的，中心词则是“裙衣”，且不当点断。何谓“裙衣”？即围在靠几与卧榻等器具下方，像裙子一样的绣幕。绣幕当系用某种织物制成者，小说主人公不知其为何种材质所织就，当属正常。至于“光彩射目”的描写，就更凸显了这种织物的瑰丽奇特，不同寻常，且与上文“处处悉悬锦幕”相照应。类似这种积非成是、习焉不察的标点问题，在古籍整理中并不罕见，作为编辑就应当善于发现其间的错讹，并努力加以改正。

《鸽异》在《聊斋志异》中算不上名篇，但小说开首就存在后人标点的普遍错误。“又有靴头、点子、大白、黑石夫妇、雀花、狗眼之类，名不可屈以指，惟好事者能辨之也”三句，第一句列举鸽子的诸多名目，三年之前坊间售卖的《聊斋》全注本或选注本，大都标点为“又有靴头、点子、大白、黑石、夫妇雀、花狗眼之类”，几乎无一例外。就如同《聊斋志异·促织》一篇的写作有意借鉴明刘侗等《帝京景物略》卷三《胡家村》有关蟋蟀的内容一样，蒲松龄写作《鸽异》也着意参考了明末山东张万钟《鸽经》的相关内容。张万钟即清初著名诗坛领袖王士禛的岳父。《鸽经》是我国目前为止已知的最早的一部研讨家鸽的专著，恐怕在世界上也独一无二。传世有康熙三十六年（1697）张氏霞举堂刻《檀几丛书》二集本。上海古籍出版社2002年影印出版《续修四库全书》，其第1119册收录明张万钟撰《鸽经》一卷，为研究者提供了访书之便。全书共分为六大部分，即论鸽、花色、飞放、翻跳、典故、赋诗，共计7000余字。靴头、点子、大白三类，属于以“花色”划分鸽之名目，《鸽经·花色》皆有品评，此不赘言。至于黑石夫妇、雀花、狗眼三类，亦皆见于《鸽经·花色》，不过因蒲松龄写作时一时疏忽，将“黑”误置于“石夫妇”之前，竟生歧义，也难怪此处断句不易。所谓“黑石夫妇”，《鸽经》作“石夫石妇”。《鸽经·花色》：“石夫石妇，种出维扬。土人云，石夫无雌，石妇无雄。石夫，黑花白地，色如洒墨玉；石妇纯白，质若雪里梅。短嘴、圆头、豆眼，鸽之小者，此其一种。”可见石夫石妇之羽色系因雌雄而不同，雄者“黑花白地”，雌者“纯白”，“黑石夫妇”当属于蒲松龄百密一疏中的错误转写。雀花，当即“鹊花”，亦属蒲松龄引述时之笔误。《鸽经·花色》：“鹊花，银嘴金眼，长身短脚，文理与喜鹊无别，故名。”狗眼，《鸽经·花色》：“狗眼，雀喙鹰拳，宽肩狭尾，头圆眼大。眼外突肉如丹、高于头者方佳，止宜豆眼、碧眼。外肉白者，用手频拭，则红；有黑，纯黑如墨。又一种烂柑眼，如蜜罗柑皮，皂黑如百草霜。紫有深紫、淡紫二种。白忌小头，蓝忌尾有灰色。五花毛，五色羽相间如锦。莲花白，自头至项，紫白相间。黑花白地，此种最佳。眼大者，品同射宫。鹰背，色最润，背有鳞文者佳。银灰翅，末无皂稜者佳。十色。按狗眼，乃象物命名之义，以狗之眼多红，故名。实为西熬睛，俗多不知，故仍旧呼可耳。”

校点古籍，无论诗文还是小说，有关工具书须臾不离座右是必须的。记得当机修钳工时，剔槽卧键，打孔划线，师傅常嘱咐徒工“问问”，即用游标卡尺或千分尺对加工的工件勤加测量，以免误差叠加，产生废品。如此工匠精神，在古籍出版的编辑工作中也完全适用，工具书一时解决不了的问题，就要千方百计寻觅线索，找到可供参考的典籍，否则就难免忙中出错。往往你自认为读懂了的文字，不假思索，却最易出现断句硬伤；你感觉费解的文句，经过一番“寻寻觅觅”，也许最终能够得到妥善的解决。

晚清鲁一同有《安东岁灾记叙》一文，某出版社的整理本对文章开首几句如下标点："计然曰：岁在金，穰水，毁木，饥火，旱六岁，穰六岁。旱十二岁一大饥，天之行也。"笔者才疏学浅，反复阅读，绞尽脑汁，竟不知其所云为何。查考工具书，也无从下手，只得借助有关古代典籍的逐字检索电子软件，因"计然"在古籍中出现频率较低，即以此两字为关键词搜索，检得东汉王充《论衡》卷一五《明雩篇》："《范蠡计然》曰：'太岁在于水，毁；金，穰；木，饥；火，旱。'夫如是，水旱饥穰，有岁运也。"再经一番辗转查考，"范蠡计然"，并非人名并列，而是《范子计然》一书的异称，故加书名号。《新唐书》卷五九《艺文三》著录"《范子计然》十五卷（范蠡问，计然答）"此书今已不传。元马端临《文献通考》卷二一三《经籍考四十》著录《范子计然》十五卷云："列于农家，其是矣，而今不存。"用太岁（中国古代天文学中假设的岁星）之运行，结合阴阳五行之说解释每年的"水旱饥穰"，合理与否，这里不作辨析，但有了《论衡》的书证，再标点上揭一段文字，即是："《计然》曰：'岁在金，穰；水，毁；木，饥；火，旱。'六岁穰，六岁旱，十二岁一大饥，天之行也。"如此标点，文义就非常清晰了。

标点古籍须异常谨慎，校勘其文字也不能掉以轻心。"为之地"三字，在古汉语中成词，即给人提供事理的根据。语出《韩非子·说难》："有欲矜以智能，则为之举异事之同类者，多为之地。"一部由某地方古籍出版社近年出版的别集，却对文本中出现的"为之地"这三字出校曰"疑衍"。如此校勘古籍，真令人大跌眼镜，无话可说！记得刚入中华书局，领导让笔者点校清人张问陶的《船山诗草》，作为编辑初涉古籍整理工作的一次实践。《船山诗草》的校本无多，底本所用即嘉庆二十年（1815）乙亥刊本。卷二《琉球刀歌为周补之作》七古有句云："枉将切玉炫西湖，不用揽环夸大食。"诗中"西湖"何谓？笔者三十七年以前草草点过，竟未细思。实则"西湖"乃"西戎"之音讹，典出《列子·汤问》："周穆王大征西戎，西戎献锟铻之剑、火浣之布。其剑长尺有咫，练钢赤刃，用之切玉如切泥焉。"至于"夸大食"三字亦有所本，典出唐杜甫《荆南兵马使太常卿赵公大食刀歌》："揽环结佩相终始，万岁持之护天子……吁嗟光禄英雄弭，大食宝刀聊可比。"同书卷一〇《题愚亭智莹受之问彤两弟洛阳倡和诗后》七律尾联："凭君为吊长沙傅，绛灌无交计本疏。""长沙傅"即贾谊，《汉书·贾谊传》："贾谊，雒阳人也，年十八，以能诵诗书属文称于郡中。"又云："于是天子议以谊任公卿之位。绛、灌、东阳侯、冯敬之属尽害之，乃毁谊曰：'雒阳之人年少初学，专欲擅权，纷乱诸事。'于是天子后亦疏之，不用其议，以谊为长沙王太傅。"所谓"绛灌"，即汉绛侯周勃与颍阴侯灌婴的并称，两人均佐汉高祖定天下，建功封侯。可惜因起自布衣，鄙朴无文，又曾谗嫉陈平、贾谊等，在历史上留下骂名。那么“绛灌无交”何义？似是说贾谊不与二人交往，因而受到他们的诋毁。其实四字乃“绛灌无文”的形近而讹，语本《晋书·刘元海载记》：“吾每观书传，常鄙随（随何）陆（陆贾）无武，绛灌无文，道由人弘，一物之不知者，固君子人所耻也。”张问陶借用刘元海之语道出对周勃与灌婴等武人嫉贤妒能的鄙夷，并非责难贾谊不与两人结交而招祸。一字之讹，谬以千里！校勘一事，真当慎之又慎。巴蜀书社2010年出版《船山诗草全注》，即以中华书局1986年版《船山诗草》为底本，一些错讹即因袭了底本的失误，令笔者抱憾终身。张问陶论诗标举性灵，但其诗创作绝非全凭兴致，任意挥洒，往往巧用典故，得雅驯之趣，意在言外，读之令人回味无穷。点校《船山诗草》一类的古籍，丝毫不能大意。陈垣先生首次提出校勘学的“四校”之法，即对校法、本校法、他校法和理校法，以理校最为危险，不宜滥用。上揭二例，即运用他校之法，因有确凿书证，并非妄下雌黄。此外，从事编辑工作，也有一个“九层之台，起于累土”的循序渐进过程，一切贵在坚持，终究会有“蓦然回首”的惊喜；如若半途而废，一切就无从谈起了。

四

笔者在中华书局任编辑六年，解决了专业方向问题，对于文献整理总算有了一定认识，并为以后的编辑工作打下基础。1988年杪，调入文化艺术出版社，原本想在商品经济大潮中一显身手，却因胆识、能力皆有欠缺，没有收到预期的成效。仅以出版界而言，中国不缺少学者型的编辑，所缺者，真正的出版家！现在看来，能够当得起这三个字的编辑无多，湖南的钟叔河先生属于老一辈的出版家，他在20世纪80年代中策划出版的《走向世界丛书》，至今脍炙人口。笔者的编辑同辈之中，上海已故学者赵昌平先生，曾领导上海古籍出版社干得风生水起，受到多方赞誉，出版家的称号当之无愧。人民文学出版社已故副总编辑高贤均先生，系笔者同窗，他策划出版的《白鹿原》《尘埃落定》等小说皆为获奖出版物，堪称高瞻远瞩，目光如炬；他为引进《哈利·波特》费尽心血，在为人民文学出版社赢得声誉的同时，也使该社获得了可观的经济效益。在共和国出版家名录中，他自然也是不可或缺的人物。笔者没有他们那样的选题意识与出版魄力，能勉强做好案头编辑工作，已经算是“将就材料”了。1998年，笔者毅然转型为学术杂志编辑，调入《文艺研究》编辑部。

当时的《文艺研究》主编柏柳先生作风严谨，脚踏实地，策划选题，不务虚名，讲求“五湖四海”，团结众多学者。他从该杂志1979年创刊即兢兢业业，一步一个脚印，十年如一日，与诸同人一起为《文艺研究》的建设立下汗马功劳，也为以后权威核心期刊的确立打下了坚实的基础。十多年后的继任者方宁先生更上层楼，在选题开拓、作者培养方面继往开来，令刊物面貌有了新的气象。特别是他坚持亲自通读文稿与三校样，并通过奖惩制度力争减少文字错讹方面的努力，令《文艺研究》的差错率减至历史最低，获得学界的一致好评。

以小环境而论，《文艺研究》人员构成简单，但不乏能人。如金宁先生对摄影、电脑硬件等，道行颇深，这些业余爱好对于杂志建设不可或缺。编辑部集体出行或开会，他总爱拿着专业相机，游走在各个角落，为大家留下珍贵的历史镜头。随着电脑写作的逐渐普及，编辑部与作者的书信往来及作者投送文稿，也逐步由纸质文本转变为电子邮箱的往还，处理文稿的效率得到大幅度的提高，在全编辑室电脑联网及提调统筹方面，金宁先生皆功不可没。笔者本人的“换笔”过程，也得到他的许多具体指导，尽管艰辛，却不乏有问有答的即时乐趣。在如此氛围下工作，心情自然舒畅。2008年，笔者到点退休，返聘五年，直到2013年初彻底告别编辑工作。六年之后，《文艺研究》年届“不惑”，金宁先生继掌主编，编辑部人员也陆续更新，逐步年轻化，呈现一片欣欣向荣景象。值此欢欣鼓舞之际，金宁先生命笔者撰稿抒发感想。盛情难却，于是拉杂写了上述文字，仍觉意犹未尽，再就学术刊物编辑经常遇到或值得注意的若干问题，写如下感言。

北京大学中文系教授陈平原先生曾有名言：“一辈子的道路取决于语文。”编辑属于文字工作者，修改作者文稿自属分内之事，然而，编辑自己为文能否做到文通字顺也是个不容忽视的问题。记得初入中华书局任职编辑，笔者一封致作者公函，被领导修改得几乎面目全非，难为情中也认识到文字要做到逻辑清晰、要言不烦并非易事，于是有意在锤炼文字上苦下功夫，历时三四年才勉强过关。《文艺研究》作者的文字功力参差不齐，有的作者文章立意不错，文字表达却磕磕绊绊，要达到发表水平，就需要编辑一句一句加以推敲修订，方能杀青。有的作者行文半文不白，语法纠缠不清，甚至不知所云，编辑修改也要花大气力。因有互联网的便利，笔者修订后的文稿都要寄还作者过目，有些作者很不以为然，认为编辑是枉抛心力，点金成铁。遇到如此情况，笔者常现身说法，以自己的经历讲述文章修改的必要，一时难得作者谅解。时间或可成为解决问题的灵丹妙药，久而久之，许多人最终都能够体谅编辑的良苦用心，清醒认识到自己文章的不足之处，还与笔者结为好友。文字的通畅问题本在初中、高中阶段就当解决，然而许多读完博士乃至“博士后”的古典文学研究者，文字竟难以过关，岂非咄咄怪事！

由于研究机构与大专院校评估体系与奖惩制度等问题，往往擅长文献整理与辨章考据者，不喜作义理阐发的文章；而义理优长又善于发挥者，文献功底又常常不尽如人意。《文艺研究》的作者主要以后者为主力，引文不规范，郢书燕说甚至张冠李戴，在相当一段时间内并不罕见。如明清科举制度中的“进学”或“入学”，一般称为“生员”，笼统称之为“诸生”亦可，典雅一些可称“博士弟子员”，大众化一些则可称“秀才”。但无论如何，“进学”不能称之为“考中秀才”。“中”即“中式”，谓科举考试合格，只用于乡试举人、殿试进士。“考中秀才”若出自《儒林外史》中的胡屠夫之口不足为奇，若出现于大学教授的论文中，就算是“硬伤”了，改为“考取秀才”，勉强可以。又如唐玄宗天宝三载至十五载（744—756），唐肃宗至德元载至三载（756—758），只能称“载”，不可称“年”。杜甫《北征》诗：“皇帝二载秋，闰八月初吉。”首句所云即唐肃宗至德二载（757）。今人论文若出现“天宝六年”“至德二年”一类的称谓，就有违史实了。

编辑审稿、编稿要有吹毛求疵的精神，这是对作者负责，也是对学术发展负责。北京大学已故著名学者吴小如先生在这方面是我们的表率，他往往能在大多学人的熟视无睹中发现问题。东汉女史学家班昭，又称“曹大家”，这里，“家”当读如“姑”，系古人对女子的尊称。搞文史的人一般不会读错，然而却只对了一半，吴先生认为三字当读为“曹太姑”。唐代宗在历史上名声不彰，却因以俗谚“不痴不聋，不作家翁”八字劝慰郭子仪，巧妙化解其女儿升平公主与女婿郭暧小两口的矛盾而著称于世（见《资治通鉴》卷二二四），晋剧《打金枝》即演此事。“家翁”在这里亦当读“姑翁”，是婆婆与公公的合称，并非单指一家之主的男性家长。这些常用字的异读问题或许不直接出现在论文中，但如何释义却往往能间接反映作者论证某些论题之严密与否。这些细微末节，编辑不可不知。诸如此类的异读字，如地理名词“大宛”“宛城”的“宛”，古人皆读“冤”，然而京剧《战宛城》却无人异读，反映了古今音的不同。此外如人名“冒顿”“金日磾”“吐谷浑”“万俟卨”等皆有异读字，地名“斜谷”“褒斜”之“斜”，皆读“爷”音，匈奴单于“伊稚斜”中的“斜”，只能读“察”音。编辑者遇此类地名、人名，也不可不察。

一些古代文化常识，如马镫大约出现于西晋时代，有出土文物为证，东汉传世的有关画像石就没有表现马镫的画面。这涉及如何评价赵武灵王的胡服骑射、西汉飞将军李广的骑术，以及三国时期骑兵作战的方式等。《三国志通俗演义》中动辄大战五十合、百合甚至三百合，属于文学作品的极度夸张；在“无立足处”的马鞍上，关云长如何挥动重达 82 斤的青龙偃月刀更令人匪夷所思。著名画家徐悲鸿的著名油画《田横五百士》，其右侧白马的鞍下赫然点缀着汉初尚未出现的金属马镫，大约也属于一时失考吧。

《文艺研究》所刊论文，内容涵盖古今中外文学与艺术的多种门类，相关编辑对于古代乐律“三分损益法”的实践过程、对于明代朱载堉通过计算而来的十二平均律，都要有一个大致的认识。半音阶六相二十四品的琵琶，是近现代出现的。昭君出塞时马上所弹者，绝非如现代的半梨形琵琶，且横持而非竖抱；用拨子，不用义甲。对于天文历法如阴历、阳历、公历与我国传统阴阳合历的农历（或称夏历），它们之间或有一定联系，但概念皆有不同，不得混称。墓志铭是埋于地下棺椁之前的，绝非如神道碑或墓碑竖于地表。俄国大诗人普希金有一首名诗，其诗题，国内多翻译为“我的墓志铭”，不知误导过多少人。至于“丰碑”，原指古代殡葬天子或诸侯，如井上辘轳般用以下棺的工具，称为纪功颂德的高大石碑，当系后起义。要当好编辑，诸如此类的文化常识，不必精通，却一定要概念清楚，明其荦荦大者，如此方能及时并游刃有余地加工处理好来稿。《红楼梦》第五回描写秦可卿闺房中悬挂的一副对联：“世事洞明皆学问，人情练达即文章。”立即遭到“宝哥哥”的白眼，然而对于今天的编辑而言，对句不论，至少出句是当奉以为圭臬的。

随着文献典籍数字化的进程，电脑逐字检索软件的广泛应用，PDF 版、DJVU 版乃至 UV 版电子书的迅速普及，对于作者与编辑都是莫大的福音。前者在准确性方面或有疵议，但以之为线索及时核对可靠文本，即可万无一失。获取准确资讯的快捷性，在提高工作效率的同时，也可满足编辑的成就感，从而形成良性循环。所谓“编辑无学”之说，可以休矣！

在《文艺研究》工作十五年，约占笔者编辑生涯的二分之一，笔者重要的学术成果也泰半问世于这一时期，如《明文选》《中国文学编年史（明末清初卷）》《七史选举志校注》《新译明诗三百首》《义理与考据》《聊斋志异详注新评》《聊斋志异新证》《徐霞客游记》，等等。回顾自己后半生的编辑生涯，只有四个字最令笔者刻骨铭心：编学相济！

（作者为《文艺研究》编审）

《文艺研究》与我的文艺研究

赵宪章

《文艺研究》创刊四十年了，已进入“不惑”的龄段，她为繁荣我国文艺研究做出了突出贡献，赢得学界无数赞誉和普遍尊重，可喜可贺！所以，当编辑部邀约我写点什么的时候，我没有多想，立马就应承下来。

首先要查找一下我在《文艺研究》上的发文，结果大吃一惊：只有四篇！就四篇吗？我不敢相信，再次核对……没错，四十年只发了四篇！我想，就我与《文艺研究》的关系而言，无论工作关系还是私人关系，够“铁”的了，不应该如此之少。究其原因，当然是本人愚钝无才，不能成为高产写手，每篇论文都像“十月怀胎”那样艰难；更重要的还在于，《文艺研究》并不以“关系”定取舍，这就是明证。

我在《文艺研究》上的第一篇论文发表在20世纪90年代初，关于西方形式美学方面的。此前我研究文艺学方法论，之所以转向形式美学，是因为我在方法论研究中发现，形式方法是我们最缺乏、最需要的。一方面，形式研究是20世纪西方美学、文艺学的主流；另一方面，由于长期固守“文以载道”的文学观，导致我们对形式问题十分陌生，应当取人之长、补己之短。基于这一判断，我决定专治形式问题。由于我对形式同样十分陌生，所以，这一探索对我而言是一个十分艰难的过程，耗费了整整十年之久。发表在90年代初的这篇论文，留下了我当时艰难探索的踪迹，今天重新浏览，就像久别的老友相逢，倍感亲切。

西方形式美学研究结束之后，我在很长一段时间陷入了“问学无路”的迷茫中。先是考虑转向“中国形式美学”，从《周易》开始研读，用了大半年时间搜罗资料，突然发现此路不通！其实道理很简单：“形式”概念本源于西方，现代之后才融入中国话语，以此为纲贯通中国古代美学，榫卯不合、牵强附会也就在所难免。冥思苦想后开始反思自己的这一想法由何而来，突然觉悟到是“体系”情结在作祟：研究过西方形式美学了，再来研究中国形式美学，顺理成章，所谓“体系”，也就有雏形啦！应该说，这种“体系”情结是许多学者，特别是我辈专事纯理论研究者的妄想，事实证明非常可笑。于是我开始另辟别路——将纯理论的形式美学落实到具体的文学形式研究中如何？而“文体”就属于文学形式的重要方面，确切地说是文学形式的首要方面，甚或可以说是文学之所以为文学的“门槛”。这也就意味着，将形式美学落实到文学理论应该从这里开始。

这就是我在 21 世纪所着力研究的文体形式，同样持续了将近十年之久。不知为什么，这十年间的文体形式研究并没有在《文艺研究》留下什么，其间只发表了一篇关于艺术学研究的述评。可能是当时还没有走出苦寻新路的阴影，一方面研究文体形式，一方面又不甚满意，没有信心。连自己都不满意、没信心的东西，怎么能投给《文艺研究》这样的刊物呢？投过去想必也会被退回来的。

另外两篇论文发表在 2012 年和 2014 年，全是文学图像论方面的。“文学图像论”即文学与图像的关系研究。这一命名受到维特根斯坦“语言图像论”的启发：维氏认为“语言”和“世界”在逻辑序列上具有同型结构，可以用“图像”将它们的关系一一对应起来。“文学图像论”由此取意，认为文学作为语言的艺术，是一种“象思维”的语言，更是经由图像和世界发生逻辑联系。文学与世界的图像性关系一方面表现为文学通过“语象”展示世界，而不是通过“概念”说明世界；另一方面表现为语象文本向视觉图像的外化和延宕，文字文本造型、诗意画、小说与曲本插图、连环画、文学作品的影像改编等，就是这种外化和延宕的结果。因此，文学图像论所直接面对的就是作为语言艺术的文学与视觉图像之间的逻辑关系。就此而言，尽管此前并没有“文学图像论”这一命意，但是，关于文学与图像的关系研究却古已有之、中外有之。在文学遭遇“图像时代”的今天重启这一论题，显然十分必要，且具学理性。其必要性和学理性不仅在于直面了文学与图像的关系，在这一关系的背后，更有语言和图像这两种符号的表意关系。语图符号关系在古代是和谐的、唱和的，“图像时代”的到来使其发生了根本性改变——本来处于辅助地位的图像符号，正在僭越甚或替代本属于语言符号的领地。但是，对于这两种表意符号及其关系的认知，我们还处于非常表面、非常浅薄的阶段。不错，20 世纪西方哲学和图像学大量涉及这一问题，但是直接拿来使用又很不顺手，我们所面临的问题毕竟有其特殊性。

于是，从“文体形式论”到“文学图像论”，成为我的又一次艰难选择。之所以“艰难”，首先在于我的美术史知识非常浅薄，更谈不上这方面的学术积累。明知艰难还要做出这样的选择，是因为我认定这是一个很有意义的论域，将功夫用在这里可以做出很好的学问。我在和我的学生交流时经常表达这样的观点：一个学者的学术道路可能会面临多次阶段性选择、转向，那么，究竟选择什么、朝哪个方向转？说到底，是在“顺手”和“应该”之间做出抉择：前者更多地考虑既往的积累，可以快出、多出成果；后者更多地考虑学术价值和研究意义……我们应该有敢于攻关克难、舍弃名利的自信和勇气。事实证明，只要静下心、沉住气，没有克服不了的困难。现在，我已经完全沉浸在“文学图像论”中了，甚至到了“陷入”（梅洛-庞蒂概念）其中而不能自拔的地步。我庆幸在学术生命终结之前发现了最理想的归宿，庆幸在荣休之后能够享受真正的学术自由，所以才有勇气连续向《文艺研究》投稿。应该说，这两篇论文的立意、主题都是新颖而重要的，皆为言他人所未言，无论文学研究还是艺术研究，从未触及过此类问题——因为，这是我在文学和艺术之间的立意，既是文学的，又是艺术的，属于真正的跨学科研究。

这就涉及对“文艺研究”这个刊名的理解。“文艺研究”作为一个概念，可以有两种不同理解：一是文学研究和艺术研究，或者是“对作为语言艺术的文学的研究和其他艺术研究”，在这一意义上，《文艺研究》面向两种不同领域的学术研究。另一种理解是文学和艺术之比较研究，在这一意义上，《文艺研究》所面向的是一种跨学科研究。

在我看来，如果定位于后者，《文艺研究》将会更有特点、更能办出特色，当然也更具挑战性。很清楚，我之所以这样说，无非是因为我的“文学图像论”属于后者，无非是想借此表达我与《文艺研究》保持更加紧密关系的期待，同时也表达对《文艺研究》越办越好、为中国学术做出更大贡献的祝愿！

（作者为南京大学教授）

以文会友　谊在文外

——与《文艺研究》编辑部同人交往杂记

赵炎秋

作为《文艺研究》的作者，我总觉得自己不够称职。进入学术圈以来，总共才在上面发表了两篇文章，说起来不免有些汗颜。不过与编辑部诸位老师的交往，还是让我有不少收获与感触，写下来似乎也还有点意思。

我进大学任教，是20世纪80年代。那时《文艺研究》的负责人之一还是柏柳先生。我不认识柏柳先生，但湖南师范大学文学院的几位老师，如汤龙发、黄力之等与柏柳先生的关系很好。因此我也间接地熟悉了《文艺研究》与柏先生。记得大概是90年代初，《文艺研究》在一期上同时刊登了汤龙发、黄力之等四位湖南师大文学院老师的四篇文章，一时传为佳话。

我所认识的《文艺研究》编辑部的第一位先生是杜寒风。那大概是1997年。寒风先生来长沙出差，顺便来湖南师大考察。我和我的同事毛宣国接待了他。那时，讲学风气还不大盛行，我们没有安排讲座，三人只是在一起喝茶、吃饭、聊天。饭也不是在酒店，而是在宣国家里。毛夫人亲自掌勺，做了几碟湖北风味的佳肴。寒风当时已是《文艺研究》理论室的主任，以现在的“标准”，我们那时的接待实在是没上档次，简直可以说是怠慢。但寒风先生并无任何不快。印象中的寒风有点内向，但能聊天。我们一起谈文坛掌故、理论动态、彼此熟悉的友人，十分愉快地度过了大半天的时间。寒风先生回北京后，还与我们特别是宣国有一定的交往。宣国在《文艺研究》发的第一篇文章就是由寒风编辑的。

方宁先生是我认识的编辑部第二位先生。方宁的名字我知道较早。寒风先生来长沙时，聊天中我们还专门聊到了他。寒风说方宁喜欢收藏友人赠书，建议我将自己当时出版不久的《狄更斯长篇小说研究》寄赠方宁，说他一定喜欢。但我因为当时尚未与方宁先生相识，或者说我认识他，他不认识我，觉得贸然寄本书去，有点唐突。因此对寒风先生的提议虽然赞同，但终究没有寄。

与方宁先生正式交往，我记得是2000年。那一年我们与北京师范大学文艺学研究中心联合在长沙举办学术会议，方宁先生当时正好来中南大学参加学术活动。活动结束之后，也顺便到湖南师大参加我们的学术会议。他母亲是北师大著名教授，北师大校园想必留下他不少足迹。童庆炳先生与他很熟，常说方宁是他看着长大的。方先生也调侃说童老师也是他看着长大的，因为他看着童先生从一个高校“青椒”成长为著名教授。从这个意义上说，两人的确可以说是互相看着成长起来的。我想，他之所以结束在中南大学的学术活动之后会来我们这边开会，应该与童先生在这里有一定的关系。

当时方宁先生已是《文艺研究》的副主编，应该说已经成为学术界的大腕。但负责会务的我却比较迟钝，在住房上没有特别安排。而且因为豪华标间已经订完，只给他安排了一间普通双标。而另一位前来参加会议的一般杂志的主编却因为年已60岁，则与童先生们一样，住了一个套间。院里有些老师知道此事后，私下批评我迂腐。我自己也觉得此事没有处理好。但方宁先生已经入住，此时再换房，不仅有所骚扰，而且欲盖弥彰。于是只好自我安慰：方宁先生年轻，也许不会在意这些小事。事实果然如此，他并没有因为住房问题产生丝毫不快，依然谈笑风生。会议结束之后，有老师告诉我，方先生在与他们聊天时，曾经说过这么一句话：“炎秋是个实在人。”他们把这当作对我的肯定。只有我自己知道，方先生或注意到了安排的问题，只是他知道这是我们从年龄角度考虑的结果，虽然不一定妥当，但绝没有轻视他或者《文艺研究》的意思。

从那以后，我与方宁先生便算是认识了，有时他来长沙，也就顺便到湖南师大看看。我们也曾专程请他来过一次。那是2004年，湖南师大文学院与《文艺研究》联合主办了“当前现实与文艺理论的发展”学术研讨会，他作为主编出席了这次会议。

方宁先生大半生在《文艺研究》工作，从普通编辑到编辑室主任、副主编，再到主编，一生的主要事业就是《文艺研究》。感觉他对《文艺研究》感情很深。谈起这份杂志及编辑部的同人，他总是如数家珍，充满感情。大概是2006年，我在北师大开会，他本来没有参会，但中午忽然来了。我问他来的原因，他说上海有位老师给他打电话，想给《文艺研究》提点意见，他就抽空开车赶过来了。我和他开玩笑说，如果我在长沙给您打电话，要给《文艺研究》提点意见，您是否会去长沙呢？他很认真地回答：“当然，听有价值的意见和建议，我可以坐飞机赶过去。”

如果可以谈谈个人看法的话，我觉得，在《文艺研究》的历任主编中，除了创刊主编，方宁先生是贡献最大的。这至少表现在两个方面。一是他与编辑部同人共同努力，将《文艺研究》从大刊推到了名刊的地位，在《文艺研究》上发表的文学研究稿件，已经达到可与《文学评论》比肩的程度。二是他将《文艺研究》从双月刊改版成月刊。而成为月刊后，编辑部编制并没有增加。这不仅意味着工作量翻了一倍，也意味着责任增加了一倍，忙碌的程度增加了一倍。这可不是嘴上说说就行的事，而是需要实实在在的付出。我不知道当时他是怎样下的这个决心，也不知道他是怎样说服编辑部同事的。但我看到，《文艺研究》改成月刊之后，不仅质量没有下降，影响反而持续上升，这就不能不佩服他和《文艺研究》全体成员的事业心了。

与方宁先生认识之后，有时出差，我也就顺便到当时还位于北京前海的《文艺研究》编辑部去坐坐。每次去，方宁都很热情，百忙中抽出时间接见。常与他在一起的是位三十出头的帅哥，那就是陈剑澜先生。剑澜先生给我的第一印象是比较内向，不大说话，常常只是抿嘴微笑。后来我发现他还有点腼腆。一次好像是在济南开会，吃饭的时候，与他坐在一起的有一位山东的美女，还有浙江大学的徐岱先生。徐岱谈兴很浓，滔滔不绝，并且大开剑澜与美女的玩笑。美女倒也大方，倒是剑澜好像有点不好意思，常常只是抿嘴微笑，并不答腔。再后来，我发现剑澜其实既不内向也不腼腆。他酒量不错，侃起大山来，照样滔滔不绝，显示出性格的复杂多面。

我与剑澜先生熟识起来应该是在 2003 年。那一年，我因车祸右脚脚后跟粉碎性骨折，在医院病床上痛苦地辗转了近两个月。而剑澜那一年也因故不幸跌倒，导致脚后跟骨折，打了钢板，在医院待了一段时间。这不仅让我们可以互相关心，惺惺相惜，也让我们有了共同的话题。每次见面，总要相互问问痊愈的情况。今年 3 月底在中国人民大学开会，已经荣任人大文学院院长的剑澜先生见到我后，问的第一个问题仍然是：你的脚怎么样了？我告诉他，脚是好了，但留下四个后遗症。然后按照顺序，一二三四地说明了是哪四个症状。围听的人都笑了，说不愧是当老师的，说个病况也是一二三四。于是大家都很高兴。

与剑澜先生的交往，使我得到了一次在《文艺研究》上发表文章的机会。那是 2010 年。我去南京参加赵宪章先生组织的“文学形式”方面的学术研讨会。我准备了一篇不大成熟的论文，但听了一些先生的发言之后，我发现自己准备的那篇文章与会议的主题不大相符，于是临时抱佛脚，写了一个关于图像与文字关系的提纲，不大自信地在大会发言时宣读了。会中休息时，剑澜先生特意走到我身边，说我刚才的发言很有意思。我十分高兴，顺便问道，那我将它完善后投到贵刊如何？他表示可以。于是，我花了大约一个月的时间，将那个简单的提纲写成一篇论文，投到《文艺研究》，又等了大约一年，这篇文章在《文艺研究》2012 年第 1 期上发了出来，即《异质与互渗：艺术视野下的文字与图像关系研究》。后来，我又以这篇文章和后来发表在《文学评论》上的另一篇关于文字与图像关系的论文作为主要前期成果，申报了一个国家社科基金一般课题。我常以这件事为例，向学生们阐述三个相互联系的观点：一是参加学术会议很有必要，不仅可以会见老朋友、结交新朋友，而且在学术会议上大家的观点互相碰撞，往往能够产生思想的火花，而这就有可能成为自己新的学术增长点；二是一个好的编辑，往往是作者的良师益友，因为编辑见多识广，好的编辑能披沙沥金，指出你的思想中的闪光点；三是在学术研究中，有了一个好的起点，不要轻易放弃，应该继续挖掘下去，有时成功就在于再坚持一分钟。

《异质与互渗：艺术视野下的文字与图像关系研究》虽然是剑澜先生促成的，但责任编辑却不是他，而是张颖女士。张颖工作十分认真，在编我这篇稿子的时候，至少与我联系过三次，从文章的整体内容、具体格式，到注释和个别字句的调整，都一一沟通，一丝不苟。而最使我佩服的是，文章中的有些问题，我自己都没有觉察到，张颖却发现了。这使我的这篇文章避免了一些不必要的错误，也使我对这位细心的女士产生了好感，很想见见真人。

这个机会第二年就来了。那应该是 2013 年，我到北师大参加学术会议。会后在校区散步。这时迎面来了一位漂亮女士。对于漂亮女士，我一向坚持两条原则：不可不看，不可多看。不可不看，是因为那是上帝赐给人间的一道风景，不看辜负了上帝的好意；不可多看，是因为美女也是有意识的主体，看多了会惹美女不高兴。因此，我只瞥了一眼，便把目光移开了。谁知那位美女却叫了我一声。我吃惊地转过眼去，发现她的确是在叫我。于是我礼貌地点头，说了声你好。美女告诉我，她叫张颖，是《文艺研究》的编辑，才编过我的一篇稿子。于是我掉过身来，陪着她走了一段，聊了一会。也无非是感谢她的辛苦，夸奖她的细心之类的话，不过聊得也还融洽。

以后似乎就没再见过面，但彼此的关注我想还是有的。今年年初，我因为准备给《文艺研究》投篇稿子，试着从微信群加了她的微信，本想着她不一定会接受，但她很快接受了，并发来短信说“赵老师好！好久不见”，然后是一个抱拳的表情。这使我感到了张颖女士的友好。于是，我把稿子投了过去。这篇稿子最终没被采纳。我倒也很坦然。是否投稿，是作者的抉择，是否采用，是刊物的选择，没有什么可抱怨的。但使我略感意外的是，我 2 月投稿，4 月就得到了反馈。作为《文艺研究》这种名刊，处理的速度不能不说是很快的。由此可见编辑部的工作效率，以及对作者的尊重。

我与《文艺研究》编辑部的先生们交往近二十年，以文交友，文章虽然没有发几篇，但在与各位先生的交往中，增进了友谊，学到了东西。这不能不说是另外一种收获。作者与刊物的关系是通过文章建立起来的，但又不限于文章。有时，文章之外的东西，反而更能使人感觉珍贵。

（作者为湖南师范大学教授）

我与《文艺研究》

赵义山

今年，《文艺研究》迎来了她的40岁生日，这是值得纪念和庆贺的事。有幸成为她长期以来的作者和读者，说几句心里话，向她献上自己的祝福，是义不容辞的。

大家知道，《文艺研究》在20世纪后半期诞生时，改革开放的国门徐徐开启，古老的中华大地迎来缕缕科学的曙光，对《文艺研究》来说，应该叫生逢其时吧。因为她无须涅槃，便有了新生。她踩踏着中国改革开放的时代步伐，沐浴着科学春天的韶光，经历着新时代中国式文艺复兴的潮起潮落，最终成长为文学艺术界众望所归的学术家园。

我学术研究的起步，恰好与《文艺研究》的创立同时，但是，当我第一次向《文艺研究》投稿时，时间却已到21世纪初，《文艺研究》也已经成长为中国期刊第一方阵中的名刊、大刊了。我不但没有为她的成长有过任何添砖加瓦的贡献，反而借她的口碑和声誉使拙稿得到同行的普遍关注，这无疑是沾了大光的。由此，我便一直对成就《文艺研究》盛名的先行者们，对甘心为他人作嫁衣而默默奉献的《文艺研究》编辑们，充满着由衷的敬意和感激之情！

十多年来，我在《文艺研究》发表的文章不算多，但与同行朋友相比或也不算少。自2005年在《文艺研究》发表第一篇《明代成化、弘治年间南曲之兴盛与曲文学创作之复兴》以来，迄今十余年间总共五篇，历历可数也。2005年首发之后，还有《宋元“小唱”名实辨》（2008）、《幽愤之歌吟，时代之骚雅——论羊春秋的散曲创作》（2016）、《“唱赚”与“覆赚”考论》（2018）、《北曲杂剧音乐体制渊源再讨论》（2019）。这些文章所讨论的问题，学界已有知者，倒是这些文章背后的故事，或鲜为人知。如果要说，不过是一些敝帚自珍的前尘往事，不一定有助于学术。如果不说，话到嘴边又咽回去，我又觉得难受。想了想，决定还是说一下吧，免得自己难受；但不细说，免得别人难受。

老实说吧，在我前二十年的撰稿、发稿经历中，还没有太关注《文艺研究》，而是一两份与自己研究方向匹配的“专业刊物”或高校学报，编辑大都是一些比较熟悉的朋友。因为给朋友写稿，所以从不敢马虎，否则朋友没得做。而原本与《文艺研究》的编辑不太熟悉，为什么最后把自己觉得有一得之见的稿子又给了《文艺研究》呢？事情是这样的，不知始自何年月，一些刊物为杜绝人情稿件，于是实行外聘专家审稿制，这一制度本身是有其积极意义的，这不用说。但问题在于，一些刊物并不是将外审意见作为稿件是否刊用的参考，而几乎是将其作为“枪毙”稿件的唯一依据。如此过分地依赖外审，不管作者何人，也不管所论何事，更不管外审意见何说，总之，只要外审不通过，就一律不刊发。看起来是在严格执行制度，似乎没有任何问题。但问题恰恰在于，唯外审意见是从，在“枪毙”一些平庸稿件的同时，是否又会对一些提出不同意见而确有真知灼见的稿件造成误伤呢？我以为会的。我在《文艺研究》发表的文章，有好几篇便属于这种情况。当我把这些“问题”稿件投给《文艺研究》时，有时会很坦诚地告诉《文艺研究》的编辑，这是被退的稿件，但有时也会隐瞒被退稿的事实。不过，令人庆幸的是，即便我坦诚相告了，《文艺研究》却并没有因为拙稿的“再嫁”身份而将其拒之门外，而是以珍贵的版面接纳之。当然，我相信《文艺研究》是会按照严格的审稿制度来处理任何人的稿件的。如果说，有价值的文章是有生命的，假如拙稿也是有生命的，那么，《文艺研究》之于拙稿，就算得上有“起死回生”之恩德了。

但是，问题又来了：究竟拙稿先前本就该“死”，而《文艺研究》让其“生”得冤枉呢？还是拙稿先前“死”得冤枉，而《文艺研究》让其“生”得有理呢？有时候，一想起宋代理学家程伊川的话，我也不禁有些怀疑。伊川夫子曾说：“如古人作诗，无如杜甫。云：‘穿花蛱蝶深深见，点水蜻蜓款款飞。’如此闲言语，道出则甚？”在中国古代各体文学中，高雅如诗，而且又神“圣”如杜诗者，尚不免有“闲言语”之讥，何况我辈所论，又为“高尚之士，性理之学，以为得罪于圣门”（钟嗣成《录鬼簿》）之为词为曲者，更属于所谓“小道末技”者流，那就更是“闲言语”中“闲”之又“闲”者矣，姑谓之“闲之又闲之语”吧。如此，论之又有何用？废之又有何损？存之又有何益？所以有时不免狐疑。但有时又想，论说此等“闲之又闲之语”，虽非如曹丕所说“乃经国之大业，不朽之盛事”的“经世致用”鸿文，但也就绝非颠倒黑白、指鹿为马之害人妖文，何况每每有国家立项、政府颁奖，似乎也就见得世面，入得“兰台”的，余又何疑焉！

不过，还是有另一问题在的。什么问题呢？那就是，拙文所论“闲之又闲之语”，即便见得世面，入得“兰台”，然而，其所论者，把问题说清了吗？即便把问题都论说清了，其所论者，是真问题还是假问题？是强词夺理还是以理服人？对于“如此闲言语”一类的学术研究，究竟有无推动？这就需要诸位同行、读者来做评判了，这也就是前文要将在《文艺研究》所发拙文一一晒出的用意：方便诸位覆案。诸位方家如有兴趣，不妨看看《文艺研究》2005 年第 12 期所发《明代成化、弘治年间南曲之兴盛与曲文学创作之复兴》一文不主故常，认为明成化、弘治时曲文学由南派率先复兴而且南曲已胜于北曲的论述，是否符合事实？看看 2008 年第 1 期《宋元“小唱”名实辨》一文对宋元人所言“小唱”，二者名同而实异的考论，是否正确？看看 2016 年第 8 期《幽愤之歌吟，时代之骚雅——论羊春秋的散曲创作》一文首论“羊春秋将散曲文学的讽世传统与屈原的入世精神相结合，对当代散曲创作复苏具有导夫先路的重要意义”，是否实事求是？看看 2018 年第 10 期《“唱赚”与“覆赚”考论》一文对学界此前关于“唱赚”与“覆赚”诸多认知分歧的澄清，是否有道理？看看 2019 年第 5 期《北曲杂剧音乐体制渊源再讨论》一文对学界朋友针对笔者北曲杂剧套曲音乐体制并非渊源于“诸宫调”的看法提出的批评的回应，是否具有“科学性”？凡此，只有请大方之家及读者诸君明鉴了。

有时，我在想，自己并非手握某种权力，或掌握某种资源，可以给《文艺研究》的编辑们穿穿“小鞋”，或给以某种世俗的“回报”，但拙稿却能一次又一次得到《文艺研究》的“超度”，实乃三生有幸！陆游当年游“山西村”，见到村民时，有“衣冠简朴古风存”的感慨，我对当今的《文艺研究》的编辑，亦有此同感。《文艺研究》编辑的作风，或许与当今世风格格不入，不过，只要《文艺研究》编辑已经习惯了，自己心头觉得踏实舒坦、安然自在就好，何必一定非要和光同尘呢。于是，鄙人想告诉我辈同行：假如诸位并非心浮气躁之人，而是数十年来一直眷恋着自己的那条冷板凳，那么，当诸位将自己倾注了心血而又自信不疑的稿件寄出，在收到诸如“外审没有通过”之类的回复时，而诸位又为“敝帚”的“被毙”而感到“死不瞑目”的遗憾与无奈时，那就不妨投给《文艺研究》试试吧，说不定也会像拙稿一样，很幸运地得以“超度”呢。

说是“幸运”，其实，这其中是凝聚了《文艺研究》编辑的苦心的。不知在《文艺研究》发过文章的朋友是否能感觉得到，反正笔者是有体会的。在拙稿被通知正式刊用之前，他们的具体审稿流程是什么样的，笔者不得而知。但是，当拙稿获得拟刊用通知之后，如我接触过的几位责任编辑，他们那份尽职尽责的苦心和耐心，那份近乎“苛刻”的认真态度，真是令人感动！大到标题、观点、材料、新意，一项项审查，那是不必说的，而小到每一行、每一句、每一个标点、每一条注释，仿佛也都是几经敲打的。一篇篇稿件究竟在编辑们手里经过了多少遍的字字敲打，恐怕也只有《文艺研究》编辑自己知道了。总之，我是深切地感受过《文艺研究》编辑为追求尽善尽美而精益求精的“工匠精神”的。当责编们以这种“工匠精神”对稿件进行编辑加工时，有时需要作者密切配合，这或许会让你觉得“麻烦”，但说实话，正是这种“麻烦”，令人感悟，也令人感动！因为，如果不是《文艺研究》编辑以这种不怕“麻烦”的“工匠精神”来严审手中的稿件，如果不是编辑对作者的信任和尊重，拙稿又何以获得“起死回生”的幸运？《文艺研究》编辑的这种“工匠精神”，不仅令人感悟和感动，同时，也给人一种有益的启示与鞭策：我们的确应该像《文艺研究》处理稿件那样，一丝不苟地对待我们的研究和写作，把自己最满意的稿件投给《文艺研究》，把自己的真知灼见奉献给读者。

临末，谨以【双调·折桂令】一曲，向《文艺研究》四十华诞献上我的感慨与祝福：

四十年雪调冰弦，雅奏高弹，鸾引凤牵。看华艺葱葱，奇文郁郁，妙论篇篇。胜巧匠精雕细碾，袖清风月朗星妍。品有薪传，格有文传，名有人传。

永远的《文艺研究》品格，永远的《文艺研究》精神！

（作者为四川师范大学教授）

遇见《文艺研究》的岁月

赵毅衡

1978年我考进中国社会科学院研究生院，师从卞之琳先生攻读莎士比亚研究。从煤矿走到地面，阳光耀眼，处处美景。十多年没有机会读书，走进图书馆，仅是书脊就让人如入宝山，想吞下每个标题。到研究所办公室，都是只听说过的学界传奇人物，令人闻名而生敬意。但是不久我就看到：这是个刚走出风横雨狂年代的机构，人际关系伤痕累累，只不过对新来者隐而不言罢了。

也有瞒盖不住的时候，我看到一位老人佝偻着背，在刮刷厕所便池，一看就知不是清洁工人。他转身过来，眉目低垂，避开任何人的目光，低头避让而过。这种目光，多年来我已经见得太多：所有被“打倒”的人，都用这种甘愿“自绝于人民”的面具盖在脸上，遮掩任何表情。等他走出去后，旁边的人告诉我：这是袁可嘉。我倒也没有多少惊奇：越是名人越可能来打扫厕所，厕所有幸，扫厕轮流，已是那十多年常见之事。

至于为什么别人已经在读书，一位著名的外国文学理论权威还在埋头刮刷厕所，这又是另一个漫长却重复的故事，此处不赘。我在入学大半年后，1979年春正在经历一次转换专业方向的危机：虽然我在这半年中发表了几篇莎学论文，卞之琳先生已经发现我的头脑过于追求逻辑，比较适合做理论。他断然建议我“把30年代中断的形式论潮流重新拾起来”，从新批评做起，一步步做到当代叙述学与符号学。导师耳提面命，这也就是为什么形式分析成为我一生不敢弃之的专业。

卞先生说，虽然他在30年代初去清华听瑞恰慈的课，应叶公超之约翻译了艾略特的《传统与个人才能》，刊登于刚创办的《学文》杂志，但是袁可嘉先生对新近文论更为熟悉。见到我愕然，卞先生说：袁先生已经恢复工作了，他可以做你的副导师。此时卞先生拿出一本刊物，说：“你看刚出版的《文艺研究》创刊号，上面就有袁先生的长文。”我看了一眼标题，至今还记得是“象征派诗歌·意识流小说·荒诞派戏剧——欧美现代派文学述评”。我眼前一亮，扫厕所的景象似乎前不久才看到，但是这本《文艺研究》中的一行标题，能刹那间点化出奇迹。

我还记得那一期上，有讨论“鬼魂戏”的，有讨论“文艺八条”的，有回忆文艺界“广州会议”的，后来又有朱光潜先生关于“人道主义”的长文，都是我们师生争着去读的文学艺术的春讯。

20世纪80年代的大部分时间里，我在国外读符号学—叙述学经典，写论文与入职也耗费了精力，与国内学术界的关注点渐渐疏离。其间也有两次回国，几乎感到自己是个“冰箱人”，头脑里全是冷冻的旧日记忆。正因为很久没有在国内发稿，未免技痒，但形式论看起来很技术性，缺少大势宏论。我不太清楚国内哪些刊物会对如此讨论感兴趣，想起当年对《文艺研究》“不拘一格”的美好印象，就把一篇《小说叙述中的转述语》手写稿寄了过去，然后，1987年第5期刊登了出来。

那年秋天写完博士学位论文，我再次把全部书籍行李运回国，准备定居。《文艺研究》邀请我到位于前海西街一带的办公室看看，我便在那里认识了吴方，一个朴素平凡的中年人，毫不起眼。人们介绍说他是“第四副主编”，他说“哪里的话，小编辑一名”。听到这个介绍，我觉得有点“夸张”，大概在对比国外的刊物机构，我想：“真的吗？”想一下才明白，《文艺研究》要处理的文字，可能涉及的专业超出任何刊物，虽然刊物主打理论和跨学科研究，但是绝对不能让各门各科的专家认为稿子“不够内行”，摊子多，“摊主”也自然不得不多一些。

翻一下那几年的《文艺研究》，觉得这个20世纪70年代末表情严峻的“大刊”，80年代刊风大有不同，文章短小而精彩：李锐论现代派，汪政、晓华论间距，陈晓明论拆除深度，蒋原伦提倡批评“攻击性”（这个问题至今也没有解决）。这些新文风，也使我朦朦胧胧产生了希望。我就把一篇《中国小说中的回旋分层》寄了过去。还是老本行，讨论形式问题。虽然吴方来信表示欣赏，刊出却是一年多之后，1990年冬天的事。

该文讨论从《镜花缘》开始，一直到晚清《官场现形记》等小说中的“回旋跨层”：人物发现了这本小说的手稿，于是出现了“人物发现的小说写到人物发现此小说”这样的逻辑怪圈。吴方告诉我，文艺界的反应是：这些小说只是在模仿《红楼梦》的楔子，却“写糊”了。为了证明这是中国古代作家了不起的创造，我不得不寻找西方的例子，最后在《堂・吉诃德》《爱丽丝漫游奇境记》《百年孤独》等作品中找到一系列平行的例子。《镜花缘》虽然比《堂・吉诃德》晚，李汝珍却绝对是独立发明了这种结构。

但是我知道，就吴方的编辑身份而言，业界的评论还是有压力的。但是他没有怪我，他知道有时候“专家”无法越出自己的专门领域。在近年中外电影中，“回旋跨层”已经成了标配，虽然编剧不一定知其所以然。

1992年夏天我回北京做一年的研究，北京变化太大，我一时找不到地方，在东郊机场路社科院研究生院招待所这个“老家”住了三个星期。三个星期中，肯长途跋涉来看我们的只有两位朋友：吴方与张颐武。吴方是自行车来、自行车去，怎么说也不肯留下吃饭，顶着夏日中午的太阳骑车回去了。与张颐武在饭桌上谈谈笑笑是乐事，一些北京新流行的文化现象，在他嘴里化成无穷笑料，时针在欢乐中跳动。与吴方简直是无言枯坐。碰巧，吴方刚读了我在一本地方杂志上写吴宓的小文字，于是我们大谈一顿吴宓。后来我读到吴方的书《世纪风铃》，才明白那不是碰巧。吴方是读几十卷书写一篇文章的人。他要写吴宓，就把所有关于吴宓的文字都看了。对我那种八卦散记，他没有加以评论，顾及了我的面子。一辈子不走运的吴宓，把我们见面的窘迫给救了。不知为什么，我现在每次想起吴方，就想起吴宓——耿直的北方汉子，黧黑的面孔不像知识分子，却是做学问也像耕田一样执着，不跟着时风转，错也错出个名堂（不巧的是，吴宓也是自杀身死）。《世纪风铃》的文风，曾经得到我的一位最挑剔的朋友无保留的赞美，那位朋友是周作人的隔代望门子弟，从来没有说过我的文字一句好话，他在吴方貌似平淡实际上极为讲究的文体中，看到睿智的沉潜和对人文精神的执着。

听说吴方病倒，已是很晚，1995年初。一个来伦敦的朋友说的消息，说是癌症发现时，已经扩散，肿瘤已经在压迫脊柱神经，疼痛异常，化疗和理疗更加重痛苦。夏天我回到国内，吴方是慢性病人，周末是可以从医院回家的。我们约好了一个时间，我决定扛个西瓜和一堆水果，匆匆看望一下，就尽早撤退，免得大家挨窘。

吴方家住在东城一个狭窄的四合院，各种附加建筑早把院子变成了迷宫。他的房间，好像是抗震棚时代的“遗迹”。坚持保存古城风貌的人，若对大杂院情有独钟，不妨与吴方的孤寡换房。有了精神准备，吴方的外貌巨变没有使我们过分吃惊——死神已经在他脸上抹了重重蜡黄的粉彩，脸颊深陷，颈上皮肤挂成条。身子已经很单薄，虽然穿着白色的单布衫裤，看得出只剩一把骨头，歪斜地瘫坐在一张单人沙发上。“房间”很小，唯一的一张椅子我坐了。

该是我们询问病情，并且安慰打气一番，计划用我们对晚期癌症的藐视来帮助他战胜疾病。吴方却不等我们开口，立即谈起我近年在各种刊物上发表的一些文字，每一篇他都记得清清楚楚。话音却比以前更轻，脸上不时有异样的表情，陷在沙发里的身体时不时抽动一下，看来疼得厉害。但我们都明白，减少他的痛苦的最好办法是让他谈下去。

吴方从不放弃编辑旧习，记得住每个人发表的文字，而我只记得吴方那篇妙文——《论矫情》。历数了当时几篇把文坛震得大摇大晃的名作，“很像天赋甚高的少年人在人面前说话，虽然有锐气，但说话的调门往往过高”。吴方的评文论世，待己待人，可以说是一以贯之。我的性格可以说与吴方正相反，但是我欣赏任何一以贯之的人，在今日，这是尤其难得的人品。我同意吴方的一个观点：从事文学艺术，不管是理论还是创作，不能太聪明，得有点儿傻气。这个世界各行各业都需要聪明人物，而要把文学做到他人不易到达的境界，过于聪明往往转弯避闪过多，最后成果寥寥。

我至今纳闷，一个肿瘤已扩散到脊椎，压迫着神经中枢的临危病人，要靠不断服用强剂止痛药才能勉强坐起一会儿，他哪来的闲心关心这种文化界大部分人都不愿意听的问题？或许他的病床读物，竟是这种枯燥的文化讨论？“回光返照”，我突然想。一个依然充满智慧的头脑，依然在活跃地思考，危乎哉地顶在一个朽败的身体之上，还不得不跟着身体一起烧成灰烬，世上有比这更大的悲哀吗？

早就警告我们不能超过20分钟。但是吴方不让我们走，他看来还真希望聊下去，谈这些所有健康的理论家们都认为太迂腐的学术题目。临走，我们说过两个星期再去看他。像大部分这种承诺一样，很难信守。心里倒是想起的，只好说离京后写封信给他吧。不料在国外听到他在家悬梁自尽的消息，不选医院，显然是不想祸及医生、护士。据说他临死前很平静，先把家里人打发出去，打了几个电话处理一些小事，接电话的人都说声音极为平静，没有任何情绪波动征象。

四十年过去，物是人非，镜中华发，但是《文艺研究》编辑那种敬业的心态，那种投入的专注，尤其是胸襟开放的精神，一以贯之直到今日。虽然换了一代代编辑，新人辈出，颜面朝气勃勃，刊物青春永驻，但是知识分子的敬业精神一如昨日。我一直记得创刊号那魔法的一点，委顿的花园重新闪亮，万木升腾，百荷喧哗，又是一番华丽新世。

（作者为四川大学教授）

我与《文艺研究》的学术交往

赵 勇

一

2019年6月29日下午2点50分许，我坐在北师大文学院C5049报告厅里。3点整，这里将有一场学术讲座，演讲人是上海交通大学的夏中义先生。慕名而来的各路听众已经入座，我与夏老师也各就各位，他在提神，我在运气，马上我就要主持这一讲座了。这时候，忽然手机震动，打开一瞧，是张颖编辑的一条微信，她说："赵老师好！首先向您说声抱歉，由于我们不同编辑室工作衔接的问题（彼此都以为对方已邀请您写纪念文章），竟然将您给遗漏了。事情是这样的：我们打算10月份出一套文选，邀请老作者围绕'《文艺研究》与我的学术写作'主题撰写文章。文集会在四十周年活动中发布。您曾在《文艺研究》发表九篇文章，当仁不让是重要的优秀作者。眼下时间有点紧，不知可否在十天内完成？"随之而来的是一张截图，上面罗列着我的九文题目和发表时间。我赶快回复："马上主持讲座，一会儿汇报。"

待我介绍过夏老师，他也进入抑扬顿挫的演讲节奏中之后，我才又发微信："特别想写，又特别忙——突然多了好几件事情，但我想试试。"张颖道："特别期待，同时特别抱歉。或许这就是传说中的灯下黑。"

夏老师正把"王国维的学思人生"徐徐打开。他的演讲就像写文章，从来都是很讲究谋篇布局的。加上他很懂得张弛有度，尺水兴波，我的思绪就无法不被他牵着鼻子，一路紧追慢赶。然而，张颖这一杠子插进来，其力道也不可小觑。于是，在夏老师起承转合的缝隙之间，我又抓紧时间开小差。结果，我一心二用，初战告捷，待夏老师讲座完毕，我这篇文章的思路也大体清晰了。

二

实际上，一见张颖那张“九宫图”，我就意识到这个抓取出了问题：到目前为止，我只在《文艺研究》上发文八篇，第九篇仿佛已经怀胎，就是还未分娩。但为什么那张图却成了九篇？因为有一个也叫赵勇的家伙比我厉害。早在1988年，他就在《文艺研究》（第4期）上发表过文章，名为《从〈悲剧的诞生〉看尼采的悲剧观》。是故，张颖就张冠李戴（准确地说，是“赵冠赵戴”），把彼赵勇大作归入此赵勇名下。现在，我要借此机会，郑重声明：此文非我所写，我不敢掠美。

这种情况已不是第一次了。记得以前也有朋友说起：80年代你就在《文艺研究》发文章了，厉害！我疑窦丛生：没有啊，从何谈起？朋友说：写尼采的，千真万确。那时候我才知道彼赵勇在为我站台，扬我美名。这也难怪，从1985年发表处女作往后，我在80年代总共发文八篇，其中还有《论中国当代悲剧观》（1986）和《悲剧不快感初探》（1989）这类文章。此赵勇与悲剧观较劲，彼赵勇也跟悲剧观叫板，中学西学，心理攸同，家族相似，长相接近。加上一笔写不出两个赵，勇也都是勇敢的勇，朋友就把二“勇”弄混了。

彼赵勇何许人也？说来惭愧，直到现在我也没整明白。记得一次聊天，有朋友似对彼赵勇略知一二。他说：1989年之后，“尼采赵”去了东欧，有人还见过他。但到那里后不久，他就彻底人间蒸发了。而去国之前，他在何所高校求学，又在哪家单位供职，一概不知。这个“案件”发生后，我也曾拜读其那篇大作，觉得他通德语，懂英文，分析到位，功夫不俗。但他似乎就写了这么一篇，此前此后，再无惊艳之作面世。

所以，彼赵勇究竟是何方神圣，至今依然悬而未决。

于是三十年后，仍有必要发出寻人启示：尼采赵，赵尼采，你妈妈喊你回家吃饭！

三

闲话不闲，言归正传。

我究竟是什么时候知道《文艺研究》这家刊物的，现在已无从查考，但我自己估算，不会迟于1985年。那一年，我大学毕业，被分配到晋东南师专任教。师专的图书馆原在一排平房，我去之后不久，新图书馆大楼落成，投入使用，我也就成了那里的常客。从那时起一直到我考博成功止，整个八九十年代，我在读书之余还在读期刊。系里的资料室订了不少杂志，每次新刊到货，我就抱一摞回家，先吃先占，大块朵颐，横冲直撞，十分嚣张，把安全行车、礼让三先的交规完全抛置脑后。除此之外，我还不时溜达到图书馆的期刊阅览室里寻寻觅觅，寻找系里没有订阅的刊物。除文学类、理论类的期刊外，那时候我还喜欢读《书法》《美术》《美术译丛》《世界美术》等刊。而《文艺研究》自创刊起，大体上已形成了自己的风格：封二封三有书法摄影，中间插页有绘画作品。于是我进得馆内，拎一个玻璃杯，泡一把大叶茶，从架上取下《美术译丛》和《文艺研究》，读读文章，品品书画，摘抄几段文字，顿时觉得含英咀华，心旷神怡，一上午或后半晌的时间就打发掉了。

后来写文章时我做过考证，“读图时代”这个语词是花城出版社编辑钟洁玲与其丈夫钟键夫在1998年发明的。但是早在1985年，我居然就读图为生了。这是怎么搞的？为何青春年少的我当年就如此歪打正着先知先觉（捂脸）？

读研究生期间，我曾自费订过两种刊物：《文学评论》和《文艺理论研究》。为什么没订《文艺研究》？很简单，阮囊羞涩。您想想，当时的处境是，为图便宜，我等烟民常常去山东师大校门外的马路牙子边踅摸，以便能买一筒100支的散装大鸡烟，然后细水长流，抽它个十天半月。生活都过得如此清汤寡水，订刊物的事情我岂敢造次？而选择那两家刊物，也还是有点讲究的。武当少林，一南一北，有这两家刊物在手，天下武功的基本套路便可尽收眼底。至于《文艺研究》嘛，我还是借着读算了。老话说：书非借不能读也。也许借着读更有效果。

确实效果不错。如今我翻阅当年的一个笔记本，发现我连着摘抄过《文艺研究》上的几篇文章：鲁枢元《曼纽什在“玩艺术”？》（1989年第1期）、李少白《关于电视艺术的驰想》（1989年第5期）、周建军《国外通俗文化研究述略》（1989年第6期）、王岳川《后现代文化策略与审美逻辑》（1991年第5期）。周建军的那篇抄了6页。正是因为读此文，我才知道托马斯·英奇编过一本《美国通俗文化简史》。1992年5月，我在长治那座小城发现了这本书，大喜过望，立刻把它拿下。拎着它回家后，又立刻核对希林（J. F. Silin）关于唱片音乐的评价。“如今的最佳唱片明星影响着时装、发型、性观念、吸毒，及至社会、政治决策的制定。”——没错，他在第279页就是这么说的，但周建军先生的注释写错了，写成了《美国通俗文学史》。值得一提的是，此文不仅把Kitsch译成“畸趣”（韩少功当时译作“媚俗”），而且还对本雅明、阿多诺、霍克海默、马尔库塞、恩岑斯伯格、卡普兰、桑塔格、埃斯卡皮等人的观点多有提及，很是让我开眼。如今，我已想不起为什么我会对这个“述略”青眼相加了，莫非这就是我后来与法兰克福学派和大众文化理论较劲的前奏？

20世纪90年代，我应该是给《文艺研究》和《文学评论》投过稿的，但稿子过去，要么泥牛入海，要么就是收到了“两个月内若无进一步通知，请自行处理”的一纸公函。1989年，若不是我性急，我的一篇长文就在《文艺理论研究》上刊发了——这是另一个故事，容我以后慢慢讲述；但北京的这两家名刊却一再把我拒之门外。对此，我并无任何怨言，因为我那时为文，还处在“社会主义初级阶段”，基本上是一亩地，两头牛，种点玉米做窝头，远没有写到“楼上楼下，电灯电话”的地步。编辑部对我不理不睬，自然也在情理之中。

但有件事情还有点意思，值得一记。1996年初，我阅读莫言长篇新作后，心潮澎湃，血脉偾张，便沐浴焚香，挥毫泼墨，写出一篇一万七千字的长文：《莫言的两极——解读〈丰乳肥臀〉》。那时候我已住到“楼上”，又自认为此文已写到“点灯不用油”的地步，故一俟脱稿，便在一个风雪交加的午后，骑单车出门，找邮局投递，打发它上路。现在可以肯定的是，我绝对是把它寄到了北京，但究竟是给了《文艺研究》还是《文学评论》，我却记忆模糊了。记得寄出此稿，我长舒一口气，然后立马打道回府，收拾金银细软，回老家过年。因此文写得既用心卖力，又急火攻心（怕误了过年），为此我还小恙数日，窝在老家的火炕上打了几天点滴。但盼来盼去，我并没有盼来用稿通知。2012年10月，莫言喜获“诺奖”，众刊物也争先恐后，要赶在来年初出莫言评论小辑。就是在那个时候，朱国华问我，能否写篇莫言的文章？我说，新写来不及，存货有一篇。他说，发来看看。我把此文给他，文后加简短说明，其他原封不动。他老兄二话不说，就给我发到了《文艺理论研究》2013年第1期上。后来国华兄喊我开会，编辑部王嘉军告诉我，在我发表的文章中，这篇下载率最高。我好奇，回来上知网瞅，果然发现它已被下载3400多次，被引17次。

天哪，因为写的是莫言吗？

扯远了。

四

我跟《文艺研究》的真正交往是从认识陈剑澜开始的，那是2001年。

那年春天，我们这个被批下来不久的文艺学研究中心要办一次大型会议，因参会者众，会址便选在国家行政学院。那时候，我还在读博，帮忙搞会务，冒充摄影师便当仁不让。因为这一便利条件，我也就领略了各路大神小鬼的风采。比如，98岁的钟敬文先生就被请到了会议现场。机不可失，时不再来，记得上午大会开过，几位女博士便搀住钟老（形同绑架），喊我拍照留念。此后不到一年，钟老先生溘然长逝。

陈剑澜也溜达到了会上。那时候，他梳分头，留长发，细皮嫩肉，小模样长得头是头，脚是脚的。以前，我对“英俊小生”基本上没概念，但一见到他，忽然抽象变形象，精神变物质，原来虚头巴脑的语词立马实焦。会议间隙，我与包括他在内的几位故交新知聊天，听说他年纪也有一把，还在念书读博士，顿时觉得自己不再孤单。又见他说硕士学哲学，博士读北大环境科学专业，立刻又让我侧目而视。我对理科生本来就有羡憎情结——没错，就是那个“resentment”。我们这里的老方同志主张把该词译成“羡憎”，我拎不清，姑且用之；面对这个学哲学的理学博士新品种，羡憎之心就更是复杂，变成了羡慕嫉妒恨。当然，几句话聊过，几根烟抽过，我也马上判断出我们基本上臭味相投。会议结束时，我等山东师大出身的一帮弟兄围着我们导师李衍柱先生，众星捧月，依依话别。李老师一高兴，就用浓浓的胶东话招呼大家照相。陈剑澜本属闲杂人等，不在我们这个群里，但不知怎的，他当时也混迹其中，与“山民”同乐。于是我与他站后排，比肩而立，有了第一张合影。

那个年代，陈剑澜已在《文艺研究》供职，但因为我们白天忙论文，晚上愁嫁人（他是为人作嫁衣，我是琢磨工作去处），此后一年左右，我们似已相忘于江湖。2002年我博士毕业，正准备把博士学位论文拆分开来，投给一些刊物试试，这时候，陈剑澜给我通风报信了。他说，他们刊物设“短论·动态”栏目，问我能否从博士学位论文中弄出两三千字，给他们刊发。我找来当时刊物，发现那上面果然有启事一则：

> 从2003年第1期开始，本刊将“研究之窗”改为“短论·动态”。经过调整后，“短论·动态”基本上分为四部分：一，关于国家立项科研课题的基本内容或构想的概述性短文（约3000字）；二，编译海外学者关于人文、社科及艺术研究类短文；三，博士学位论文撷英；四，探源考索类短文；其中的二至四条可参见本

刊2002年第5期“本刊启事”。欢迎广大读者赐稿。

读博期间，我校出台一项伟大政策：凡发文以北师大署名，且发到学校规定的ABCD类刊物上者，无论老师还是学生，均有奖励，五百一千，真金白银。我等破落户一看有此等好事，顿时疯了。于是我们比学赶帮超，论文大生产，众宿舍歌声响彻云霄：“妇女们呀么嗬嗨，都争先呀么嗬嗨，手摇着纺车吱咛咛咛吱咛咛咛嗡嗡嗡嗡吱儿，纺线线呀么嗬嗨。”到毕业时，我已发文26篇（有新写，有存货），挣了学校一万多块钱赏金。但我当时发表的最好刊物也就是《文艺争鸣》《电影艺术》，因为以前的创伤记忆，我并未向《文艺研究》投过稿。如今，剑澜同志请君入瓮，我岂有不高兴得屁颠屁颠之理？

但屁颠了两下，便晴间多云。我当时拆分出的篇什都是万字左右或一万五千字以上的长文，他那里却只给2500字篇幅。要是从了，我就得对拙文掐胳膊去腿，心疼自然是难免的。同时我还想到，假如从某篇万字长文中“撷英”一把，这篇长文还能公之于众吗？即便有刊物接受，发表后是不是会有人揪我的小辫，捅我一稿两投或学术不端？但短暂犹豫后我还是决定接招，道理很简单，因为它是《文艺研究》啊，它要是《晋东南师专学报》，我就让它一边凉快去了——我当过这家学报主编，调侃它就是开涮我，我扛得住。

拆分的文章中有一篇《印刷文化背景与大众文化批判——论阿多诺与电子文化的紧张关系》，当时我已写好摘要，正整装待发，于是我挥斤运斧，三下五除二就弄出个“仨母蕊”（Summary），交差了事。记得后来是戴阿宝与我联系，商量题目一事。最终，他去掉副标题中的“论”字，刊发到2003年第1期上。

这就是我发表在《文艺研究》上的第一篇文章——短论，短到不能再短，但想到咱也在名刊上亮过相了，便不由得嘚瑟起来。于是我决定去给自己买条短裤，穿着它庆贺一下。大冬天穿短裤，不嘚瑟也得哆嗦。

同时，我仿佛也看到陈剑澜一脸坏笑，嘟囔出一句口头禅：

好好干，不周山下红旗乱。

五

就这样，我与陈剑澜开始了交往，但这种交往有一搭没一搭的，很不紧凑。比如，我现在查阅日记，2004年就没有关于他的任何记录。

记录是从2005年5月27日开始的。那天，我去首都师范大学金海湖培训中心参加“文化研究语境中文学经典的建构与重构”国际学术研讨会。此会由首师大文艺学学科、北师大文艺学研究中心和《文艺研究》杂志社三家合办，我与陈剑澜自然也就顺利会师了。记得会议期间，他把我拉到一边，谈及我给他们刊物投稿一事。他说：“你那篇文章写法西斯主义与大众文化，文章本身没问题，但话题有点敏感。”我说：“这篇文章我前年就投给你们，你们也不搭理我，只好转投《文艺理论研究》。那里好像不怕敏感，已原汁原味公之于众。我还有篇谈‘阿本之争’的长文，自认为写得不歪，要不你再瞧瞧？”他说：“发我邮箱。”

这两篇文章依然是我博士学位论文里的篇什。大概是我对“短论”心有不甘，便总想在《文艺研究》搞一单大的，弄出点动静。那两年，我的博士学位论文拆分工作已初见成效——我用它们轰开了《文学评论》和《外国文学评论》的大门，又让它们在《文艺理论研究》《文艺理论与批评》《天津社会科学》《学术研究》《东方丛刊》《北京师范大学学报》《书屋》《上海文化》等刊物上分别亮相，甚至其中一篇还发在很牛的《音乐研究》上。此外，我用法兰克福学派视角琢磨文化研究的长文也冲进了《中国社会科学》的风水宝地。捷报频传，顿时让我生出刘国梁般的幻觉——可近台快攻，能直拍横打，攻无不克，战无不胜。有这几碗酒垫底，为什么我不能在《文艺研究》上演一出“阿本之争”龙虎斗呢？

但剑澜同志没给我面子。“九一八”那天，他打我电话，先是说“阿本之争”要往后放，后来又打开天窗说亮话：用的可能性不大。当然，他说得很讲究，很艺术，及至吞云吐雾，含含糊糊，羚羊挂角，无迹可求，但我听懂了。那时候，我与他还谈不上熟识，更不可能吹牛说“我是刘国梁，想去打主场”。要是搁到现在，我大概就用三句半或打油诗跟他斗嘴了。

当然，陈剑澜像郭指导员郭建光一样，还是很善于做思想工作的。他让我心里拔凉一下，马上便开始送温暖：“我正在组一组批评方面的稿子，既涉及先锋批评、女性批评，也计划染指文化批评，你写写当代文化批评如何？此稿既要有学理，更要说问题，可以尖锐，可以结合批评案例，但不必温、良、恭、俭、让。字数8000至10000，最好国庆节前交稿，这样可以赶上第 12 期刊发。”

“你待同志亲如一家，精心调理真不差。”陈剑澜给我布置作战任务时是念白，但我耳边却响起郭建光的唱腔。于是我说：“保证完成任务！”虽然时间短，任务重，但我想起了一个说法：往往有这种情形，有利的情况和主动的恢复，产生于“再坚持一下”的努力之中。陈剑澜嘟囔：“这话听着耳熟，不像康德说的。”我说：“毛主席他老人家啊。郭建光同志经常拿它给伤病员鼓劲儿，然后叫板、起霸、开唱，你忘了？”

依我当年的写作速度，十天左右连琢磨带写，弄出一篇万字长文按说不是什么难事，但查阅日记，才发现我当时内忧外患，手忙脚乱，简直沙家浜，非常芦苇荡。此前半年左右，我买的新房子交工。为尽快迁至新居，告别“团结户”那种团结紧张的生活，我必须搞一搞装修。但由于手中银子只有仨核桃俩枣，我又不敢让别人大包大揽，大动干戈，只能黄鼠狼娶媳妇——小打小闹，老会计拨算盘——精打细算。于是有两三个月，妻子拽着我跑材料，看家具，货比三家，认真琢磨栋需何木，梁用何材。9 月初刚搬家，就发生了透水事件，查不出原因，一度被弄得心烦意乱。随后是把二十多箱书拆包、归类、上架，光这件事情就折腾了十天半月。接陈剑澜的单后，我依然处在忙乱之中：要备课上课，要为《文学理论新编》做“知识点索引”，得给洗脸池漏水处打玻璃胶，得用防漏灵抹厨房下水道，必须去国美换电话机，还得到宜家买台灯厨具……就是在这种状态中，我写开了这篇约稿。此文写毕，我特意在文末注了一笔：“2005 年 9 月 28 日于北京洼里。”此前此后我写文章，落款往往有时间无地名。这次之所以让“洼里”出场，一是表明这是我乔迁新居后的首单文章，二是也想暗示我那时的窘态：我小区那块地方原名洼里，这是表层意思；我更想说的是，因搬至新居就透水，住户闹，物业吵，半夜三更查水表，我是在水深火热之中写出这篇文章的。相比之下，张清华同志就没有这样的问题。我与他是前后楼邻居，又同找一家小公司搞的装修。他搬家后，立马把自己的“洞房”命名为“清河居”，署在文末招摇过市，非常高大上，很是风雅颂。而直到现在，我把房子都住旧了，也没给它想出一个合适名称。要不咱就叫它“洼里横”？

我把文章发给剑澜，他回复说“初读之下（我喝了点酒），感觉火力够猛”。国庆节那天他打电话，说又看一遍，觉得观点没问题，猛烈也很好，就是要一招击中，不要吞吞吐吐，欲言又止。终于等来他的判决后，我放心了。

半个月之后，我收到校对清样。此文主标题名为“‘批判昏睡’中的文化批评”，而所谓“批判昏睡”（critical lethargy），来自文中所引采曼（Imre Szeman）的说法。陈剑澜给我传话道：主编觉得“批判昏睡”用词生僻，建议修改。我从善如流，立刻把主标题改为“批判精神的沉沦”。

聊以自慰的是，虽然我最终也没能在《文艺研究》上发表一篇博士学位论文中的长文，但此文却是在“批判理论”的指引下写出来的，法兰克福学派的幽灵可以说无处不在。十年之后，我写批判理论与大众文化的文章又有一把，欲打包出书。因觉得此文模样不差，我便把它请进《法兰克福学派内外》之中，让其呼朋引类。我在该书导言中说：“我记得《批判精神的沉沦——中国当代文化批评病因之我见》是应陈剑澜兄之邀写出来的。阿多诺曾写过《文化批评与社会》，我的这篇文章似乎便是在学阿多诺，其批判的火力和火气都有些大。”我现在想说的是，这种火力和火气，阿多诺固然要负主要责任，但陈剑澜也难逃干系。同时，那种水深火热的“洼里”状态也很让我来气。或者也可以说，当时我正憋着一腔邪火昏昏欲睡（我终于明白我启用 lethargy 的历史语境了），陈剑澜就送来个大枕头。为什么他如此善解人意？他是宋公明吗？

当年 12 月，我收到《文艺研究》样刊，打开瞧，我的文章出现在“头版头条”，虚荣心立刻得到了满足。又瞧两眼，发现副主编那里写着陈剑澜。

咦？这厮已是副主编？他怎么没言语过？

六

主编是方宁先生，我的文章最终须入他的法眼。但他总是藏在幕后，我从未与他直接打过交道，见到他真人也很晚。2007 年 12 月 10 日，我与童庆炳老师、张柠兄同乘蒋原伦老哥开的宝来车，到九华山庄参加北京市文联的盛会：“批评与文艺：2007 · 北京文艺论坛”。就在那个会上，我见到了陈剑澜和方宁主编。那是余虹去世的第五天，短暂的震惊之后，“余虹之死”依然是学界的一个热议话题。记得那天傍晚吃饭时，大家又在说余虹，我就问程光炜和肖鹰：有学生在他博客中留言道：“在正午，一个尼采式的时间，他从高空坠落，像一片落叶？抑或一只飞鸟？这是您的一个舞姿？一次飞翔？一回生命最后的酩酊？”这个描述很哲学也很煽情，为什么他要自我了断？其中可有重大隐情？抑郁症—— 他们的回答简明扼要，大同小异，一下子就把那个诗意的画面击得粉碎。

2008 年 3 月 1 日傍晚，我与陈剑澜在北京林业大学校门外的一家小饭馆里相聚。

我们聊起我那篇即将在《文艺研究》面世的文章:《学院批评的历史问题和现实困境》。这篇文章也是陈剑澜约我写的,见他时的头一天,我刚拿到校样。他说:“这组文章中,你这篇写得很好很认真,老方也觉得写得好;见到这样的文章,我最后操刀修改时就格外上心,既要处理敏感字句,同时也要保持文气畅通;你回去认真看看那些修改处,看看我这刀笔吏功夫怎样。”

陈剑澜让我知道了方主编对我文章的评价。然而,尽管后来我与方主编还见过几次,甚至与他同场吃过饭,喝过酒,但我一直与他保持在君子之交淡如水的状态。2018 年 6 月我到社科院开会,方主编也在场,他一见我就说:“你那本《法兰克福学派内外》我想读读,你怎么也不给我寄本?”我感动且大窘。第二天,我就买回十本,把两本寄至李松睿处,托他转交了。

想起有一次张永清喝高之后,指着鼻子训我:“你就是一颗榆木疙瘩!”

酒醉心明白,酒后吐真言,他骂得对。

说来也怪,那天之后,我与陈剑澜的见面指数开始飙升——不是饭局,就是会场,以至后来相聚,一照面他就会做出一脸不耐烦的表情,并惯口道:“怎么又是你?扫兴!”

大概就是在某个饭局中,我认识了《文艺研究》的金宁兄,他是造型艺术编辑室主任,以大秃瓢造型自己,一看就是艺术家范儿,也让我迅速解通了我的大学时代一位马路诗人的名句:“何不剃光头,光明自风流。”金宁还是摄影家,而我从 80 年代中前期跟人玩摄影开始,一直就对摄影家情绪复杂——虽然我也不断鸟枪换炮,更新设备,却一是不用心,二是吃不了苦,没有像北京大爷总在地上趴着,所以马齿徒长,一事无成。此后一见摄影家,我就心事浩茫,五味杂陈,把酒酹滔滔,心潮逐浪高,仿佛他们抢了我的饭碗。而与金宁把酒话桑麻,他是从不含糊的。每每与他碰杯之后一饮而尽,我的耳边就回响起那段过去曾经脍炙人口的顺口溜:“能喝八两喝一斤,这样的干部很放心。”

为了弥补自己摄影技术的欠缺,我便开始舞文弄墨耍嘴皮。记得 2010 年 9 月,陈剑澜和金宁邀我参加“凤凰涅槃·震痛与振兴——中外摄影家看唐山”摄影展开幕式暨“影像与城市记忆——凤凰涅槃·震痛与振兴——中外摄影家看唐山”研讨会,我在发言中说:“看到今天的唐山,城市生机勃勃,人们喜形于色,这固然非常符合‘振兴’主题,然而,这样的影像又总觉得有点不太真实。”真实的东西是什么呢?据说,25 岁的美国人威廉·约瑟夫不懂摄影,1972 年途经香港时,才置办照相机一架,购买彩色胶卷十几卷，开始了中国之行。他选材无甚讲究，取景平实自然，但现在看来却极其真实。记得研讨会上有人评论：如果一个摄影家的摄影语言出了问题，他还不如一个不会照相的人拍摄的影像更真实可信。这是金宁说的吗？我记忆模糊了。

而这次看展开会，我的收获是形成了十多则摄影札记。其中一则写道：“据说，一个上过《百家讲坛》的主讲人很有镜头感。每当她意识到照相机或摄像机的镜头对准她时，无论她如何满脸倦容或心神涣散，她都会‘刷’地调整自己，立刻容光焕发，神采奕奕，脸上的表情也变得丰富起来。显然，她已掌握了与镜头对话的熟练技巧，这是许多人无法修炼出来的功夫。同时，这个事例也揭示了一个道理：所谓镜头感，就是被拍摄者面对镜头时很能装。”装模作样，装大尾巴狼，都是真实的反动，与我心目中的影像真实水火不容。这组札记剑澜似乎看过，但金宁看过吗？我关公面前耍大刀，本意是想自我显摆一下的，但也许当时就扑空了。

但是去年，当我写出《摄影师的“暗室”与“景深”——李前进摄影作品阅读札记》的万字长文后，却确实有让金宁看看的冲动。当然，不仅是要向他请益，而且还想让他看顺眼后一高兴，给我发在《文艺研究》上。此为我的阴谋诡计或雕虫小计。因为此文针对李前进，前进号称“李大侠”。该厮有想法，有创意，拍出的影像特点鲜明，绝对不是省油的灯。加上我回老家，时常与他走动，由生疏而熟稔，写他可夹叙夹议，知人论世，能连骂带夸，夸得像骂，我便使出浑身解数，几乎动用了我摄影理论的全部库存，然后写出一篇我自认为还算满意的文章。好马配好鞍，不给《文艺研究》给谁？但一问陈剑澜，我就蔫了。因为他说，摄影评论比较特殊，偶尔发在图版，也就4000字，配图数幅（前面提到的夏中义先生，就在上面发表过这样的文字）。长文裁短，我有创伤性体验，更何况是拿掉一多半！既如此，我还为难金宁兄做甚？算了，文章也不给他看了。

情急之下，“忧桑”之间，我又想到《中国摄影家》主编李树峰。尽管我与他只有一面之缘，我还是想在他那个更专业的摄影刊物上试试。于是我加他微信，给他文章，请他过目。他说马上开车去张家口，周末拜读。但是后来一个多月，音信全无，搞得我心里七上八下，乱云飞渡。就在我准备继续找婆家时，忽然接到阳丽君微信：“赵老师，您好！树峰说您那儿有一篇写摄影的文章，他找不到了，不知能否发在我们的杂志刊登？谢谢！”阳丽君果然是“阳光之君”（她的微信名），一见她这条微信，我就想放声歌唱：“幸福的花儿心中开放，爱情的歌儿随风飘荡……我们的生活充满阳光，充满阳光。”两个小时后，她又来微信：“赵老师，大作我们主编看了，说重点推出，您有李前进的电话或微信吗？我跟他联系图片。谢谢！”稿件处理得太快了，快得让人猝不及防，快得让人不好意思。再唱“充满阳光”怎能展其志，骋其情？这回要四二拍，飙高音，再来一曲《我们的明天比蜜甜》。于是我立刻致电李大侠：快，北京的喜讯到边寨，老哥你迎过延河来。大侠听罢爽歪歪，一头扑进亲人怀。

得，这下轮到他高兴得屁颠屁颠了。不久，拙文在李前进12张美图的簇拥下华丽出场。李大侠一激动，就拎着猪头肉去找我父亲喝酒，给他们拍肖像照。我一激动，就继续启动嘴上项目，平生不解藏人善，到处逢人说项斯。

几个月后，我与金宁又在某场合相遇，他一见我就说：“你那篇摄影评论我看了，写得好。”

我吃了一惊，说：“我这回是悄悄地进村，打枪的不要。怎么还是让你老人家发现了？李向阳！”

“我跟名叫树峰的李向阳不是一个单位吗，中国艺术研究院，低头不见抬头见。他那里的刊物一出来，立刻就溜达到我那儿了。”

“嗯？我怎么忘了这一出？那要请你这大摄影家多多指正。我是跨界，姿势还不到位。”

我假装谦虚一番，心里却是美滋滋的。

七

除了方主编和这两位名编，《文艺研究》还有几位非常优秀的编辑。前文我曾提及阿宝兄，他已是编辑部里的“老司机”了。只可惜我与他打交道不多。我记得《学院批评的历史问题与现实困境》一文的责编是宋蒙。2008年，东风、剑澜拉我去新疆参加“文学与文学研究的公共性”学术研讨会，当时宋蒙也在。但好像自打我发表《文学活动的转型与文学公共性的消失——中国当代文学公共领域的反思》(《文艺研究》2009年第1期）之后，宋蒙就从编辑部消失了。顺便提及，此文能够写出，一要感谢东风师兄的这次会议，二要感谢剑澜的居间调停。当时参会时，我只是写出个发言提纲。感觉敏锐如剑澜者，一下子就嗅到了“公共性”话题的重要性、刺激性和隔山打牛性，于是他决定在《文艺研究》形成专题，并催我尽快写出此文。我说：“这个稿子已答应给陶东风了啊，他也在为一家杂志组稿，怎么办？”他说：“东风那里我来做工作。”结果，剑澜草船借箭，东风孔融让梨，拙文才得以跻身于各路好手之间。值得一提的是，我原文标题是“文学公共性的消亡”，剑澜改“亡”为“失”，非常精准，让我佩服，刀笔吏果然不是欺世盗名。

张颖进编辑部较晚，我认识她也较晚，究竟始于何年何月，现在已说不清楚，但有一个场景是极为清晰的。为说清楚这一场景，我需要交待一下“历史语境”。

2015 年 5 月 23 日，首都师范大学与《文艺研究》合伙开会，我发言的题目是“从书信到微信，从话痨到失语”。开讲时我说：“首先要请大家原谅，这个题目确实是一拍脑袋想出来的。然后我从自己寻找家书谈起，讲自己遭遇，说他人经历，最后在沈从文书信那里戛然而止。”刚一结束，在场的陈剑澜就发一条短信：“讲故事的人，好！”我回：“说的可是莫言？”结果他来劲了，不大一会儿，一条长短信呼啸而至：“故事前半段可以做一点精神分析。主人公因为一边耳朵听力下降，产生遗忘的恐惧，于是回家找书信，他自己以为是要回望走过的路，找存在感、细节等等，他永远也不会知道，他要找的其实是同一性，即身份、认同。而主人公的父亲是一位伟大的医生。他早就知道有一天儿子会回家做傻事，于是提前把书信装订起来。多年后，儿子果然回来了，而且选择大年初一那天动手（这是父亲始料未及的）……在故事的结尾，主人公终于找到了几封遗漏的书信（这是父亲精心挑选的）和所有的信封，于是开始了神秘的康复……”我说：“哈哈，太厉害。故事被理论后终于有了模样。原来如此。”他说：“挂我周一的号，门诊见。”

午饭后我去剑澜房间聊天，其中有张颖和许苗苗在场。我们嘻嘻哈哈，倦意全无，先聊我与剑澜的短信互动，后聊星座和血型。我记住了张颖与剑澜的血型，却忘了他们的星座。阿多诺曾把星座论斥为“物化意识”，歪理邪说。大概是受其影响，后来我一见拿星座搞事者，就笑而不语，开始默念阿多诺语录。因为阿多诺，我的星座知识几近于零，自己究竟是白羊、金牛还是天蝎、摩羯，也从来不闻不问不打听。但在她们的逼问下，我只好老实交待生辰八字。许苗苗听后大呼小叫：“耶——您是伟大的射手男啊，射手座为人坦率，冷静谦和，宽以待人，严于律己……”我说：“打住打住，夸得我心花怒放！以后我决定投靠伟光正许苗苗，不跟处女座阿多诺混了，哈哈哈哈。”

那天中午我们就这样聊着，很“嗲”也很“潮”，很八卦也很闹，就是不学术。

但我却看得出，这个精通法语的张颖是学术中人。后来她赠我大作《意义与视觉：梅洛-庞蒂美学及其他》（北京时代华文书局 2017 年版）和译著《大象无形：或论绘画之非客体》（朱利安著，河南大学出版社 2017 年版），果然坐实了我的看法。遥想十多年前我琢磨存在主义美学，曾把梅洛-庞蒂的译书悉数买来，准备攻读，但读着读着便如坠五里雾中，于是心生疑惑：究竟是梅氏没说清楚，还是译者没弄明白。如今，看到张颖直接从梅氏原文入手，思考其“意义与无意义”，端详其“可见与不可见”，忽然就觉得找到了进入梅氏世界的绿色通道。她在小序中说：“学问学问，既然在学中究问，就免不了枝蔓上生枝蔓。葛藤纵横的学术界，也分几等。有真葛藤，有假葛藤。真葛藤有清晰的枝蔓，能窥到根茎。假葛藤纯是缠绕，以复杂的外观向人炫耀。做学人，应诚实不欺。”此言得之，余心有戚戚焉。

这次见面不久，我与张颖就有了通信往来。此前，我写出一篇有关阿多诺的大块文章，给陈剑澜，问他能否接手。他说：“此文张颖看过，我也粗粗看过，麻烦在于文章四五万字，太长。而且文章是通过好多材料撑起来的，也不好删。”我问：“此文我用功不少，能否连载？”他说：“基本上没这种先例，曾发过一位老学者的文章，分上下篇，但也就是3万字左右。”随后我又试了两家刊物，意见同上。无奈之下，我只好把汝裁为三截：一截遗欧，一截赠美，一截还东国（把用材料说话之最者交给剑澜）。因张颖是此文责编，等她编辑成功，我们便有了最后环节的邮件互动。待三文去处尘埃落定，我正好到同济大学开会，说起长文连连被拒遭遇和拆分经过，朱国华就调侃：“你这是一鸡三吃！”我说：“我倒是想给你只整鸡，让你‘在文化的脂肪上瘙痒’，你不是嫌又肥又大吗？”那时候，朱国华已荣升《文艺理论研究》主编，却积习难改，喜欢对掐。陈剑澜也是掐人高手，如果他俩同时在场，掐得就更有看头了。

说半天，我必须提一下这篇长文的标题：“艺术的二律背反，或阿多诺的‘摇摆’——‘奥斯威辛之后’命题的由来、意涵与支点”，发在《文艺研究》的是《“奥斯威辛之后”命题及其追加意涵——兼论作家们的反驳与阿多诺的“摇摆”》，另两篇给了《外国文学评论》和《北京师范大学学报》。

我与张颖第二次打交道是在2017年。年初，朱国华寄我大著《权力的文化逻辑：布迪厄的社会学诗学》（上海人民出版社2016年版），我认真学习深入领会之后，写出一篇万字读后感，然后发给陈剑澜过目，剑澜则交给张颖审读。为核实一些信息，我与张颖加了微信。我问她读后感觉如何，她说看了心情很好。我说谢谢悦读，说明有戏？后来果然就有戏了。于是我们紧锣密鼓，推敲题目，完善注释。待一切搞定，我准备向国华同志汇报时，忽然接到张颖微信：“赵老师好！很沉痛地通知您，大作未通过终审。”那时我正给学生上课，看到这条微信弹出，且言之不足，表情包之，便心里一沉，说话顿时磕巴起来。为了跟上张颖与我同悲的节奏，课间休息时我果断开大音量，播放了一曲《悲伤的西班牙》。

那一阵子，我正又一次琢磨赵树理，写成一篇关于《“锻炼锻炼”》的稿子。考虑它的去处时，我想到了《文艺研究》。又因为与张颖也熟悉起来，我便干脆绕过陈剑澜，直接给她投稿了。过了一阵子，张颖回复道：“我已托李松睿同您联系文章事宜。他会在近期联系您的。”

李松睿？听着耳熟。编辑部新来的年轻人？

八

从 2016 年 10 月起，我又一次启动了“十年一读赵树理”的小小计划。我的想法是，又一个十年之后，赵树理依然故我，我却渐入“糊涂涂”境界。于是我想问自己：日饮食得无衰乎？眼睛老花还毒乎？大面积重读之后，我写出了三篇长文，关于《“锻炼锻炼”》的文章是第二篇。

因为此文主要是与陈思和先生商榷，又因为他的观点已进入《中国当代文学史教程》，影响巨大，不才又人微言轻，客串当代，我便不得不找一家影响大、分量重的刊物与之交手。这是我投给《文艺研究》的重要理由。当然，我也考虑到，《文艺研究》有责任，有担当，估计敢发这类文章，可省去我好多麻烦。我倒是也想过给《上海文学》，因为那是陈文《民间的浮沉》（关于《“锻炼锻炼”》的评论即出于此）的首发刊物。但一想到上海滩是陈先生的码头，赵某既非霍元甲也非许文强，我若去那里踢山门叫板，人家还不把我打得满地找牙？算了，还是待在门头沟积水潭隔空喊话更加安全，这样也能把“洼里横”坐实。

这样，李松睿就与我接头了。他一上来就说：“大作对《锻炼锻炼》的阐发，让我特别受启发，很高兴您能把好文章交给我们，谢谢！就是文章目前字数显得多了些，最好能控制在 15000 字上下较为合适，能否请您辛苦做一下删改？望您理解！”

此文 2 万字，但还不是这三篇中最长的。第一篇《在文学场域内外——赵树理三重身份的认同、撕裂与缝合》，亩产两万八；第三篇《讲故事的人，或形式的政治——本雅明视角下的赵树理》采用论笔体，好像两万七。前者给《文艺争鸣》，张涛编辑和王双龙主编根本没跟我商量长度问题，来稿照登，一下子占用人家 15 个页码。借此机会，我要向他们严重致谢！后者给《文学评论》，想到店大欺客，我先自删去一万多字，然后才前去报到。为什么明知刊物不好处理长文我还要顶风作案呢？思前想后，原因有三。（1）有些文章只有写长了，才站得高，看得远，展得开，说得透；如果考虑到美学效果，只有长文才峨峨兮若泰山，洋洋兮若江河，波涛翻滚，气象万千。（2）写了三十多年文章，我已写到随心所欲很任性的地步。尤其是自选动作，方其搦翰，气冲霄汉，我便不再考虑长度和限度，只惦记密度、难度、从容度；每每写得汪洋恣肆时，我才觉得过瘾，才能约略体会到“行到水穷处，坐看云起时”的意境。（3）我们这里的老方同志经常发表最高指示：文章就是要写长，长了才是好文章。写得长，说明用力大，功夫深。老方不是毛主席，但这句说得有道理，一句能顶一万句。我不待见老方，但我崇拜真理，因为鄙人生性胆小，真理可给我撑腰打气。凡此种种，都让我把文章写成了“万里长城永不倒，千里黄河水滔滔”。

或曰：国有国法，刊有刊规，让你压缩怎么办？遵旨照删啊！办个刊物不容易，他们有他们的难处，我等写手必须体谅，想人之所想。若是觉得自己的文章乃金口玉言，一字不易，那就错了。你是古文大家韩昌黎吗？你是伟大领袖毛主席吗？更何况，它虽以洁本行世，我还有足本在手，以后出书时不是还可以全须全尾吗？因为明白了这个简单而深刻的道理，我就不再受伤，而是松睿发指示，我快刀斩乱麻，坚决删到一万五，没有任何讨价还价。第二年，我出版《赵树理的幽灵》一书，此文果然足本入选。所以，读者诸君若要读我全文，请上京东、当当、亚马逊下单。

——大胆蟊贼！在田寡妇地里偷瓜也就罢了，还敢在这里打广告叫卖？

——老少爷们息怒！咱不是在播电视剧吗？

编辑拙文期间，松睿博士又发邮件：

> 我对大作进行了一些文字调整，一些细节提了些意见，您是赵树理研究专家，我的修改未必正确，仅供您参考。修改都是以修订形式标注在文档中，如果不同意修改，可以撤销改回来。
>
> 这篇文章的研究方法让我读了感觉很亲切，自己之前一篇谈赵树理的论文也从不同时代理解作家的不同方式入手，回头您给我个地址，给您寄本论文集，请您批评。
>
> 还要麻烦您尽快确认发回给我，辛苦啦！

打开松睿编辑的文档，发现他改得密密麻麻，有用词，有标点，既增添，也删减。

我自认为我对文字已很讲究了，也时常提醒学生，打发文章上路，就像出门见人，要洗脸，要梳头，头上要抹桂花油。没想到松睿比我还要讲究。于是我心中大喜，照单全收。即便几处我有不同看法，我也没有固执己见。他是“组织部新来的年轻人”，年轻人的积极性要保护嘛。随后松睿又改一稿，把题目改成了“从解读之争到阐释之变——重读赵树理的短篇小说《‘锻炼锻炼’》”。我原来的标题是“《‘锻炼锻炼’》：从解读之争到阐释之变——兼谈我对《‘锻炼锻炼’》的理解”，他在批注中说：“标题中出现两次《“锻炼锻炼”》，显得啰唆，建议调整，或删去副标题。”他不是“常有理”，但说得有道理。只是我想保留副题，却一时又想不出不啰唆的好标题，于是便有了他的直接改动。这个标题当然没问题，但我对“重读”一词却不甚满意。因为据我统计，从2002—2016年，以《“锻炼锻炼”》为题的论文多达21篇，其中多篇文章的副题都以“重读”打头。为了与之区别，我又与松睿商量，能否改成“《‘锻炼锻炼’》：从解读之争到阐释之变——赵树理短篇名作再思考”？松睿说好，这篇文章的题目才算最终敲定了。

松睿编辑的敬业精神让我感动，他那篇关于赵树理的文章也让我为之动容。记得他寄来《文学的时代印痕：中国现代文学论集》（北京时代华文书局2017年版）后，我就找到其中《地方性与解放区文学——以赵树理为中心》，认真拜读一遍。此文以“地方性”命意，又以柄谷行人的“认知装置”为考察视角，同时引入周立波作品形成比较维度，着重分析了赵树理作品中的地方性语言。这种新视角新方法让我很开眼界。松睿说：赵树理正文用晋东南本地说法，往往自己还要加注。这种注释不仅涉及“翻译”，即赵树理要用大白话把它们注解出来，而且还融入了小说叙事。相比之下，湖南人周立波虽然在《暴风骤雨》中用了东北那旮旯的方言土语，并且处处作注，但那种注释仿佛来自《新华字典》，它们与叙事是两张皮，结果就“成了游离于正文之外的冗余物”。紧接着他又分析，以前周扬说赵树理善于运用“群众语言”，这其实只是泛泛而谈，是“认知装置”在作祟。只有在山西本地学者（比如高捷）的分析中，赵树理的语言才能摆脱“装置”干扰，去物见性，回归本真状态。

这处论述给我留下极深印象。但看作者简介，松睿是北京人，他对我们那旮旯的山药蛋方言能心领神会吗？一年之后，中国赵树理研究会会长赵魁元先生喊我回老家开会，以纪念《“锻炼锻炼”》发表六十周年。于是我立刻决定，邀请李松睿到我家乡转转，去赵树理故居看看。兴许转过看过之后，他对赵树理语言的理解就会再上一个新台阶。

2018年6月1日，北京西站候车室，听到有人喊赵老师。我扭头一看，嗬，一位英俊小生现出身来。仔细瞧，长得很白净，与青年版陈剑澜有一拼。

没错，小生正是李松睿。

九

张颖开始向我约稿了。

2018年年初，我把写《芳华》的一篇短文贴至自家公号，并附记道："此文只给了2000字篇幅，无法展开。成稿后，我的学生才告诉我，小说《芳华》其实是一篇命题作文，是冯小刚定制出来的一件产品。"第二天我便收到张颖微信："赵老师好！有兴趣写写《芳华》吗？把那篇不过瘾的小文章写成万字以上的评论文章？"我说好哇，正想横眉冷对严歌苓，深入揭批冯小刚。三八节那天，她问我进度，我说已排上队了，在准备，还没写。她跟我要写作提纲，我说没提纲，我写东西一般只打腹稿，不列提纲。她又问：那可能的题目是什么呢？我说题目还没想好。我写东西一开始知道自己写什么，有大致走向，题目往往最后才能敲定。然后我又说："之所以拖欠，是因为前几日刚结束了《文学评论》的一个约稿，把我写残了。"她说："给我们写文章可不要出现工伤。"我说："哈哈，那倒不至于。想起前两天与陈剑澜联系，他崴脚了。离开你们那儿，估计他也混不上工伤了。"

那个时候，我已得知陈剑澜到中国人民大学高就，不禁感慨万千。想到我与《文艺研究》交往多年，很大程度上就是与陈剑澜在一起厮混，仿佛他就是《文艺研究》的化身；又想起我在他那里发文几篇，滥竽充数，有一大半又是被他逼着催着写出来的。记得2010年6月初，陈剑澜短信我："老兄，我在编一组文章，题为：文学理论如何对（今天的）文学说话？具体讲，文论本是因文学经验而起，最后是为了解释文学现象；依此看，当前流行的各种理论合格吗？怎么办？这是大概的意图，兄可找一个具体角度切入，题目自定，不拘于上面的话。篇幅1万字左右，本月底交稿，时间紧了点，诚邀参加，如何？"我答应了。月中，我报过去题目："视觉文化时代文学理论何为"。至下旬，我又开始水深火热了，于是我给他发短信诉苦："天天有会，电脑崩溃，治牙受罪，美国孩子进驻俺家，来与我儿相会，还要瞅瞅世界杯，看看喜欢的球队。老兄啊，这就是我最近的状态。稿子最晚何时交，能否宽限几日？我现在还未动笔呢。"

他冷冷地说："还是月底，最晚到 7 月 5 号。"我回复道："白抒情了一回，了解之同情太差！"

在催稿逼债的事情上，陈剑澜一点都不输黄世仁。我的稿子差不多就是被他这样搞出来的。对此，我毫无怨言，唯有感谢！我在《法兰克福学派内外》后记中说："我要感谢催生其中一些文章的师友（他们的名字在导言中已有所提及），也要感谢使这些文章先期面世的刊物、责编和主编。人往往都有惰性，如果不是他们催要，提供写作契机，我的一些文章或许至今还在怀胎，离生下它们的日子还远着呢。"这是实话实说，绝无半点虚情假意。

同时我也想到，因为常常一地鸡毛，分身无术，我也婉拒过剑澜兄的几次约稿。假如我撸起袖子加油干，东风劲吹红旗展，那么，我发表在《文艺研究》上的文章就不是八篇，而很可能是十篇或十二篇了。

感慨之后，我在学校与他联系，既向他表示祝贺，也邀请他来给我们讲讲康德。他说讲不了了，上周二走路遇坑崴脚，在家养伤。我说可以拄着拐杖瘸着讲，就像柯察金或巴赫金，那样更有范儿。于是他发来一张图片，以示情况严重。图片中，半条腿打着石膏，蜷在床头，白花花一片，膝盖上却放着一本《实践理性批判》。

我没顾上答复他，而是赶快开车回家，怕迟了拥堵。但那张图片却老在我眼前晃，搞得我一路走神，思绪纷飞。

进得门来，立刻开电脑，上微信，敲出如下文字：

威武啊！触景生情，诗兴大发，遂有赵打油二首

一

生病适合读金庸，崴脚康德挺管用。

人大校园也有坑，这是给你敲警钟？

二

党叫你做郭建光，你却崴脚养开伤。

三大批判读彻底，康德就是沙家浜。

陈剑澜迅速回应："天才！哪天得空来家喝酒，凭这首诗就能多喝几杯。"

今年 5 月的一天，我参加中国人民大学博士学位论文答辩，结束后跑到外面吃饭。饭毕，我与剑澜打车回。因路线相同，以前我们总是合打一辆车，然后聊一路学界油盐

酱醋，鸡毛蒜皮。这回一上车，他就跟我说："我不回家了，到人大东门把我放下。"

我问："怎么回事？人大给你配了宿舍？"

他答："租的，这样处理事情方便。"

我就开始调侃："果然当了领导日理万机。以后你要关心群众生活，注意工作方法。"

他噗哧笑了。

出租车很快开到人大东门天桥下面，陈剑澜下车。告别时，我用他惯用的口头禅叮嘱道："据说院长能力一般，但人不坏。好好干！"

陈剑澜大笑而去，出租车也呼地一下开走了。

（作者为北京师范大学教授）

一个学者与一家杂志

周　宪

一个学者一生能与一个杂志长期结缘，当然是他的福分。我和《文艺研究》就有这样的福分。

说来话长，《文艺研究》创刊于1979年，此前一年我考入了大学中文系，属于空前绝后的“77/78级”。那时如初生牛犊般的我写了一篇习作，不知深浅地投给了《文艺研究》，居然就在1982年第1期上发表了出来。这是我学术生涯中所发表的第二篇学术论文，今天想来真是感慨良多！如果当初不是编辑慧眼相中，日后我是否会以学术为业真是很难说。反观今天，一个大三学生在《文艺研究》上发表习作几乎是不可能的。每每想到这次发表，真要感谢那个万象更新的思想解放年代，感谢《文艺研究》。

在中国现行的学术体制中，《文艺研究》是一个独特的专业学术交往的平台。首先，她独树一帜，坚定地走文艺研究的宽阔路径，因而带有很大的包容性。从美学到文学，从美术到戏剧电影再到设计文化，一家杂志几乎囊括了人文学术研究的半壁江山。这就使她与那些只限一个专业领域的学术刊物有很大不同，亦有别于无边无际、主题庞杂的综合社科刊物。所以在今天学术高度体制化的语境中，《文艺研究》乃是当之无愧的重要学术阵地之一。回想我自己的学术研究，不但与这个刊物有缘，而且结下了长久的可持续之缘。在《文艺研究》杂志四十年历史中，我先后结识了该刊好几代理论编辑，和他们成了学术上的朋友。粗略统计一下，自1982年“首秀”以来，我在《文艺研究》上发表的学术论文竟有27篇之多，还不包括一些翻译的短文。所以可以毫不夸张地说，《文艺研究》杂志创刊至今的四十年，成就了一大批本土的人文学者，促进了共和国人文学术研究的进步。

其次，在我看来《文艺研究》又是一个引领学术的开风气之先者。学术杂志的生命力就在于不断地提出新话题、开拓新领域，在这方面《文艺研究》功不可没。与一些面孔陈旧的刊物相比，《文艺研究》总是在批判性地引入新的学术问题，应答文艺实践和社会文化提出的挑战，她常常是走在前列。回顾我自己的写作，一些有新意的文章就发表在该刊上，且多篇被《新华文摘》《中国社会科学文摘》转载。超出一个学者的视角来看，该刊对中国本土的知识生产和学科建设亦有所贡献。2011 年以来，艺术学科升为门类，艺术学理论学科如何建设的问题凸显，该刊遂成为这一学科学术论争和知识积累的重要平台。关于艺术学理论学科的确立、发展和完善的讨论，许多有启发性的文章就出自这个平台。作为亲历者和参与者，我认为《文艺研究》在当代人文学术的知识生产中扮演了不可取代的重要角色。

《文艺研究》刊物成长的四十年，也是我作为一个学者成长的四十年。这四十年经历了改革开放的伟大变迁，经历了中国从一个落后贫穷的国度迈向世界第二大经济体的深刻转型，也经历了中国当代人文学术知识生产的学科化和专业化的历程。回头看看自己在该刊上发表过的论文，从最早的艺术心理学论题，到后来的文学和美学方法论问题，再到文学史研究，尔后进入现代性和后现代性、文化研究、视觉文化、艺术理论、艺术史与艺术批评，它们涵盖了我几十年学术工作的主要领域。我从一个文学爱好者起步，逐渐拓展兴趣进入相关学科领域，从心理学到社会学到文化史，不消说，在《文艺研究》上发表的这些论文，见证了自己近四十年学术耕耘的心路历程。我常常想，也许是因为我兴趣广泛且偏好跨学科研究，所以才与《文艺研究》结下了如此“亲密”的关系。这表明一家杂志与一个作者之间存在着彼此相吸性，一旦学者的学术取向与杂志的办刊理念相吻合，该学者便会专注该杂志，反之亦然，该杂志亦会青睐该作者。特定学者与特定杂志间便历史地、现实地或想象地构成“磁铁效应”，前者成为后者的“铁杆粉丝”，后者为前者亮相搭建“舞台”。从这个意义上说，《文艺研究》不啻我辈之学术家园，在那里可寻觅学术知音，可会其他学界朋友，大家一起坐而论道、切磋学术，形成彼此获益、共同成长的学术共同体。

在我发表的 20 多篇论文中，大致有三种情况。第一种情况属于自发投稿性质，凭兴趣完成了一篇论文，自认为写得还有点意思，就径直投给杂志，尔后刊行出来。第二种情况是笔谈，几个学界朋友对某个话题感兴趣，于是有人发起讨论，得众人相助，形成一组专题讨论的笔谈文章。第三种情况是杂志约稿，通常是杂志收到一篇想发表的稿件，于是约我再写一篇，既有批评讨论的意思，又有发表不同观点的功效。比较说来，后两者带有命题作文的性质，但即使是命题作文我也不敢懈怠，总是尽力做好并不断修改。相比之下，绝大多数的自发投稿则写得轻松自如些，这类写作可以选择自己感兴趣的问题展开，所以文章多有弹性和生长性，可更多地发挥自己的学术特长，写出独到的见地和看法。在我的印象中，《文艺研究》对来稿严格要求，但对选题却有相当的宽容度。说实话，我的一些文章有时很难做出明确的学科归类，如果投给一些更加专业化的杂志多有被拒的可能性。《文艺研究》的宽口径和跨学科的办刊方针，给了我一个学术上自由生长的宝贵空间。我有时扪心自问，如果没有《文艺研究》，我的那些有点跨界的文稿去哪儿刊行呢？兴许连写作的动机都会被扼杀在萌芽状态了。由此来重新审视一个学者与一家杂志的关系，真得感谢《文艺研究》所提供的学术空间，让我的一些“奇思怪想”得以生长，让我感兴趣的一些研究得以实施，最重要的是让这些文字见诸刊物，使作者和同人的相互切磋成为可能。

至此我想说，一个杂志的个性与一批作者的个性之间，也许存在着某种看不见的默契或匹配。我至今还珍藏着发表论文的各期《文艺研究》的样刊，每每翻阅往昔的旧作，微微泛黄的杂志似总在叙说一个学者和一家杂志的关系史和成长史，叙说着中国社会文化和学术研究四十年来的巨大变迁。另一件值得一提的事是，虽然从 20 世纪 80 年代到 90 年代再到 21 世纪，《文艺研究》刊物的版式、纸张和尺寸均有变化，但她那标志性的封面“个性”却始终如一，刊名据说是集周总理书信字，每期封面都在特定位置配以图片，其基本格式四十年大体一以贯之。这与一些变来变去、变得不知当初的杂志相比，也许是一种“不忘初心”的坚守。

当年发表习作的我还未进入“而立之年”，如今已是“耳顺之年”。作者的生命在成长中衰老，一如海德格尔式的概念“向死的生存”，自然规律使然。但是，《文艺研究》却总是年轻而富有朝气，她总是在向一代又一代作者提出新问题和新挑战，逼促他们不停地做出理论上的新回应。

“子在川上曰：逝者如斯夫！”时间总在逝去，但未逝去的是《文艺研究》探索真理的勇气。王国维说：“凡一代有一代之文学。”我想接着说，凡一代有一代之学术杂志。《文艺研究》杂志作为当然的代表应属合情合理！

（作者为南京大学教授）

《文艺研究》与我

朱国华

几年前，我随性地出版过一本论文集——《乌合的思想》，这本书面世之后基本上也就去世了，我的意思是说，它很快就泥牛入海无消息了。所谓“印刷垃圾”或本该就有如此下场，自然也不特别觉得可惜。但是，我还是想打捞该书自序中的一段话，因为它所指向的记忆，对我来说倒是一直鲜活：

> 《略论通俗文学的批评策略》在《文艺研究》的刊发对当时的我来说是一个大事。上个世纪末，我在学院体制中是被双重边缘化的：文科在我所供职的以工科见长的学校里难免是可有可无的，而我学的一无所用的文学，在并无任何学科地位的文学院中，又是无足轻重的。《文艺研究》为默默无闻的我，一个小讲师，带来了近乎于天边外的福音。这当然是因为《文艺研究》本身具有巨大的符号资本，也是因为这个事实给我带来了这样的信心：我也许可以不必太多依傍他人，可以凭籍自己的学术实力打开一条属于自己的道路。处在底层的人们，常常倾向于相信社会命定论，而不相信社会资源的分配碰巧会有利于自己，除非自己付出某些特别的代价。被支配阶级总是不由自主地以从下向上的视角，也就是不平等的视角来观察世界，来认识并理解自己所处的位置。一年以后的一个夏日，我去京城想宴请当时还是《文艺研究》编辑部主任（文学编辑室主任——编者注）的方宁先生……方老师坚持要在编辑部附近一个普通小酒馆吃饭，并且坚持喝此前我从未听说过的京酒。方老师笑眯眯的小眼睛，在当时我感受不到丝毫狡黠机敏的智者气息，只感受到某种宁静从容的磁力，它渐渐吸走了我的全部忐忑不安。方老师说：国华原来喝酒之后，就好像换了一个人，比较健谈了。从此以后，我知道其实我也是能够并愿意喝点小酒的，因为喝酒之后，我更爱说话，甚至强聒而不舍。

那说的是 1998 年的事，距今竟然已经超过 20 年了。孩子们读书，有时并不是出于对语文或者数学的喜好，实际可能是出于对某位语文老师或者数学老师的喜好而爱上了这门功课。对我来说，喜欢《文艺研究》的理由，是因为我喜欢编这本杂志的这些人。那时候方宁先生还是一个中年人甚至青年人，还没当上主编。跟他虽然交流并不是特别频繁，但每次都很走心，我经常学到很多，有时候是编辑思路、学术格局，但更多的是人生智慧和开阔胸襟。有一回，他跟我抱怨一位学者成天赖在《文艺研究》编辑部不走，软磨硬泡，希望以此击溃编辑部同人的耐心。他表示他绝不屈服于其人的苍蝇战术。我说对，就不该发这种人的文章！谁知方先生回答说，不！我们还是看他的文章质量！能做到不与物推移，不以其人之道还治其人自身，而是谨守自己的学术分际，也就是以学术公器的内在要求来规范自己，这是我了解的《文艺研究》编刊的基本风格。

方宁主编不爱出京开会，但是《文艺研究》还是愿意跟别家单位合办会议的，这样我就认识了陈剑澜和金宁。这两个人，在相当长的时间里，只要出现的时候，都是成双结对，而且相映成趣：一个南人，一个北人；一个精干，一个魁梧；一个机智，一个仁厚；一个口若悬河，一个难开金口；一个比较幽默，一个比较善于欣赏幽默；一个如韩信般善于进攻，一个如萧何般善于守成。两个人还有个共同点，就是都好酒，但即便在这方面也是小有差异的：一个专攻啤酒，一个白酒无敌。我忘记了啥时候变成他们的亲兄弟的，估计就在那酒酣耳热之际。因为酒一多，人的理性判断力会下降。既然是兄弟，我就认为要讲点兄弟之情。所以我免不了也会给剑澜推荐文章。他绝大部分时候都表示热情欢迎，然后，告诉我在走编辑流程，然后，我推荐的文章往往就再也没有然后了。剑澜最喜欢夸奖的人之一是陶东风，原因是说东风岁数不算小了，居然还在读那些晦涩难懂的理论书；之二是王德胜，因为德胜从来“不为难”他，意思是从来不给他推荐文章。称赞德胜多了，我也就识趣了，不再给剑澜推荐文章。后来我也当了主编，也学他六亲不认，只认文章，但是学得不像，可谓画猫类虎：有人告诉我，外面给我的诨名叫“朱屠夫”。反正我不知道剑澜是如何能做到全身而退的，他既维护了杂志的学术水准，又不至于招致骂名。这种人明明是做不得兄弟的，但是居然也就一直做下来了。原因大概还是因为酒。一开喝之后，我们就开始唇枪舌剑，我虽然不算特别木讷，但基本上对他胜少败多。原因是他能交替使用多种话语系统：军迷行话，老中医黑话，办公场合官话，甚至居委会大妈的套话。一般人很难适应他不断切换的语词切口。而每当我以为对他该能够一语封喉的时候，他就会用一副居高临下的同情口吻对旁边的围观酒友说：“国华呢，人不坏，就是爱用私人词典。”然后他就反败为胜了，并且屡试不爽。其不堪也如此。不过话说回来，其实这种“话语战”主要也是一种无聊的文学活动，一种不大正经的行为文学——比较正经的是《世说新语》《唐语林》《舌华录》那种——但是倒反而比正经的文学更诱惑人，它给我枯燥的生活增加了一些浅薄的乐趣，所以我也就忽略了他的不仗义。当然，在学术上他还是很仗义的，我给他投稿，他会一丝不苟地认真阅读，有时会提出极为有益的修改建议。印象尤其深刻的是，《别一种理论旅行的故事》给他之后，他就指出后半部分论证力度还有待加强，这催生了我重新思考的动力。人们常常说，编辑往往参与了文本的生产，至少对于我的某些文章与剑澜的关系而言，这在字面意义上也是符合实际的。因此，我也特别愿意把自鸣得意的文章寄给《文艺研究》。后来我就成了他们最热忱的投稿者，而《文艺研究》也就成了我最为关注的中国文学研究类的杂志。

除了上述这三位之外，我还有一些交往的是张颖博士。她不仅得到了剑澜、金宁一致的高度好评，而且也得到了许多青年学人的广泛称美。在跟她的直接交往中，也发现她果然是一个工作态度负责靠谱、工作风格温婉亲切的大好青年；实际上，她还是一个优秀学者，我们《文艺理论研究》有幸也让她成了我们的作者之一。最有意思的事情是好几年前，那时国人还不知微信为何物、微博正横行天下的时候，我申请加她微博好友，她挣扎了一下之后同意了。在向我解释她何以会犹豫的时候，她说：她的微博基本上都是美食美服，与学术全然无关，所以对学界朋友一般不予理睬。之所以最后还是给我通过，是因为有那么一天晚上会后在一起，东风用破嗓子唱《东风破》，肖鹰也对听众进行了鬼哭狼嚎般的听力轰炸，这时候她听到我唱了一曲《那些花儿》，觉得这还像是人类的歌，所以决定对我网开一面。嗯，我接触到的《文艺研究》编辑部的朋友们都还是有真性情的。虽然对许多人来说，《文艺研究》是神一样的权威杂志，是汉语世界里授予文学、艺术学者们最高学术承认的文化圣殿，我年轻的时候它对我来说更是如此，但在接近它之后，它对我来说就是一些值得交往的有意思的朋友，而杂志办得好的道理与人值得交往的道理其实是相通的。

而今，方主编退休了，剑澜到中国人民大学文学院当院长去了，金宁兄开始执掌《文艺研究》了。《文艺研究》作为中国人文学科的一个标杆性的学术高地，在金兄率领下是否能带来一个“金时代”，继续成为一个瞭望中国学术前沿的观测点，一个未来文学、艺术领域研究者所不可绕过的文化宝库，这是值得翘首期盼的事。年轻的张颖已经成为副主编，神交已久如李松睿等更年轻的新锐也已成长起来，弘扬社会主义文化的接班人在《文艺研究》编辑部正显示出一派生机蓬勃的升腾图景，这一切，像是对我们的期待做出了一个虽显得低调但确乎坚定的承诺。

显然，《文艺研究》的未来，会以行动本身解决一个困扰哲学的“是”与“应当”的区隔问题，《文艺研究》会如其所是，这同时也就意味着，它会如其所应是。

感谢《文艺研究》编辑部给我提供了一个忆甜思甜的机会，也提供了一个让我向《文艺研究》致谢与致敬的机会。四十年来，《文艺研究》扶持和帮助了大量的学者，尤其是青年学者，为引导中国的文学艺术研究走向更光明的道路做出了巨大的贡献，未来中国学术史的书写者必然会牢记住这一点。

《文艺研究》生日快乐！

（作者为华东师范大学教授）

《文艺研究》与我的学术写作

朱立元

我知道《文艺研究》比较早，但是，为《文艺研究》写稿并不算早，直到20世纪末，可能已是我学术研究进入比较成熟的阶段，才开始写。其原因是多方面的，其中最主要的，一是进入90年代，《文艺研究》由于办刊有方，不但学术质量越来越高，而且内容丰富、开放，在文艺界和理论界声誉鹊起，发表文章的难度显然也高了，我因为与刊物编辑部素无交往，担心如果贸然投稿被拒，不太好看；二是《文艺研究》是面向所有艺术门类的，发表文论和美学方面文章的篇幅可能有限，所以，迟迟没有动笔写作、投稿。

我在《文艺研究》发表的第一篇文章是《拉康的结构主义精神分析美学》(1998年第6期)。那个时候，我正协助导师蒋孔阳先生主编《西方美学通史》(七卷本)，进入最后冲刺阶段。该书已列入上海文艺出版社国庆五十周年献礼计划，一直在催我们交稿。由于蒋先生久病体弱，只能由我负责全书统稿，而同时，我主持和参与写作的现当代美学史部分（第六、七两卷）也还没有完成，有一些章节是新增或补写的，“拉康的结构主义精神分析美学”就是新写的一节。国内当时这方面介绍较少，作为新出的通史，我觉得应该补写，于是，就在收集有限资料的基础上写了这一节，并试着投给了《文艺研究》，也做好了被退稿的准备。谁知不久，此文就在《文艺研究》上几乎一字未改发表了。这对我是很大的鼓励。回过头来看，这篇文章还是不够完善的，当时能看到的资料还不多，述评也不够到位，如果今天写就会大不一样了。只要看一下我主编的“马工程”重点教材《西方美学史》(高等教育出版社2018年版)“心理学美学”一章的第四节“拉康”(其他学者执笔)，就可以发现，比我当初写得好多了。不过在当时，我这篇文章还算是比较前沿的，所以能得到《文艺研究》的认可。从此我与《文艺研究》就结上了缘，虽然写的稿子不算多，但我总是要将自己感觉满意的、真正拿得出手的文章才给《文艺研究》，我想，必须对得起名刊《文艺研究》啊！

之后，我在《文艺研究》发表的几篇文章，大体上可分为两块：一块是有关西方当代美学和文论的研究；另一块是有关当代美学、文论的理论探讨。下面分别说一说。

先说西方美学与文论研究方面。我与博士生胡新宇合写了《线与生成：德勒兹文学创作理论的两个主要概念》(《文艺研究》2012 年第 1 期)。德勒兹是法国后现代主义理论的重要代表之一，在国际学术界影响很大，但是当时国内对其研究相对薄弱，有的甚至出现误解；蒋先生和我主编的《西方美学通史》(1999)也只零星提到，而没有专门介绍、述评。这可能与德勒兹著作的译介很少，且其著作用语奇崛、思路独特、论述艰深、翻译和理解比较困难有关。在收集大量原始资料和系统梳理的基础上，经过反复讨论，我们提炼出"线"与"生成"这两个德勒兹文学创作理论中最重要的概念，进行深度阐发，揭示出德勒兹将文学创作的目标与意义定位在一种非个人化、非主体性的生命力量之上；这种生命力量在与社会机制和权力建构对抗的过程中，作为一种"逃逸线"、一种绝对的"生成"而存在，从而使其文学理论带上了鲜明的政治性和对社会机制的批判性，对福柯等人的思想也产生了直接的影响。2013 年，我将这部分内容修改后增补进了《西方美学通史》修订版(北京师范大学出版社)第七卷中。我想，这对我国文艺理论界的相关研究或许有所帮助。

那个时期，我正在主持国家社科基金项目"后现代主义文学理论思潮研究"，研究的兴趣和重心转向了对西方后现代主义文论的梳理、总结，及其对中国当代文论的影响和批判性反思。我撰写了这个项目的最后一部分，即"结语：后现代主义文学理论思潮在当代中国的两重影响"，有 5 万字，2014 年分为三篇文章先后发表。其中，《对西方后现代主义文论消极影响的反思性批判》发表在《文艺研究》2014 年第 1 期(另外两篇是《试论后现代主义文论思潮在当代中国的积极影响》,《上海大学学报》2014 年第 1 期;《后现代主义文论是如何进入中国并发生影响的?》,《文艺理论研究》2014 年第 4 期)。这一组文章，体现了我对西方后现代主义文论思潮进入中国发生的双重影响，以及它的意义与局限、成就与影响、经验与启示等所做的批判性总结与反思；同时，对它实际上参与了当代中国文艺理论建构过程做出了辩证思考和实事求是的评价。我觉得，发在《文艺研究》的这篇文章是其中的一个部分，应该与其他两篇文章结合在一起看，才能比较全面地了解我对后现代主义文论思潮影响的基本看法。附带说一下，"后现代主义文学理论思潮研究"项目的最终成果《后现代主义文学理论思潮论稿》，经专家组审核鉴定，获得了"优秀"的结项等级，出版时又入选了 2014 年度《国家哲学社会科学成果文库》，充分体现了学界的认可和肯定。

再说当代美学、文论研究方面。《蒋孔阳审美关系说的现代解读》(《文艺研究》

2005年第2期），这也是我当时研究蒋先生美学思想一组文章中的一篇（另外有《寻找存在论的根基——蒋孔阳美学思想新探之二》，《学术月刊》2003年12期；《美论：寻求对本质主义思路的突破——蒋孔阳美学思想新探之三》，《复旦学报》2004年第5期；《美感论：突破认识论框架的成功尝试——蒋孔阳美学思想新探之四》，《文史哲》2004年第6期；《走向突破之途——蒋孔阳美学思想新论》，《中国美学》2004年第2辑，商务印书馆）。这一组文章是为纪念将孔阳先生诞辰八十周年（2003）和逝世五周年（2004）而作的，而刊载在《文艺研究》上的这篇尤为重要。为什么呢？我想做一点说明。

对蒋先生美学思想总体上怎么概括，美学界有不同说法，比如有的概括为“创造论实践美学”或者“实践创造论美学”，有的概括为“创造自由论实践美学”等，我觉得都可以，抓住了蒋先生美学思想中“创造论”这个核心。不过，我依然觉得不满足，因为它们没有把蒋先生作为美学出发点和落脚点的“审美关系说”概括进去。我1993年就将蒋先生的美学思想概括为“以实践论为基础、创造论为核心的审美关系说”，至今没有改变。我在此文中对蒋先生的审美关系说加以突出并进行了“现代”解读，强调他把一切美学问题都放在人对现实的审美关系中加以考察的思想，是对当代各派美学中形而上学主客二分的实在（体）化思维方式的超越和对传统“现成论”思想的突破，其中包含了现代“生成论”思想的可贵因素，对21世纪中国美学的建设和发展有着重要的启示意义，因而是“一种通向未来的美学”（朱立元：《蒋孔阳美学：一种通向未来的美学》，《探索与争鸣》2007年第2期）。蒋先生的审美关系说，是以马克思主义经典作家的论述为根据的。马克思、恩格斯在《德意志意识形态》中明确指出，人高于其他动物的最重要标志之一，是人与世界发生了动物所没有的“关系”，“凡是有某种关系存在的地方，这种关系都是为我（按：指‘人’）而存在的；动物不对什么东西发生‘关系’，而且根本没有‘关系’”（《马克思恩格斯选集》第3版第1卷，人民出版社，第161页）。所以，马克思才在《关于费尔巴哈的提纲》中指出，在其现实性上，“人的本质”是“一切社会关系的总和”（《马克思恩格斯选集》第3版第1卷，第139页）。蒋先生的审美关系说正是建立在马克思和恩格斯这个理论基础上的。据此，美学研究的对象应该是人与现实的审美关系，而不是单纯寻求对永恒不变的“美的本质”的界定。在此，我想顺便针对美学界对审美关系说的某些误解做一些说明。比如，有一种观点认为，“审美关系说”取消了美的本质的探究，而且审美关系中，“审”是主体的活动，“美”是“审”的对象（客体），不探讨“美”，何来“审美”呢？似乎犯了逻辑错误。

其实，这里存在着误解。“审美关系”的英文是 aesthetic relationship，aesthetic（译为“审美”）是一个单词（形容词），不似中文里动宾结构词组“审一美”，不能以中文里“审一美”的主客观关系来理解“aesthetic”一体化的审美含义。当然，我们并不否定探究美的本质（多层次、多方面、动态、系统）的必要性和重要性。只是想指出，蒋先生提出审美关系，是区别于人与现实的其他种种物质的、功利的、实用的、理性的等等一切非审美的日常关系的。蒋孔阳先生认为，相较于其他种种关系，人对现实的审美关系有四个特点：一是通过感觉器官来和现实建立关系；二是审美关系是自由的；三是审美关系是人作为一个整体来和现实发生关系，人的本质力量能够得到全面的展开；四是审美关系还特别是人对现实的一种情感关系。由此，他揭示出审美关系的四个特性：感性性（形象性和直觉性）、自由性、整体性及情感性。他认为，一旦人与现实在错综复杂的日常实用关系中出现了以上四个特点时，审美关系就脱颖而出，我们就跳出日常实用关系而进入了审美关系。蒋先生还强调人对现实的审美关系是不断变化和发展的，而不是固定不变的。据此，他强调：“人对现实的审美关系，是美学研究的出发点。美学当中的一切问题，都应当放在人对现实的审美关系当中，来加以考察。”(《美学新论》，载《蒋孔阳全集》第三卷，安徽教育出版社 1999 年版，第 16 页）这就是蒋先生“审美关系说”的主要内容。我不认为这里存在着什么逻辑上的问题，他也并没有否定对美的本质问题的合理探讨。我认为，正是在这个意义上，蒋先生的“审美关系说”告诉我们：美学是一门研究人与世界审美关系的学问，而不能只是一门研究美和美的本质的学问。

还需要补充一点，蒋先生的“审美关系说”包含着“关系一生成”论的思想，对我思考和走向实践存在论美学有着直接的启示。蒋先生非常强调人对现实的审美关系是历史生成的。在历史上，群体的审美关系是在人类长期的实践中逐渐从实用关系中分化、脱离、独立出来的，但这种独立是相对的，在特定条件下才生成的，而且是不断发展变化的；就个人的审美活动而言，每一个审美关系也都是在特定条件下现实地生成的，而不是从来固有的。实践存在论美学继承、发展了蒋先生的“审美关系说”，认为作为审美关系的双方——审美客体（美）与审美主体（美感）也都是在每一个具体的审美活动中同时现实地生成的。这样就用关系一生成论取代了以往美学的现成论。实践存在论美学认为，实践活动最初创造、生成了人自身，也同时生成了与人对立的自然界，生成了人与自然界的主客对峙关系。换言之，人与自然界（世界）的主客分立关系不是从来就有、永恒不变的，而是在实践中通过实践活动历史地生成的。这就是发生学上人与自然（世界）之间相互依存、双向建构、生成发展的存在论关系。在美学上，它必然否认主客二分的现成论的思路。现成论美学的基本立足点，是把“美”作为一个早已客观存在的对象来认识，预设了一个固定不变的“美”的先验存在。由于已经先在地把“美”设定为一个现成的客观的实体，因此必须找到一个唯一的答案，为“美”下一个固定不变、放之四海而皆准的普遍适用的定义，从而总是追问“美是什么”“美的本质是什么”这类问题。这个提问方式就是现成论、实体性的。因为在我们追问“美是什么”时，实际上已假定和预设了美的实体性存在，已经是现成的研究对象。而实际上，根本没有一个客观固定的“美”先在地实存于世界的某个地方，美只能在具体现实的审美关系和活动中动态地生成。所以，用现成论的思考方式是无法解决美学基本问题的。实践存在论美学的思考方式不再问“美是什么”，而是问“美何以存在”“美如何存在”，这个改变乃是从现成论向生成论的重要改变。这是蒋先生“审美关系说”给我的最大启示。

《论审美超越》(《文艺研究》2007 年第 4 期）是我与当时的博士生刘阳合写的文章。这篇文章的写作也是有由来的。记得 2006 年前后，实践美学与后实践美学仍然在争论之中。在一次学术会议上，杨春时教授与我私下交流时说，你的大部分观点（可能指正在形成的实践存在论美学）我都同意，只是缺乏审美的超越性。春时兄是后实践美学的提出者和主要代表。他一开始就把自己的美学观点命名为“生存—超越美学”。他一贯认为，相较于“实践”美学，“超越”美学的优势在于，“实践”是生存的低级形式，“超越”才是生存的最高本质，所谓“审美”既是超越现实的一种自由生存方式，也是一种超越理性而直接领悟生存意义的解释方式，他说：“审美是超越性的活动，即超越现实的生存方式和超越理性的解释方式，审美具有超越现实、超越实践、超越感性和理性的品格。正是这种超越才使人获得了精神的解放和自由。”(《新实践美学不能走出实践美学的困境——答易中天先生》,《学术月刊》2002 年第 1 期）他又说，“超越性是审美的本质特征，超越即自由”(《20 世纪中国美学论争的历史经验》,《厦门大学学报》2000 年第 1 期）。这是他的“生存—超越美学”的核心观点，也是他批判实践美学的最主要根据。我当时想，看来他注意到我同十多年前与他争论、为李泽厚先生的实践美学辩护时的观点已经有所变化，但是我猜测，他可能认为我提出实践存在论美学的构想，仍然坚持以实践论为哲学基础，所以根本上还是缺乏超越性。对于春时兄的意见，我十分重视，做了认真思考，觉得对于审美超越的理解，我们之间可能还存在分歧。经过与刘阳的反复讨论，合写了上述《论审美超越》一文，当时考虑主要是针对春时兄的批评的，但在写作过程中，这种针对性有所扩大。

该文虽然不是争论、商榷性的，但是字里行间还是可以看出有明显的针对性。首先是针对后实践美学批评实践美学因为以实践为基础而缺乏超越性的观点。我们认为，这个看法一是否定了审美活动也是人生实践的重要组成部分；二是把超越性看成仅仅是审美的独特本质，忽视了超越性在人类其他种种实践或认识活动中的存在；三是更没有区分审美超越与其他超越的不同。我们在文章中指出了一个显而易见的事实：超越性并非审美活动所独有，科学（认识）活动、哲学活动和宗教活动等也都具有超越性；文章联系它们各自所超越的对象、超越的方式和超越后获得的结果等方面，对审美超越与科学（认识）超越、哲学超越、宗教超越进行比较，论证了审美超越的独特性质在于内心的自由和无限，即通过感性形式和情感中介追求内心（心灵世界）的无限自由性，它源自内心无限自由对外在有限自由的超越。因此审美超越是远高于科学超越、哲学超越乃至宗教超越的一种超越形式。审美超越的本质在自由这一点，我们与春时兄的看法比较接近，但是，若把超越性界定为审美的独特本性，我们认为并不全面、也不完整。

其次是针对后实践美学不满实践美学的"理性化倾向"而提出的"超越理性"的观点，前者认为，"理性是现实的规范，超越现实必须超越理性"，"审美超越与超理性说的是一个东西"。对此，我们的文章结合现代西方思想对"理性—合理性关系"的转折所做的深刻反思，区分了合理性与理性，论述了审美只能超越主体化、公式化、规范化的"合理性"，却不可能超越始终以存在的看护力量而现身的"理性"；揭示出审美超越显现着的是感性与理性有机统一的人生的高级境界。

当然，这篇文章并没有完全解决问题，但至少使我们对实践存在论美学的思考往前推进了一步。

最后说一说《关于"强制阐释"概念的几点补充意见——答张江先生》(《文艺研究》2015 年第 1 期)。这里也要介绍一下背景情况。张江先生在 2014 年发表了《强制阐释论》，在文艺理论界激起巨大反响。我对"强制阐释论"的基本观点是赞同的。原因是，新时期以来，我们引进现当代西方文论的许多理论、学说、观点，虽然并没有全盘接受，也对其中许多主张有比较深刻的反思或者批判，但是，总的说来，对它还是缺乏全局性、总体性的反思和批判。张江先生的文章比较系统、深刻地概括和揭示出"强制阐释"是现当代西方文论的主要弊病和缺陷，在这方面有较大的突破，对我也有较大的冲击和启发。所以，我参与了他与周宪、王宁的讨论、对话和笔谈，每月张江先生先写一篇，我们每人再各写一篇予以回应和讨论，10 个月，每人 10 篇，一共写了 40 篇，分 10 组在不同刊物上发表（后来这 10 组文章收入张江主编《强制阐释论的"对话"》，中国社会科学出版社 2017 年版）。我在《文艺研究》上的这篇即其中之一，重点是回答张江先生提出的“一直没弄清楚桑塔格反对阐释的真实本意是什么”这个问题。我个人的看法是，在当代西方，虽然第一个提出“反对阐释”口号的是苏珊·桑塔格，但其实，桑塔格不是一般地、全盘地反对一切阐释，而是反对传统的只重内容、忽视形式的非艺术化的阐释方式，即反对将文学艺术作品中的真理性、道德性内容从活生生的艺术整体中单独剥离、抽取出来，通过对这些非艺术化内容的阐释而达到对作品意义的理解这样一种阐释。我认为，这个看法是实事求是的，也得到张先生的认可。这里还要说明一点，我虽然基本赞同他用“强制阐释”来概括现当代西方文论的一个弊端，但是，第一，并不认为“强制阐释”是整个现当代西方文论的主要弊端，它只是其中一部分文论家在一定时期存在的问题，不应以偏概全；第二，对有些西方重要文论家的观点，要全面地看，不能都套上“强制阐释”的帽子。这一点，联系我写的其他九篇文章，可以看得比较清楚。

上面，回顾了一下二十年来我在《文艺研究》上发表文章的若干情况，好像大多有点因由或者“故事”，但是总起来看，在我学术写作生涯中都还比较重要，往往是我学术观点酝酿、形成过程中的重要记录之一，而且是我整个学术写作中比较重要的部分。比如关于拉康、德勒兹两篇，正是我们编著《西方美学通史》及后来修订出新版的重要成果之一；关于后现代的一篇，是我在带领学生们集中研究西方后现代主义文学理论思潮及其对中国影响的大工程基础上写出来的，是这整个工程的重要总结之一；关于蒋孔阳先生的“审美关系说”的阐释和对审美超越的论述，记录了在我走向实践存在论美学途中的一些重要思考。而关于“强制阐释论”的讨论，既是现当代西方文论的研究，也是对当代文艺理论建构的重要探讨，是我上面所说的两块的结合。张江先生通过与我们的对话、讨论，把他的“强制阐释论”推进、深化、完善了，我们实际上也起了“推波助澜”的作用，同时我们自己从中也颇为受益。此后，张江先生又提出“公共阐释论”，最近，又在思考阐释学的逻辑规则问题，已经拓展到跨学科的现代阐释学的创新建构上去了，当然，这是后话。

（作者为复旦大学教授）

我与《文艺研究》的往事和近事

朱万曙

毫无疑问,《文艺研究》是诸多学人心目中的权威刊物，能够在上面发表研究心得，是值得自豪的事情。在《文艺研究》创刊四十周年之际，我作为一个作者，不仅祝贺它的华诞，也想起一些往事和近事，说与同人一听，见出刊物如人的姿态与个性。

1992 年，我还在安徽大学工作。那年暑假，我没有参加高考阅卷，而是利用假期，写了一篇《王国维的“戏曲意境”说》。王国维在《宋元戏曲史》中说：“然元剧最佳之处，不在其思想结构，而在其文章。其文章之妙，亦一言以蔽之，曰有意境而已。何以谓之有意境？曰：写情则沁人心脾，写景则在人耳目，述事则如出其口是也。古诗词之佳者，无不如是。元曲亦然。明以后其思想结构，尽有胜于前人者，唯意境则为元人所独擅。”从这段话中，我感觉到王国维不仅用“意境”的概念评价诗词，也用“意境”概念论说元杂剧，从“述事则如出其口”的内涵可见，王氏注意到了戏曲的“意境”和诗词的“意境”是有差异的，他充分考虑到戏曲具有叙事、且为代言体的文体特性。因此，我将之引申发挥为“戏曲意境”说。文章写好后，恰巧我到北京查阅资料，就去拜访了当时在《文艺研究》做编辑的孟繁树先生。记得他住在靠近中国艺术研究院（恭王府）的杂院里，就在房前的小凳子上，我们聊了大约半小时，将稿子交给他后我就离开了。过了不久，孟先生就来信，告知“点稿”了，我还觉得“点稿”这个词很新鲜。这篇文章发表在 1993 年第 3 期上，是我在《文艺研究》发表的第一篇习作。

2006 年，我担任安徽大学文学院院长。学科建设的任务，需要教师们的成果在重要刊物多多显示。恰好陈剑澜先生是合肥人，每每借他回老家过春节之机，我就请他和几位学科带头人交流。他也不辞烦劳，每次都会给我们带来最新的研究信息和学术理念，让我们受益不浅。我始终认为，编辑和作者之间多开展交流是有益无害的。编辑可以借此了解作者在进行哪方面的研究，作者也可以了解刊物的选题指向。在学科爬坡的情形下，重要刊物编辑对一个单位学者的指导显得更为重要。对陈先生当年的帮助指导，即便我早已卸任职务，也依然感念于心。未曾想到，十多年后，陈先生竟然和我成了中国人民大学文学院的同事，每每说起当年他对安徽大学中文学科的指导帮助，我就不胜感慨。

在这以后，我在《文艺研究》陆续发表了《明代戏曲评点：批评话语的转换》（2007年第10期）、《明清戏曲理论的建构》（2012年第8期）、《〈全清戏曲〉整理编纂的理念》（2017年第7期）。《文艺研究》的诸位编辑先生都非常认真地编辑拙作，往返修改、校对，不辞辛劳，让刊发出来的文字没有错讹和遗憾。

再说说最近与《文艺研究》的交往。近年来，我注意到对古代作家创作的研究越来越深入，但同时研究的论题也越来越小，不免将一个作家的创作整体割裂开来。因此，我主张“贯通”研究。为了实践我的这个想法，我从吴敬梓入手。文学史将他定位为小说家，这自然没有错。但是，他有《文木山房集》留存于世，在他所处的乾隆年间，诗人的身份比小说家的身份更为重要。对于他的小说和诗词创作，应该“贯通”研究；包括对他的小说的认识和理解，也应该结合其诗词创作才能够更加深入。于是，我仔细阅读吴敬梓的诗词，写了一篇《诗人吴敬梓》。文章由陈斐先生编辑。在今年“五一”假期前，我对校样做了校对，以为就此了结事体了。不料在假期中间，陈斐先生通过微信，对校样上几处有疑问的字词予以标记，让我核对，以免有错讹。如此认真细致的精神，很让我感动。

从孟繁树先生起，我和《文艺研究》结缘已经快三十年了，和孟先生也没有继续联系，但第一篇习作发表的过程历历在目。回忆起这段往事，很是让人感慨。那个时候，我和孟繁树先生素无交往，拜访他也很冒昧，但他不嫌鄙陋，刊发习作，既给了我学术上的信心，也促使我对此问题不断思考。一段往事，一件近事，都反映了《文艺研究》严谨认真的学术姿态。刊物是抽象的，而每篇文章的编辑过程却是具体的；刊物的姿态其实是在编辑者身上体现出来的。为我编辑拙作的诸位先生认真细致的态度，正是《文艺研究》这份刊物对待学术的姿态。作为亲历者，我向这样的姿态致敬！

学术刊物是发表研究成果的园地，对于青年学者来说，也是鼓励其在学术道路上更努力前行的推手。编辑对于青年学者的帮助和鼓励，其实是帮助他们在学术上走向更高的目标。《文艺研究》创刊四十年，帮助了多少青年学者，可能无法统计。但它对今天学术队伍的成长乃至学术生态建设的重要影响，却是不争的事实。我本人虽然从青年学者变成了两鬓染霜的老教师，能够在学术的道路上走到今天，《文艺研究》同样给了我鼓励和促进，为此，我同样要向现在的青年学者一样，向《文艺研究》以及在岗与不在岗的编辑先生们表示发自内心的感谢，也向他们认真敬业的精神表示我发自内心的敬意。

（作者为中国人民大学教授）

《文艺研究》对我的学术研究的重要影响

邹元江

自1996年第6期在《文艺研究》发表论文《论戏曲丑角的美学特征》，到2017年第11期发表《是关联性思维还是聚合性思维？——就〈和而不同——中西哲学的会通〉与郝大维、安乐哲辩难》一文，我一共在该刊发表了七篇论文。现在回想这些论文的发表，其实都是在我二十多年来各个研究的重要阶段四个国家级课题的代表性成果，对我的学术研究不断深化产生了重要影响。

《论戏曲丑角的美学特征》是我读研究生时交给导师刘纲纪先生的第一篇学位课程论文，长6万余字，刘先生看了这篇文章后非常高兴，给我打了最高分。这篇长文后来分成四篇文章分别发表在《文艺研究》《戏剧艺术》《戏剧》《戏曲研究》等重要的期刊上。发表在《文艺研究》上的这篇就采用了原来论文的题目，后被人大报刊复印资料《舞台艺术·戏曲、戏剧》1997年第3期转载，并获得湖北省第二届文艺论文奖（1999）。我还以此篇文章为基础成功申报获准主持完成了“十五”国家社科基金项目“丑角意识与丑角美学研究”。该文试图通过对丑角意识与丑角美学内在关联的考量，对中国思想文化的内在本质做出新的解释，并对戏曲丑角美学特征拓展出新的研究视角。这主要包括几个方面。一是对传统思想文化的内在本质基于深层的丑角意识做出新的解释，即充分重视正史所不载，由俳优、丑角所创生的谏史、笑史、谀史对中国思想文化精神的深刻影响（包括负面的），对小传统与大传统相契相涵的内在心理本质的一致性——丑角意识——做出深入阐释。二是在此基础上，对戏曲丑角的审美特征确立新的研究视角，即不仅仅从“滑稽”“幽默”等一般的美学范畴出发，而是把丑角还原到中国古代文化哲学思想的历史大背景上做客观考察，以便切入民族文化心理的深层次，探索丑角审美特征的生成机制，将过去被忽略的一种独特的生命存在方式和令人叹为观止的审美创造，立体、深层地加以揭示。三是对新时期以来戏曲丑角戏的异军突起，以及同时期话剧小品、电影电视、相声、喜剧（滑稽戏、独角戏、闹剧等）丑角走红这种耐人寻味的社会文化现象做出具有历史感的深入阐释。显然，丑角戏的繁荣不仅是一种审美的选择，而且也是一种潜在的包含着巨大的历史文化心理回应的选择，它与审美创造者与审美鉴赏者在更高层次上的丑角意识体认密切相关。四是对在古代戏曲丑角及丑行先祖——俳优、苍鹘、副末——身上体现得相当突出的“活口”这一美学特征，在新的政治、经济、文化变革时期是否还具有在更高形态上再生的可能性做深入研究。五是对“弘毅”“德充”等古代重要突出的丑角审美特征也试图通过对成功的剧目范例所做的深入细致的阐释，来论证这些特征对提高丑角艺术审美品位的重要意义，以期能以这种突出的笔墨对当代的丑角艺术创作实践有所圭臬。该文还对丑角美学研究中丑角与戏曲艺术相“游离”的难点问题做出了阐释。不难发现，在古典戏曲中，丑角与整个戏曲艺术在很大程度上是相“游离”的。即虽然自唐玄宗起，丑角艺术经历代统治者的“亲加策励”，甚至皇帝屡屡亲扮丑角，已形成后世“丑角最贵”的格局，但丑角与生行、旦行、净行相比，却总是处于戏曲艺术的边缘状态，甚至在元杂剧里连“丑”这一名称也没有。这其中的深层根源何在？概而言之，这种丑角与戏曲艺术相“游离”的问题究其根由则主要是自元杂剧始形成的“旦本”和“末本”的演唱体制，使丑角仅仅秉承着俳优讽谏时事、滑稽调笑的传统，处在给生、旦，甚至净行“配戏”的地位，而未能真正“杂”入戏曲艺术之中，因而丑角的程式化亦式微，或曰其本身程式化就不充分。而作为戏曲艺术灵魂的声腔则与丑角根本无缘。这种丑角与“真戏剧”相“游离”的状况，必然导致对丑角人物性格特征的开掘很不深入（以往以丑角挑大梁的戏极少）。这种状况开始改变是在清末、民国初年，尤其是1949年后。随着生、旦、净、丑（1949年前）到旦、生、丑、净（1949年后）再到丑、旦、生、净（新时期以来）这两次历史性“错位”格局的形成，随着葛麻（楚剧《葛麻》）、唐成（豫剧《七品芝麻官》）、徐九经（京剧《徐九经升官记》）、贾贵（京剧《法门众生相》）等这些或根据传统名剧改编，或新编历史剧中“正戏丑演”的人物形象的出现，戏曲丑角艺术才开始逐步走向人物性格完满塑造的审美层次，艺术品位和审美价值也更高。也只是到这时，戏曲丑角才终于完成了漫长的对自身作为历史文化心理负载者的超越，开始走向作为戏曲艺术内在充足需要的艺术高峰，真正使丑角艺术的本体存在得以完整确证。而戏曲丑角的审美特征，正是集中地从丑角艺术的本体存在中感性直观地呈现出来的。

2009年，我的《中西戏剧审美陌生化思维研究》一书由人民出版社出版，这是我2001年获准主持研究的教育部人文社会科学研究“十五”规划项目的结项成果。2013年该书获得第六届高等学校科学研究优秀成果奖（人文社会科学）二等奖。而与这个研究项目同题的博士学位论文（2000）也得到专家们的高度评价，2002年9月以全票被推荐参加2003年全国百篇优秀博士学位论文的评选，后获得湖北省人民政府学位委员会、湖北省教育厅授予的“湖北省优秀博士学位论文”奖。作为一部试图对戏曲艺术精神及中西戏剧审美差异性进行深入系统思考的理论著作，出版以来就引发了学界诸多关注和讨论。其中，陈建森教授在《文艺研究》2010年第8期发表的《戏曲本体与生成的探究之途——评邹元江〈中西戏剧审美陌生化思维研究〉》一文尤具代表性。我在《文艺研究》2013年第7期发表《迂回进入　返本开源——对陈建森批评的回应》，从“陌生化”的本体论意义及其适用范围、“陌生化”能否作为评价中国戏曲艺术的审美尺度、梅兰芳与“中国戏曲艺术的审美精神”之间的关系等方面，对其质疑及相关问题进行了回应。正如陈教授所意识到的，《中西戏剧审美陌生化思维研究》一书的确与他“致思的理路有别”，之所以这样，其实质就在于二者思考的视角与关注点不同。即他是从“戏曲史”的角度来追问“戏曲是什么”与“戏曲如何演”的，其最终指向“理解和领悟戏曲的生成及其机制”问题，而我的著作则是从戏剧美学的视域对戏曲艺术审美创造“怎是”问题的探究。异于陈教授的是，该书并没有直接回答戏曲艺术的“怎是”问题，而是通过“迂回”的方式，在西方戏剧美学理论和中国传统戏曲艺术精神的不断分疏与反复比较中，以“陌生化”的视角与思维，逐一剥离那些非戏曲本质的因素，进而凸显戏曲艺术“怎是”的“场域”。在这个意义上，视该书为“中国戏曲美学的还原论”似不为过。也就是说，正是在“陌生化”思维所开启的否定与反思的理论视域里，该书试图重“返”戏曲艺术精神之“本”，从而开拓出理解戏曲艺术审美精髓之新“源”的路径，即“迂回进入，返本开源”。

2006年开始，我系统研究梅兰芳表演美学体系问题，2007年主持国家社科基金项目“梅兰芳表演美学体系研究”。我在《文艺研究》发表的《梅兰芳的“表情”与“京剧精神”》（2009年第2期）、《谁是“梅兰芳”？》（2010年第2期）、《从如何表现和表现得如何看中国戏曲表演艺术的审美特质》（2015年第3期）、《苏联报刊关于梅兰芳的评论及其中译文的改译审定问题研究》（2017年第6期）等系列论文，都是此延续十多年的研究课题的代表性成果。

对梅兰芳的研究从1935年梅氏访苏后，尤其是1949年以来，学界、演艺界基本上是不假思索地加以褒扬和肯定，这已成为不容置疑的思维定式。因此，我的系列论文的研究思路就是从打破这一惯性的思维定式入手，即从人们习焉不察地运用，但其实已被扭曲的“京剧精神”和很空泛的“梅兰芳表演体系”入手，分析、论证这些所谓的“精神”和“体系”都是不能成立的。在此基础上，进一步分析“梅兰芳表演体系”的内涵实质其实是打上了一个特定历史时代戏曲美学思想泛西方化、泛斯坦尼化的印记。而建立在这种泛西方化基础上的“梅兰芳表演体系”是不能代表中国戏曲艺术的美学精神或“京剧精神”的。进而言之，对“梅兰芳表演体系”和“京剧精神”必须加以解构。所谓“解构”并非对历史加以虚无主义的处理，而是对百年来非历史的、用西方强势话语肢解、扭曲中国戏曲美学精神所形成的伪“传统”加以反思。这涉及对一系列问题的重新理解。这其中包括对中国戏曲艺术基本审美特征如何理解的问题；“戏曲导演制”的合法性问题；“现代性”对京剧艺术究竟是歧路还是通途的问题；“京朝派”与“海派”是相异还是相同的问题；追求“流派”“风格”是弊还是利的问题；如何表现和表现得如何作为戏曲表演艺术最根本的问题；梅兰芳身边的文人对外国报刊评价文章的翻译有意删改所导致的虚饰的引导效果问题；等等。而只有对这些重要问题加以澄清，才能从根本上理解建立在1000多年表演实践基础上的“中国戏曲表演体系”（而不是作为建立在200多年基础上的“京剧表演体系”，更不是“梅兰芳表演体系”）的内涵的实质。所谓“中国戏曲艺术的审美精神”，或这种精神的最高体现“中国京剧精神”，正是以“中国戏曲表演体系”的博大精深的内涵为核旨的。这些系列论文的主要观点是：

（1）梅兰芳并不是“京剧精神”的最高体现者，梅兰芳也不是中国古典戏曲审美形态的终结者。梅兰芳的戏曲美学观是混杂的。“以梅兰芳为代表的京剧精神”实际上是一个特定历史时代戏曲美学思想泛西方化、泛斯坦尼化的产物。“摹仿”是西方戏剧艺术“扮演”的核心。中国戏曲艺术则是以“表现”作为“表演”的核心。同是“演”，“扮演”就是“进入角色”，“表演”则是与角色相区分。与角色相区分的根源在于中国戏曲演员的“表演”不是“表演角色”，而是“表演行当”。“表演行当”就使演员与角色之间具有了“行当”作为中介的“间离性”。正因为具有了这种“间离性”，才存在中国戏曲艺术“叙述者”“表演者”和“评论者”集于演员一身的三重表现性，而西方戏剧艺术却只有一重表现性：演员与角色同一。这是中国戏曲艺术与西方戏剧艺术的根本差异！

（2）对“梅兰芳表演体系”的预设是难以成立的。这源于两个方面的问题：一是梅兰芳的戏曲表演特征能否构成一个独立自足的审美“体系”；二是论证一个“表演体系”的出发点究竟是什么。梅兰芳的表演特征能否构成一个独立自足的审美“体系”，不仅要看梅兰芳如何表演和表演得如何，关键要看他怎么会如此表演。“怎么会”如此表演，也即梅兰芳的表演所依凭的理念为何。“如何”表演是“是什么”的问题，这只是事物的表象，而“理念”为何则是“怎是”的问题，这却关涉事物的本质。不难看出，梅兰芳的表演所依凭的理念是驳杂含混、自相抵牾的。他的文化底蕴限制了他的判断力和理解力。他似乎在向我们说着什么，通过他的回忆录、文章等，但他其实在说着并不属于他的两种话语，他有时甚至由“他人”决定他该如何说。所以，任何对“梅兰芳表演体系”的论证都是理据不足，因而也是无效的。

（3）所谓“如何表现”就是表现的方式是什么。这里涉及戏曲艺术不同于话剧的叙述方式和建立在这种叙述方式基础上的特殊的表现方式问题。所谓“叙述方式”是指戏剧的故事情节的传达方式。西方近代源于易卜生后期的散文剧的叙述方式就是使用日常生活的陈述句、祈使句、疑问句等，它主要是通过演员自居式的与所扮演的角色相同一来“自我”陈述、祈使和疑问，即演员作为角色当下直接出场“现身”性的来叙述表现。而戏曲的叙述则与此完全不同。“自报家门”的叙述、夹白夹唱的叙述等，必然演化出戏曲艺术的表演方式的特殊表现性。所谓“表现得如何”即表现的审美效果怎样。这里涉及狄德罗“理想的范本”的问题。朱光潜充分肯定狄德罗“理想的范本”的演剧观念对合理解释中国戏曲表演理论的有效性和普适性价值，看到了在近代并非主流的狄德罗的演剧观与中国戏曲审美精神的神似性。即戏曲表演就奠基于演员童子功练就的唱、念、做、舞、打及手、眼、身、法、步等一系列极其复杂化的程式功夫的自然表现性，而将这极其复杂化的程式功夫的自然表现性加以组合、化合为具有“完形结构”的审美表现性呈现，这就类同于狄德罗所说的“理想的范本”的实现。戏曲表演艺术最根本的问题不是“是（什么）”，而是“怎是”。追问“怎是”的戏剧行动就不是依凭主观考虑的此“行动”的功用（能）、目的性，而首先是追问此“行动”是如何被（观赏者）审（注）视的，由此，此“行动”作为符号性的展示如何带给观赏者（审视者）最高的审美愉悦就成为最重要的表演旨趣。而此“行动”如何符号性地展示就进入了“怎是”（“美”的呈现，如何表现“行动”）的视域。这就是东方戏曲艺术家与西方话剧艺术家的最大差异：“你要求他给你本能，他却给你象形符号。”为了要给你“我怎么”行动的“象形符号”，“我”就要以自己极其艰奥的行当童子功的训练为代价，练就“我”能充分展示“如何”行动的符号系统。这就是东方戏剧致力于“怎是”视域的独特审美表现性：“动作是精心准备的、彻底结构化的。”所谓“结构化”的也就是“程式化”的。因此，戏曲艺术作为“精心准备”（童子功）的“彻底结构化”（程式化）的“动作”表演系统，一旦消解了“彻底结构化”了的“程式”系统，东方戏剧艺术家千百年来所精心提炼的符号系统也就被彻底瓦解了。由此看来，中国的戏曲演员并非斯坦尼意义上的“体验者”，而恰好是狄德罗意义上的“旁观者”。所谓“旁观者”就并非“当局者”。当局者迷，而旁观者清。所谓“清”，即戏曲演员以理智控制自己在情感和表演上与所扮演的人物保持距离。从这个意义上说，戏曲艺术的存在方式就不是以演员“心理体验”式的进入角色来实现的，而恰恰是通过由演员童子功练就的极其复杂化的唱、念、做、打的行当程式这个中介加以组合、化合才能够真正呈现的。也即是说，戏曲演员的每一次出场、亮相都是以出离自身的蜕变而获得“在”即“异在”的审美“陌生化效果”的。而戏曲演员用以安身立命的童子功正是朱光潜意义上的“传家的衣钵”，亦即狄德罗意义上的“理想的范本”。戏曲表演艺术的独特性正是基于充分完善化的“理想的范本”的审美表现性。因而，在“传家的衣钵”或“理想的范本”的引领下，如何表现和表现得如何才是戏曲表演艺术最根本的问题。

（4）以往学界、演艺界对梅兰芳访苏的研究多有正面宣传的褒扬倾向。可事实上当年苏联报刊的评价并非完全肯定的，而最耐人寻味的则是梅氏身边的文人对这些评价的翻译有意删改所导致的虚饰的引导效果。1935 年苏联的报刊对梅兰芳表演美学的解释，显然是以西方话剧的表现重心为参照，对中国戏曲艺术充满着既偏颇又具有某些合理性的误读。这主要是缘于中国戏曲艺术“和生活隔离”的内容使舞台上的表演与苏联观众之间发生了“裂痕”。虽然苏联报刊对中国戏曲艺术价值的评价比较一致，即“仅属于形式的技术方面”，甚至把梅兰芳的“绝技”视作“伟大的中国民族文化的一部分”，但仍认为这株像古老梨树一样的艺术已经不能再结果实，只能寄希望于中国人民伟大的解放运动才能使戏曲艺术再获新生。显然，对于这些歧见需要加以重新甄别和分析。

这几篇论文在《文艺研究》编辑部顶着巨大的压力陆续推出以来，已引起海内外学界的持续关注，也得到了日本早稻田大学坪内博士纪念演剧博物馆 Global COE（国家重点研究计划）“戏剧影像之国际教育研究据点”《东洋演剧研究》项目的讲学资助。2011 年 1 月我应竹本干夫教授邀请到早稻田大学访问讲学，就是以“梅兰芳表演美学解释的日本视野——以梅兰芳 1919、1924 年访日演出为个案”为题做了演讲。基于这次演讲在日本戏剧学界所产生的重要影响，2012 年初，竹本教授再次邀请我出席当年 1 月 27—29 日在东京召开的“Acting—演技”三大表演体系国际学术研讨会，我所作学术报告《对梅兰芳京剧演技现代性的反思》被译成日文，发表在日本的权威期刊《演剧研究》第 37 号（2013 年 3 月）上。就在这次研讨会期间，我还应早稻田大学秋叶裕一教授的邀请参加了以“非西欧圈地区对布莱希特的接受”为题的专题座谈会，与日本国学院大学的里见实名誉教授、厦门大学的陈世雄教授和秋叶教授共同探讨了这个与梅兰芳研究关系极为密切的学术问题，引起与会各国专家的高度关注，法国巴黎第十大学的克里斯蒂安·比埃（Christian Biet）教授邀约我访问法国进行合作研究。12 月，我应法国巴黎七大、十大和贝桑松大学的邀请在法国访问讲学一个月，与比埃教授、王晓苓教授（巴黎七大）和齐烨（Françoise Quillet）教授（贝桑松大学）就中国戏曲艺术的当代命运、狄德罗“理想的范本”对理解中国戏曲艺术的普适价值和努姆什金“太阳剧社”的东方视域等对理解以梅兰芳为代表的中国戏曲艺术精神多有启示的问题进行了细致讨论，此外还与巴黎三大的著名梅兰芳研究专家乔治·巴纽（Georges Banu）教授做了深入的交流。《文汇报》《中国文化报》《中国京剧》等报刊也相继刊发了专版、专栏对我在梅兰芳研究中提出的主要问题予以讨论，《文艺研究》《中国戏剧》《湖北大学学报》《戏剧文学》《南方日报》《南国红豆》《中国京剧论坛》及新华网等几十家报刊杂志和网站也发表了大量评论和争鸣文章。

2014 年我主持国家社科基金项目“审美非对象化问题研究”。我在《文艺研究》2017 年第 11 期发表的《是关联性思维还是聚合性思维？——就〈和而不同——中西哲学的会通〉与郝大维、安乐哲辩难》，就是这个项目的阶段性成果之一。该文主要是针对郝大维、安乐哲提出的“中国人头脑”的最根本特征是不是“关联性思维”而加以辩难探讨，进而反思作为“美学的”有序化的“关联性思维”的限度在哪里，与“关联性思维”相关的“聚合性思维”是否更能切中或出离“内观”（心观）意义上的“美学的”有序化思维。该文的结论是：“聚合性思维”也是一种“象思维”，但这种“思维”不是逻辑化的，而是聚合（意）象和象非象、非非象之思，这样一个维度就是“（大）象思维”。它既包含“（意）象思维”，也涵盖象非象、非非象（思）维度。“象思维”具有关联性思维的特性，“三竹”无论是眼中之竹、胸中之竹，还是手中之竹，由外观之竹，到内观（心观）之竹，到倏作变相的（手中）画上之竹，都具有“将各具体的、可经历的事物联系起来考察”的关联性认知维度。而象非象、非非象思维却出离了关联性思维的维度。“诗中有画”的“有画”是构成“诗（句）”的字词隐匿之后所生成的心象之“画”，这个心象之“画”的“象”是“象是象”，即它是诗（句）意涵所蕴藏的意象，此“意象”是与“诗中有画”的画（意）象内在相关联的，这就是“具体的、可经历的事物联系起来”可考察的。同样，“画中有诗”的“画中”之“意象”也是“象是象”，也是和“画中有诗”的“诗”所包蕴的“意象”内在相关联的。但“诗中有画”“画中有诗”并非就是审美非对象化思维的“入神境者”。“场域”意义上的“大跨度”聚合象非象、非非象之思的维度才是审美非对象化思维的“入神境者”。而聚合生成“神境”的各元素却并非相互具有关联性的。这就是“若初寒内外之景色，即董巨复生，恐亦束手搁笔矣”（叶燮）的根本原因。

（作者为武汉大学教授）

君子相交淡如水

——我与《文艺研究》的文字因缘

左东岭

我与《文艺研究》已经有了三十多年的文笔交往，但仔细想来，能想起的事情并不太多，可谓平淡如水，但又觉得轻松愉快，情深意长，所以用了中国古人的一句话来概括，那就是“君子相交淡如水”。这既能说明我们之间的交往性质，更是对这份重量级刊物的厚爱与敬意。

我20世纪80年代中期研究生毕业后，被分配到郑州大学中文系教书，当时系里安排我讲授元明清文学。由于备课的关系，我迷上了中国古代戏曲研究，几乎阅读了当时能够找到的所有中国古代戏曲的剧本作品、相关资料与研究成果。诸如《元人杂剧三十种》《元曲选》《孤本元明杂剧》《六十种曲》《古本戏曲丛刊》等，还有王国维、赵景深、吴梅、叶德均、周贻白等人的研究论著。为了做中西戏剧比较，我还阅读了莎士比亚、易卜生、奥尼尔等西方戏剧作品，以及布莱希特、焦菊隐等人的戏剧理论著作。在阅读过程中，逐渐产生了自己的一些学术体会，尤其是对于关汉卿的杂剧，有了一些与前人不一样的学术认知。我试着把自己的这些体会写成一篇有新意的论文，最终定稿为《关汉卿杂剧的文化考察》。当时很有自信，认为文章立意新、论证严密，而且经过多遍修改，觉得是一篇立得住的学术文章。写成后就想找一家好一点的刊物来发表，因为是有关元杂剧的，就托中国艺术研究院的朋友毛小雨交给了《文艺研究》当时的编辑廉静先生。等了两个月以后，毛小雨先生来电话说，《文艺研究》认为我的文章不太适合在他们刊物上发表，准备将其推荐给《戏曲研究》，问我是否同意。其实，《戏曲研究》也是一份声誉很好的学术研究集刊，尽管没有《文艺研究》名气大，但是要在那上面发表论文也是具有相当难度的，所以我也就欣然同意了。文章最终被发表在《戏曲研究》第36辑，这是我与《文艺研究》的第一次接触，也可以说是一次不太成功的接触。

然而通过这件事，却给我留下了很深的印象，同时也为以后我和《文艺研究》的交往定下了基调。尽管我的论文最终没有能够在《文艺研究》上发表，但是他们对我的稿子的处理是既严肃又认真负责的。作为一个素未谋面的普通作者，刊物编辑不仅认真审阅稿件，同时还积极推荐给相关的学术刊物，这让我始终对这家刊物充满了温暖的感觉，从此也打消了对大刊物的恐惧、隔膜之感。同时给我更深刻的感受是，自己的文章肯定是尚未达到刊物能够发表的学术水平。我后来反思，我的文章尽管在对关汉卿杂剧的文化内涵与价值认定上具有自己的看法与新意，但在元杂剧的艺术特征与戏曲结构的作用方面却很少落笔，换句话说，其文化的内涵未能与艺术的要素紧密地结合起来。这种体会让我认识到，如果要在这种级别的刊物上发表文章，不仅要立意新，还要结论稳妥，并符合刊物的性质。

1995 年，我从南开大学博士毕业到首都师范大学任教，专业也从元明清文学研究转到了中国文学思想史研究，与《文艺研究》的文笔交往也更加频繁。但初次投稿的经历依然深深地根植于头脑之中，使我每次给《文艺研究》投稿，都力求做到以下几点：一是文章要有创新性，不仅观点新颖，而且最好是结论具有原创性，是前人未曾留意但又是很重要的学术发现；二是文章一定要有足够的分量，文献扎实，理论内涵丰富，争取发表后能够得到学界较多同人的关注；三是一定要认真打磨，反复修改，从论文结构到学术结论再到语言表述，务必反复斟酌，不留遗憾。在文献使用与语言表述上，凡是自己能够解决的，一定不要留给主编与编辑。比如我自 2006 年开始先后在《文艺研究》所发表的《元明之际的“气”论与方孝孺的文学思想》《阳明心学与汤显祖的言情说》《影响中国近古文学观念的三大要素—— 兼论地域文学研究的理念与方法》，以及将要发表的《闲逸与沉郁：元明之际两种诗学形态的生成及原因》等文章，都是自己深思熟虑且有创新性的学术论文。以《阳明心学与汤显祖的言情说》为例，该文既与戏曲艺术有关，同时又是一个研究文学思想的跨学科论题。文章完全纠正了以前学界关于《牡丹亭》反理学、反封建的学术定位，认为作为朝廷官员的汤显祖，乃是受到罗汝芳等泰州学派思想的影响，汲取了他们生生之仁的心学观念，从而用情的生命力去弥补程朱理学的僵化与生硬，使人重获生命活力。我认为这是符合历史实际的，而且与同时冯梦龙的情教说有着高度的一致性。这篇文章是我比较满意的学术论文，也是至今为止我的学术论文中被引次数最高的论文。

正是抱着上述这种态度，使得我以后与《文艺研究》的关系处理得既简单又融洽。我虽然在《文艺研究》上发表的文章不能算多，但每一篇都很顺利。凡是我投给《文艺研究》的稿子，百分之百地都被采用了，甚至修改的地方都比较少。这一方面说明自己的学术水平经过博士研究生的学术训练与多年的磨砺已经有所提升，但更重要的是我的研究态度一直比较严谨、认真，绝不轻易落笔，绝不轻易投稿。这不仅是对刊物与学界负责，同时也是对自己的学术声誉负责。

从《文艺研究》本身说，它也给了我一种来往轻松的人生体验。无论是其前任主编柏柳、方宁，还是先后的编辑廉静、赵伯陶、陈斐，我们都既是学术上相互切磋的朋友，又是关系密切的合作者。

在这三十多年的学术生涯中，他们给我的印象，其一是对于学术选题、学术观点甚至学术风气都切实负责而严格把关，在学界树立了一种学术正气。赵伯陶先生在各种场合曾经不止一次地说："文从字顺本来是学术论文的起码要求，但是现在却成了发表文章的高标准。不仅就研究生的文章而言，很多是这样，连不少教授的文章也是如此。"纵观当今学界，情况的确如此，而要纠正这种不良风气，我认为像《文艺研究》这样级别的刊物，是可以起到较大作用的。

其二是《文艺研究》严格的审稿制度与高标准要求。由于市场化的影响，目前编辑们的审稿工作量越来越大，因而许多刊物就把核对引文、审查出处的工作交给文章作者予以处理。而最终的学术质量也就取决于作者是否能够认真对待自己的文章了。但是我在《文艺研究》所发表的每一篇文章，都能够体会到编辑们的认真细致与高度负责。从观点正确与否到结构是否存有漏洞，再到文献使用是否有误，甚至引文的核对与字句的斟酌，都全面把关，一丝不苟。这种态度不仅保证了刊物的学术质量，更重要的是避免了作者文章中的不少漏洞，无形中也能使其作者逐渐养成严谨的学风。当然，严格不是居高临下的盛气凌人，而是认真合作的学术友情，从而让人觉得有朋友般的温暖。比如，在我将要发表的一篇文章中，引用了倪瓒《秋水轩诗序》的一段文字，其中有一句"人心惶惶，日益困粹"的话，我使用的是江兴祐点校的《清閟阁集》。编辑陈斐先生认为"困粹"的"粹"于理不通，可能有误，来函让我进一步核对。我再次比对原书，的确是"粹"。但陈斐说刊物的原则是"底本有误也要校改"，这当然是对的，因为文献学上本来就有"理校"之说。但是我还是觉得有些不放心，就又把手头现有的文渊阁《四库全书》本《清閟阁全书》找出来再次对校，发现乃是"困悴"，而"困粹"显然是整理者在点校过程中出现的转录错误。然后我将此结果告诉了陈斐先生，圆满地解决了这个问题。这仅仅是一个很小的例子，但由此也足见《文艺研究》编辑的专业水平与编校态度的严肃、认真。

其三，也是最重要的一点，是《文艺研究》的主编与编辑们学风的纯正、端方，他们无论对内还是对外，一律以学术的标准来处理文稿与作者的关系。我可以负责地说，在三十多年的学术交往中，我本人能够做的，或者说刊物要求我做的，就是将自己的文章尽量写好，将寄回的校稿尽量改好，用严格的态度与高质量的文章去回报刊物的厚爱，而从未夹杂有一丝一毫的非学术因素。我想，在当今鱼龙混杂的学界里，在世风日下的环境中，能够坚守这样的底线是应该得到高度尊敬的。

正是有了与《文艺研究》打交道的这些经历，才使我对于当今的学风还保持着一种乐观的心态而不至于彻底失望。我经常告诉自己的学生和学界的年轻朋友：当今激烈的学术竞争与严酷的考核制度，的确使年轻学者在高级别刊物上发表文章越来越困难，大多数人每每为此受尽煎熬甚至屈辱。但是我始终认为，无论是要完成科研任务还是要争取名誉符号，都千万不要由此而走入歧途，去干什么拉关系、攀名人的厚黑勾当。求人不如求己，只要认真读书，坚持不懈，提高自身的学术水平而厚积学养；只要认真思考，深入研究，写出有创获、有价值的高水平成果，像《文艺研究》这样的刊物是一定会接纳你的文章的。因为人生不仅需要发表文章，也需要有尊严地活着，我认为，“君子相交淡如水”般的来往，就是有尊严地活着的重要方式之一。

（作者为首都师范大学教授）